清华
国学
书系

浦江清文存

PUJIANGQING WENCUN

张耀宗　选编

清华大学国学研究院　主编

江苏人民出版社

图书在版编目(CIP)数据

浦江清文存/清华大学国学研究院主编;张耀宗选
编. —南京:江苏人民出版社,2016.12
(清华国学书系)
ISBN 978 - 7 - 214 - 17169 - 6

Ⅰ.①浦… Ⅱ.①清… ②张… Ⅲ.①中国文学—古
典文学研究—文集 Ⅳ.①I206.2 - 53

中国版本图书馆 CIP 数据核字(2015)第 318144 号

书 名	浦江清文存	
主 编	清华大学国学研究院	
选 编	张耀宗	
责 任 编 辑	许尔兵	
装 帧 设 计	姜 嵩	
出 版 发 行	凤凰出版传媒股份有限公司	
	江苏人民出版社	
出版社地址	南京市湖南路 1 号 A 楼,邮编:210009	
出版社网址	http://www.jspph.com	
经 销	凤凰出版传媒股份有限公司	
照 排	江苏凤凰制版有限公司	
印 刷	江苏凤凰新华印务有限公司	
开 本	652 毫米×960 毫米 1/16	
印 张	27.75 插页 2	
字 数	400 千字	
版 次	2016 年 12 月第 1 版 2016 年 12 月第 1 次印刷	
标 准 书 号	ISBN 978 - 7 - 214 - 17169 - 6	
定 价	56.00 元	

(江苏人民出版社图书凡印装错误可向承印厂调换)

总 序

晚近以来,怀旧的心理在悄悄积聚,而有关民国史的各种著作,也渐次成为热门的读物。——此间很重要的一个原因,当然是在蓦然回望时发现:那尽管是个国步艰难的年代,却由于新旧、中西的激荡,也由于爱国、救世的热望,更由于文化传承的尚未中断,所以在文化上并不是空白,其创造的成果反而相当丰富,既涌现了制订规则的大师,也为后来的发展开辟了路径。

此外还应当看到,这种油然而生的怀旧情愫,又并非只意味着"向后看"。正如斯维特兰娜·博伊姆在《怀旧的未来》中所说:"怀旧不永远是关于过去的;怀旧可能是回顾性的,但是也可能是前瞻性的。"——由此也就启发了我们:在中华文明正走向伟大复兴、正祈望再造辉煌的当下,这种对过往史料的重新整理,和对过往历程的从头叙述,都典型地展现了坚定向前的民族意志。

正是在这样的背景下,本院早期既昙花一现、又光华四射的历程,就越发引起了世人的瞩目。简直令人惊异的是,一个仅存在过四年的学府,竟能拥有像梁启超、王国维、陈寅恪、赵元任、李济、吴宓这样的导师,拥有像梁漱溟、林志钧、马衡、钢和泰及赵万里、浦江清、蒋善国这样的教师,乃至拥有像王力、姜亮夫、陆侃如、姚名达、谢国桢、吴其昌、高亨、刘盼遂、徐中舒这样的学生……而且,无论是遭逢外乱还是内耗,这个如流星般闪过的学府,以及它的一位导师为另一位导师所写的、如今已是斑驳残损的碑文内容——"独立之精神,自由之思想",都在激励后学们去保持操守、护持文化和求索真理,就算不必把这一切全都看成神话,但它们至少也是不可多得的佳话吧?

可惜在相形之下,虽说是久负如此盛名,但外间对本院历史的了解,总体说来还是远远不够的,尤其对其各位导师、其他教师和众多弟子的总体成就,更是缺少全面深入的把握。缘此,本院自恢复的那一天起,便大规模地启动了"院史工程",冀能在深入研究的基础上,最终以每人一卷的形式,和盘托出院友们的著作精选,以作为永久性的追思缅怀,同时也对本院早期的学术成就,进行一次总体性的壮观检阅。

就此的具体设想是,这样的一项"院史工程",将会对如下四组接续的梯队,进行总览性的整理研究:其一,本院久负盛名的导师,他们无论道德还是文章,都将长久地垂范于学界;其二,曾以各种形式协助过上述导师、后来也卓然成家的早期教师,此一群体以往较少为外间所知;其三,数量更为庞大、很多都成为学界中坚的国学院弟子,他们更属于本院的骄傲;其四,等上述工作完成以后,如果我们行有余力,还将涉及某些曾经追随在梁、王、陈周围的广义上的学生,以及后来在清华完成教育、并为国学研究做出突出贡献的其他学者。

这就是本套"清华国学书系"的由来!尽管旷日持久、工程浩大、卷帙浩繁,但本院的老师和博士后们,却不敢有丝毫的懈怠,而如今分批编出的这些"文存",以及印在其前的各篇专门导论,也都凝聚了他们的辛劳和心血。此外,本套丛书的编辑,也得到了多方的鼎力支持;而各位院友的亲朋、故旧和弟子,也都无私地提供了珍贵的素材,这让我们长久地铭感在心。

为了最终完成这项任务,我们还在不停地努力着。因为我们深知,只有把每位院友的学术成就,全都搜集整理出来献给公众,本院的早期风貌才会更加逼真地再现,而其间的很多已被遗忘的经验,也才有可能有助于我们乃至后人,去一步一步地重塑昔日之辉煌。在这个意义上,这套书不仅会有很高的学术史价值,也会是一块永久性的群英纪念碑。——形象一点地说,我们现在每完成了一本书,都是在为这块丰碑增添石材,而等全部的石块都叠立在一起,它们就会以一格格的浮雕形式,在美丽的清华园里,竖立起一堵厚重的"国学墙",供同学们来此兴高采烈地指认:你看这是哪一位大师,那又是哪一位前贤……

我们还憧憬着:待到全部文稿杀青的时候,在这堵作为学术圣地的"国学墙"之前,历史的时间就会浓缩为文化的空间,而眼下正熙熙攘攘的学人们,心灵上也就多了一个安顿休憩之处。——当然也正因为那样,如此一个令人入定与出神的所在,也就必会是恢复不久的清华国学院的重新出发之处,是我们通过紧张而激越的思考,去再造"中国文化之现代形态"的地方。

清华大学国学研究院
2012 年 3 月 16 日

目　录

浦江清的生平与学术

在学术的历史上永远有那样一些人,他们以时间换取了空间。他们的声名在后世寂寂,但是绝不借助于"被遗忘"的抒情式的历史感伤重回当下,而是坚硬地以其学术本身的层层深入的思致和问题意识去与当下的学术研究产生对话,甚至竞争。1926年开始进入清华大学研究院国学门的浦江清就是这样的一位学者。

浦江清,1904年12月26日出生于当时的江苏省松江县。他家境贫寒,他的父亲浦嘉乐,"先做帽子手工业批发生意,后在松江县立布厂当职员"。尽管如此,浦江清还是接受了比较完整的现代教育,他读完一年的私塾以后,就于1912年进入松江县立第二初等小学成了二年级的插班生,以优异的成绩读完了初小、高小,1918年他以第一名的成绩考入了江苏省立第三中学。1922年9月至1926年7月,浦江清先生在东南大学读西洋文学。1926年8月,经吴宓介绍,他来到清华大学研究院国学门成为陈寅恪的助教,那年他才21岁。当时经由吴宓还有梁启超、王国维、陈寅恪、赵元任、李济几位导师的奋力开拓,清华国学初具规模。此后除了由于战乱、探亲、游学在外,他基本没有离开过清华大学,直到1952年10月,随着新中国成立后的院系调整他调至北京大学。1957年8月31日离世。

1

　　浦江清的一生虽然没有留下学术专著,但如果认真研读他残存的日记,我们就可以发现,浦江清是一位心灵易感、非常勤奋刻苦又具有非常好的学术训练的学者,因为战乱不断,不断迁徙、病体支离,很难有一个安静的书桌让他在年轻时代创造力非常活跃的时候,专心于他所期待完成的关于中国文学史专著。他的朋友施蛰存曾说:"在昆明的时候,我曾当面批评他:'太懒于写文章,太勤于吹笛子、唱昆曲。'他说:'写文章伤神,吹笛子、唱昆曲,可以怡情养性。'我对他无可奈何,总觉得他有许多该写而没有写的文章。"①我想这不是浦江清的"玩物丧志",而是外在的各种原因导致他心情的浮动,"吹笛子、唱昆曲"是兴趣、是寄托,也是对现实世界的慰藉。即便如此浦江清仍然留下了许多极为重要的学术论文、书评以及讲义等。

　　浦江清的日记不仅仅是他日常生活的简单流水账,而且透露出许多值得注意的信息,例如他的阅读史,特别是他的英文阅读史,从那些记载中我们可以感觉到那个年代中某一种类型的学者对于西学所关注的深度和广度。例如,1928年9月12日的日记中写他关于英国诗人威廉·沃森诗集的感受:"余喜其《威至浮斯之墓》及其短诗数首。其关于政治社会问题,则不特吾侪外国人读之不能判断其思想感情之是非,且就诗而论,亦鲜有佳者。吾人在杜、苏集中,并不讨厌其议论时事之作,而此种情形发现在英国诗人中则极不耐烦。何偏见若是耶!"②这些记录在浦江清于清华早年工作时期很是常见,正是他的西洋文学的功底,同时对传统文学的专研使得他的学术训练和学术方向上和清华国学的学术风格能够保持一致。虽然后来者可以在许多具体的学术议题上超迈前者,但是这种特别的中西通融的学术风格的确是在此时规模初具的。

　　生活史与学术史之间的互动在浦江清的身上体现得也很明显,这一点非常典型地体现在戏曲上。浦江清非常钟情昆曲,在一次听完昆曲之

① 施蛰存:《浦江清文史杂文集·序》,清华大学出版社,1993年版。
② 浦江清:《清华园日记　西行日记》,北京三联书店,1999年版,第17页。

后,他回来在日记里面记录道:"距今约百年前,在北京,秦腔征服昆曲,皮簧又征服秦腔,为中国戏曲史上重大之变迁。……皮簧不但词句鄙俚,不堪入耳,而且分场之拙劣,情节之不通,使我国戏曲又退回到关汉卿、王实甫前一二百年。"①至于从院本到杂剧再到传奇,他认为这种发展在组织结构上是进化的,但是这里面出现了一个演出实践中的问题,并且有可能导致了昆曲的衰落:"然至传奇盛行,往往一本多至数十出,势不能全演,于是每择其精彩数出演之。结果伶工相传,某剧只能演某某几出而已,全本之谱,或始存后亡,或起初即不完备。"②这种实践中的学术对于浦江清的文学史观无疑有着很大的影响,这使得他不会简单接受胡适的文学史进化论的历史观,而是在中西的比较中去理解各自的合理脉络。有一次浦江清受邀去看歌剧《浮士德》,虽然因为不懂德文,他自觉好处不能领略,但是不妨碍他从中西戏剧比较的角度发表一些对此剧的观感:"西洋戏剧究属是现实的,所以如易卜生一类的话剧当然西洋人演得好;但是搬演古事,演传奇、传说或历史剧,则中国剧艺进步。中国剧的艺术使古人的生活举动都理想化了,美化了。戏台上的人物和戏台下的观众,举动笑貌,全然不同。……总之,庄严的、伟大的、美妙的历史剧,恐怕还得推中国剧。我看了外国戏,反倒认识中国剧在世界的地位。"③所以,我们不能忽略生活史对于学术史的影响,因为无论是道德还是文学,只要在现实中依然是鲜活的,依然是生动的,那么对于一位喜爱或者认同它的人来说,就可以超越许多繁琐的学术论证而成为一种态度,这种态度在后人看来或者嫌其论理之不足,但是因为它依托于曾经的现实,所以也自有其独到的历史厚度。相反,如果缺少了躬行或者社会的真实氛围,即便是学术争论或者是复杂的学理说明,也有可能是抽象的,因为它只是抽象的论证而未曾真实地成为思想与社会的碰撞。这种碰撞的深度来自于主体与主体之间的碰撞,而非观念与观念的碰撞。

① 浦江清:《清华园日记 西行日记》,北京三联书店,1999年版,第26页。
② 同上书,第27页。
③ 同上书,第48—49页。

从这一点来看,这正是那一代学者在总体气象上超越我们之处,换句话说,就是他们的学术真实地介入到社会实践中的深度可能要超越我们。

　　前文说到浦江清有很好的现代学术的训练,这应该是浦江清学术生涯里面一个非常具有关节性的问题。在东南大学西方文学的训练以及和吴宓、陈寅恪的交往,极大地塑造了浦江清独到的对于中国传统文史研究的路数。浦江清能够从南京到北京,这对他一生的学术发展和人生计划都有至关重要的影响。而帮助他进行这一转折的关键人物就是"好人"吴宓。吴宓虽然在现代中国学术史上没有特别重要的学术著作,但是随着他的日记和书信的公布,我们对他的了解也越来越多,可以说他是一位忠恳认真,性格率真的好老师。杨绛回忆吴宓时说:"锺书崇敬的老师,我当然倍加崇敬。但是我对吴宓先生崇敬的同时,觉得他是一位最可欺的老师。我听到同学说他傻得可爱,我只觉得他老实得可怜。当时吴先生刚出版了他的《诗集》,同班同学借口研究典故,追问每一首诗的本事。有的他乐意说,有的不愿。可是他像个不设防城市,一攻就倒,问什么,说什么,连他意中人的小名儿都说出来……吴宓先生成了众口谈笑的话柄——他早已是众口谈笑的话柄。他老是受利用,被剥削,上当受骗。吴先生又不是糊涂人,当然能看到世道人心和他的理想并不一致。可是他只感慨而已,他还是坚持自己一贯的为人。"①这的确是一个贴切的描述。在浦江清现存的日记里,我们可以看到吴宓和他之间的密切往来。私人的情感在浦江清和吴宓的私人交往记录中的确是一个具有兴味的话题。他们都特别喜欢在日记和书信中将情感放置在"理智与情感"的天平上来回衡量。例如,《浦江清日记》1930年12月26日记录道:"仰贤批评说,吴先生是最好的教授,但是没有资格做父亲,亦没有资格做丈夫。这使我们都寒心,因为在座诸人都知道,吴在英国,用电报快信与在美国的毛彦文女士来往交涉,他们的感情已决裂了,吴现在唯

_____

① 杨绛:《吴宓先生与钱锺书》,《文汇报》,1998年5月14日。

一希望在得到仰贤的爱,而仰贤的态度如此,恐怕将来要闹成悲剧。"①如果说在学术上浦江清和吴宓一样都渗透着对于中西的思考,那么在生活中,浦江清和吴宓的对话间对于中西异同的思考也无处不在。浦江清在给妻子张企罗的信中说:"从前你觉得清华的人思想有点洋化,洋化是好的。受过西洋文学熏陶的人,对于婚姻和爱情是认真的,不乱来。"这种现代人情感的文化政治的表达在私人的通信中显得非常的生动和真实。

吴宓和浦江清在通信中经常讲中西的比较问题未必寻求在学理上的深刻论证而求之在生活中的感性联系和表达。吴宓在给浦江清的信中说:"我所倾慕崇拜喜悦之西洋,乃是理想中,过去的(历史上的)西洋,即如理想的天主教,希腊哲学,spirit of gentleman, spirit of chivalry 以及文学艺术等,只可于书本中、博物院中,及自然人造之风景建筑物中得之者。至于实际之西洋,身心所接触之西洋,如同火锅,实不堪一日居,远不如中国,更勿言清华。科学发明,人生益烦闷,现各国惟事制造战具及促进航空。而一社会中,每人各度机械之生活;其精神如蜂窠,各不相谋。除办事应酬外,至晚各归其室,大楼六七层乃或三四层,每层十馀室,每室一人,静伏其中,同居者经年不交谈一语——此种生活组织,快乐何存?"②浦江清也时常有对中西文化的侃侃而谈:"心一与余意见多相同。如谓西洋诗歌小说皆已到绝境。欧洲之工业革命只增加人类之痛苦,未丝毫增加快乐。工业立国非到资本主义不可,非到殖民地政策帝国主义政策不可。结果世界大战随时可发,此乃西洋文化走入歧途也。"③吴宓和浦江清虽然可能都受到"一战"前后"西方的没落"的文明论的影响,但是更多的是他们时常沉浸在自己的生活经验中去丰富和发挥那些文明论的枝叶。这也形成了他们在对于中西文化比较的一大特色,论断往往简单明了,经验却很丰富。在这里可资对照的或许可以是清华国学院的另一位导师梁启超,梁启超 1919 年完成的《欧游心影录》是一

---

① 浦江清:《清华园日记·西行日记》,北京三联书店,1999 年版,第 38 页。
② 《吴宓书信集》,北京三联书店,2011 年版,第 173 页。
③ 浦江清:《清华园日记·西行日记》,北京三联书店,1999 年版,第 70 页。

次中西文化的感性表达和理性交织的表达,同样参杂着自身独特的对于中西文化的生命体验,但是表达出来的方式却不一样,正如刘东先生对于晚年梁启超思想转向的分析:"发人深省的是,借助于长年办报所获得的西学通识,和亲身游历而打下的第一手经验,恐怕再没有别的地方,能像当时寒冷与饥饿的巴黎更适于他的这种思考,以至于蓦然回望,突然对自幼谙熟的本土价值体系,有了充满惊喜的重新发现。而由此一来,他内在的思想动机,也就自然要突破单纯为了民族国家而'寻富求强'的目标,而上升到了一种面向世界的、承担着人类共同未来的交互文化使命。"①这种对于彼时落实在公私文本资料中的对于中西理解的层峦叠嶂的不同思致给我们构筑了一个思想的空间,而正是在这个空间里面我们才能逐渐贴近浦江清和他的师友们的思想的"起点"和"坐标"。

和吴宓在生活以及学术上的双重影响不同,陈寅恪对于浦江清的影响主要是学术上的。浦江清在 1926 年至 1928 年任陈寅恪的助教,所以在浦江清的日记里面可以不时地读到陈寅恪的一些私谈,例如:"陈寅恪先生尝云祸中国最大者有二事,一为袁世凯之北洋练兵,二是派送留美官费生。"②浦江清和张荫麟协助吴宓编辑《大公报·文学副刊》,他们两人都很受陈寅恪的器重。陈寅恪甚至对傅斯年说:"张君为清华近年学生品学俱佳者中第一人,弟尝谓庚子赔款之成绩,或即在此人之身也。张君年颇少,所著述之学术论文多为考证中国史之性质。……若史语所能罗致之,则必为将来最有希望之人才,弟敢书具保证者,盖不同寻常介绍友人之类也。"③张荫麟的学术书评和《中国史纲》所构成的一种"新史学"的愿景,当另文阐述之。陈寅恪曾在给傅斯年的信中说:"浦君江清至今尚未得清华聘书,弟已催志希,亦尚(未)得其复音,如清华不再聘浦君,则须改中央研究院,此节乞兄预为之地,因八月浦君若不接清华聘

---

① 刘东:《未竟的后期——〈欧游心影录〉之后的梁启超》,刘东、翟奎凤编选《梁启超文存》,江苏人民出版社,2012 年版。
② 浦江清:《清华园日记　西行日记》,北京三联书店,1999 年版,第 70 页。
③ 《陈寅恪集·书信集》,北京三联书店,2001 年版,第 47 页。

书,则中央研究院似宜由八月即致浦君一聘函。此事虽未能确定,然总希望志希能继续浦君聘书,免历史语言所多出一份薪水,或再少待,然不能不预备耳。"[1]陈寅恪考虑之周详,可见他对浦江清的爱护。浦江清除了在清华国学院特别是清华中文系里有很好的人缘,同时在当时北京的学术圈,像和夏鼐、傅斯年等都有很好的关系。这里面除了他的为人谦虚以及学术风格之外,和陈寅恪应该有相当大的关系。在他的日记里,他还曾特意记下傅斯年对他特别的好感。

浦江清对于汉学、对于东方学的注意主要是受到陈寅恪的影响。浦江清在做陈寅恪助教的时候,帮助陈寅恪编过一册《梵文讲义》,在后来浦江清写作研究报告时候还说:"此间有人藏西人关于汉学及东方学书籍甚多,此类书籍,余已数年不得见。……此门学问尚是十数年前在研究院时受陈先生之熏陶而感兴味者。"

浦江清看似不带价值判断的考证的语文学方法在胡适一派的新学术的笼罩下不显得出奇,反倒颇为平常。完成于 1936 年的《八仙考》发表于《清华学报》第 11 卷第 1 期就是这样的一篇非常典型的代表之作。他所考证的八仙的来龙去脉,大概有点像清人考证笔记中的一个条目,是一种博学的体现,但是我们如果注意一下他这篇文章的一个背景,就会发现这种可能被当作"饾饤之学"而无义理的考证文章不是一个单独的类似于清代考证学的题目,而是蕴含有一种与西方汉学竞争的意思。《八仙考》中浦江清提到了 P. Yetts、法国学者伯希和的《理惑论译注》、日本学者佐伯好一郎(Sacki)等国外学者的研究。在与这些国外研究的对话基础之上,浦江清运用丰富的笔记资料对民间传说中的李铁拐、钟离权、张果、蓝采和、何仙姑、吕洞宾、韩湘子、曹国舅这八位仙家的形象来源一一考证。他认为张果是唐代开元时期的人,在中条山隐居,曾经被唐玄宗征为银青光禄大夫。浦江清认为因为讲史的原因,所以在宋代他的事迹为人所乐道,所以被收入八仙。韩湘的来源则是韩愈的侄孙。蓝

①《陈寅恪集·书信集》,北京三联书店,2001 年版,第 15—16 页。

采和的来源则可能是南唐存在着这样一位乞讨的道人,又因北宋时候有其画像所以一直流传下来。此外还有,何仙姑来源于宋仁宗时候永州言休咎的道姑,吕洞宾来源于北宋庆历时候的传说,民间信仰其为真仙。钟离权的来源也差不多是北宋时候和吕洞宾同时的传说。李铁拐的来源则有可能是北宋徽宗时候的刘跛子。最奇特要算是曹国舅,浦江清认为他本无仙迹,但是相貌俊美"或者画八仙庆寿的人随便采他入内"。这些结论得出看似简单,实际上在当时的学术风气中他完全是站在一个风潮之上的。当然,也正因为纯正的语文考证,所以浦江清在这里对其民俗的意义并没有发挥太多,在这一点上他和彼时的如周作人、钟敬文、江绍原等人的民俗学研究的路数保持了一定的距离。

浦江清还将大量的精力放置在书评上,他完成了《评陆侃如、冯沅君的〈中国诗史〉》《评〈小说月报〉第18卷》《牛津英文大字典》《卢冀野五种曲》《评江著〈中国古代旅行之研究〉》《评王著〈元词斠律〉》等重要书评。这里面有对当代文学的评论,例如对老舍小说:"十年以前,题小说之名惟恐其不雅,至于今日,则小说之题名惟恐其不俗。譬诸晚唐之诗,竞为风艳,至于宋世,遂尚枯涩,又喜用俗字俗语,以入篇咏,皆未得中庸之道也。'香钩情眼'等固肉麻可厌,而'老张的哲学'及'赵子曰'等亦粗鄙可憎。贾宝玉题袭人之名,人讥其刁钻古怪,抑'赵子曰'者,粗俗而入于刁钻一路矣。然《赵子曰》之文章,则不若其名之可憎。是篇结构完美,前半以诙谐之笔出之,旨在讽世,后半渐趋严肃,人格之卑鄙者,始一一暴露其真面目,最后以悲壮之暗杀案为结,颇足以激士心。老舍君于叙事之同,间为议论。"有对白话文运动之后,旧文学创作的关注:"中国青年,现肆志于旧诗词者,已不多见,而致力于度曲者,则尤绝无仅有。盖曲有别才,非关学理,而宾白之安插,丑角之打诨,曲调之铺排,阴阳四声之辨析,实较诗词为麻烦,颇不便于初学。"有对西方文学原典的评论,例如对于德国戏剧家兼小说家苏德曼(Hermann Sudermann, 1857—1928)的《忧愁夫人》(Dame Care),浦江清写道:"近年来读小说而哭者凡二次。其一读某君所译一俄国小说。时适与某君同居,彼以其姊遭惨祸,震惊成脑疾。一日忽谓其精神不能自持，欲进城视其母，薄暮命车，偕其弟行。行后大风雨，余独坐无聊，取其所译小说读之。书中叙一薄命之女子至惨。余既怀念某君兄弟，复睹书中悲剧，遂大哭。今读《忧愁夫人》小说，令余堕泪不禁者尤在前半部，盖其有力之描写，实使余联想至余幼年时一二极悲绝哀之事。由此以观，则谓一切文学是否能深感人当视在何种境地有何种经验之人读之而定者非耶。然而非苏德曼之文笔，亦不能使余如此也。"①这里，浦江清对西方文学原典的关注正好可以和之前我们所提及他的西学"阅读史"构成一个系统，可以让我们感受到浦江清的学术世界的丰富性以及这种阅读结构对之学术风格的影响，其中最为关键的是他读书的切入之点，他的一种文类自觉意识和自我情感的摇荡。这些书评的内容丰富，涉及的面向多元，有时候是自己主动兴致幽来之作，有时候是协助吴宓工作的产物，但是这些书评无疑促使浦江清跳出自己的学术范围去面对一个更为广泛的人文世界，让他去以书评的形态构建起自己与其他研究者、创作者之间的"态度"关系和学理联系。

　　浦江清从东南大学到清华开始自己一生的学术事业和教书育人的事业，一路上虽有战乱和病痛的折磨，但是在学术上他非常典型地体现了那一代学者非常幸运的因子，他有非常好的老师的指点，通过老师的关系进入当时学术界某一顶层的圈子，他在学术上保持着中西对话的姿态，甚至更倾向于在西学的浏览之中去寻找中国的主体性。他为人传统雅正，但是接受了五四新文化运动的洗礼，在个体的生活世界中浦江清经常将个人的情感放置在理性的分析之中，这使得他非常矛盾和困惑，但是因为他的善良，这些情感的纠结在理性的书写分析甚至是自我讨论中也逐渐地得到纾解，这些在他的书信和日记中已经多有记载。浦江清的个人的人生经历作为现代知识分子的历史来看的时候总是最有兴味的，因为它不仅仅是对一个阶层的物质经济的考察，作为社会结构的一

---

① 《近顷逝世之德国戏剧家兼小说家苏德曼评传》，《浦江清文史杂稿》，清华大学出版社，1993年版。

个空间层面的梳理,而且还糅合了对于一个知识分子的独特的生活世界和学术世界之间关系的探求,正是这种探求的问题之间的张力使得学术的历史变得生动起来。

浦江清在 1949 年至 1952 年 10 月之前依然在清华教书,1952 年 10 月因为院系调整,他进入北京大学中文系。这此后的几年中,浦江清替朱自清完成了《宋五家诗钞》、出版了《杜甫诗选》,完成了《屈原生年月日的推算问题》这篇非常重要的论文。这篇论文缘起于他 1948 年在清华大学讲授《楚辞》过程中,如何去理解《离骚》中的——"摄提贞于孟陬兮,惟庚寅吾以降"这句话。这是屈原对于自己生辰日期的陈述,但是对于"摄提"这个天文学的词汇历来有不同的理解。在这篇论文中浦江清细致地梳理了历来涉及这个问题的文献资料,对天文学上的岁星纪年的问题进行新的解读。这样他从四个方面一一论证:(一)岁星纪年和干支纪年的分别,即太岁超辰问题;(二)岁星纪年的原理和它的发展过程的推想;(三)岁星纪年的甲乙两式;(四)岁星摄提和大角摄提的关联作用。最后浦江清关于屈原具体的生辰日期得到了三点结论:"(一)出生的月份是孟春正月,一年的始月。而且这个正月是近于标准的正月,朔日和立春极近,太阴月份和太阳节气相调和,得阴阳之正。(二)出生的年份是当时天文占星家流行应用的岁星纪年法的正年,是十二循环纪年的始年。岁星在天庙,就在他出生的月份正月孟春和太阳同宫会合。如果用《周礼》从月建得太岁辰名的办法,那么这年就是寅年。他生在寅年寅月,月份上有太岁。(三)出生的日子是庚寅,值孟春节气月的中气,雨水。而且也极近于阴历月的中心,望日。"这篇论文在浦江清晚年的学术研究的地位不言自明,它体现出一种现代语文考证的跨学科的深厚学养。近年浦江清先生的女儿发现了浦江清在西南联大时期的一份读书笔记——《乐律与宫调——读书笔记两种》,在这份读书笔记里面展现的是古代音乐史与文学史的交叉视野,这份未及展开的思路在对屈原的研究中以另一种形式得以继续。这两者体现出浦江清在学术上的某种预流,当彼时的语文学意义的研究主要在传统的校勘目录学意义上展开的时候,他在跨学科的向度上开始努力,这和现代学术上对于新史料的运用是一个层面的,他的研究和20世纪后半叶日渐成为显学的音乐文学研究和年代学研究形成了呼应。

从1955年下半年开始,浦江清的身体急转直下,1957年8月在北戴河逝世。

他的学生季镇淮说:"以1936年为界,随着先生在清华教职的转移,先生由中外古今文化历史的评论家,转而为中国文学的考据与研究的学者,这是自然而然的发展。"如果说学生的这句话是浦江清学术研究外部主题变化的纲要,那么他的朋友王季思的这句话则是浦江清学术内部所受影响的精要说明:"他在清华园的前期,学术上深受王国维、陈寅恪两先生的影响,致力于文史考证之学,而在学问途径上则避熟就生,常能于一般学者注意不到之处深入钻研,提出个人的独得之见;后来服膺闻一多、朱自清两先生,主张精读原著,一字不放过,真得作者意旨,然后联系前人有关论著,融会贯通,而出之以平易之笔,使读者时有会心,乐于信从。"①虽然浦江清先生的学术研究许多是未及展开的话题,只是开了一个头,没有形成最终的系统的思考,但是"书比人长寿",他已经留下的学术著述和一些未刊的文稿已经足以让我们领略到他学术的风景。

二、浦江清的中国文学史研究

浦江清的学术成绩主要由两个方面构成,一个是关于中国文学史的研究,另一个是关于国文教学的研究。这两个方面因为浦江清本人教师的角色决定了它们之间肯定会有交叉,但是为了对浦江清的学术有一个透彻详细的介绍,所以在这篇具有导论性质的文字中,我们将这两方面分而论之。

要理解浦江清的学术思路不仅需要将之放置在民国学术的主流中

① 浦江清:《清华园日记　西行日记》,北京三联书店,第299页。

理解,而且需要将之放置在这个主流中的一群"预流"的精英学术人所造成的学术风格中考察。余英时说:"深入西学之后转而在国故研究方面作出重大贡献者,代有其人。以老一辈而言,如陈寅恪的史学、傅斯年的古代民族史、汤用彤的佛教史、萧公权的政治思想史都代表了中西融合的学术精品,比胡适的开创之作成熟得多了。又由于西学已普遍传入中国的关系,从中国学术系统中出身的人此时也同样可以灵活运用西方的观念和著作方式,在国故研究的领域中写下传世之作。就我较熟悉的史学界而言,陈垣、柳诒徵、吕思勉、顾颉刚和先师钱穆五位大师可为典型代表。"①虽然浦江清学术论著的量是很少的,就其本身的文本来看可能会对我们全面理解浦江清造成某种意义上的阻碍。但是如果我们将之放在历史的前后左右的坐标中去看,去纵览浦江清的文学史研究,那么可以得出这样的结论:从学术的承接上看,他的文学史研究是对王国维的"接着讲",从直接的学术对话对象来说,浦江清的文学史研究是对胡适一派白话文学史研究思路的批判。所以,在进入浦江清的问题之前,我们必须首先对浦江清的这两个背景做一个分析,因为如果没有对背景的深入理解,浦江清的所有论述都将是平面化的。我们甚至可以毫不夸张地说,对于王国维的理解构成了浦江清文学史研究的真正的起点,这个对象的选取和对这个对象的看法,对于理解浦江清的学术无疑至关重要。他本来可以选择胡适、郑振铎、陆侃如等人的文学史的路子,因为这代表了更具有时代性的一股力量,但是他恰恰都回避了,本来他在南京那样的氛围里可以去接续章太炎、刘师培等人的文学史的路子,但是他似乎和他们错过了,最终他遇到了王国维,这或许更多的是得益于吴宓。

浦江清写过两篇关于王国维的文章,一篇讲王国维之死,一篇讲王国维之文艺理论,看起来是分而论之,实际上是内在的一以贯之。时人论及王国维之死,众说纷纭,有认为是殉情,有认为是与罗振玉的私人恩怨等等,浦江清则有自己的一番见解:"然则先生曷为而自沉耶?曰观于

---

① 余英时:《人文·民主·思想》,海豚出版社,2011 年版,第 30—31 页。

其自沉之地点及遗书中世变之语而可以窥也。且今之不敬老也甚矣,翩翩然浊世之年少,相与指画而言曰:某人者顽固,某人者迂腐,某人者遗老。其亦不思而已矣,一代有一代之思想,一代有一代之道德观念,一代有一代之伟大人格。我生也有涯,而世之变也无涯,与其逐潮流而不反,孰若自忠其信仰,以完成其人格之坚贞。后之视今亦犹今之视昔,吾人亦终有一日而为潮流之落伍者。夫为新时代之落伍者不必惧,所惧者在自己之时代中一无表见耳。且先生所殉者,为抽象的信仰而非特别之政治。善哉义宁陈寅恪君之言曰,先生所信者为三纲六纪之柏拉图式的概念,故君为李煜亦期之以刘秀,友为郦寄亦待之以鲍叔也。抑余谓先生之自沉,其根本之意旨,为哲学上之解脱。三纲六纪之说亦不过其解脱所寄者耳。先生抱悲天悯人之思,其早年精研哲学,受叔本华之影响尤深。即其诗词之所歌咏,亦徘徊于人生诸问题之间。虽晚年绝口天人之语,然吾知其必已建设一哲学之系统。"这一段话看似是对王国维之死这个事件的评论,但是细细揣摩其实是将这个偶发的事件放置在了晚清以来的中西文化的世变之中来看,看王国维的命运就是看这个世变中的每一个主体的命运,对王国维的分析就是对自我的分析。在这里,浦江清的分析涉及了道德思想的进步与落后、新与旧这样的区分是否合理,涉及了文化的抽象的信仰,由这个独特的提法——这主要是受到陈寅恪的影响,他更推一步去追寻王国维背后的一套哲学的体系。这些问题也是他自己在生活和学术中必然会遇见的。

总之,与王国维的相遇让他走了另一种文学史的研究之路,这构成了他一生学术最为闪亮的部分。下面我们就从浦江清文学史研究的前后左右来看浦江清的文学史研究。

1. 作为浦江清学术背景的王国维

浦江清进入中国文学史研究的时候,文学史在晚清以来的中国已经有了一个时间并不短的发展。晚清以来的文学史里面的核心问题,对于浦江清来说也同样是核心的问题。他也是在对它们的思考和回应中获得自己对于文学史的新理解和新论述的。可以说文学史是随着西方的分科而进入中国的,正如有学者所说的:"中国以前没有一个统一的文化生产领域称之为'文学',只有一系列文体,每种文体都有自己的独特历史。"①文学史里面究竟应该写什么,这里面就涉及文学是什么的问题。在晚清,对"文学"的热烈讨论与纯文学概念紧密相关。西方的纯文学的概念在晚清学术界竖立起了一个绝对的权威,同时也挑起了丰富的对话,以前沉睡的材料在这个西方纯文学概念的刺激之下全部都活跃起来。这正如后来梁启超所说:"吾侪受外来学术之影响,采彼都治学方法以理吾故物。于是乎昔人绝未注意之资料,映吾眼而忽莹;昔人认为不可理之系统,经吾手而忽整;乃至昔人不甚了解之语句,旋吾脑而忽畅。质言之,吾侪所恃之利器,实洋货也。坐是之故,吾侪每喜以欧美现代名物训释古书,甚或以欧美现代思想衡量古人。"②例如章太炎与刘师培关于文笔之争的讨论就是在西方纯文学的刺激之下所作出的回应。③

关于这个问题的讨论,从晚清开始就已经资料浩繁,这里仅略举几个例子,以窥见其大致的思路。王国维在《论哲学家与美术家之天职》(1905年)里面说:"戏曲小说之纯文学亦往往以惩劝为旨,甚有纯粹美术上之目的者,也非惟不知贵,且加贬焉。"④黄人在《普通百科新大辞典》里面"文学"一条说:"兹列欧美各国文学界说于后,以供参考。以广义言,则能以言语表出思想感情者,皆为文学。然注重在动读者之感情,必当使寻常皆可会解,是名纯文学。……惟各国国民之性情思想,各因习惯,其言语之形式亦异。故各国文学,各有特色。以外形分,则有散文、韵文之别。而抒情诗、叙事诗、剧诗等(以上皆于我国风骚及传奇小说为近),于希腊时代,虽亦随外形为区别,而今则全从性质上分类。要之我国文

---

① 宇文所安:《史中有史(上)》,《读书》,2008年第5期,第23页。

② 梁启超:《先秦政治思想史》,天津古籍出版社,2003年版,第17页。

③ 参见木山英雄《"文学复古"与"文学革命"》,收入木山英雄《文学复古与文学革命》,北京大学出版社,2004年版。

④ 王国维:《论哲学家与美术家之天职》,傅杰编《王国维论学集》,云南人民出版社,2008年版,第356页。

学,注重在体格辞藻,故所谓高文者,往往不易猝解,若稍通俗随时,则不甚许以文学之价值,故文学之影响于社会者甚少,此则与欧美各国相异之点也。以源流研究文学者曰文学史。或以种族,或以国俗,或以时代,种类甚多,颇有益于文学。而我国则仅有文论、文评、及文苑传而已。"①由此可见西方纯文学的概念一个非常关键的作用就是将中国传统文学分成了像抒情的与政治的、功利的与非功利的这样的两个种类。西方纯文学的概念也引起了文学史写作者的类比兴趣,促使他们在中国的固有文类里面寻找和西方相对应的文类。一方面从形式上来说,诗歌和骈文当然受到特别的青睐。例如,1917 年刘师培在北大讲授中古文学史,开宗明义:"俪文律诗为诸夏所独有,今与外域文学竞长,惟资斯体。"另一方面,如果将纯文学当作是一种文学观念的话,它就和某一种文类没有特别的关系。所以我们可以看到,不仅是诗歌,而且小说、戏剧都可以是纯文学。王国维说:"美术中以诗歌、戏曲、小说为其顶点,以其目的在描写人生故。"②什么是王国维所认为的"美术"呢? 他说:"物之能使吾人超然于利害之外者,必其物之于吾人无利害之关系而后可,易言以明之,必其物非实物而后可。然则非美术何足以当之乎?"③西方纯文学概念重新塑造了中国文学,也成为对中国文学进行批评的一个标准。什么可以进入文学史什么不能进入文学史,这个门槛的设定就和写作者如何回应西方纯文学刺激下的"文学观"有关。也正是这个原因,每位对文学史写作抱有浓厚兴趣的写作者都会在开头先亮出自己的文学观。文学史的地图就和这个变动相关。但是关于文学史的讨论从新文化运动开始发生了微妙的转变,那些曾经由西方纯文学带来的刺激被整合进一些新的问题里面。经过新文化运动,相较晚清时候,文学史的概念发生了一个重要的变化。以前只有问是什么可以进入文学史,现在首先要问的是什么

---

① 转引自陈平原《晚清辞书视野中的"文学"》,《北京大学学报》(哲社版),2007 年第 2 期,第 69 页。
② 王国维:《〈红楼梦〉评论》,《王国维文学论著三种》,商务印书馆,2004 年版,第 6 页。
③ 同上书,第 4 页。

是文学史。我们从朱希祖的变化可以感知到当时风气变化之一斑。朱希祖说:"《中国文学史要略》乃余于民国五年为北京大学校所编之讲义。与余今日之主张,已大不相同,盖此编所讲,乃广义之文学,今则主张狭义之文学矣。以为文学必须独立,与哲学、史学及其他科学,可以并立,所谓纯文学也。此编所讲,徂述广义文学之沿革兴废也,今则以为文学史必须述文学中之思想及艺术之变迁。其他不同之点尚多,颇难缕陈,且其中疏误漏略可议必多。则此书直可以废矣。"①从朱希祖的变动我们可以看出,新文化运动之后除了"纯文学"的概念继续发挥了重要作用之外,还有就是由"徂述广义文学之沿革兴废也"到"今则以为文学史必须述文学中之思想及艺术之变迁"。"沿革兴废"和"思想及艺术之变迁"有何不同? 傅斯年在评论王国维的《宋元戏曲史》时说道:"研治中国文学,而不解外国文学,撰述中国文学史,而未读外国文学史,将永无得真之一日。以旧法著中国文学史,为文人列传可也,为类书可也,为杂抄可也,为辛文房'《唐才子传》体'可也,或变黄全二君'学案体'以为'文案体'可也,或竟成《世说新语》可也;欲为近代科学的文学史,不可也。文学史有其职司,更具特殊之体制;若不能尽此职司,而从此体制,必为无意义之作。王君此作,固不可谓尽美无缺,然体裁总不差也。"②傅斯年提出了一个新的问题——如何写作"近代科学的文学史"。在傅斯年的设计里面一种新的科学的文学史是以"外国文学史"作为标准的。他对王国维的《宋元戏曲史》大为褒奖,是因为王国维能够在"自然"的观念之下发现了中国以前的"非主流"的文学的价值,"宋金元明之新文学,一为白话小说,一为戏曲。当时不以为文章正宗,后人不以为文学宏业",王国维却慧眼独到地看到了作为宋金元明新文学代表之一的元曲的价值所在。而胡适、傅斯年等人所积极提倡的白话文运动就是要发现过去被正统文学所压抑的那些真正有生命力的文学。为了达到这个目的,就必须用新

---

① 朱希祖:《中国文学史要略叙》,《早期北大讲义三种》,陈平原辑,北京大学出版社,2005 年版,第 241 页。

② 傅斯年:《王国维著〈宋元戏曲史〉》,《新潮》,第 1 卷第 1 期。

的观念去将那些被压抑的有生命力的文学表彰出来。王国维带给傅斯年的"震惊"一直延宕到他留学欧洲归来:"十余年前所读书,当时为之神往者。此回自欧洲归,道经新加坡,于书肆更买此册,仍觉是一本最好之书,兴会为之飞也。民国十五年十月□□(案:英文字不清楚)舟中。"①那么能不能说王国维和胡适他们的白话文学史观相同呢?我们先以刘师培和王国维为例回到新文化运动之前看一看。当刘师培用西方的"美术"来凸显中国的骈文价值并且认为骈文可以和外国的文学相竞争的时候,他其实是认为在这个共同的文学观念下中外是可以相竞争而且骈文也丰富了对于"文学"或者"美术"的内涵的。

可是,王国维在赞赏《红楼梦》的时候,虽然同样借助于西方的美术的概念,但是他不是在于对哪一类文体的重新发现,他注重的是"描写人生之苦痛与其解脱之道"这样的作品,所以作为戏曲的《桃花扇》可以和作为小说的《红楼梦》相提并论。这一类作品在中国文学里面是不多见的天才式的作品,中国文学的特点在王国维看来:"吾国人之精神,世间的也,乐天的也,故代表其精神之戏曲、小说,无往而不著此乐天之色彩:始于悲者终于欢,始于离者终于合,始于困者终于亨。"②《红楼梦》恰恰是中国文学的一个例外。所以可以看出来,刘师培借助于"美术"的概念肯定了中国传统既有的一个文类的地位,作家和作品是属于文类的一个部分,而王国维借助于新的观念要表彰的是作家和作品,文类并不重要,所以在他那里重要的是他所认同的美学观念以及那些他所认为的体现出那些观念的作家和作品。我们在这里看不到,无论是刘师培还是王国维他们有写作一部类似于胡适的文学史兴趣:"文学史谈何容易!要能见其大,要能见其小。小的是一个个人的技术,大的是历史上的大运动和大倾向。大运动是有意的,如穆修、尹洙、石介、欧阳修们的古文运动,是对杨亿派的一种有意的革命。大倾向是无意的,是自然的,当从民间文

---

① 这是傅斯年藏书《宋元戏曲史》上的批注,转引自王汎森《王国维与傅斯年》,贺照田主编《学术思想评论》,辽宁大学出版社,1998年版,第474页。

② 王国维:《〈红楼梦〉评论》,《王国维文学论著三种》,商务印书馆,2004年版,第13页。

学白话文学里去观察。若不懂得这些大倾向,则林纾的时代和姚鼐的时代、欧阳修的时代,直可谓无甚分别;陈三立的时代和黄山谷的时代也无甚分别。"①

白话文学史观所要提倡的是"平民文学"以及文学进化论,这里面有很强的历史目的论。刘师培未尝没有注意到"文学之进化",他在1907年的时候认为古代诗歌一开始都是咏事、征世,只有到"老庄告退,山水方滋"之后才开始有了非功利的"流连光景"以及追求"神韵"的特点。这些在刘师培看来正是"文学之进化随民智而变迁"。② 他通过斯宾塞的观点来观察中国文学的发展趋势:"上古之书,印刷未明,竹帛繁重,故力求简质,崇用文言。降及东周,文字渐繁;至于六朝,文与笔分;宋代以下,文词益浅,而儒家语录以兴;元代以来,复盛兴词曲:此皆语言文字合一之渐也。故小说之体,即由是而兴,而《水浒传》《三国演义》诸书,已开俗语入文之渐。陋儒不察,以此为文字之日下也。然天演之例,莫不由简趋繁,何独于文学而不然?"③但是到正式登场讲授文学史的时候,刘师培的思路依然是传统的:"文学史者所以考历代文学之变迁。古代之书,莫备于晋之挚虞,虞之所作,一曰《文章志》,一曰《文章流别》。志者,以人为纲也;流别者,以文体为纲者也。今挚氏之书久亡,而文学史又无完善课本,似宜仿挚氏之例,编撰《文章志》《文章流别》二书,以为全国文学史课本,兼为通史文学传之资。"④再来看王国维,虽然王国维在《宋元戏曲史》的开头就说:"凡一代有一代之文学,楚之骚,汉之赋,六代之骈语,唐之诗,宋之词,元之曲,皆所谓一代之文学,而后世莫能继焉者也。"王国维背后的理由是元曲体现出了"自然"。王国维这里的自然是"西方有机

① 胡适致顾颉刚,《小说月报》,14卷4号,1923年4月。
② 刘师培:《古今画学变迁论》,《国粹学报》,1907年3月第1号。
③ 刘师培:《论文杂记》,陈引弛编校《刘师培中古文学论集》,中国社会科学出版社,1997年版,第226页。
④ 刘师培:《搜集文章材料方法》,陈引弛编校《刘师培中古文学论集》,中国社会科学出版社,1997年版,第105页。

论和生命主义的'自然'"。① 但是王国维也只是在阐释宋元戏曲史的时候运用了具有历史主义的"自然"概念，或者说他的这些阐释的运用都是在一个文类的内部使用，并没有扩展到文类之间的历史变化关系的描述上。同时，更为关键的是，王国维没有关注这些文类之间的递变关系，认为文学史当中存在着一个历史的目的论，一个无所不在无所不包的"文学史的公式"。

不过，单独地看他的《宋元戏曲史》的确是书写了一个新的"近代科学的文学史"当中的一段，也就是傅斯年所说的"宋金元明之新文学"。在很多人看来，王国维的观点和胡适不过一步之遥，胡适只是将之往前推了一步，变成了整个文学史的基本准则。换句话说，后人看王国维著述的时候都无不带着新的文学史的眼光来阅读，所以发现了许多类似之处。任访秋说："王先生为逊清之遗老，而胡先生为新文化运动之先导，但就彼二人对文学之见地上言之，竟有出人意外之如许相同之处，不能说不是一件极堪耐人寻味的事。"②胡适自己的文学观点和王国维类比并不十分认同，他在回复任访秋的信中说："我的看法是历史的，他的看法是艺术的，我们分时期的不同在此。"胡适所谓的"历史"倒不是历史的本身，如果是历史的本身的话，那么南宋词就应该作为历史的一部分存在。他的"历史"背后其实是就是"进化论"的思想，正是在这样的思想指引之下，他才可能对南宋词的价值一概否认。胡适的否认是在一个历史与艺术相分离的现代学科视野里面所作出的。这实际上还是认同了他们之间思路的类似，只不过是学科路径不一样而已。经历过白话文运动的那些学者们读到王国维的著述的时候又惊讶又惋惜，惊讶的是一位"封建遗老"居然有那么新颖的学术见解，例如，1923 年 12 月 16 日胡适在日记里面就记录下了他的惊讶："静庵先生问我，小说《薛家将》写薛丁山弑父，樊梨花也弑父，有没有特别的意义？我竟不曾想过这个问题。希腊

---

① 罗钢：《王国维与泡尔生》，《清华大学学报》（哲社版），2005 年第 5 期，第 27 页。
② 任访秋：《王国维〈人间词话〉与胡适〈词选〉》，参见姚柯夫编《〈人间词话〉及评论汇编》，书目文献出版社，1983 年版，第 73 页。

古代悲剧中常有这一类的事情。"①

王国维的矛盾似乎成了一个新文化运动自我历史叙述里面重要的链条，王国维是一个过渡的人物，他身上必然新旧矛盾非常明显。他的矛盾正好证实了"新学术"的必然胜利。郭沫若在他的《中国古代社会研究》里面的一段话就颇具有代表性："王国维一生的学业结晶，在他的《观堂集林》和最近所出的名目实远不及《观堂集林》四字冠冕的《海宁王忠悫公遗书》。那遗书的外观虽然穿的是一件旧式的花衣补褂，然而所包含的却多是近代的科学内容。这儿正是一个矛盾。这个矛盾正是使王国维不能不跳水而死的一个原因。王国维研究学问的方法是近代式的，思想感情是封建式的。两个时代在他身上激起了一个剧烈的阶级斗争，结果是封建社会把他的身体夺去了。然而他遗留给我们的是他知识的产品，那好像一座崔巍的楼阁，在几千年来的旧学的城垒上灿然放出了一段异样的光辉。"②如果不把郭沫若的"封建的"理解成我们已经过于熟悉的批判性的话语，那么经过一番解释，郭沫若的话还是道出了一些对王国维"矛盾"解释的真知灼见。只是我们必须理解王国维是在什么意义上曲折地表现出他的矛盾之处，只有如此我们才能明白，他的矛盾不是一个抽象的所谓清帝国到民国之间社会制度断裂的象征。因为我们至今和王国维依然共享着许多东西，所以理解他的"矛盾"才能更好地理解我们自己的矛盾。如果将王国维的矛盾都归结为一种政治制度的矛盾，那么按照这个逻辑民国之后随着帝国的结束，他的矛盾本应该结束了，这样我们可以将他当中我们所看到的进步的合理的部分剥离出来。我们看到了这样的一个"诡计"，对王国维的矛盾的阐释不是为了对他进行批评，而是为了我们可以正大光明地去将他的研究，也就是郭沫若所说的"近代的科学内容"变成我们的新传统。这样王国维的矛盾被明显地放置在我们的面前，但是我们可以不必计较，因为我们都是民国

① 曹伯言整理：《胡适日记全编》第4卷，安徽教育出版社，2001年版，第131页。
② 郭沫若：《中国古代社会研究》，河北教育出版社，2000年版，第6—7页。

之后的研究者了。

1922年王国维曾经对胡适的《水浒传》以及《红楼梦》的研究表示欣赏，但是又对他提倡的白话文运动持否定态度。[①] 王国维的矛盾很容易如我们上面所说的，会在一种抽象的"封建遗老"的政治思想批判的思路里面被一笔带过。在我们看来胡适对《水浒传》和《红楼梦》的推崇本身就内在于他的白话文学历史观里面，王国维将之割裂开来不是矛盾吗？王国维对胡适的考证表示非常欣赏，在王国维这里不仅是一个简单的方法上的认同而是有其背后的原因。在《〈红楼梦〉评论》里面王国维按照叔本华的美学理论认为："《红楼梦》中所有种种人物、种种之境遇，必本之于作者之经验。"[②]这句话单独列出来觉得理所当然，但是在王国维这里却是经过一番仔细的论证，只有理解了这句话与叔本华美学理论的紧密联系，我们才能理解王国维随即所说的这句看起来奇怪之谈："《红楼梦》自足为我国美术上之唯一大著述，则其作者之姓名与其著书之年月，固当为唯一考证之题目。"[③]其中的两个"唯一"，不是简单的情绪之言，都是言无虚发，背后的理据真是脉络井井！在这里我们知道王国维的思路并非是白话文运动的思路，我们必须解释明白这之间的貌同心异之处，才能看到王国维真正特殊的地方。在白话文运动之后，王国维对《红楼梦》、宋元戏曲的评价可以分散到新的文学史的各个部分里面去，所以在谈到宋词的时候我们会引用到《人间词话》，在谈到明清小说我们会引用《〈红楼梦〉评论》，谈到元曲我们会引用《宋元戏曲史》等等，而这些文本在王国维那里的内在性和问题意识却消失了。王国维的矛盾仅仅被描述成了新文化运动视野里面的矛盾，所以他的问题成了诸如作为白话文运动的"同路人"的王国维和反对白话文运动的王国维这样的矛盾。白话文运动是通过对过去的传统文章之学和诗学的否定来肯定小说、戏曲等文类的，而王国维则是在"学术"的立场上走到对小说、戏剧等的重新

---

① 王国维致顾颉刚，《文献》，1983年第4期，第206页。
② 王国维：《〈红楼梦〉评论》，《王国维文学论著三种》，商务印书馆，2004年版，第28页。
③ 同上书，第29页。

评定上的。王国维对"学术"有他自己独到的认识。他在《新学语之输入》里认为中国人与西方人的不同之处在于:"我国人之特质,实际的也,通俗的也;西洋人之特质,思辨的也,科学的也,长于抽象而精于分类,对世界一切有形无形之事物,无往而不用综括(Generalization)及分析(Specification)之二法,故言语之多,自然之理也。吾国人之所长,宁在于实践之方面,而于理论之方面,则以具体的知识为满足,至分类之事,则除迫于实际之需要外,殆不欲穷究之也。"①但是王国维认为中国人缺乏一种抽象能力,造成了中国学术的不发达,也就是"我国学术尚未达自觉(Selfconsciousness)之地位也"。所以"学术"在王国维那里也有了非常独特的涵义,他说:"乏抽象之力者,则用其实而不知其名,其实亦遂漠然无所依,而不能为吾人研究之对象。"②在另一篇给罗振玉的《国学丛刊》所写的《序言》里面,他说:"学有三大类:曰科学也,史学也,文学也。凡记述事物,而求其原因,定其理法者,谓之科学;求事物变迁之迹,而明其因果者,谓之史学;至出入二者间,而兼有玩物适情之效者,谓之文学。然各科学,有各科学之沿革。而史学又有史学之科学,如刘知幾《史通》之类。若夫文学,则有文学之学如《文心雕龙》之类焉,有文学之史如各史文苑传焉。而科学、史学之杰作,亦即文学之杰作。故三者非斠然有疆界,而学术之蕃变,书籍之浩瀚,得以此三者括之焉。"③在这里王国维认为学术的内容就是科学、史学和文学可以完全涵括。因此,他认为在学术上区分中西、新旧和"有用""无用"都是错误的。他在文章的末尾说:"夫天下之事物,非由全不足以知曲,非致曲不足以知全,虽一物之解释,一事之决断,非深知宇宙人生之真相者,不能为也。而欲知宇宙人生者,虽宇宙人生之一现象,历史上之一事实,亦未始无所贡献。"④西方的知识在王国维看来是在"学术"的范畴里面,不存在中西之辨。他不会去

① 王国维:《新学语之输入》,傅杰编《王国维论学集》,云南人民出版社,2008 年版,第 467 页。
② 同上书,第 468 页。
③ 王国维:《〈国学丛刊〉序》,傅杰编《王国维论学集》,云南人民出版社,2008 年版,第 488 页。
④ 同上书,第 490 页。

思考产生那一套知识与产生它们的社会政治运动之间的互动关系。不过在辛亥革命这场社会政治变动之后,王国维自觉到了自己的政治主体以及所要担当的政治伦理责任。

在1917年写作《殷周制度论》的时候,他在给罗振玉的信里写道:"此文于考据之中,寓经世之意,可几亭林先生。"①但是这并不意味着他认同了中西之辨。即使在《殷周制度论》里面他对自己的政治主体的表达也是从抽象的"政治与文化之变革"入手,他的方法和顾炎武也绝不一样,用余英时的话来讲就是:"其中并未引用任何西方学说,但全文以'政治与文化之变革'为基本概念,而统整无数具体的历史发现于其下,层次分明。如果不是由于对西学已探骊得珠,他根本不可能发展出如此新颖的历史构想。"②对于这种方法,王国维的好友陈寅恪可谓有充分的理解。他在《王观堂先生挽词并序》里面的一段长言可以当作王国维这篇文章思路的说明:"吾中国文化之定义,具于白虎通三纲六纪之说,其意义为抽象理想最高之境,犹希腊柏拉图所谓 Idea 者。……夫纲纪本理抽象之物,然不能不有所依托,以为具体表现之用。其所依托以表现者,实为有形之社会制度,而经济制度尤其最要者。故所依托者不变易,则依托者亦得因以保存。"③他的背后虽然还有"经世之意",但是表达的方式是全新的了。他所表达出的主体不是一个历史性的主体而是抽象的观念性的主体。如果我们不能理解这种变化,也就不能理解这种现象:如果说王国维自觉到了自我的政治性和伦理性,那么20世纪20年代他对胡适的夸赞就非常有趣了。这里的意思不是说王国维应该站在"封建遗老"的道德立场上对小说这样的"小道"予以批评,才算是具有了和他的此时的主体的同一性。我们所要提问的是如果他不是抽象地理解了中国文化的道德内涵,那么他应该对胡适的《红楼梦》考证予以批评才是。因为

---

① 袁英光、刘寅生编:《王国维全集书信》,中华书局,1984年版,第221页。
② 余英时:《"国学"与中国人文研究》,参见何俊编《余英时学术思想文选》,上海古籍出版社,2010年版,第440页。
③ 陈寅恪:《王观堂先生挽词并序》,《陈寅恪集·诗集》,北京三联书店,2009年版,第12页。

正如他自己所明白的，他写的《殷周制度论》的背后是寄寓了"经世之意"，是对辛亥之后的文化危机的回应。那么他也应该理解《红楼梦》背后所可能隐含的政治意涵，即使没有充分的理据来确证，至少在学术上他似乎更应该对所谓的"索隐派"更加亲切才是。

由此可见，王国维用抽象观念来阐释具体问题的方法是一以贯之的。他从来没有拒绝这种方法论的绝对普遍性。所以我们看到他在20世纪20年代依然会和胡适谈论小说《薛家将》的悲剧性，向顾颉刚夸赞胡适的小说考证，这些背后的理据都是来自于叔本华理论。但是王国维在白话文的问题上止步了。这当然可以解释成王国维的"封建士大夫"的主体身份。然而，如果这样抽象地去解释的话，也就是像郭沫若那样认为的"王国维研究学问的方法是近代式的，思想感情是封建式的"，这里面恰恰隐藏了新文化运动所形成的对立——传统士大夫的立场与平民主义立场之间的对立。这个对立的彼消此长成为新文化运动之后很多知识分子思想变化的内在动力，像周作人就说自己的身上有"绅士鬼"和"流氓鬼"这样两个"鬼"。新文化运动之后谈到小说、戏曲必然就是和一种平民政治紧密联系在一起的。

对于王国维来说他不是通过对平民文学的提倡来提升小说、戏曲等文类的价值，在他的世界里面不存在这样一个区分的问题意识，认为只要提升小说、戏曲的地位就是在提倡平民文学，就是在认同这背后的一系列新的政治、伦理价值。他从来没有在自己的立场里面分离出一个平民政治的立场。西方的知识在胡适和王国维那里都同样的重要，但是王国维是在自己的对于"学术"的理解里面处理这个问题的。而在新文化运动的发起者看来，西方的知识之所以可以成为我们的一部分并不是知识上的，而是意味着一种实践，并且必然和一种社会政治变革紧密相联。它们具有的能动性将引领我们去想象一种新的生活，做一个"新人"。这里之所以提出这种内在的差异问题是因为中西在王国维的学术世界里面依然是一个必须要回应的问题，只是他所采取的立场是强调学无中西。王国维的著述在新文化运动之后受到了极大的关注，无论是新文化运动阵营里面的胡适、傅斯年、俞平伯等，还是对新文化运动持有一定批评态度的吴宓、浦江清等人都无不对王国维推崇备至。这涉及新文化运动产生的一个影响深远的作用。

虽然在新文化运动之后，中西之争似乎又成为重要的话题。不过正如同时代的一位观察者所分析的："当新文化进行方锐之际，对于本国旧有文化思想道德，每不免为颇当之抨击，笃旧者已不能无反感。欧战以后，彼中自讼其短者，时亦称道东方以寄慨。由是而东、西文化之争论遂起。"这位观察者随即通过对梁启超和梁漱溟的分析发现："于西方化之科学、民治，则根本皆无所反对。所谓东西方文化者，亦不能有严正之区分。"同时《学衡》派也不过是"以西洋思想矫正西洋思想"。① 周作人也有类似的看法："现在有许多文人，如俞平伯先生，其所作的文章虽用白话，但乍看来其形式很平常，其态度也和旧时文人差不多，然在根柢上，他和旧时的文人却绝不相同。他已受过了西洋思想的陶冶，受过了科学的洗礼，所以他对于生死，对于父子、夫妇等问题的意见，都异于从前很多。在民国以前人们，甚至于现在的戴季陶、张继等人，他们的思想和见地都不和我们相同，按张、戴的思想讲，他们还都是庚子以前的人物，现在的青年，都懂得了进化论，习过了生物学，受过了科学的训练。所以尽管写些关于花木、山水、吃酒一类的东西，题目和从前相似，而内容则前后绝不相同了。"②我们可以看出当西方的思想成为我们共同的一个思想前提的时候，如何再来区分中西，这的确是一个值得不断思考的问题。而正是在作为文类史的文学史研究和中西诗学的互相阐释的可能性的探索上，浦江清和王国维在学术的历史中对接了。

---

① 这些是钱穆 1928 年任教于苏州中学时候的观察，参见钱穆《国学概论》，商务印书馆，第 341、345、349 页。
② 周作人：《中国新文学的源流》，钟叔河主编《周作人散文全集》第 6 卷，广西师范大学出版社，第 102 页。

2. 新文化运动之后的白话文学史研究

新文化运动对文学史以及"文学"的理解开始和更加广泛的社会思想运动联系在一起。虽然新文化运动强调的是平民的文学、强调的是白话文学,而西方的纯文学的观念无疑仍然带有一种精英文化的思想意识,但这种紧张却能够在新文化运动之后形成一种互补的关系。在文学上能够对白话文运动形成一定批评的,不会是"旧文学"里面的观念,而是一种西方的纯文学观念。这是因为在文学要摆脱旧文学特别是儒家伦理的束缚上,西方纯文学和白话文运动所隐含的这个批评对象是一致的。同时,天才、文学与情感、文学与人生这些观念开始对中国文学史进行新的阐释。例如梁启超在《中国韵文里头所表现的情感》(1922 年)里面说:"惟自觉用表情法分类以研究旧文学,确是饶有兴味。前人虽间或论及,但未尝为有系统的研究。"①在写到李商隐的时候,梁启超说:"近来提倡白话诗的人不消说是极端反对他了。平心而论,这派固然不能算诗的正宗,但就'唯美的'眼光看来,自有他的价值。如义山集中近体的《锦瑟》《碧城》《圣女祠》等篇,古体的《燕台》《河内》等篇,我敢说他能和中国文字同其运命。……这些诗,他讲的什么事,我理会不着,扳开一句句地叫我解释,我连文义也解不出来。但我觉得他美,读起来令我精神上得一种新鲜的愉快。须知美是多方面的,美是含有神秘性的。"②从梁启超对白话文运动的"补充"里面,我们看到他以"唯美的"眼光肯定了被白话文眼光所忽略掉的部分。但是这个修正又掩盖了他们共有的前提。我们不得不说晚清以来的文学史讨论在这里向前拐了一个大弯,在新文化运动之前,至少旧文学的写作还没有失去它的合法性,但是在新文化运动之后,旧文学写作的合法性已经岌岌可危了。在这之前虽然小说、戏曲随着西方纯文学观念的激荡地位提升,但是儒家的文学观念还是能够

---

① 夏晓虹编:《大家国学·梁启超卷》,天津人民出版社,2008 年版,第 87 页。
② 同上书,第 138 页。

得到大多数人的认同。可是新文化运动之后,儒家的文学观的合法性已经荡然无存了。新文化运动之后的文学史即使有争论也是在扫除了他们共同的"敌人"——儒家文学观念之后开始的。同时,儒学与中国传统文学之间的关系变得越来越抽象,他们越来越变成一个对象化的外在的论述。

将新文化运动的若干价值观转化进学术领域的是 20 世纪 20 年代初渐趋热烈的整理国故运动。虽然整理国故运动作为一个学术运动来看,和新文化运动一样,无论在地域上还是在持续的时间上都很有限,并不是一个遍布南北的全国性运动,但是它所引起的讨论和提供的一套新的话语可以说在中国传统的文史领域引起了爆炸式的效果而且影响深远。对于这场学术运动的来龙去脉已经有许多学者予以了详细讨论①。我在这里只想强调这场运动当中所形成的一些"新学术"的规范。作为一个时代的思想话题,所引起的各种各样的议论,借助于现代报刊的传播,文本的丰富性可以想象。这些规范在实际的议论中意义也不断变化,我在这里不太想以一种关键词的方式来整理出一些规范在不同思想文本里面的涵义,而是想强调是新文化运动这一方规定了讨论的规则。况且这些思想的争论与研究实践之间是不断互动的,只有结合研究实践才能说明问题。所以我在这里仅仅从傅斯年发表在《新潮》上的《中国学术思想界之基本谬误》(1918 年)、毛之水的《国故与科学的精神》(1919 年)、胡适发表在《新青年》杂志上的《新思潮的意义》(1919 年)、顾颉刚的《中国近来学术思想界的变迁观》(1919 年)一直到胡适的《〈国学季刊〉发刊宣言》(1923 年)等文本中来概括一个关键的方面,就是新旧学术的区分。旧学术一般被认为是没有条理、没有系统、不科学的、主观的等,相应的新学术应该是条理的、有系统的、科学的、客观的等,这两者背后对应的是旧学者和新学者。当这些原则、词语等被一些学者用来整理、改

---

① 例如台湾东海大学陈以爱的博士论文《整理国故运动的兴起、发展与流衍》(未刊稿),台湾政治大学历史系研究部,2002 年。

造自己的学术领域的时候，所引起的各种反应才更为有趣。换句话说，或许只有在每一个具体的学科范围之内，再来重新观察那些宏大的思想讨论才是有意义的。这就要求我们不能够大而化之地处理那些史料，因为发言者之间都在使用具有权威的语言，例如新旧、科学与迷信、主观与客观等这些区分，但是其背后的问题意识则是我们应该仔细分辨的。如果我们仅仅受限于那些表面的分野和讨论，我们似乎可以得到一些大致的印象和问题讨论的轮廓，但是终究可能是"买椟还珠"，不能对问题有探本之见。这对于思想论争极为频繁的现代学术中的史料处理更加需要小心。

在新文化运动之后，谈论中西问题是在新旧区分的前提之下被讨论，所以就文学来说需要排除的是旧的文学，它的写作者的身份从一位士大夫的身份变成了一位现代意义上的作者，旧的文学批评是主观的随意的，新的文学批评应该是客观的理性的。这些又影响到了对于文学史的看法，旧的文学史是文苑传，新的文学史应该注重时代、分期，需要将文学历史看作一个"有机体"，用傅斯年的话来说就是："文学史或者可和生物史有同样的大节目可观。"①这些观念成为新文化运动之后文学研究的主流态度。文学成为研究的对象，它作为现代学术的一个部分而出现。这带来的影响有：第一，传统的文学被对象化了，因为经过了白话文运动，它的写作的合法性受到了挑战。朱自清就曾经在日记里面写道："振铎谈以五四起家之人不应反动，所指盖此间背诵、拟作、诗词习作等事。又谓论文当以现代为标准，如马致远凤推大曲手，远出关汉卿之上，然自今言之，马作多叹贫嗟卑，关作较客观，当多读关作也。"②即使仍有新的写作者，但是所处的环境、所面临的挑战和以前已经大大不相同了。第二，也正因为文学研究成为一个现代学科的时候，新学术的力量就在于通过塑造自己的对手的方式来将自己的基本理念传播出去，那些寻求

① 傅斯年：《中国古代文学史讲义》，上海世纪出版集团，2008年版，第9页。
② 《朱自清全集》第9卷，江苏教育出版社，1997年版，第298页。

新旧调和的知识分子往往也是在新学术所设定好的原则之下来尽最大可能将自己的观点表达出来,也就是说他们心目中的对于问题的理解不管是符合还是不符合新学术,都必须要通过新学术的价值将他们的意思"翻译"出来。第三,经过了新文化运动以及20世纪20年代的整理国故运动,新学术界的表达方式已经发生了巨大的改变,人们想要区分新旧或许还可以,但是要区分中西就不那么容易了。正如冯友兰回忆自己所写的《秦汉历史哲学》一文时所说:"这篇文章,是我于1933—1934年在欧洲的所见所闻的理论的结论,标志着我的思想上的转变,认识到所谓东西之分,不过是古今之异。"①

通过至少这三方面的变化,人们似乎逐渐遗忘了文学研究作为现代学术一部分本身所具有的特殊性——对于过去的文学的研究和新文化运动之后的"新人"想象是同构的。我们可以看到越来越包容性的论述,胡适的白话文学史里面所遗漏的作者被带回来了,正如我们上面所提到的梁启超所写的李商隐。胡适的白话文学史似乎是形成了一些空格,他的批评者似乎只要将那些空格填补上就可以了。胡适的白话文学史观固然单一,但是往往我们也有可能将反对或者批评胡适的一方给单一化。他们是在什么样的立场上对胡适形成批评的,这不同的通道以及其所提出的问题才是我们所关心的。

3. 浦江清对王国维的"接着讲"与对中国文学史的再阐释

前面我们说过,浦江清的中国文学史研究不是飞来峰,而是建立在我们上面一段以王国维为中心的晚清以来的纷繁复杂的文学史书写历史之中的,也只有在这个纵深的镜头里面我们才能够将浦江清关于中国文学史的一系列分析立体化,也只有在这个镜头里才能确立浦江清的中国文学史研究的特色。如果实在要用一句话来总结其特色,那么就是浦江清一直在寻找中国文学的特质,这是在西方的视野中形成的。这不单

---

① 冯友兰:《三松堂自序》,人民出版社,1998年版,第229页。

单是一种寻找比较的视野,而是要理解中国文学的主体性的特质。一方面看,这给他一个超越很多人的视野,特别是和王国维、吴宓、陈寅恪的或隐或显的对话更是将他带入一个难得的学术高地。当然,从另一方面来说,这也受限于他对西学所接纳的广度,这一点上用王国维的话来说就是,中学西学盛则俱盛,衰则俱衰。如果他对他那个时代的西学的理解的半径扩大了,那么对中学的深度的理解的半径也会同步扩大。

浦江清对于文学史中的中西区分非常之关注,几乎成为他的文学史研究中最为核心的问题之一,甚至可以说是他的中国文学史研究的一个基本纲领。1933年朱自清和浦江清说:"今日治中国学问皆用外国模型,此事无所谓优劣,惟如讲中国文学史,必须用中国间架,不然古人苦心俱抹杀矣。即如比兴一端,无论合乎真实与否,其影响实大,许多诗人之作,皆着眼政治,此以西方间架论之,即当抹杀矣。"①又说:"在我们这一辈人,把中西分别得很清楚,但是,中西合流的新文化里所培养出来的青年,他们对于原来的'中''西'已不复能区别,在意识里只感觉到古今新旧的区分,以及纯文学与非文学的区别。"②从这个方面看,似乎浦江清回到了保守的传统的思路,在强调中西之间区分,但是我们需要特别注意到,对于浦江清来说,中西的区分是在文类的意义上发生的,而对于每一个文类中的作品的美学价值,浦江清则强调了中西之间的汇通。正是在这个意义上,浦江清最大限度地发挥出当时清华国学研究的特色所在。他既没有简单刻意地追求中西之间的差异,也没有简单地认同中西之间的汇通。就前者来说,他发挥了王国维对于小说、戏曲这两个文类的未尽之意。就后者来说,他依然处于王国维的延长线上。

浦江清虽然没有完成一部完整的文学史著作,但是他对词、小说、戏曲等都有专文,如果连接起来看,也就相当于一个文学史的大致的纲要。在谈到诗歌的时候,浦江清在《花蕊夫人宫词考证》中说:"谈中西文学之

---

① 朱自清:《朱自清全集》第九卷,江苏教育出版社,1997年版,第213页。
② 《浦江清文史杂文集》,第241页。

比较者,每以中国无长诗为憾,如《孔雀东南飞》《秦妇吟》等不过千数百字,殊不足与西洋之长诗比拟。此非中国诗人才有所短,可以两点解释之。一者文学之传统中西互异;二者诗之范围亦不全同也。言传统异者,欧洲文学托始于荷默之史诗,继之者为希腊人之诗剧,皆长篇巨制;亚里士多德所谓诗即指史诗与戏剧而言。故西洋诗人为继承此种传统精神,莫不倾心于长诗之创造。若中国诗歌则导源于三百篇,三百篇者,周代之乐章,皆短篇也。夫源既不同,其后之流派遂别;李杜不为长诗,因无长诗之传统故耳。言范围不同者,中国所谓诗,只是韵律文之一部分,其长篇巨制,若《楚辞》中之《离骚》《天问》,汉赋中之《上林》《子虚》,以及后世之弹词、戏曲,皆别名之曰骚,曰赋,曰弹词,曰曲,而不称之曰诗。若以西洋文学之定义言之,则此骚、赋、词、曲皆可入长诗之范围焉。"[①]浦江清在这里厘清的一个基本问题是不是先问中西比较中谁有什么谁没有什么的问题,而是在概念的对译过程所造成的意义的收缩。他把作为前提的中西之间诗的概念的差异提了出来。浦江清时时在提醒研究者:"中国文学史的研究,在这过渡的时代里,不免依违于中西、新旧几个不同的标准,而各人有各人的见解和看法。"[②]这样的思想不是他一时一地的想法,而是一以贯之的具有统率作用的观点。早在《评陆侃如、冯沅君的〈中国诗史〉》中浦江清就非常明白地说:"陆、冯两先生所用的这个'诗'字,显然不是个中国字,而是西洋 Poetry 这一个字的对译。我们中国有'诗''赋''词''曲'那些不同的玩意儿,而在西洋却囫囵地只有 Poetry 一个字;这个字实在很难译,说它是'韵文'罢,说'拜伦的韵文','雪莱的韵文',似乎不甚顺口,而且西洋诗倒有一半是无韵的,'韵',曾经被弥尔顿骂做野蛮时期的东西。没有法子,只能用'诗'或'诗歌'去译它。无意识地,我们便扩大了'诗'的概念。所以渗透了印度欧罗巴系思想的现代学者,就是讨论中国的文学,觉得非把'诗''赋''词''曲'一起

---

① 浦江清:《花蕊夫人宫词考证》。
② 浦江清:《论小说》,《当代评论》,1944 年第 4 卷。

都打通了,不很舒服。"这篇写于 1932 年看起来只是一篇书评的文字,至今可以说依然是一个经典的关于中国文学史的论述。他由中西之间"诗"的差异说到中国每一个时段中"诗"的历史变化,他最后的落脚之处是为了点出一个新的文学史观,这个文学史观是对新文化运动中产生的白话文学史观的直接批判:"只认定可歌入乐的诗,是有生命的,是活文学,反之,都是无生命的,是死文学;这是现代中国少数学者莫大的偏见,是根本谬误的观念。"他事实上将一个抽象的批评的文学史概念变化成了一个具体的过程性质的文学史的概念。这一点上,例如龙榆生曾经对胡适的《词选》进行商榷,从《词选》中遗漏了贺铸出发,来看白话文学史观的问题所在,也是以一个历史的词的发展过程来对抗抽象的批评的文学史观。当然,因为龙榆生的视野所限,他没有像浦江清一样站在中西文学的差异性上抽丝剥茧地层层深入。

浦江清还提到了弹词这个文学形式,他说:"弹词,戏曲,小说三者同源,都出于'佛曲'或'变文',是印度文学给我们的顶大的赐与,是东方文学史上的奇迹。弹词是东方的 Romance Literature,是近代文学的源泉。它的散文的部分,变成口白,而拿曲牌或套数代替了整齐的七言诗,便具有了戏曲的雏形。"对于弹词的来源以及地位的重视是前人学术研究中所未曾重视的,浦江清不仅从形式上进行了探源而且还将之与戏曲、小说的历史相勾连,短短的几句话让人看到了一个文学历史内部的交错网络。在这里我们要接着第一部分里面谈到的浦江清与陈寅恪的关系继续申论一番。陈寅恪对浦江清的学术期待在中国文学史的研究上,他很期待浦江清能够写出一部中国文学史,实际上吴宓对浦江清也抱有相同的期待。以弹词为例,浦江清这一点恰可和陈寅恪的论述形成比较。陈寅恪对中国文学史的关注,不是在如今被专业化的审美意义上或者文献考证意义上的文学史研究领域,陈寅恪对文学史的关注在他纪念王国维的文章里有所表述,其背后蕴含的是对中西文化的大判断。如果说那还只是他对王国维的文学研究的评价,他日后的研究有涉及文学史方面的也是独辟蹊径,将文学史放置在史学或者学术史的脉络中考察之间的关联。虽然陈寅恪是 1950 年以后才开始注意到弹词问题的,但是现在我们回过头来看,无论是浦江清还是陈寅恪都有他们自己一以贯之的东西在,可能在学者活着的时候不容易被人觉察,但是在其生命终结之后,比较能够看得分明。在《论再生缘》中,陈寅恪说:"世人往往震矜于天竺希腊及西洋史诗之名,而不知吾国亦有此体。外国史诗中宗教哲学之思想,其精深博大,虽远胜吾国弹词之所言,然止就文体立论,实未有差异。弹词之书,其文词之卑劣者,固不足论。若其佳者,如《再生缘》之文,则在吾国自是长篇七言排律之佳诗。在外国亦与诸长篇史诗,至少同一文体。寅恪四十年前常读希腊梵文诸史诗原文,颇怪其文体与弹词不异。然当时尚不免拘于俗见,复未能取再生缘之书,以供参证,故噤不敢发。荏苒数十年,迟至暮齿,始为之一吐,亦不顾当世及后来通人之讪笑也。抑更在可论者,中国之文学与其他世界诸国之文学,不同之处甚多,其最特异之点,则为骈词俪语与音韵平仄之配合。就吾国数千年文学史言之,骈俪之文以六朝及赵宋一代为最佳。其原因固甚不易推论,然有一点可以确言,即对偶之文,往往隔为两截,中间思想脉络不能贯通。若为长篇,或非长篇,而一篇之中事理复杂者,其缺点最易显著,骈文之不及散文,最大原因即在于是。"①同样讲到弹词,同样讲到中西之间的差异,但是浦江清所强调的是文学形式的变化,他更注重于弹词周边的小说、戏曲的关联,而陈寅恪则将之与骈文相关联,侧重点不一样,浦江清侧重的是弹词的历史性,而陈寅恪侧重的是其思想性,所以才会有这样大开大合的关联。正因为思想意义的强调,他才能够在一个长时段中去看文类之间的关联:"庾汪两文之词藻固甚优美,其不可及之处,实在家国兴亡哀痛之情感,于一篇之中,能融化贯彻,而其所以能运用此情感,融化贯通无所阻滞者,又系乎思想之自由灵活。故此等之文,必思想自由灵活之人始得为之。非通常工于骈四俪六,而思想不离于方卦之间者,便能操笔成篇也。"他看到的是一种思想自由意义下的文学史,中西之辨是

---

① 陈寅恪:《寒柳堂集》,北京三联书店,2001 年版,第 71—72 页。

很重要,但是其最终落实的价值意义就是思想的自由。他 20 世纪 40 年代讲韩愈的古文与唐代小说的关系:"寅恪尝草一文略言之,题曰《韩愈与唐代小说》,载《哈佛大学亚细亚观点学报》第 1 卷第 1 期,其要旨以为古文之兴起,乃其时古文家以古文试作小说,而能成功之所致,而古文乃最宜作小说者也。拙文之所以能得如斯之结论者,因见近年所发现唐代小说,如敦煌之俗文学,及日本遗存之游仙窟,与洛阳出土之唐代非士族之墓志等,其著者大致非高才文士(张文成例外),而其所用以著述之文体,骈文固已腐化,即散文亦极端公式化,实不胜叙写表达人情物态世法人事之责任。"①到 20 世纪 50 年代写《论韩愈》,看似论其文学或论其思想,看似是新史料的运用和强调学术的"预流",而实际上还是落实在对于思想自由的意义的阐发上。这是陈寅恪学术的一条线。和陈寅恪曾经有过一段很频繁学术交接的浦江清虽然同样讲求对于新史料的运用,对于文史方法的交错使用,也极为重视文学史中的中西之辨,正因为有如此多的共同之处,他们才能形成学术的对话,但是浦江清对于文学史的研究始终是落实在历史主义的方法论上,他不会大胆地用思想观念去看一部历史,他总是诚恳地细细辨别历史的每一步变化而不会在一个长时段中去归纳地看历史变化。所以浦江清可以将弹词和戏曲等放在一起讨论,但是绝对不会将之和六朝的骈文放在一起讨论。为什么要在这里特别强调这样的差异?是因为如果不做这样一个分析,浦江清的学术特点很容易被一个学术风格类别所模糊,浦江清和胡适这一派白话文学史观的人不同,和王国维、吴宓、陈寅恪很近,但是他们之间有共同之处的外壳下也有不同的内在特质。学术史的梳理需要我们深入到一个学术的过程中去看清楚他们之间的同与不同,然后才能做得到"了解之同情",否则过程的史学不仅不能培育我们理解现代学术的层峦叠嶂,而且会让我们在进入具体学术史之前就开始了无休止的所谓的立场的争论。

关于小说,浦江清还是先谈中西的差异:"'小说'是个古老的名称,

---

① 陈寅恪:《陈寅恪史学论文选》,上海古籍出版社,第 601—602 页。

差不多有二千年的历史,它在中国文学里本身也有蜕变和演化,而不尽符合于西洋的或现代的意义。所以小说史的作者到此不无惶惑,一边要想采用新的定义来甄别材料,建设一个新的看法,一边又不能不顾到中国原来的意义和范围,否则又不能观其会通,而建设中国自己的文学的历史。"这仅仅是第一步,关键是浦江清就此梳理出中国小说内在的概念的变迁:"在十三世纪以后,由于白话小说的兴起,一般人对于小说的观念渐渐改变,以虚构的人物故事作为小说的正宗。小说的古义只有少数学者明白,如胡应麟即为其中之一人,而他以志怪和传奇两类卓然前列,即已受通俗文学的影响。"这种对于中国小说的概念史的梳理就不仅仅是为了辨析中西小说概念的差异性了,而是进一步涉及如何去读小说的问题了,读志怪和传奇是各有其方法的,因为它们各有自己的历史,而不可能用虚构的人物故事去时代错置地一概而论。浦江清在小说的概念史之下实际上是为中国小说的丰富读法或者说是小说理论开了一个头。从宏观的中国小说史来说是如此,如果具体到不同的历史时段则又是各有差异,例如在谈《三国演义》的时候:"我们可以把《三国演义》称为历史小说;它是中国古典的民族形式的历史小说,和世界文学里的所谓历史小说有性质上的差别。欧洲的长篇小说产生在资本主义社会,是个别作家的文艺作品,内中有把某一个历史时期作为背景,用大部分虚构的人物故事来充实描写这个时期的社会生活的,叫作历史小说。我国的历史小说产生在封建时代。有通俗说书业者,约略根据史书,对人民大众讲说历史上的战争故事和英雄人物,讲说某一个朝代的兴亡始末;原来是口头的文艺创作,从他们的累代相传的讲说底本称为"话本"的东西,通过文艺作家的加工编写,产生了大批演义小说。"就在这短短的一段话里面,浦江清涉及了历史与虚构、中西历史小说的差异、中国历史小说的独特历史脉络这几个重要的问题。这里我们可以看到浦江清的文学史研究的某一种特点,他往往从中西文学的差异性出发,然后随机转入到对于中国文学内部历史过程的勾勒,这两面的配合和相得益彰,使得他的文章看起来是有点客观考证的思路,但是实际上通过对于过程史学的强调而隐含地提出了非常多的文学史研究课题。白话文学史是在一个正反的二元中打开了一个所谓被精英文学所掩盖的白话传统,而浦江清则完全没有白话文学史观的二元概念,他打开的是历史本身的过程网络和前后左右的关系,这可以说是文学史,同时也是一种批评史的建构,因为历史的差异构成了我们理解某一时段的文学形式的差异。

关于戏曲,浦江清将之放置在古希腊和印度文化的对比之中来论述中国自己戏曲的发展历史,他说:"中国有完整的近代意义的剧本从十三世纪开始。剧作家王实甫、关汉卿、马致远等生活在金末元初,北京(元代称为大都)是都市戏剧的发祥地。这些剧本称为杂剧或传奇,富于现实性和人生的意味,已经没有宗教气氛了。即使今天读来还是很新鲜的,有很完整的结构。单是元人杂剧在短短一百年中有五六百本,至今还存在着三分之一。语言是大众的通俗的语言,白话的,曲文雅俗共赏,有纯粹白话的,也有典雅的近于抒情诗风格的。明清多传奇长本戏,目录所知近于千种。这些都是很宝贵的文化遗产。向来把古典文学中的戏曲和小说称为俗文学,这是相对于正统的文学而称。但是戏曲文学并不完全是白话,尤其是明以后文人所作的传奇,也是典雅的文言了。"

其实在论述戏曲的时候,浦江清是避不开王国维的《宋元戏曲史》的,他必须在其基础之上"接着讲"。浦江清曾经说王国维的这本著述是代表他从一种历史的文学批评和考证学的转折之作,浦江清更看重的是这本书的考证意义,至于王国维对于元曲的批评观念,例如王国维说:"元剧最佳之处,不在其思想结构,而在其文章。其文章之妙,亦一言以蔽之,曰:有意境而已矣。何以谓之有意境?曰:写情则沁人心脾,写景则在人耳目,述事则如其口出是也。古诗词之佳者,无不如是。元曲亦然。明以后其思想结构,尽有胜于前人者,唯意境则为元人所独擅。"浦江清没有明确表示反对,但是他还是或显或隐地在修补王国维的看法,他曾经说:"我们不是说王国维《宋元戏曲史》的材料,全可搬入诗史,不过在诗史里论杂剧传奇,应该另有一个论法。元明清的散曲,地位与唐诗、宋词不侔;在唐代,诗是唯一的乐府,宋则以词为唯一的乐府,金元以下的乐府,当然是组织更好的杂剧和传奇。散曲只是文人的消遣作,是杂剧传奇发达时期的副产品;是零吃,不是整桌的酒席,并不很堂皇,足以题作时代的名称的。"这里虽然针对的是陆侃如的《中国诗史》,但是所强调的"零吃""副产品"足以见出浦江清对元曲历史的看法是全面的而非一种批评的文学史。他其实早在评论王国维的文学批评成绩的时候也更直接地点出:"其《宋元戏曲史》第十二章论《元剧之文章》中所示以为元曲之佳者,无一而非白话之例,如郑德辉之《倩女离魂》,其第二折离魂一段,富艳难踪,而先生不取,取其第三折〔醉春风〕〔迎仙客〕二调,及第四折〔古水仙子〕一调。如马致远之《汉宫秋》,末折闻雁一段,沉哀独绝,而先生不取,取其第三折之〔梅花酒〕〔收江南〕〔鸳鸯煞〕三调。皆厌弃词藻推奖白话之证。即至晚年,其主张曾不稍变。尝为人言,野蛮民族有真正之文学。又一再称扬《元秘史》之文学价值。凡此皆足以明其极端倾向白话也。"也就是说对于元曲的评判标准王国维是站在白话立场之上的,这实际上是用"白话"对译了王国维自己所说的"意境"。除此之外,浦江清对王国维在《宋元戏曲史》把元代戏曲作家分成三个时期持否定态度。他认为,王国维的这个分期观念来自于钟嗣成的《录鬼簿》并不妥当,钟嗣成分成"前辈已死名公""方今已亡名公""余相知者"及"不相知者""方今才人"。但是"其实第二三类均为方今才人,惟钟氏著书时有已死亡者,有尚存在耳。年辈相差不远,可合并为一期,如此即应分为两期"。[①] 这样,浦江清将元曲作家分成了前期生活在 1300 年以前大都为北方人,主要活跃于元大都的如关汉卿、马致远、王实甫等人,后期生活在 1300 年以后大都为南方人,主要活跃于杭州的如郑光祖、乔梦符、秦简夫等人。

浦江清研究戏曲历史的一个特点还在于他对曲律的重视,如果说吴梅对于曲律的重视在于对于他来说曲不仅是文学史的研究,而更在于曲是一种现实的活生生的文学创作,那么浦江清也遇到这个问题,他问自

---

① 《浦江清中国文学史讲义》,天津古籍出版社,2007 年版,第 259 页。

己,如果曲的创作在新文化运动之后逐渐失去了写作的合法性,那么研究曲律还有什么意义? 在近代的学术研究的意义上对于曲律进行研究是否还有意义? 浦江清在中西文学比较的视野中解决了这个问题,他说:"西洋诗学研究中,有 prosody 一门学问,即以希腊、拉丁以来各种诗体之声律为对象而研究之者。我国诗歌方面,分诗、词、曲三部,其源皆来自乐府,而因发展的时代不同,格律不同,分而为三,不可合并。阴阳平仄之事,相当于西洋诗中之 accent 及 quantity,而繁复过之。曲有数百曲牌,每一牌子皆有一固定的形式,于变之中有不变者在,是谓之律。而此数百曲牌,又各各不同,此事在西洋无有相当,可以说是中国诗体中一种特别的、繁复的声音组织。推其原因,因曲者本皆乐歌,必须合于工谱,故尔不得不有律,又不得不有如许多的牌子。即使以戏曲当文学作品读,对于律的常识仍须具有,犹之读西洋诗,不能不知道西洋诗律。"这就超越了文言与白话之争的思路,为曲律在现代学术中找到了新的合法性,尽管不能否认他对曲律的兴趣肯定有他对戏曲欣赏的活生生的兴趣,是他业余生活的一个部分。

最后,值得补充的是,浦江清的中国文学史研究除了中西比较的视野和对白话文学史观的批评两个特点之外,他的文学史研究的特色还体现在他从中国语言文字的特点上去理解和阐释中国文学的特殊性。关于中国语言文字的特质,1932 年浦江清和朱自清谈论中国语言文字的特点时提道:"中国文开始即与语离。中国文学当以文言为正宗。"①浦江清虽然受到现代语文方法的影响,但是如果放置在文言与白话的历史背景里,浦江清与陈寅恪最接近,他也听到过陈寅恪对中国文法特点的讲述,而发挥出自己的看法。在朱自清的日记里面,朱自清非常详尽地记述了浦江清的谈话。浦江清认为:"一、中国语言文字之特点,中国语乃孤立语,与暹罗、西藏同系,异于印欧之屈折语及日本、土耳其之粘着语,以位置定效用。又为分析的,非综合的,乃语言之最进化者。中国字为象形,

---

① 《朱自清全集·日记编》第 9 卷,江苏教育出版社,1997 年版,第 163—164 页。

形一而声可各从其乡,所谓书同文,象形字不足用,幸有谐声等五书辅之,乃可久存,见于记载,以省文故,另成一体与语言离,如今之拍电报然,又如数学公式然。故中国文开始即与语离。中国文学当以文言为正宗。至《尚书》之文难读者,盖杂白话分子多。又谓以后文体变易,大抵以杂入白话分子故。继论诗之发展,谓有三级,首为民歌,继为乐府,终乃为诗。衢之诗、词、曲莫不然。诗自工部而后即为纯粹吟诵之品。词自东坡后,曲则明清传奇皆然。二、比较文学史方法:中国中古文学多受印度影响,小说话与诗杂,继乃移诗于前,话渐多。此种诗至宋变为大曲,又变为诸宫调,为戏曲之原。至唐七言诗则受波斯,日本、朝鲜则被中国影响。又谓人类学有所谓传布说,为文化大抵由传布,异地各自独立发展同样文化者,绝鲜其例。因思希腊无小说,印度无戏剧,至亚历山大东征后乃相交易而有。故元曲实间接受希腊影响,其具悲剧味盖非无因。"①这段话主要表明了两点意思,一个是中国文学中文言还是主体,是为正宗,这应该是一个符合中国文学发展历史的看法。另一个是强调中国中古文学与其他国家的关系,这一点和白话文学史观中注重从民间和白话的角度来梳理隋唐以后的文学历史也是不一样的。在解读李白《菩萨蛮》"平林漠漠烟如织"中"平林"两个字时,浦江清就用相当长的篇幅从文言与白话的角度来理顺中国文学史的脉络。他说:"文言的性质不大好懂。是意象文字的神妙的运用。中国人所单独发展的文言一体,对于真实的语言,始终抱着若即若离的态度。意象文字的排列最早就有脱离语言的倾向,但所谓文学也者要达到高度的表情达意的作用。自然不只是文字的死板的无情的排列如图案画或符号逻辑一样;其集字成句,积句成文,无论在古文,在诗词,都有他们的声调和气势,这种声调和气势是从语言里模仿得来的,提炼出来的。所以文言不单纯接触于目,同时也是接于耳的一种语言,而是超越时空的语言。从前的文人都在这种理想的语言里思想。至于一般不识字的民众不懂,那他们是不管的。"

---

① 《朱自清全集·日记编》第9卷,江苏教育出版社,1997年版,第163—164页。

"文言"的好处是一种超越时空的语言,缺点是一般不识字的民众不懂。这个缺点在浦江清的文学史描述中始终是附属的地位并没有变成一个原则,他只是用力于客观的过程描述,文言与白话的升降这不是一个互相排斥的过程而是一个互相融合的过程。所以浦江清认为,"平林"是文言,不是白话,是诗词里面常见的一种"辞藻",不过这个"辞藻"的特殊之处在于,虽然白话文里面充满了双音节的词头,诗词里面也充满了双音节的词头,但是和白话文里面的词头往往只是造成一个双音节单位不同,在文人创作的诗词的双音节词头里面词头往往具有意义,就"平林"中的"平"字而论,浦江清就从"浑成"和"意境"的角度对其意义做了进一步的阐述。

三、国文教学与人文主义

如果说我们之前所讨论的浦江清的中国文学史的研究是浦江清学术生涯的一根支柱,那么对于国文教育的思考,则是浦江清学术生涯的另一根支柱。这两者互为沟通,但又有独立之处。他的学术研究有很大一部分就是他参与国文教学的成果,这些我们已经在第二部分进行了说明。在这一部分我们则结合他《论中学国文》《论大学文学院的文学系》两篇文章和他在教学实践中的唐宋词讲解以及古文讲解等对他的国文教育的思考和语境进行介绍和分析。

在晚清以来新学制改革的背景中,原有的支撑整个文教制度的科举考试废止,这个变化连接着学堂的兴起、大学的兴起改变了 20 世纪中国的整个社会的基本面貌。浦江清对于国文教育的关注离不开这个变革的大背景,一个最为直接的刺激就是作为一位教师他所感受到的学生国文水平的滑坡。在谈到教学课本的时候,他说:"在二十年前,小学即用文言,现在的小学课本既全是语体,所以学生到了中学方始接触文言。论理中学课本,在古文学方面,就不应该再维持二十年以前的标准,但现在的教本非但不改低,而且更有提高的倾向。"在这里浦江清明显是一位务实派,他觉得中学的国文课本的文章选得不宜过深,所以他看到一本中学课本中选了《国学丛刊序》《非十二子篇》《正名篇》《齐物论》《天下篇》《易经·系辞》和《太极图说》等文章的时候,觉得这必然会让学生"打球看画报去了"。浦江清的用意是引出一个讨论,中学国文不是为了国学读本和中国文学史的读本而应该注重的是语文训练,能够把文章写得通顺。在浦江清的时代还会遇到一个现在中学语文已经不存在的问题,就是专长古文的教师与专长新文学的教师,这两者在日常的教学中往往是排斥的,这带来的后果就是学生无所适从。浦江清提出的解决办法是模仿欧洲中学的教学方式:"欧洲各国的中学里语文功课设有三门。一门是本国语,一门是近代语(即是外国语),一门是古典语(指希腊文及拉丁文)。我们正可以照办,把'国文'分析开来,以语体文一门(暂称为国文甲)抵当他们的本国语,以文言文或古文的一门(暂称为国文乙)抵当他们的古典语。固然我们的文言文或古文,不一定与他们的拉丁文恰恰相同,但也不无相似之处。"实际上这个问题的解决所依靠的不是一个自由的选择而是一个更大的大众语文教育的变革运动。1949年以后的语文教育的变化会比较清晰地论证这一点。因为民国时期在政府的公文等文体上依然需要文言,所以浦江清觉得文言习作依然不能被废止,所以他说:"假如一定要废文言习作,我赞成先废英文作文,因为多数人读外国文不过是以能看书为目的;而本国文中间的文言一体是在政法界、新闻界、商界以及不论哪一个机关的办公室里,都要应用的。"

谈到中学就不能不涉及与之紧密关联的大学,在浦江清所任教的清华大学有两个语文教育的框架,一个是中文系本身,另一个则是全校的大一国文课。这两个框架浦江清都有所参与。浦江清提及较多的西南联大的大一国文课可以作为一个例子。西南联大的国文课有一个重要的特色,即不仅仅有强大的师资力量加盟,而且非常注重在教学过程中的练习与考试。浦江清说:"西南联大大一国文的办法,除作文考试外,还有读本考试,不但有年考,还有期考、月考。靠讲过的文章的内容、大意、词句解释等等,指定背诵的文章并有默写,所以学生对于读本中难懂的地方,不时来问,自己不肯放过。"浦江清所提到的考试方式,在"五四"之后似乎依然落入私塾教育方式的窠臼,只是少了一方戒尺而已,其实不然,青年学生学富力强,好处是接受快反应快,但是若不加以基础的而不是炫耀知识的语文训练,则可能在各种历史论述中游荡而忘返。与其如此,倒不如老老实实地弄懂文章,然后有所感,有所悟。这就是汪曾祺晚年依然记忆犹新,而且很有心得的一个例子。汪曾祺《晚翠园曲会》里的回忆,给人感觉不是几十年前的课堂旧影,倒像是期末的复习:"联大的大一国文课有一些和别的大学不同的特点。一是课文的选择。诗经选了'关关雎鸠',好像是照顾面子。楚辞选《九歌》,不选《离骚》,大概因为《离骚》太长了。《论语》选'冉有公西华侍坐'。'暮春者,春服既成,冠者五六人,童子六七人,浴乎沂,风乎舞雩,咏而归',这不仅是训练学生的文字表达能力,这种重个性,轻利禄,潇洒自如的人生态度,对于联大学生的思想素质的形成,有很大的关系,这段文章的影响是很深远的。联大学生为人处世不俗,夸大一点说,是因为读了这样的文章。这是真正的教育作用,也是选文的教授的用心所在。魏晋不选庾信、鲍照,除了陶渊明,用相当多篇幅选了《世说新语》,这和选'冉有公西华侍坐',其用意有相通处。唐人文选柳宗元《永州八记》而舍韩愈,宋文突出地全录了李易安的《金石录后序》。这实在是一篇极好的文章。声情并茂。到现在为止,对李清照,她的词,她的这篇《金石录后序》还没有给予应有的重视,她在文学史上的位置还没有摆准,偏低了。这是不公平的。古人的作品也和今人的作品一样,其遭际有幸有不幸,说不清是什么原故。"

在教学内容上西南联大的大一国文课本也是几经调整,而在 1942 年最终确定下来,大致是文言与白话文参半。新文学能否成为大学国文课堂读物的一个部分,能不能成为一个独立的研究对象,即便是在 20 世纪 40 年代初的西南联大也很难说没有争议的存在。或许朱自清、浦江清他们没有那么深的思虑,但是这一行为如果放置到晚清以来的若干思想与历史事件里去考察的话,它将意味着一种新的历史观的形成。课本涉及对于过去的想象,当然也就涉及未来的道路。这里面所选的,已是新学术下的经典。关于这些成为一种人文修养的同时,其背后的中西之间的差异实际上被兼容并包的中西融合所掩盖了。很难说,在大一国文这门课里,是传达出传统的差异性好,还是传达出一种整体的具有人文主义的想象好。前者对于学术的大纲大本来说,可能比较关键,但是后者对于塑造出一种健全的"新人"更为重要,不能期待每一个人一生都有机会去再进一步探寻传统的内在差异的大江大海,小沟小河,这种情境在传统的私塾教育背景下,不成问题,除了美德的教育之外,最重要的就是文章与诗词的写作,不同的地域不同风格的老师,必然会自然而然地将这种差异传达出来,比如经学是古文还是今文,文章是桐城还是选学,诗是唐还是宋,词是浙派还是常州,学生都是从一个立场来重新结构文学和历史的想象的。

从课本的选文说开去,值得一提的还有从浦江清的文学教育实践中去看他在文本分析上的特点。这里面最典型的文本就是他在 1944—1945 年发表在《国文月刊》上的《词的讲解》。浦江清的这个文本分析和朱自清的《古诗十九首释》可以说是清华文学教育中文本分析的双璧。本来浦江清是打算从五代一直选到南宋,但是最终只选择了李白和温庭筠两家。管中窥豹,可见一斑。在这些非常细致的文本分析中我们可以感觉到,在文学史的大脉络上,浦江清对王国维的潜在的对于白话文学史观的思路有所补充和调整,但是在具体作品的艺术分析上,他和王国维都相信中西诗学概念对译可能性的存在。在面对如何读一首词的时候,在诗学理论上浦江清和王国维再一次重叠。有些用语直接源自王国维的《人间词话》,例如:"《菩萨蛮》是有我之境,《忆秦娥》是无我之境。"而这里面最具有代表性的就是将古代比兴的概念转化到现代文学教育的文本细读中。在分析李白《忆秦娥》的时候说:"比兴在诗词的语言里有代替逻辑的作用,比兴是诗词思想的一种逻辑。从'潜虬媚幽姿'跳到'飞鸿响远音',一句说天空,一句说池水,这是对偶。从'画省香炉违伏枕'跳到'山楼粉堞隐悲笳',一句说京华说过去,一句说夔府说现今,这也是对偶。对偶也可以说是一种联想,但这是思想因素与语言文学的因素双方交融而成。"这里他强调的是比兴与思想逻辑的关系,以至讲到诗词的语言与散文的语言的区别。在分析温庭筠《菩萨蛮》的时候,浦江清和王国维坚定地站在了一起。清代词学家张惠言认为词的特质在于:"其缘情造端,兴于微言,以相感动,极命风谣里巷男女哀乐,以道贤人君子幽约怨悱不能自言之情,低徊要眇,以喻其致。"基于这个认识,张惠言从《菩萨蛮》中能够读出"《离骚》初服之意"。王国维对此深为不满:"固哉,皋文之为词也! 飞卿《菩萨蛮》、永叔《蝶恋花》、子瞻《卜算子》,皆兴到之作,有何命意? 皆被皋文深文罗织。"浦江清不仅不同意张惠言的这个解释,而且认为张惠言将《菩萨蛮》十四首当作一个整体也是不对的。"托物起兴"是他分析《菩萨蛮》词句的关键词之一,他认为:"凡诗歌开端,往往随所见之物触起情感,谓之'托物起兴'。"在一份未刊的手稿里面,浦江清说:"诗词里面最多比兴。比兴是一句老话,现在新文学里称为比喻、联想、象征。例如从雎鸠联想到男女,以雎鸠比喻男女,雎鸠是男女配偶的象征等等。"而最早站在中西诗学之间的王国维也是这样认识比兴的,他将叔本华的直观和讽喻对译为比兴,故而认为:"建筑、雕刻、绘画、音乐等皆呈于吾人之耳目者,唯诗歌一道,虽藉概念之助以唤起吾人之直观,然其价值全存于能直观否,诗之用比兴者,其源全由于此。"通过将古代比兴之中的政教涵义剔除而建立起与西方文学理论相对应的关系,对于一位大学教师的浦江清来说解决了一个如何欣赏文本的问题,在中国古代诗学的框架中诗词的分析只能是笼统的或者是政治的,而这一切依旧不能够适应大学课堂的要求,要能够将一个文本分析变成课堂上的讲述,则不得不使其丰富而不可能像老先生一样说一句很好很好。要达到这个要求,借助于西方美学的概念就是不得不走的一条路径了。

对于浦江清参与其中的大学国文教育再往深一层探索,正如朱自清曾经在 20 世纪 30 年代初问陈寅恪对大一国文的建议,陈寅恪点出了普鲁士的人文教育传统。在《吾国学术之现状及清华之职责》中也谈到国文问题时说:"全国大学所研究者,皆不求通解及剖析吾民族所承受文化之内容,为一种人文主义之教育,虽有贤者,势不能不以创造文学为旨归。殊不知外国大学之治其国文者,趋向固有异于是。"①这种人文主义的理想与追求,浦江清很少提及,但是在 1948 年左右的一次大学文学院教学改革的讨论中,浦江清难得地直抒胸臆:"中国过去的文学,士大夫的文学多,平民文学少。有关于政教得失的多,体会普遍的人性者少。诗文发达而小说戏剧落伍。妇女不得解放,以前的女子都不读书,所以历代文人制作,不曾顾到女性读者,在旧文学里,适宜于女性的读物,竟不很多。文学修养就是人格修养,专读西书则太洋,专读古书则太迂,我们希望有中西新旧融合的文学系,使得在人格修养上平衡而不偏宕。诗和散文与语言文字的关系深,多读本国的有益,小说戏剧的创作还得在世界名著里多多学习。而近来文学系中女生特多,上文较为别致的'儿童文学'特为女生而设,每个家庭主妇都是极关心于儿童读物的。"这里面所展现出的中西融合的文学图景的想象一以贯之的是浦江清式的务实,他似乎是想在一种中西的互相拓展和进入中碰撞出新的时代精神、培育出新的人格修养。所以更进一步推衍到现在的清华国学院的思路,刘东先生对于人文理想的阐述就特别值得期待,这也是清华国学院对于"现代人"的一种期许:"能够既抓住希腊文化的'科学'与'民主'因子,又抓住中国传统的'民吾同胞,物吾与也'理念,从而借助于'中体西用'的互补关系,对于病状环生的当下教育、乃至逐步康复的未来文明,从本源之处就进行奠基性的改造:'试想,如果我们未来的社会共同体,能够建立在'中—希文明'的文化间性之上,既保有丰厚的传统文化资源,足以修持个人的道德心性,又能借鉴从希腊舶来的民主体制,来调节这些个人之间的关系,那将会是一幅多么和谐又活跃的图景! 进而,如果将来培养出来的年轻人,都能既有'慎独'的道德操守,又有'仁者爱人'的相互关系,还更能以喜悦静观的好奇心,去探究自然物埋的奥秘,那将会是一种多么成功的教育体制! 如此一来,我们就将在个人与自我、个人与

---

① 陈寅恪:《金明馆丛稿二编》,北京三联书店,第 362 页。

个人、个人与社会、个人与自然诸方面，全方位地进入良性规范，——这将是一个多么健康的、生机勃勃的文明！'"①一个单纯的大学语文问题或者是一个单纯的中学语文的问题，平面地在教育的专业视野中看会有不过如此之叹，甚而会引发一种悲观的教育现状的情绪。但是，我们在历史与现实的多维空间中交错地去看那些过往的讨论，就不仅可以获取对于那些讨论的纵深的理解，而且还可以凸显出那些讨论的焦虑、乐观和深度对于当下和未来中国教育与文化的意义。

最后，关于这本《浦江清文存》的编选工作得到了浦江清先生的女儿浦汉明教授的大力支持，浦教授慷慨地将浦江清先生珍贵的未刊稿《谈〈京本通俗小说〉补记》整理出来特别提供本书使用。浦汉明教授为保存整理浦江清先生的文献作出了极大的贡献、付出了极大的辛劳，在此对她表示感谢！

① 刘东：《自由与传统的会通——〈西南联合大学国文选〉导言》，《清华大学学报：哲学社会科学版》，2015年第2期。

一、文史考证

八仙考①

一

今之八仙有李铁拐、汉钟离、吕洞宾、张果老、曹国舅、韩湘子、蓝采和、何仙姑。其次序可以随便定的,因为不但得道的先后以及师承关系皆系传说,并且即在传说中亦不一致,如依元剧,则铁拐为洞宾所度,如依明兰江吴元泰的《八仙出处东游记》小说,那么李又为最先得道的人。此八仙甚为吾人所熟悉,见于绘画、瓷器、戏剧、小说及传说。但他们的真实历史如何?以何因缘而会合?又会合当在何时?何以如此盛行流传于民俗,几夺一切神仙之席?古代的神仙,或古诗所咏,王子晋、安期生、羡门子之流似都被淘汰了。凡此皆不易解答的问题,情形极端复杂。他们的会合不很古,凡古一点的记载神仙的书,都没有提到这八仙。首先注意这八仙而写一篇文字的,据我所知道的是王世贞。他的《弇州山

---

① 关于八仙的文字,所见有英国叶慈氏二文,前后见于《英国皇家亚细亚会学报》(P. Yetts:The Eight Immortals, Journal of Royal Asiatic Society, 1916. More Notes on the Eight Immortals,ibid. 1922)。赵景深氏,《八仙传说》,《东方杂志》,第三十卷第二十一号。作者皆已参考,并有所取材;谨此声明。

人四部续稿》卷一百七十一《题八仙像后》里说："是八公者,不佞能考其七而疑其一。"他注意在考此八人的来历,而"不知其会所由始"。在他同时,胡应麟《少室山房笔丛》卷四十《庄岳委谈》里对于这原始问题有一假定。他说："今世绘八仙为图,不知起自何代。盖由杜陵有《饮中八仙歌》,世俗不解何物语,遂以道家者流当之。要之起自元世王重阳教盛行,以钟离为正阳,洞宾为纯阳,何仙姑为纯阳弟子。夤缘附会,以成此目。"胡氏说起于元世,甚为精当。但关于缘起的说法不免疏漏。清赵翼《陔余丛考》卷三十四再考八仙,关于会合的时代及原因,亦只引胡氏言,不立新意。按胡说不妥。第一,八仙之目,不始杜甫,亦不始盛唐。道家者流先有八仙。第二,此八人除钟、吕外,余与王重阳教亦无甚干涉。重阳之教,弘于丘处机,元代道教以全真教为盛,有五祖七真之说,列钟、吕于五祖之中。此因重阳自谓得道于钟、吕之故。然则所谓"夤缘"者亦在彼而不在此矣。

考八仙一名词,可追溯到东汉。牟融《理惑论》："王乔、赤松、八仙之篆,神书百七十卷。"法国伯希和教授译注《理惑论》,首先注意这问题。[①]《理惑论》的真伪问题,学者不一其说。但最迟亦出六朝初。陈沈炯《林屋馆记》曰："夫玄之又玄,处众妙之极,可乎不可,成道行之致。斯盖寂寥杳冥,希微恍忽。故非淮南八仙之图,赖乡九井之记。"[②]此皆在唐前。牟融论中所言"八仙之篆",八仙似泛指列仙。八仙之篆,即《列仙传》等类书。未必有固定之八仙名录,否则王乔、赤松之外,尚有六人为何?今本题刘向撰之《列仙传》始赤松,而王乔亦在其中,但所录多人,不止八。此八仙疑泛指列仙,而八为多义。六朝人以淮南八公为仙,且传八公本八老翁而谒淮南王化为八童子事,亦甚早。沈炯以用辞藻关系,以"淮南八仙",对"赖乡九井"。英国叶慈教授考证即以此为最早第一组八仙[③],亦是。细言之,则六朝及唐,淮南八公仍以称八公为普通,而仙则九仙比

① Pelliot: Meou—Tseu ou les doutés levés(T'oung Pao. Vol. XIX),注第 363。
②《艺文类聚》卷七八,又《汉魏六朝百三名家集》。
③ JRAS,1922,第 402 页。

八仙多见。沈约诗:"眷言操三秀,徘徊望九仙。"又《善馆碑》云:"至道元妙,无迹可寻,寄言立称,已乖宗极。神宇灵房,于义非取,九仙缅邈,等级参差。"初唐王勃有《八仙径诗》,诗题八仙,而诗中又言九仙。要之八九皆多义,固不必定以某某八人实之。读陶渊明《圣贤群辅录》(此书一名《四八目》)所举高阳氏才子八人,高辛氏才子八人,皆有实名,甚难稽考;而伯夷既列八伯又入八师。以八聚人,儒道所同。古代有八才子、八师、八伯、八士,所以后汉有八俊、八及,三国有八达。汉六朝已有八仙一名词,所以盛唐有"饮中八仙"。既言饮中,则此外别有可知。苏轼《谢苏自之惠酒诗》云:"杜陵诗客尤可笑,罗列八子参群仙。"这是冤枉杜甫了。杜甫于贺、李诸公为后辈,他不能妄自尊大,忽加人以徽号。据李阳冰说,当时李白浪迹纵酒,以自昏秽,与贺知章、崔宗之等目为八仙之游。朝列赋谪仙人诗凡数百首,所以饮中八仙一名目非杜甫所创,而且杜甫诗中有苏晋而无裴周南。一说有裴周南而八仙之游在天宝初,苏晋早死了。要之,唐时候有八仙一空泛名词,李白等凑满八人,作八仙之游,而名录也有出入。八仙观念出于道家。或泛言,或指淮南八公,皆在唐前。王绩《游仙诗》:"三山银作地,八洞玉为天。"后来有八洞神仙之说,八洞亦是泛数。汉武帝东巡海上,礼祠八神,见《汉书·武帝纪》及《汉书·郊祀志》。八神一说是八方之神。此皆道家言,所谓八神或仙或八洞神仙,意思非常空泛。《通志》有《八仙图》,又有《八仙传》一卷,注唐江积撰;今书久佚,也不知是哪一组的八仙了。此种空泛的八仙观念,见于名称的,除王勃的八仙径外,还有花草的名称亦为八仙者,有名的是聚八仙。宋徽宗有《题聚八仙倒挂儿画轴诗》,聚八仙绝似琼花,周密《齐东野语》说"扬州后土祠琼花天下无二本,绝类聚八仙"可证。

由此看来,在唐前后,八仙观念是道家的,而且非常空泛。随时随地可以八人实之。杜甫的《饮中八仙歌》是因为李白、贺知章等自谓八仙之游,所以歌咏了。而此组"酒八仙"的名录也有出入。叶慈氏除提到"酒八仙"外,更举"蜀八仙"。算来这一组更早一点。叶慈氏引谯秀《蜀纪》,注云:出《辞源》。谯秀晋人,有没有《蜀纪》待考。《辞源》文引谯秀《蜀纪》谓"蜀之八仙者,首容成公,隐于鸿濛,今青城山也。次李耳,生于蜀。三董仲舒,亦青城山隐士。四张道陵,今鹤鸣观。五庄君平,卜肆在成都。六李八百,龙门洞在新都。七范长生,在青城山。八尔朱先生,在雅州。好事者绘为图焉。"①观文字不似晋人。检《太平御览》等书亦不见征引,《辞源》出处不明。而此八人中尔朱先生当即尔朱洞,此人乃唐末人,见《东坡志林》等书,元赵道一《历世真仙体道通鉴》卷四十五②亦有传,云尔朱洞,字通微。此人确隐于蜀,但在唐昭宗时。王建围成都,他亦在城中。如此则谯秀何能述及? 所以《辞源》此条全不足据。考郭若虚《图画见闻志》卷六《八仙真》条云:

> 道士张素卿,神仙人也。曾于青城山丈人观画五岳四渎真形并十二溪女数壁,笔迹遒健,神彩欲活,见之心悚神悸,足不能进,实画之极致者也。孟蜀后主数遣秘书少监黄筌令依样摹之,及下山终不相类。后因蜀主诞日,忽有人持素卿画八仙真形以献蜀主。蜀主观之,且叹曰:非神仙之能,无以写神仙之质。遂厚赐以遣。一日,命翰林学士欧阳炯次第赞之。复遣水部员外郎黄居宝八分题。每观其画,叹其笔迹之纵逸;览其赞,赏其文词之高古;玩其书,爱其点画之雄壮。顾谓八仙,不让三绝。(原注云:八仙者李阿、容成、董仲舒、张道陵、严君平、李八百、长寿仙、葛永瑰。)

观此,方知好事者画为图,乃唐末时事。以郭氏所记较《辞源》所引谯秀文,则李耳为李阿之误,李阿蜀人,与李八百同出葛洪《神仙传》。李耳入此则不类。③ 范长生此作长寿仙当是一人。尔朱先生无之,乃有葛永瑰。叶慈氏引赵翼《檐曝杂记》知"蜀八仙"的名录有出入④,而疑葛永瑰即葛仙翁(葛玄),甚近情,葛玄极有名,亦见葛洪的《神仙传》。但我读

---

① 《辞源》,八仙条。
② 涵芬楼影印《道藏》本。
③ H. Giles 引《太平广记》卷二百十四,李耳或李阿,有作"李己"者,"李己"亦讹。叶慈氏文,第 405 页。
④ 叶慈氏文,第 405 页。

黄休复《益州名画录》,就知道不然。葛永瑰与葛玄还是两人。

再进一步看,郭若虚所记亦不全可信。《太平广记》卷二百十四有同样一条文章①,注出《野人闲话》,此当为郭氏所本,郭为熙宁间人。检《宣和画谱》卷二②,则张素卿所画非八仙真乃是十二真君像,安思谦因伪蜀主王氏诞辰献之。真君像也不如我们所想象画在一幅上,乃分画十二幅。后归入宋,宋徽宗时御府所藏张素卿画中有:

> 容成真人像一。董仲舒真人像一。
>
> 严君平真人像一。李阿真人像一。
>
> 马自然真人像一。葛元真人像一。
>
> 长寿仙真人像一。黄初平真人像一。
>
> 窦子明真人像一。左慈真人像一。

如此已有十人,决不止八。至于还有二幅则入宋已亡。但据黄休复《益州名画录》③所载则知另外二真君或真人,一即葛永瑰,一为苏耽。黄氏所记最详,他称"十二仙君像",张素卿画于简州开元观,蜀检校太傅安思谦好古博雅,唐时名画,人皆献之。而值蜀主诞辰,安氏以张素卿画十二仙真形十二帧进献。黄休复书成于景德三年,远在郭氏及《宣和画谱》前,且所载较详,比较可据。郭言"八仙图"是不对的,还是"十二真人像"。"十二真人像"唐阎立本也画过,似为道观所常用的。至于《宣和画谱》言献王氏,则不如郭书孟氏之得实。黄氏言甲寅岁十一月十一日进,《旧五代史》孟昶生日为十一月十四日,知预进图以祝也。花蕊夫人《宫词》"法云寺里中元节,又是官家降诞辰",真成问题了。

张素卿画八仙真虽不可尽信,但对于我们是有帮助的。考近世八仙的起源以及会合的原因,当于绘画及戏剧上求之。绘画方面,中国绘画受佛教艺术的影响太大。唐五代画家皆画释道,而道本于释。六朝佛教

---

① 即 Giles 氏所举。

② 《学津讨源》本。

③ 《王氏书画苑》本。

为盛,唐则道佛争胜,北宋以后道胜于佛。道教排斥佛教,谓道是中国,佛乃外来。唐宋之际道教不但努力造经典,窃佛氏的规模,并且道观排场,亦已与佛寺相当。《十二真人图》的迫切需要因佛家有《十六罗汉图》之故。《三清图》及《五岳真形图》之起也与佛寺壁画有相联的关系。《神仙故实图》等乃是佛寺中"变相"的变相。后来的《八仙图》固然是俗画,但源于道家的《十二真人图》而间接亦出自《十六罗汉图》,减其人数之半,易印度神仙为中国神仙。《八仙过海图》,蓝本出于《渡水罗汉图》或《渡海天王像》。然则何以画钟、吕、蓝、韩等人呢?道家的十二真人也无一定名录。张素卿所画如此,因蜀人,故偏于蜀仙。但阎立本又不知如何?而《宣和画谱》载北宋李得柔画二十六:

> 大茅仙君像一。二茅仙君像一。
>
> 三茅仙君像一。钟离权真人像一。
>
> 南华真人像一。韦善俊真人像一。
>
> 吕岩仙君像一。苏仙君像一。
>
> 栾仙君像一。陶仙君像一。
>
> 封仙君像一。寇仙君像一。
>
> 张仙君像一。谭仙君像一。
>
> 孙思邈真人像一。王子乔真人像一。
>
> 朱桃椎真人像一。浮邱公像一。
>
> 刘根真人像一。天师像一。
>
> 太上浩劫图一。冲虚至德真人像一。
>
> 写吴道元真人像四。

观此,知真人之数不必十二,犹罗汉之不必十六。而钟离权及吕岩,亦已加入。一称真人,一称仙君,无甚关系,只是所题不同。因张素卿画据《宣和画谱》则"真人",黄休复书则"仙君"。而吕岩以下加苏、栾诸君,又适八人。如是虽称此八公为李得柔的八仙亦无不可。然则现在的八仙何以又忽加入蓝、韩等人,此因神仙也有时代性,苏、陶诸公慢慢被淘汰了,犹之张素卿画中的李阿、李八百被李得柔淘汰一样;而且前人已画的有,后来的艺术家也有无所措手之慨。

后来的《八仙图》画钟、吕、蓝、韩、张、李、曹、何。此虽在近世,但他们单独的画本则渊源极古。钟、吕两仙像见于《宣和画谱》李得柔条。《秘殿珠林》卷二十①载清乾清宫内藏有宋刘松年画《拐仙图》一轴,宋李得柔画《蓝采和图》一轴,元人画《铁拐炼形图》一轴,元人画《张果像》一轴。至于韩湘像则查检未得,但《蓝关图》是普通的,《蓝关图》早时以文公为主,但亦必以韩湘为陪,而八仙画者画韩湘或即采《蓝关图》以为摹本。后世的八仙画者不过集合已熟见的仙君像而加以联络及组织而已。

但为什么要取此八人呢? 王世贞《题八仙像后》云:

> 八仙者,钟离、李、吕、张、蓝、韩、曹、何也。不知其会所由始,亦不知其画所由始。余所睹仙迹及图史亦详矣,凡元以前无一笔,而我明如冷起敬、吴伟、杜董稍有名者亦未尝及之。意或妄庸画工,合委卷丛俚之谈,以是八公者,老则张,少则蓝、韩,将则钟离,书生则吕,贵则曹,病则李,妇女则何,为各据一端作滑稽观耶! 乃至尔者紫姑灵鬼,往往冒真人而上援此八公,以相蛊惑,尤可笑也。

“滑稽观”三字足以解释一部分原因,实则集多人绘于一图,以各有其个性,同而不同,类而不类,并且使一见可以认识为最好。佛教壁画画许多菩萨或罗汉,亦以各各不同为贵,但有时候依旧不能辨认而需要注出名号。俄国科兹洛夫氏在黑城考古所发现的南宋版画《美人图》②合王昭君、绿珠、赵飞燕、班昭四个不同时代的美人于一画,但服饰类似,不见个性,使不注出姓名,谁能辨认? 则八仙画虽云俗工,也有艺术上的价值。《十二真人图》的演变到此为止。钟、吕数人已是神仙的殿军了。佛教盛于六朝及唐,道教盛于宋,全真教起,道教已改变面目。神仙传说也

---

① 有正书局石印本。
② P. K. Kozlov 所发现,今存苏联人种博物馆,日本那波利贞氏有考,贺昌群先生译登《河北省立女子师范学院期刊》第一期。

不再盛。山水画盛，则仙佛一门亦已停止发展。因此更无别的真人图出来，这或者是钟、吕、蓝、韩等八仙所以固定而流传到现在的原因。

此八仙人时代虽参差不同，或唐或宋。但较之张素卿画八仙或十二仙君，时代已较整齐。南宋版画美人，四女子时代亦不同，且并无特别之点，必可集合，也是硬画在一图上。胡应麟言俗传《七贤过关图》七贤者，李白、张九龄、王维、郑虔、张说、李华、孟浩然。① 黄伯思《东观余论》记《唐人出游图》使宋之问与王维、李白同游。凡此皆俗画。此八仙画，因是俗画之故，所以不见于绘画收藏家的目录，因此最早起于何时，竟难查考。王世贞是一绘画收藏家，据目击以言，"元以前无一笔"，大概是可靠的。明严嵩家里有元绣《八仙庆寿图》一轴，见《严氏书画记》。② 画录上所可见者，仅此耳。从绘画方面可考得的，这一组的八仙画始于元，而且是《庆寿图》。此类俗画用作祝寿，则与张素卿的图在同一线索上。

从戏剧方面考察，则情形也是如此。八仙的装扮可以早到南宋。《梦粱录》卷二《诸库迎煮》条：

> （上略）次以大鼓及乐官数辈，后以所呈样酒数担，次八仙道人，诸行社队。（下略）

此处所见八仙似与酒无甚关系，因只是新酒开市所举行的一个迎赛热闹，正如近世迎赛，亦屡用八仙装扮一般。观下连诸行社队可知。故不是杜甫诗中高雅的"酒八仙"，因李白一组八仙并不为民俗所知。此处必系通俗的八仙，或即钟、吕诸公了，当然名录未必同于现在。因八仙剧也差不多同时产生的。元陶宗仪《辍耕录》卷二十五载院本名目有《瑶池会》一本，《八仙会》一本，《蟠桃会》一本。王静安氏《曲录》卷一以之入宋金杂剧院本部。胡应麟《少室山房笔丛》考八仙云："今所见庆寿词尚是元人旧本。"陶录凌乱，无可稽考，要之此三本金元之际的古剧本今皆已不存。但明初周宪王去古未远，他编庆寿剧二本，一《群仙庆寿蟠桃会》，

①《少室山房笔丛》卷一八。
② 见《图书集成·艺术典·画部汇考》一七所录《严氏书画记》。丛书本《钤山堂书画记》无之。

二《瑶池会八仙庆寿》。后者以八仙为主,前者则除八仙外,群仙中又有南极仙翁、嵩山仙子及毛女。毛女是很重要的,第四折毛女唱。《八仙庆寿》本中亦已有毛女。此毛女即后来剧本麻姑的前身。周宪王的剧本大概是依据元人的。我们借此可窥《辍耕录》所记三古本的内容。周宪王《诚斋杂剧》中《群仙庆寿蟠桃会》第四折毛女唱:

〔水仙子〕这个是吕洞宾手把太阿携。这个是蓝采和身穿绿道衣。这个是汉钟离头绾双鬓髻。这个是曹国舅拿着笊篱。这个是韩湘子将造化能移。这个是白髭鬓唐张果。这个是皂罗衫铁拐李。这个是徐神翁喜笑微微。

《瑶池会八仙庆寿》第四折吕洞宾唱:

〔水仙子〕汉钟离遥献紫琼钩。张果老高擎千岁韭。蓝采和漫舞长衫袖。捧寿面的是曹国舅。岳孔目这铁拐挂护得千秋,献牡丹的是韩湘子。进灵丹的是徐信守。贫道呵,满捧着玉液金瓯。

可注意者,即较今之八仙少何仙姑而多徐神翁或徐信守。考徐神翁北宋末年海陵人,名守信,此作信守,非。元人杂剧涉及八仙者,赵景深先生已详论[1],今从略。赵考名录出入如下:

(一)马致远《吕洞宾三醉岳阳楼》

钟、吕、李、蓝、韩、曹、张、徐神翁。

(二)谷子敬《吕洞宾三度城南柳》

同上。(谷系明初人,此剧入《元曲选》,故附及。)

(三)岳伯川《吕洞宾度铁拐李岳》

钟、吕、李、蓝、韩、曹、张、张四郎。

(四)范子安《陈季卿误上竹叶舟》

钟、吕、李、蓝、韩、张、徐神翁、何仙姑。

---

[1]《东方杂志》第三十卷,二十一号。

观此,元代八仙通行的一组为钟、吕、李、蓝、韩、曹、张、徐,而何仙姑及张四郎则为偶见。明初尚复如此。周宪王乐府甚通俗,李空同《汴中绝句》云:"中山孺子倚新妆,郑女燕姬总擅场,齐唱宪王新乐府,金梁桥外月如霜。"想来明初八仙尚不同于今日。至嘉靖、万历年间则王世贞、胡应麟所见已皆有何而无徐。汤显祖《邯郸梦》本《枕中记》吕翁度卢生事,而加说因缘,以何仙姑有天门扫花之功,奉东华帝君旨证入仙班,因此启度卢生事。设想奇妙。与何姑加入之晚,事实亦合。此后徐神翁遂退去。《邯郸梦》及《东游记》出,八仙名录不大改易了。元剧中的八仙故事,多不见收于《东游记》,知作者并未寓目。王世贞考李铁拐引乩语,不提岳孔目,则未见岳伯川剧。胡应麟见元人《庆寿词》,故知有徐神翁,亦未提及他剧本。元美为《艺苑卮言》的作者,于曲不为不知,可见臧晋叔未刊《元曲选》以前,元剧传本确实很少。

杂剧十二科,首"神仙道化"。元剧中神仙戏极多。这现象是不是因为乱世而多消极思想,或者元代道教极盛,用以宣教? 按诸实际,杂剧多半演于勾栏,或应官府良家的召唤,所谓"戾家把戏"者,思想,宣传,都谈不到,目的还是娱乐及庆贺。元人神仙道化戏本,都可用来祝寿的,不但《蟠桃会》《瑶池会》《八仙庆寿》诸本如此。周宪王《新编吕洞宾花月神仙会》①序言云:

> 予观紫阳真人悟真篇内有上阳子陈致虚注解,引用吕洞宾度张珍奴成仙证道事迹。予以为长生久视,延年永寿之术,莫逾于神仙之道。制传奇一帙以为庆寿之词。抑扬歌颂于酒筵佳会之中,以佐樽欢,畅于宾主之怀。亦古人祝寿之义耳。

于此,我们可恍然于元代神仙戏之多,原来是有实际应用的。而古人祝寿之义又可提醒我们张素卿画的故事。八仙戏和八仙画的应用是一致的。陈旧和抄袭既可厌,画工以改动部位及服御为推陈出新;而编戏本的能事为造新剧本。认真的人,对证古书,不认真的就乱造了。此所以

---

① 北京图书馆藏《诚斋新剧全集》本。

此类八仙传说忽又增多而盛起来的原因。照历史研究,他们的传说应该止于两宋的。剧本的出新是迎合新需要的缘故。因之吕洞宾所度的人可以无穷。陈季卿所遇的是终南山翁。范子安未必不见《太平广记》而《竹叶舟》剧乐于改为吕洞宾的原因,一则吕为人熟知,二则可以借用末折八仙同场的热闹。传说的增多,其中有许多是自然的归并或"箭垛",也有许多是人为的假借,因可以用现成的排场。在戏剧里面,必定可以找到许多的例。赵景深先生所指出八仙剧的特点,末折必有同场,倘以祝寿的作用来说,则此折是《蟠桃会》的翻新及短缩,为祝寿戏的主要排场。

我说八仙的传说应该止于两宋的原因,是历史上看来应该如此。刘向《列仙传》里的神仙最古,他们的传说到刘向(姑且假定是他写的)写定时已止。葛洪的《神仙传》又出新人物,葛洪写时,他的神仙也已成过去。此后也不会增加传说了。唐以前的神仙异人,差不多都见于《太平广记》。八仙除张果、蓝采和二人外,余六人不见于《太平广记》,可知此六人的传说皆起于宋,精密一点是北宋初到南宋初。在这一个时期里,道教及神仙思想确是很盛。此八人不过许多传说神仙中间的八人。但在北宋,吕洞宾已占首席。八人在几方面被借重。王重阳教所要的是钟、吕,据全真教,钟、吕应与刘海蟾、王重阳为伍的。画工又要了李、蓝,因为别致。南宋民间要了徐神翁,他在北宋末,而较近于临安。戏剧及绘画互相推移形成此钟、吕、蓝、韩、李、张、曹、徐,或钟、吕、蓝、韩、李、张、曹、何。也是慢慢演变而成,并非一时固定。戏剧及绘画所以需要,皆为祝寿。南宋如迎赛已用八仙,则《庆寿》戏本已存在,否则装扮无可摹拟。绘画及戏剧所以用八人,因对称及掩映之故。《蟠桃会》及《八仙庆寿》的戏本如先存在,那么后来的神仙戏的题材不得不集中于钟、吕度脱的故事,否则是不能应用《蟠桃会》及《庆寿》的现成的热闹排场,而庆贺之意不尽。所以如陈季卿为吕洞宾所度的《竹叶舟》本也可以产生而得力。此故事的产生距他们在传说时代已远。但为编剧者所乐用,或即编剧者乱造的,所以然的原因是如借用《庆寿》本排场为末折则甚为便当。此所以唐宋八仙传说复盛于元明之故。

或者又有一个疑问。观元剧如《蓝采和》《城南柳》《铁拐李岳》多哭闹之事,是否适宜于庆贺?此点伶人不管,世俗的人也无所谓,到高雅的周宪王就不很舒服了。所以他要改订。《诚斋杂剧》《瑶池会八仙庆寿》本序云:"庆寿之词,于酒席中伶人多以神仙传奇为寿。然甚有不宜用者,如《韩湘子度韩退之》《吕洞宾岳阳楼》《蓝采和心猿意马》等本,其中未必言词尽皆善也。故予制《蟠桃会》《八仙庆寿》传奇,以为庆寿佐樽之设,亦古人祝寿之意耳。"①明初的周宪王同我们一般见解,有许多神仙剧是不适宜于祝寿的。但观此序,则元人用神仙传奇以应庆寿之需是毫无疑义了。《蟠桃会》等本,本来有的,观陶氏《辍耕录》即明白,诚斋杂剧大都依据元人排场;而此言新制,乃新制词。他在《蟠桃会》剧本序即说,他本来偶填南吕宫庆寿词一曲,后来值其初度之辰,绩成传奇一部,付之歌喉。至于他这两本中所用的八仙,以及同场唱曲的情形,与金元本大概一样,而元人"度脱剧"中的末折同场唱曲,其排场必有一定规矩。戏剧因排场之故,不能不有保守性。此组八仙的组成,正值宋元戏剧产生之际,他们先在戏剧中占好地位,后世竟无以易之了。

庆寿戏不必用八仙,前引《蟠桃会》剧本有南极仙翁、嵩山仙子、毛女可证。但八仙不可少者,此关于角色分配之关系。戏班角色分生、旦、净、丑四种,而生可分为老生、小生、武生;旦可分为青衣、花旦、老旦。如此其数适得八。钟、吕等八人,个性各别,用之于绘画,则如元美所言,相映成趣;用之于戏剧,则可尽班中角色,纳于同场,而分配平均矣。或曰:旦有三,今八仙中仅一何姑为女子则如何?曰:今以贴扮何姑,正旦及老旦则择八仙中嗓音相似者扮之。通常以旦扮韩湘,以老旦扮蓝老。赵瓯北《陔余丛考·八仙》云:"女仙二人,蓝采和、何仙姑。"令人纳闷。下云:"是蓝采和乃男子也,今戏本硬差作女妆,尤可笑!"瓯北不知道戏,而据戏本以考,故笑世俗以蓝为女仙,实则世俗固未尝如此。戏中以旦角扮

_____

① 吴梅《奢摩他室曲丛》第二集本。

男,此常有事,如《邯郸梦·西牒》折(俗称《番儿》),打番儿汉系男子而以旦演唱是,观剧本必误会。

总括上文,此八仙的构成,有好多原因:(一)八仙空泛观念,本存在于道家。(二)唐时道观有十二真人图等,为画家所专工,此种神仙图像可移借为俗家祝寿之用,因此演变成此八仙图,至久后亦失去祝寿之意,但为俗家厅堂悬面。改为瓷器,则成摆设。其用意与"三星"同,祝主人吉祥长寿之意。(三)戏剧本起于宴乐,《蟠桃会》等本为应俗家寿宴之用的,神仙戏亦多用以祝寿。其中八仙排场最受欢迎,适合戏剧的组织。(四)此八人的会合,约略始于宋元之际。(五)此八人的会合并无理由,在绘画方面,犹之唐宋道家画《十二真人图》,南宋版画雕四美人,宋元俗画《七贤过关图》的随便组合。戏剧方面,名录颇有出入,也从演变而渐渐固定的。这样看来,八仙的组成与真正的道教的关系很浅。只有钟、吕两人有两重人格,一是神仙,二是教主。所以他们一边加入为民俗艺术所采用的神仙集团,一边被全真教推尊为祖师。然则全真教应该只尊钟、吕为祖师了,但后来又容纳另外数仙,而认为别派。此是晚起,显系化于民俗。以研究道教著名的日本小柳博士到北平白云观收集史料,从他所得材料中,我们知道我们所谓八仙中另外有几个人也已加入祖师之列。《白云观志》[1]卷三载白云观迎宾梁全祥在民国丙寅年抄出的《诸真宗派总簿》《宗派源流目录》。今录有关于此八仙之祖师及其在名录中之次第如下:

第四	东华帝君	少阳派
第五	钟离帝君	正阳派
第六	纯阳帝君	纯阳派
第四四	纯阳祖师	天仙派
第四七	纯阳祖师	蓬莱派
第五十	果老祖师	云阳派

[1] 小柳司气太:《白云观志》。

第五一　　　铁拐祖师　　云虚派

第五二　　　何仙姑祖师　云霞派

第五三　　　曹国舅祖师　金丹派

以上总论。至八人个人的事迹及传说,及传说中相互的关系详见分考。详略以所见材料为分配;次序不拘。

二

蓝采和的事迹,最早见于沈汾的《续仙传》。《太平广记》卷二十二袭用其文,元赵道一《历世真仙体道通鉴》卷三十八亦同。今抄录沈氏原传[①],以见其最古的史料。

> 蓝采和不知何许人也。常衣破蓝衫,六拴黑木腰带阔三寸余,一脚着靴,一脚跣行。夏则衫内加絮,冬则卧于雪中,气出如蒸。每行歌于城市乞索,持大拍板长三尺余。常醉踏歌,老少皆随着之。机捷谐谑,人问,应声答之,笑皆绝倒。似狂非狂。行则振靴;言曰:"踏踏歌,蓝采和;世界能几何?红颜一春树[②],流年一掷梭!古人混混去不返,今人纷纷来更多。朝骑鸾凤到碧落,暮见桑田生白波。长景明晖在空际,金银宫阙高嵯峨。"歌极多,率皆仙意,人莫之测。但将钱与之,以长绳穿,拖地行,或散失亦不回顾。或见贫人却与之;或与酒家。周游天下。人有为儿童时至及斑白见之,颜状如故。后踏歌濠梁间,于酒楼乘醉,有云鹤笙箫声,忽然轻举于云中,掷下靴衫腰带拍板冉冉而去。

沈氏南唐人。他自己说生而慕道,凡接高尚所说,积年之间,闻见皆铭于心,故作《续仙传》。《续仙传》是续刘向的《列仙传》及葛洪的《神仙传》的。所记的人物,大多是他同时,或比他稍前。看蓝传,他的文笔不

---

① 涵芬楼影印《道藏》本。

② 春树本作椿树,依赵道一传改。

错,有缥缈之致。其实如酒楼乘醉,忽然轻举,或者云鹤笙箫声之类,皆属套语,并非特为蓝公出色。蓝公的特点,在乎他的服装的别致,以及乞索的态度。再有,是唱一个"踏踏歌,蓝采和"的道曲。他似乎是一个同时乞索,同时散钱的玩世道人。宋元之际的画,就画了他那副行径。元遗山绝句《题蓝采和像》云:"长板高歌本不狂,儿曹自为百钱忙。几时逢着蓝衫老,同向春风舞一场。"可证金时画蓝仙像是如此的。这幅画何人所画,不得而知。考《图画见闻志》《宣和画谱》一类书,无有蓝采和像。《秘殿珠林》卷二十记清乾清宫藏有宋李得柔的素绢本《蓝采和图》一轴,并且上面有李得柔自己写的《蓝采和传》,款云:"紫虚大夫葆光殿校籍李得柔画传。"按李得柔的画见于《宣和画谱》者,二十有六。内中有钟、吕两仙像而无蓝仙。《宣和画谱》记载李得柔为凝神殿校籍,与此葆光殿又异。但也不能据此断定清宫这幅画不可靠,因《宣和画谱》所载也非李氏画的全录。至于现在的八仙画,则去古已远,蓝公的个性不见,以姓蓝故有时持一花篮而大拍板也已借与张果了。

蓝采和是否姓蓝?元遗山诗:"自惊白鬓先潘岳,人笑蓝衫似采和。"他以采和为名,而以"蓝衫"对"白鬓",不以为姓。此唱道曲索钱的人,既穿蓝衫,又自呼其名,好像唯恐人家不知道似的,怎能算一个隐姓埋名得道的人呢?故蓝采和绝非其人之真姓名。或并无其人,只有一踏歌如前所引;因此歌而造此神仙传说。"蓝采和"三字有音而无义,大概如汉乐府"妃呼豨"之类,后人不解,以人实之。龙衮《江南野史》①记陈陶得仙事云:

> 开宝中,常见一叟角发被褐,与一炼师,舁药入城,鬻之获赀,则市鲜就炉。二人对饮且啖,旁若无人。既醉且舞,歌曰:"篮采禾,尘世纷纷事更多,争如卖药沽酒饮,归去深崖拍手歌。"时人见其纵逸,姿貌非常,每饮酒食鲜,疑为陶之夫妇焉。竟不知所终,或云得仙矣。

①《豫章丛书》本。

马令《南唐书·陈陶传》略同，但改炼师为老媪，则与下夫妇合。歌之开始作"蓝采禾，蓝采禾"，重一句。陆游《南唐书》同马氏，而改为"蓝采和，蓝采和"。要之，"蓝采和""篮采禾""蓝采禾"，都是踏歌的泛声有音无义；倘寻意义，则"篮采禾"还保留乡土味道。

大概唐末乱离，人民转徙无常。南唐开国，稍见太平。异乡之人，混入街市，踏歌乞索。奇装异服，非江南人所见。歌音亦不甚清楚，但听见"篮采禾，篮采禾"遂以钱与之。好事者目为神仙，文人足成乐府。所以沈汾歌词，与龙衮又不同。陈陶长安名士，也因唐末乱离到南唐。不过他是想见用的，因不见用，隐居南昌，好道炼丹。龙衮写其仙去，用此故事及道曲。马令、陆游不信其为仙，采野史到"疑为陶之夫妇焉"止，而亦载此曲，殊无谓焉。

明来集之《秋风三叠》中《蓝采和》剧即以蓝采和为陈陶，必据龙、马、陆诸书，以歌属陈陶。不知此踏歌，与陈陶诗也不类。而以蓝采和为陈陶有两点不可能。一、他在南唐，方高自位置，拟作王者师，安能狂放落魄一无顾忌如此？二、沈汾所谓"凡接高尚所说"，"高尚"即陈陶辈。他的《贺自真传》就是听陈陶说而装点成的。如果蓝采和即陈陶，怎么说"不知何许人也"？

元曲有《汉钟离度脱蓝采和》剧，说蓝采和是一个伶人，乐名蓝采和，真姓名是许坚。[1] 许坚也是南唐隐士。此人比陈陶更怪。马令《南唐书》有传，说他形陋而怪，"自负布囊常括不解。每沐浴不脱衣就浴涧，出而曝之。或问其故，则言天象昭布，虽白昼亦常参列，人自昧之尔！其可裸裎乎！"《永乐大典》辑本郑文宝《江南余载》云：

> 许坚往来句曲、庐阜之间，草装布囊，或卧于野，或和衣浴涧中，萧然不接人事，独笑独吟而已。其诗有云："只应天上路，不为下方开，道既学不得，仙从何处来？"又《题简寂观》云："常恨真风千载隐，洞天还得恣游遨。松椒古迹一坛静，鸾鹤不来青汉高。茅氏井寒丹

---

[1] 江宁图书馆影印《元明杂剧》本。《元明杂剧》即陈与郊《古名家杂剧》残本误题的。

亦化,元宗碑断梦曾劳。分明有个长生路,不向红尘白二毛。"坚诗颇多,其语意皆类此。景德中无疾卒于金陵。岁余,忽于洪州谒见兵部员外郎陈靖,靖至建康言之。王化基发其墓,已尸解去。

其诗其人都可传。倘以许坚当蓝仙,则诚为韵事。但也有不合的地方。此言许坚景德中卒,此时南唐亡已二十余年。沈汾成书于南唐时,安能记其飞升?此蓝衫老到底不可知,或以为许坚,或以为陈陶,择南唐知名的隐士以附会耳。

赵翼《陔余丛考》以世传蓝为女仙,致讹之由,上文已指出。八仙画中张果的拍板,及韩湘的笛子,似皆分自此公,因为在元代,以为他是伶工。

三

何仙姑之于八仙在元代尚在游离状态中,到明嘉靖方始确定加入,已如前述。汤若士《邯郸梦》用以说吕洞宾度卢生的缘起。此剧开始即言东华帝君勑命修一座蓬莱山门,门外蟠桃一株,三百年其花才放,时有浩劫刚风,等闲吹落花片,塞碍天门。先是,吕岩度得何仙姑在天门扫花,后奉东华帝旨,何姑证入仙班。因此吕岩下世往亦县神州再度一人,供扫花之役。此关目,当系临川得意之笔。《扫花》出《赏花时》二支,音词俱佳,至今度曲者犹乐唱之。

写何姑以《邯郸梦》为最。反顾《东游记》则无一描写,局促枯窘之至。《东游记》同于王世贞《列仙全传》。《列仙全传》本元赵道一《历世真仙体道通鉴后集》所记。今引赵氏:①

> 何仙姑广州增城具何泰之女也。唐天后时住云母溪,年十四五,一夕梦神人教食云母粉,可得轻身不死。因饵之,誓不嫁。常往来山顶,其行如飞,每朝去,暮持山果归遗其母。后遂辟谷,语言异

---

① 涵芬楼影印《道藏》本。

常。天后遣使召赴阙,中路失之。广州会仙观记云,何仙姑居此食云母。唐中宗景龙中白日升仙。至玄宗天宝九载□虚观会乡人斋,有五色云起于麻姑坛,众皆见之。有仙子缥缈而出,道士蔡天一识其为何仙姑也。代宗大历中又现身于小石楼,广州刺史高晕具上其事于朝。

赵道一记何仙姑如此。此唐景龙中之何仙姑,广州会仙观记即有其人,远在吕洞宾前。北宋时另有一何仙姑,见魏泰《东轩笔录》卷十四:

> 永州有何氏女,幼遇异人,与桃食之,遂不饥无漏。自是能逆知人祸福,乡人神之,为构楼以居。世谓之何仙姑。士大夫之好奇者多谒之,以问休咎。

此乃庆历年间的人。滕子京谪守巴陵郡遇见回道士,据说回道士就是吕洞宾。而何仙姑是知道吕洞宾的行止的。《东轩笔录》卷十:

> 潭州人士夏钧,罢官,过永州谒何仙姑而问曰:世人多言吕先生,今安在?何笑曰:今日在潭州兴化寺设斋。钧专记之。到潭日,首于兴化寺取斋历视之。其日果有华州回客设供。顷年滕宗谅谪守巴陵郡,有华州回道士上谒,风骨耸秀,神脸清迈。滕知其异人,口占一诗赠之曰:"华州回道士,来到岳山城。别我游何处?秋空一剑横!"回闻之,抚然大笑而别,莫知所之。

何仙姑言休咎在永州,颇似巫风的遗留。相传狄青征侬智高时,也曾向她处问卜。曾达臣《独醒杂志》卷四:

> 何仙姑永州民女子也。因放牧野中,遇人啖以枣,因遂绝粒,而能前知人事。独居一阁,往来士大夫率致敬焉。狄武襄征南侬,出永州,以兵事问之。对曰:"公必不见贼,贼败且走。"初亦未之信。武襄至邕境之归仁铺,先锋与贼战大败。智高遁走入大理国。其言有证类如此。阁中有遗像,尝往观之。

曾达臣说其言有证类如此。曾氏南宋初人。他对于北宋皇祐年间事已模糊。狄青征侬智高非但遇贼,而且大战。归仁铺之役,先锋孙节战死。时贼气锐甚,狄公的将士皆失色。公执白旗,麾骑兵纵左右翼,出贼不意,大败之;追奔五十里,断首数千级。皆见正史。今何仙姑所言休咎,仅见此条,而误谬如此。狄青之事,亦言者过神其说耳。杨万里序《独醒杂志》云"以予所见闻者,无不信,知予所不知者,无不信也",实为过誉。北宋士大夫信奉何仙姑,闹一嫌疑案,亦见《东轩笔录》卷十四:

> 王达为湖北运使,巡至永州,召于舟中。留数日。是时魏绾知潭州,与达不叶。因奏达在永州取无夫妇人阿何于舟中止宿。(中略)以此罢去。

此亦好奇之过矣。

当时盛传何仙姑的神知尚有雷部中鬼行火事。宋真宗大中祥符年间,岳州华容县玉真宫为天火所焚,唯留一柱,柱上有倒书"谢仙火"三字。好事者模于石而刻之。庆历中人以问何仙姑,何云,谢仙者雷部中鬼,夫妇皆长三尺,其色如玉,掌行火于世。闻之者检《道藏》果得谢仙,主行火。遂益神信。"谢仙火"三字欧阳修收在《集古录》里,欧公记何仙姑衡州女子,亦不信其为神仙。《跋谢仙火》云:"近尾衡州奏云,仙姑死矣,都无神异。客有自衡来者云,仙姑晚年赢瘦,面皮皱黑,第一衰媪也。"此"谢仙火"的解释,见于刘攽《中山诗话》:"有熟于江湖间事者曰,南方贾人各以火自名,一火犹一部也。此贾名仙,刻木记己物耳。"但刘氏又说:"是亦不可知也。"足见何姑传说太盛,士大夫疑信参半。

从历史上看,何仙姑一类人并不少见。郑文宝《江南余载》记南唐李后主末年洪州有妇人万氏,善言祸福,远近谓之万仙。童江正谓时人曰:"此所谓国将亡听于神者也。"北宋的何仙姑犹南唐之万仙。

由上引《东轩笔录》卷十条,已足见何仙姑与吕洞宾有相关处。而稍后则魏泰所记"幼遇异人与桃食之",与曾达臣所记"遇人啖以枣"的"异人"与"人",变为吕洞宾。倘使北宋时即有吕洞宾了,则北宋士大夫岂不书?此事出元世。《续道藏》所收《吕祖志》当系元时书,《吕祖志》卷三

《何仙遇道》条：

> 何仙姑零陵市道女也。始十三岁，随女伴入山采茶，俄失伴。独行迷归路，见东峰下一人，修髯绀目，冠高冠，衣六铢衣，即洞宾也。仙姑始伈伈亟拜之。洞宾出一桃曰："汝年幼必好果物，食此尽；他日当飞升，不然止居地中也。"仙姑仅能食其半，髯者指以归路。仙姑归，自谓止一日，不知已逾月矣。自是不饥无漏，洞知人事休咎。后尸解去。洞宾尝谓仙姑曰："吾尝游华阴市中卖药，以灵丹一粒置他药万粒中，有求药者，于瓢中信手探取与之，观其缘分也。如是数日，他药万粒，探取□□，而此丹入手即坠，因叹世间仙骨难值如此。"

观此，即明北宋言休咎识"谢仙火"三字的何仙姑，到元代已变为纯阳弟子。此何仙姑即八仙中的何仙姑无疑。零陵即永州。所以《列仙全传》及《东游记》所记的唐景龙中广州增城县的何仙姑是不对的了。食桃未尽，但成地仙，汤若士要她在天门扫桃花落英，然后证入仙班，与此妙合。

但王世贞《四部续稿》《题八仙像后》也说何仙姑零陵市人，且言纯阳以一桃食之。然则他所知道的何仙姑不错，何以《列仙全传》错呢？我所见的《列仙全传》明刊本，题"吴郡王世贞辑次，新都汪云鹏校梓"，前面又有一篇济南李攀龙的序，汪云鹏书。李序无一言及王，反说是他自己搜群书而编的，岂非怪事？大概出汪氏之手，而托名王、李，故前后自相矛盾如此。《列仙全传》的错讹沿赵道一。赵氏所记如此，故《列仙全传》的编者抄下。《东游记》的作者，大概又抄《列仙全传》。检鲁迅《中国小说史略》，未考《东游记》时代，此书以意度之，大概在《列仙全传》后或同时。

赵道一何以错呢？赵道一不错的。他以为吕洞宾所度的仙姑姓赵名何。所以他《真仙通鉴后集》有一吕洞宾前的何仙姑而又有一吕洞宾度的赵仙姑。赵仙姑的传极长，他说"赵仙姑名何，永州零陵人也"。下叙吕髯仙以桃食之事。然则洞宾所度姓赵名何，与北宋言休咎的何仙姑无涉了。然而不然,此赵仙姑,名何而又是永州人,不但如此,而且前引夏钧、"谢仙火"、狄青三事都在赵仙姑传中。此真缠夹!别出李正臣妻杀婢冤事,此事见宋刘斧《青琐高议》,亦何仙姑事。赵氏《通鉴》卷四十《吕岩传》"第一度郭上灶,第二度赵仙姑,法名何二",赵氏自己并不矛盾。但他既言洞宾所度的是赵仙姑,名何,何以阑入宋人何仙姑事。除非北宋的何仙姑本姓赵。但此事宋人不说,何以赵道一忽然知道呢?

考其原因,必定北宋庆历年间的何仙姑很有名。同时在她的时候还是没有说吕洞宾度的。而吕洞宾的传说里又说度过一个赵仙姑,后人遂捏合之。考吴曾《能改斋漫录》卷十八吕洞宾尝作自传,岳州有石刻云:"吾乃京兆人,唐末累举进士不第,因游华山,遇钟离传授金丹大药之方,后遇苦竹真人,方能驱使鬼神,再遇钟离,尽获希夷之妙旨。吾得道年五十,第一度郭上灶,第二度赵仙姑,郭性顽钝,只与追钱延年之法。赵性通灵,随吾左右。"此石刻的年代当出北宋庆历后。《吕祖志》收此作江州望江亭《自记》,已改赵仙姑为何仙姑。如是,北宋永州言休咎的何仙姑变为纯阳弟子了。这种捏合,赵道一是不满意的,因为随侍纯阳左右的是他的本家,他岂甘心不加指正,所以一定要标明纯阳所度的姓赵,此则合于北宋时的洞宾自记。但是赵仙姑一无事迹可传,因此他把庆历间何仙姑的事一齐用了,而勉强说她法名何二,以掩饰过去,又说此赵仙姑也是永州人。至于景龙中的何仙姑另出广州会仙观所传,是不相干的。也不是纯阳弟子。偶然另有这样一个人。赵道一后的人,依旧要知道那个何仙姑,检《真仙通鉴》见了这一人,便抄下来。其实何仙姑的事迹是被埋没在赵氏的赵仙姑传里了。这样一缠夹,所以《列仙全传》以及《东游记》等书一齐错了。

到清康熙年间古杭玉枢真人王建章编《历代仙史》,他就分何仙姑为"其一""其二"。"其一"是景龙中人,不对的。"其二"是纯阳弟子,零陵人,他是抄《吕祖志》的。二人都没有什么事迹,而何仙姑的事迹,依旧在赵仙姑传里。

从北宋庆历到清代,何仙姑的转变大概是如此。赵翼《陔余丛考》

云:"何仙姑者刘贡父《诗话》谓永州人,《续通考》则谓广东增城县人;曾达臣《独醒杂志》谓宋仁宗时人,《续通考》则又谓唐武后时人,传闻之讹,已多歧互。"今为考出其歧互之原因如上。

四

吕洞宾的事迹,散在群籍,甚难稽考。他的传说起于北宋庆历年间,大致看来如此。前引《东轩笔录》潭州人夏钧问何仙姑云:"世人多言吕先生,今何在?"吕先生就是在这时候盛传着的。滕子京在巴陵郡遇见的回道士传说就是他。宋郑景璧《蒙斋笔谈》①云:

> 世传神仙吕洞宾,名岩,洞宾其字也。唐吕渭之后,五代间从钟离权得道。权汉人。迩者,自本朝以来,与权更出没人间。权不甚多,而洞宾踪迹数见。好道者,每以为口实。余记童子时,见大父魏公,自湖外罢官还,道岳州,客有言洞宾事者云,近岁常过城内一古寺,题二诗壁间而去。其一云:"朝游岳鄂暮苍梧,袖有青蛇胆气粗,三入岳阳人不识,朗吟飞过洞庭湖。"其二云:"独自行时独自坐,无限时人不识我,惟有城南老树精,分明知道神仙过。"说者云,寺有大古松,吕始至时,无能知者,有老人自松巅徐下致恭,故诗云然。先大父使余诵之,后得李观碑,与少所闻正同。青蛇,世多言吕初由剑侠入,非是。此正道家以气练剑者,自有成法。神仙事渺茫不可知,疑信者盖相半。然是身本何物,固自有主之者,区区百骸,亦何足言!弃之则为佛,存之则为仙,在去留间尔。洞宾虽非余所得见,然世要必有此人也。

《蒙斋笔谈》是元丰、元祐间书,郑景璧说幼时读吕洞宾诗,当在庆历间。李观也是庆历间人,与滕宗谅何仙姑时代相接。他后来做南岳庙监,亦是好道者流。可惜他作的《吕碑》今已不传。但从上引,可知吕洞

---

① 《学海类编》本。

宾在郑景璧的幼时传说起来,说他过岳州谒滕宗谅,又说他常到岳州城南一古寺,题二诗壁间而去。滕宗谅守巴陵郡,"政通人和,百废俱兴",是一位贤太守。重修岳阳楼,挹洞庭之胜,加以范仲淹作记,名重天下。游览的人,必定很多,于是造出仙迹。城南古寺的诗,想是江湖间人题,失其姓名,因此认为神仙之作。

不久岳州就有石刻说是吕公的《自记》,见于吴曾《能改斋漫录》卷十八,前面已引过。他自谓京兆人,唐末累举进士不第,因游华山,遇钟离,又遇苦竹真人;再遇钟离,尽得希夷妙旨。宋罗大经《鹤林玉露》卷一:"世传吕洞宾唐进士也。诣京师应举,遇钟离翁于岳阳,授以仙诀,遂不复之京师,今岳阳飞吟亭是其处也。"罗大经说他遇钟离于岳阳,和他《自记》冲突,但岳阳有一飞吟亭是可以知道的了。不但有亭,作为"朗吟飞过洞庭湖"的纪念,而且岳州人士已为他造祠,即在他以前题诗的地方。洪迈《夷坚支志》乙卷第七:①

> 淳熙十六年,章靓为岳阳守,闻城南老松之侧有吕公祠宇,因往瞻拜,睹其塑像,袍色黯黭不鲜。命工整治,未暇扣其讫工与否也。一夕,家人梦一道流,衣新黄袍,遮道立于郡圃,趋而避之他所,则又相遇。问其姓名,曰:"我仙者也。"家人曰:"若是仙者,何不游天上而反行地下乎?"曰:"我地仙也。"翌日以语章,章出视事,吏前白云,向者奉命易真人袍,今绘已毕。章深异之,且念一润色其衣服,而形于梦寐若影响,乃以故所藏吕公《金丹秘诀》刻于郡斋,冀广其传。其书吕自为序,称紫微洞天纯阳真人。(序文略)

据我看见的材料,洞宾传说,起于庆历,而发源地在岳州,后来传布开来。

至于有没有这样一个人,很难说。总之,他没有张果、何仙姑那样实在。《宋史·陈抟传》:"关西逸人吕洞宾,有剑术,百余岁而童颜,步履轻

---

① 涵芬楼排印本。

疾,顷刻数百里。世以为神仙。皆数来抟斋中,人咸异之。"这一条虽见于正史,但陈抟的传实采道家言。并且《陈抟传》说到宋真宗到云台观,观抟画像,则最早此传出于宋仁宗时人手(不能到南宋,因吴曾已引)。此时正吕洞宾神仙传说鼎盛的时候,安知不是做传的人引吕以重陈,与岳州吕《自记碑》说因游华山,尽得希夷妙旨,引陈以重吕出于一般心理?互相依傍,而实则互相冲突;因为一边是希夷先生的再传弟子,而得道之年才五十,一边是出入斋中,已百余岁!且《蒙斋笔谈》说"世传神仙吕洞宾"是世传吕洞宾,他看了李观的碑方始知道他名岩,而"洞宾其字也"。岳州石刻《自记》开始言"吾乃京兆人",不言名岩。世但传洞宾,或回道士。胡仔《苕溪渔隐丛话后集》录洞宾事迹诗词,不标洞宾或吕岩,乃曰回仙。可知吕岩,当时人也不知道,独李观知之。

然则吕洞宾对了?也是一个不确实的名称。《苕溪渔隐丛话》引陆元光书名《回仙录》,甚为奇特。因为照传说是他游人间,化名回道士,或题字石壁,自署回字,回字是吕字的变化,或者剑仙一流喜欢如此。陆元光何以径名回仙,而不曰吕仙?潭州人士夏钧到潭州看见的又是《回客设斋》。不要他是回教徒或者回人,而冒姓吕以行教吧?在他的教义里也找不到回教的痕迹。至于"洞宾",则在宋时又有李洞宾,一名李八百(又一李八百,非《神仙传》的李八百),见黄休复《茅亭客话》,而明李日华《紫桃轩杂缀》则谓戏白牡丹的是颜洞宾。何洞宾之多?大概洞宾是一岩穴之士好用的名字,犹仙翁之多名八百如李八百、曹八百等。这样说来,他的名姓都很渺茫。神仙本来渺茫的,而日本佐伯好一郎氏以写《景教流行碑》的吕秀岩当之,必定不对。[1]

佐伯氏引教士李提摩太[2]之说,谓吕岩生于唐天宝十四载,出处待考。据岳州吕真人《自记》石刻说"唐末累举进士";据吴曾《能改斋漫录》卷十八引《雅言系述》载吕洞宾自传"咸通初举进士不第";据《陈抟传》他

---

[1] Saeki, *The Nestorian Monument in China*, 1916. London, pp. 53 - 61.
[2] Timothy Richard.

到宋初才百余岁,据《道藏》《金莲正宗记》《金莲正宗仙源像传》,赵道一《真仙通鉴》《吕祖志》《纯阳帝君神化妙通纪》,同是贞元十四年四月十四日生,李教士之说无一合者。佐伯氏假定吕岩生于七五五年,故算至唐德宗建中二年立景教碑时适为二十六岁,倘生在贞元十四年,则后于景教碑之立十七年,倘咸通中举进士不第,则后七八十年了。然则吕岩与吕秀岩决为二人。而况吕岩唐世无闻,传说起于北宋乎?

《道藏》中传都是王重阳教盛后,尊吕为祖师时所造。所以移在贞元,因欲使他为吕渭之孙,吕让之子的缘故。不必说与《陈抟传》不合,而且与北宋传出的《自记》也不合,他到唐末已经一百岁了,何能“累举进士”?而改动京兆或关西,变为河中或蒲坂,是用吕渭的籍贯。吴曾《能改斋漫录》卷十八引《雅言系述》载《吕洞宾传》云:

> 关右人,咸通初举进士不第。值巢贼为梗,携家隐居终南,学老
> 子法。

假定吕洞宾确有其人,以此说为近情。惜《雅言系述》一书今佚,仅见吴曾摘要之言如此。

洞宾的传说太多,散见于宋人诗话笔记,不能尽记。总之,他有度人的心,屡游人间,而人不识。或做卖墨客,索价甚昂,没有人理他;或作傲士,忽然而来,又飘然而去。一定要等到他去后,人家方始知道是神仙,而懊恼之至。

《宣和遗事》有吕洞宾斗林灵素事。一日,林灵素设斋,宋徽宗问:“朕建此斋,得无神仙降耶?”灵素曰:“陛下更须建灵宝大斋,肃清坛宇,其时必真仙度世。”言罢,道众中忽有一士掷所盛斋钵于地。众欲责之,随腾空而去。帝曰:“此非神仙而何?”灵素不答,揭钵视之,见一幅纸,上有诗一绝云:

> 捻土为香事有因,世间宜假不宜真;
> 洞宾识得林灵素,灵素如何识洞宾!

众方知是洞宾降。此故事产生于民间,以真仙压倒方士。徽宗信用

林灵素为道俗所厌，一般民众要举梃击之。这一个故事的产生是表示北宋人士已不信符箓厌胜黄白之术，而信仰世间原有真仙的，不过非方士之所能知而已。曾达臣《独醒杂志》卷五有类似的一则[①]：

> 林灵素以方士得幸徽庙，跨一青牛，出入禁卫，号曰金门羽客。一日有客来谒，门者难之。客曰："予温人，第入报。"灵素与乡人厚，即延见焉。客入，灵素问曰："见我何为？"客曰："有小术，愿试之。"即捻土烓炉中，且求杯水噀案上，复之以杯。忽报车驾来幸道院，灵素仓皇出迎，不及辞别，而其人去。上至院中，闻香郁然，异之。问灵素何香，对曰："素所焚香。"上命取香再焚，殊不类。屡易之而益非。上疑之，究诘颇力。灵素不能隐，遂以实对，且言噀水复杯事。上命取杯来，牢不可举。灵素自往取，愈牢。上亲取之，应手而举。乃得片纸，纸间有诗云："捻土为香事有因，如今宜假不宜真。三朝宰相张天觉，四海闲人吕洞宾。"灵素自是眷衰，未几放归温州而死。

以"捻土"句证，知曾记的故事比《宣和遗事》早起，而为《遗事》所本。

起初洞宾只是神仙传说中的人物，后来变为教主。佐伯氏说他的教即是景教的流派，因为景教后来不知名了，世人误以为回教，所以吕翁一称回道士。他的假定也很难成立。一则他不是中唐人，与《景教碑》书手一无关系。二则佐伯氏所举如"以水变酒""触死鱼使复活"等故事亦别教传说所可以有的，不一定是耶教故事。而吕岩之教，含佛教的成分则极多。在两宋，儒释道三门思想是互混了。例如《陈抟传》的作者说他是剑仙，还和唐人小说里说剑侠的说法一样，到岳州石刻《自记》就不同了：

> 世言吾卖墨飞剑取人头，吾闻哂之。实有三剑，一断烦恼，二断贪嗔，三断色欲，是吾之剑也。世有传吾之神，不若传吾之行。何以故？为人若反是，虽握手接武，终不成道。（吴曾《能改斋漫录》卷十八）

---

① 《知不足斋》本。

《吕祖志》卷一《江州望江亭自记》,改上文,略有不同:

> 世多称我能飞剑戮人者,吾闻之笑曰:慈悲者佛也,仙犹佛尔,安有取人命乎? 吾固有剑,盖异于彼,一断贪嗔,二断爱欲,三断烦恼。此其三剑也。……吾尝谓世人奉吾真,何若行吾行,既行吾行,又行吾法,不必见吾,自成大道。不然日与吾游,何益哉!

对照前引《蒙斋笔谈》条,即知北宋人士都以剑仙非正道,要从正道入,不如儒佛。儒家修身心,立德行;佛家断贪嗔烦恼,而慈悲度世。吕纯阳没有剑,他的剑就是佛经的"金刚"。

《太平广记》收《异闻集》《吕翁》一则。此度卢生的吕翁,当然不是吕洞宾,因为说开元中已是老翁了。北宋时人混此两吕,南宋人辨正此事。吴曾据《陈抟传》以辨,胡仔引回仙词有"黄粱梦,犹未熟,梦惊残"句,说他自己还用做典故,怎能说度卢生的是他呢? 最堪绝倒! 但此吕翁虽与他不是一人,却极有关系。因后人又建设一故事。就是以囊中之枕造成一黄粱梦境以度脱卢生的固然是吕洞宾,而他自己的悟道也有同样一个黄粱梦境,那时度他的是汉钟离。《道藏》苗善时的《纯阳帝君神化妙通纪》就立"黄粱梦觉第二化"这一章,而且说钟离度他的时候在唐宪宗元和五年。马致远的《黄粱梦》也演这个故事。此枕岂非道家的衣钵吗? "慈悲者佛也,仙犹佛尔""黄粱梦觉"与"菩提明镜"皆顿悟之教。而八仙的师承传说,某某从某某得道,某人度脱某人,以及全真教的五祖七真,完全受禅宗思想的影响。这样他的教与景教毫无关系,反是与佛教禅宗相仿。

马致远《岳阳楼》剧说他度柳树精,此出"惟有城南老树精,分明知道神仙过"一诗。但传说诗乃为松上老人作,非柳。俞樾《湖楼笔谈》七论《城南柳》剧本已辨之。度柳树精,依马剧,柳投胎为郭马儿。此郭马儿之郭必据他《自记》度郭上灶而来,皆有所本。

江湖间诗因失名而传说为他所题的事很多。即有题者姓名,如"黄鹤楼边吹笛时,白蘋红蓼对江湄。衷情欲诉谁能会,惟有清风明月知",

本题吕元圭,而世人因言吕先生一字元圭。《全唐诗》有吕岩诗四卷,杂采诗话及《道藏》艺文而成。至于"别我游何处,秋空一剑横"一绝,本滕宗谅口占赠回道士,今作吕赠滕,芜杂可想。

唐戴叔伦《寄万德躬故居》诗:"吕祖祠下寒砧急,帝子阁前秋水多",下云"闽海""南征",祠似在闽,此则中唐时有一吕祖祠,当非洞宾。

我们看何仙姑的传说,是由实而虚,有实在一个人,而后有传说,所以追索及时的史料,即知其为人。人可信而传闻不可信。吕洞宾的传说,是先虚后实,先有传闻,而后有身世的记载及著作出来。所以记载不可靠,而那个传说倒是史料。

五

赵翼《陔余丛考》卷三十四云:"钟离权见《宋史·陈抟传》,陈尧咨谒抟,有鬈髻道人先在坐,尧咨私问抟,抟曰钟离子也。又《王老志传》有乞者自言钟离先生,以丹授老志服之而狂,遂弃妻子去。"今通行本《宋史》《陈抟传》无此数语,比瓯北所见不同,当有脱夺。或瓯北误记。《道藏》本元赵道一《真仙通鉴》《陈抟传》有之。钟离权见于正史者仅此二条。王老志是宋徽宗时方士,他称钟离已甚后。《陈抟传》则前已论及,大概是宋仁宗时人作,此时吕洞宾、钟离权的传说盛了,或者做《陈抟传》的人援引他们以重陈抟,亦非信史。

郑景璧《蒙斋笔谈》记吕洞宾事,提及钟离,说:"权汉人,迩者自本朝以来与权更出没人间。权不甚多,而洞宾踪迹数见。好道者每以为口实。""权不多见",所以北宋人的笔记甚少提及。元祐时,他有诗送给王定国,后归入徽宗御府。《宣和书谱》卷十九记载钟离权事较详[①]:

　　神仙钟离先生,名权,不知何时人。而间出接物,自谓生于汉。
　　吕洞宾于先生执弟子礼,有问答语及诗成集。状其貌者,作伟岸丈

[①]《学津讨源》本。

夫,或峨冠绀衣,或虬髯蓬鬓。不冠巾而顶双髻。文身跣足,顾然而立,睥睨物表,真是眼高四海而游方之外者。自称"天下都散汉",又称"散人"。尝草其为诗云:"得道高僧不易逢,几时归去得相从。"其字画飘然有凌云之气,非凡笔也。元祐七年七月,亦录诗四章赠王定国。多论精勤志学长生金丹之事,亹亹可读。终自论其书以谓学龙蛇之状,识者信其不诬。

所言有问答语,即今所传《钟吕传道集》,多言内丹事,今存《道藏》《洞真部》《修真十书》内。此书说是唐施肩吾编集的,亦不可信,胡应麟已疑之。

《太平广记》无钟离权,钟离权的神仙说起于北宋。杨慎《丹铅录》:"仙家称钟离先生者,唐人钟离权也,与吕岩同时。韩涧泉选唐诗绝句,卷末有钟离一首,可证也。近世俗人称汉钟离盖因杜子美元日诗有'近闻韦氏妹,远在汉钟离'流传之误,遂附会以钟离权为汉将钟离昧矣。"杨慎认为汉钟离的说法是明代的事,并且流俗致讹之由因于杜诗,最为可笑。胡应麟《丹铅新录》专驳杨氏书,于此条下论云:"夫汉钟离地名,而以为神仙,则韦氏妹即何仙姑耶?书此发读者一大噱。"钟离之称汉,当然与杜诗无关,且不出于近世俗人之言,因《宣和书谱》已言"自谓生于汉",而郑景璧《蒙斋笔谈》亦说"权汉人",杨氏诚为失考。

杨慎以钟离权入唐,所据者有诗入唐诗选本。胡应麟亦以钟离入唐,他以为王定国所得诗轴,乃宋人录唐诗以欺王定国。《庄岳委谈》:"盖宋时羽士假托钟离权以诳王定国辈,其诗实唐钟离权所作,而假托者不详其世,以为即汉钟离昧,故自称生于汉,后世因以汉钟离目之。"胡氏以王定国所得为赝品,而信唐时有钟离权,亦倒果为因。因为钟离神仙的传说起于北宋庆历以后,与吕洞宾传说同时。吕先生留题记及诗词甚多,宋人已有《回仙录》等辑本,钟离权亦留墨迹在人间,人以吕岩为唐末进士,以其诗词入唐,联带亦以他传说中的老师入唐耳。实际上唐时亦无钟离权其人,唐诗选本末附神仙诗,皆存疑之品。以钟离诗入唐,何不以之入汉欤?

岳州吕真人《自记》称一再遇钟离,尽得希夷妙旨,是以他为希夷先生陈抟的弟子;与宋仁宗时或稍后作《陈抟传》的人以钟、吕一为剑仙,一为鬖髼道人,皆来陈抟斋中,因此见陈抟的神异,是互相矛盾的。但两处称钟离或钟离子,是地名,法号,或姓,不得而知。至于姓钟离而名权,则北宋元祐前后所知,《蒙斋笔谈》述及,王定国得诗可证。乃宋哲宗时事了。状其貌者作伟岸丈夫,虬髯蓬鬓,睥睨物表。而藏其墨迹者则爱其草书之妙,认为毕竟是仙人之笔。洪迈《夷坚支志》丁卷第十:[①]

> 淳熙十一年溧汤仓斗子,坐盗官米黥配,而籍其家。得草书二轴,题云庚申岁书,其名权,花押正如一剑之状,盖钟离翁也。其诗云:"露滴红阑玉满畦,闲抛象履到峰西,但令心似莲花洁,何必身将槁木齐。古堑细香红树老,半峰残雪白猿啼,虽然不是桃源洞,春至桃花亦满溪。"李粹伯跋之曰:"字画放逸,有翔龙舞凤之势,脱去寻常畦径。非得于心而应于手者,不能尔。飘飘然神仙风度,固有所本"云。真本藏于建康府治府资库,绢素褾饰处皆断裂,独字画不动。景裴尝见之。庚申岁者,岂非艺祖创业建隆元年乎?

此诗韶秀可爱,今《全唐诗》录钟离权诗,反失收此首。洪迈见署名权字草书作一剑之状,因以考定为北宋所传之钟离子。他以庚申岁为北宋初的庚申,是信权为五代间人。特别提一句"岂非艺祖创业之建隆元年乎?"发人深思。大概在洪氏心目中,以此虬髯蓬鬓的伟岸丈夫,也如唐人小说里的虬髯客一样,当初是有雄图霸略的,后来见艺祖登极,天下已定,遂入山隐居了。但他既是五代人安能赠诗与王定国,何以又在庆历后传说起,此皆不可究诘的问题。

他的雄图霸略虽不遂,但不料作了后世道教的祖师。因为王重阳教自谓出于钟、吕,他在全真教的系统上变为东华帝君的大弟子,纯阳吕真

---

① 涵芬楼排印本。

人之师。到元世祖至元六年封赠五祖七真,正阳钟离真人赠正阳开悟传道真君,元武宗至大三年加赠正阳开悟传道垂教帝君。他实际上并无事迹可传,而几个汉代的钟离建设成他的履历。赵道一《真仙通鉴》卷二十《钟离简传》:"钟离简后汉人,为郎中,与弟权俱入华山三峰得道。后道备,白日升天。"以钟离权为钟离简之弟。赵道一如此说,未免太微小一点。《金莲正宗记》的传据《庐山金泉观记》,云:"曾祖讳朴,祖讳守道,父讳源,当后汉末年,皆据要津,有功于国,世济其美。先生讳权字云房,号正阳子,京兆咸阳人也。少工文学,尤喜草圣。身长八尺七寸,髯过脐下,目有神光,仕至左谏议大夫。因表李坚边事不当,谪为南康知军。汉灭之后,复仕于晋,及武帝时与偏将周处同领兵事,屡出征讨,已而失利逃于乱山。(中略)至唐文宗开成年间因游庐山遇吕公洞宾,授以天遁剑法。(下略)"《金莲正宗仙源像传》以为仕汉为将军。皆以为将军,是世俗混汉将钟离昧,而道教中人据之,或以为仕汉为将军,或以为仕晋为将军耳。以为谏议大夫,是借汉人钟离意。王世贞《题八仙像后》:"将则钟离",世俗固久以钟离为汉将军,而忘掉那个北宋间自称"天下都散汉"或"散人"善诗及草书的钟离权了。

庐山金泉观造仙迹,以钟离授吕公天遁剑法于庐山。而在宋时,吕公自记遇钟离于华山。如何说法?宋时石刻所以说华山者,因欲依附陈抟得希夷妙旨故。后来说钟、吕之道出于东华帝君,不要陈抟了,因此也不必华山了。

六

韩湘文学,元人杂剧有纪君祥《韩湘子三度韩退之》,赵明道《韩湘子三赴牡丹亭》,尚有无名氏《蓝关记》,今皆不存。故事的来源,亦在宋代。用诗话体的记载见于刘斧的《青琐高议》。《青琐高议》载通俗文字,都是诗话小说体,远渊源于唐代俗文,与敦煌所出俗文性质极相近。至于是否刘斧书,亦甚难言。其前集卷九有《韩湘子记》,下题注云"湘子作诗谶文公",大类俗讲回目。

《青琐》文长,今不具引,引元赵道一《历世真仙体道通鉴》卷四十二:[1]

> 韩湘字清夫,韩文公愈之犹子也。落魄不羁,文公勉之学,湘曰:"湘之所学,非公知之。"公令作诗以观其志。诗曰:"青山云水窟,此地是吾家。后夜流琼液,凌晨咀绛霞。琴弹碧玉调,炉炼白朱砂,宝鼎存金虎,元田养白鸦。一瓢藏世界,三尺斩妖邪。解造逡巡酒,能开顷刻花。有人能学我,同共看仙葩。"公览而戏之曰:"子能夺造化耶?"湘曰:"此甚易事。"公为开樽,湘取土以盆复之,良久花开,乃碧花二朵,似牡丹差大,颜色艳丽。于花间拥出金字一联云:"云横秦岭家何在,雪拥蓝关马不前。"公未晓其意。湘曰,"事久可验",遂告去。未几,公以佛骨事,谪官潮州。一日途中遇雪,俄有一人冒雪而来,乃湘也。湘曰:"忆花上之句乎? 正今日事也。"公询其地,即蓝关也。嗟叹久之,曰:"吾为汝足成此诗。"诗曰:"一封朝奏九重天,夕贬潮阳路八千;本为圣明除弊事,岂将衰朽惜残年? 云横秦岭家何在,云拥蓝关马不前;知汝远来应有意,好收吾骨瘴江边。"遂与湘宿蓝关传舍,方信此道之不诬。及湘辞去,公留之不可,乃作《别湘诗》云:"才为世用古来多,如子雄文世孰过;好待功名成就日,却收身去挂烟萝。"湘别公诗云:"举世都为名利醉,伊予独向道中醒;他年定是飞升去,冲破秋空一点青。"湘谓公曰:"公往瘴毒之乡,难于保育。"乃出药一瓢曰:"服一粒,可以御瘴烟之毒。"公谓湘曰:"吾实虑不脱死,魂游海外,一思至此,不觉垂泪,吾不敢复希富贵,但得生入鬼门关足矣。"湘曰:"公非久即西,不惟全家无恙,公当复用于朝。"公曰:"此后复有相见之期乎?"湘曰:"前约未可知也。"后皆如所说矣。

---

[1]《道藏》本。

按此或出宋人俗讲,而其时画工有取文公蓝关诗以为题材者,画文公及湘。互相引证,世俗益信其说。元陈定宇先生栎为之勃然!即为辨正之:①

> 昌黎韩公之守潮阳也,行至京兆府蓝田县蓝关,即秦岭关,示侄孙湘诗曰:"云横秦岭家何在,雪拥蓝关马不前。"善画者,绘为图,山岭重叠,雪景模糊,人马行其间,俱有畏塞凌兢状,观之,令人凄然!公学正识卓,守坚论严,欲水火佛骨,忤宪宗意,谪为此行。雨雪霏霏,仆痡马瘏,亦良苦矣。公铁石心肝,当自忘其苦,侄孙湘远来追送之。湘即公兄子老成之长子也。公祭老成文曰,"长而子,待其成",有恩于湘深矣。示以诗,欲托以死,可嗟也已!余谓公之坚贞节操,有似屈平之放逐憔悴,齴冰积雪,与苏武之出使绝域,啮雪餐毡。其于湘也,畴昔有春生之仁,湘之于公也,今兹有秋肃之义!其精贯天人,行绝今古,百世之下,闻其风者,当懦立而薄宽焉。又怪夫后来好事因此诗所云,傅会谓湘有仙术,开顷刻花于牡丹上,现前诗二句。按唐史及《讳行录》,湘字北渚,擢长庆三年进士第,官至大理丞,不闻其好仙也。味公此诗,略无花上尝现诗句意,观者其无惑于无稽之言!

陈栎但觉其无稽,亦未考其来历。韩湘度文公的故事是宋人传说出来的。韩湘确有其人,而且在中唐。但唐时何以不仙,而宋时仙?何以到宋时才有此传说,因为在晚唐时已有一个作此传说的台阶。幸而有人记载下来。唐段成式《酉阳杂俎》卷十九:②

> 韩愈侍郎有疏从子侄,自江淮来,年甚少,韩令学院中伴子弟,子弟悉为凌辱。韩知之,遂为街西假僧院令读书。经旬,寺主纲复诉其狂率,韩遽令归。且责曰:"市肆贱类,营衣食,尚有一事长处。

①《定宇先生集》卷三《题韩昌黎画图》。
②《学津讨源》本。

汝所为如此,竟作何物?"侄拜谢,徐曰:"某有一艺,恨叔不知。"因指阶前牡丹曰:"叔要此花青紫黄赤唯命也。"韩大奇之。遂给所须试之。乃竖箔曲,尽遮牡丹丛,不令人窥。据窠四面,深及其根,宽容人座。唯赍紫矿轻粉朱红,旦暮治其根。凡七日,乃填坑。白其叔曰:"恨校迟一月",时冬初也。牡丹本紫,及花发,色白红历绿,每朵有一联诗,字色紫分明,乃是韩出官时诗一韵,曰"云横秦岭家何在,雪拥蓝关马不前",十四字。韩大惊异。侄且辞归江淮,竟不愿仕。

这是韩湘传说的台阶。假如每个传说能够找到这样的过渡故事,是再好不过的事。据段成式的考究,牡丹前史无有,《谢灵运集》中提及是一孤证,开元末裴士淹方从汾州得白牡丹一棵,植于长安。至德中马仆耶又从太原得红紫二色。在元和初尤少。即见《酉阳杂俎》卷十九韩湘条前。到段成式的时候,牡丹种类已很多。园艺家讲究此变种及变色的来源或者方法,认为有人用奇术变的,或者那时已有变种的方法,而过神其说。所以这是一个事物起源的故事,而后变成人的故事而参以道家神仙家言。韩愈家里确实有牡丹,他有《戏题牡丹诗》,但此诗不叙族侄奇术或者颜色特多之事。韩愈家里有牡丹,韩愈确有一个江淮间的族侄,而"自言有奇术,探妙知天工",见其逸诗《徐州赠族侄》,赵翼已征引。如是联合,段记的故事是很容易产生的。尤其是牡丹从元和时蕃植起。赵翼说族侄的奇术乃星相一流,此亦猜疑之词,或此族侄除星相外,尚懂种牡丹。如此而已。一变而牡丹化种;再变而每朵花瓣上有诗句;三变而诗句变成先知而后来应验。于是族侄变为韩湘,是侄孙了,但传说中还说是侄,于是造成蓝关故事。韩湘度脱文公也是经长时间演变的。

度脱文公,则韩湘自然是重要了,加以故事的动人,及宋人书会中的讲小说,韩湘更变通俗。因此有《蓝关记》剧本。本来他还单独,后来加入八仙。

至于文公,在《蓝关记》中变成极端可怜。今元人此类剧本不存,或者是因为有辱先贤,教化不正之故,所以臧晋叔也不刻。韩文公为河南令时,有一吕氏子,年少弃妻谢母到王屋山去学仙。后来又回来了,见河南尹李素,李素使他立于府门,唤吏卒脱其道士服,给冠带,送付其母。文公作诗劝世有"非痴非狂谁氏子,去入王屋称道士"一首,末了说:"呜呼余心诚岂弟,愿往教诲究终始;罚一劝百政之经,不从而诛未晚耳!"不觉言之恳切如此。他非但排佛,亦不喜道,说话家使其得度,岂不诬哉!

七

跛仙难有着落。《陔余丛考》云:"铁拐李史传并无其人,惟《宋史·陈从信传》有李八百者,自言八百岁,从信事之甚谨,冀传其术,竟无所得。又《魏汉津传》自言师事唐人李八百,授以丹鼎之术,则宋时本有李八百者在人耳目间,然不言其跛而铁拐也。胡应麟乃以《神仙通鉴》所谓刘跛子者当之,然刘李各姓,又未可强附。《续通考》又谓隋时人,名洪水,小字拐儿,亦不言所出何书,则益无稽之谈也。"

按跛仙故事有二。元人杂剧以为铁拐李本姓岳,岳伯川有《吕洞宾度铁拐李岳》剧。岳寿在郑州做都孔目,因忤韩魏公而惊死。吕洞宾使其借李屠之死以还魂,度登仙箓。此剧故事,并不出奇,因元时有《黑旋风借尸还魂》等剧,已成俗套。不过写人情有极深刻悲惨处。此种剧本哪能作祝寿之用?前边已经说明。这故事的来历不明。《曲海总目提要》云:"伯川姓岳,或其宗人事,或借以自喻,俱未可定。"总不是个很好的说法。

另外一个故事,是《东游记》的故事,大家熟悉的。说是李玄得道以后,离魄朝山,请其徒守尸,说明七天回来,而其徒守到六天,母病回家,把尸焚化,遂借一饿殍还魂,故名铁拐李或李铁拐。此说法不知始自何时。但在明嘉靖、万历年间,似还不甚普遍,王世贞考八仙,能考其七而疑其一,其一即跛仙。王世贞说:"独闻之乩云,讳元中,开元大历间人也。于终南山学道四十年,阳神出舍,为虎所残,得一跛丐乍亡者而居之。"《东游记》言其徒弟焚化尸首,较此更妙,《东游记》故事当后出。

元剧及明小说乩语，皆言借尸还魂事。其原因或者因为神仙不应如此难看，所以造成此类传说。而实际上跛仙之所以能加入八仙，而为绘画及戏剧所欢迎的，就是因为别致，状貌的怪，可以动人。重要处在他的"拐"，至于姓李姓岳，都无关系。赵翼固执认为胡应麟不应以刘跛子当之，也可以不必。

刘跛子是北宋大观中人，往来京师，在人耳目。赵道一《真仙通鉴》卷五十有传。宋僧惠洪《冷斋夜话》卷八记刘跛子事二则，此即为赵氏所本。因《夜话》习见，且赵书有可补正者，故录赵氏：

> 刘跛子，青州人也。拄一拐，每一岁必一至洛中看花。张丞相召自京湖时，与客饮市桥。客闻车骑过甚盛，起观之。跛子挽其衣使且饮。作诗曰："迁客湖湘召赴京，轮蹄相送一何荣。争如与子市桥饮，且免人间宠辱惊。"陈莹中素爱之，作长短句赠之曰，"槁木形骸，浮云身世，一年两到京华。又还乘兴，闲看洛阳花。闻道鞓红最好，春归后，终委泥沙。忘言处，花开花谢，不似我生涯。年华，留不住，饥餐困卧，触处为家。这一轮明月，本自无瑕。随分冬裘夏葛，都不会赤水黄芽。谁知我，春风一拐，谈笑有丹砂。"宋徽宗政和中寓兴国寺，人计其寿百四五十许。（下略）

惠洪与刘跛子同时，《冷斋夜话》中记他赠跛子诗有云："相逢一拐大梁间，妙语时时见一斑；我欲从公蓬岛去，烂银堆里见青山。""春风一拐"及"一拐大梁间"皆是妙语。时人颇赏其人，见诸歌诗，后世留有图画，甚属可能。而况刘松年南宋画家，与他同宗，则《跛仙图》或者就画他的本家的。跛仙以刘跛子当之，而蓝采和以许坚当之，可为双绝。

若云不然，则再找一人。检《南岳总胜集》"圣寿观"条云：①

> 圣寿观去庙北登山七里，唐咸通中建。（中略）太平兴国中有跛仙，遇吕洞宾于君山，后亦隐此。行灵龟吞吐之法，功成回岳麓，自

---

① 《道藏》本。《丽屡丛书》本与《道藏》本不同，此条在中卷。

号潇湘子。尝云："我爱潇湘境，红尘隔岸除。南山七十二，惟喜洞真墟。"元祐间常有白鹤栖鸣于杉松之上，三日而去。宣和元年，改寿祺。

《南岳总胜集》南宋初年人集订。此人既无姓名且为纯阳弟子，以当八仙中的跛仙，无有不合处。此文言遇吕洞宾于君山，可证北宋时人，以吕洞宾为往来岳州，出没洞庭的神仙。于前言可加佐证。其言太平兴国乃元祐后人过分造得早一点，不可确凿信之。

一点不错，到元代，北宋末的刘跛子与南岳的跛仙已捏合了。《续道藏·吕祖志》卷三"跛仙遇道"条，"长沙刘跛仙遇洞宾于君山，得灵龟吞吐之法，功成归隐。（下略）"所谓"功"，或者就是炼形之类，所以元人有《拐仙炼形图》。"李"，可以说是"刘"字的音讹。"岳"及"孔目"竟难知其来历。

八

张果者，唐玄宗时人，隐于中条山，应明皇诏入朝，道号通玄先生。事迹最早见于唐郑处晦《明皇杂录》，《太平广记》卷三十全袭其文，今不具录。其人见于正史，在八仙中是时代最早而且比较实在的一人。《旧唐书》及《新唐书》皆入方士传，大致依据郑书而删去过神之处以成文，但所录亦已异常。传说的重要之部：一者，果乘一白驴，日行数万里，休则折叠之，其厚如纸，置于巾箱中；乘则以水喷之，还成驴矣。二者，果时，方士有叶法善，亦多术。玄宗问曰："果何人耶？"答曰："臣知之，然臣言讫即死，故不敢言。若陛下救臣即得活。"玄宗许之。法善曰："此混沌初分，白蝙蝠精。"言讫，七窍流血，僵仆于地。玄宗诣果所，免冠跣足，自称其罪。果徐曰："此儿多口过，不谴之，恐败天地间事耳。"久之，果以水喷其面，法善即时复生。此二事新旧《唐书》皆删去。

考张果与叶法善不相值。《旧唐书》卷八《玄宗本纪》："开元二十二年二月辛亥，初置十道采访处置使，征恒州张果先生，授银青光禄大夫，号曰通玄先生。"是张果以开元二十二年入朝。《旧唐书》卷百九十一《叶法善传》云:"法善生于隋大业之丙子,死于开元之庚子,凡一百七岁。"按开元无庚子,当是庚申之误,故下云"八年卒,诏曰……"卒年总可信的。叶法善以开元八年卒,则张果遇不到了。唐书的编者,大概因为年代不合,而删去此事,余此则又采神仙家言,不很考究了。

八仙起于宋元之际,距离张果较远,何以加入? 或者是因为讲史的关系,隋唐故事在宋代一定盛传的。

曹国舅在八仙中,出处最晚。元武宗时《纯阳帝君神仙妙通纪》(苗善时编,不知年代,假定与前武宗制词中所称苗道一为一人),有《度曹国舅第十七化》一章,节录如下:[①]

> 曹国舅本传:丞相曹彬之子,曹皇后之弟。美貌绀发,秀丽敏捷。不喜富贵,志慕清虚。上甚喜,尝赐衣黄袍红绦。一日辞上及后,上问何往;曰:"道人家心意十方,随心四海。"上赐一金牌,刻云,"国舅到处,如朕亲行"。遂三五日,忽不知所往。惟持笊篱,化钱度日。忽到黄河渡,艄工索渡钱。(中略)遂于衣中取出金牌与艄工准渡钱。舟中人见上字,皆呼万岁。艄工惊惧。有一蓝缕道人坐船中,喝叫"汝既出家,如何倚势惊欺人?"曹恭身稽首曰:"弟子安敢倚势。""能弃于水中否?"曹随声将金牌掷向深流。众皆惊拜。道人呼曹上岸,在一大树下歇,问曹曰:"汝识洞宾否?"(中略)道人叹曰:"吾是也,特来度汝。"

王世贞《题八仙像》所考,大意同此。清康熙间出《历代神仙史》言曹遇钟、吕两人,举手指天,又举手指心。钟、吕言"心即天,天即道",一味参禅语,与此又异。赵翼谓宋代国舅姓曹惟曹佾,慈圣光献太后弟。年七十二而卒,未尝有成仙之事。此外亦无国戚而学仙者。或者乃《道山清话》里的曹八百,但又非国戚。

[①]《道藏》本。

按曹国舅大概即是曹佾的传说。《宋史·外戚传》说曹佾"美仪度"；又"高丽国献玉带为秋芦白鹭纹极精巧，诏后苑工以黄金仿其制为带，赐佾"；又"坤成节献寿，特缀宰相班"。又说其"寡过善自保"，亦近心志恬退者。画工取其贵显美仪度，亦特缀于八仙庆寿班中欤？因此，起吕洞宾弟子之说。不过曹佾是曹彬之孙并非曹彬之子；字公伯，也不如历代神仙史等书说字景休。此犹韩湘乃韩愈侄孙而传作韩愈之侄；字北渚，传作字清夫耳。

九

总结上文，可知八仙中：（一）张果，唐开元中人，隐于中条山，明皇征为银青光禄大夫，道号通玄先生。新、旧《唐书》均采野史以成传而略加删节。因讲史关系，其神仙事迹，宋人犹乐道，因此入八仙。（二）韩湘，韩愈侄孙，从韩愈赴潮，后擢长庆进士，无仙迹。晚唐时传韩愈疏侄以奇术种牡丹，宋人附会以为即湘而先现诗句，后应验，使文公悟道。（三）蓝采和，或因有流行的道曲而造此人，或南唐市上有此乞索道人。出沈汾所记，北宋及金时有画像，极生动别致，后世八仙画者采之。（四）何仙姑，宋仁宗时永州言休咎的道姑，士大夫多趋询，名甚著。与吕洞宾传说同时，而后人即以之当吕公所度的赵仙姑，因此成纯阳弟子。（五）吕洞宾，北宋庆历时传说起，民间信仰以为真仙，其履历，自记，著作，渐渐出来。自记及著作的思想理论，对于道教皆为革新的。以慈悲度世为成道之径；易丹铅黄白术为内丹学说，易剑术为断烦恼之剑或以气炼剑，凡此皆北宋道家新派理论之结晶，而依托于他，故又成教主。（六）钟离权，亦北宋所传，与洞宾传说同时。民间藏有诗及草书，又状其貌。所出《钟吕传道集》等书皆金丹理论。后世亦尊为祖师。（七）曹国舅，曹佾，曹彬之孙，曹皇后弟，无仙迹。但有美仪容，及御赐金带以及特缀献寿班事。或者画八仙庆寿图的人随便采他入内的。（八）李铁拐，北宋徽宗时有刘跛子，南岳圣寿观又有跛仙仙迹。此二人至《吕祖志》的编者，已捏合而为一人。岳孔目及李玄之说后起。南宋刘松年已画《拐仙图》,后人采以入八仙画,而其人状貌之怪别,在戏剧中尤为欢迎。

上文漏举刘跛子籍贯。《吕祖志》言长沙刘跛仙是不对的。宋范公偁《过庭录》[1]记朱敦复为刘跛子作墓志铭曰:"跛子刘姓河东乡,山老其名野夫字。丰髯大腹右扶拐,不知年寿及平生。王侯士庶有敬问,怒骂掣走或僵死。洛阳十年为花至,政和辛卯以酒终。南宫道旁冢三尺,无孔铁锤今已矣!(下略)"是刘跛子河东人,常到洛阳看花已不易;南北悬隔,足迹当未履南岳,所以庆寿观的跛仙,当然又是一人,而后人混合之耳。

上文述及元剧中八仙尚有徐神翁及张四郎。徐神翁在宋哲宗、徽宗时,海陵人,名守信。初为海陵天庆观佣工,敞衣跣足,执篲洒扫,后从一癫道士得道。有神知,为人决疑,人有询祸福者,书字以付,其后必验,名动公卿。传说苏子瞻、王荆公都曾问字。钱愐《钱氏私志》记其面折奸邪:

> 徐神翁自海陵到京师,蔡谓徐云:"且喜天下太平。"是时河北盗贼方定。徐云:"太平?天上方遣许多魔君下生人间作坏世界。"蔡云:"如何得识其人?"徐笑云:"太师亦是。"

宋人记高宗南渡,神翁先知:

> 高宗在潜邸遇道人徐神翁,甚敬礼之。神翁临别,献诗曰:"牡蛎滩头一艇横,夕阳西去待潮生,与君不负登临约,同上金鳌背上行。"当时不知诗意谓何。后两宫北狩,高宗匹马南渡即位。至建炎庚戌正月三日,帝避兵航海,次章安镇,滩浅搁舟,落帆于镇之福济寺前,以候晚潮。顾舟人曰,"此何滩?"曰,"牡蛎滩。"遥见山上有阁肖然,问居人曰:"此何山?"曰:"金鳌山。"高宗乃登焉。入阁,见神翁大书往年所献诗在壁间,墨痕如新,方信神翁能前知,为神仙中人

---

[1]《稗海》本。

也。（李宗孔《宋稗类钞》卷七。）

今《道藏》正乙部有《徐神翁语录》，收罗神翁故事不少，乃绍兴间天庆观道士徐神翁弟子苗希颐原录，淳熙间知泰州朱宋卿补辑者。神翁在崇宁二年赐号虚静冲和先生，常居海陵。南宋间，其异迹在人耳目，所以加入八仙。

张四郎，在邛州，时代亦似北宋。洪迈《夷坚丙志》卷三：

> 邛州南十里，白鹤山张四郎祠，盖神仙者流。山下碑甚古，字画不可识。郡人云，四郎所立以御魑魅，救疾疫。后人能辨其字者，则可学仙。青城唐耜为邛守，好游其地，冀有所遇，每立碑下，摩挲读之。忽能认一字，曰"岂非某字乎?"傍有人应曰："然。"耜恶其谲言，叱使去，既而悔之，不见其人矣。

前举岳伯川《铁拐李岳》剧末折同场八仙中有张四郎。此外如《雍熙乐府》卷三《端正好》"喜遇太平年"一套庆寿词中所列八仙亦有此人。

（《清华学报》11 卷 1 期，1936 年）

花蕊夫人宫词考证
（附宫词校定本）

谈中西文学之比较者，每以中国无长诗为憾，如《孔雀东南飞》《秦妇吟》等不过千数百字，殊不足与西洋之长诗比拟。此非中国诗人才有所短，可以两点解释之。一者文学之传统中西互异；二者诗之范围亦不全同也。言传统异者，欧洲文学托始于荷默之史诗，继之者为希腊人之诗剧，皆长篇巨制；亚里士多德所谓诗即指史诗与戏剧而言。故西洋诗人为继承此种传统精神，莫不倾心于长诗之创造。若中国诗歌则导源于三百篇，三百篇者，周代之乐章，皆短篇也。夫源既不同，其后之流派遂别；李杜不为长诗，因无长诗之传统故耳。言范围不同者，中国所谓诗，只是韵律文之一部分，其长篇巨制，若《楚辞》中之《离骚》《天问》，汉赋中之《上林》《子虚》，以及后世之弹词、戏曲，皆别名之曰骚，曰赋，曰弹词，曰曲，而不称之曰诗。若以西洋文学之定义言之，则此骚、赋、词、曲皆可入长诗之范围焉。

诗体之兴，不免依附于乐府歌曲。汉乐府虽有篇幅较长者，乃其后此体不见发展。唐代为诗之黄金时代，考其时宴会之席，歌唱五七言绝句，乃诗体中之最短者。如李白之拟古乐府，杜甫、白居易之新乐府，在当时实未入乐，但供吟诵而已。惟绝句虽云短小，唐诗人中颇有利用联章之办法，以尽其纵横驰骋之诗才者，如王建之《宫词》，罗虬之《比红》，胡曾之《咏史》是已。余读王建《宫词》，始悟中国诗人，原可以小诗之体制，发挥长诗之作用。《宫词》虽不创始于王建，但连用七绝百首之例，则自彼开之，观其描绘之细腻，遣词之新俊，用乐府通行之体制，寓史家纪事之笔墨，真一代之作家也。其后，蜀之花蕊夫人，宋之王珪、徽宗皇帝数家，皆以建为矩矱。元明以后，作者尤繁，难为屡指，惟往往缺乏耳闻目见之材料，徒摭拾史乘中之宫闱琐事以为题咏，已近于咏史诗之性质，虽词章笔力尚有可观，论精神面目则去仲初、花蕊辈已远；亦不足与此两家媲美也。①

王建、花蕊两家，最为世所传诵；建之笔力高超，花蕊已伤纤弱。惟建官在外廷，其所歌咏，不无想象之词，不若花蕊夫人，以宫中之主人，咏宫内之实事，自更有亲切之意味。余于王建宫词，旧思作注，久而未就。近读花蕊《宫词》，不无心得，自谓可以解千古之惑，乃先为此考证，而以《宫词》之校定本附焉。

一 前人之旧说

依前人之旧说，花蕊夫人者，后蜀主孟昶（九一九至九六五）之妃。自北宋以来，此为定案。惟或云姓费，或云徐氏，至《全唐诗》之编纂时，尚存疑问。今考《宫词》虽为五代蜀国之作，但其写本实为北宋熙宁五年（一〇七二）王安石之弟王安国校书于崇文院时所发见，遂为传布于士大夫间。余所见明仿宋本花蕊夫人《宫词》②，前有王安国之序，其文如下：

① 明黄省曾有《四家宫词》，林志尹有《历代宫词》，毛晋有《三家宫词》，又有《二家宫词》，清朱彝尊有《十家宫词》，以上皆汇刻宫词著名者。《香艳丛书》内有清人宫词多种，今附记于此：《南宋宫闱杂咏》百首，上海赵棻仪佶著；《冬青馆古宫词》三百首，乌程张鉴秋水著；《宫词》八十首，长洲徐昂发大临著；《天启宫词》，秀水蒋之翘楚稺著；《启祯宫词》，侯官高兆固斋著；《天启崇祯宫词》，贵池刘城伯宗著；《十国宫词》，秀水孟彬赋鱼著。其余清人所作宫词之有单刻本者尚多，今不备举。
② 余所见明仿宋本花蕊夫人《宫词》，乃季沧苇旧藏，编入季氏之《全唐诗》稿本中者。郑西谛定为万历刊本，观其序文诏字提行，尚存宋本之旧；故曰明仿宋本。今归中央图书馆所有。

蜀花蕊夫人宫词序

熙宁五年,奉

诏定蜀民楚民秦民三家所献书可入馆者,令令史李希颜料理
之。其书多剥脱,而得二敝纸所书花蕊夫人诗笔,书乃出于花蕊夫
人手,而词甚奇,与王建《宫词》无异。建自唐至今读者不绝口,而此
独遗弃不见取,前受诏定三家书者又斥去之,甚为可惜也。谨令令
史郭祥缮写入三馆,而口诵数篇于左相王安石,明日与中书语及
之①,而王珪、冯京愿传其本,于是盛行于时,花蕊者,伪蜀孟昶侍人,
事在国史。王安国题。

观此序诏字提行,知此明本实依宋本之旧。宋人之刊印花蕊《宫词》
者必有一本为此明本所依袭。惟此序真为安国亲笔否,则不可知;因序
文大意亦见于宋人笔记中,谓安国曾为《宫词》作序固可,谓宋书肆中人
取时人笔记中语,伪为此序以炫读者亦无不可。② 但无论出安国亲笔与
否,凡序中所云,皆符合史实,今据宋史以考,安国曾为崇文院校书及秘

---

① 文意谓安石与中书省中人语及之。时王珪、冯京皆以参知政事在中书省。

② 王安国同时人释文莹之《续湘山野录》云:"王平甫安国奉诏定蜀民楚民秦民三家所献书可入
三馆者,令令史李希颜料理之。其书多剥脱,而得一弊纸所书花蕊夫人诗笔,书乃花蕊手写,
而其词甚奇,与王建《宫词》无异。建之词自唐至今诵者不绝口,而此独遗弃不见取,受诏定
三家书者又斥去之,甚为可惜也。遂令令史郭祥缮写入三馆。既归,口诵数篇与荆公,荆公
明日在中书语及之,而禹玉相公当世参政愿传其本,于是盛行于时。文莹亲于平甫处得副
本,凡三十二章,因录于此。(下略)"平甫,安国字;禹玉,王珪字;当世,冯京字。此与仿宋本
序文大致相同。又南宋初年人胡仔之《苕溪渔隐丛话后集》卷四十:"王平甫云,熙宁间奉诏
定蜀楚秦三家所献书,得一弊纸所书花蕊夫人诗共三十二首,乃夫人亲笔,而辞甚奇,与王建
《宫词》无异,自唐至今,诵者不绝口,而此独遗弃不见取,前受诏定三家书者又斥去之,甚可
惜也。谨令缮写入三馆而归口诵数篇于丞相安石,明日中书语及之,而王珪、冯京愿传其本,
于是盛行于世。夫人伪蜀孟昶侍人,事具国史。(下略)"设王珪、冯京传出宫词,而平甫为之
作序,自宜用禹玉、当世字,不应直斥其名,且"于是盛行于时"当作何解,岂平甫作序时,即已
盛行于时耶? 余观此万历仿宋本所录花蕊《宫词》,多不可信;此序非窃自他本,即出南宋书
肆中人取时人笔记所言伪为之。惟当王安国以《宫词》缮写入三馆时,其前必作题识,若王
珪、冯京传抄《宫词》,当亦谓平甫略记数语以识颠末,文莹辈所记自是摘录其大意如此,至平
甫亲笔如何则不可知矣。最谬者,毛晋《三家宫词》即以此序文截去数语作为题跋,灭去王安
国之名,使人竟不知此奉诏者为何人。毛氏此跋有"熙宁五年"之语,非出《湘山野录》及《渔
隐丛话》,当曾见有此序文之《宫词》旧本也。

阁校理,而熙宁五年时,王珪、冯京皆以参知政事在中书省也。

王安国有孟昶侍人之语,惟不曾明言姓徐抑姓费。彼云"事在国史",疑当时宋史馆中有此孟昶侍人之史料,其后乃遭删弃,故今本《宋史·孟昶传》中绝无夫人之事迹。正史中既无可考,此人之事迹乃杂出于诗话笔记,经过若干人之渲染,构成一有味之人物。

北宋陈履常《后山诗话》云:

> 费氏,蜀之青城人,以才色入蜀宫,后主嬖之,号花蕊夫人,效王建作《宫词》百首。国亡,入备后宫,太祖闻之,召使陈诗,诵其国亡诗云:"君王城上竖降旗,妾在深宫哪得知。十四万人齐解甲,更无一个是男儿。"太祖悦。盖蜀兵十四万而王师数万耳。

此费氏说之最早者。观此,知夫人于孟蜀亡后,随昶至汴,纳入宋之后宫,于宋太祖前诵亡国之诗,寄哀愤之感。宋人又记此人入宫以后,颇为太祖所溺爱,几中其复仇之谋,终为太宗所射杀。蔡绦《铁围山丛谈》云:

> 国朝降下西蜀,花蕊夫人随昶归中国,至且十日,召入宫中,而昶遂死。昌陵(指太祖)后亦惑之,尝造毒,屡为患,不能遂。太宗在晋邸时数谏未能去。一日从上猎苑中,花蕊夫人在侧,太宗方调弓矢引满拟走兽,忽回射夫人,一箭而死。

据同时人王巩所记,则太宗所射杀者,乃金城夫人。巩之《闻见近录》云:

> 金城夫人得幸太祖,一日宴射后苑,上酌巨觥以劝太宗,太宗固辞。上复劝之,太宗顾庭下曰:"金城夫人亲折此花来,乃饮。"上遂命之。太宗引弓射杀之。即再拜而泣,抱太祖足曰:"陛下方得天下,宜为社稷自重。"上饮射如故。

此金城夫人亦不见于正史,无可稽考。清人俞止燮(理初)乃为之曰:"宋之金城夫人即孟蜀之花蕊夫人"[①],俞氏非别有所据,恐即见此不

---

① 见俞正燮《癸巳类稿》卷一二"书《旧五代史》僭伪列传后";下文引俞说并同。

同之记载而为猜测之论断耳。

南宋吴曾《能改斋漫录》始辨夫人姓徐，不姓费氏。

> 蜀伪主孟昶纳徐匡璋女，号花蕊夫人，言似花蕊飘轻，又升号慧
> 妃如其性也。国亡，太祖命别护送，途中作词云："初离蜀道心将碎，
> 离恨绵绵，春日如烟，马上时时闻杜鹃。三千宫女皆花貌，妾最婵
> 娟，此去朝天，只恐君王宠爱偏。"或以为姓费氏，则误矣。

吴曾知其姓徐，且知为徐匡璋之女，又有慧妃之号，似对于其人之知
识稍多者；但今亦不知其所本。至蜀道一词，则甚为后人所訾议。夫以
亡国之臣妾，流离道路，安忍有朝天宠爱之语？且与他书所传夫人蓄志
复仇之人格，益复不类。故后人又为之曰："夫人题词于葭萌驿，仅成半
阕，即为军骑促行，三千宫女云云，乃妄人所续，言词鄙俚，真狗尾续
貂矣。"①

今案蜀国有两花蕊夫人，前蜀王建之妾，世所称小徐妃者先有此号。
蔡绦《铁围山丛谈》云：

> 花蕊夫人，蜀王建妾也，后号小徐妃者。大徐妃生王衍，而小徐
> 妃其女弟。在王衍时，二徐坐游燕淫乱亡其国。庄宗平蜀后，二徐
> 随王衍归中国，半途遭害焉。及孟氏再有蜀，传至其子昶，则又有一
> 花蕊夫人，作《宫词》者是也。

夫前后蜀皆有花蕊夫人，其事已巧，若均为徐氏，不更奇乎？据一般
人之推测，前者姓徐，则后者自姓费。其或以为后者亦姓徐者，乃误混前
后蜀之花蕊夫人为一人之故。明人毛晋力主是说：

> 陶宗仪以孟昶纳徐匡璋女拜为贵妃，别号花蕊夫人，而以费氏
> 为误，盖未详王建之有徐妃，孟昶之有费妃也。意蜀主有前后之异，
> 而世传夫人为蜀主妃，不及考其为王为孟，为徐为费耶？今《宫词》

---

① 见明杨慎《词品》。

百首实孟昶妃费氏作,不闻小徐妃云。(三家宫词跋)

毛晋之主张费氏,从《后山诗话》也。至谓徐氏之辨,始于陶宗仪,则未为探本之论。陶氏《辍耕录》卷十七云:

> 蜀主孟昶纳徐匡璋女,拜贵妃,别号花蕊夫人,意花不足拟其色,似花蕊之翾轻也。或以为姓费氏,则误矣。

此条除以慧妃为贵妃外,全袭《能改斋漫录》之文,别无新见。毛氏舍吴而引陶,殆未读《漫录》欤?

清康熙中吴任臣氏博采群籍,纂《十国春秋》一书,厥功甚伟,足为《五代史》羽翼。于此问题,独从徐氏之说。《十国春秋》卷五十为徐慧妃立传云:

> 慧妃徐氏,青城人,幼有才色,父国璋,纳于后主,后主嬖之,升贵妃,别号花蕊夫人,又升号慧妃。常与后主登楼,以龙脑抹涂白扇,扇坠地为人所得,蜀人争效其制,名曰雪香扇。又后主与避暑摩诃池上,为作小词以美之,辞曰:"冰肌玉骨清无汗,水殿风来暗香满"云云,国中争为流传。徐氏长于诗咏,居恒仿王建作《宫词》百首,时人多称许之。国亡入宋,宋太祖召使陈诗,诵亡国之由,其诗有"十四万人齐解甲,更无一个是男儿"之句,太祖大悦。徐氏心未忘蜀,每悬后主像以祀,诡言宜子之神。(原注:《张仙挟弹图》即后主也,童子为太子元喆,武士为赵廷隐。)一云,墓在闽崇安。

此段文字,可谓集花蕊夫人传说之大成矣,其来源甚杂。如首句"慧妃徐氏",即从吴曾,次言"青城人"即从陈后山,东西补缀,不遑考信。国璋为匡璋之异文,贵妃慧妃者兼用吴陶两家之所录。雪香扇事未详所出,陶谷《清异录》中略及之。摩诃池词出苏轼之《洞仙歌序》,惟轼明言除首二句外,皆彼所自作,好事者隐括东坡词以为《玉楼春》一调,以归之于孟昶,其事妄也。[①] 倘东坡知此《玉楼春》全词,何必更作《洞仙歌》,倘

[①]《洞仙歌》与《玉楼春》调异而文同,或者有人隐括苏词以付歌者,遂尔两传。时人不察,反以《玉楼春》在前,而归之于孟昶,此好奇之过也。

不知之,何能暗合古词如此乎?至以之归于花蕊夫人者,宋周紫芝之《竹
坡诗话》言之。国亡诗出《后山诗话》,已见前引,此诗亦有问题。前蜀王
衍亡国时,有后唐兴圣太子随军王承旨者咏衍出降诗云:"蜀朝昏主出降
时,衔璧牵羊倒系旗。二十万人齐拱手,更无一个是男儿。"①两诗甚相类
似,恐是后人改王承旨诗以点缀一美人之故事,今花蕊夫人诗盛传于后
世,而承旨之名反不为后人所悉,则小说之力矣。《张仙图》之故事,益为
无稽,当时昶入汴朝宋,太祖岂不识之,安能使其长供养于宫中,而诡言
宜子之神耶?故知花蕊夫人之故事,经若干人之点染,正如七宝楼台,炫
人眼目,惟拆卸下来,不成片段。

　　全唐诗之编者依违于徐费两说之间,无所抉择。李调元《全五代诗》
亦然。余于徐费之辨,无甚意见,惟读黄休复之《茅亭客语》见一条云:

　　　　孟氏初,徐光溥宅虹蜺入井饮水,其母曰:"王蜀时有虹入吾家
　　井中,王先主取某家女为妃,今又入吾家,必有女为妃后,男为将相,
　　此先兆矣。"未浃旬选其女入宫,后从蜀主归阙,即惠妃也。

　　休复北宋人,其《茅亭客话》一书,多记蜀国之异闻小说,虽不足尽
据,惟此条所记徐姓女及惠妃之号,独合于吴曾之言。吴曾言徐匡璋女,
此云出于徐光溥家,不知匡璋复为光溥何人?《十国春秋》虽有徐光溥
传,漏采此条异闻,亦不言其为国戚。光溥与匡璋名既不同,可知吴曾所
本非《客话》,当别有一书,而《客话》徐惠妃之说乃与之合。至前蜀之两
徐妃,据北宋张唐英之《蜀梼杌》,乃徐耕之二女,此云亦出于徐光溥家,
则光溥非为耕之后人不可,此史所未言,莫可究诘。余知《客话》但为小
说,惟其言惠妃之姓徐,似不为无因。据此,则前后蜀皆有徐妃,虽不必
出于一家,然亦非事之所不可能也。然则费氏之说又何从而来乎?岂
"费""惠"音近,由"惠妃"而误为费妃欤?

　　徐费之辨,无关宏旨,其以《宫词》之作者为孟昶之妃则诸家所同。

①　见五代时蜀人何光远之《鉴戒录》。

读《宫词》者,有种种之传说以为背景,遂幻想一才貌双全之女诗人,又其人遭亡国之痛,屈节新宫而心念故主,屡造复仇之谋,不幸竟遭惨杀。故读其诗,悲其遇焉。俞正燮曰:"花蕊夫人思报仇,志则可尚。五代十五国加以契丹、刘守光、李茂贞,其时所谓君臣,盖莫适主矣。幽郁之思,钟于女子,嗟叹之忱,故非以怜才也。"此可代表一般读《宫词》者之心理。不幸此种感觉,皆蹈空虚。孟昶侍人有号花蕊夫人者,此王安国、陈履常、蔡绦所同,当实有其人。孟蜀亡后,昶之侍妾宫人有入宋宫者①,花蕊夫人或为其中最著名之一人。至其人之事迹,则不可确知,小说之所渲染,疑信参半,诗词点缀,尤不可信,或词意恶劣,或借自他人。原其所以以诗词归附之者,因其有《宫词》百首,脍炙人口之故,惟《宫词》百首,实非此花蕊夫人作,则余能确言之。详下考。

二 中元节之问题

"法云寺里中元节,又是官家降诞辰。满殿香花争供养,内园先占得铺陈。"此花蕊夫人《宫词》中之一首也,疑问即发生于是。若以作《宫词》者为孟昶妃,则此官家非孟昶莫属;而昶之生日诸史皆云在十一月,与《宫词》不合。《旧五代史》卷一百三十六:

> 昶,知祥之第三子也,母李氏,本庄宗侍御,以赐知祥,唐天祐十六年岁在己卯十一月十四日生昶于太原。

《宋史》卷四百七十九:

> 昶母李氏,本庄宗嫔御,以赐知祥,天祐十六年己卯十一月生昶于太原。

---

① 欧阳修《归田录》:"太祖建隆六年将议改元,语宰相勿用前世旧号,于是改元乾德。其后因于禁中见内人镜背有乾德之号,以问学上陶毂,毂曰'此伪蜀时年号也'。因问内人,乃是故王蜀时人。太祖由是益重儒士而叹宰相之寡闻也。"他书亦有类似之记载,或不以为陶毂,与此略异,不具引。

此问题当如何解决之？解决之道，不外三端：一者疑正史有误而《宫词》得其实；二则疑《宫词》此首非花蕊之真作，乃他人之诗误入其间者；三则《宫词》作者本非孟昶时人，所云官家原不指昶也。

其疑正史有误者，今《旧五代史》各本，附有校语，即以花蕊《宫词》为言。① 又吴任臣《十国春秋·后蜀主本纪》正文谓"昶生于天祐十六年十一月"，而其下又加案语云：

> 案花蕊夫人《宫词》，"法云寺里中元节，又是官家降诞辰"，是七月十五为后主生辰矣。然《五国故事》言十一月诞日号明庆节，非七月也，今姑从之。

吴氏亦以《宫词》之故，不免置疑于正史。今案《五代史》言昶之生时生地綦详，不应有误。《五国故事》出北宋初年人所撰，颇有典实可采，其言昶之明庆节在十一月，亦足为薛史佐证。又俞正燮曰："陆友仁《研北杂志》云，余生平见黄荃画雪兔凡三四本，盖伪蜀孟昶卯生，每诞辰荃即画进。荃以雪兔进昶，则昶以十一月生无疑。"余于上两条外，又得一确切之证。黄休复《益州名画录》云：

> 张素卿，简州人也，……画道门尊像。……蜀检校太傅安公思谦好古博雅，……甲寅岁十一月十一日，值蜀主诞生之辰，安公进素卿所画十二仙真形十二帧，蜀主耽玩欣赏者久，因命翰林学士礼部侍郎欧阳炯次第赞之。

薛史言孟昶生日为十一月十四日，而安思谦进张素卿画在十一月十一日，此乃预于三日前以进。观此数事，知薛史所书正确不误，以《宫词》疑之者非也。

其以《宫词》此首非花蕊真作者，北宋释文莹之《湘山野录》谓王平甫所传花蕊《宫词》但有三十二章，其后赵与时之《宾退录》，廖莹中之《江行

---

① 《旧五代史》《孟昶传》后校语云："案花蕊夫人《宫词》云：'法云寺里中元节，又是官家降诞辰'，是昶以七月十五日为生辰也，与是书异。"

杂录》皆如此说。胡仔《苕溪渔隐丛话》及赵之《宾退录》又云："别有逸诗六十六首乃近世好事者旋加搜索续之，语意与前诗相类者极少，诚为乱真。"故花蕊夫人《宫词》百首，宋人早认为杂有伪品。据俞正燮之意，此法云寺一首，原不在三十二章之内，必他人之诗误入其间者。俞氏且推论此他人为谁，遂以此诗属诸前蜀之花蕊夫人，即王建之小徐妃，而以中元节为王建之生日。凡此皆俞之创见。俞氏为对此问题认真注意之一人，较之毛晋辈徒撮拾旧闻以作题跋者态度不同。虽其结论尚未达一间，启发之功，不可没矣。《癸巳类稿》卷十二"书《旧五代史》僭伪列传后"原文甚长，且有已征引者，今节录其新论点如下：

> 薛史从《永乐大典》辑出，其误者加案订正。此案云："花蕊夫人《宫词》法云寺里中元节，又是官家降诞辰，昶当七月十五日生"，其说恐不然也。宋廖莹中《江行杂录》言王平子所记《花蕊宫词》二十八首，《成都文类》："王平甫校书得夫人亲笔三十二首"①，俱无此二语，疑此属王建时矣。王建薛史已轶，今所辑者自《册府元龟》，无建生日。惟《洛中记异录》云："蜀王建属兔，有兔子上金床之谶，……"建及昶皆属兔。法云寺语非此夫人作，不说昶也。蔡绦《铁围山丛谈》言花蕊夫人蜀王建妾也，后号小徐妃者。……费《宫词》百余首，……俗多混以建时徐作。两花蕊夫人皆在蜀，皆有《宫词》，皆为国死，王建孟昶又皆属兔，著书者又皆自以为是，故难明也。

今案俞氏之议论，有得有失。其谓孟昶生日，薛史未误，法云寺云云乃前蜀花蕊夫人徐妃之作，此其得也。至谓中元节乃王建之生日，于史无征；建之属兔，与本题无关，徒为缠夹，陷入迷途。其仍以三十二章归之于后蜀之花蕊夫人，此亦未窥《宫词》之底蕴。要之，俞氏之功在拈出问题，而不曾解决之者，因不知中元节生日究为何人。故徐妃之论，乃偶臆而中。夫以理初读书之博，应叵见之，此真偶失诸眉睫之间耳。

---

① 俞正燮未见《续湘山野录》中之一条，故以《成都文类》为言。廖莹中《江行杂录》但记二十八首者，较文莹所录偶失其四章耳。

实则中元节乃王建之子前蜀后主王衍之生日。衍之生日,虽不见于正史,而抄辑蜀国旧史之书,尚有能指示者。北宋张唐英之《蜀梼杌》中记一条云:

> 咸康元年(王衍年号)七月丙午,衍应圣节,列山棚于得贤门。是日,有暴虱摧之。太常少卿杨玢上言,其略曰:"陛下诞生之日而山摧者,非不骞不崩之义也;在于得贤门者,示陛下所用不得贤也。"

蜀之咸康元年,当唐庄宗同光三年(九二五),岁在乙酉,考是岁之七月朔为壬辰,丙午正是七月十五日。又吴任臣《十国春秋》卷三十七《前蜀后主纪》:

> 乾德元年(王衍年号)秋七月庚辰应圣节,堋口镇将王彦徽得白龟于罗真人宫内以进。

吴氏博采群籍,此条所本,惜未注出,要之必有所据。① 蜀之乾德元年,当梁末帝贞明五年(九一九),岁在己卯,是岁之七月朔为丙寅,庚辰亦是十五日,略无差失。

据此两条,即足证明中元节为王衍之生日,确切不误。由此推论,《宫词》者,实非后蜀之诗,乃前蜀之宫词;不出于孟昶侍人,乃前蜀花蕊夫人所为。此固为文学史上之问题,同时亦解决一正史上之疑难。如中元节云云,原不指昶,则《旧五代史》之校语,可以刊去不存矣。

三　宫词与宣华苑

或曰:法云寺一首,不足以概括《宫词》之全体,况原不在三十二章之内。答曰:《湘山野录》所记三十二章,宋人认为花蕊夫人之真笔者,皆可证明为前蜀之诗。此由考查内容而得,诗中所言皆王衍时宣华苑中之景物,特前人未注意及之耳。宣华苑之繁华正如昙花一现,至北宋中期已

---

① 余写此文时,感参考书籍之不足,如此等处,待后日补出之。

少为人所知悉,熙宁中所出二敝纸所书,正是此旧苑中飘零之歌曲,尚记当年风月繁华之盛者,惜以整理蜀国故书之王平甫氏尚不能知此典实,后之读者,复徒以美人艳词视之,遂使一段凄凉之亡国史料湮没而不彰,则《宫词》虽传,犹不传也。幸赖蜀国旧史未全亡佚,所记苑中殿亭楼阁之名,犹可与《宫词》互相印注,故吾人尚能发掘隐微,明其真相。今读此《宫词》,不啻温习王蜀一朝兴亡之历史焉。

前蜀王建,本市井无赖,乘唐末之乱,兼并东西两川而有之,僭伪称帝。建纳徐耕二女,皆殊色而有文才,姊进位贤妃,妹为淑妃,亦称小徐妃,宫中号曰花蕊夫人,此前蜀之花蕊夫人也。徐贤妃生衍,为建之幼子,封郑王。(姑从《新五代史》,待后文再为辨正。)建晚年昏耄,两徐妃专房用事,交结宦官唐文扆等,干预外政。太子元膺既被杀,建以雅王宗辂类己,信王宗杰才敏,欲择一人立之。郑王最幼,本不当立,母徐贤妃专宠,交通唐文扆及宰相张格隐主之,遂得立为太子。衍为太子时即嗜酒色游戏,一日,建自夹城过,闻太子与诸王斗鸡击球喧呼之声,叹曰:"吾百战以立基业,此辈其能守乎?"虽悔之而不能改立。及建卒,衍嗣位(九一八),时年十八,不亲政事,委其政于宦者宋光嗣等,而与韩昭、潘在迎、顾在珣、严旭等为狎客。尊其母徐贤妃为顺圣皇太后,徐淑妃为翊圣皇太妃。此姊妹两人,徐娘半老,非但不能规衍于正,更导幼主于游宴。于是起宣华苑以畅游乐,广袤十里,通于蜀宫。[①]

宣华苑者,本摩诃池之故址而广之者也。摩诃池,陈时萧摩诃所开,或曰,隋时蜀王秀取土筑子城,因为池,有胡僧见之曰:"摩诃宫毗罗",盖梵语呼摩诃为大,宫毗罗为龙,谓此池广大有龙耳。及王建有蜀,改名龙跃池。后主衍即位之明年,改龙跃池为宣华池,其后大兴土木,浚广池水,复于水边起殿亭楼阁,时时游宴其间,又使妃妾宫人迁往其中,以为离宫,命曰宣华苑。张唐英《蜀梼杌》云:

乾德元年,以龙跃池为宣华池。……三年五月,宣华苑成,延袤

---

① 据《通鉴》《五代史》及《十国春秋》。

十里,有重光、太清、延昌、会真之殿,清和、迎仙之宫,降真、蓬莱、丹霞之亭,土木之工穷极奢巧。衍数于其中为长夜之饮,嫔御杂坐,舄履交错。尝召嘉王宗寿赴宴,寿因持杯谏衍宜以社稷为重,毋为宴饮,其言慷慨激切流涕,衍有愧色。佞臣潘在迎、顾在珣、韩昭等奏曰:"嘉王从来酒悲,不足怪也,"乃相与谐谑戏笑。衍命宫人李玉箫歌衍所撰《宫词》,送宗寿酒,宗寿惧祸,乃尽饮之。……衍《宫词》曰:"辉辉赫赫浮五云,宣华池上月华新,月华如水浸宫殿,有酒不饮真痴人。"①

《新五代史·前蜀世家》:

起宣华苑。苑有重光、太清、延昌、会真之殿,清和、迎仙之宫,降真、蓬莱、丹霞之亭,飞鸾之阁,瑞兽之门。又作怡神亭。与诸狎客妇人日夜酣饮其中。

较之《梼杌》,多飞鸾阁、瑞兽门之语,当另有所据。怡神亭不在宣华苑内,单立成句是也。吴任臣《十国春秋·前蜀后主纪》:

乾德三年夏五月,命宣华苑内延袤十里构重光、太清、延昌、会真之殿,清和、迎仙之宫,降真、蓬莱、丹霞、怡神之亭,飞鸾之阁,瑞兽之门,土木之工,穷极奢巧。帝与诸狎客妇人嬉戏其中,为长夜之饮。

《十国春秋》糅合《蜀梼杌》及《新五代史》以成文,其失有二。乾德三年五月,宣华苑之工程已竣,非于此时始动土木之工。而怡神亭不在宣华苑内,不应与降真、蓬莱、丹霞诸亭并举。② 凡根据旧史以成新录,宁可

---

① 《蜀梼杌》谓乾德元年改龙跃池为宣华池,三年五月则宣华苑成,甚有次第。《十国春秋》于乾德元年即云改龙跃池为宣华苑,注云从路振《九国志》。今案《九国志》误也。未建殿亭以前,但名为池;苑则包池水及宫殿楼阁之称,乾德三年前尚未有也。
② 怡神亭在宣华苑外,《蜀梼杌》中两见,一在乾德五年,"三月上巳宴于怡神亭,妇人杂坐,夜分而罢";下又云,"重阳宴群臣于宣华苑",亭与苑对举,知别是一处。一在咸康元年,"衍朝永陵还,宴怡神亭,嫔妃伎妾皆衣道服莲花髻髻为乐,夹脸连额,渥以朱粉,曰醉妆,国人皆效之"。是怡神亭不在苑内,亦不在宫中,乃士庶皆见之所。

多从旧本,详注异同,不计文词之工拙,若任意糅合,修饰字句,往往动辄得咎。《十国春秋》此种病累正多,此不过一例而已。

宋人笔记中提及宣华苑者,黄休复之《茅亭客话》"瑞牡丹"条云:

> 至伪蜀王氏……广开池沼,创立台榭,奇异花木,怪石修竹,无所不有,署其苑曰宣华。

此外殊不多觏。

兹就《湘山野录》之花蕊夫人《宫词》三十二章,择其可与史书印合者,为疏记解释于后,请以史证诗,以诗补史。

《宫词》首云:"五云楼阁凤城间,花木长新日月闲。"此是总起,言蜀国都城之气象。次云:"会真广殿约宫墙,楼阁相扶倚太阳。净甃玉阶横水岸,御炉香气扑龙床。"即接写宣华苑。会真殿之名见《蜀梼杌》及《新五代史》,当是苑之中心建筑,故首以为言。楼阁相扶见建筑之盛,玉阶水岸知此殿面临宣华池。香气龙床知后主游幸之常以此殿为起居之所也。第三首云:"龙池九曲远相通",此龙池即跃龙池,宣华池之旧名,《宫词》中屡见之。第五首云:"殿名新立号重光",重光殿之名,亦见诸史。既云新立,知《宫词》之作,即在宣华苑竣工以后,必在乾德三四年间(九二一至九二——)矣。又云:"岛上亭台尽改张",想旧时摩诃池上,已有亭台之胜,惟今焕然一新耳。第六首云:"安排诸院接行廊,水槛周回十里强。青锦地衣红绣毯,尽铺龙脑郁金香。"与诸史所言延袤十里之说相应。水槛周回,读者如曾游北平之颐和园者不难想象其景。诸院所以处妃姜者,下第十四首云"诸院各分娘子位"是也,铺设之奢侈如此。第七首云:"夹城门与内门通,朝罢巡游到苑中。每日日高祗候处,满堤红艳立春风。"此言宣华苑与蜀宫通连,后主朝罢到苑,无数宫女伫立以迎驾也。其他各首中,"苑中池水白茫茫"与"展得绿波宽似海",写摩诃池疏浚后之景象;《宫词》中屡言池水,足证所咏之为何地,所可怪者,此数十首诗从不曾点出宣华之名,遂使后人迷失事实,不然王安国辈不致误认为后蜀之诗矣。"水心楼殿胜蓬莱",或指诸史所云蓬莱之亭。"翔鸾阁外夕阳天",即《五代史》之飞鸾阁。凡此则诗与史同。惟"太虚高阁凌波殿,背倚城墙面枕池",此太虚阁及凌波殿为史书所漏记。但凌波殿之名仍有着落,《蜀梼杌》记广政十六年后蜀主孟昶侍其母游凌波殿观竞渡,注云:"前蜀宣华苑也",推此注之意,实谓凌波殿在前蜀宣华苑中。今宫词有本作凌虚殿者,非是。宣华苑之址,据余所考,在蜀宫之北,故云内苑;读"背倚城墙"句,知此苑南连蜀宫,北逼城根矣。

此但就苑中之景物言之,至苑内之人物,亦有可考者。第十五首云:"修仪承宠住龙池,扫地焚香日午时。等候大家来院里,看教鹦鹉念《宫词》"。此修仪非李舜弦即李玉箫。《十国春秋》卷三十八:

> 昭仪李氏名舜弦,梓州人,酷有辞藻,后主立为昭仪,世所称李舜弦夫人也。所著《蜀宫应制诗》《随驾诗》《钓鱼不得诗》诸篇,多为文人赏鉴。同时宫人李玉箫者,宠幸亚于舜弦。后主常宴近臣于宣华苑,命玉箫歌己所撰《月华如水》宫词,侑嘉王宗寿酒,声音委婉,抑扬合度,一座无不倾倒。

案李舜弦乃词臣李珣之妹。《宫词》后有云:"昭仪侍宴足精神"(第八十五首)者,必此人也。此处之修仪不知是舜弦否,否则为李玉箫。大家即官家之意,为宫人呼帝王之称;玉箫善唱《宫词》,诗中有"看教鹦鹉念《宫词》"句,颇合其人。第三十首:"婕妤生长帝王家,常近龙颜逐翠华。杨柳岸长春日暮,傍池行困倚桃花。"此婕妤又为何人乎?《十国春秋》卷三十八:

> 元妃韦氏,故徐耕女孙也,有殊色。后主适徐氏,见而悦之,太后因纳之宫中。后主不欲娶于母族,托言韦昭度孙。初为婕妤,累封至元妃。

据此,知婕妤即王衍之表妹,徐后早纳之宫中,故曰生长帝王家也。其时尚称婕妤者,知《宫词》之作,在其晋封元妃之前。

衍好击球斗鸡之戏,今《宫词》之"小球场近曲池头""自教宫娥学打球""寒食清明小殿旁,彩楼双夹斗鸡坊",正写此类。《宫词》又云:"夜夜月明花树底,傍池长有按歌声。"此可为《蜀梼杌》"长夜之饮",及《五代史》"日夜酣饮"之注脚。又云:"御制新翻曲子成""先按君王玉笛声",史称衍好为艳词,又解音律。《十国春秋》云:"衍幼有才思,酷好靡丽之辞,常集艳体诗二百篇,号曰《烟花集》。"《蜀梼杌》记云:乾德二年衍泛舟阆中,"自制《水调银汉》之曲,命乐工歌之";乾德三年宴宣华苑,命宫女李玉箫唱其《月华如水》宫词;乾德五年三月上巳宴怡神亭,"衍自执板唱《霓裳羽衣》及《后庭花》《思越人》之曲";又游青城山,命宫人唱其自制之《甘州词》,凡此不一而足。原《宫词》之制作,所以夸饰承平,附庸风雅,惟以唐末天下之乱,王氏僭窃苟安,妄自尊大,不久而王衍母子以盘游失国,祸不旋踵,此风月之词,备记其荒淫之实,徒为后人怜笑之资,将以亡国之史料读之也,岂不哀哉!

四 所谓"逸诗"

王安国于崇文院中校理蜀国故书,所见花蕊夫人《宫词》写本,究有若干首,其以之传于外者,又为若干首,至今是一疑案。据同时人释文莹所记,则彼于平甫处亲得副本凡三十二章,即自"五云楼阁"起至"寒食清明"止,见《续湘山野录》;令《宫词》诸本,虽各各不同,此三十二章则多在前列,其为王衍时之宣华苑《宫词》,则前文论之详矣。南宋胡仔《苕溪渔隐丛话后集》卷四十有云:

> 王平甫云,熙宁间奉诏定蜀楚秦氏三家所献书,得一散纸所书花蕊夫人诗共三十二首,乃夫人亲笔。

此三十二首之语,似袭自《湘山野录》。而胡氏又云:

> 花蕊又别有逸诗六十六首,乃近世好事者旋加搜索续之,篇次无伦,语意与前诗相类者极少,诚为乱真矣。

"逸诗"之说,始见于此。胡氏所谓近世者,当指南宋初年,或北宋末年,足见其时所传花蕊《宫词》已有九十八首之多。同时人赵与时之《宾退录》记云：

> 王平甫谓馆中校花蕊夫人《宫词》，止三十二首夫人亲笔。又别有六十六篇乃近世好事者旋加搜索续之，语意与前诗相类者极少，诚为乱真。

又云：

> 首卷书王平甫所云花蕊《宫词》三十二，今考王恭简《续成都集》记才二十八首，尽笔于此，庶真赝了然。

其下录《宫词》二十八章，尽为《湘山野录》所有，而脱去四首。赵氏此条又为廖莹中所袭，廖之《江行杂录》中所记全同《宾退录》，而增多误字，如《续成都集》误为《续成初集》，益不可解，所记亦只二十八章。俞正燮考花蕊《宫词》但以《江行杂录》为言，余惜其未见《湘山野录》及《宾退录》也。

花蕊夫人《宫词》中之真伪问题，观此数家之言论，可窥大略。要而论之，文莹得王平甫之副本凡三十二首，其《湘山野录》中所记《宫词》发见之情形，当采自王平甫亲笔所作之题识，而增附己语，如"于是盛行于时"之类。（参第一节注②）《宫词》之仅有三十二章，此非平甫题识中语，乃文莹所得之副本如此耳。《渔隐丛话》所记（参同注）中有"孟昶侍人"及"事具国史"语，为《野录》所无，疑从坊间刊本王安国之题识中来，而三十二首之言，则又参阅《野录》者。盖胡仔见文莹所记，始疑余诗之伪。至赵与时乃作"其赝了然"之论断，且指实"止三十二首夫人亲笔"为王平甫所说。赵氏未见《湘山野录》，故不能得三十二章之全，彼所云云，实袭自《渔隐丛话》，而增强其语气耳。

今欲评论胡赵辈所谓逸诗之为真为伪，当先辨明如何之六十六首为南宋初年人所见，因今之《宫词》，各本互异，亦不止九十八首也。《宫词》无宋元刊本传世，今可见者自明本以下，互有歧异。以上文所举有王安国序文之明仿宋本言之，刊刻虽精，实不可信，所录《宫词》凡九十九首，细按之，惟三十九首是花蕊真作，余乃王建、王珪之诗误入其间，且有杜牧之"银烛秋光冷画屏"一首,尤为可笑。不幸《全唐诗》之编者,首取此以为底本,然后再以他本增补之,故花蕊《宫词》乃有一百五十七首之多,迷人眼目。此明仿宋本,如出宋本,则绝非胡赵辈所见之本。何以知之?《渔隐丛话》所举逸诗之佳者,曰"罗衫玉带最风流""春日龙池小宴开",今皆不在此本之内。又南宋初年人胡伟作《宫词集句》,其用花蕊诗句,不分所谓真诗与逸诗也,亦多出于此仿宋本以外。故知此本绝不可信。

余舍此明仿宋本,而取毛晋《三家宫词》本,曹学佺《蜀中名胜记》本,李调元《全五代诗》本,以此勘异同,始知此三家所录,实大同小异。虽各有《宫词》百首,惟九十八首乃三家所同,余二则互异。因悟《渔隐丛话》所言,以《野录》之三十二加逸诗六十六,应为九十八,花蕊《宫词》当尽此数,诸家必欲足成百首,不免以他人之诗杂之,遂互为歧异耳。余信此九十八首即是南宋初年人所见之本,凡《丛话》及胡伟所引皆在其中。最后又得见明林志尹之《历代宫词》本,林本虽标百首之目,所录实只九十八首,视余所校定者全合。花蕊《宫词》刊本甚多,公私所藏,惜不能尽见,但此林、毛、曹、李四家之所同者,绝非偶然之事。以之减去《野录》之三十二章,其余六十六首当即胡赵辈所谓"逸诗"者矣。(参阅附录)

如考察此逸诗之内容,当知《渔隐丛话》及《宾退录》之误。谓篇次无伦则诚有之,谓语意与前诗不类者则妄也。前诗为宣华苑《宫词》,逸诗亦为宣华苑《宫词》,实是前诗之续,并无二致。今依讨论前诗之例,为疏记解释于后。

"法云寺里中元节"一首,最可珍贵,吾人幸赖此首之指示,得以探索全诗之史实。《宫词》所叙,皆宣华苑内情事,惟此首为偶然之例外,法云寺不在宣华苑内,此则因述宫女之生活而连类及之。诗言中元节适值后主生辰,苑内宫女皆出至法云寺观道场也。"内园先占得铺陈",稍为费解。观《宫词》中屡言"内园",如"立春日进内园花""小小宫娥到内园""春早寻花入内园"之类,此"内园"皆指宣华苑而言,与"三十六宫连内苑"之"内苑"意同。惟此处则又由地而称人,犹言"内园人"矣。意宣华苑成后,蜀宫宫人有迁住苑内者,亦有留居宫中者,如"后宫阿监裹罗巾,出入经过苑囿频",此不住苑内者,如"小小宫娥到内园,未梳云鬓脸如莲",此新派入园内者。《宫词》又云:"深宫内苑参承惯",此宫与苑对举也。当时新兴热闹之气象尽在宣华,如太后、太妃、婕妤、昭仪辈皆迁住苑内,蜀之后宫殆已如长门冷寂,故内园人自有其可骄之处,其于法云寺中先占得香花铺陈之地宜也。

诗云"牡丹移向苑中栽",唐时西蜀尚无牡丹之种,自王蜀开国,始自京洛移植。黄休复《茅亭客话》卷八:

> 西蜀自李唐未有此花,凡图画者唯名洛州花,考诸旧说,谓之木芍药,牡丹之号,盖出于天宝初。至伪蜀王氏,自京洛及梁洋间移植,广开池沼,创立台榭,奇异花木,怪石修竹,无所不有,署其苑曰宣华。其公相勋臣,竞起第宅,穷极奢丽。时元舅徐延琼新创一宅,雕峻奢壮,花木毕有,唯无牡丹,或闻秦州董城村僧院有红牡丹一树,遂赂金帛令取之,掘土方丈,盛以木匣,历三千里至蜀,植于新宅。

逸诗之称"苑中""苑内",数见不鲜,如"牡丹移向苑中栽""回望苑中花柳色""御宴先于苑内开"。又称"龙池",如"春日龙池小宴开""乐声飞出跃龙池",跃龙池当即龙跃池,宣华池之旧名也。余如"池头""池边""池心""池岸",多不胜举。且所叙宫女游戏之事,多采莲、射鸭、钓鱼之类,皆不离于池水。知宣华苑以宣华池为中心,而此《宫词》所咏限于苑内之情景,不泛及于蜀宫。此六十六首与前三十二章一致者,安得谓之语意不类乎?花蕊《宫词》者若称之为前蜀《宫词》,犹嫌太泛,若称之为宣华《宫词》,则最为恰当。

第五十七首:"丹霞亭浸池心冷",此丹霞亭之名见《蜀梼杌》及《新五代史》。"窗树高低约浪痕,岛中斜日欲黄昏。树头木刻双飞鹤,远漾晴空映水门",与前诗"岛上亭台尽改张"相应,双飞鹤之木刻疑蓬莱亭或丹霞亭之饰物。此外诗中尚有沈香亭、流杯亭、会仙观、玉清坛之名,则史书所未遍举者。惟"三清坛近苑墙东,楼槛层层映水红。尽日绮罗人度曲,管弦声在半天中",此当为苑中主要建筑之一,疑史书所记之太清殿或清和、迎仙之宫者是。

人物之可知者,"昭仪侍宴足精神,玉烛抽看记饮巡。倚赖识书为录事,灯前时复错瞒人",此李舜弦夫人也。"夜深饮散月初斜,无限宫嫔乱插花。近侍婕妤先过水,遥闻隔岸唤船家",此中有王衍之表妹在内,诡称韦昭度女孙者是也。"宫娥小小艳红妆,唱得歌声绕画梁。缘是太妃新进入,坐前颁赐小罗箱",太妃者,即翊圣太妃是。若依《通鉴》《新五代史》《十国春秋》,则为王建之小徐妃,亦即花蕊夫人,若据《蜀梼杌》等,则为花蕊夫人之姊,待后文详论之。《宫词》遍及苑中之人物,惟不及太后,此点亦可注意也。"大臣承宠赐新庄",知苑内尚有近臣之庄墅,所谓大臣者即佞臣韩昭、潘在迎辈,《五代史》所谓衍之狎客,亦即太后太妃之幸臣也。

"罗衫玉带最风流,斜插银篦慢裹头。闲向殿前骑御马,掉鞭横过小红楼",此最为苕溪渔隐所赏者,写宫女之试男装也。"明朝腊日官家出,随驾先须点内人。回鹘衣装回鹘马,就中偏称小腰身",此内人之作回鹘装也。王衍为提倡奇装异服之一人,《五代史》云:"衍好戴大帽,每微服出游民间,民间以大帽识之,因令国中皆戴大帽。又好尖巾,其状如锥。而后宫皆戴金莲花冠,衣道士服,酒酣免冠,其髻鬖然,更施朱粉,号醉装,国中之人皆效之。"此犹不足为奇。乾德二年,衍北巡,被金甲,冠珠帽,执戈矢而行,百姓望之,谓为灌口祅神。此犹在国中无事时也。最奇者,唐兵压境,危亡在于旦暮,衍东游秦州,及返成都,百官迎谒七里亭,衍杂宫人中作回鹘队以入。《蜀梼杌》所谓回鹘队者,究不知若何。今读《宫词》,知此宣华苑中之宫人,颇习惯于胡服之骑射。观腊日官家之出,回鹘装者,殆一种猎装欤?

由以上之考察,知此逸诗六十余首,实非赝品。夫自北宋熙宁以来,即以《宫词》属诸孟昶之妃,如有好事者续为,岂不掇拾孟蜀宫廷间之逸闻,何能复言宣华苑之旧事乎?诗之的真,毫无问题。所欲问者,王平甫校书时得见此逸诗否,又何以但传三十二章耶?

当时王平甫所见花蕊《宫词》写本，实有八九十首，文莹所得副本，绝非全豹。何以知之？平甫同时人刘攽之《中山诗话》云：

> 孟蜀时花蕊夫人号能诗，而世不传，王平甫因治馆中废书得一轴八九十首，而存者才三十余篇，大约似王建。句若"厨船进食簇时新，坐列无非侍从臣。日午殿头宣索鲙，隔花催唤打鱼人""月头支给买花钱，满殿宫娥近数千。遇着唱名都不语，含羞急过御床前"。

即陈无己之《后山诗话》亦云费妃效王建作《宫词》百首。今人或不信《后山诗话》出无己亲笔，但其为北宋时书，初无问题。百首者亦举成数而言之耳。使平甫不言《宫词》之本有八九十首，则刘攽、陈履常安能知之。故知释文莹未窥全豹，而赵与时坐实三十二首为平甫之语，益非矣。

惟《中山诗话》之"存者才三十余篇"，颇是费解。《宫词》之前，非有目次可稽者，如其余漫漶不存，则又安知其全数为八九十首乎？故知此"存"字当有别解，试为解释之。此"存"者，疑是"删存、录存"之意。宋初图籍未备，其后削平诸国，收其图书，又下诏遣使购求散亡，始稍增益，以史馆、昭文馆、集贤院藏书，称为三馆。太宗建崇文院，徙三馆之书以实之，又于院中建秘阁，择三馆真本书籍万余卷，及内出古画墨迹藏其中，亲幸观书。此三馆及秘阁之故事也。王安国曾为崇文院校书及秘阁校理，其所见蜀楚秦三家书，必是宋初削平诸国后所得，堆存院中者。于此乱书堆中，择其善者清录成本，或送史馆等处，或编入崇文院四库书中，或甄拔以入秘阁，所谓校书之情形当是如此。前之校书者斥去此《宫词》，即不为录存之意。及安国赏识此诗，令令史郭祥缮写入馆，恐但选取其三十二章，故曰"存者才三十余篇"。文莹所见副本，疑即郭祥缮写之副本也。至原写本之八九十首则仍在院中。

王平甫何以但录取三十二首，其故难明。或者彼认此数首为夫人亲笔，余者非是。平甫题识云："得一敝纸"，刘攽《中山诗话》云："得一轴"，两处不同；当以平甫所自言者为实。三十二首者，一纸所书，余诗在另一纸上乎？此亦不可知矣。或者余诗篇次无伦，字迹潦草，故弃而不录欤？或者平甫谓选录若干首，备史臣参考，或编次入蜀国文献，其数已足，此亡国臣妾之诗，足以导君主以淫逸，遂秉尼父删诗之旨，有所刊削？凡此皆属可能。迨其后口诵数篇于介甫相公，而王珪、冯京愿传其本，或续有所抄出，亦未可知。诗之传于外，不若进呈馆阁之须昭郑重也。无论平甫续有所传出，或平甫以后，他人为之，所谓逸诗与原诗之出于同一底本，则无可疑惑。绝非崇文院中续有所发见，亦非好事者搜索于民间得之。幸吾人能考察内容，消除歧见，不然真为苕溪渔隐所惑矣。

五　前蜀之花蕊夫人

所谓花蕊夫人《宫词》者，前蜀之宣华苑《宫词》也。作者为谁？王平甫察知为花蕊夫人诗笔，不知何所依据。若诗之前有标题曰《花蕊夫人宫词》，则吾无间书，若由别种题记或钤记，察知为夫人手笔者，则孟蜀之花蕊夫人亦可写录前代之《宫词》，安知作者为谁乎？[①] 吾人既不能见此崇文院中之写本，诚无从臆断。姑从王平甫氏，以之归于花蕊夫人，但易后蜀为前蜀可也。

以《宫词》归于前蜀之花蕊夫人，有得有失。王平甫云花蕊夫人诗笔，今前蜀确有一花蕊夫人；且此人甚有诗才，备见诸史，不若孟昶妃之诗词点缀尽出小说；又《宫词》所咏为宣华苑情事而此人即宣华苑之主人；故一举有三得。惟花蕊夫人者乃王建宫中之号，今《宫词》作于王衍时，此母后之尊，况复徐娘半老，何得复拥妙龄时之旧号，此又理之不可通者。或者《宫词》写本系出蜀民，他人以此题之，非夫人自谓欤？只因当初王平甫氏一见即定为花蕊诗笔，未记明写本之情形及其论据所在，千古之下，遂成疑问，今难为深论。

[①] 此点之可能性甚少，前蜀亡国之惨，孟氏深以为戒，宣华旧苑，亦渐改观，昶未必愿其妃妾录前朝风月之诗。

王建之小徐妃,宫中号曰花蕊夫人,此蔡绦《铁围山丛谈》所说,他处未见。蔡氏当有所本,今不可知。其言大徐妃生衍,此则《通鉴》《新五代史》《十国春秋》所同。① 惟《蜀梼杌》云:"姊生彭王,妹生衍",此为异说。张唐英以蜀人而抄纂旧史如《王蜀开国记》等,其所撰述,自较《通鉴》《五代史》为详。疑《蜀梼杌》得其实也。今申数证。(一)《鉴诫录》者,孟蜀何光远撰,去王蜀未远,其言曰:"前蜀徐耕二女,美而奇艳,太祖纳之。长曰翊圣太妃生彭王,次曰顺圣太后生后主。"与《梼杌》同。(二)《新五代史》以姊为贤妃,妹为淑妃,贤妃生衍。《蜀梼杌》则以姊为淑妃,妹为贵妃。另有书名《幸蜀记》者称衍母为贵妃,不曰贤妃。② (三)咸康元年,衍奉太妃太后游青城山,历观诸景,赋诗唱和,太后题青城山丈人观云:"早与元妃慕至玄,同跻灵岳访神仙",又《看圣灯诗》云:"虔祷游灵境,元妃夙志同"③,皆谓少时与其姊慕道,其称元妃当是长姊而非妹。(四)黄休复《益州名画录》云:"王蜀少主命画师杜龁龟写先主太妃太后真于青城山金华宫",此言画王建之像而以徐氏姊妹配之,次序太妃居上,知是姊也。④ (五)以花蕊夫人《宫词》而论,若姊生衍,则小徐妃为翊圣太妃,今《宫词》中有称太妃者,却不似自称之辞;反之,《宫词》九十余首从无一语称及太后,岂非为太后所作之一证乎?

由是言之,花蕊夫人非他,王建之小徐妃,王衍之生母,即顺圣太后是矣。此人之身世,具见史书。《蜀梼杌》云:

> 徐氏父名耕,成都人,生二女,皆有国色,耕教为诗,有藻思。耕家甚贫,有相者谓之曰:"公非久贫,当大富贵。"耕因使相其二女,相者曰:"青城山有王气,每夜彻天者一纪矣,不十年后有真人乘运,此

---

① 《通鉴》二七〇:"蜀主殂,太子即皇帝位,尊徐贤妃为太后,徐淑妃为太妃",虽不言姊妹两人,若者生衍,但贤妃淑妃之称同五代史,可作以姊生衍看。所以不明言者,殆温公知有异说而未遽论断。

② 据《十国春秋》注引,原书未见。

③ 何光远《鉴诫录》。

④ 《十国春秋》之杜龁龟传据《名画录》而将太妃太后之次序改动。

二子当妃后,君之贵由此二女致也。"及建入城,闻有姿色,纳于后房,姊生彭王,妹生衍。建即位,姊为淑妃,妹为贵妃,耕为骠骑大将军。衍即位,册贵妃为顺圣太后,淑妃为翊圣太妃,兄延琼,弟延珪皆致位太师,侍中。衍既荒于酒色,而徐氏姊妹亦各有幸臣,不能相规正,至于失国,皆其致也。① 徐耕二女皆有国色,似妹氏尤胜于姊,故有花蕊之号,贵妃之封。当王建时,此徐妃专房用事,阴谋立衍为太子,史称其交结宫者唐文扆,伪使巫山道士相建诸子,言衍最贵②,又以黄金百镒赂宰相张格,格遂抗表言衍才器英武,堪社稷之托。及王衍嗣位,太后太妃卖权鬻爵,自刺史以下,每一官阙,数人并争,而入钱多者得之,遂使朝政出于宫闱,如韩昭、潘在迎辈又皆太后太妃之幸臣,史所书徐氏后妃之失德,不一而足。

宣华苑之建,亦必太后太妃主之。观太后青城山诗云与其姊少时慕道,今苑中有太清、会真之殿,清和、迎仙之宫,降真、蓬莱之亭,皆神仙之事,非无故矣。《宫词》云:

> 六官一例罗冠子,新样交镶白玉花。欲试淡装兼道服,面前宣与唾盂家。

> 会仙观里玉清坛,新点宫人作女冠。每度驾来羞不出,羽衣初着怕人看。

> 老人初教作道人,鹿皮冠子淡黄裙。后宫歌舞全抛掷,每日焚香侍老君。

此数首皆言苑内焚修之事。当时神仙思想弥漫于王蜀宫中,宣华苑造成后不久,王衍即在苑中受道箓,以杜光庭为传真天师。又自以姓王,溯远祖于王子晋,乾德五年,改唐道袭宅为上清宫,塑王子晋像祀之,尊

---

① 《蜀梼杌》此处言姊生彭王,另处则言彭王宗鼎为褚姬所生,想其抄纂旧史,故不一致。观太子元膺之卒,诸子争立,曾无以宗鼎为言者,而后主既立,宗鼎亦略不见特殊之贵显,似非大徐妃所出。褚姬所生尚有宗泽宗平,或者大徐妃无出,育宗鼎以为己子欤?
② 〔五代〕孙光宪:《北梦琐言》。

以为圣祖至道玉宸皇帝。衍之巡游,宫人随驾而出,衣道服,冠莲花冠。其幸青城山,宫人衣画云霞道服,衍制《甘州曲》与宫人唱之,云:"画罗裙,能结束,称腰身。柳眉桃脸不胜春,薄媚足精神。可惜许,沦落在风尘",谓皆神仙中人,沦落在风尘耳。

惟前蜀亡国之速,亦不能尽归罪于后妃。衍之荒诞,古今少有,姑择其一二言之。衍尝以绘彩数万段结为彩楼山,上立宫殿亭阁,一如居常栋宇之制,宴乐其中,或逾旬不下;又别立二彩亭于山前,以金银锜釜之属,取御厨食料,烹燀于其间,衍凭彩楼以观,谓之当面厨。① 复命大内造村坊市肆,令宫嫔着青衫,悬帘鬻食,男女杂沓,交易而退。② 又造平底大车,下设四卧轴,每轴安五轮,凡二十轮,牵以骏马,骑去如飞,谓之流星辇。③ 又作蓬莱山,画绿罗为水纹地衣,其间作水兽芰荷之类,作折红莲队,盛其锻者于山内鼓橐,以长籥引于地衣下,吹其水纹鼓荡若波涛之起。复以杂彩为二舟,辘轳转动,自山门洞中出,载妓女二百二十人,发棹行舟,周游于地衣之上,采所扳莲列阶前,出舟致辞,长歌复入,周回山洞。④ 其奢靡嬉戏之出奇如此。观蓬莱采莲之戏,有如今日剧坛之布景,可为戏曲史之绝佳材料。至其性格之淫戾,《鉴诚录》谓其画作鬼神,夜为狼虎,潜入诸宫内,惊动嫔妃,老小奔走,往往致卒。《蜀梼杌》云,衍泛舟阆中,郡民何康女有美色,将嫁,衍取之,赐其夫百缣,其夫一恸而卒。又强取王承纲女入宫,女自缢死。

后唐庄宗既灭梁,遣客使李严聘蜀,以觇虚实。严复命曰:"王衍童骏耳,君臣上下,唯务穷奢,以臣料之,大兵一临,望风瓦解。"遂定伐蜀之计。同光三年九月庄宗遣魏王继岌、枢密使郭崇韬伐蜀,兵发洛阳。时王衍方与太后太妃从青城山还,又欲幸秦州。衍之欲幸秦州者,节度使王承休招之,谓秦州多美妇人,又与承休妻严氏有私,故急欲赴之。群臣

---

① 宋无名氏《五国故事》。
②《十国春秋》。
③〔北宋〕陶毂:《清异录》。
④〔北宋〕田况:《儒林公议》。

切谏不听,太后泣而止之,至于绝食。仍不顾而行,在道日事狩猎,与群臣赋诗甚多,至绵谷而唐兵入境,所至州县,不战而降。衍遂返成都,百官及后宫迎谒七里亭,衍杂宫人中作回鹘队以入。翌日与群臣相对涕泣无一言。于是命翰林学士李昊草降表。唐兵至成都,衍白衣牵羊,草索系首,肉袒衔璧出迎于升仙桥。时蜀之咸康元年十一月,唐之同光三年(九二五)。魏王继岌发自洛阳,及至成都,凡七十五日而蜀平,其随军王承旨“二十万人齐拱手”之诗,盖纪实也。

先是,衍邀李严相见,以母妻为托;至是唐下诏慰曰:“固当裂土而封,必不薄人于险,三辰在上,一言不欺。”衍捧诏欣然,率其宗族宰臣,将佐家族,上下数千人就道赴洛。同光四年(九二六)四月,至秦川驿,庄宗用伶人景进言,诛衍于道,灭其族。母后临刑呼曰:“冤哉!吾儿以一国迎降,反以为戮,信义俱弃,吾知尔祸不旋踵矣!”自太妃以下,衍之皇后金氏,贵妃钱氏,诸兄宗辂、宗纪、宗智、宗泽、宗鼎、宗平、宗特,及衍之二子皆死之。

此花蕊夫人母子之史略,亦即王蜀亡国之史略也。衍被杀时,年二十六。[1] 母后之生年不详,今假定为八八三至九二六,合四十四岁,大致相近,则当生于唐僖宗之中和三年。

王宗寿者,建以同姓录为子。当后主时,屡进谏,及闻衍降,衍璧大恸,从衍东迁,以非宗亲,不及于难,亡入熊耳山。至唐明宗天成三年诣洛求葬衍宗族,明宗嘉其忠而许之,得王氏十八丧,葬之于长安南三赵村。则花蕊夫人墓应在其地。

自宣华苑之成及王蜀之亡,凡五年。当唐兵入城时,其焚掠摧残,与夫宫女之逃窜被辱,不难想象。繁华之短促,莫有过于此者。及孟氏再有蜀,收拾残废,犹时临幸,广政十六年孟昶侍母至临波殿观竞渡,又苏轼《洞仙歌序》谓昶与花蕊夫人避暑摩诃池上,皆是其地,而世移人换。

---

[1]《蜀梼杌》云,衍即位时年十八,则其死于秦川驿当年二十六,而《梼杌》又云卒年二十八,必有一误,今以即位所记年为准。

及孟蜀再亡,入于赵宋,则宣华旧苑已冷落不堪。邵博《闻见后录》云:

> 李西美帅成都,士人陈甲馆于便斋,月夜有危髻古衣裳妇人数辈,笑语花圃中,有甚丽者诵诗云:"旧时衣服尽云霞,不到迎仙不是家,今日楼台浑不是,只余古木记宣华。小雨廉纤梅子黄,晚云收尺月侵廊,树阴把酒不成醉,何处无情枉断肠。"忽不见。今府第故蜀宫,岂当时宫女犹有鬼耶?按《蜀梼杌》,宣华,故苑名。

邵博按《蜀梼杌》而知宣华之为苑名,足见其时知之者鲜矣。邵氏,北宋末南宋初人也。诗谓云霞之服,迎仙之宫,则非熟悉苑事者不能为。今花蕊《宫词》之真者九十有八,不足百首之数,若以此二鬼诗续之,最为妙绝,惟读者无乃嫌其太凄咽耶!

六 余论及结论

花蕊夫人幼承父教,长有诗才,其诗传于今者,除《宫词》外,尚有游青城山与其姊倡和数首,见蜀人何光远之《鉴诫录》。李调元《全五代诗》采之。今节录若干,以示一斑。《鉴诫录》云:

> 顷者姊妹以巡游圣境为名,恣风月烟花之性,驾辒辌于绿野,拥金翠于青山,倍役生灵,颇销经费,凡经过之所,宴寝之室,悉有篇章,刊于玉石,自秦汉以来,后妃省巡,未有富贵如兹之盛者也。顺圣太后题青城山丈人观云:"早与元妃慕至玄,同跻灵岳访真仙,当时信有壶中境,此日亲来洞里天,仪仗影交寰廓外,金丝声揭翠微巅,惟惭未致华胥理,徒祝升平卜万年。"翊圣皇太妃继曰:"获陪翠辇喜殊常,同陟仙程岂厌长,不羡乘鸾入烟雾,此中便是五云乡。"顺圣又题丈人观先帝圣容云:"舜帝归梧野,躬来谒圣颜,旋登三境路,似陟九疑山,日照堆岚迥,云横积翠闲,期修封禅理,方俟再跻攀。"翊圣继曰:"共谒御容仪,还同在禁闱,笙簧喧宝殿,彩仗耀金徽,清泪沾罗袂,红霞拂绣衣,九疑山水远,无路继湘妃。"……顺圣又题汉

州三学山夜看圣灯云:"虔祷游灵境,元妃凤志同,玉香焚静夜,银烛炫辽空,泉漱云根月,钟敲桧杪风,印金标圣迹,飞石显神功,满望天涯极,平临日脚穷,猿来斋室上,僧集讲筵中,顿觉超三界,浑疑证六通,愿成修偃化,社稷保延洪。"翊圣继曰:"圣灯千万炬,旋向碧云生,细雨湿不暗,好风吹更明,磬敲金地响,僧唱梵天声,若说无心法,此光如有情。"顺圣又题天回驿云:"周游灵境散幽情,千里江山暂得行,所恨烟光看未足,却驱金翠入龟城。"翊圣继曰:"翠驿红亭近玉京,梦魂犹自在青城,比来出看江山境,尽被江山看出行。"议者以翰墨文章之能,非妇人女子之事,所以谢女无长城之志,空振才名,班姬有团扇之思,亦彰媚思,今徐氏逞乎妖志,饰自幸臣,假以风骚,庇其游佚,取女史一时之美,为游人旷代之嗤,及唐朝兴吊伐之师,遇蜀国有荒媱之主,三军不战,束手而降,良由子母盘游,君臣凌替之所致也。……

观姊妹倡和之盛,诗才相当,今《宫词》九十余首,其中亦有翊圣太妃之作否?曰,是诚难言。《宫词》语气非一,非必一人所为,不但太妃好为吟咏,即以素习艳词之后主王衍亦难免染指于其中。且唐人以五七言绝句为乐府,《宫词》原为歌曲之一种,取其月下花间,可以歌唱,是则酒酣兴到,随意命笔,固不必限制作于一人。史载宫人李玉箫唱王衍之"月华如水"《宫词》,又此诗之"等候大家来院里,看教鹦鹉念《宫词》",皆可为证。宣华苑内,如李舜弦李玉箫辈皆通文墨;今九十八首之外,尚有"鸳鸯瓦上瞥然声"一首,相传为李玉箫或李舜弦作,不知何据,倘真是李作,则竟入之花蕊《宫词》中可矣,前人所以除外者,以李为前蜀,花蕊为孟蜀耳。或问《宫词》之歌法如何?以余意测,或与柳枝词之歌法相同。中晚唐人竞唱《柳枝词》,皆为七绝一首,王衍亦曾于宣华苑中唱韩琮《柳枝词》"梁苑隋堤事已空,万条犹舞旧春风。何须思想千年事,惟见杨花入汉宫"云,《宫词》之声调疑与之相近也。《鉴诫录》论徐氏诗有"饰自幸臣"之语,幸臣者指韩昭、潘在迎辈,《十国春秋·潘在迎传》云:"陪侍游宴,或为艳歌相唱和",此辈于《宫词》曾否润色,则不得而知。如《宫词》非一人之作,而以之归于太后者,则以太后执骚坛之盟主,同时亦为宣华苑之主人耳。

读《花间集》,知蜀国词人之多。其在王衍之朝者有毛文锡、李珣、尹鹗、牛希济,皆词家;而王仁裕亦称能诗,通音律。此数人曾作《宫词》否,于史无征。其有征者,有欧阳炯。北宋田况《儒林公议》记一条云:

> 伪蜀欧阳炯尝应命作《宫词》,淫靡甚于韩偓。

此为孤证。假定可信,今欧阳炯之《宫词》不传于后,不知其所作者为前蜀《宫词》抑为后蜀《宫词》,宜一推论之。此人历仕两蜀,蜀亡后又入宋,《宋史》四七九有传,而误作欧阳回,盖炯一作迥,而回乃迥之误。[1]吴任臣《十国春秋》于欧阳炯、欧阳回两为立传,益失之矣。《宋史》称其少事王衍为中书舍人,至孟蜀历翰林学士至门下侍郎兼户部尚书平章事,是始仕于王蜀而显宦于孟蜀。其作《宫词》当在何时乎?今案昶与衍虽同为亡国之君,但观史书所载,行事不尽类。《蜀梼杌》记孟昶宴从官于玉溪院,俳优以王衍为戏,命斩之。又云:"昶好学,凡为文皆本于理,常谓李昊、徐光溥曰,王衍浮薄而好轻艳之词,朕不为也。"宋以后,颁官箴于州县,有"尔俸尔禄,民膏民脂,下民易虐,上天难欺"等语,此即孟昶之文。《宋史》称欧阳炯尝拟白居易《讽谏诗》以献,昶手诏嘉美,赏以银器锦彩,今所拟《讽谏诗》亦不传,观《花间集序》,炯才藻之轻艳可知,原其所以作《讽谏诗》者,恐是迎合君主之意旨。然则如有《宫词》,当在王衍时乎?

徐后青城山诸诗,虽见诗才,尚嫌平实,不若《宫词》之空灵。若以《花间集序》之作者拟之,则诚妙合。惟于此亦有难点。炯应命为宣华《宫词》,固属可能,但写本之出于熙宁馆阁中,王安国何以称之为花蕊夫人诗笔乎?岂宣华苑为花蕊夫人所居,蜀人以此题之乎?此则设想过

---

[1] 参考《续资治通鉴》卷四考异。

远。又此《宫词》何以无一语称及太后？岂太后欲有所作，假手于欧阳炯耶？若应制之作，必多颂扬之词，今《宫词》多描写宫女嬉戏实情，若宫中人自为之者。凡此皆属难点，不敢遽为论定，存疑而已。据《宋史》，炯卒于开宝四年，年七十六，其生卒年可定为八九六至九七一。

综合以上之考证，为简括之结论如下：

> 花蕊夫人《宫词》者，熙宁五年（一〇七二）王安国于崇文院中校理蜀国故书时发见之，凡二敝纸所书，共有八九十首。安国察知为花蕊夫人诗笔，以其诗之内容似王建《宫词》，遂称之为花蕊夫人《宫词》，定为后蜀主孟昶妃号花蕊夫人者所作。王安国赏其文词，录出三十二章，誊写入三馆。及王珪、冯京闻之，遂传其本于外。至南宋时，《宫词》之刊本已杂，其有九十八首者，最为近真，或作百首者，则以他人之诗二首足之；或混入王建、王珪两家之《宫词》，颇为乱杂。今考《宫词》所咏为前蜀后主王衍之宣华苑事，可正名为《宣华宫词》，历代相传以为孟昶妃所作者，非也。作者为谁，竟不可知。惟前蜀王建之小徐妃曾有花蕊夫人之号，且有诗才，此人即王衍之生母，衍嗣位后尊为顺圣太后者（八八三？ 至九二六），《宫词》或其所作。亦恐有太后之姊翊圣太妃及后主王衍、昭仪李舜弦、宫人李玉箫辈之词章杂于其中。此乃宣华苑中花前月下之歌曲，不主于一人也。一说，后主时中书舍人欧阳炯（八九六至九七一）曾有《宫词》之献，此或欧阳炯之词。但何以题称花蕊夫人则不可知矣。诗之作必在宣华苑初成时，即九二一至九二二，可为定论。

《宫词》之作者虽难论定，但此类诗词，本属乐府性质，无作者之个性在内，故考明时代及内容所陈之史实，远比研究作者为重要也。

或问蜀国何以有两花蕊夫人？曰，此或　时一地之风尚，举宫中之美者称之。《蜀梼杌》载潘炕妾名解愁者，有殊色，亦能诗，其母梦吞花蕊而生，则"花蕊"亦蜀之恒言矣。又《十国春秋》卷五十云："又有南唐宫人，雅能诗，归宋后目为小花蕊。"是则五代宋初通有此号，亦不限于一地矣。

宋祁过摩诃池诗云："十顷隋家旧凿池,池平树尽但回堤。青尘满地君知否,半是当年浊水泥。"又:"池边不见帛阑船,麦陇连云树绕天。百岁兴衰已如此,争教东海不为田。"此《宫词》作后一百年之景象。陆游过摩诃池诗云:"摩诃古池苑,一过一消魂。春水生新涨,烟芜没旧痕。年光走车毂,人事转萍根。犹有宫梁燕,衔泥入水门。"①此《宫词》作后二百年之景象也。水门者,摩诃池入王蜀宫中,旧时泛舟入此池,曲折十余里,至宋世蜀宫门已为平陆,然犹呼水门也。至明初,更填池址为蜀藩正殿,西南尚有一曲,水光涟漪云。清康熙时改故藩府为贡院。成都志书于此所说不一,一云摩诃池明初填为蜀藩正殿,又云蜀藩府即孟蜀故宫,是混蜀宫与摩诃池为一。志又云:"飞鸾阁,前蜀王衍建,或云今府治。"余足迹未至成都,不详地理,但据图志以考,则贡院在城内偏西,府署在其西北,武担山又在府署之西北,设府署为飞鸾阁故址,可知王衍时宣华苑之大,直逼武担山下,北可通北门,南则连蜀宫。是宣华苑者在蜀宫之背,故称内苑云。又据志书,成都东南郊外,有一法云禅寺,岂即当年之法云寺乎?

世移时换,摩诃池之遗址已不可复寻。披览《宫词》,犹能想见王蜀之僭窃自大,与夫此离宫别苑中风月繁华之盛,宜可为一时之诗史,即不出于一手,亦为同时地人之所为,而有统一之题材者,此小诗而有长诗之意味者也。

附录一 花蕊夫人宫词校定本

一 五云楼阁凤城间,花木长新日月闲。三十六宫连内苑,太平天子住昆山。(闲一作间,内苑一作苑内,住一作坐,昆一作崑。)

二 会真广殿约宫墙,楼阁相扶倚太阳。净甃玉阶横水岸,御炉香

---

① 据曹学佺《蜀中名胜记》引。检《渭南文集》未见,容后再查。

气扑龙床。（倚一作接，气一作燕。）

三　龙池九曲远相通，杨柳丝牵两岸风。长似江南好春景，画船来往碧波中。（江南一作曲江，春一作风，往一作去。《渔隐》引作江南好风景。）

四　东内斜将紫禁通，龙池凤苑夹城中。晓钟声断严妆罢，院院纱窗海日红。（将一作穿。）

五　殿名新立号重光，岛上亭台尽改张。但是一人行幸处，黄金阁子锁牙床。（亭一作池，子一作内。）

六　安排诸院接行廊，水槛周回十里强。青锦地衣红绣毯，尽铺龙脑郁金香。（水一作外，强一作长，绣一作线。）

七　夹城门与内门通，朝罢巡游到苑中。每日日高祗候处，满堤红艳立春风。（日高一作中官。）

八　厨船进食簇时新，侍宴无非列近臣。日午殿头宣索脍，隔花催唤打鱼人。（船一作盘，宴一作坐，列一作是，索一作素。《中山诗话》引作列坐无非侍从臣。）

九　立春日进内园花，红蕊轻轻嫩浅霞。跪到玉阶犹带露，一时宣赐与宫娃。（犹一作尤。）

一〇　三面宫城尽夹墙，苑中池水白茫茫。亦从狮子门前入，旋见亭台绕岸旁。（尽一作近，白一作面，亦一作直。）

十一　离宫别院绕宫城，金板轻敲合凤笙。夜夜月明花树底，傍池长有按歌声。

十二　御制新翻曲子成，六宫才唱未知名。尽将檀篆来抄谱，先按君王玉笛声。

十三　旋移红树劚青苔，宣赐龙池再凿开。展得绿波宽似海，水心宫殿胜蓬莱。（红一作花，劚青一作斫新，再一作更，心一作晶，宫一作楼。胡伟《集句》引宫作楼。）

十四　太虚高阁凌波殿，背倚城墙面枕池。诸院各分娘子位，羊车到处不教知。（波一作虚，枕一作浸。）

十五　修仪承宠住龙池，扫地焚香日午时。等候大家来院里，看教鹦鹉念《宫词》。（候一作待，看教一作数看，《宫词》一作新诗。）

十六　才人出入每参随，笔砚将行绕曲池。能向彩笺书大字，忽防御制写新诗。（参一作相，将行一作将来，一作行将，能一作张，忽一作勿。）

十七　六宫官职总新除，宫女安排入画图。二十四司分六局，御前频见错相呼。

十八　春风一面晓妆成，偷折花枝傍水行。却被内监遥觑见，故将红荳打黄莺。（监一作□，荳一作豆。）

十九　梨园弟子簇池头，小乐携来俟燕游。旋炙银笙先按拍，海棠花下合《梁州》。（弟子一作子弟，俟一作候，燕一作宴，旋一作试，炙一作把。《渔隐》引旋作试。）

二〇　殿前排宴赏花开，宫女侵晨探几回。斜望苑门遥举袖，传声宣唤近臣来。（苑门一作花开，宣一作先。）

二一　小球场近曲池头，宣唤勋臣试打球。先向画楼排御幄，管弦声动立浮油。（楼一作廊。）

二二　供奉头筹不敢争，上棚专唤近臣名。内人酌酒才宣赐，马上齐呼万岁声。（专一作传，一作等。）

二三　殿前宫女总纤腰，初学乘骑怯又娇。上得马来才欲走，几回抛鞚把鞍鞒。（欲一作似，把一作抱，鞚一作控，鞒一作桥。）

二四　自教宫娥学打球，玉鞍初跨柳腰柔。上棚知是官家认，遍遍长赢第一筹。（玉一作王。）

二五　翔鸾阁外夕阳天，树影花光杳接连。望见内家来往处，水门斜过罨楼船。（树一作木，光一作香，杳一作水，一作远，罨一作画。）

二六　内人追逐采莲时，惊起沙鸥两岸飞。兰桨把来齐拍水，并船相斗湿罗衣。（人一作家，桨把来一作棹把来，一作桨棹来，斗一作向。《渔隐》引作兰棹把来。）

二七　新秋女伴各相逢，罨画船飞别浦中。旋折荷花半歌舞，夕阳斜照满衣红。(浦一作渚,半一作伴。)

二八　少年相逐采莲回,罗帽罗衫巧制裁。每到岸头齐拍水,竞抬纤手出船来。(帽一作袜,衫一作衣,齐一作长,拍一作怕,竞一作竞,抬一作提。)

二九　早春杨柳引长条,倚岸缘堤一面高。称与画船牵锦缆,暖风搓出彩丝条。(缘一作沿,条一作绦。)

三〇　婕妤生长帝王家,常近龙颜逐翠华。杨柳岸长春日暮,傍池行困倚桃花。

三一　月头支给买花钱,满殿宫人近数千。遇着唱名多不语,含羞急过御床前。(支一作又,人一作娥,近数一作尽十,语一作应,急一作走。《中山诗话》引作急,《渔隐》引作走。)

三二　寒食清明小殿旁,彩楼双夹斗鸡坊。内人对御分明看,先赌红罗十担床。(赌一作睹,十担一作被十,一作满担。)

以上三十二首,见北宋释文莹之《续湘山野录》,其次第依之。本文亦用《野录》本①,而以《宫词》各本之异文校识于后,《全唐诗》原有校语,亦并采之。宋人以此为王平甫所传出乃花蕊诗之真者,据余之见,殆即平甫令人誊写入三馆之本,而文莹得见其副,要非崇文院中发见之《宫词》写本之全录也。南宋赵与时之《宾退录》及廖莹中之《江行杂录》但记二十八首,以较《野录》则脱去其二十八,二十九,三十,三十二。北宋刘攽之《中山诗话》曾称引其中之八,三十一;南宋胡仔之《苕溪渔隐丛话》曾称引其中之三,十九,三十一,二十六,八;南宋胡伟之《宫词集句》曾引用其四·三(即第四首之第三句,余同),五·三,六·三,七·三,十三·四,十九·一,二十·一,二十·二,二十四·四共九句;大致与《野录》文同,其稍有异者,特识于校语中,所以重北宋与南宋初年人之征引也。历来刊刻《宫词》者,此三十二章多在前列。如明林志尹《历代宫词》本首列

---

① 《湘山野录》以汲古阁本为佳,故本文据之。不幸余所得之汲古阁刊本缺其末页,暂借不到《津逮秘书》,不得已自二十五以下,据《学津讨源》本及他本定之,俟他日再为一校。

此三十二章，次第与《野录》全同，曹学佺《蜀中名胜记》本，亦但乱其两首，皆可珍贵，盖据此可以测各本之优劣焉。

三三　水车踏水上宫城，寝殿檐头滴滴鸣。助得圣人高枕兴，夜凉长作远滩声。（凉一作深。）

三四　平头船子小龙床，多少神仙立御旁。旋刺高竿令过岸，满池春水蘸红妆。（高一作篙。）

三五　苑东天子爱巡游，御岸花堤枕碧流。新教内人供射鸭，长将弓箭绕池头。（御一作柳，供一作工。）

三六　罗衫玉带最风流，斜插银篦幔裹头。闻得殿前调御马，掉鞭横过小红楼。（幔一作慢，裹一作理，闻得一作闲向，调一作骑，掉一作挥，横一作举。《渔隐丛话》引幔作漫，裹作理，闻得作闲向，调作骑。）

三七　沉香亭子傍池斜，夏日巡游歇翠华。帘畔越盆盛净水，内人手里剖银瓜。（越一作玉。）

三八　薄罗衫子透肌肤，夏日初长板阁虚。独自凭阑无一事，水风凉处读文书。

三九　金画香台出露盘，黄龙雕刻绕朱阑。焚修每遇三元节，天子亲簪白玉冠。（台一作囊，节一作日。）

四〇　六宫一例罗冠子，新样交镂白玉花。欲试淡装兼道服，面前宣与唾盂家。（罗一作鸡。）

四一　三月樱桃乍熟时，内人相引看红枝。回头索取黄金弹，绕树藏身打雀儿。（三一作二。）

四二　春天睡起晓装成，随侍君王触处行。画得自家梳洗样，相凭女伴把来呈。

四三　小小宫娥到内园，未梳云鬓脸如莲。自从配与夫人后，不使寻花乱入船。

四四　锦城上起凌烟阁，拥殿遮楼一面高。认得圣颜遥望见，碧阑干映赭黄袍。（凌一作凝，面一作向。）

四五　大臣承宠赐新庄，栀子园亭东院旁。每日圣恩亲幸到，板桥头是读书堂。（亭东院一作亭东柳，一作东柳岸，每一作今，亲一作新。）

四六　舞头皆著画罗衣，唱得新翻御制词。每日内庭闻教队，乐声飞出跃龙池。（出一作上，跃一作到，池一作墀。）

四七　春早寻花入内园，竞传宣旨欲黄昏。明朝驾幸游蚕市，暗使毡车笼苑门。（竞一作竟，驾幸一作随驾，笼一作就。）

四八　半夜摇船载内家，水门红蜡一行斜。圣人正在宫中饮，宣使池头旋折花。（摇船一作船游，正一作止。）

四九　春日龙池小宴开，岸边亭子号流杯。沉檀刻作神仙女，对捧金尊水上来。（尊一作杯，《渔隐丛话》引尊作杯。）

五〇　寝殿门前晓色开，红泥药树间花栽。君王未起翠帘卷，又发宫人上直来。（翠一作珠，又发宫人一作宫女更番。胡伟引作宫女更番。）

五一　慢梳鬟髻著轻红，春早争求苪药丛。近日承恩移住处，夹城里面占新宫。

五二　别色官司御辇家，黄衫束带脸如花。深宫内苑参承惯，常从金舆到日斜。（官一作宫，苑一作院。）

五三　日高房里学围棋，等候官家未出时。为赌金钱争路数，专忧女伴怪来迟。

五四　樗蒲冷淡学投壶，箭倚腰身约画图。尽对君王称妙手，一人来谢一人输。（谢一作射。）

五五　慢揎罗袖指纤纤，学钓池鱼傍水边。忍冷不禁还自去，钓竿常被别人拈。（揎一作挥，罗一作红，池鱼一作鱼池，边一作帘，一作弦，拈一作牵。）

五六　宣徽院约池南岸，粉壁红窗画不成。总是一人行幸处，彻宵闻奏管弦声。（徽一作城，窗一作妆，闻一作长。）

五七　丹霞亭浸池心冷，曲沼门含水脚清。傍岸鸳鸯皆着对，时时出向浅沙行。（着一作有。）

五八　杨柳阴中引御沟，碧梧桐树拥朱楼。金陵城共滕王阁，画向丹青也合羞。

　五九　海棠花发盛春天,游赏无时列御筵。绕岸结成红锦帐,暖枝犹拂画楼船。(列一作引,犹一作低。)

　六〇　晚来随驾上城游,行列东西百尺楼。回望苑中花柳色,绿阴红艳满池头。(晚一作晓,尺一作子。)

　六一　牡丹移向苑中栽,尽是藩方进入来。未到末春缘地暖,数般颜色一时开。

　六二　晓日官人外按回,自牵骢马出林隈。御前接接见高手,时得山鸡喜进来。(晓日一作日晚,官一作宫,林一作城,接接见高一作接得高叉,时一作射。按校语中字胜于原文。)

　六三　朱雀门开花未开,球场空阔浸尘埃。预排白兔兼苍狗,等候君王按鹘来。(开一作高,花未一作苑外,浸一作净。按校语胜于原文。)

　六四　明朝腊日官家出,随驾先须点内人。回鹘衣装回鹘马,就中偏称小腰身。(装一作裳。)

　六五　鞍鞯盘龙闹色装,黄金压胯紫游缰。自从拣得真龙骨,别置东头小马房。(鞍鞯盘龙一作盘凤鞍鞯,闹一作闪,一作斗,游一作油,骨一作种,房一作坊。)

　六六　窗树高低约浪痕,岛中斜日欲黄昏。树头木刻双飞鹤,远漾晴空映水门。(窗一作岛,高一作花,岛一作苑,远漾一作扬起,一作荡起。)

　六七　翠辇每从城畔出,内人相次立池边。嫩荷花里摇船去,一阵香风送水仙。(从一作随,出一作去,立池边一作簇池隈,去一作出,仙一作来。)

　六八　高烧红蜡点银灯,秋晚花池景色澄。今夜圣人新殿宿,后宫相竞觅只承。(蜡一作烛。)

　六九　苑中排比宴秋宵,弦管挣纵各自调。日晚阁门传圣旨,明朝尽放紫宸朝。(阁一作阖。)

　七〇　夜深饮散月初斜,无限宫嫔插乱花。正侍婕妤先过水,遥闻隔岸唤船家。(插乱一作乱插,正一作近。胡伟引正作近。)

七一 宫娥小小艳红妆,唱得歌声绕画梁。缘是太妃新进入,座前颁赐十罗箱。

七二 池心小样钓鱼船,入玩偏宜向晚天。挂得彩帆教便放,急风吹过水门边。(边一作前。)

七三 方池居住有渔家,收网摇船到浅沙。预进洪鱼供日料,满筐跳跃白银花。(方一作傍,洪一作活。)

七四 会仙观内玉清坛,新点宫人作女冠。每度驾来羞不出,羽衣初着怕人看。(内一作里。)

七五 老大初教学道人,鹿皮冠子淡黄裙。后宫歌舞全抛掷,每日焚香事老君。(学一作作,全一作今。)

七六 法云寺里中元节,又是官家诞降辰。满殿香花争供养,内园先占得铺陈。(诞降一作降诞。胡伟引作降诞。)

七七 嫩荷香扑钓鱼亭,水面纹鱼作队行。宫女忆来池畔看,傍帘呼唤勿高声。(纹一作文,忆一作竞,一作齐,畔一作面,傍一作倚。按忆字误,作竞者是。)

七八 秋晓红妆傍水行,竞将衣袖扑蜻蜓。回头瞥见宫中唤,几度藏身入画屏。(晓一作晚。)

七九 御沟春水碧于天,宫女寻花入内园。汗湿红妆行渐困,岸头相唤洗花钿。

八〇 内人深夜学迷藏,偏绕花丛水岸旁。乘兴或来仙洞里,大家寻觅一时忙。(或一作忽。)

八一 酒库新修近水旁,泼醅初熟五云浆。殿前供御频宣索,进入花间一阵香。(泼一作拨,进一作追。)

八二 白藤花限白银花,阁子当门寝殿斜。近被宫中知了事,每来随架使煎茶。(花限一作笼掐,当门一作门当,一作门前,煎一作烹。)

八三 西球场里打球回,御宴先于苑内开。宣索教坊诸伎乐,傍池催唤入船来。(于一作从。)

八四　新翻酒令著词章,侍宴初开忆却忙。宣赐近臣传赐本,书家院里遍抄将。(开一作闻,忆一作意,书家院里一作总教诸院。)

八五　昭仪侍宴足精神,玉烛抽看记饮巡。倚赖识书为录事,灯前时复错瞒人。

八六　后宫阿监裹罗巾,出入经过苑囿频。承奉圣颜忧误失,就中常怕内夫人。

八七　管弦声急满龙池,宫女藏阄夜宴时。好是圣人亲捉得,便将浓墨扫双眉。(阄一作钩。)

八八　蜜色红泥地火炉,内人冬日晚传呼。今宵驾幸池头宿,排比椒房得暖无。(蜜色一作密室。按校语胜。)

八九　画船花舫总新妆,进入池心近岛旁。松柏楼窗楠木板,暖风吹过一团香。(柏一作木,楼一作镂,一团一作四围。)

九〇　三清台近苑墙东,楼槛层层映水红。尽日绮罗人度曲,管弦声在半天中。

九一　高亭百尺立当风,引得君王到此中。床上翠屏开六扇,槛花初绽牡丹红。(高亭一作亭高,当一作春,一作于,槛花初一作折枝花。)

九二　小院珠帘着地垂,院中排比不相知。羡他鹦鹉能言语,窗里偷教鸲鹆儿。(相一作能。)

九三　内人承宠赐新房,红纸泥窗绕画廊。种得海柑才结子,乞求自进与君王。(纸一作锦,画一作四,进一作送,一作过。按陆游《老学庵笔记》引此作红锦泥窗绕四廊。)

九四　翡翠帘前日影斜,御沟春水浸成霞。侍臣向晚随天步,共看池头满树花。(帘一作檐,春一作流。)

九五　金章紫绶选高班,每每东头近圣颜。才艺足当恩宠别,只看供奉一场闲。(看一作堪,闲一作闲。)

九六　金碧阑干倚岸边,卷帘初听一声蝉。殿头日午摇纨扇,宫女争来玉座前。

九七　安排竹栅与笆篱,养得新生鹁鸽儿。宣受内家专喂饲,花毛闲看总皆知。(看一作着。)

九八　年初十五最风流,新赐云鬟使上头。按罢《霓裳》归院里,画楼云阁总新修。(使一作便,里一作去,新一作重。胡伟引作归院去。)

以上自三十三至九十八,即《苕溪渔隐丛话》所谓"别有逸诗六十六首"者是矣。考其内容,亦是宣华《宫词》,刘攽《中山诗话》称王平甫所见写本有八九十首,今以此六十六首合前三十二章,得九十八首,虽难免无一二伪作在内,然大体当出于崇文院中之同一写本无疑。此六十六首为平甫应冯京、王珪之请续为传出,抑平甫以后人所传,则不可知。惟在南宋初年早已传诵人口。胡仔曾称引其三十六,四十九两首。胡伟《宫词集句》曾引用其三十六·四,四十一·二,五十·四,五十三·一,五十三·二,五十四·一,五十四·三,五十八·一,五十九·一,五十九·二,六十·三,六十一·一,六十八·三,七十·三,七十五·三,七十六·二,七十七·三,七十九·三,八十三·三,八十四·一,九十五·三,九十六·三,九十八·一,九十八·三,共二十四句,文有异者,皆识于校语。而陆游《老学庵笔记》亦曾举其九十三·二一句。胡伟、陆游皆称花蕊夫人,不别标所谓逸诗也。

此六十六首之次第及本文,依明林志尹《历代宫词》本。始余于郑西谛先生处得见彼为中央图书馆购得之季沧苇藏明万历仿宋本,持校毛晋《三家宫词》本,大有不同,万历本诗多侵入毛本之王建王珪两家《宫词》内,而与《全唐诗》本花蕊《宫词》下注一作王建一作王珪者又异,疑不能明。乃取曹学佺《蜀中名胜记》,李调元《全五代诗》,胡伟《宫词集句》对勘,始知曹、毛、李大致相同,万历本最误,凡胡伟所征引多半不在其内。惟曹、毛、李三家亦微有差异,即三家各有两首为余二所无,其三家相同者,惟有九十八首;因悟胡仔逸诗六十六首之语,以六十六加三十二为九十八,盖南宋初年人所见花蕊《宫词》仅有此数,后人欲足成百首,故必有两首诸本互异耳。其中曹氏之《蜀中名胜记》本,此两首乃在最后,余据此断定以曹本为最善。因写定此六十六首逸诗,次第及原文依曹本。一日,复过西谛寓所,告以万历本之妄,并问续有所得否?西谛云:"近复得明林志尹《历代宫词》,此本定佳。"余请其许借归一读。林本虽标百首之目,实只有九十八首,视余向所定者均合,不增不减,乃大喜逾望。至次第则又与曹本异;余谓曹本尚附有两首赝品,今林本无之,是则林本更善,且前三十二章之次第,亦惟林本与《湘山野录》全同;遂重为写定,次第及原文改从林本。

前三十二章之次第固当从《湘山野录》,且文字亦以《野录》为最善,余本胜之者盖鲜。此六十六首则林本亦非最善,今不据意以改,读者参看校语,自斟酌之可也。

以次第言之,则此六十六首较前三十二章为乱,胡仔认为篇次无伦者是也。如七十六,七十七,七十八皆是初秋,七十九反入春天;六十四,八十八皆言冬日而距离甚远。若不从林本,另从他本,其事仍同,知南宋初年所传之本即已无序次。照理想之办法,可将此九十八首之《宫词》重新排比,使前后联络,层次井然,如展开一幅图画长卷于读者之心目前,方得长诗之意味,文字亦可择善而从,不拘一本。此则俟他日为之,今为求考信之故,不得不根据一本,使明来历也。

以上共九十八首,花蕊《宫词》之真者,尽于此矣。余虽不能多见善本,但即据此四五种本子,已可明其崖略。下录诸本所不同有,非花蕊《宫词》之真者。

1. 鸳鸯瓦上瞥然声,昼寝宫娥梦里惊。元是我王金弹子,海棠花下打流莺。(瞥一作忽,王一作皇。)

此毛本之九十五,注云:"此首或见王建集中",他本均无此首。毛本王建《宫词》无此首,惟林本及《全唐诗》本王建《宫词》均有之。按赵与时《宾退录》谓当时人刻王建《宫词》者,往往仅得九十首,而以他诗十首足之,内八首可辨明作者,余二不明来历,其一即鸳鸯瓦上忽然声也。可知此首之入王建《宫词》自南宋已然。杨慎《词品》以为蜀昭仪李舜弦作,不知何据,洪迈《万首绝句》录李舜弦诗,无此首。《全唐诗》又以之属于李玉箫,亦不知何所据,李调元之《全五代诗》从之。若是舜弦玉箫,则皆前蜀时人,虽以入之宣华《宫词》,亦无不可,故首录之。

2. 雨洒瑶阶花尽开,君王应是看花来。静凭雕槛浑忘倦,忽听笙簧殿外回。

此毛本之九十六,他本俱无。未详来历。

3. 小雨霏微润绿苔,石楠红杏傍池开。一枝插向金瓶里,捧进君王玉殿来。

此曹本之九十九,他本俱无,惟《全唐诗》采之。考此首乃王珪《宫词》,毛晋本王珪《宫词》之九十七,《华阳集》之一百,皆即此首。

4. 锦鳞跃水出浮萍,荇草牵风翠带横。恰似金梭撺碧沼,好题幽恨写闺情。

此曹本之一百,他本无,惟《全唐诗》及《全五代诗》采之。未详来历。

5. 树叶初成鸟护窠,石榴花里笑声多。众中遗却金钗子,拾得从他要赎么。

此李调元本之九十七,他本无,惟万历本有之。《全唐诗》亦采之,注云一作王建诗。按此乃王建《宫词》之一,林本王建《宫词》之六十四,毛本王建《宫词》之六十三皆即此首。《全唐诗》王建《宫词》内亦收此,注云一作花蕊夫人。

6. 后宫宫女无多少,起得园中笑一团。舞蝶落花相看着,春风共语上应难。

此万历本之八十二,诸本俱无,《全唐诗》亦未采。来历未详。林志尹本王建《宫词》以此为一百零三,盖附于最后,有存疑之意,而《全唐诗》本王建《宫词》亦收此首,注云一作花蕊夫人,知此诗之混入两家《宫词》亦已久矣。

7. 银烛秋光冷画屏,轻罗小扇扑流萤。玉阶夜色凉如水,卧看牵牛织女星。

此万历本之八十七,他本俱无。按此乃杜牧《秋夕诗》,南宋时曾阑入王建《宫词》中,赵与时《宾退录》辨王建《宫词》之杂有他作,知其来历者,其一即此首也。林本王建《宫词》亦录此首作一百零二。

此外万历本尚混有王建诗二十一首,王珪诗三十六首;《全唐诗》混有王建诗二十首,王珪诗三十六首,详见诸本次第表,今不具录。建诗二十一首尽见于林本及毛本之王建《宫词》,亦见于《全唐诗》本王建《宫词》,亦有胡伟《宫词集句》曾引用而注明王建者。珪诗三十六首,尽见于毛本王珪《宫词》,亦见于珪之《华阳集》,中有三月金明柳絮飞之句,乃汴京风景,绝非花蕊夫人也。《全唐诗》录花蕊《宫词》多至一百五十七首,其乱杂之源,实因万历仿宋本而来,最可笑者其诗下注一作王珪者四十一首,实是花蕊真作,误混王珪之三十六首,反不注明,真不可究诘已。

附录二 诸本次第表

仅就余所比勘之各本,列其次第异同于表,借收一览之效。湘=《湘山野录》;宾=《宾退录》;林=林志尹《历代宫词》;毛=《毛晋三家宫词》;曹=曹学佺《蜀中名胜记》;李=李调元《全五代诗》;万=万历仿宋本;唐=《全唐诗》。记以 * 号者示次序之突兀。

表一

	湘	宾	林	毛	曹	李	万	唐
五云楼阁	1	1	1	1	1	1	1	1
会真广殿	2	2	2	2	2	2	2	2
龙池九曲	3	3	3	3	3	3	3	3
东内斜将	4	4	4	4	4	4	4	4
殿名新立	5	5	5	5	5	5	5	5
安排诸院	6	6	6	6	6	37 *	97 *	93 *
夹城门与	7	7	7	9 *	7	6	6	6
厨船进食	8	8	8	7	8	7	7	7
立春日进	9	9	9	8	9	8	8	8
三面宫城	10	10	10	10	10	9	9	9
离宫别院	11	11	11	11	11	10	10	10
御制新翻	12	12	12	12	12	11	11	11

	湘	宾	林	毛	曹	李	万	唐
旋移红树	13	13	13	13	13	12	12	12
太虚高阁	14	14	14	14	31*	13	13	13
修仪承宠	15	15	15	15	14	14	14	14
才人出入	16	16	16	16	15	15	15	15
六宫官职	17	17	17	17	16	16	16	16
春风一面	18	18	18	18	17	17	17	17
梨园子弟	19	19	19	19	19	59*	0	96*
殿前排宴	20	20	20	20	20	18	18	18
小球场近	21	21	21	21	18*	19	19	19
供奉头筹	22	22	22	22	21	20	20	20
殿前宫女	23	23	23	23	22	21	21	21
自教宫娥	24	24	24	24	23	22	22	22
翔鸾阁外	25	25	25	25	24	23	23	23
内人追逐	26	26	26	26	25	24	24	24
新秋女伴	27	27	27	27	26	25	25	25
少年相逐	28	0	28	28	27	26	26	26
早春杨柳	29	0	29	31*	28	27	27	27
婕妤生长	30	0	30	32	29	51*	0	87*
月头支给	31	28	31	33	30	52*	0	88*
寒食清明	32	0	32	34	32	87*	0	124*
水车踏水	0	0	33	35	33	45*	0	81*
平头船子	0	0	34	36	34	46	0	82
苑东天子	0	0	35	37	35	47	0	83
罗衫玉带	0	0	36	38	36	48	0	84
沈香亭子	0	0	37	39	37	49	0	85
薄罗衫子	0	0	38	40	38	50	0	86

	湘	宾	林	毛	曹	李	万	唐
金画香台	0	0	39	41	39	40*	0	76*
六宫一例	0	0	40	42	40	41	0	77
三月樱桃	0	0	41	43	41	42	0	78
春天睡起	0	0	42	44	84*	54*	0	91*
小小宫娥	0	0	43	45	42	43	0	79
锦城上起	0	0	44	46	43	44	0	80
大臣承宠	0	0	45	47	44	98*	0	136*
舞头皆著	0	0	46	48	45	55*	0	92
春早寻花	0	0	47	49	46	56	0	93
半夜摇船	0	0	48	50	47	57	0	94
春日龙池	0	0	49	51	48	58	0	95
寝殿门前	0	0	50	52	85*	88*	0	125*
慢梳鬟髻	0	0	51	53	49	60	0	97
别色官司	0	0	52	54	50	61	0	98
日高房里	0	0	53	55	51	62	0	99
樗蒲冷淡	0	0	54	56	52	63	0	100
慢揎罗袖	0	0	55	57	53	64	0	101
宣徽院约	0	0	56	58	54	65	0	102
丹霞亭浸	0	0	57	59	55	66	0	103
杨柳阴中	0	0	58	60	56	67	0	104
海棠花发	0	0	59	61	86*	89*	0	126*
晚来随驾	0	0	60	62	57	68	0	105
牡丹移向	0	0	61	63	58	69	0	106
晓日官人	0	0	62	64	87*	90*	0	127
朱雀门开	0	0	63	65	88*	91*	0	128*
明朝腊日	0	0	64	66	59	70	0	107

续表

	湘	宾	林	毛	曹	李	万	唐
鞍鞯盘龙	0	0	65	67	60	71	0	108
窗树高低	0	0	66	68	98*	97*	0	135*
翠辇每从	0	0	67	69	61	72	0	109
高烧红蜡	0	0	68	70	62	73	0	110
苑中排比	0	0	69	71	63	74	0	111
夜深饮散	0	0	70	72	64	75	0	112
宫娥小小	0	0	71	73	65	76	0	113
池心小样	0	0	72	74	66	77	0	114
方池居住	0	0	73	75	67	78	0	115
会仙观内	0	0	74	76	89*	92*	0	129*
老大初教	0	0	75	77	90*	100*	0	130*
法云寺里	0	0	76	78	91*	93*	0	131*
嫩荷香扑	0	0	77	79	79*	85*	0	122*
秋晓红妆	0	0	78	80	68	79	0	116
御沟春水	0	0	79	81	69	80	0	117
内人深夜	0	0	80	82	96*	95*	0	133*
酒库新修	0	0	81	83	92*	28*	88	64*
白藤花限	0	0	82	84	93*	29	89	65
西球场里	0	0	83	85	82*	30	90	66
新翻酒令	0	0	84	86	80*	86*	0	123*
昭仪侍宴	0	0	85	87	70	31	91	67
后宫阿监	0	0	86	88	71	32	92	68
管弦声急	0	0	87	89	72	33	93	69
蜜色红泥	0	0	88	90	73	34	94	70
画船花舫	0	0	89	91	81*	35	95	71
三清台近	0	0	90	92	74	36	96	72

	湘	宾	林	毛	曹	李	万	唐
高亭百尺	0	0	91	93	75	81*	0	118*
小院珠帘	0	0	92	94	97*	96*	0	134*
内人承宠	0	0	93	97	76	82	0	119
翡翠帘前	0	0	94	98	77	83	0	120
金章紫绶	0	0	95	99	94*	94*	0	132*
金碧阑干	0	0	96	100	78	84	0	121
安排竹栅	0	0	97	29*	95*	38*	98	74*
年初十五	0	0	98	30*	83*	39	39	75

表二

	林	毛	曹	李	万	唐	附　注
鸳鸯瓦上	0	95	0	0	0	0	李玉箫或李舜弦
雨洒瑶阶	0	96	0	0	0	0	未详
小雨霏微	0	0	99	0	0	89	王珪
锦鳞跃水	0	0	100	53	0	90	未详
树叶初成	0	0	0	99	64	137	王建
后宫宫女	0	0	0	0	82	0	未详
银烛秋光	0	0	0	0	87	0	杜牧
内家宣赐	0	0	0	0	28	28	王珪
端午生衣	0	0	0	0	29	29	王珪
选进仙韶	0	0	0	0	30	30	王珪
侍女争挥	0	0	0	0	31	31	王珪
七宝阑干	0	0	0	0	32	32	王珪
山楼彩凤	0	0	0	0	33	33	王珪
天外明河	0	0	0	0	34	34	王珪
西风欹叶	0	0	0	0	35	35	王珪
夜寒金屋	0	0	0	0	36	36	王珪

续表

	林	毛	曹	李	万	唐	附　注
晓吹翩翩	0	0	0	0	37	37	王珪
金井秋啼	0	0	0	0	38	38	王珪
内庭秋燕	0	0	0	0	39	39	王珪
东宫花烛	0	0	0	0	40	40	王珪
纱幔薄垂	0	0	0	0	41	41	王珪
翠华香重	0	0	0	0	42	42	王珪
金作盘龙	0	0	0	0	43	43	王珪
清晓自倾	0	0	0	0	44	44	王珪
翠钿帖靥	0	0	0	0	45	45	王珪
镣声金掣	0	0	0	0	46	46	王珪
鸡人报晓	0	0	0	0	47	47	王珪
御按横金	0	0	0	0	48	48	王珪
宫女熏香	0	0	0	0	49	49	王珪
三月金明	0	0	0	0	50	50	王珪
内人稀见	0	0	0	0	51	51	王珪
夜色楼台	0	0	0	0	52	52	王珪
天门晏开	0	0	0	0	53	53	王珪
禁里春浓	0	0	0	0	54	54	王珪
斗草深宫	0	0	0	0	55	55	王珪
太液波清	0	0	0	0	56	56	王珪
御座垂帘	0	0	0	0	57	57	王珪
春心滴破	0	0	0	0	58	58	王珪
博山夜宿	0	0	0	0	59	59	王珪
春殿千官	0	0	0	0	60	60	王珪
钓线沉波	0	0	0	0	61	61	王珪
蕙炷香销	0	0	0	0	62	62	王珪

	林	毛	曹	李	万	唐	附　注
东宫降诞	0	0	0	0	63	63	王珪
小殿新妆	0	0	0	0	65 *	138 *	王建
内人相续	0	0	0	0	66	139 *	王建
巡吹慢遍	0	0	0	0	67	140	王建
黄金合里	0	0	0	0	68	141	王建
宫人早起	0	0	0	0	69	142	王建
小随阿姊	0	0	0	0	70	143	王建
日高殿里	0	0	0	0	71	144	王建
宫花不与	0	0	0	0	72	145	王建
殿前铺设	0	0	0	0	73	146	王建
太仪前日	0	0	0	0	74	147	王建
床头谢赐	0	0	0	0	75	148	王建
鹦鹉谁教	0	0	0	0	76	149	王建
分朋闲坐	0	0	0	0	77	150	王建
禁寺红楼	0	0	0	0	78	151	王建
舞来汗湿	0	0	0	0	79	152	王建
宿妆残粉	0	0	0	0	80	153	王建
众中偏得	0	0	0	0	81	154	王建
娥眉小妇	0	0	0	0	83 *	0	王建
水中芹叶	0	0	0	0	84	155	王建
玉箫改调	0	0	0	0	85	156	王建
窗窗户户	0	0	0	0	86	157	王建

（《开明书店二十周年纪念文集》，1947年。原注：1941年7月
初稿写于上海，1943年1月改订于昆明龙泉镇清华大学文科
研究所。）

屈原生年月日的推算问题

　　《史记·屈原传》没有提供可以考索屈原生年的材料,《离骚》王逸注有屈原生于寅年、寅月、寅日之说,因而有推算的可能性。照陈玚等所推,屈原生在公元前三四三年正月二十一或二十二日,这是旧说。旧说的错误在于误把历史年表上的干支纪年法的寅年作为战国时代岁星纪年的"摄提格"。郭沫若先生根据《吕氏春秋》里的一个岁星纪年例子用超辰法推求,假定屈原生于公元前三四〇年正月初七日,也只在疑似之间,未为定论。一九四八年,我在清华大学讲授《楚辞》,开始注意这个问题,有兴味深入研究,接触到向来经史学家所聚讼纷纭的岁星纪年的种种复杂方面。研究的结果是公元前三四一年岁星在星纪,太阴在寅,太岁在子;公元前三三九年岁星在娵訾,太阴在辰而太岁在寅。太阴、太岁分别是依据钱大昕的旧说的。公元前三四一年正月里无庚寅日,而"摄提格"也应该是太岁在寅之称,因此,我修正郭说,把屈原生年移后一年,推算他生在公元前三三九年、楚威王元年正月十四日庚寅,即阳历二月二十三日。

　　一九四九到一九五〇年,我断断续续在古代天文学里摸索,曾经把战国秦汉之间的岁星纪年作通盘考虑,利用现代天文学家的表格,推算汉武帝太初元年的"摄提格"和《吕氏春秋》的"涒滩"那两个例子的岁星的正确方位,证明:(一)战国时期的摄提格,岁星在娵訾宫;西汉时期的摄提格,岁星在星纪宫;两式不同。(二)岁星纪年的古法是把岁星合日的那个月份作为定年名的标准的。公元前三三九年可以肯定为摄提格之岁。

不过《离骚》诗句有王逸、朱熹两家不同的注解,我们只依据王逸说推算屈原生年,是不能作全面的肯定的结论的。这两家的说法互有短长,难判是非。现在我写作本论文时,再度考虑这问题。天文上有两个"摄提"。一个是有纪年作用的岁星摄提,一个是有纪月作用的大角摄提。但是,这两个摄提有关联作用,而王、朱两家的意见也可以互相补充,不是互相矛盾的。要使屈原的生辰能够同时正确满足这两个摄提的要求,那么上面的那个答案是最合适的。

本论文虽然以屈原生辰的推算标题,讨论的问题广泛及于岁星纪年的各方面。这里讨论到:(一)岁星纪年和干支纪年的分别,即太岁超辰问题;(二)岁星纪年的原理和它的发展过程的推想;(三)岁星纪年的甲乙两式;(四)岁星摄提和大角摄提的关联作用。讨论的要点提供史学研究者参考,并且期待天文历法专家们的指正。

一

《离骚》:"摄提贞于孟陬兮,惟庚寅吾以降。"屈原自己叙说了他诞生的日子。这两句诗很难懂,向来有两种不同的解释。一是后汉人王逸在《楚辞章句》里的注解;二是南宋人朱熹在《楚辞集注》和《楚辞辩证》里的意见。

按照王逸说,摄提是年名,太岁在寅曰摄提格,孟陬指夏历正月孟春建寅之月,庚寅是生日的干支。所以屈原生在寅年、寅月、寅日,他的生辰巧逢三寅,见得不平凡的。按照朱熹说,摄提是星名,它是随着斗柄指示方位以定月令的,正月孟春日没始昏之时,斗柄指寅,在东北隅。屈原只说他生在正月庚寅日,不一定在寅年。如果摄提是年名,其下不应略去格字,而"贞于"两字反而是多余的衍文了。怎么说寅年正于寅月呢?今按太岁在寅曰摄提格,见于《尔雅》,此外,《史记》和《淮南子》都有岁星纪年的摄提格的名称,王逸说是有根据的。至于摄提是星名则见于《史记·天官书》,朱熹虽没有引用《史记》,他是根据《汉书·律历志》"孟陬殄灭,摄提失方"的孟康注的。王、朱两家说法不同,而都有根据,也都涉及天文历法专门之学,读者很难判决是非了。

学者之间,多数同意了王逸的解释。顾炎武说:"古人必以日月系年……摄提岁也,孟陬月也,庚寅日也……岂有自述世系生辰,乃不言年而止言月日者?"(《日知录》卷二十)戴震作《屈原赋注》,说:"贞,当也,摄提之年当孟陬正月。"那支持朱熹的意见的却在少数。如果屈原只生在正月庚寅日,平均每两年可以有这样一个日子,他的生年就无法推测了;如果他生在寅年寅月寅日,平均二十四年内可以有这样一个日子,他的生年是有可能推定的。我们不愿辜负这位大诗人自己提供的材料,认王逸说是正解,试为推算,把朱熹的意见暂且搁开,回头再来讨论。

差不多一百年来,有几位学者尝试过推算的工作。邹汉勋、陈玚、刘师培三人先后用殷历、周历、夏历推算,推定屈原生在楚宣王二十七年戊寅(公元前三四三年)正月二十一或二十二日庚寅。(邹说见《邹叔绩遗书》,陈玚有《屈子生卒年月考》,刘说见《古历管窥》)三人所用历法不同,因而有一日之差,至于年份是相同的。因为前于戊寅的丙寅年,后于戊寅的庚寅年,正月里都没有庚寅日,只有这年的正月里有庚寅,而且把这年定为屈原生年,和《史记》所叙屈原史实也暗相符合。这结论几乎成为定论,早时所出的文学史书籍往往采用了他们推算的结果,把屈原生年定在公元前三四三年。

其实这结论是错误的,问题发生在年份上。何以知道楚宣王二十七年是戊寅年呢?从历史年表上的干支纪年得来。我们知道,在战国和在战国以前,干支只用来记日,不用来纪年的,所以当屈原生时,只有庚寅日而没有戊寅年。战国时代有岁星纪年法,摄提格是岁星纪年的名称,相当于寅年,可不同于干支纪年法的寅年,更不是我们现在所用的历史年表上的寅年。这历史年表上的干支年名,是后汉初期废去岁星纪年法,直接采用干支纪年的年历家所排定的,凡西汉以前的年份,逐年的干支是逆推附加上去的,和那个时期的岁星纪年年名,不相符合。

什么叫做岁星纪年呢?查考古代纪年法的历史,最早只有史官按照王公即位年次纪年的一种,称周某王某年、鲁隐公元年之类。到战国时期,天文学发达起来,天文占星家观测日月五星的运行,改进了历法,他们也企图用天文现象来规定年名。他们利用岁星运行的规律拿来做纪年之用。岁星就是木星,这颗明亮的行星在古代人们的心目中认为是尊贵的天神所凭依,有规律地巡游在天空中的。它在恒星星座中的位置,逐年移动,从某星座回复到这星座,约计需要十二年。古代的天文家把黄道周围平均分划为十二"次"(古名"次",今名"宫"),岁星年行一"次"。岁星每年和太阳会合一次,会合周期约计一年零一个月,如果今年在正月,明年便在二月,后年在三月,逐年推后一个月。它和太阳同宫会合,有三十天左右为日光所掩,人们看不见它,在合日前十五天晚见西方为黄昏星,合日后十五天晨见东方为晓星。木星合日好比日月合朔,晨见东方为晓星好比新月的出现。日月合朔和新月的出现可以做纪月的标准,那么一年一次的木星合日和新木星的出现为什么不可以做纪年的标准呢?岁星纪年法的被采用,一半是由迷信的占候吉凶观点出发,一半是有科学的、物质基础的。

因为文献上的例证不多,所以岁星纪年法的发展过程不容易弄明白。约略说来,在战国初期,天文占星家说到"岁在星纪""岁在玄枵"等等那是岁星纪年的第一阶段。星纪、玄枵等是黄道周围平均分划的十二个"次"名,即宫名。每宫有显著的星座作为标纪,星纪宫有斗、牛两宿,玄枵宫有女、虚、危三宿,大致如此。如果某年岁星在星纪,次年岁星在玄枵,到第十三年岁星又在星纪。此后,约在战国中叶和末叶,产生了十二个太岁年名,是摄提格、单阏等等,乃是就岁星在某宫,在某月里和太阳会合而称呼的。这些年名,十二循环,以摄提格为第一年。此后,大概在西汉年间吧,称呼这十二年名做岁阴年名,另外加上十个岁阳是阏逢、旃蒙(一作焉逢、端蒙)等等,成为六十循环,以阏逢摄提格为第一年。十二循环的太岁年名,如果用十二辰名来替代,称寅年、卯年等也是相当的;六十循环的年名,如果用干支来替代,称甲寅年、乙卯年等,也是相当的。所以岁星纪年法渐渐蜕变而成干支纪年法。

我们必须注意两点:一点是在纪年的历史发展过程中,先有岁星纪年法,后用干支纪年法;一点是岁星纪年法有"超辰",干支纪年法无"超辰"。干支是抽象的次第符号,六十循环永不间断,比较便利。岁星纪年由木星的方位得出年名,木星在星空中运行,不恰恰是十二年一周天,此十二年一周天微速,积至若干年后便超过一宫,因而必须跳过一个太岁年名,方始再能和岁星的方位相合,这叫做"太岁超辰"。当初天文占星家利用木星来名年,是假定它十二年一周天的,后来才知道它有超辰,不能不随时根据实测,规定年名,而超辰率又不容易计算正确,所以这古法终于被废弃,直接用干支纪年了。后汉以后,阏逢摄提格等古年名,还偶或被文人雅士所应用,那是按照当年的干支年名翻译过去的,和岁星毫无关系。可是屈原时代的摄提格,那么确定指示岁星所在,是当时历法上的原来术语,可以翻译做寅年而不是干支纪年里寅年的翻译。

邹、陈、刘三位不曾仔细研究这问题,在年表上找个寅年是不正确的。历史年表上的干支年名是后汉时代人所排定,推前推后,循环不断,中间没有超辰,逆推岁星纪年的时代,只有王莽时代的干支年名和当时的太岁年名相合,再往前推便不合了。例如,公元前一○四年是汉武帝太初元年,根据《史记》的记载,那时的天文历法家定这年为焉逢摄提格(甲寅)之岁,按照《汉书》,这年又有丙子的年名[1],而历史年表把这年定为丁丑年。公元前二三九年是秦王政八年,根据《吕氏春秋·序意篇》,这年"岁在涒滩"(太岁在申曰涒滩),而年表上作壬戌年。从此可证,楚宣王二十七年决不是战国时代太岁在寅之年。

我们要在屈原生年附近找定一个摄提格,有两种办法。一个办法是

---

[1]《汉书律历志·岁术篇》:"推岁所在,……从星纪起,……欲知太岁,数从丙子起。"

找一个可靠的岁星纪年用超辰率推求;一个办法是研究什么叫作摄提格,木星应该在哪一个星座,用天文算法推算木星的行程。后面一种办法更可以得到正确的答案。

先说超辰率的计算法。照近代天文学所示,木星的恒星周期密率是11.8622年。它的合日周期密率是398.8846日,约为399日。木星在十二年中有十一次合日。我们用它的恒星周期密率计算正确的超辰率,算法如下:

真木星每11.8622年绕天一周,行十二宫,比之假定它十二年一周天行十二宫,逐年所超,以宫为单位是:

$$\frac{12}{11.8622} - \frac{12}{12} = \frac{0.1378}{11.8622}宫$$

$$积至:1 \div \frac{0.1378}{11.8622} = 86.0827 年$$

适超一宫。

超过一宫就是超过一辰,需要跳过一个太岁年名,或与之相应的干支年名,方始能够使岁星和年名相合。八十六年是正确的"太岁超辰"率。战国秦汉间的天文家虽然不能知道这正确的太岁超辰率,但是那时期的岁星纪年年名既然从岁星方位上得来,岁星的方位和它的合日的月份是容易观测的,他们不知道超辰密率,由实测以定年名,等于知道超辰率一样。所以我们根据干支年表,反求岁星纪年年名需要用这超辰密率来计算。

郭沫若先生在《屈原研究》(一九三五)里不用邹、陈、刘三家旧说,另作推算。他根据《吕氏春秋》的"岁在涒滩"知道公元前二三九年太岁在申,从此逆推,公元前三四一年该是寅年。但这年的正月里没有庚寅日,他觉察到在这一百年中岁星应该超辰一次,寅年应该移后一年,便当得三四〇年。查这年的正月甲申朔,庚寅是初七日。郭先生推定屈原生在公元前三四〇年正月初七日。

这个推算方法是合理的。结论是不是正确,还需要复核。查公元前三四〇年的夏历正月癸未朔,庚寅是初八日,那甲申朔的是周正正月,这是首先应该更正的。但主要的问题还在于年份上。

第一,《吕览》的"岁在涒滩"向来为学者们所聚讼不决的,许宗彦、王引之辈甚至疑八年为六年之误,以求强合于历史年表上的干支,这意见是谬误的。钱大昕知道它确切不误,因而推论历史干支年表是后汉人所逆推排定,最有卓见。可是钱氏也不能说明何以这年是申年。新城新藏加以申论,他认为公元前三六五年是战国时代占星家所采用的元始甲寅岁(《东洋天文学史研究》,沈璿译本,页四〇二),从此顺推,公元前二三九年是庚申年。如果新城的假定可以成立,那么寅年在公元前三四一年。

第二,据《史记》,太初元年(公元前一〇四年)是由历法家定为焉逢摄提格的,可以作为标准寅年。《史记》和《淮南子》说明摄提格之岁,岁星在斗牛,即星纪宫。标准寅年,木星应该在年初入星纪,年终出星纪而入玄枵宫。公元前一〇四年年初距离公元纪年整整一百零四年,此数可以负号表示之。[①] 从此数减去木星周天密率的倍数,可以约略推知在此年以前木星进入星纪宫的年月。算式如下:

$$-104-11.8622 \times 20 = -341.2440 \text{ 年}$$

算式表示在公元纪元前三百四十一年零三个月木星步入星纪,所以公元前三四一年岁星在星纪,此年该是寅年。

第三,我们照超辰法计算。公元前一〇四年是摄提格,今年表作丁丑,年表上公元前三四四年也是丁丑,中间距离二百四十年,该有三个超辰,寅年要移后三年,当公元前三四一年。

复核的结果,寅年在公元前三四一年,这年的正月里没有庚寅日,很使我们失望。公元前三四〇年岁星在玄枵宫,很难定为摄提格的。

我们得重新考虑这问题。钱大昕《潜研堂文集》卷十六有一篇简短

---

① 照天文年历学习惯,公元前一〇四年应为负一〇三年,此处为了省去加减一年的麻烦,求简单明了,即用负一〇四年的数目计算。

而重要的文章叫做《太岁太阴辨》，可以给我们启发。钱氏分别太岁、太阴为二，他认为太岁是太岁，太阴是太阴，相差两辰，太阴在寅则太岁在子，太阴在卯则太岁在丑，太阴在辰则太岁在寅，余可类推。太阴一名岁阴，《史记》和《淮南子》所说的摄提格都是指太阴而言的，太初元年从太阴纪年是焉逢摄提格，太岁在子，所以年名丙子。这个分别很重要，因此我们疑心上面所推的公元前三四一年是太阴在寅，欲求太岁在寅还要移后两年，应该是公元前三三九年。查此年正月丁丑朔，庚寅是十四日。这年的前后十二年，都应该是太岁在寅，正月里恰巧都有庚寅日，记出如下：

> 公元前三五一年正月初四日庚寅。
>
> 公元前三三九年正月十四日庚寅。
>
> 公元前三二七年正月二十四日庚寅。

我们参照《史记》所叙屈原事迹。以公元前三三九年为最合适。

钱大昕的学说能不能成立呢？他分别两种寅年是正确的，不过太岁、岁阴、太阴这三个名词，在文献上有些地方是混用而没有分别的，因此他的意见为王引之所非难，为新城新藏所摈弃（《东洋天文学史研究》，沈璿译本，页三九四、三九九）。此外，他认为岁阴纪年在前，用岁星年名，太岁纪年在后，用干支名称，这是不正确的。从钱氏的意见得到启发，我们深入研究，知道岁星纪年法实在有两种，甲式以岁星在娵訾为摄提格，即钱氏所谓太岁纪年，行于战国时代；乙式以岁星在星纪为摄提格，即钱氏所谓太阴纪年，是西汉时代新用的。《史记》和《淮南子》单说明了乙式。后面我们要详细证明这个结论，然后我们有理由定屈原的生年在公元前三三九年。

二

先从整理史料入手。岁星纪年的名称详见于《淮南子·天文训》和《史记·天官书》，两处大同小异，今抄录于后，本文用《淮南子》，括弧内是《史记》的异文：

> 太阴（岁阴）在寅曰摄提格，岁星（居丑）舍斗、牛，以十一月（正月）与之晨出东方。

> 太阴（岁阴）在卯曰单阏，岁星（居子）舍须女、虚、危，以十二月（二月）与之晨出东方。

> 太阴（岁阴）在辰曰执徐，岁星（居亥）舍室、壁，以正月（三月）与之晨出东方。

> 太阴（岁阴）在巳曰大荒落，岁星（居戌）舍奎、娄，以二月（四月）与之晨出东方。

> 太阴（岁阴）在午曰敦牂，岁星（居酉）舍胃、昴、毕，以三月（五月）与之晨出东方。

> 太阴（岁阴）在未曰协洽，岁星（居申）舍觜、参，以四月（六月）与之晨出东方。

> 太阴（岁阴）在申曰涒滩，岁星（居未）舍井、鬼，以五月（七月）与之晨出东方。

> 太阴（岁阴）在酉曰作鄂，岁星（居午）舍柳、星、张，以六月（八月）与之晨出东方。

> 太阴（岁阴）在戌曰阉茂，岁星（居巳）舍翼、轸，以七月（九月）与之晨出东方。

> 太阴（岁阴）在亥曰大渊献，岁星（居辰）舍角、亢，以八月（十月）与之晨出东方。

> 太阴（岁阴）在子曰困敦，岁星（居卯）舍氐、房、心，以九月（十一月）与之晨出东方。

> 太阴（岁阴）在丑曰赤奋若，岁星（居寅）舍尾、箕，以十月（十二月）与之晨出东方。

太阴、岁阴同是一个东西。《史记》多星居丑、星居子等说法，丑指星纪丑宫，子指玄枵子宫，乃是十二宫名的简称。两书的异点在于晨见东方的月份相差两个月,《淮南子》是正确的,《史记》是错误的。

其次,我们画一个岁星纪年法简图来说明种种复杂的关系(以下参看附图)。图的中心是太阳,里面一圈示地球绕日的轨道,外面一圈示木星绕日的轨道,这两个轨道都不是正圆的,而且也不在一个平面上,有微小的交角,但是为了方便起见,我们把它们画成正圆,而且画在一个平面上。把地球绕日的轨道做成平面,叫作黄道平面,这平面横剖天体圆球为二。最外的虚线大圈代表天体圆球上的黄道,平均分划十二宫,每宫三十度。十二宫有恒星星座斗、牛、女、虚等二十八宿作为标识,每宿有长有短,距度不一(可参看《汉书·律历志》)。地球自西向东在轨道上运行,绕日一周是一年,从轨道上不同的位置定冬至、立春等节气。相对的,从地球上测太阳,它在恒星星座中逐日移动方位,自西向东,循着黄

图法年纪星岁

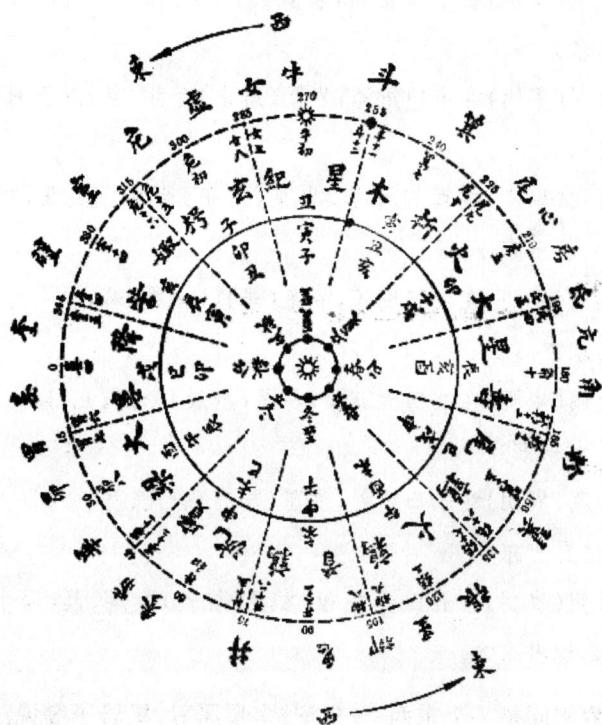

附注:本图中间十二地支原作红字,以示区别。兹图版已制就,特此说明。

道,一年一周,历十二宫、二十八宿、三百六十度。① 冬至日,太阳在二百七十度,在战国时期公元前四〇〇年左右,恰当牛宿初度,有摩羯座的明星 β Capricorni 为记认,古代的天文家是把这里定为零度的。西汉时期的冬至点已经不在牛宿初度了,但习惯上还把牛宿初度作为星纪宫的中心。我们设想一个冬至日,在黄道圈上星纪宫的中心画地球上所测见的"视太阳"。再在木星的轨道上画一个真木星,在黄道圈上画一个"视木星",在星纪始点,二百五十五度许。历法家的一派以冬至为一个太阳年的开始,如果冬至日岁星居星纪始点,在太阳西十五度,日出前一小时晨见东方为晓星,是汉代天文家所规定的标准的摄提格。冬至在夏历十一月,以阴历年而论,属于上一年,这冬至日后的那个阴历年方才是摄提格之年。

图上有三圈十二辰名。外圈是属于宫名的十二辰,自东向西。中圈是《淮南子》和《史记》的岁星纪年辰名,即钱大昕所谓太阴或岁阴辰名。内圈是钱大昕所谓太岁辰名。这两圈辰名都是自西向东的,跟木星的运行同方向。星在星纪丑宫,岁阴在寅,太岁在子,照《淮南子》和《史记》,这年是摄提格。余可顺推。前代学者们讨论岁星纪年法的,只画外圈辰名,要人设想一个雄岁星,一个雌岁阴,在星纪始点,同时出发,背道而行,年行一宫,星居丑则岁在寅,星居子则岁在卯,用一个左转一个右转的说法。现在我们另画两圈辰名,那么只要跟岁星顺转,比较简单明白。

汉初用十月作岁首,到汉武帝元封七年十一月逢甲子朔旦冬至,历法家要把它做"历元",改元封七年为太初元年,称焉逢摄提格之岁,并且改用正月作岁首。《史记》上没有记载岁星的方位,我们用天文算法可以推求的。这冬至日,照新城新藏《战国秦汉长历图》所特示,是儒略日 1683431。且指夜半零时,实合 1683430.5,即公元前一〇五年十二月二十五日零时。我们用 Neugebauer 氏的《天文年历日月行星行程表》② 推

---

① 如照古代天文,则为三百六十五度又四分之一度。
② Neugebauer: Tafeln zur astronomischen Chronologie Ⅱ, Sonne, Planeten, Mond.

算,在中国中部所见太阳和木星的方位如下:

  太阳 黄经 270 度 27 分

     视赤经 270 度 30 分

     视赤纬南 23 度 29 分 42 秒

  木星 实黄经 256 度 54 分 36 秒

     实黄纬 0 度 3 分 36 秒

     视黄经 258 度 49 分 48 秒

     视黄纬 0 度 3 分 10 秒

     视赤经 257 度 49 分 48 秒

     视赤纬南 23 度 9 分 14 秒

  实黄经是木星在它自己的轨道上的黄道经度,以太阳为中心的。视黄经是在地球上所测的黄道经度,以地球为中心的。视赤经是在地球上所测的赤道经度。汉代的天文家实在应用赤道经度。以视赤经而论,那一天的木星已过星纪始点二度五十分,距离太阳十三度不足。《后汉书·律历志》说:木星在太阳西十三度有奇则晨见东方,所以一○五年十二月二十五日的那个冬至日的下一天可以有新木星在东方出现。

  我们利用现代天文学精密推算知道汉武帝太初元年的"前冬至日"木星在星纪初,解决了《史记》和《汉书》注家的疑问,也证明了刘歆认为岁星在星纪末是误推的。[①] 把太初元年定为摄提格,符合于《淮南子》和《史记》的格式,我们称这个格式做乙式。星纪宫在十二宫中占着很重要的地位,《汉书·律历志》上说:"五星起其初,日月居其中。"原来历法家中的一派把冬至作为一年之始,他们设想宇宙开辟元始第一年第一天,水、金、火、木、土这五颗行星都在星纪始点,而日月则处在星纪中央,这样"日月如合璧,五星如联珠",叫作上元太初元年。这是甲子年、甲子

---

① 《汉书·律历志·世经》篇:"太初元年前十一月甲子朔旦冬至,岁在星纪婺女六度,故《汉志》曰,岁名困敦,正月,岁星出婺女。"女六度在星纪末,这是刘歆用他的不正确的超辰率误推的,不能得到岁星的正确方位。王引之等沿其误。

月、甲子日、甲子时冬至。汉武帝太初元年的前冬至日,并不能那样理想,不过是十一月初一甲子日冬至,日月在星纪中央,木星在星纪初,火星在星纪末,水、金两星在玄枵,土星在析木,五星分居三宫,距离还不算太远。(今天我们用表推算,结果这样。)

从研究太初元年的这个例子,我们知道了西汉时期的摄提格方式。其次,我们研究《吕氏春秋》的岁星纪年。《吕览·序意篇》的全文如下:

> 维秦八年,岁在涒滩,秋甲子朔,朔之日,良人请问十二纪。

秦八年指秦王政八年,即公元前二三九年。这年的木星在什么地方,可以先用简单的算法约略推算。知公元前一〇五年十二月二十五日零时木星实黄经二五六度五四分半,木星在它自己的轨道上平均每日行五分,要使它在星纪始点二五五度,应该推前二十三日,即十二月三日。这一天距离纪元元年一月一日有 104.08 年,以负数表之。使木星从星纪始点逆退十一周天有半,那么:

$$-104.08 - 11.8622 \times 11.5 = -240.4953 \ 年$$

算式表示在公元前二百四十年又六个月,木星在鹑首始点,即公元前二四一年阳历七月木星入鹑首。次年阳历七月入鹑火。公元前二三九年的阴历五月在鹑火,六月到鹑尾。这年的木星,年跨行两宫,应该叫做什么年呢?照《淮南子》和《史记》,星在鹑火,岁名作鄂(酉年),星在鹑尾,岁名阉茂(戌年),现行年表上倒是壬戌年,但是吕不韦何以称它做涒滩(申年)呢?

这是使我们了解战国时代的岁星纪年法的关键性的问题:《淮南子》和《史记》的说法在这里不能应用了。吕氏本文的"秋甲子朔"和"岁在涒滩"连文,中间有密切的关系。木星一年跨行两宫,年名要以合日的那个月份为标准。古人行文简略,这"秋甲子朔"实是"秋七月甲子朔"的省略。而且用殷历推算,那年的前冬至日是丙子,加二二八日得甲子立秋。所以这"秋"正是立秋日,正是秋季的开始,这个月份是标准的秋七月。立秋日太阳到鹑尾宫的始点,既然木星已经处在鹑尾,那么它和太阳同宫会合。涒滩在岁星年名中排行第七,岁星在七月合日称涒滩,又七月是申月,太岁在申曰涒滩,这绝不是偶然的。

《周礼》:"冯相氏掌十有二岁,十有二月,十有二辰,十日,二十有八星之位。"郑氏注:"岁谓太岁,岁星与日同次之月,斗所建之辰。《乐说》说,岁星与日常应太岁月建以见。然则今历太岁非此也。"又《周礼》保章氏条下也有类似的注释。所谓岁星与日同次,就是木星和太阳同在一宫,看它在哪一个月份,这个月份初昏时斗柄所指的方位,得月的辰名和年的辰名,两相应合的。例如岁星在七月合日,斗柄建申,得申月,太岁也在申,年名涒滩。涒滩者,乃是岁星第七次合日的称呼。

以上是粗略的推算,是不是正确,还需要复核。这年的秋七月甲子朔合儒略日 1634351,即公元前二三九年八月十一日。用 Neugebauer 氏表推算那一天的零时在中国中部所见太阳和木星的方位,结果如下:

> 太阳　黄经 132 度 51 分 36 秒
>
> 　　　视赤经 135 度 37 分
>
> 　　　视赤纬 17 度 9 分 36 秒
>
> 木星　实黄经 143 度 10 分
>
> 　　　实黄纬 1 度 18 分
>
> 　　　视黄经 141 度 33 分
>
> 　　　视黄纬 1 度 5 分 24 秒
>
> 　　　视赤经 144 度 20 分
>
> 　　　视赤纬 15 度 51 分

知太阳恰在鹑尾始点,木星已过鹑尾八度有余,约计那年的夏初木星已经入鹑尾,上面的简单算法是不够正确的,因为没有计算别的因素,如"岁差"等等在内,但是,秋七月木星和太阳同在鹑尾是确实不错的。七月朔,星和日距离八度有余,星为日光所掩,古书上叫做"伏",约计十日后木星和日处于同度,又十三日有奇,在七月下旬,木星晨见东方。那年的木星的"伏"和"见"都在这个夏历七月。

用《周礼》来证明《吕览》，非常正确明白。岁星在鹑尾，"伏""见"于七月，称涊滩，那么战国时代的摄提格，岁星必须在娵訾宫，在正月里和太阳同宫了。这是岁星纪年的甲式，星在娵訾，太岁在寅，年名摄提格，从我们的图上看，用最内一圈的十二辰。

我们用现代天文学的精密推算可以解决《吕氏春秋》的疑难问题，证明王引之、许宗彦、刘师培辈认为秦八年是六年或七年之误，都是谬论。新城新藏假定公元前三六五年为战国时代占星家所用的甲寅元，这个假定是单为解释《吕览》而设想的，无需的，也是错误的。因为公元前三六五年，岁星在星纪，照战国时代的岁星纪年方式，乃是岁在困敦（子年），不是摄提格。在他那部大著作里凡根据这个假定而引申出来的意见都是蹈空的。此外，饭岛忠夫认为星在鹑火、鹑尾，决不能称为涊滩，因而疑心《吕览·序意篇》是伪作（见他的《中国古代史论》，日文本四五四页），也是因为拘执于《淮南子》和《史记》，不知道岁星纪年有两种不同的方式而轻易下了个荒唐的判断。

为什么岁星纪年有两种方式呢？推究原因，实在因为历法家有两派。汉初出现的六历中，殷历、周历、鲁历、黄帝历这四家推算节气从冬至开始，他们把冬至到冬至作为一个太阳年；颛顼历、夏历这两家推算节气从立春开始，他们把立春到立春作为一个太阳年。六历都以一年之长为 365.25 日，没有什么不同，不过所用历元不同，前者要求十一月天正朔旦冬至的某年作为历元，后者是要求正月人正朔旦立春的某年作为历元。那天正派设想开辟元始第一年，日月五星都起于星纪一宫；那人正派设想开辟元始第一年，日月五星都起于娵訾一宫。

《唐书·历志·大衍历议》："颛顼历上元甲寅岁正月甲寅晨初合朔立春，七曜俱直艮维之首。（中略）其后吕不韦得之以为秦法。（中略）《洪范传》曰：历记始于颛顼，上元太始阏蒙摄提格之岁，毕陬之月，朔日己巳立春，七曜俱在营室五度。"艮维之首就是娵訾宫的始点，照《汉书·律历志》是危宿十六度，《洪范传》说是营室五度，有六度之差，所以然的原因，在这里我们可以略而不论。

历法上又有周正和夏正的分别。周正正月即夏正十一月,包含有冬至的那个阴历月份。夏正正月是立春前后开始的那个阴历月份。照天文学,把冬至作为一年之始来得合理;但是,冬至正在严寒,立春以后天气渐暖,方才有春天的景象,所以按照春、夏、秋、冬四季的顺序,用夏正又有方便的地方,尤其能够配合农民的耕作习惯。在春秋时代,周朝廷所颁布的历法是周正,鲁国史官所记的《春秋》也用周正,但是当时许多国家,那些非姬姓之国和一般人民是不是都用周正呢?怕是不见得的。尤其是到了战国时期,各国都在用夏正。岁星纪年的年名既然产生在战国时期,而战国时期的各国既然都用夏正,那么把岁星在娵訾,在夏正正月里合日作为摄提格是极其自然的了。

《史记·天官书》上说:"岁星一曰摄提,曰重华,曰应星,曰纪星。营室为清庙,岁星庙也。"这段材料必定是从战国时代占星家的星经来的,营室就是室宿,室宿和壁宿称营室东壁,是娵訾宫的标识,一共有四颗极其明亮的恒星,即飞马座三星和仙女座一星,构成一个四方形,也就是《诗经》"定之方中,作于楚宫"的定星。占星家把这四方形看做岁星的天庙,那么他们必定假定岁星的运行是从室宿起始的了。

所以毫无疑问,甲式是岁星纪年的古法。

为什么到了汉代要改用乙式呢?原因不得而知。汉代历法家虽有六家,重要的只是殷历和颛顼历两家,汉历调和两家,以殷历推冬至,颛顼历推立春,交相为用。汉武帝太初元年虽用乙式称焉逢摄提格,但是并没有抛弃甲式,因而又有丙子的年名,所以钱大昕说"太阴在寅而太岁自在子"。因为岁星在星纪,在十一月中和太阳同宫,按《周礼》太岁应月建以见的办法,十一月斗柄建子,是子月,因而也是子年。为什么不称甲子年而称丙子年呢?这丙子必定是沿着一个历元来的。最可能的是西汉年间的颛顼历家把公元前三六六年正月甲寅朔旦立春的这年作为甲寅元而顺推下来的。所以在西汉时期已经有干支纪年,不过那个干支纪年还是和岁星方位有关,即是太岁所在的辰。

这太岁年名虽然用干支表示,要随岁星超辰的。从太初元年(公元前一〇四)的丙子下推王莽始建国八年(即天凤三年,公元后一六年),距离一百十九年,比十二的倍数少一年,但是岁星已经超过一宫有半,所以在那年的年初岁星已到星纪中央了。《汉书·王莽传》说,"始建国八年,岁躔星纪",这是正确的,那年也是丙子年。推前三年,公元后一三年,岁星在寿星,《王莽传》:"始建国五年,岁在寿星,仓龙癸酉。"仓龙即苍龙亦即太岁。这里是太岁纪年,用甲式,用干支,是和岁星方位应合的。直到后汉初年废去岁星纪年法,直接用干支纪年,不再顾到岁星的方位,就把王莽时代的太岁干支年名固定下来了,推前推后六十循环,无超辰,无间断的了。我们今天所用的干支年名,从王莽时代来,没有间断。但是,把王莽时代的始建国八年固定为丙子,那么逆推上去,汉武帝太初元年就变成丁丑;这是历史年表上丁丑的来历。

这些都是年代学上纷争的问题,我们总算弄明白了。我们知道西汉年间把太岁年名改用干支表示而把岁星年名施于乙式;至于在战国时期那么但用甲式,不以干支表示而是用摄提格、涒滩等年名的。那么屈原时代的摄提格必定是岁星在娵訾,在正月里和太阳同宫会合的那一年。

楚威王熊商元年正月十四日庚寅,合儒略日 1597657,即公元前三三九年西历二月二十三日。[①] 我们用 Neugebauer 氏表推算这天的太阳和木星的方位,结果如下:

> 太阳　黄经 329 度 22 分
>
> 　　　视赤经 329 度 25 分
>
> 　　　视赤纬南 11 度 48 分 36 秒
>
> 木星　实黄经 330 度 38 分
>
> 　　　实黄纬南 1 度 22 分
>
> 　　　视黄经 330 度 25 分 30 秒

---

① 在公元前,如果知道确定的年、月和纪日的干支,可以算合儒略日,从儒略日再算合阳历(儒略历)。

视黄纬南 1 度 9 分 10 秒

视赤经 332 度 55 分 30 秒

视赤纬南 12 度 31 分 10 秒

娵訾宫的始点三一五度照《汉书·律历志》合危宿十六度,危宿共有十七度,所以那天的太阳在室宿十三度许,木星在室宿十六度许,距离三度,都在娵訾宫的中央。那年的年名是摄提格,月份是孟陬正月,岁星和太阳同宫,照《周礼》太岁应月建的办法,正月斗柄建寅,即太岁在寅。所以按照王逸说,屈原的生年月日应该确定在公元前三三九年阴历正月十四日,阳历二月二十三日。

朱熹怀疑王逸说,他认为如果摄提是年名,下面不应该略去一个格字,而"贞于"两字反而是多余的衍文,把寅年正在寅月上,在语文上显得不通顺。我们的答辩如下。

《史记·天官书》上说,岁星一名摄提。"格"字的意义是"正也,来也,至也"。"贞"字的意义是"正也、当也"。它们是同义字,说"摄提贞于孟陬"等于说"摄提格于孟陬",没有什么两样的。在朱熹心目中,摄提格是浑成的一个专名,不可以分拆,其实"摄提格"就是"摄提正",岁星正于正月是第一摄提格,年名就叫摄提格,岁星正于二月是第二摄提格,年名叫做单阏。逐年有一个摄提格,有一个岁星所当临的月份。那第一摄提格是岁星纪年的"正年"。

再深进一层说,岁星为什么一名摄提呢?那是就其作用而称呼的。摄提是天文上的术语,分析它的意义,包含有"标准"和"合辰"的意思。"合辰"就是日、月、五星的会合。岁星和太阳会合的这个现象可以做纪年的标准,因而它有摄提的别名。它一名纪星,一名应星,也是因为它应于某月作为纪年的标准,就其作用而称呼的。朱熹把岁星一名摄提这件事情忽略了,单举出恒星中的摄提星,即大角星下面的左右摄提星。那六颗小星为什么也叫摄提呢?《史记·天官书》上说:

> 大角者,天王帝廷,其两旁各有三星,鼎足句之,曰摄提。摄提
> 者,直斗勺所指以建时节,故曰摄提格。

无论这六颗小星叫做左右摄提,或者连那颗明亮的大角星在内都叫做摄提,总之是按其作用而称呼的。大角同斗勺第七星连接成一根直线,通过左右摄提小星的中间,指示方位,下合于苍龙之首(即寿星宫角、亢、氐三宿),以建时节,有这样的作用,才叫做摄提。星的作用是摄提,摄提所当是摄提格。这儿不是也可以分拆开来吗?

《离骚》:"摄提贞于孟陬兮",孟陬是夏历正月。孟的意思是始,正月始春,同时也是一年的始月。陬字来历不明,或者是指正月里太阳在娵訾而得名的。这句诗的意义指示出岁星和太阳同在娵訾宫会合的天文现象,在一句话里同时表达了年和月。我们知道屈原在《左传》《国语》的作者之后,在吕不韦之前。按照岁星纪年的发展过程,在战国初年,占星家只说"岁在星纪""岁在娵訾之口"等,那是直举岁星在星座中的位置的,还没有十二个太岁年名。到了吕不韦时代,既然有"岁在涒滩"的出现,可见那十二年名已经确立了。屈原时代的情况,因为没有别的文献作为旁证,所以这十二年名已经确定了没有是无从推论的。如果已经有了,那么他用贞字代格字也不能说不通。如果还没有确定,而在酝酿时期,那么他的说法,比较前期的标举岁星所在的宫名已经发展了一步,指出了合日的月份了,而比用太岁年名则还在具体说明的过渡的阶段,在岁星纪年的发展过程上是很可以说得通的。

我们也不能知道《周礼》里面太岁应月建以见的办法,屈原时代已经有了没有。假如已经有了,那么屈原知道他生在寅年寅月,如果还没有,他只知道他生在岁星纪年的正年正月。

以上是根据王逸的注解,详细研究了岁星纪年的情况所得出来的结论,也补充了王逸注解的不足,去除了朱熹的疑问。后面我们再详细考虑朱熹的意见。

三

上面我们已经引用了《史记·天官书》关于大角星下摄提星的材料。朱熹并不根据这材料,他的根据在《汉书·律历志》的孟康注。《汉书·律历志》说:

> 历数之起上矣,《传》述颛顼命南正重司天,火正黎司地。其后三苗乱德,二官咸废,而闰余乖次,孟陬殄灭,摄提失方。尧复育重黎之后,使纂其业。故《书》曰:乃命羲和,钦若昊天,历象日月星辰,敬授民时,岁三百有六旬有六日,以闰月定四时成岁,允厘百官,众功皆美。

孟康注:"正月为孟陬,历纪废绝,闰余乖错,不与正岁相值,谓之殄灭也。摄提星名,随斗勺所指,建十二月,若历误春三月当指辰而乃指巳,为失方也。"

又,《史记·历书》:"其后三苗服九黎之德,故二官咸废所职,而闰余乖次,孟陬殄灭,摄提无纪,历数失序。"注解《史记》的也有类似的注释,因为出于孟康注以后,我们可以不引。

这儿刚巧是"孟陬"和"摄提"连文,所以朱熹引用孟康注来解释《离骚》,是平正通达的。如果按照他的解释,屈原只生在孟春正月,和岁星纪年的摄提格是无关的。

仔细研究,我们还可以提出许多意见。

孟陬殄灭和摄提失方是指远古时代的天文官失了职守,不知道在阴历年里随需要而插入闰月,以致不能和太阳季节调和,例如名为正月,斗勺不指东北寅位,气候不是孟春的意思。《史记》《汉书》把这种现象说在尧舜以前,那不过是说说罢了,事实上在春秋的初期,历法还不够进步,所以也还有失闰的现象的。不过,照新城新藏的研究,在春秋末叶已经有规律地用十九年七闰法,在战国初期已经有七十六年一周期的历法了,已经过了"观象授时"的时代,用不到逐年观测,只要按历法推算了。

在屈原时代，早已没有失闰的可能，他特地说"我生在一个摄提正的正月"，就是"不失闰的正月"，岂不是无的放矢吗？

若说他生在夏历正月，特别用这样的词句来分别周正和夏正的，我们疑心楚国原来在周人统治圈子以外，和周敌对的，就是在春秋时期也未必用周正，怕是向来用夏正的一个国家。而且要表明夏正正月，"孟陬"两字足以了之，"摄提贞于"都是衍文了。宋人诗话里有这样一个故事。有一天，苏轼见到秦观，问他近来写了些什么，秦观背诵了他得意的词句："小楼连苑横空，下窥绣毂雕鞍骤。"东坡道："十三字只说得一个人骑马楼前过。"屈原用"摄提贞于孟陬"那样一句话只说了个正月，不是太费劲了吗？

因此，我们疑心那句话不光是说个正月，内容还要丰富些，如果摄提不是纪年，那么也应该指示些别的。

先谈那几颗摄提星到底怎样定时节呢？北斗七星就是大熊座的七颗明星，形状像斗，俗名北斗，向外三星称斗柄或斗勺。这北斗七星在离开现在三四千年前，极近北极，所以终夜不没到地平线下的。古代的人民从生产斗争实践中，积累获得许多天文知识，用斗勺所指的方位推定四时节气也是古老的实用知识之一。在每天日没黄昏时看北斗，所指方向，四季不同，指正东是仲春节气，指正南是仲夏节气，指正西是仲秋节气，指正北是仲冬节气。天文家把人民大众的知识，加以发展，更求精密。斗勺三星是弯曲的，仅得大概，假如用大角星（牧夫座的明星）连接北斗第七星成直线，在战国时期，上面是正对北极的，下面交于赤道圈上约在亢、氐两宿之间，近寿星宫末点。这根直线在天体圆球上是一弧线，有"时圈"的作用。寿星宫的角、亢、氐三宿是东方苍龙七宿之首。摄提或者原来是大角星的别名，后来移称于"鼎足句之"的左右六颗小星，那六颗小星非极好的目力也不容易辨认。这摄提线所至就是苍龙之首所在的方位。冬至日，太阳在星纪宫中央，日平西方酉中，寿星中央到正北子中，日没后一小时，寿星末点到正北。立春日，太阳在娵訾初点，日平西方酉中，寿星中心到正东北寅初，日没后一小时寿星末点到寅初，余可类推。所以在战国时期,于日没后一小时初昏观测这根摄提线是可以定节气的。冬至正位于正北子中,春分正位于正东卯中,夏至正位于正南午中,秋分正位于正西酉中,立春正位于东北寅初,雨水正位于东北寅中,余可类推。虽然在战国时期未必即有这二十四个节气的全部名称,但是用这摄提线可以推知太阳在某宫的中心或起点,等于定了节气。这摄提线所至就是摄提格,作用等于"斗建",比较更正确些。

假如屈原只生在一个普通的正月里,可以有种种的说法,例如"孟春""孟陬""献岁发春""玉衡指孟春"等等都可以表示了,为什么要特提这摄提线呢?"摄提贞于"就是"摄提格于",包含有标准和合辰的意义,不应该太空泛。因此,我们不妨作种种猜测:

第一,他生在一个标准的正月里,正月朔日立春,阴历月份和阳历节气调和,得阴阳之正。庚寅不管是哪一天。正月朔日立春是颛顼历和夏历可以用作"历元"的年份,历法上的始年。《汉书》所说"孟陬殄灭,摄提失方",是失闰的现象。要不失闰,需要观测天文现象,在"现象授时"的时代是如此的。但是累积了观象授时的经验,历法进步了,知道了十九年七闰的规律,知道用七十六年一周期的办法,用不到逐年观测,只要按历法推算,就能调和阴阳。所以"摄提失方,孟陬殄灭"在历法学来说,就是不曾找到一个正确的历元。屈原说,他生的那个正月是摄提正的,那么他应该生在一个可以作为历元的"朔旦立春"的正月了。

第二,他生在一个普通的正月里,而他的生日庚寅是立春日,是颛顼历家的年始,太阳入娵訾始点,初昏时斗勺和摄提正指东北寅初。

第三,他生在一个普通的正月里,而他的生日庚寅是雨水日,正月孟春的中气,太阳居娵訾宫的中央,初昏时斗勺和摄提正指东北寅正。

有这么三个可能性。要检查有没有适当的年份,需要作一个立春表。

用颛顼历公元前三六六年夏正正月甲寅朔旦立春,顺加三六五·二五日,推逐年立春,把新城新藏所作《战国长历》的夏正正月朔日干支附注于下,作立春表如下:

＊公元前三六六年甲寅·〇〇（甲寅朔）

三六五年己未·二五（戊申朔）

三六四年甲子·五〇（壬申朔）

三六三年己巳·七五（丁卯朔）

＊三六二年乙亥·〇〇（庚寅朔）

三六一年庚辰·二五（乙酉朔）

三六〇年乙酉·五〇（己卯朔）

三五九年庚寅·七五（癸卯朔）

＊三五八年丙申·〇〇（丁酉朔）

公元前三五七年辛丑·二五（壬辰朔）

三五六年丙午·五〇（丙辰朔）

＊三五五年辛亥·七五（庚戌朔）

三五四年丁巳·〇〇（甲辰朔）

三五三年壬戌·二五（戊辰朔）

三五二年丁卯·五〇（癸亥朔）

三五一年壬申·七五（丁亥朔）

三五〇年戊寅·〇〇（辛巳朔）

三四九年癸未·二五（乙亥朔）

三四八年戊子·五〇（己亥朔）

＊三四七年癸巳·七五（甲午朔）

三四六年己亥·〇〇（戊子朔）

三四五年甲辰·二五（壬子朔）

三四四年己酉·五〇（丙午朔）

三四三年甲寅·七五（庚午朔）

三四二年庚申·〇〇（乙丑朔）

三四一年乙丑·二五（己未朔）

三四〇年庚午·五〇（癸未朔）

＊三三九年乙亥·七五（丁丑朔）

三三八年辛巳·〇〇（壬申朔）

三三七年丙戌·二五（丙申朔）

*三三六年辛卯·五〇（庚寅朔）

三三五年丙申·七五（甲申朔）

三三四年壬寅·〇〇（戊申朔）

三三三年丁未·二五（癸卯朔）

三三二年壬子·五〇（乙丑朔）

三三一年丁巳·七五（辛酉朔）

三三〇年癸亥·〇〇（乙卯朔）

三二九年戊辰·二五（己卯朔）

在这些年份中间，正月朔日立春只有公元前三六六年，此外三五八年、三五五年、三四七年正月朔日和立春仅差一日，但是这四个年份的正月都无庚寅日，可以不论。留下来可以讨论的只有三个年份。三六二年正月初一是庚寅日，年前十三月中的乙亥立春，加十五日得庚寅，所以这年的正月朔庚寅恰是雨水日。不过把这年定为屈原生年，他活到秦攻取黔中郡（公元前二八〇）私自起拔郢（公元前二七八），年寿在八十以上，是不合适的。这年的岁星在降娄，是单阏之岁，太岁在卯。三三六年正月初一也是庚寅日，初二辛卯立春，仅差一日，这个月份也够上标准的正月。不过把这年定为屈原生年，到公元前三一三年张仪来楚，他被疏去职，才二十四岁，上推他初任左徒时，年才二十，未免年纪太轻些。这年的岁星在实沈，是大荒落之岁，太岁在巳。这两个可以考虑的年份都有缺点。

公元前三三九年正月丁丑朔，上年十二月晦日是丙子，晦前一日乙亥立春，有〇·七五余分，正月朔旦不过在立春后一·二五日，也是近于标准的正月。《淮南子·天文训》说：立春日斗勺指报德之维，加十五日指寅则雨水。《天文训》里凡斗勺指着十二辰都建立"中气"，如指子则冬至，指癸则小寒，指丑则大寒，指报德之维则立春，指寅则雨水，指甲则惊蛰,指卯中绳则春分,指乙则清明,指辰则谷雨,指常羊之维则立夏(余略)。把十二辰应用在十二个中气上,另外用四个维当立春、立夏、立秋、立冬,把甲乙丙等天干用在其余的节上。所以泛泛说斗柄指寅是孟春正月,严格说斗柄恰指寅位是正月中气的雨水日。现在十二月晦前一日乙亥立春,那么正月十四日庚寅恰当中气雨水日,斗勺和摄提指寅正。这个孟春中气,照《淮南子·天文训》是雨水,别处也称惊蛰,惊蛰和雨水有时互换,那没有关系,总之是正月的中气。

所以就是我们尊重朱熹的意见,认为是同于斗建作用的那个大角摄提,公元前三三九年的正月十四日庚寅也是最合适的。而况这一年岁星在娵訾,恰在正月里合日,年名摄提格,太岁在寅呢!在这儿,王逸和朱熹的矛盾居然统一了,诚然是巧合!这年是楚威王元年,屈原生在这年,到张仪来楚,被疏去左徒的职位时,年二十七岁。从《史记》所记事迹和《楚辞》里可以推论他的年龄的,都能够配合,不发生困难。

《离骚》的"摄提"不管它指哪一种摄提,关键在于"贞于"两字。贞,正也。屈原说"正",如果是的的确确正,一点儿不含糊,那么不是岁星的摄提当临在正月,便是大角的摄提正在立春或雨水。写《天问》的屈原,他对于天文知识是丰富的,摄提是天文上的术语,有一定的意义。如果不能判断哪一种意义是主要的,那么我们能够找到一个同时能够满足两种摄提格的要求的答案是最合理的了。

照我们看,王逸和朱熹两家的注释都有毛病。王逸只作了训诂上的解释,说摄提格就是寅年,引起误会,使人误认为屈原时代已经有干支纪年的习惯,是诗人故意用了文雅、艰深的替换词的。因此也引起了后人根据干支纪年年表来推算屈原生年的错误。王逸是后汉时代的人,他已经习惯了干支纪年,也不清楚战国时代的所谓摄提格之年岁星在什么方位了。他只注意了训诂,却忽略了天文。朱熹注意天文,可是他单举出了大角星下的摄提星,忽略了"岁星一名摄提"的事实,所以他的解释也不够全面。恒星和行星里都有称为摄提的,同见于《史记·天官书》,我们相信它们都是战国时期的天文占星家所习用的,同样古。在占星家看来,岁星的地位更其重要。在屈原时代已经有岁星纪年的习惯,所以《离骚》诗句中的摄提,应该主要指岁星,不指大角。不过既然是摄提格之年,又在孟陬正月,那么大角摄提同时也正在这个月份上,所以一句话可以既明其年又明其月了。

再深进一层考虑,我们觉得这两个摄提,是互相关联,交相为用的。申论如下:

(一)中国的历法向来是阴阳合历,并不是纯阴历。古代的天文历法家,他们的主要工作在于调和阴阳,在阴历年里适当地插入闰月,调节太阳节气,使四季得其正。所以年有两种,从正月朔到十二月晦是一个阴历年,平年十二个月,闰年十三个月。另外有太阳年,从冬至或立春起算,以三六五·二五日为岁实。月份也有两种,阴历月是月朔到月晦,节气月是太阳年的十二分之一。例如孟春的那个节气月是从立春开始的三十天。用岁星纪年,既然是要把岁星和太阳同宫的那个月份作为标准的,这个月份应该用节气月,不用阴历月。否则岁星合在闰月,称什么年呢?节气月用什么来正呢?用大角摄提线来正是正确的。所谓寅月、卯月等都应指节气月的。岁星合日(这是"合辰",也是所谓"摄提")在寅月,大角弧线正于寅位(这也是"摄提"),岁星合日在卯月,大角弧线正于卯位,余可类推。从大角弧线的合辰,也就是从大角摄提所正,得岁星纪年的年名。这道理同《周礼》注上所说"太岁应月建以见"一样的。岁星一年只合日一次,只需要大角摄提一次。一年只有一个摄提格。

(二)大角弧线的作用同于斗建,那么一年可以正十二个节气月,可以用十二次。但从文献上看来,孟春节气月只称斗勺指寅,而不说摄提在寅的。说摄提在寅等于说苍龙在寅。说苍龙在寅等于说太岁在寅。因为大角弧线所指即苍龙之首。论理苍龙之首所在也是十二个月份不同,每月正在一个辰位上。但是在习惯上特别提出苍龙所在是要关联着岁星所在而言的。例如说苍龙在寅,决不是说寅月,乃是说寅年,那就是岁星在娵訾在寅月合日,大角弧线正在寅位,苍龙之首也在寅位。这样的合辰才是摄提格。我们想象古代的天文占星家是有许多神秘的思想的,摄提格要求岁星、大角线、苍龙三方面的合辰是包含有天帝莅临在某方位的思想的。由此推论,似乎大角摄提总是结合岁星摄提的,而一年只有一个。这大概是因为用摄提来正月令,这时已经有岁星纪年,所以为岁星纪年的特殊用法所专用了。

(三)《大唐开元占经》卷二十三《岁星占》中引甘氏曰:

> 摄提格之岁,摄提格在寅,岁星在丑;单阏之岁,摄提格在卯,岁星在子;执徐之岁,摄提格在辰,岁星在亥(余略)。

这里称引甘氏,应该出于《甘氏星经》,其真伪可以不论。可以注意的是摄提格的用法,每年有一个摄提格。这里的摄提就是岁阴,是假想的雌岁阴,和雄岁星背道而驰的;"格"就是"到",就是"正"。这儿的岁星纪年法是西汉时期的乙式。如果改为战国时期的甲式,那么是:

> 摄提格之岁,摄提格在寅,岁星在亥,单阏之岁,摄提格在卯,岁星在戌,执徐之岁,摄提格在辰,岁星在酉(余略)。

这儿的摄提就是大角摄提,也就是太岁,也就是苍龙了。

所以摄提是活用的,指星的合辰,是就星的作用而言的,原来不指木星或大角星或大角星下面六颗小星的物质本体的。《汉书》所谓"孟陬殄灭,摄提失方",《史记》所谓"孟陬殄灭,摄提无纪",也应该活看,那就是历官失职,找不到正年正月的意思。屈原《离骚》诗说"摄提贞于孟陬"指示他生在正年正月,而那个正年,在他的时代是岁星纪年十二循环的始年,也就是岁星在天庙的那一年。

所以我们认为王逸注虽然失之疏略,大致不错。朱熹注是片面的。上面的推算虽然恰巧能够同时满足双方的要求,庚寅日的恰值孟春中气不能作为主要条件。

我们根据夏历、殷历、周历三个历法来推算,公元前二三九年的夏历正月丁丑朔,三历俱同。十四日庚寅零时,照现代天文表格推算,太阳视赤经三二九度二五分,当天的未时到三三〇度,交雨水中气,和用颛顼历所推乙亥·七五立春,庚寅·七五雨水,相差极微,可以说是密合的了。

这些历法是从战国流传到西汉年间的。假如当时楚国实用的历法比此稍有出入，那么可能节气和朔日有一日之差。这样，楚威王元年也可能碰到正月丙子朔旦立春，又值岁星在天庙，竟极适宜于作为历元的了。如果是那样的话，庚寅便变成了十五日，值日月之望。至于合算阳历，仍然是二月二十三日。

总结我们所推算的屈原生辰有下列几个特点：

（一）出生的月份是孟春正月，一年的始月。而且这个正月是近于标准的正月，朔日和立春极近，太阴月份和太阳节气相调和，得阴阳之正。

（二）出生的年份是当时天文占星家流行应用的岁星纪年法的正年，是十二循环纪年的始年。岁星在天庙，就在他出生的月份正月孟春和太阳同宫会合。如果用《周礼》从月建得太岁辰名的办法，那么这年就是寅年。他生在寅年寅月，月份上有太岁。

（三）出生的日子是庚寅，值孟春节气月的中气，雨水。而且也极近于阴历月的中心，望日。

《离骚》诗上说：

> 皇览揆余初度兮，肇锡余以嘉名。
>
> 名余曰正则兮，字余曰灵均。
>
> 纷吾既有此内美兮，又重之以修能。

这里皇即皇考，先父。揆是度算。初度就是生辰。大意说他生下以后，他的父亲察算了他的生辰的优点给他取了好的名字。王逸注："言父伯庸观我始生年时，度其日月，皆合天地之正中，故赐我以美善之名也。"《文选》五臣注："我父鉴度我初生之法度。"什么叫"初生之法度"呢？是指小孩的躯干容貌吗？不是的，是指出生的日子的天文星象，也就是后世所谓"星命"。因为这句诗是紧接着上面说他的生辰"摄提贞于孟陬兮，唯庚寅吾以降"的那一句的。王逸注得其大意。屈原的屈姓是楚王族的分支，楚王族自称是颛顼帝高阳氏之后，又是职掌天文的重黎氏之后，在楚国天文占星术必定很发达，在当时是结合着阴阳五行说的。屈原的父亲按照他的生辰来命名是非常自然的。我们今天说"生辰",那不过是出生的日子的意思。"辰"字在古代包含有星象安排的意义,是带有具体的内容的。例如《诗经》里有"我生不辰""我辰安在"等说法,都是慨叹自己星命不好。因此,"初度"其实就是"生辰"。

屈原的生辰得到日、月、星三光的齐平中和景象。日月东西相望,岁星和日同宫相合。同时,年是正年,月是正月,日子是阴阳两历的齐平中和。因此他得到"正则"和"灵均"的美名。"正"和"均"都包含有齐平中和的意义。他的正式名字是一个"平"字。这"平"是从天文法度上的"平正有则"得来的。这"平"也是屈原一生立身行事的法则。古人相信人的德行是禀赋于天的,所以屈原称为"内美",王逸注上说:"言己之生内含天地之美气",诗人实在暗示有这层意思,倒并不是注说者的穿凿附会。

《离骚》是难读的诗篇,"摄提"两句尤其难懂。倒不是屈原故意作难我们,两千三百年以前的天文历法的术语,到了今天变成了一个哑谜了。本文不惮烦地做了反复推寻的考据工作,不敢说把这个哑谜正确地打中了,不过是经过了一番细密的研究,报告这问题的复杂性,在许多可能的答案中挑选出比较能够符合各方面的条件的一个,把它提供给屈原研究者参考,天文历算专家复核和指正。

1953 年 5 月 5 日写毕,北京大学。

(《历史研究》1954 年 1 期)

二、文学史研究

王静安先生之文学批评

　　千百年来,能以历史的眼光论文学之得失者,二人而已。其一江都焦里堂氏,其又一则海宁王静安先生也。焦氏之说,详见《易余籥录》卷十五,谓一代有一代之所胜,故周以前惟有三百篇,楚惟有骚,汉惟有赋,魏晋六朝惟有五言,唐惟有律绝,宋惟有词,金元惟有曲,明惟有八股,其说通古今之变,确然不可移易(然犹有未尽者,则言其然而不言其所以然也)。王先生好西人叔本华之哲学,于治宇宙论、人生论之暇,遂旁及其美学及艺术论(故先生一生之文学批评,亦每以叔氏之说为出发点)。(叔氏之美学,发挥康德者,故先生亦间取康德之说)叔氏当德国浪漫运动特盛之时,推崇天才之创造而抑模拟,时为璀璨激烈之论。其言谓文者心之影,而人心之不同如其面。故窃他人之文格,犹戴种种之面具,声容笑貌,无一真处,虽备施嫱之姿,曾不若嫫母之为愈也。(详见其 Uber Schrift— stellerei und Stil)(叔氏之说如此,焦氏之说如彼,先生参酌而并观之,遂悟历代文学蜕变之理,拈出真不真之说。以通论古今文学之盛衰,发前人之所未发,言焦氏之所未言)。夫诗言志,歌永言,文学者莫不情生于内而词形乎外。故感自己之感、言自己之言者,真文学也,有价值的文学也。反是者,伪文学也,无价值的文学也。屈子感自己之感、言自己之言者也,故真于宋玉、景差。宋玉、景差真于贾谊、刘向。贾谊、刘向真于王叔师。王叔师以下，袭前人之貌而无真情以济之，非楚辞矣。魏晋六朝之间，惟渊明为最真，唐韦应物、柳宗元之视渊明，犹贾、刘之视屈子，彼感他人之所感而言他人之所言，宜乎其不若李杜。宋以后，能感自己之感、言自己之言者，惟东坡。故东坡之诗为真文学。山谷可谓能言其言矣，未可谓能感所感也。遗山以下亦然。诗至唐中叶以后，殆为羔雁之具矣，故五季北宋之间以词为真文学。其诗词兼擅如永叔、少游者，皆诗不如词远甚。何则，以其写之于诗者，不若写之于词者之真也。南宋以后，词亦为羔雁之具矣，而词亦替，故金元以戏曲为真文学。且文学者生于情，情者天下之所共，非一人可得而私有也。最真之文学，或妇孺之所讴歌，或贤圣发愤之所作，或出于离人孽子之口，皆感所不得不感，言所不得不言，真情充溢乎文词，不期然而合自然之声音节奏耳。古代文学之所以有不朽之价值者，以为之者无居名之心。后世文学之名起，于是有因之以为名者。而真正文学乃复托于不重于世之文体以自见，逮此体流行之后，则又为虚车矣。故词之代诗，曲之代词，千古文学蜕变之迹，若出一辙（此先生文学真伪论及文学变迁论之大略也）。（以上采其《文学小言》中之语，以引文与论文间杂，一律不加引号）夫好模古以自高者吾国文人之通病也，而自来评论文学者，亦未有不持今不如古之论。李太白有七言不如五言、五言不如四言之语，韩昌黎厌六朝之文凋敝而复之于汉魏之上。明七子以盛唐之体相夸，而与先生并世诸君子，则不入于北宋之诗者，必入于南宋之词，或且恬钉字句，为魏晋以上骈散之文（先生深知其非，故为真不真之论，以明无古人之感而徒袭古人之貌者，无当于文学。又以词曲一道，为当世士大夫之所鄙视，因纵论其文学上之真价值。且考索之、评论之，不遗余力。其意以为至少当与楚骚汉赋魏晋六朝唐人之诗并尊而无愧）。昔德人希勒 Schiller 恶世人但知膜拜希腊拉丁文学而蔑视近代文学也，创 Naive Poetry and Sentimental Poetry 之论，提高近代文学之位置，谓至少当与古代文学同其价值。若先生者，殆吾国之希勒欤！

凡一种文学，其发展之历程，必有三时期。一为原始的时期，二为黄金的时期,三为衰败的时期。此准诸世界而同者。原始的时期真而率,黄金的时期真而工,衰败的时期工而不真。故以工论文学,未有不推崇第二期及第三期者;以真论文学,未有不推崇第一期及第二期者(先生夺第三期之文学的价值,而与之第一期,此千古之卓识也。且先生之视第一期或更重于第二期)。故其于词虽推崇北宋,而尤推崇五季。其于曲推崇元人之杂剧,而绝口于明以后之传奇。其推崇《桃花扇》也,取其结构与人物之描写,而无取于其词藻焉(故先生之统论历代文学也,持古今有相同价值之论;而就文学之一体而言,则颇持后不如前之说)。盖一文体之所以能兴,必有真情寓焉。而当其初起之时,必为自然的而非人工的,朴素的而非文采的,白描的而非刻绘的。先生能灼见自然的美、朴素的美、白描的美。故于元曲独取关汉卿,谓其"自铸伟词,字字本色,当为元人第一"。而于关汉卿独取《窦娥冤》,谓"即列诸世界大悲剧中亦无愧色"。而于《窦娥冤》独取其第二折之〔斗虾蟆〕曲:

> 空悲戚,没理会,人生死,是轮回。感著这般病疾,值著这般时势,可是风寒暑湿,或是饥饱劳役,各人证候自知。人命关天关地,别人怎生替得,寿数非干今世,相守三朝五夕。说甚一家一计,又无羊酒缎匹,又无花红财礼,把手为活过日,撒手如同休弃。不是窦娥忤逆,生怕旁人论议。不如听咱劝你,认个自家悔气,割舍的一具棺材,停置几件布帛,收拾出咱家门里,送入他家坟地。这不是你那从小儿年纪指脚的夫妻,我其实不关亲,无半点恓惶泪。休得要心如醉,意似痴,便这等嗟嗟怨怨,哭哭啼啼。

先生谓"此一曲直是宾白,令人忘其为曲。元初所谓当行家大率如此。至中叶以后,已罕觏矣"(且夫先生之厌弃辞藻也甚矣。其推奖通俗的文学、白话的文学也亦甚矣)。一则曰"真正文学托于不重于世之文体以自见。"再则曰:"吾宁闻征夫思妇之声,而不屑使此等文学嚣然污吾耳也。"三则曰:"独元曲以许用衬词故,故辄以许多俗语或以自然之声音形容之,此自古文学上所未有也。"其《宋元戏曲史》第十二章论《元剧之文章》中所示以为元曲之佳者,无一而非白话之例,如郑德辉之《倩女离魂》,其第二折离魂一段,富艳难踪,而先生不取,取其第三折〔醉春风〕〔迎仙客〕二调,及第四折〔古水仙子〕一调。如马致远之《汉宫秋》,末折闻雁一段,沉哀独绝,而先生不取,取其第三折之〔梅花酒〕〔收江南〕〔鸳鸯煞〕三调。皆厌弃辞藻推奖白话之证。即至晚年,其主张曾不稍变。尝为人言,野蛮民族有真正之文学。又一再称扬《元秘史》之文学价值。凡此皆足以明其极端其倾向白话也。然而其后创文学革命之论,尽变天下之文章为白话者,绩溪胡氏也,非先生也,其故何欤? 胡氏生后于先生,而推先生之波澜者也。先生之于文学有真不真之论,而胡氏有活文学死文学之论。先生有文学蜕变之说,而胡氏有白话文学史观。先生推尊《红楼梦》为美术上唯一大著述,且谓作者之姓名与著书之年月为唯一考证之题目,而胡氏以考证《水浒》《红楼梦》著闻于世。先生主张文学之悲剧的结果,而胡氏攻击才子佳人团圆小说。先生论词,取五季北宋而弃南宋,今胡氏之词选,多选五季北宋之作。先生曰,"以《长恨歌》之壮采,而所隶之事,只小玉双成四字,才有余也。梅村歌行则非隶事不办,白、吴优劣,即于此见。"胡氏乃与天下约言,同不用典。(故凡先生有所言,胡氏莫不应之、实行之。一切之论,发之自先生,而衍之自胡氏。虽谓胡氏尽受先生之影响可也)。然而创文学革命之论,变天下之文章而尽为白话者,胡氏也,非先生也,其故何欤?

曰:(先生始终认"古雅"在美学上有一位置也)。先生从德人康德、英人巴克 Burke 之说,别美学上之美为二种,一曰(优美),二曰(宏壮)。其一静的、无我的、和谐的;其二动的、有我的、冲突的也。先生谓此二种,皆存于自然中,亦为真正之艺术之所当具。此属于美学上第一形式者也。而另有一美之原质,则不存于自然,而但存于艺术,即(古雅)是。古雅者属于美学上第二形式者也。而艺术者,则除具备第一之形式外,必另具第二之形式,而此第一之形式即寄诸第二之形式之中。先生之言曰:"除吾人之感情外,凡属于美之对象者,皆形式而非材质也。而一切形式之美,又不可无他形式以表之。惟经过此第二之形式,斯美者愈增其美。而吾人之所谓古雅,即此第二种之形式。即形式之无优美与宏壮之属性者,亦因此第二形式故而得一种独立之价值。故古雅者,可谓之形式之美之形式之美也。"又曰:"优美及宏壮,必与古雅相结合,然后得显其固有之价值。不过优美及宏壮之原质愈显,则古雅之原质愈蔽。然吾人所以感如此之美且壮者,实以表出之之雅故。即以其美之第一形式更以雅之第二形式表出之故也。"又曰:"三代之钟鼎、秦汉之摹印、汉魏六朝唐宋之碑帖、宋元之书籍等,其美之大部,实存于第二形式。吾人爱石刻不如爱真迹,又其于石刻中爱翻刻不如爱原刻,亦以此也。凡吾人所加于雕刻书画之品评,曰神、曰韵、曰气、曰味,皆就第二形式言之者多,而就第一形式言之者少。文学亦然,古雅之价值,大抵存于第二形式。西汉之匡、刘,东京之崔、蔡,其文之优美宏壮,远在贾、马、班、张之下,而吾人之嗜之也亦无逊于彼者,以雅故也。南丰之于文,不必工于苏、王,姜夔之于词,且远逊于欧、秦,而后人亦嗜之者,以雅故也。由是观之,则古雅之原质,为优美及宏壮中不可缺之原质,且得离优美宏壮而有独立之价值,则固一不可诬之事实也。"综上以观,知先生之意,以为吾人审美之对象即一切美术之内容接于吾人之想象力而唤起吾人之美感者,莫非形式,名之曰第一之形式。此形式之美者有二,曰(优美与宏壮)。而艺术家又用第二形式以表现此第一形式。此第二形式之美,先生无以名之,名之曰(古雅)。实则以今语绎之,即(艺术之美的风格耳)。而先生名之曰(古雅)者,犹有保守的精神也。谓古雅之原质,且得离优美宏壮而有独立之价值者,此亦先生浪漫批评中之保守的质点也。(保守激进之不同,此先生与胡氏文学批评之意境所以迥异。而其后革古文而为白话者,所以为胡氏而非先生也。且夫胡氏之革古文而为白话也,时势逼之使然,其背后有二大势力,一曰语言之外来的影响,二曰统一国语之需要。而文学进化论不与焉)。统一国语之说,世多能明之,且不若前者之尤重要。曷以言语言之外来的影响乎?曰语言有支配思想之力。使有语言迥殊之二国,其一国欲尽量吸取其他国之思想文化,则非稍变其文体以迁就他国之语言不可。吾国之文言,其美在庄严简洁,其病则在如结晶品之固定而乏弹性。故考之历代,每一种翻译文学产生,即可见白话文字之活动。此征诸佛经翻译、满蒙文翻译而皆信也。故今日白话文之产生,盖应翻译外国思想外国语言之要求,而与文学之进化无涉也。有之不过副势力耳,借重之以推波助澜者耳。故胡氏之运动,虽以白话文学相号召,而实则其目光专注于实用之方面,而无暇及于美术也;专注于语言之方面,而无暇及于文学也。昧于艺术必须具第二形式之理,举一切古雅之原质而尽摧毁之,使天下之文学,无所附丽,遂呈一极昏乱之现象。至于今日,则语体中稍稍有文学之作品矣。而察其所以成文学者,则以仍具有第二形式之故。不过其第二形式,非中国固有文学之第二形式,而为西洋文学之第二形式耳。彼等不能用中国之格律,于是用西洋之格律以补足之;不能用中国之修辞,于是用西洋之修辞以补足之;甚至不能用中国之典故,而用西洋之典故以代之(凡此皆足证先生艺术必须具备第二形式之说。而今日流行之欧化文学,与中国固有之文学,断然不相衔接,为中国文学上之一大缺憾。则先生古雅之说,或终不可废也欤)。或曰,先生古雅之说,作于其治通俗文学宋元戏曲史之前,或者非先生最后之定论,曰,是不然。先生晚年专意治考证之学,绝口不言文学上之主张(然而谓其放弃古雅之说,则先生自己创作之诗词,即为强有力之反证)。夫先生以真不真论文学,其推崇白描之文学者,激赏其真也(倘有真的文学,而又能极备古雅之原质者,则必更推崇而激赏之)。此先生所以于古代文学中列东坡于大家(虽违反其诗词蜕变论不顾),而于现代文学中尤低徊于柯蓼园之诗、况夔笙之词也,以视世之遗弃一切现代诗词而于古人中全不见老杜,但知有元稹、白居易者有间矣。且先生之言曰:"古雅之判断,……由时之不同,而人之判断之也各异。吾人所断为古雅者,实由吾人今日之位置断之。古代之遗物,无不雅于近世之制作。古代之文学,虽至拙劣,自吾人读之,无不古雅者,若自古人之眼观之,殆不然矣。故古雅之判断,后天的也,经验的也,故亦特别的也,偶然的也。此由古代表出第一形式之道,与近世大异。故吾人睹其遗迹,不觉有遗世之感随之。"此一段文字,先生自言其崇拜原始的文学之心理甚明。由此以观,则先生之欣赏元人之戏曲,(亦有古雅之感存焉)。倘有人欲问何以先生能欣赏古代的白话文学,而不赞成现代的白话文学,余将以此答之。

明先生第一形式第二形式之论,则可以言先生隔不隔之说矣。(余谓先生隔不隔之说,亦出于其美学上之根据)。何以言之,曰自然之景物,其优美者如碧水朱花,宏壮者如疾风暴雨,其接于吾人之审美力也,直接用第一形式,故觉其真切而不隔。一切艺术,以必须用第二形式而间接诉诸吾人审美力故。故其第二形式若与第一形式完全和谐一致,则吾人恍若不知其前者之存在,而亦觉其意境之真切而不隔。反是,二种形式不能完全和谐一致,则生障蔽,而吾人蔽于其第二形式,因不能见有第一形式,或仅能见少分之第一形式,皆是隔也(且隔不隔之说与真不真之说,有以异乎?曰无以异也。未有真而隔,亦未有不真而能不隔者。故先生隔不隔之说,是形式之论,意境之论,而真不真之说,则根本之论也)。文学之真者,写情则沁人心脾,写景则如在目前,未有或隔者也。凡诗词砌垒则隔,故梦窗之词最隔,强隶事则隔,故山谷之诗视东坡稍隔,古诗名篇少用典,故不隔。《诗品》所谓"'思君如流水'既是即目,'高台多悲风,亦惟所见,'清晨登陇首'羌无故实,'明月照积雪'讵出经史。观古今胜语,多非补假,皆由直寻"者是也。凡标举兴会不屑屑辞藻,则不隔。陈迦陵所谓《青青河畔草》并非造设,《明月照高楼》了无拟议,刘越石绕指之语,曹颜远合离之篇,景宋武夫,悲歌竞病,斛律北将,制曲牛羊,意者干之以风骨,不如标以兴会"者是也。

以上论先生之历史的批评及美学的批评。复次,则(先生于文学极重视其伦理的方面)。故其评《红楼梦》,特设《〈红楼梦〉之伦理学上之价值》一章而详论之。先生于道德伦理之绝对的价值甚怀疑,然谓但就现实之人生而言之,则自有极人价值及极大效用,而美术者为现实的人生而设者,何以故?以美术之功用在使吾人超出于现实之人生之生活之欲,而得纯粹之知识之慰藉。而现实以外之宇宙中,则本无所谓生活之欲,亦无所用其美术故。故美术无绝对的价值,伦理亦无绝对的价值。

（以伦理之立足点而论美术，不特不为不当，且亦必需之事也。先生谓创造高尚伟大之文学者，必具有高尚伟大之人格），先生于中国文学中推屈子、渊明、子美、子瞻为四大文学家，且曰："此四子者，苟无文学上之天才，其人格亦自足千古。"而其论屈子则言屈子之所以能创作伟大文学者，以其人能结合当时南北二方之精神，即南方之丰富之想象力与北方之肫挚之国家社会道德观念是也。其论《三国演义》，谓"其叙关壮缪之释曹操，非大文学家不办"以壮缪矫矫之人格，足以发吾人无限之尊敬也。其论《红楼梦》，谓足以使人明生活之欲及男女之欲（即生活之欲之一分）随有生以俱来，而启人以解脱之道。虽小宇宙之解脱，或尚非伦理上最高之理想，然能如是写，已达艺术之顶点矣。又（先生评讥不道德之艺术，其议论精辟绝伦，余颇爱其说，为悉抄录之如下）。余于此文中征引先生之说已嫌过多，而犹欲录此者，以见先生三十自序中"见识文采诚有过人"之语，非自谀之词也。

> 至美术中之与二者（优美与壮美）相反者，名之曰眩惑。夫优美与壮美，皆使吾人离生活之欲而入于纯粹之知识者。若美术中而有眩惑之原质乎，则又使吾人自纯粹之知识出，而复归于生活之欲。如粔籹蜜饵，《招魂》《启》《发》之所陈；玉体横陈，周昉、仇英之所绘；《西厢记》之《酬柬》，《牡丹亭》之《惊梦》；伶元之传飞燕，杨慎之赝《秘辛》：徒讽一而劝百，欲止沸而益薪。所以子云有靡靡之诮，法秀有绮语之呵。虽则梦幻泡影，可作如是观，而拔舌地狱，专为斯人设者矣。故眩惑之于美，如甘之于辛，火之于水，不相并立者也。吾人欲以眩惑之快乐，医人世之苦痛，是犹欲航断港而至海，入幽谷而求明，岂徒无益，而又增之。则岂不以其不能使人忘生活之欲，及此欲与物之关系，而反鼓舞之也哉！

近西洋"世纪末"之精神，不幸传布中国，与旧有之不道德文学合流，如大水决堤，莫之能抗，而一般旧道德家，其说又不足以服人，远不若先生提出（眩惑）二字纯粹从美学上立论而驱逐之于美之原质以外之如犀之割水清浊自见也(沉溺于颓废唯美之文学者,读先生此说,或者有所警乎?)。

以上论王静安先生之文学批评。至于先生提高文学艺术价值之论,推崇悲剧之说,对于《红楼梦》之批评等等,则某君于《小说月报·中国文学特号》述之已详,余故略而不论。论世人之所未论者,提出(历史、美学、伦理)三点(以见先生文学批评之大,并详述先生"古雅"之说,以见世之谥先生以文学革命家者之未窥先生学说之全)。夫处今日而言文学批评,有出于历史的批评、美学的批评、伦理的批评之三大方式之外乎?有之,其社会的批评乎?然而社会的批评者,不过伦理的批评之一部分耳。其印象的批评乎?然而印象的批评者,不过断片的历史的批评或美学的批评或伦理的批评或二者杂糅或三者杂糅之偏于主观方面耳。则谓一切文学批评不能逃此三大方式可也。先生晚年治考证之学,有大发明大贡献,(其少年之作文学批评,为时甚暂,)(其《宋元戏曲史》为其历史的文学批评与考证学之转机)(然而其精神圆满。于此三大方式间,无所不论,无论不精。则虽欲不谓之空前的文学批评家,不可得也。)《论屈子文学之精神》《论古雅之在美学上之位置》《〈红楼梦〉评论》三篇,即置诸世界大批评家之文集中而无愧色矣。

(原载一九二八年六月十一日《大公报·文学副刊》第二十三期,
署名"毅永")

逍遥游之话

一

　　读《庄子·逍遥游》篇，颇觉难解，不能释然于心。有几点零碎的意思：第一，我觉得向秀、郭象的解说，必不是庄子的原意。第二，《逍遥游》篇名疑是汉人所题，本文亦出汉人纂辑。而《逍遥游》的正解，存在于《淮南子》及阮籍之著作中。第三，《逍遥游》中所说的"游"，与《楚辞》中所见"远游"有关系，由楚国方士之宗教神仙思想，转变以成道家之哲学理论。我对于古代哲学所知过浅，这几点粗浅的观念，是否可以成立，将就正于高明。

　　先讨论向秀、郭象的解说。今本《庄子》郭象注解释《逍遥游》的大意云：

　　　　夫小大虽殊，而放于自得之场，则物任其性，事称其能，各当其分，逍遥一也，岂容胜负于其间哉？

　　《世说新语·文学篇》刘孝标注云：

　　　　向子期、郭子玄《逍遥》义曰：夫大鹏之上九万尺，鷃之起榆枋，小

大虽差,各任其性,苟当其分,逍遥一也。然物之芸芸,同资有待,得
其所待,然后逍遥耳。惟圣人与物冥而循大变,为能无待而常通。
岂独自通而已,又从有待者不失其所待,不失则同于大通矣。

二处所见,虽详略不同,大意则一。郭象注《庄子》,大部分采自向
秀,对于《逍遥游》大意,向创论于前,郭注又加发挥,学者可合称向郭之
义。在魏晋之际,此是一种新学说,以前读《庄子》的人,并不能如此想,
对于《庄子》这一篇文章,不能得到贯通的精义。

《世说新语·文学篇》云:

初注《庄子》者数十家,莫能究其旨要,向秀于旧注外为解义,妙
析奇致,大畅玄风。

又云:

《庄子·逍遥》篇,旧是难处,诸名贤所可钻味,而不能拔理于
郭、向之外。

理而为向、郭二人所专享其名,可知前乎向郭,并无所见,后乎向郭,
亦难超逾。《世说新语》述及东晋时支道林于白马寺谈说《逍遥》,卓然标
新理于两家之表;他的说理亦见刘孝标注所引,对向、郭之说,略加修正。
但所说至人之心,又参佛理;是以佛经附会《庄子》,我们不知道庄子懂了
佛经的道理没有?支遁新义,虽有胜过向、郭的地方,但影响之大,不及
向、郭,因郭注《庄子》独传于后世之故,今不深论,以免支节。

郭象说:"小大虽殊,逍遥一也",则是庄子之旨,在齐大小。问题是
庄子在别篇里有齐大小的思想,在这一篇里没有,不但没有,而且说小不
如大。所以庄子的原意,与郭象的解说,恰恰立于相反的地位。大鹏之
适南溟,水击三千里,抟扶摇而上者九万里,而蜩与学鸠笑之。郭象说:
"苟足于其性,则虽大鹏无以自贵于小鸟,小鸟无羡于天池。"这是完全以
物任其性解释《逍遥》的意义,"逍遥"二字的意义究应作如何解,待后讨
论,不过庄子原文并没有赞称蜩与学鸠的笑,反一再加以指斥,这又如何

能说得通呢？"之二虫，又何知?"是第一指斥，"小知不及大知"是第二指斥，文章本来是很明白浅显的。

"之二虫，又何知?"何谓二虫？二虫者即指上文之蜩与学鸠而言。郭象既有齐大小的成见，于此处认为二虫兼指蜩、鹏。他说二虫的无知，乃是说二虫大小异趣，"夫趣之所以异，岂知异而异哉，皆不知其所以然而自然耳"。意思是说大小两个动物，大的原来就大了，小的本来是小的，一切得诸自然，它们并没有知道什么。道理并非说不通，无奈太曲解一点。这样六个字，有如许多曲折，那么庄子的文章，岂不太难读了？俞樾曰："二虫即承上文蜩、鸠之笑而言，谓蜩、鸠至小，不足以知鹏之大也。郭注云二虫谓鹏、蜩也，失之?"俞说甚是，简捷了当。且如郭象所解，则学鸠撇到哪里去了？蜩是一虫，名正言顺，谁也不能动它；学鸠，鸟之小者，虫之亦宜；如谓大鹏亦虫，有何根据？曰，有。成玄英《疏》为郭象找证据，《成疏》云："呼鹏为虫者，《大戴礼》云：东方鳞虫三百六十，应龙为其长，南方羽虫三百六十，凤凰为其长，西方毛虫三百六十，麒麟为其长，北方甲虫三百六十，灵龟为其长，中央裸虫三百六十，圣人为其长，通而为语，故名鹏为虫也。"其说亦通。今按不但《成疏》云云，即于《庄子》书中亦可得证;《应帝王》"且鸟高飞以避矰弋之害，鼷鼠深穴乎神丘之下，以避薰凿之患，而曾二虫之无知。"是高飞之鸟，可称虫也。但细观之，庄子言虫，仍有小之之意，以鸟、鼠对人，故鸟、鼠为虫，以蜩、鸠对鲲鹏，则蜩、鸠为虫。《逍遥游》中，鹏果在虫列乎？倘并鹏亦计算在内，则为虫者三矣，安得二？此向、郭《逍遥》义所难通者一也。

"小知不及大知"即承上二虫何知而言。既谓"不及"，则贬而不齐。郭象欲齐，所以必要将贬抑的意义，释之使为平等，其中关键，在不及二字的讲法，"不及"有两种，譬如说"不及格"，那么就是达不到某种标准，含有贬抑义。譬如说"风马牛不相及也"，就等于说"不相干"，此是平等义。今郭用后面的一种意义解释《庄子》。他的意思是大小属于物性，得之自然，无可羡傲，各不相及。注云："物各有性，性各有极，皆如年知，岂跂尚之所及哉？自此以下，至于列子，历举年知之大小，各信其一方，未足以相倾者也。"小不能倾大,大亦不能倾小,此所谓不及。但庄子何以只说小知不及大知,而不说大知不及小知,或者小大之知,各不相及乎?此难通者二也。

原文于小知不及大知下,举蟪蛄为小知之例。蟪蛄非他,即上文笑鹏之蜩也。司马彪注:"蟪蛄,寒蝉也,一名蜈螃。"崔譔云:"蛁螃也,或曰山蝉。"按《尔雅·释虫》于蜩下出蜺蜩,蟧蜩蚻马蜩及蜻蠽。郭璞注蜻蠽曰:"即蜈螃也,一名蟪蛄,齐人呼为蜻蠽。"《方言》:"蛉蚗,齐谓之蜻蠽,楚谓之蟪蛄。"又曰:"蝉,楚谓之蜩,宋卫之间谓之螗蜩,陈郑之间谓之蜋蜩,秦晋之间谓之蝉,海岱之间谓之崎,其大者谓之螃,或谓之蚻马。"是蟪蛄也,蜻蠽也,蛉蚗也,蜈螃也,蜋蜩也,螗蜩也,蚻马也,皆蜩属也,蝉也。虽有大小之分,方言之别,要之皆为蜩属。或曰庄子作文随便,殊不必根据《尔雅·方言》去细究他文章中的名物,但如果我们弄明白了蟪蛄即蜩,则郭象之疏自见。蜩与学鸠所以笑鹏,因为小知不及大知的缘故,并不见得一定有如何哲学的立场,此事甚显;郭象之说理,深于《庄子》本文,似是而非也。庄子说:"蟪蛄不知春秋。"也许是引用一句成语,而且是楚人的成语,他说蟪蛄不知,也就指实说了蜩的不知。

原庄子的主意,本在说大,故尔叙鲲鹏的神话,顺便提到了蜩与学鸠的笑,而又顺便指斥之,那是闲文。庄子完全袭用了一段古代的神话或者寓言(fablo),他并不想在每段文章的支节里装进他的哲学思想。他先抄一段《齐谐》志怪之书,又抄一段汤问棘的古记。《齐谐》书中有大鹏徙于南溟一段,有无蜩鸠之笑,不得而知;《汤问》的古记里必有斥鷃笑之一节(今本《列子·汤问篇》不足为凭),不然,何以要重复一段文章?夫既属引用之文,则其间别无深意。郭象逐段作注,大事奇求,于鲲鹏二节,则言"小大虽殊,逍遥一也",于许由一节则言"尧许、虽异,逍遥一也",岂非胶柱鼓瑟乎?

以小笑大,适见其陋,而小鸟大鸟之喻,古人常用,非独见于《庄子》。《史记·陈涉世家》:"嗟乎,燕雀安知鸿鹄之志哉?"(《索隐》云鸿鹄是一鸟,若凤凰然)。《文选·宋玉对楚王问》:"凤凰上击九千里,绝云霓,负苍天,翱翔乎杳冥之上,夫蕃篱之鷃,岂能与之料天地之高哉?"扬雄《反离骚》:"凤凰翱翔于蓬渚兮,岂驾鹅之能捷?"《解嘲》:"今子乃以鸱枭而笑凤凰,执蝘蜓而嘲龟龙,不亦疾乎?"皆是其例。《逍遥游》中鹏字本应作朋,朋乃古文凤字,与前引数处,大意全同。恐汉人读《庄子》,亦无别解,只有小不知大看法。直到阮籍《达庄论》统论庄子哲学,还全没有类似向秀的议论。而他的《大人先生传》有这样三句:"阳乌游于尘外,而鷃鹩戏于蓬艾,小大固不相及",这几句话乍看颇近于向秀的理论,细按较去,意义又适相反!嗣宗方大骂君子,这一段的全文如下:

> 且汝独不见夫虱之处于裈中,逃乎深缝,匿乎坏絮,自以为吉宅也。行不敢离缝际,动不敢出裈裆,自以为得绳墨也。饥则啮人,自以为无穷食也。然炎丘火流,焦邑灭都,群虱死于裈中,而不能出。汝君子之处区内,亦何异夫虱之处裈中乎?悲夫!而乃自以为远祸近福,坚无穷已。亦观夫阳乌游于尘外,而鷃鹩戏于蓬艾,小大固不相及;汝又何以为若君子闻于予乎?

嗣宗以阳乌游于尘外比拟他所谓大人,以鷃鹩戏于蓬艾比喻君子之卑小,大旨亦本《庄子》,他对于《逍遥游》可说是得了正解。《逍遥游》本在说大,阮籍能够懂得,《逍遥游》本在说游,阮籍也能懂得,所以《大人先生传》中又有一节:

> 先生闻之笑曰,虽不及大,庶免小矣。乃歌曰:"天地解兮六合开,星辰霣兮日月陨,我腾而上将何怀。衣弗袭而服美,佩弗饰而自章,上下徘徊兮,谁识吾常。"遂去而遐浮,……

"虽不及大,庶免小矣",是阮氏以大为通,以小为陋,此类思想即《逍遥游》之正解。又以鷃鹩戏于蓬艾比君子,则亦陋之小之之意,明甚也。

或曰今《逍遥游》本文中许由自比鷃鹩,以让天下,则鷃鹩虽小鸟,适性以游,亦善得逍遥之旨,足以助成向、郭之说,又将何解?曰,庄子本文含糊,此处确有歧义。《荀子·劝学篇》云:

南方有鸟焉,名曰蒙鸠,以羽为巢而编之以发,系之苇苕,风至苕折,卵破子死,巢非不完也,所系者然也。

杨倞注:"蒙鸠,鹪鹩也",并引《说苑》:"客谓孟尝君曰,鹪鹩巢于苇苕,箸之以发,可谓完坚矣,大风至则苕折卵破者何也,所托者然也。"(见今本《说苑》卷十九)王念孙《广雅疏证》卷十鹪鹩下有长篇考证,结论谓"或以为鹪鹩非蒙鸠者失之"。如此,在先秦文学里鹪鹩亦被讥刺为小不知大之鸟。至于《庄子》,则文有歧义,若谓许由因一己至小,恶用天下,则以鹪鹩巢林,偃鼠饮河自况。若谓许由小天下而不为,则鹪鹩、偃鼠,所以比尧。盖许由之意,名实俱无所为,名则尧已居之,实则如鹪鹩之一枝,偃鼠之满腹,亦至小已,安足以累我耶?(俞樾曰,上文"吾将为宾乎"之"宾",当作"实",连下读;俞说是。)向秀注《庄》从前解,阮籍读《庄》殆从后说。证之以《荀子·说苑》,后说非无一得之长。张华《鹪鹩赋》:"鹪鹩小鸟也,生于蒿莱之间,长于藩篱之下,翔集寻常之内,而生生之理足矣",是则通于《庄》,而不通于《荀》,达于向秀之《庄》,而不达于阮籍之《庄》矣。

学问之道,后来居上,哲学思想的堆积,也是愈后愈说得高明,愈说得圆满。向秀、阮籍同时人,他们对于《庄子》的悟解不同,阮籍属于过去的时代,向秀属于后来的时代。《晋书·向秀传》说:"庄周著内外数十篇,历世方士,虽有观者,莫适论其旨统也。秀乃为之隐解,发明奇趣,振起玄风,读之者超然心悟,莫不自足一时也。"所谓"旨统""隐解""奇趣",本含有融会贯通,别具新解之意。夫移《齐物论》秋毫泰山之谈,《养生主》适性饮啄之论,则小大逍遥之学说,正如箭在弦上,不得不发。即无向秀,后之读《庄》者亦必发明此论,使《逍遥游》一篇纳入《庄子》整个的哲学系统中,弥觉其圆满畅达耳。但其违失原文,改动原意,则诚不可讳言,如上所述。

二

如将魏晋之际的学说撇开,探索《逍遥游》篇的意义,这其间有许多困难。先问何谓逍遥？

逍遥两字的解释，不很确定。最早见于《诗经·郑风·清人》"河上乎逍遥"与"河上乎翱翔"对文；《清人》序云："陈其师旅，翱翔河上"，是逍遥同翱翔。《桧风·羔裘》"羔裘逍遥，狐裘以朝"与"羔裘翱翔，狐裘在堂"对文；序云："絜其衣服，逍遥游燕。"《小雅·白驹》"所谓伊人，于焉逍遥"，《郑笺》以"游息"二字训之。《离骚》"聊逍遥以相羊"，王逸注："逍遥、相羊，皆游也。"

《离骚》又云："欲远集而无所止兮，聊浮游以逍遥"，此处逍遥与浮游对文，意义当相离不远。《九歌·湘君》："聊逍遥兮容与"；《九章·哀郢》："今逍遥而来东"；《悲回风》："寤从容以周流兮，聊逍遥以自恃"：这三处王逸均以"游戏"释逍遥。逍遥亦作消摇，《礼记·檀弓》："消摇于门"，郑玄无注，但上文写孔子负手曳杖，当亦是闲游之意。一作招摇。《汉书·司马相如传》："消摇乎襄羊"，《史记》作"招摇乎襄羊"。扬雄《甘泉赋》："徘徊招摇"，李善注："招摇犹彷徨也。"观此，知逍遥与翱翔、彷徨、相羊、襄羊、徘徊等词都可互通；同时都可训作游。

逍遥即游，则"逍遥游"一个篇名，就显得难通，这一个篇名，不见得是庄周所题。假定庄周与梁惠王、齐宣王同时，则尚在屈原之前，他的文法何能比《楚辞》新？今《庄子》郭象注本，共三十三篇，郭氏以前《司马彪》本为五十二篇，与《汉书·艺文志》合。《司马彪》本，据俞正燮考定，中有淮南王《庄子略要》，此由《文选》注引淮南王文及司马彪注可窥见，俞氏《癸巳存稿》卷十二云：

> 则彪本五十二篇中有淮南王《略要》，或《汉志》五十二篇为淮南本入秘书雠校者。

武内义雄《庄子考》赞成俞说，作如下之推论：

> 《汉志》所载《庄子》五十二篇，由内篇七，外篇二十八，杂篇十四，解说三而成。乃淮南王门下之士所传，后入于秘书，而被校雠。其内篇是辑其近于庄周之本真者，其外篇是辑其后学之说及与内篇

重复而异文字者。杂篇是杂载短章逸事。解说似是淮南王门下士之解释《庄子》者,是为司马彪注及孟氏所本。

先秦古文学大都出汉代,而由汉人整理成书,以传于后。《庄子》五十二篇,为淮南王门客所传,说甚近情。所谓"传"者,并非传先秦庄周其人之著作之真本,乃是搜辑庄子学说故事,自战国以至于秦汉方士之所为,不辨古今,不考真伪,一齐囊括在内,又以辑者解说之文附于后。至于篇章之任意分合,以及篇名之题记,皆出于辑者之手,更无容疑。淮南王安及其宾客所著书,分内书、外书,今《庄子》亦分内篇、外篇。而《逍遥游》题名,以及定为内篇之首,殆皆出淮南门客所为,非此不足以解释不合先秦的训诂的原因。

我们现在读《庄子》,觉得"逍遥游"三字甚好,原因是受了向秀、郭象的影响。郭象虽不曾为逍遥二字作注,但他对此二字的训解,可以从他的注里推论出来。他说:"小大虽殊,而放于自得之场","自得"二字,特为牵合逍遥而设,在郭象心目中,逍遥有自得的含义,正如近代俗语所谓"逍遥自在",但《诗经》《楚辞》中所见逍遥尚无此义。今本《竹书纪年》说共伯和"有至德,尊之不喜,废之不怒,逍遥得志于共山之首",是可援引的一条,惜《纪年》晚出,亦不足为证。又郭象心目中逍遥有愉快、安适等意义。如云:

物各有宜,苟得其宜,安往而不逍遥也。

夫小大之物,苟失其极,则利害之理均,用得其所,则物皆逍遥也。

"安往而不逍遥",即"安往而不愉快",则"物皆逍遥也"等于说"则物皆愉悦也"。冯芝生先生译《庄子》径以 Happy Excursion 译逍遥游,又冯著《哲学史》论《庄子》,"何为幸福"一节中所说,皆本郭象此意。这一个训诂,亦非先秦所有。

《世说新语·文学篇》云"《逍遥篇》旧是难处"。何以难? 题目就很费解。成玄英《疏》序云:逍遥游者古今解释不同,略为三:

第一顾桐柏云:"逍者销也,遥者远也,销尽有为累,远见无为理,以斯而游,故曰逍遥。"

第二支道林云:"物物而不物于物,故逍然不我待,玄感不疾而速,故遥然靡所不为,以斯而游天下,故曰逍遥游。"

第三穆夜云:"逍遥者盖是放狂自得之名也,至德内充,无时不适,忘怀应物,何往不通,以斯而游天下,故曰逍遥游。"

其间支道林解,即见于《世说》刘孝标注,惟文字略有异同,以无关宏旨,今可不论。凡此皆名贤钻味所得,实则无一可信。因逍遥显系连词,不容分析而穿凿其义耳。《庄子》书中数见逍遥:

(一)彷徨乎无为其侧,逍遥乎寝卧其下。(逍遥游)

(二)忘其肝胆,遗其耳目,反复终始,不知端倪,芒然彷徨乎尘垢之外,逍遥乎无为之业。(大宗师)

(三)古之至人,假道于仁,托宿于义,以游逍遥之墟,食于苟简之田,立于不贷之圃。逍遥无为也,苟简易养也,不贷无出也。古者为是采真之游。(天运)

(四)忘其肝胆,遗其耳目,芒然彷徨乎尘垢之外,逍遥乎无事之业。(达生)

(五)日出而作,日入而息,逍遥于天地之间,而心意自得。(让王)

又《淮南子》与《庄子》关系最密切,今亦举数条,以见逍遥的用法:

(六)逍遥于广泽之中,而仿洋于山峡之旁。(原道训)

(七)芒然彷徉于尘埃之外,而消摇于无事之业。(俶真训)

(八)体本抱神,以游于天地之樊,芒然彷徉于尘垢之外,而消摇于无事之业。(精神训)

看了上面几条,有几点可以讨论。第一,(二)(四)(七)(八)文字相同,是同一原典的化身,逍遥与彷徨("彷徉"通)对用,犹之《诗经》《楚辞》中与翱翔、相羊对用,最合古文法,其中逍遥是自动词,义训"游也"。第二,(一)(六)逍遥亦与彷徨对用,但(六)仍为自动词,(一)则为状词,下又连动词。第三,从(三)知《庄子》本书中以无为训逍遥。但何以向秀、郭象等不本此义以解逍遥篇？我们可有两种假定,一者郭象不曾注意;二者郭象并不看重这一条,因疑为偏训而非通训。以我观之,即以这一个训诂而论,也不见得是本文所有,竟可疑为汉人解说的阑入。

武内《庄子考》谓向秀所据之崔譔二十七卷已将淮南解说之辞散入各篇本文者,是也。"逍遥之墟",当作如何解？道家书中有许多只是play of terms,《天运篇》之"游于逍遥之墟",大概与上文"动于无方""居于窈冥"大意相同。《淮南子·原道训》:"上游于霄雿之野",又云:"动溶无形之域,而翱翔忽区之上。"皆是此意。即《逍遥游》中所谓"无何有之乡,广漠之野",亦属同类。

此等竟是文字游戏,故弄玄虚。从这一条"游于逍遥之墟"里,可以看到逍遥已变成一个道家的玄虚的术语,是名词或者形容词,而不是动词了。现在《逍遥游》篇的题名者也用了这样一个玄虚的术语,以隐括那一篇里的道家思想。当然包含许多神秘的意义,不单有适性、自得、愉快等等可以用理性来辩解,来说得清楚的那几层含义。

《让王篇》一条,上言"逍遥",下言"自得",岂不足为郭象之助乎？曰,《让王篇》学者都知道是伪篇。如与《吕氏春秋》比较,最有趣味。《让王篇》的作者抄一段《吕览·贵生篇》,换抄一节《审为篇》,再抄一段《贵生篇》,又换抄一节《审为篇》,如是又换《贵生篇》。但是说《让王篇》是伪篇,到底是什么时候伪的？我想也不是魏晋人伪造,还是汉人伪造,因此篇有司马彪注可证,底本还是在《汉志》五十二篇中。近世学者,怀疑《庄子》外杂篇,而以内篇七篇为庄子原著,亦不能说是顶公平的态度。因为五十二篇同时为汉人所纂辑,而内篇中例如《逍遥游》《人间世》中亦皆有汉人的文字。

《逍遥游》末节惠子与庄子讨论大树的一段文字,其中如"逍遥乎寝卧其下","逍遥"二字的用法,不合先秦惯例,甚为显然。大木无用的这一个题材,见于此,亦见于《人间世》。《人间世》"匠石之齐,见栎社树"的

一节,颇多渲染,亦不是古本。古本在《吕览·必己篇》中,又载在《庄子·山木篇》里。《必己篇》云:

庄子行于山中,见木甚美长大,枝叶盛茂,伐木者止其旁而弗取。问其故,曰,无所可用。庄子曰,此以不材得终其天年矣。出于山,及邑,舍故人之家,故人喜,具酒肉,令竖子为杀雁飨之。竖子请曰,其一雁能鸣,一雁不能鸣,请奚杀?主人之公曰,杀其不能鸣者。明日弟子问于庄子曰,昔者山中之木,以不材得终天年,主人之雁,以不材死,先生将何以处?庄子笑曰,周将处于材不材之间。

材不材之间,似之而非也,故未免乎累。若夫道德则不然,无讶无訾,一龙一蛇,与时俱化,而无肯专为。一上一下,以禾为量,而浮游乎万物之祖。物物而不物于物,则何可得而累,此神农黄帝之所法。若乎万物之情,人伦之传,则不然,成则毁,大则衰,廉则挫,尊则亏,直则骫,合则离,爱则隳,多智则谋,不肖则欺,胡可得而必?

此处所说大木无用,是先秦古本,《逍遥游》《人间世》那两节文字,疑出于此。

这里有一个大惑不解的问题。《吕氏春秋》此段文章,采自何书?曰,采自古本《庄子》,至于汉人纂辑庄子学说故事,以成五十二篇,则以此段文字入《山木篇》,彰彰明甚。但倘使《吕览》采《庄子》,引用庄子之文,到何处为止?以文意观,只到"材不材之间"为止。下面"似之而非也""未免乎累",是批评庄子的文章。今本《庄子》以《必己篇》外物不可必一节,抄入《外物篇》,此段论山木与雁则抄入《山木篇》。《吕览》有结构,《庄子》无之。想来古本《庄子》,或者二段仍粘合不分,大同于《吕览》,亦未可知,而庄学后人,加以割裂增附,所以篇章增多。这还不成问题。成为问题者,即今本《庄子》,以此段抄入《山木篇》,下增"悲夫,弟子志之,其唯道德之乡乎?"数语,以《吕览》中批评庄子的话,均作庄子自己的话。"似是而非,未免乎累",果是庄子语耶?抑"浮游于万物之祖,物物而不物于物",果非庄子语耶?此处迷离莫测,敬以质诸高明。

《逍遥游》中亦有同于《吕览》的文字,如许由对尧一节故事,亦见于《吕览·求人篇》。如比较观看,则《吕览》拙而《庄子》文,拙者近古。虽不足以证明今本《庄子》此节出于《吕览》,即使各有同源,《庄子》文必已经后人润色,可以断言。否则不韦宾客,何不抄今本《庄子》中文从字顺之一节耶?

又武内义雄意,今本《逍遥游》中许由一节文字下,应紧接今本《齐物论》《应帝王》之王倪、啮缺、被衣三人之问答。不然"尧见四子于藐姑射之山,汾水之阳"的四子,司马彪注四子为王倪、啮缺、被衣、许由,其中三人,毫无着落。想来司马彪本原有下面两段文字,与今郭象本不同。这一点意见有充分理由,因为《逍遥游》说"至人无己,神人无功,圣人无名",下接许由、肩吾二段文字,与上圣人无名,神人无功呼应,而至人无己一节文字,竟付缺如。刘大櫆以末后两节文字当之,颇觉附会。今《齐物论》中王倪曰:"至人神矣",下又曰:"死生无变于己",恰恰相合。如此看来,今本《逍遥游》不特非先秦之旧,又非汉人之旧,则全篇大意,如何能讲? 即使讲了,和先秦的庄周没甚关系。我意魏晋名贤,所以钻味而不得要领之故,乃是为篇目标题所欺。如果知道《齐物论》文章可以入《逍遥游》,《逍遥游》文章也未始不可以入《应帝王》,则篇名已不重要;向秀、郭象之失,即失在苦求切题之思想也。

三

粗浅说来,《逍遥游》说了大,又说了游。大的哲学是先秦所有,《吕览》有《谕大篇》及《务大篇》。《谕大篇》云:

> 空中之无泽陂也,水中之无大鱼也,新林之无长木也。……季子曰:燕雀争善处于一室之下,子母相哺也,姁姁焉相乐也,自以为安矣,灶突决则火上焚栋。……人臣者进其爵禄富贵,父子兄弟相与比周于一国,姁姁相乐也,以危其社稷,其为灶突近也。

《务大篇》与此略同,但以季子之言,为孔子之言。刘向《说苑》记杨朱对梁王：

> 臣闻之吞舟之鱼不游渊，鸿鹄高飞不就污池，何则，其志极远也。黄钟大吕不可从繁奏之舞，何则，其音疏也。将治大者不治小。

今庄子所举鹏鷃亦鸿鹄燕雀之谈，"知效一官，行比一乡"，亦"相与比周于一国"之语，可以参较而观。《吕览》网罗先秦学说，于庄子学说故事，绝少采用，仅有《必己篇》一节。如《逍遥游》之说大小之辩，不为不精，何故屏而不录？意者，今本《庄子》大部分材料，出于西汉时江淮之地，刘安宾客得以辑论成书，而不韦则并未寓目耶？

第二，《逍遥篇》中所说之游带有道家神秘思想，且是道家重要思想之一。刘安宾客，以此篇置《庄子》全书之首，不为无因。《淮南子》开宗明义之《原道训》亦有一大段文章论游：

> 昔者冯夷大丙之御也，乘云车，入云蜺，游微雾，骛怳忽，历远弥高以极往。经霜雪而无迹，照日月而无景，扶摇抮抱羊角而上。经纪山川，蹈腾昆仑；排阊阖，沦天门，末世之御，虽有轻车良马，劲策利锻，不能与之争先。是故大丈夫恬然无思，澹然无虑，以天为盖，以地为舆；四时为马，阴阳为御，乘云凌霄，与造化者俱；纵志舒节，以驰大区。可以步而步，可以骤而骤，令雨师洒道，使风伯扫尘，电以为鞭策，雷以为车轮。上游于霄雿之野，下出于无垠之门。

这一类游，无以名之，名之曰"逍遥游"。淮南所言恰恰是《庄子》的注解。

先说一节冯夷大丙之御为大丈夫作引，恰如《庄子》先说一节鲲鹏之游，作为下文圣人、神人、至人之引。"四时为马，阴阳为御，乘云凌霄，与造化者俱"即出于《庄子》的"御六气之辩，以游无穷"。"霄雿"，高诱注："高峻貌"，望文生训，未见其是，王念孙云，"虚无寂漠之意"，引《俶真训》"虚无寂漠，萧条霄雿"，是也。此处"上游于霄雿之野，下出于无垠之门"亦犹《庄子·天运篇》之"游于逍遥之墟"。

淮南王不但是庄学的推进者，并且是庄学的发动者。所以据《淮南子》内篇以看《庄子》,可见庄学之真。此种上天下地的游,介乎神仙思想与道家哲学之间。《逍遥游》所述姑射山之神人,不食五谷,吸风饮露,乘云气,御飞龙,以及《齐物论》中乘云气,骑日月的至人,非常神秘。颇疑其渊源于楚国方士的信仰。

淮南王都寿春,即战国时楚之故都,其宾客皆吴楚方士,编辑《庄子》,提倡《楚辞》,时论神仙黄白之术,三事之间,互有关系。

所以《逍遥游》一类思想,在《楚辞》中有之。第一,《远游》一篇,触我心目。首云,“悲时俗之迫阨兮,愿轻举而远游”,王逸注云:“高翔避世,求道真也”,实是如此。“质菲薄而无因兮,焉托乘而上游”,此则无大鹏鸾鸟之乘,冯夷大丙之御,亦不能如列子御风而行也。“贵真人之休德兮,美往世之登仙”,王注以真人为指羡门子乔,夫姑射山之神人,岂必除外?“奇傅说之托辰星兮”,《庄子·大宗师》说傅说“乘东维,骑箕尾,而比于列星”。“餐六气而饮沆瀣兮,漱正阳而含朝霞”,此犹《庄子》所谓“吸风饮露”“乘天地之正,御六气之辩”。“至南巢而壹息”,王注:“观视朱雀之所居也”,朱雀即凤,凤即大鹏,南巢即南溟,亦即天池。“载营魄而登霞兮,掩浮云而上征,命天阍其开关兮,排阊阖而望予”“召丰隆使先导兮”“前飞廉以启路”,这一段又可与淮南所说比较。我想说《庄子》的“逍遥游”即是《楚辞》的“远游”,决非附会。再者,如司马相如《大人赋》所陈,性质同于《远游》亦即《逍遥游》之所谓游,所以汉武帝读了飘飘有凌云之气,似游天地之间然。

或以为《远游》类汉人所为,非屈原之作,不足为据。但这一类游,《离骚·九辩》中本亦有之。《九辩》末节“愿使不肖之躯而别离兮,放游志乎云中,乘精气之抟抟兮,骛诸神之湛湛”,下言参霓,历星,朱雀,苍龙,雷师,飞廉等等,亦同于《原道训》。《离骚》大意,学者纷纭其说,但其中飘风云霓,虬龙鸾凤,一段上天下地的游,说都是譬喻,谁肯相信?离骚的离字,王逸训别也,未始无一得之长。此离或即《九辩》之“愿使不肖之躯而别离兮,放游志乎云中”之离,故文中言“何离心之可同兮,吾将远逝以自疏”,则《离骚》亦一大远游文字也。《汉书·淮南王传》云:“初安入朝,献所作《内篇》新出,上爱秘之。使为《离骚》传。"不知《离骚》与淮南内篇,有何关系? 百思不得其解。可能之解释有二:一者,《离骚》与淮南内篇,同时进呈;二者,《离骚》中之游仙思想与淮南《内篇》之论道,有相联之关系也。

考《楚辞》来历,《汉书·地理志》说得最明白:

> 寿春、合肥……亦一都会也。始楚贤臣屈原被谗放流,作《离骚》诸赋以自伤悼,后有宋玉、唐勒之属,慕而述之,皆以显名。汉兴,高祖王兄子濞于吴,招致天下娱游子弟,枚乘、邹阳、严夫子之徒,兴于文、景之际;而淮南王安亦都寿春,招宾客著书。而吴有严助、朱买臣贵显汉朝,文辞并发,故世传《楚辞》。

楚辞之来历如此,大概屈原、宋玉至汉代而名始显,吴王、淮南王之宾客,竞造词赋,祖述屈、宋,同时屈、宋之作亦即他们所传出。今《庄子》之书,亦出于南方。前乎刘安,汉文帝时贾生南游,投赋以吊屈原,追摹《离骚》;又作《鵩鸟赋》,有"阴阳为炭,万物为铜""寥廓忽荒,与道翱翔""其生若浮,其死若休"等语,皆本《庄子》。可为《庄子》《楚辞》同时盛行流传于南方之证。

淮南论游,亦《庄》亦《骚》,至阮籍之《大人先生传》,则更推而广之,扩而充之。全篇一半是《庄子》,一半是《楚辞》,而几乎全部分都在说游。阮籍为庄学之正统派,深会《逍遥》之旨。魏晋以下,知此意者,其惟东坡乎?"挟飞仙以遨游,抱明月而长终",此《逍遥》之意也。盖必须乘云气,骑日月,翱翔乎杳冥之上,方得谓之逍遥,决非藩篱之鷃,适性饮啄之谓也。

翱翔杳冥之上,是为登天。《离骚》:"陟升皇之赫戏兮。"王逸注:"皇,皇天也",此则明言登天。陟升犹陟降,陟降犹登假,是古代宗教术语。《惜诵》:"昔余梦登天兮",又曰:"愿释阶而登天兮"。《远游》:"载营魄而登霞兮。"《大人赋》:"乘虚亡而上遐兮"。《庄子·大宗师》亦云:"孰能登天游雾,挠挑无极""若然者,登高不栗,入水不濡,入火不热,是知之能登假于道也",《德充符》："彼且择日而登假。"《淮南子·精神训》亦云："此精神之所以能登假于道也。"（高注："假或作蝦，云气也。"）知《楚辞》与《庄子》《淮南子》用同一术语。细言之，则《楚辞》中所写登天游雾，是属于宗教法术的事，而《庄子》《淮南子》所讲是"道"，亦是精神作用。后者渊源于前者，是《楚辞》中之远游登霞，代表前期南方方士之神仙思想，而《庄子》《淮南子》中之逍遥登假，代表后期南方方士之哲学思想。单以这一个思想系统而论，《庄子》不得在屈原前也。《淮南子·精神训》言"体本抱神，以游于天地之樊"，又云："若此人者，抱素守精，蝉蜕蛇解，游于太清，轻举独往，忽然入冥，凤凰不能与之俪，而况斥鷃乎?"皆可移作《庄子》注解，此三闾大夫所追求而未得之趣欤！吾于向、郭之《庄》，还诸魏晋之间；淮南、阮籍之《庄》，还诸两汉；唯于先秦之《庄》，则不敢知也。

（清华大学中国文学会编《语言与文学》，1937 年）

李清照①《金石录后序》②

　　右《金石录》三十卷者何，赵侯德父所著书也③。取上自三代，下迄五

---

① 李清照，生北宋末年，济南人李格非女，诸城人赵明诚妻，以词名世。《宋史·列女传》中无传，于《李格非传》下附见数语云，"女清照，诗文尤有称于时，嫁赵挺之之子明诚，自号易安居士。"《宋史·艺文志》著录其《易安居士文集》七卷，又《易安词》六卷，今文集已佚，但有词集传世，名《漱玉词》。清照之父李格非，为当时有名之文人，曾受知于苏轼，著有《洛阳名园记》，其经学之著作则有《礼记说》数十万言。格非妻为王拱辰孙女，亦善文。故清照之善文章，实渊源于家学。《宋史》既不为清照立传，其事迹诗文散见于各书者，清人俞正燮（理初）辑成《易安居士事辑》一文（见其《癸巳类稿》），清人王鹏运所刻《漱玉词》（见其四印斋所刻词中，此书原刻已难得，近有上海中国书店影印本），将俞氏所作之事辑附录，欲详知李清照生平者可以参考焉。

② 《金石录》三十卷，赵明诚撰，《宋史·艺文志》著录，今存，旧有雅雨堂丛书本，三长物斋丛书本，行素草堂本数种，今又有商务印书馆影印之吕无党手钞本（见《四部丛刊续编》）。金者指古代铜器，石指石刻。商周青铜器上所刻文字，少者一二字，多者数百字，为研究古文字学及古史学之重要材料。石刻指记功碑、摩崖石刻、墓志之类，其所刻文章，可以引证历代史事，补订正史之缺失。我国金石之学，始盛于北宋，属于史学之一门，发达早于今日西洋之考古学也。前于赵明诚书，有欧阳修之《集古录》，赵氏之作，即继承欧阳公之事业者也。后序者，《金石录》一书，已有明诚自序一篇载于卷首，今清照所作，附于卷末，且距明诚之卒，又已数年，故称后序。据南宋人洪迈于庆元三年所作之《容斋四笔》中所述，则当时龙舒郡库刻赵氏《金石录》，此后序不曾刊入，洪氏得见原稿于王顺伯处，读其文而悲之，为撮述大概，录入于《容斋四笔》中。惜洪氏仅撮述大概，倘全录原文，则为今日最佳之古本也。凡作文题记于书末，或称书后，或称跋，性质微有区别，今称后序者，此文详记明诚作书之旨，及金石聚散之终始，比明诚自作之序更详，决非泛泛之题跋，故洪容斋见其手稿，称为后序，而今吕钞本乃以明诚之友河间刘跂政和七年之序作为后序，以此文为跋者非也。

③ 右《金石录》三十卷者何。右者即"以上"之意。明诚《金石录》中文章，每篇皆用右字开端，如"右古钟""右方鼎"之类，盖本是其所藏金石拓本上之题识，其后抄录成书耳，今清照亦效其笔法。"者何"两字学《公羊传》。德父，明诚字，亦作德甫，父甫通。赵明诚，《宋史》无传。侯者古时州牧之称，明诚连守两郡，后又为建康守，故以侯称之，适合身份。清照于明诚称侯，于挺之称丞相，皆极费斟酌，避去亲属称谓，改用众人之称呼，是其大方处。

季①，钟鼎甗鬲盘匜尊敦之款识，丰碑大碣，显人晦士之事迹②，凡见于金石刻者二千卷，皆是正讹谬，去取褒贬，上足以合圣人之道，下足以订史氏之失者，皆载之③。可谓多矣。呜呼，自王播元载之祸，书画与胡椒无异，长舆元凯之病，钱癖与传癖何殊，名虽不同，其惑一也④。

---

① 三代者，夏商周。夏代渺茫，如有金石，皆系伪托，明诚亦少收录，此仍云三代，行文之便耳。季者季世，五代于宋为近，故称五季。

② 甗音彦、甑类，鬲音历、鼎属，匜音移、沃盥器，尊，樽古字、酒器。敦音对、盛黍稷器，宋金石学者所谓敦，今时学者谓字应作毁，音段，与簋通。以上皆商周铜器名称。款识指铭刻之文字，凡此类铜器皆王公诸侯卿大夫所铸，或但铭记爵氏姓名，或更刻长文，所以记祖宗或其自身之功德者，而于祭祀燕享之礼用之，所谓"礼器"者是也，非日用之具。上句言金，下句言石。显人则事迹见于史者，晦士者姓名不见于史书，但其墓志出土，其中材料亦有裨于史乘。

③ 此二千卷指拓本而言，以纸贴于器物，用墨拓出其铭文，谓之拓本。凡金石古器原物贵重难得，拓本则流传四方。明诚家所藏固不乏原器，但拓本尤多。以所藏金石拓本，辨别真伪，加以去取，得二千件，每件得称为一卷，其珍贵者必装潢成卷轴也。此二千卷之目录，及明诚所作五百二卷之题跋，录成一书，即为三十卷之《金石录》。"是正讹谬"，吕钞本及《容斋四笔》皆作"伪谬"，今按明诚自序中亦云"是正讹谬"，作"讹谬"者是。"上足以合圣人之道，下足以订史氏之失"两句，揭出明诚著书之宗旨，以示非琐屑古董之玩好也。此意从明诚自序中得来。订史氏之失，有功于史学，合圣人之道，则有裨于经学。凡殷周器物，既多半是礼器，可以窥古代之礼教文化，其中亦有认为是文武周公之器者，如《金石录》中所收有"文王尊彝"等是。故云圣人。明诚自序中亦云"自三代以来，圣贤遗迹，著于金石者多矣"。道谓治道，以今语译之，可云"政教文化"。

④ 王播，唐义宗时尚书左仆射，为官贪酷，但无书画事。清人何义门校云，"播当作涯"（见张氏校勘记）。王涯，唐文宗时相，死于甘露之变。《唐书》本传云："家书多与秘府侔，前世名书画，尝以厚货钩致，重复秘固，若不可窥者。至是为人破垣剔取夹轴金玉而弃其书画于道。"元载，唐代宗时相，以专横纳贿伏诛。有司籍其家财，胡椒至八百石，见《通鉴》。胡椒尚有八百石，则其余珠玉财货之多可知。和峤，字长舆，晋人。《晋书·和峤传》云，"峤家产丰富，拟于王者，然性至吝，以是获讥于世，杜预以为峤有钱癖"。杜预，字元凯，晋人，爱好《春秋》《左传》，为之作注。《晋书·杜预传》云，"预常称峤有钱癖，武帝闻之，谓预曰，卿有何癖，对曰，臣有《左传》癖"。好书画与好财货有雅俗之分，但如王涯、元载则均取杀身之祸，嗜钱与嗜学问有贤愚之别，而清照乃论之曰，"名虽不同，其惑一也"，是感慨语，非由衷之言。盖明诚夫妇节衣缩食，收罗书画金石，非由强取豪夺也，以官宦之子女，居东京繁华之地，能绝足于声色狗马之场，耽于书史，恬静自爱，则自是贤于人矣，安能谓之惑乎。清照亦方自赏其趣味之高。然而于暮齿流离之际，晚景萧瑟之时，回念昔日之所好，皆已散为云烟，则不容不发此感叹语。苏东坡曰"君子可以寓意于物，而不可留意于物"。金石书画，虽为高洁之品，然而毕竟留意矣，则昔日陶然有足乐者，正是今日悲伤之资料，于是翻然而悔，始觉一切爱好，皆为惑溺，有庄生齐物，佛氏断绝贪痴之念，自是经历辛酸之议论，明诚序中所未言者，是以容斋读而悲之也。

余建中辛巳，始归赵氏①，时先君作礼部员外郎，丞相时作吏部侍郎②，侯年二十一，在太学作学生③。赵李族寒，素贫俭，每朔望谒告出④，质衣取半千钱，步入相国寺，市碑文果实归，相对展玩咀嚼，自谓葛天氏之民也。后二年出仕宦，便有饭蔬衣练，穷遐方绝域，尽天下古文奇字之志⑤，日就月将，渐益堆积。丞相居政府，亲旧或在馆阁⑥，多有亡诗逸史鲁壁汲冢所未见之书⑦，遂尽力传写，浸觉有味，不能自已。后或见古今名人书画，三代奇器，亦复脱衣市易。尝记崇宁间，有人持徐熙《牡丹图》⑧，求钱二十万，当时虽贵家子弟，求二十万钱，岂易得耶。留信宿，计无所出而还之⑨。夫妇相向惋怅者数日。

后屏居乡里十年⑩，仰取俯拾，衣食有余。连守两郡⑪，竭其俸入，以

----

① 建中辛巳，宋徽宗建中靖国元年，即西历一一〇一年。女子出嫁曰归。

② 清照写此序时，李格非已前卒，故曰先君。《宋史·李格非传》，"召为校书郎，迁著作佐郎，礼部员外郎，提点京东刑狱，以党籍罢，卒年六十一"。丞相指赵挺之，明诚之父，《宋史》挺之传"历太常少卿，权吏部侍郎，除中书舍人给事中，使辽"。又云："徽宗立，为礼部侍郎，……拜御史中丞。"今此文云建中辛巳年挺之为吏部侍郎，稍有出入，当是官职屡迁，史文未备举耳。后挺之排击元祐党人，以蔡京援引，遂拜尚书右仆射，既相，与京不合，乞归青州，京罢复相，京相复罢，互为进退，皆见《宋史》本传。今按格非与挺之虽结儿女亲家，格非受知于苏轼，为元祐党人，挺之则为绍述派人物，排击元祐党人者，两人始合终离，清照精神上当极感苦闷。《郡斋读书志》谓格非罢官时，清照上诗挺之，有"何况人间父子情"之句，读者哀之（俞氏《事辑》引）。

③ 据《宋史·选举志》，太学生以八品以下子弟若庶人之俊异者为之，外舍生二千人，内舍生三百人，上舍生百人，艺业俱优者为上舍生。

④ 谒告，请假之意，宋人语。

⑤ 练，音蔬，苎布之属。"遐方绝域"，谓石刻之远在边疆也。

⑥ 宋初有三馆，藏书籍，太宗建崇文院，徙三馆之书以实之，东廊为集贤书库，西廊为史馆，又别为书库，目曰秘阁。神宗改崇文院为秘书省。明诚夫妇之亲戚故友，在馆阁供职者，谓在秘书省为著作郎，校书郎等职。

⑦ 亡诗者，诗三百五篇以外谓之佚诗；逸史者，如《竹书纪年》《逸周书》之类。汉武帝时，鲁恭王坏孔子宅壁，得《古文尚书》等。晋武帝咸宁五年汲郡人发魏襄王冢得竹书漆书。两句意谓多见外人所不得见之秘藏书籍之意。鲁壁汲冢等是用典故，乃形容词，非真谓其亲旧所有者乃《古文尚书》之类也。顾千里校，所字衍。

⑧ 崇宁亦徽宗年号。徐熙是南唐名画家，尤以花卉著名。

⑨ 信宿，再宿曰信。此处亦不严格指留两日。

⑩ 按《宋史·徽宗纪》，大观元年三月，赵挺之罢相，未几卒，明诚屏居乡里十年当在是年丁父艰始，俞正燮《易安居士事辑》未言其故，今为补出之。又按此时明诚结婚已六载，年二十七岁。

⑪ 俞氏《事辑》云，所知者为青莱二州。当有所本。

事铅椠①。每获一书，即同共校勘，整集签题②。得书画彝鼎，亦摩玩舒卷，指摘疵病，夜尽一烛为率③。故能纸札精致，字画完整，冠诸收书家。余性偶强记④，每饭罢，坐归来堂，烹茶，指堆积书史，言某事在某书某卷第几叶第几行，以中否角胜负，为饭茶先后。中即举杯大笑，至茶倾覆怀中，反不得饮而起。甘心老是乡矣⑤。故虽处忧患困穷而志不屈。

收书既成，归来堂起书库大橱。簿甲乙⑥，置书册。如要讲读，即请钥上簿关出⑦。卷帙或少损污，必惩责揩完涂改，不复向时之坦夷也。是欲求适意而反取憀栗。余性不耐。始谋食去重肉，衣去重采⑧，首无明珠翡翠之饰，室无涂金刺绣之具，遇书史百家，字不刓缺，本不讹谬者，辄市之，储作副本⑨。自来家传《周易》《左氏传》，故两家者流，文字最备⑩。于是几案罗列枕藉，意会心谋，目往神授⑪，乐在声色狗马之上。

至靖康丙午岁⑫，侯守淄川⑬。闻金人犯京师，四顾茫然，盈箱溢箧，

---

① 铅椠即书籍之意，椠谓书板之素未书者，铅，粉笔。又校书亦可谓铅椠。
② 两本比阅，定文字之异同，谓之校勘。古时书为卷轴式，故用签题，后已改成册子，犹存题签之名。
③ 每晚阅书，以尽一烛之时光为准则。
④ 偶字是谦词，不以其记忆力之好自夸，谓为偶然之事也。
⑤ 此段明诚夫妇之韵事，艳称千古，清洪升所作《四婵娟》剧本之第三种《斗茗》，即谱此事。归来堂当在青州故第。甘心老是乡矣，用《飞燕外传》汉成帝语之典。乡谓书乡。
⑥ 造目录之意。
⑦ 关，领也，与关饷、关钱之关同意。
⑧ 重肉谓第二个荤菜，重采谓第二件绸衣。两句谓节衣缩食。
⑨ 北宋时已有木刻书，清照以手抄之本为正本，庋藏大橱内，而别买刻本之善者，作为副本，备常时阅览，写本贵而刻本贱也。
⑩ 两家指《周易》家及《左传》家，谓关于《周易》及《左传》及各种注释及解说之书也。者流两字，从《汉书·艺文志》"儒家者流""道家者流"来。
⑪ 两句谓精神与书籍往来。写两人高雅之趣味及美满之生活，至此醋饱，下文则乐极悲来矣。
⑫ 宋钦宗靖康元年，西历一一二六年，时明诚四十六岁。是年冬，金人陷汴京。
⑬ 今山东淄川县。

且恋恋，且怅怅，知其必不为己物矣。建炎丁未春三月①，奔太夫人丧南来②。既长物不能尽载，乃先去书之重大印本者，又去画之多幅者，又去古器之无款识者，后又去书之监本者③，画之平常者，凡屡减去，尚载书十五车。至东海，连舻渡淮，又渡江至建康④。青州故第，尚锁书册什物，用屋十余间，期明年春再具舟载之。十二月，金人陷青州⑤，凡所谓十余屋者，已皆为煨烬矣⑥。

　　建炎戊申秋九月，侯起复，知建康府⑦。己酉春三月罢⑧，具舟上芜

---

① 宋高宗建炎元年丁未，即宋钦宗靖康二年。三月，金人立张邦昌为楚帝，四月，金人虏二帝北去，五月，康王构即位于南京，改元建炎。

② 俞氏《事辑》云，"靖康二年春，明诚奔母丧于金陵"，当亦据此文。按本文只言南来，下文固有至建康之句，至于明诚母是否卒于金陵，无考也。赵家故宅在青州，何以明诚母远在建康。以意测之，当时京师既陷，北方骚乱，明诚兄赵思诚先奉母南下，或思诚本官于南方，其母往依之，遂殁于南方耳。史无明文，不尽可考。总之明诚夫妇之南行，一则奔丧，二则避难，观其载书十五车可知也。

③ 监本，谓国子监印行之书，以其易得而弃之。

④ 晋改建业曰建邺，后避愍帝讳改曰建康。北宋时实称江宁府，南宋改建康，参后注。

⑤ 按李心传《建炎以来系年要录》及《宋史》皆系金人陷青州事于下年正月十八日，此云本年十二月陷，清照误记也。是年十二月青州有兵乱，知州曾孝序为乱兵所杀，而金人已分道入寇矣。

⑥ 《北史·崔鸿传》，"五都萧条，鞠为煨烬"。

⑦ 建炎二年戊申，明诚复官，知江宁府。此时仍称江宁府，至建炎三年五月，高宗至江宁，御笔改江宁为建康，见《系年要录》卷二十三。清照追记往事，用新改之名也。明诚知建康府在戊申秋九月，《系年要录》失载。但《要录》于此月记帝谓宰相，使求贤才，并召复旧官事，则明诚即因之而起复之一人也。又按明诚此时官衔为秘阁修撰。其时帝驻跸扬州。

⑧ 建炎三年己酉。是年正月金兵入淮泗，帝离扬州奔镇江，扬州被焚劫，又幸杭州，镇江被无赖及军人抄掠。三月，苗傅、刘正彦作乱，逼帝禅位于太子。四月，帝复位。明诚知建康，前后共半年，强寇外侵，群贼内乱，大江南北，骚动不宁。而清照尚有闲情逸致。《清波杂志》（宋周辉撰）卷八，"顷见易安族人言，明诚在建康日，易安每值大雪，即顶笠披蓑，循城远览，以寻诗，得句，必邀其夫赓和，明诚每苦之也。"清照此文言明诚以建炎三年春三月罢建康守，而不言其因。下文言夏五月，始被旨知湖州。李心传《系年要录》卷二十是年二月初五日甲寅事云："御营统制官王亦，将京军驻江宁，谋为变，以夜纵火为信。江东转运副使直徽猷阁李谟觇知之，驰告守臣赵明诚，时明诚已被命移湖州，弗听。谟饬兵将率所部团民兵伏涂巷中，栅其隘。夜半，天庆观火，诸军噪而出，亦至，不得入，遂斧南门而去。迟明访明诚，则与通判府事朝散郎毋邱绛、观察推官汤允恭缒城宵遁矣。其后绛、允恭皆抵罪。"李氏注云，此据孙觌撰李谟墓志，及江东运司所奏参修。据此，则明诚实畏事先遁。但《要录》记二月即有湖州之命，而据易安则五月始被旨知湖州，两处不同，未知孰是，俞理初漏失未考。

湖,入姑孰①,将卜居赣水上。夏五月,至池阳②。被旨知湖州,过阙上殿③,遂驻家池阳,独赴召。六月十三日,始负担,舍舟坐岸上,葛衣岸巾④,精神如虎,目光烂烂射人,望舟中告别。余意甚恶⑤,呼曰,"如闻城中缓急奈何。"戟手遥应曰,"从众。必不得意,先弃辎重,次衣被,次书册卷轴,次古器,独所谓宗器者⑥,可自负抱,与身俱存亡,勿忘也。"遂驰马去⑦。涂中奔驰,冒大暑,感疾。至行在⑧,病痁⑨。七月末,书报卧病。余惊怛,念侯性素急,奈何病痁,或热,必服寒药,疾可忧。遂解舟下,一日夜行三百里。比至,果大服柴胡黄芩药,疟且痢,病危在膏肓。余悲泣,仓皇不忍问后事。八月十八日,遂不起。取笔作诗,绝笔而终,殊无分香卖履之意⑩。

葬毕⑪,余无所之。朝廷已分遣六宫⑫,又传江当禁渡。时犹有书二

---

① 姑孰,溪名,故曰人。

② 今贵池县。

③ 即陛见之意,此时帝在建康。

④ 岸巾犹岸帻,《晋书·谢奕传》,"岸帻啸咏",帻以覆额,露额曰岸帻。

⑤ 谓心绪不佳。

⑥ 宗器,指古代天子诸侯宗庙礼乐之器,见《左传》襄公二十二年杜注。此处皆指拓本而言,非器物本身也。

⑦ 数句描绘如神,颇见明诚性格。

⑧ 帝行宫所在,称行在,此指建康。

⑨ 诗淹切或底切切。有热无寒之疟。又与疟同意。韩愈诗"宿酲未解旧痁作",旧痁,俗言老疟。

⑩ 魏武帝殁时,遗令云"余香可分与诸夫人,诸舍中无所为,学作组履卖也"。此句写明诚慷慨而卒,无琐屑遗嘱,不作儿女子牵恋态。惟用魏武此典,殊嫌不伦,易安习于四六词藻,未脱习气耳。明诚卒时,年四十九。清照祭以文,中有"白日正中,叹庞公之机敏;坚城自堕,怜杞妇之悲深"之句。(俞氏《事辑》引《四六谈麈》)

⑪ 按《建炎以来系年要录》卷二十七,闰八月(十六日)壬辰"和安大夫开州团练使致仕王继先,尝以黄金三百两,从秘阁修撰赵明诚家市古器,兵部尚书谢克家言,恐疏闻之,有累盛德,欲望寝罢。上批令三省取问继先日依。继先为人奸黠,喜谄佞,以医得幸。"云云。此条俞理初未采录人《事辑》中。今按以时日考之,距明诚之卒,不及一月,当是易安售去一部分之古器以葬事甫也。但所谓宗器未售,观下文仍有三代鼎彝可知。

⑫ 帝以金人又进犯山东,欲与辅臣宿将,备御寇敌,七月壬寅,诏迎奉皇太后率六宫往洪州,杨维忠将兵万人以卫,百司非预军旅之事者悉从。见《宋史·高宗纪》及《系年要录》卷二十五。皇太后者,隆祐太后也,即哲宗孟皇后,靖康之乱,以其久废得免,独得脱险,诏立康王即帝位者也。

万卷，金石刻二千卷，器皿茵褥，可待百客，他长物称是。余又大病，仅存喘息，事势日迫。念侯有妹婿，任兵部侍郎，从卫在洪州①，遂遣二故吏先部送行李往投之。冬十二月，金人陷洪州②，遂尽委弃。所谓连舻渡江之书，又散为云烟矣。独余少轻小卷轴书帖，写本李杜韩柳集，《世说》《盐铁论》③，汉唐石刻副本数十轴，三代鼎鼐十数事，南唐写本书数箧，偶病中把玩，搬在卧内者，岿然独存④。

上江既不可往，又虏势叵测，有弟远，任敕局删定官⑤，遂往依之。到台，台守已遁，之剡，出睦，又弃衣被走黄岩。顾舟入海，奔行朝，时驻跸章安⑥。从御舟海道之温，又之越⑦。庚戌十二月，放散百官，遂之衢⑧。绍兴辛亥春三月，复赴越⑨，壬子，又赴杭⑩。先侯疾亟时，有张飞卿学士

————————————

① 洪州今南昌，从卫即扈从皇太后者。按《系年要录》卷二十九，十一月壬子，隆祐太后退保虔州条下，有中书舍人李公彦，徽猷阁待制权兵部侍郎李擢皆遁云云，此李擢疑即明诚妹婿也。

② 金人陷洪州乃是年十一月事，清照误记。

③《盐铁论》十卷，汉桓宽著。

④《文选·鲁灵光殿赋》"而灵光岿然独存"，本谓建筑之高峻，故曰岿然，今则此句已成一典故，凡劫余之物，不随灰灭者，皆可曰岿然独存。岿俗或作巍，非是。

⑤ 远，行素草堂原本作抗，吕钞本，俞氏《事辑》，皆作远，今据改。李远《宋史》不见，敕局删定官，司删定敕命，属尚书省。

⑥ 剡县今嵊县，睦州今建德县，黄岩今黄岩。顾，吕本作雇。章安，镇名，今临海县东南。此数句疑有误倒处，按之地理不顺。以余之见，应改为"出睦之剡，到台，台守已遁，又弃衣被走黄岩，雇舟入海，奔行朝，时驻跸章安"，于地理方合。按《宋史》，高宗于闰八月离建康（即明诚卒后之一月），九月次平江府（今苏州），十月至临安（今杭州），渡浙江至越州（今绍兴），十一月离越州，十二月至明州（今鄞县）。时金人陷临安，帝议航海，离明州，次昌国县，金人又犯越州。建炎四年正月，至章安镇，金人犯明州。易安则既葬德甫于建康后，欲向西行至洪州未果，必在池阳家中，稍作料理，折而东南行至睦州（建德）。因张飞卿玉壶事，欲将古器赴越州行朝投进（见后文），而上已移幸四明，时建炎三年十二月也。遂南至嵊县，再至台州，至黄岩，至章安镇，时建炎四年正月也。至于任删定官之李远，当时在扈从百官中，抑在台州，则疑不能明也。

⑦ 建炎四年正月，金人陷明州，帝离章安镇由海道至温州，二月，金人自临安退兵，三月退至镇江府，帝离温州，四月，返驻越州。高宗之航海，至此告一段落。航海之际，百官多从，且眷属亦从行，皆在所造之御舟中，清照依其弟李远，以故相之媳，秘阁修撰之妻，亦在船中，看此热闹也。

⑧《系年要录》卷三十九，十一月壬子，"诏放散行在百司，除侍从台谏官外，（中略）余令从便寄居，候春暖赴行在"，清照以为十二月者，当是同李远离越州之月也。

⑨ 绍兴元年三月，百司春暖复返行在也。时清照仍依李远。

⑩ 绍兴二年正月，帝返临安。

携玉壶过视侯，便携去，其实珉也①。不知何人传道，遂妄言有颁金之语②，或传亦有密论列者③。余大惶怖，不敢言，亦不敢遂已，尽将家中所有铜器等物，欲赴外廷投进④。到越，已移幸四明⑤，不敢留家中，并写本书寄剡，后官军收叛卒取去，闻尽入故李将军家⑥。所谓岿然独存者，无虑十去五六矣。惟有书画砚墨可五七簏，更不忍置他所，常在卧榻下，手自开阖。在会稽，卜居土民钟氏舍，忽一夕，穴壁负五簏去。予悲恸不得活，重立赏收赎。后二日，邻人钟复皓出十八轴求赏，故知其盗不远矣。万计求之，其余遂牢不可出。今知尽为吴说运使贱价得之⑦。所谓岿然独存者乃十去其七八。所有一二残零不成部帙书册，三数种平平书帖，犹复爱惜，如护头目，何愚也耶⑧。

今日忽开此书，如见故人。因忆在东莱⑨静治堂，装卷初就，芸签缥带，束十卷作一帙。每日晚吏散，辄校勘二卷，跋题一卷，此二千卷，有题跋者，五百二卷耳。今手泽如新，而墓木已拱⑩，悲夫。昔萧泽江陵陷没，不惜国亡，而毁裂书画⑪，杨广江都倾复，不悲身死而复取图书⑫，岂人性

---

① 石之似玉者。
② 谓其送与金人也。上赠下曰颁，维持中朝之体面，谓输与夷狄之物曰颁。明诚病时，正值秋令，外寇将发动，防秋甚严，明诚家有玉壶携出，遂不加细察，讵以私通金人，其意或在夺取其古物。其实玉壶本是张飞卿携来，且非真玉。
③ 谓有人密告于朝廷。
④ 外廷，即朝廷，别于内廷或宫廷而言。
⑤ 时建炎三年十二月，见前。此段是补叙。
⑥ 李将军未详。
⑦《系年要录》卷三十四，建炎四年六月，"朝请郎主管江州太平观吴说为福建路转运判官"。按吴说字传朋，当时名书家。
⑧ 叙述至此，回应第一段"其惑一也"之感叹语。
⑨ 莱州，今山东掖县，明诚尝为此郡守，见前。
⑩《左传》蹇叔哭师"尔墓之木拱矣"，谓墓木长成，可以两手围之。
⑪ 萧绎，梁元帝，即位于江陵。承圣三年，魏兵攻陷江陵，帝聚图书十四万卷，尽烧之。见《南史》。庾信《哀江南赋》所谓"玉轴扬灰"者是也。
⑫ 杨广，隋炀帝，以大业十二年幸江都，后为宇文化及所弑。唐张彦远《历代名画记》卷一叙画之兴废云，"隋帝于东京观文殿后起二台，东曰妙楷台，藏古法书。西曰宝迹台，收自古名画。炀帝东幸扬州，尽将随驾，中道船覆，大半沦弃。炀帝崩，并归宇文化及，及化及至聊城，为窦建德所取"。

之所著①,死生不能忘之欤。或者天意以余菲薄,不足以享此尤物耶。抑亦死者有知,犹斤斤爱惜,不肯留人间邪。何得之艰而失之易也。呜呼,余自少陆机作赋之二年,至过蘧瑗知非之两岁②,三十四年之间,忧患得失,何其多也。然有有必有无,有聚必有散,乃理之常,人亡弓,人得之③,又胡足道。所以区区记其始终者,亦欲为后世好古博雅者之戒云。绍兴二年玄岁黓壮月朔甲寅④易安室题⑤。

以上李清照《金石录后序》一篇,清照为宋代有名之女词人,其夫《金石录》一书亦为宋代学术界之名著,此文详记夫妇两人早年之生活嗜好,及后遭逢离乱,金石书画由聚而散之情形,不胜死生新旧之感,一文情并茂之佳作也。赵李事迹,《宋史》失之简略,赖此文而传,可以当一篇合传读,故此文体例虽属于序跋类,以内容而论,亦同自叙文。清照本长于四六,此文却用散笔,自叙经历,随笔提写,其晚景凄苦郁闷,非为文而造情者,故不求其工而文自工也。余曾选此文入清华大学国文选乙编中,前年西南联合大学选定大一国文教本,余仍推荐此篇,讲授之际,颇能引起学生兴味。程度亦正适合。商务印书馆所出高中国文教科书,列此篇于高中一年级课本中,似嫌太深。编者所附注解,亦未详备。今以余之所得,大加补充,录为注解于后,以备高中及大学生国文自修之参考。

下文所谓"注解",如分别言之,有注,有笺,有评,有校。为省事起

① 著,直药切,附也。人性之所著意谓精神之所依附。
② 杜诗"陆机二十作文赋",少二年谓十八岁。《淮南子·原道训》"蘧伯玉年五十而有四十九年非",伯玉名瑗,蘧瑗年五十则知四十九年之非。此言过两岁,是五十二岁。或指五十一岁,亦未可知,详下案。
③ 《孔子家语》:"楚恭王出游,亡乌号之弓,左右请求之。王曰已之。楚人失之,楚人得之,又何求焉。孔子闻之曰,惜乎其不大也。亦曰人遗弓,人得之而已,何必楚也。"此处用此典故,自然适合。
④ 《尔雅》,太岁在壬曰玄黓,此谓绍兴二年壬子,西历一一三二年。《尔雅》八月为壮月。参照后案。
⑤ 易安室是清照书斋名,清照自号易安居士。行素草堂本室下有李清照三字,吕本及俞氏《事辑》引皆无,显系刻者所添,今删。

见，不加分列，混称注解。注者，注文字之意义及典故之出处，虽读者检查辞书，亦可十得八九，但既为初学自修而设，是以不避烦详，多加注释。笺者，笺文中之史实，此文多牵涉宋南渡之际史事，今取《宋史》《建炎以来系年要录》等数书，可引证者，为笺出之。对于文章之作法，间有一二评语，此则余随笔所写，无当大雅，藉以发明作者之文心，且与有志于古文者，商榷见解也。《金石录》一书，传世有《雅雨堂丛书》本及其他数种，但余顷所借得者，只有行素草堂本及《四部丛刊续编》之景印吕无党手钞本，故于校之一事，不能尽力。惟景印吕本后附有海盐张元济氏之校勘记稍可参考耳。上面本文即用光绪丁亥之行素草堂本，而以吕本及张氏校勘记中可采者，间附记于注解中，其只是文字异同，无关宏旨者皆从略。

〔后案〕

《四库全书总目提要》云："《金石录》三十卷，赵明诚撰。绍兴中，其妻李清照表上于朝。张端义《贵耳集》，谓清照亦笔削其间，理或然也。"此言绍兴中，不知何年，当在作后序以后。但据洪迈所述，则龙舒首刻《金石录》，未附后序，氏但见稿本。按清照之序，直至开禧元年赵师厚再刻《金石录》，始行刻入，距易安作文时已七十年矣。（行素草堂本有赵师厚跋。）此文之重要，不但在可见易安之文采，且可藉以明其生平踪迹，今易安文集不传世，故更可宝贵。南宋人传易安有改嫁张汝舟事，清人卢见曾刻《金石录》于《雅雨堂丛书》中，特为作序，以辨清照改嫁之诬，援引此文之史实，谓明诚卒时，清照年已四十六，为此文时，年已五十二，以如是之年，安有再嫁之事。俞正燮作清照《事辑》，辩论更明，谓《云麓漫抄》所载清照《谢綦崈礼启》，乃谢其斡旋张飞卿玉壶案也，后人篡改其文章，作为谢其处置离婚之语气，文既不类，作伪之迹显然，牵连君父，诬衊庙堂，实小人之尤者。盖清照喜评摘文人，受讥者以此为报复之具。陆心源、李慈铭继起，各有辩证，易安千古之冤，赖以昭雪。读者可参照四印斋所刻《漱玉词》后附录之诸人题跋，今不详述。但最大之关键即为此文之真伪问题。按此文之记述及语气，决出易安真笔，毫无问题。余为笺出当时之史事及人物，皆历历可考，仅有一二处与史事出入者，如青州洪州之失陷，皆相差一月，此则兵乱之际，道路有误传，且易安追记于数年之后，亦有不能确忆者也。惟文中有一最大之问题，可以讨论者，即易安出嫁之年龄与其作序时之岁月是。据此文之题识为绍兴二年壬子八月朔甲寅日，今案《系年要录》是年八月朔戊子，甲寅乃是二十七日。李慈铭为之说曰："题甲寅朔，盖笔误，或是戊子朔甲寅，脱戊子二字，古人题月日，多用此例。"作文题日，决无笔误之理，至于本为"戊子朔甲寅"，则似可通，古人诚有此例，盖题朔日之干支，再题当日之干支，以见其为是月之第几日耳。李说虽辩，但根本问题，以此序为作于绍兴二年，必不可通也。此序如作于绍兴二年，易安时年五十二，于是上推至建炎三年德甫卒时，易安年四十九。上推至建中靖国辛巳年，易安年二十一，是与德甫同庚也。然而观此文语气，一若建中辛巳年，侯年二十一，而己之年非二十一者，一不合也。"余自少陆机作赋之二年"一语，非指出嫁之年龄，实难有别种适宜之解释，是易安出嫁时非为二十一岁而是十八岁。二不合也。本文云，"壬子，又赴杭"，一若此序尚作在壬子以后者，三不合也。根据以上之理由，余意定此序作于绍兴二年者非也。卢见曾不曾说此序不作于绍兴二年，而谓明诚卒时，易安年四十六，其计算方面，所不可晓。若建炎三年，易安年四十六，则年五十二时为绍兴五年矣。俞正燮谓绍兴二年，易安作《金石录后序》，时年五十有一矣，按"过蘧瑗知非之两岁"，通常应作五十二岁解，俞氏解作五十有一，不知何故。俞氏信易安出嫁时年十八，因此上推至元符二年，为易安出嫁之年，不知《金石录后序》明云建中辛巳始归赵氏，不知俞氏何以前后失检如此。（余顷无《癸巳类稿》，皆据四印斋《漱玉词》附录。）故若从俞氏，则出嫁之年不合，若从卢氏，则后序应作于绍兴五年，余谓两说皆非。洪迈《容斋四笔》卷五撮述《金石录后序》之大概，末云："时绍兴四年也，易安年五十二矣，自叙如此。予读其文而悲之。"据此，则洪氏所见之原稿，实题绍兴四年，不知何时误为二年耳。考易安《打马图经序》，知其于绍兴四年十月离临安至金华（俞氏《事辑》引），今《金石录后序》之自述，至赴杭为止，不提卜居金华事。当出于卜居金华以前，定为绍兴四年八月，最为适合。（此层理由，余采自近人王璠君所作《〈金石录后序〉作年考》〔见安徽图书馆所出之《学风》〕。）此时易安年五十二，合于文中蓬瑗之句，则当生于元丰六年，即一〇八三年，至建中辛巳年实为十九岁，较德甫之年小两岁。若易安此时年五十一，则当生于元丰七年，即一〇八四年，至建中辛巳为十八岁，合于文中陆机之句，较德甫之年小三岁。两说皆可通，不知孰是。而自建中辛巳年至绍兴四年，前后适为三十四年也。若求与文中陆机蓬瑗两句皆合，则非作于绍兴五年不可，但今本既题二年，洪氏所见又题四年，无作五年者，文中又不叙到金华情事，似更难持。且所谓三十四年之间，应作前后三十四年算，不能算作三十四足年也。然则既为绍兴四年，何以今本误作绍兴二年玄黓岁乎。考绍兴四年八月戊寅朔，五年八月壬寅朔，皆非甲寅。余之臆说，以为文中之甲寅本非记日，乃记岁者，而绍兴四年适岁次甲寅也。故洪氏所见原稿或为"绍兴四年甲寅岁壮月朔易安室题"，后传抄者既误四年为二年，又置甲寅于下，于是成为"绍兴二年岁壮月朔甲寅易安室题"，后人见年岁二字中似有缺落，按其年为壬，乃增玄黓两字，遂成今本。此固全为臆说，姑识于此，以就正云。至于易安卒年，今亦不能考定，据俞氏《事辑》引谢伋《四六谈麈序》谓易安至绍兴十一年尚存也。

（《国文月刊》第一卷第二期，一九四〇年九月十六日出版）

古文丛话

王羲之《兰亭序》

王羲之《兰亭三日序》,世言《昭明》不以入选,以其"天朗气清",或曰楚词秋之为气也,天高而气清,似非清明之时,然"管弦""丝竹"之病,语衍而复,为逸少之累矣。(北宋·王得臣《麈史》卷中)

王彦辅《麈史》与陈正敏《遁斋闲览》,皆云余季父虚中云,王右军《兰亭记》,其文甚丽,但"天朗气清",自是秋景,以此不入选,余亦谓"丝竹管弦",语亦重复,以上皆陈语,予考《汉书·张禹传》云,"后堂理丝竹管弦",乃知右军承《汉书》之误。(南宋·吴曾《能改斋漫录》卷九)

李白《与韩荆州书》《宴桃李园序》

康熙末年,吴门缪日芑武子,重刊《李翰林集》三十卷,自题云,得昆山徐氏所藏临川晏处善本,重加校正梓之,余曾就俗刻古文总集中太白文二篇勘阅,《与韩荆州书》内,"一至于此",缪本"此"下有"耶"字;"声价十倍",缪本"价"字作"誉";"君侯不以富贵而骄人",缪本"君侯"上有"愿"字;"三千之中",缪本"之"字作"宾";"皆王公大人",缪本"王公"上无"皆"字;"推赤心于诸贤之腹中",缪本无"之"字;"请给纸笔",缪本作"请给以纸墨"。以上诸字,缪本皆胜于俗刻,惟"昔王子师为豫州",缪本作"豫章",考之《后汉书·王允本传》,实是"豫州",所称辟荀爽孔融事,太白即用本传文,是缪本误而俗刻不误也。《春夜宴桃李园序》缪本集首目录作《春宴桃花园序》,卷首子目及文前标目并同。序中亦云"会桃花之芳园",前后四处皆作"桃花",不作"桃李",自非讹书,亦非臆改(《唐文粹》选此序,亦作"桃花")。又序首"万物之逆旅""百代之过客"二语,缪本下皆有"也"字。煞脚末句,作"罚依金谷酒斗数"。以上诸字,亦皆缪本胜于俗刻也。太白此二文久脍炙人口,而俱经俗本删改,幸缪刻略存其真。(清·叶廷琯《吹网录》卷五)

江清案:今《四部备要》王琦注本《李太白全集·与韩荆州书》,皆同缪本,惟"王子师为豫州",不作"豫章","请给以纸墨"无"以"字。《桃李园序》,亦正作"桃花园",惟题目"桃"字尚(编者注:疑应为"上")有"从弟"两字,文亦正同缪本,惟仍作"金谷酒数"。

韩愈《李愿归盘谷序》

欧公跋《盘谷序》云,盘谷在孟州济源县,贞元中县令刻石于其侧,令姓崔名浹,今已磨灭,其后书云,"昌黎韩愈,知名士也"。当时退之官未显,未为当时所宗,故但云知名士,当时送愿者不少,独刻此序,盖其文已重。仆家有鲁直所校石本,与今刊本差异。"隐者之所盘",无"旋"字;"有人李愿居之",非"友"字;"道古今以誉盛德",非"而"字;"利泽施于人",非"於"字;"惟适所安",非"之"字;"弗可幸致也""处污秽而弗羞""呵禁弗祥",皆非"不"字;"大丈夫之遇知于主,用力于当世之为也",无"上"字与"所"字;"盘之土,可以稼",非"维子之稼";"盘之泉,可濯而湘",非"可濯可沿";又无"喜有赏怒有刑"六字,大率如此。其后有高从所跋曰,"陇西李愿,隐者也,不干誉以求进,每韬光而自晦,寄迹人世,游心太清,乐仁智于动静之间,信古今一人也。昌黎韩愈,知名之士,高愿之贤,故序而送之,县大夫崔陵崔君徕,披其文,稽其实,是用命工勒石于谷之西偏,以旌不朽云,唐贞元辛未岁建丑月渤海高从"。所谓磨灭之文其全如此,欧公谓令姓崔名浃,而此谓姓崔名徕,必有一字之误。观前汉外戚传,"污秽不修",非"羞"字。(南宋·王楙《野客丛书》卷二十六)

> 江清案:韩文公《送李愿归盘谷序》,贞元中即有刻石,欧阳公著录于《集古录》卷八,跋尾有云"以全家集本校之,或小不同,疑刻石误,集本世已大行,刻石乃当时物,存之以为佳玩尔,其小失不足较也",是欧公不愿从石本,故亦未注异同所在,赖王氏见黄鲁直校本而详言之,但其中"盘之土,可以稼",今通行韩集及古文选本皆已如是,不作"维子之稼"。至如"有人李愿",不及"友人"之善;"可濯可湘",不如"沿"字之与"泉"叶韵,"湘"字亦难以索解。今《四部丛刊》本朱文公校正《昌黎先生集》亦不从石本,而注中罗列洪、樊、方三家校注,知宋时所传石本亦有二本,互有歧异,不全可从也。

欧阳修《醉翁亭记》《泷冈阡表》

《醉翁亭记》终始用"也"字结句,议者或纷纷,不知古有此例,《易·杂卦》一篇,终始用"也"字,《庄子·大宗师》自"不自适其适"至"皆物之情",皆用"也"字,以知前辈文格,不可妄议。(南宋·朱翌猗《觉寮杂记》卷上)

欧公作滁州《醉翁亭记》,自前至尾,多用"也"字,人谓此体创见欧公,前此未闻,仆谓前辈为文,必有所祖。又观钱公辅作《越州井仪堂记》,亦是此体,如其末云,"问其办之岁月,则嘉祐五年二月十七日也,问其作之主人,则太守刁公景纯也。问其常所往来而共乐者,通判沈君与宗也,谁其文之,晋陵钱公辅也",其机杼甚与欧记同,此体盖出于《周易·杂卦》一篇。(南宋·王楙《野客丛书》卷二十七)

> 江清案:欧阳公《醉翁亭记》,作于庆历六年或七年,而钱公辅

《井仪堂记》作嘉祐年间，则欧作在前，钱作在后，当时《醉翁亭记》，风行传诵，钱公必戏拟其所为也。

欧阳修《泷冈阡表》，"回顾乳者，剑汝而立于旁"，本《曲礼》"负剑辟咡"之义，字极古致，坊本误作"抱汝"，便率直无味。《醉翁亭记》，"渐闻水声湛湛，而泋出于两峰之间者，让泉也"，"让泉"水名，下文"酿泉为酒"，谓酿此让泉之水为酒耳。语意本甚明，今诸本俱误"让"为"酿"，则费解矣。以上二处尚有碑板可考，此外为麻沙本所误，谅复不少，故偶及之。（清·黄协埙《锄经书舍零墨》卷四）

江清案：今《四部丛刊》影元刊本《欧阳文忠公文集》卷二十五《泷冈阡表》，正作"剑汝而立于旁"，"剑"字下注云，"一作'抱'"。又卷三十九《醉翁亭记》，正作"让泉"，不误，惟"渐闻水声潺潺，而泻出于两峰之间者"，与通行本合，不作"湛湛"及"泋"也。

（《国文月刊》一卷四期，一九四〇年十二月十六日）

谢绛^①《游嵩山寄梅殿丞^②书》

　　圣俞足下。近有使者东来，付仆诏书并御祝封香，遣告嵩岳太常移文^③。合用读祝捧币二员，府以欧阳永叔、杨子聪分摄^④。会尹师鲁、王

① 谢绛，字希深（九九五至一〇三九），详见前论。
② 梅尧臣，字圣俞（一〇〇二至一〇六〇），宣州宣城人，以诗名世，欧阳修谓其涛覃思精微，深远闲淡（见《六一诗话》）。任河南府主簿时，钱惟演特嗟赏之，为忘年交，引与倡酬，一府尽倾。后为国子监直讲，累迁尚书都官员外郎，预修《唐书》，成。未奏而卒。有《宛陵集》六十卷，今存。圣俞妻谢氏，即绛之妹。两人在河南府为同僚，明道元年仲春，圣俞约绛游嵩山，绛未能往，及秋间，绛因祠祭之便往游，圣俞已由河南府改调至河阳县任主簿，亦不及同游。《宛陵集》卷二有诗，题云："河阳秋夕，梦与永叔游嵩避雨于峻极院赋诗，及觉犹能忆记，俄而仆夫自洛来云，永叔诸君陪希深祠岳，因足成短韵"云云，可据此以考也。圣俞事迹详见《宋史·文苑传》及欧阳修所撰墓志铭。殿丞者不知是殿中丞之略否，乃圣俞当时所带之中央官职，其本传中未详，待考。
③ 东来谓自东京来。古者天子礼祀五岳四渎，如不亲行封禅礼，皆遣官代祭。御祝谓御制祝文，封香者御封之香，自京中颁来，以昭郑重。移文者太常寺之公文，移送嵩岳庙监者。
④ 杨子聪、欧阳永叔分任读祝及捧币职员，当系谢绛所请，使其得假出游，以为游伴。且两君春间已游，此次可为绛之前导。梅《宛陵集》卷二有《同永叔子聪游嵩赋十二题》之诗，可知圣俞仲春之游，两君在内。又《宛陵集》有和子聪夜雨白云诸诗，可知杨君亦善诗也。

几道至自缑氏①。因思早时约圣俞有太室中峰之行②,圣俞仲春时遂往,仆为人间事所窘未遑也③。今幸其便,又二三子可以为山水游侣,因亟与之议,皆喜见颜色,不戒而赴④。

　　十二日,昼漏未尽十刻⑤,出建春门⑥。宿十八里河⑦。翌日,过缑

① 尹洙字师鲁,河南人。以古文著名于世,事迹详见《宋史》本传及欧阳修所撰墓志铭。其时为河南府户曹参军。王几道亦能诗,梅《宛陵集》有《和王几道杏花诗》。今按宋王辟之《渑水燕谈录》卷二:"天圣末,欧阳文忠公文章,三冠多士,登甲科,为西京留守推官。府尹钱思公,通判谢希深,皆当世伟人,待公优异。公与尹师鲁、梅圣俞、杨子聪、张太素、张尧夫、王几道为七友,以文章道义相切劘,率尝赋诗饮酒,间以谈戏相得,尤乐洛中出水园庭塔庙,佳处莫不游览。"

　　又按《欧阳文忠公外集》卷一有《七交诗》七首,即分咏此七人,其称子聪为杨户曹,知其当时亦为河南府户曹参军也,称几道为王秀才,则几道当时未仕。缑氏,县名,故城在今偃师县南二十里,其东南有山,曰缑氏山,王子晋成仙骑白鹤之处,亦即《战国策》张仪所云"塞镮辕缑氏之口"之缑氏也。其地在春秋时为滑国。

② 此书凡称受书人,皆称其字,不若后人之称足下或吾兄等等,此乃宋人书札之体例如此。嵩山在登封县北。是为中岳。《元和郡县志》云:"嵩高山在告成县西北二十三里,登封县北八里,高二十里,周一百三十里。"考《左传》昭公四年,晋司马侯曰"阳城太室九州之险"。《史记·封禅书》:"昔三代之君,皆在河洛之间,故嵩高为中岳。"《汉书·武帝纪》:"元封元年,登嵩高,吏卒闻呼万岁者三,令祠官加增太室祠,以山下为奉邑,曰崇高。"按嵩岳主要者两山,一为太室山,一为少室山,相去十七里。少室山在登封县西十里,高十六里,周三十里。通常所谓嵩岳或单指太室,或兼少室而言,洪亮吉《登封县志》引旧志云:"太室山在县北五里,《山海经》作泰室。《西征记》曰:谓之室,以其下各有石室焉。中峰即所谓嵩顶,唐武后立封禅坛于其上。"《嘉庆重修一统志》河南府嵩山条引旧志云:"嵩山在登封县北十里,其山东跨密县,西跨洛阳,北跨巩县,延亘百五十里。太室中为峻极峰,左右列峰各十二,凡二十四峰。又西二十里为少室山,其峰三者六。"

③ 见前说。

④ 戒,备也,谓略无所准备而行。

⑤ 昼漏未尽十刻,谓日没前十刻。据《宋史·律历志》大中祥符韩显符所定铜浑仪法,昼夜合共百刻,春分秋分,昼夜各五十刻。今谢绛之游嵩山在九月十二日,当在寒露霜降两节之间,其时昼漏约尽于申七刻或申五刻,昼漏未尽十刻则在未五刻或未三刻也。

⑥ 《宋史·地理志》西京条下云:京城周五十二里九十六步,东三门,中曰罗门,南曰建春,北曰上东。是建春门者洛阳之东南门也。自洛阳至登封系向东南行,故出此门。

⑦ 十八里河,镇名,当在洛阳与缑氏县之间。

氏①,阅游嵩诗碑,碑甚大,字尚未镌②。上缑岭,寻子晋祠③,陟轘辕道④,入登封⑤。出北门,斋于庙中⑥。是夕寝,既兴,吏白:五鼓,有司请朝服行事⑦。事已,谒新治宫,拜真宗御容⑧。稍即山麓,至峻极中院⑨,始改冠服,却车徒,从者不过十数人,轻赍遂行。

是时秋清日阴,天未甚寒,晚花幽草,亏蔽岩壁。正当人力清壮之际,加有朋簪谈燕之适,升高蹑险,气豪心果。遇盘石,过大树,必休其上下⑩,酌酒饮茗,傲然者久之,道径差平,则腰舆⑪以行,崭崒斗甚,则芒屝⑫以进。窥玉女窗、捣衣石,石诚异,窗则亡有。迤逦至八仙坛,憩三醉

---

① 县名,熙宁八年省缑氏县为镇,隶偃师县,此时尚为县。在洛阳东南六十里。余见前注。
② 所谓游嵩诗碑者,非刻圣俞同永叔、子聪游太室所赋各诗,乃刻钱惟演与梅圣俞同游少室山倡和之作。考《宛陵集》卷一有《陪太尉钱相公游嵩山七章》,曰《缑山子晋祠》,曰《少林寺》,曰《少姨庙》,曰《天封观》,曰《会善寺》,曰《启母石》,曰《轘辕道》,皆少室附近之景也。非钱公不能为此大碑,圣俞名位未显,但附骥尾耳。字尚未镌者,谓已书丹而未刻。
③ 缑岭,即缑氏山,在缑氏县东南二十九里。乃王子晋成仙骑鹤之所,故有祠。
④ 轘辕山道,为形势险要之地,《战国策》张仪所谓"塞轘辕缑氏之口"之轘辕也。其道有关,《括地志》:"轘辕故关在缑氏县东南四十里。"在登封县西北二十八里,当少室之北。
⑤ 登封,县名,即今之登封县。古阳城邑,唐初为嵩阳县,武后万岁登封元年,封禅嵩山,改嵩阳县为登封。在洛阳东南一百二十里。
⑥ 中岳庙,考洪亮吉《登封县志》所引唐人碑记,在岳之东南山下,乃元魏所徙,唐玄宗开元十八年增修者。天宝五载封嵩岳之神为中天王。《宋史·礼志》岳渎条:"土王日,祀中岳嵩山于河南府",又云"真宗封禅毕,加号……中岳曰中天崇圣帝"。因知谢绛祠岳时,其时岳庙所奉之神称中天崇圣帝也。
⑦ 行事,指望祭嵩岳之祠典。
⑧ 真宗曾行封禅,故有御容画像留嵩山,且特筑宫以存之。按谢绛在天圣中上疏,请罢不急之役,省无名之敛(见《宋史》本传),而嵩山之新治宫,绛亦以为不急之役之一,在通判河南府时,曾移书丞相,言"岁凶,嵩山宫宜罢勿治"(见欧阳修所撰谢绛墓志铭)。绛所反对之宫即此时所谒之宫也。
⑨ 太室中峰一名峻极峰,已见前注。诗《大雅》"崧高惟岳,骏极于天",崧与嵩通,骏与峻通,嵩山中峰之所以名峻极者当即取《诗经》成句也。惟《大雅》所谓"崧高惟岳",未必指中岳,《尔雅》,释山:"山大而高,崧"。是崧者乃高山之普通名称,郭璞《尔雅》注云"今中岳嵩高山盖依此名"。中院,半山之筑,另有峻极上院及下院。
⑩ 上谓盘石之上,下谓大树之下,句法细。
⑪ 腰舆,山行常有之轿子,舆夫以手挽之,舆杠在腰际,故名,别于肩舆。
⑫ 芒屝,即草鞋。《晋书·刘恢传》:"家贫,织芒屝为养。"

石，遍视墨迹，不复存矣①。考乎三君所赋，亦名过其实②。午昃方抵峻极上院③，师鲁体最溢，最先到，永叔最少最疲④。于是浣漱食饮。从容间，跻封禅坛⑤，下瞰群峰，乃向所陟而望之，谓非插翼不可到者，皆培塿焉。邑居楼观人物之夥，视若蚁壤。世所谓仙人者，仆未知其有无，果有，则人世不得不为其轻蔑焉⑥。武后封祀碑故存，自号大周，当时名贤，皆□姓名于碑阴⑦，不虞后代之讥其不典也⑧。碑之空无字处，睹圣俞记乐理国而下四人同游，镌刻尤精⑨。仆意古帝王祀天神纪功德于此，当时尊美甚盛，后之君子不必废之坏之也⑩。

又寻韩文公所谓石室者⑪，因诣尽东峰顶。既而与诸君议⑫，欲见诵

---

① 洪亮吉《登封县志》引旧志云："嵩顶，唐武后立封禅坛于其上，有天门，石楼，玉女窗，捣帛石，定心石，三醉石，高登崖诸胜。"又引新府志云："中顶上有玉井，有玉女窗。玉女捣帛石。《纪异志》：石在立秋前一日中夜尝闻杵声。"又引新府志："中顶西曰会仙峰，蜂上有八仙坛。"按此时所谓八仙非即今钟、吕数人，三醉亦非吕洞宾三醉岳阳之典故，不可附会。

墨迹者指梅圣俞春间所书"三醉"两字。《欧阳文忠公外集》卷一，载嵩山诗十二首，即明道元年春间所赋者，其《三醉石》一首，题下注云："三醉石在八仙坛上，南临巨崖，峰岫逶迤，苍烟白云，郁郁在下，物外之适，相与酣酌，坐石欷醉，似非人间。因索笔目梅圣俞书三醉字于石上，而三人者又各题其姓名而刻之"，可考也。

② 三君谓梅圣俞、杨子聪、欧阳永叔。今梅诗见《宛陵集》卷二，欧诗见外集卷一，皆十二题，分咏太室山诸景，惟子聪诗不传耳。今转录数首，藉见一斑。圣俞《玉女窗》云："玉洞倚霞壁，天窗露微明。骖鸾去不返，啼鸟空相惊。万木自亏蔽，扪萝复谁情。"《玉女捣衣石》云："幽石称捣衣，捣衣人不见。云缨白飘飘，岩树长葱倩。犹应寒夜中，山月来铺练。"《三醉石》云："相期物外游，共醉仙流石。举手薄高穹，清风生两腋。都忘尘世烦，笑傲聊为适。"永叔《自峻极中院步登太室中峰》云："系马青松阴，蹑屐苍崖路。惊鸟动林花，空山答人语。云霞不可揽，直入冥冥雾。"《玉女窗》云："玉女不可邀，苍崖郁苔盲。石乳滴空窦，仰见沉寥碧。徙倚难久留，桂树含春色。"《三醉石》云："拂石登古玩，旷怀聊共醉。云霞伴酣乐，忽在千峰外。坐久还自醒，日落松风起。"名过其实，谓此数景，平平无奇，虚有其名，而诸君诗美之过当耳。

③ 峻极上院在嵩顶。

④ 时欧阳修年二十六。

⑤ 唐武后行封禅礼时所立，有封祀碑。

⑥ 自"世所谓仙人"起至此数句，《宋文鉴》本删去。

⑦ 原缺一字。

⑧ 谓武氏窃国，诸君竟从其封祀，但见嗤于后代耳。

⑨ 四人谓乐理国，梅圣俞，子聪及永叔。乐理国未详。

⑩ 数语谓题名刻石，无所不可，但不应镌于封祀碑上。希深为人峻急，多所呵责，于此可见。且既讥武后封祀之不典，又责圣俞题名之非，亦滑稽之至。

⑪ 洪氏《登封县志》引新府志云："封禅坛下有石室，韩退之偕卢仝、李渤，尝宿其中。"

⑫ 此句以下至"共恨圣俞谬斥也"一段，写数人访法华经僧，及其谈话，《宋文鉴》本删去。

法华经僧①。永叔进以为不可，且言圣俞往时尝云斯人之鄙，恐不足损大雅一顾，仆强诸君往焉。自峻极东南，缘险径而下三四里。法华者，栖石室中，形貌土木也，饮食猿鸟也。叩厥真旨，则软语善答，神色晬正，法道谛实。至论多矣，不可具道，所切当云，"古之人念念在定慧何由杂，今之人念念在散乱何由定。"师鲁、永叔扶道贬异，最为辩士，不觉心醉色作，钦叹忘返，共恨圣俞谬斥也②。

是夕，宿顶上。会几望，天无纤翳，万里在目。子聪疑去月差近，令人浩然绝世间虑。盘桓立清露下，直觉冷透骨发，羸体将不堪可。方即舍张烛，具丰馔醇醴，五人者，相与岸帻裼带，环坐满引，赋诗谈道，间以谑剧，洒然不知形骸之累利欲之萌为何物也③。夜分少就枕以息。

明日访归路，步履无苦，昔鼯鼠穷伎，能下而不能上，岂近此乎④。午间，至中院，邑大夫⑤来逆，其礼益谨。申刻，出登封西门，趋颍阳⑥，宿金店⑦。十六日晨发，据鞍纵望，太室犹在后，路曲南西⑧，则但见少室。若夫观少室之美，非由兹路，则不能尽⑨。诸邑人谓之冠子山，正得其状。

_____

① 《四部丛刊》本《欧阳文忠公集》作"诵法华经汪僧"，汪字或是衍文，或是注字之误。洪氏《登封县志·丽藻录》载此文无此字，今据删。

② 此段赞叹法华僧之高。意谓尹师鲁、欧阳永叔，平时议论，扶儒术斥佛家，及聆此僧谈吐，亦为心醉，因此知圣俞当时笑此僧之鄙，实以貌取人，未窥底蕴者。希深于信中往往故与圣俞为难，亦可见两人交情之密，无所不言耳。且诸人中惟希深最长，故能信口讥评。"缪斥也"三字原作"闻缪而丧真甚矣"，据《登封县志》本改。

③ 以上一段写高山月夜，清景如画，饮酒赋诗之乐，寥寥数笔；可见古文之简，但非身历此境者不能写也。"立清露下"之"立"，及"洒然"之"洒"皆从《宋文鉴》本。

④ 原本作"能上而不能下"，据《宋文鉴》本改。《荀子·劝学篇》"梧鼠五技而穷"句，杨倞注云，"梧鼠当为鼫鼠……五技谓能飞不能上屋，能缘不能穷木，能游不能渡谷，能穴不能掩身，能走不能先人。"

⑤ 登封县令。

⑥ 原本及《宋文鉴》本皆作"道颍阳"，今据洪氏《登封县志》所载改。观下文明日行七十里方出颍阳北门，知此时正向颍阳行，作"趋"者是。颍阳，宋时县名，在颍水之北，故名。今尚有颍阳镇，亦即春秋时郑之纶氏邑。在登封县西南八十里，洛阳东南九十里。少室山在其正北。

⑦ 金店，镇名。洪氏《登封县志·舆图记》有小金店及大金店镇。大金店在登封、颍阳间之半道，小金店则在登封县城之西南，离登封尚近。此处希深等所宿当即今之小金店也。

⑧ "路"字依《宋文鉴》本。

⑨ 据此，希深等未游少室，但远望耳。圣俞则已陪钱相公游，并赋诗矣。但颍阳一路，可以远望得少室之美，此或圣俞所未知者，故书中专言之。

自是行七十里①，出颍阳北门。访石堂山紫云洞②，即邢和璞著书之所③。山径极险，扪萝而上者七八里。上有大洞，荫数亩，水泉出焉。久为道士所占，爨烟熏燎，又涂塓其内④，甚渎灵真之境⑤。已戒邑宰稍营草屋于侧，徙而出之。此间峰势危绝，大抵相向，如巧者为之。又峭壁有若四字云"神清之洞"，体法雄妙，盖薛老峰之比⑥。诸君疑古苔藓自成文，又意造化者笔焉，莫得究其本末。问道士及近居之民，皆曰向无此异，不知也⑦。少留数十刻⑧，会将雨而去。犹冒夜行二十五里，宿吕氏店⑨。马上粗若疲厌，则有师鲁语怪，永叔子聪歌俚调，几道吹洞箫，往往一笑绝倒，岂知道路之短长也⑩。

---

① 欧集及《宋文鉴》本皆云七十里，独《登封县志》本作十七里。
② 据《登封县志》，石堂山在倚薄山与八风山之间，在颍阳镇之正北。已在少室主峰之西矣。县志又引《李通志》云："石堂山在登封西七十里，山半有洞，春夏有紫云飞腾，名紫云洞。"又引新府志云："俗呼方山。"
③ 邢和璞，唐玄宗时人，好黄老，卜居嵩颍间，著颍阳书，善知人夭寿。玄宗召令相张果生死，憬然莫知其端，见《唐书·方技传》《张果传》。
④ 塓，音觅，涂也。《左传·襄公二十一年》，"圬人以时塓馆宫室"。《登封县志》本作"填"，非。
⑤ 此句《宋文鉴》本删。
⑥ 《闽书》："闽县薛老峰山顶突起向阳峰三字，周朴诗：薛老峰头三个字，须知此与石齐生。直教截断苍苔色，浮世人才始眼明。薛老，薛逢也。咸通中为侯官令，与僧灵观游，创庭其侧，人书其峰曰薛老云。伪闽癸卯岁一夕风雨，闻山上如数千人喧噪，且则三字倒立，其年闽亡"。（据《清来集》之《倘湖樵书》卷五引）今按周朴乃晚唐诗人，欧阳公《六一诗话》中曾称之。《嘉庆一统志》福建府乌石山下有薛老峰，又有向阳峰，是今有两峰未知孰是，余手边无闽省志书，不能细考。盖此向阳峰三字乃天然成文，世疑神人之笔，今谢绛等游山所见峭壁上"神清之洞"四字，亦是天然成文，故以相比。
　　此事之始末如此，但小说所传，更加渲染，且谓欧阳公独见神书云云。而《欧阳公居士集》卷十有《戏石唐山隐者》一诗，中有云："我昔曾为洛阳客，偶向岩前坐盘石。四字丹书万仞崖，神清之洞锁楼台。云深路绝无人到，鸾鹤今应待我来"，亦颇以见仙迹自夸也。
⑦ 问道士三句，《宋文鉴》本及《登封县志》本皆无。
⑧ 诸本皆同，疑当作少留数刻，不应作数十刻也。
⑨ 《登封县志·舆图记》有吕店镇，在颍阳镇西北，大石山南。
⑩ 欧阳修能歌俚调，惟见于此文，其后喜作乐府小词，不无渊源也。

十七日，宿彭婆镇①。遂缘伊流，陟香山，上上方，饮于八节滩上②。始自峻极中院，末及此，凡题名于壁，于石，于树间者，盖十有四处，大凡出东门极东而南之，自长夏门入③，绕嵩辕一匝四百里④，可谓穷极胜览矣。切切未满志者，圣俞不与焉。今既还府，恐相次便有尘事侵汩，故急写此奉报，庶代一昔之谈⑤。不宣。绛顿首⑥。

以上谢绛《游嵩山寄梅殿丞书》。绛字希深（九九五至一○三九），北宋有名之文人，与欧阳修同时。其事迹详见《宋史》本传，及欧阳公所撰《谢公墓志铭》（《欧阳文忠公文集》卷二十六）。墓志铭云，绛卒于宝元二年十一月，年四十有五，以此上推，当生于宋太宗至道元年，《宋史》谓卒年四十六，不明所据，当从墓志铭为是。绛年十五，试秘书省校书郎。复举进士，中甲科，以奉礼郎知颖州汝阴县，迁光录寺丞。杨文公（亿）荐其材，召试，充秘阁校理，再迁太常丞，通判常州，丁母忧。服除，迁太常博士。仁宗修国史，以绛为编修官，史成，迁祠部员外郎直集贤院，以父涛年老，官于两京，绛因请便养，通判河南府。岁满，权开封府判官，再迁兵

---

① 彭婆镇，今仍有此镇名，已在洛阳县境内，在府城之东南。
② 此处所写皆洛阳龙门附近之景，伊流即伊川，流贯龙门山者，香山在龙门之东。"上方"《宋文鉴》本作"下方"，非是。《欧阳文忠公居士集》卷一《游龙门分题十五首》中有《上方阁》及《八节滩》两诗，又按宋邵伯温《闻见录》云："谢希深、欧阳永叔官洛阳时，同游嵩山，自颖阳归，暮抵龙门香山，雪作，登石楼望都城，忽于烟霭间有策马渡伊水来者，既至，乃钱相遣厨传歌妓至。吏传言曰，山行良劳，当少留龙门赏雪，府事简，毋遽归也。钱相遇诸公之厚如此。"周辉《清波杂志》卷九略同，今希深书中云饮于八节滩上不知即是钱公所遣否，但既略不提及，亦不言遇雪事，恐小说所传，虽是美谈，未必真有其事也。
③ 长夏门，《宋史·地理志》西京条，"京城南三门，中曰定鼎，东曰长夏，西曰厚载"，是长夏门者洛阳之南东门也。
④ 嵩辕，谓嵩山及辕辕，嵩山为太室少室诸山峰之总名，辕辕为自洛阳至登封之要道，举此以概括游程之全体。
⑤ 昔，《宋文鉴》本同，《登封县志》本作夕。按昔，夜也，一昔亦一夕之意。
⑥ 以上本文皆依《四部丛刊》本《欧阳文忠公集》附录所载，乃南宋人取自《英辞类稿》一书，凡此本有误，方据他本易之。至于《宋文鉴》本多所删节，考其删节之处，皆语涉仙佛，此必《文鉴》之编者吕东莱氏所手削。东莱既为儒学名家，不喜仙佛，且《文鉴》一书，将以进呈御览，尤不愿导君王于异端，故诸多删削，此亦古人谨严之处。但吾人自以得见原本为乐，故尽从欧集也。

部员外郎,为三司度支判官。景祐元年,丁父忧,服除,召试知制诰,判吏部流内铨,太常礼院。使契丹还,出知邓州,兴水利,功未成而卒于任。此其大略也。

当北宋之初年,文学承晚唐五季之风,有杨亿、刘筠、钱惟演等之西昆体。至欧阳修出始振古文已坠之绪。而欧阳公自谓其学古文及诗得于朋友启发者多。天圣八年,钱文僖公(惟演)以故相出判河南府,为西京留守,幕下多文学知名之士。于时任通判者为谢希深(绛),任主簿者为梅圣俞(尧臣),任户曹参军者为尹师鲁(洙),而欧阳永叔(修)年最少,以殿试中甲科,特授将仕郎,试秘书省校书郎,出充西京留守推官。钱公优奖文士,以希深有政治干练之才,以府事尽属之,又与梅圣俞为忘年交,尽歌诗倡和之欢。以洛邑之名都,际太平之盛世,数人者为政余暇,相与扬榷古今,优游山水,北宋文学之盛,实滋养于此时。其后复三十余年,欧阳公年五十七,著成《集古录》,自作序文一篇,颇为得意,痛悼谢、尹、梅诸公之前卒,不及见此书之成,乃作跋语云:

> 昔在洛阳,与余游者,皆一时豪俊之士也。而陈郡谢希深善评文章,河南尹师鲁辩论精博,余每有所作,二人者必伸纸疾读,便得余深意。以示他人,亦或时有所称,皆非余所自得者也。宛陵梅圣俞,善人君子也,与余共处穷约,每见余小有可喜事,欣然若在诸己。自三君之亡,余亦老且病矣。此叙之作,既无谢尹之知音,而集录成书,恨圣俞之不见也。悲夫!(《欧阳文忠公集》卷一三四)

欧阳公于此称希深善评文章,于墓志铭中则又称其长于制诰。

> 三代以来,文章盛者称西汉。公于制诰,尤得其体,世所谓常杨元白,不足多也。(《欧阳文忠公集》卷二六)

据此,知希深于制诰,得西汉之体,是北宋古文之先驱者,与尹师鲁同为欧阳公之知己也。

《宋史》本传称绛有文集五十卷,惜今不传于世。今其文存者,但有《宋史》本传中所录奏疏两通,及《欧阳文忠公集》附录其致梅圣俞两札而已。此篇《游嵩山寄梅殿丞书》即为《欧阳文忠公集》附录之一，系南宋人编欧阳集时录入者，有跋语"今其集罕传，而二书偶得之《英辞类稿》"云云，知在南宋时，希深之文集即已罕传矣。今《英辞类稿》亦无传书，此文除见于欧阳集附录外，亦见《宋文鉴》。两书相校，则文鉴本多所删定，而欧阳集本为详，似为其原稿。余上文所录即系据《四部丛刊》影元刊本《欧阳文忠公集》附录所载者，其中有误字数处，则参用《宋文鉴》本及洪亮吉《登封县志》所录（洪录亦必出于别本欧阳公集，因此间乏书，未能博校），以改易之。盖择善而从，不全校异同也。

此书据欧阳集附录所载，题目下有注云："明道元年九月"，按是年谢绛年三十八，正在作河南府通判时。河南府治在西京，即今之洛阳。通判者，宋初惩五代藩镇之弊，于诸州置通判，其作用在牵制地方官之行政，使不能专断，建隆四年诏："知府公事并须长史通判签议连书方许行下"，是也。其时为河南府尹者即钱惟演（钱公以故相之尊，出知河南府，兼西京留守，泰宁军节度使，因其官位比知府高，故曰判河南府，不称知河南府），绛为通判，与钱公感情极洽，府事尽属之，颇任繁剧。是以梅圣俞于春间约其同游嵩山，竟不能赴，直至秋间，始借祠祭之便，同尹师鲁、杨子聪、王几道、欧阳永叔诸君一游耳。祠祭山岳之事属礼部中之祠部，而宋时习惯地方官由中央官派充，当时谢绛为河南府通判，同时带祠部员外郎之官职，故祠祭嵩岳之典礼，乃其职内事，而嵩山亦正在河南府之境内也。

梅圣俞之妻，即谢绛之妹，两人交情极密。当谢绛游嵩山时，圣俞已由河南府主簿调任河阳县主簿（详注解中），一人独处，与诸友离散，故此游独未能加入。希深颇引为憾事，是以一返洛阳，即以长札寄之，告以此游之盛。此文虽属于书信类，直是一篇游记，且为自古以来嵩山游记中之最有名之一篇。因绛同游诸人如尹师鲁、欧阳永叔皆为千古不朽之人物，杨王两君虽其后名不甚显，亦诗文之士，与谢梅欧阳诸公兰味相投者。千载而下，读此一信，能想见北宋诸文人当时游兴之豪烈，追仰风流，令人神往，固不独因希深文笔流传之鲜，而宝之重之也。

附录

希深惠书言与师鲁、永叔、子聪、几道游嵩因诵而韵之
梅尧臣

闻君奉宸诏,瑞祝款灵岫。山水聊得游,志愿庶可就。岂无朋从俱,况此一二秀。方蕲建春陌,十刻残昼漏。初经缑氏岭,古柏尚郁茂。却过辕辕关,巨石相撑斗。夕斋礼神祠,法衮被藻绣。毕事登山椒,常服更短后。从者十数人,轻赍不为陋。是时天清阴,力气勇奔骤。云岩杳亏蔽,花草藏涧窦。傍林有珍禽,惊眊若避彀。盘石暂憩休,泓泉助吞漱。上窥玉女窗,崭绝非可构。下玩捣衣砧,焜耀金纹透。尹子体雄恢,攀缘愈习狃。欧阳称壮龄,疲软履颠踣。竞欢相扶持,芒屩资践踩。八仙存故坛,三醉孰云谬。鄙哉封禅碑,数子昔镌镂。偶志一时事,曷虞来者诟。

绝顶瞰诸峰,隘然轻宇宙。遥思谢尘烦,欲知群鸟兽。韩公传石室,闻之固已旧。当时兴稍衰,不暇苦寻究。东崖暗壑中,释子持经咒。于今二十年,饮食同猿狖。君子聆法音,充尔溢肤腠。尝期蹑屐过,吾侪色先愀。遂乖真谛言,兹亦甘自咎。

中顶会几望,凉蟾皓如昼。纷纷坐谈谑,草草具觞豆。清露湿巾裳,谁人苦赢瘦。使即忘形骸,胡为恋缨绶。或疑桂宫近,斯语岂狂瞀。

归来游少室,崷崒殊引胠。石室迢递过,探访仍邂逅。扪萝上岑邃,仙屋何广袤。乳水出其间,涓涓自成溜。凡骨此熏蒸,灵真安可觏。霞壁几千寻,四字伴篆籀。咸意苔薜文,诚为造化授。标之神清洞,民俗未尝遘。忽觉风雨冥,无能久瞻扣。

匆匆遂宵征,胜事皆可复。俚歌纵喧哗,怪说多驳糅。凌晨关塞阳,追赏颜匪厚。穷极四百里,宁惮疲左右。昨朝书报予,闻甚醉醇酎。所嗟游远方,心焉倍如疚。

希深既以书抵河阳,圣俞读之,欣然作此诗还寄。题云:"因读而韵

之",盖即以书中所叙,改以韵文出之也。读谢书,再参读梅诗,颇堪吟味。宋人诗体,于散文甚近,此诗亦可见一斑。但此诗之妙处,在一方面替谢绛翻译散文成韵文,一方面仍是圣俞自己口气,中间如"偶志一时事,曷虞来者诟",则答复希深责其不应镌名于封祀碑之一段,"当时兴稍衰,不暇苦寻究",为未访韩文公石室辩护,"遂乖真谛言,兹亦甘自咎",则因希深责其未与法华僧深谈,即以为鄙,圣俞自己认错也。随笔对答,自然之至。

圣俞读谢札后,匆匆先复一短书,后方寄此诗,今短书已佚。短书几引起误会,希深得之,颇为不乐,亦秘不视人,及后得此诗,方知圣俞用意之善,遂更作一书报之(亦见《英辞类稿》),大意谓圣俞达于诗而不达于文。此诗语重韵险,无一字近浮靡,且云"足下于雅颂为深……吾徒将不足游其藩"云云,欧阳集附录亦尽载之,今从略。

上所录梅诗据《四部丛刊》本《宛陵集》卷二,以较欧阳集附录所载,《宛陵集》本为胜。但其中"鄙哉封禅碑",欧阳集作"鄙哉封祀碑",按封禅是两事,当时武后封太室而禅少室,则在太室之碑,自应单称为"封祀碑"也。又"凌晨关塞阳",欧阳集作"阙塞阳",今按其地本指龙门伊阙而言,作"阙塞"者是,可据改也。

其后约三十年,谢尹杨王诸公皆卒,欧阳修追忆游踪,向圣俞索阅此书,圣俞既以谢书付之,复作长诗一首,以歌咏此事,题云:"永叔内翰见索谢公游嵩书,感叹希深、师鲁、子聪、几道皆为异物,独公与余二人在,因作五言以叙之。"见《宛陵集》卷五十七,诗亦甚佳,今不赘录,读者可以检阅焉。

(《国文月刊》第一卷第五期,一九四一年一月十六日出版)

论小说

文学上的名词的意义随着时代的推移和文学的演化或发展而改变。现代中国文学正在欧化的过程中，新旧共同的名词，老的意义渐渐被人遗忘，而新的定义将成为定论。所谓新的定义实际上是从西洋文学里采取得来的，一般人既习惯于这种观念，于是对于原有的文学反而有隔膜、不明了的地方，回头一看，好像古人都是头脑糊涂观念不清似的，而不觉察自己在一个过渡时代里。假如你问小说是什么，人会告诉你许多个西洋学者的定义，例如"虚构的人物故事""散文文学之一种"等等，而且举出长篇小说、短篇小说几种不同的体制和名目。但这些都是新名词，或旧名词的新用法。"小说"是个古老的名称，差不多有两千年的历史，它在中国文学本身里也有蜕变和演化，而不尽符合于西洋的或现代的意义。所以小说史的作者到此不无惶惑，一边要想采用新的定义来甄别材料，建设一个新的看法；一边又不能不顾到中国原来的意义和范围，否则又不能观其会通，而建设中国自己的文学的历史。中国文学史的研究，在这过渡的时代里，不免依违于中西、新旧几个不同的标准，而各人有各人的见解和看法。

中国和西洋的文学上的名词不尽能符合，例如，"诗"是中国的意义狭而西洋的意义广，如用西洋的标准，将概括词曲和弹词。"小说"相反，是中国的意义广而西洋的意义狭，如用中国的标准几乎可包括欧洲文学的全部。而中国也有狭义的小说，只在一个短时期里，又不同于西洋小说的全体。为明白观念的演变起见，我们必须从头看起。

《汉书·艺文志》，那部可珍贵的中国古书书目，是根据比《汉书》撰述的时代再早的一个书目，约当于公元前后所编定的一期，它里面已经列有"小说家"一个门类，而列举了十几种书。可惜那些书如今都已不存，所以内容如何，我们已不能明白。据史家说："小说家者流盖出于稗官，街谈巷语，道听途说者之所造。"这"街谈巷语，道听途说"两句话，很容易使现在人误会，以为在那时的农村社会里有人在讲述故事。事实上，中国的有职业的讲述故事者的显著的记载是在第十世纪以后。当然，讲故事的习惯即在初民社会里早应该有，但中国古代有没有以此为职业的人，是一个问题，而古代人讲故事的情形也不大清楚。总之，这里所说，并不是指那回事。至于那些书何以称为小说家，《汉书》的撰述者班固有几句按语云："孔子曰，虽小道必有可观"，又说："闾里小知者之所及，亦使缀而不忘。"他特地注重这一个"小"字，也就借此说明了所以称为小说家的原因。但与其说这是解释，无宁说是评赞。这不见得能解释那些书所以称为小说书的真的原因，而只是批评那些书的内容得称为小说的允当，以及所以收录入书目的用意。所谓小道者是对大道而言，小知者是对大知而言的。那么大道和大知又是什么？我想古人所谓大道或大知，指的是帝王之道和政教得失。古代的学者的精力大部分都用在政治上，而古代的文学也是以政治为中心的。只因为那些书不讲大道理，所以被称为小说是允当的，而它们虽然不讲大道理，却也讲出些小道理来，对于闾里小民是有用的，所以收录到一个帝室书目之内。

至于所讲的小道理是什么，幸而有那个早期的书目的编纂者的同时人的话来给我们指示。桓谭《新论》的佚文见于《文选注》的一条正说着关于小说家的事，他说："小说家合残丛小语，近取譬喻，以作短书，治身理家，有可观之辞。"原来那些书是有关于治身理家的，所以无怪《青史子》(《汉书·艺文志》列入小说家的一部书)的佚文里有胎教以及八岁就外舍束发入大学的话。小说的得名,合桓谭、班固的话看来,既是些残丛小语,篇幅短小,所讲的又是小道理,是形式和内容两见其小。本来古代的大书是为执政者和从政者所用所读的,乡里小儿、民间父老们看也看不懂,而且也不见得有兴味看,也难得有看到的机会。适应于他们阅读的另外有一类书,那便是那些小说家者流所造而托名于黄帝、伊尹、师旷诸大名人的小说书了。稗官,如果有这样的官,无非是乡长里长之类,在他们那边保存有这些书,或者即是他们的老辈所编造而传下来的。作者一知半解地从高明的大书里摘取些议论和常识,再从民间取来些议论、风俗、道德观念等等以成书,内容必定很杂,怕是天文、地理无所不谈的。假如其中有治身理家之言,那么像后来的《颜氏家训》,有名物风俗,那么像《风俗通义》《博物志》,有农桑草木,那么像《齐民要术》,不过没有那样的高明而纯粹罢了。这些书合于居家人所读所用而为高瞻远瞩的从政者所鄙弃,所以只是"闾里小知者之所及"。帝室书目居然也收采到这些浅陋的书,但恐怕只挑选了几部比较高明的吧。再不然,是因为假托了诸大名人而被注意的吧。

这些书即使保存到现在,也无一合于西洋标准的所谓小说的。其中即使有譬喻、寓言、故事,也是短得非凡。至于如《虞初周说》,据说是周代的野史,其中必定有许多神话传说,但要知道神话传说书像《山海经》《穆天子传》的东西,在我们看来是虚无缥缈的,在古代史地学问未曾正式发展时,便算是史地的典籍,同时也作了道家方士的经典,在作者和读者,都认为真实不过的。所以终不是小说。但如果用中国标准,那么我们所谓"小说"原先是指这些小书。《汉书·艺文志》的小说家并非与后世小说家绝无关系,而确是中国小说之祖,因为从魏晋到唐宋所发展的内容至为庞杂的笔记小说,正与之一脉相承。所以在纪元前后的中国人的对于小说的观念,并未斩断,反之,仍为后人所因袭,不过书籍愈来愈多,作者益复高明,内容增添,范围更扩大而已。

从魏晋到唐宋(三世纪到十三世纪)大约一千年中,发展的笔记小说,内容非常庞杂,包括神仙、鬼怪、传奇、异闻、冥报、野史、掌故、名物、风俗、名人逸闻、山川地理、异域珍闻、考订、训诂、诗话、文谈等等乃至饮食起居、治身理家之书。有些书籍内容较为单纯，有些是无所不谈的，而用着"随笔""丛谈""笔谈""笔记""志林""随录"等等的书名，都是些残丛小语。在作者本人认为是随笔所写，不作正经文字看，无关于帝王大道、政教得失的。在读者是拿它们来消遣，但也是广见闻，长知识，开卷得益的。作者不少是很有学问的人，所谈的也决不止于闾里的小知了。但是他们托体于小说，采取漫谈的笔墨，而不打起高古的文章调子，也不避俗言俚语，在他们看来已经在用白话作文了。而在我们看来，则是浅近的文言，或者用近人新创的名词称为"语录体"。以现代人的文学观念来看，其中只有少数是属于纯文艺的，更少数是可称为小说的。但是唐宋人一概称为小说，连宋人诗话当时人也称为小说。这是小说的传统的意义。我们可以看明这一大类庞杂的笔记文学正是《汉书·艺文志》的小说家的繁荣的后裔。

不但唐宋人如此看，直到明清近代还是如此看法。中国的小说分为两大类，一类是文言的，一类是白话的。后一类的发展在宋元以后，在底下讨论。前一类指的即是这些内容庞杂的小书的全体而不是一部分。向来称为《说荟》《稗海》《说郛》等等几部有名的丛书所囊括的也是这些小书的全体。胡应麟的分类可以代表一个十六世纪的中国学者对于小说的看法。他把小说分为六类：

一曰志怪：搜神，述异，宣室，酉阳之类是也；

一曰传奇：飞燕，太真，崔莺，霍玉之类是也；

一曰杂录：世说，语林，琐言，因话之类是也；

一曰丛谈：容斋，梦溪，东谷，道山之类是也；

一曰辩订：鼠璞，鸡肋，资暇，辩疑之类是也；

一曰箴规：家训，世范，劝善，省心之类是也。

这六类并不能把笔记小说的门类尽为囊括，不过举其荦荦大端而已。我们觉得尤其可佩的是他把《颜氏家训》等书也列入小说而成为一类,竟与一千六百年以前桓谭的话呼应。至于《世说》《语林》之类正是残丛小语的代表作,那更不用说。

但是胡应麟虽没有将箴规一类遗忘,却放在最后,与桓谭的特别看重,态度不同。他把志怪传奇卓然前列,与现代的看法相近。也许他原想把传奇放在第一,因为比较晚起而抑在第二的。这是说,在这一千六百年之中,虽然小说的定义大体上还没有变动,但是因为范围扩大,新的东西占据了重要的位置,而从前人所着重的东西退为附庸了。这里面就包含有观念的演化。明朝人特别看重传奇是受了宋元以后白话小说的影响,在当时人的观念中渐渐地把虚构的人物故事作为小说的正宗。胡应麟是喜爱读宋元以来的白话小说以及元人戏曲的,在他学者式的著作里也常常提到。

但这是明朝人的看法如此。若问在唐宋时代是不是把传奇文学特别重视,很难得到肯定的回答。虽然唐人传奇给予宋元说话人以及戏曲家以最好的题材,使这些故事普遍到一般民众,但在士大夫和文人中间似乎不曾得到特别的推崇。这么多的唐宋笔记很少提到它们,加以赞美或批评。像洪迈的推崇它们的叙事优美,说过"唐人小说不可不熟"的话,是少见的。范仲淹的《岳阳楼记》,有人以"传奇体"三字讥笑它。以古文观点而论,传奇体的作风失之于柔靡繁缛,正如诗里面的宫体与元和长庆体。而中国人的性格是核实的,从前的文人对于历史和掌故的兴味超出于虚幻故事的嗜好。所以据宋人的看法,小说的最高标准也许是《梦溪笔谈》和《容斋随笔》。至于古代的神话书以及后来的谈列仙,志鬼怪,或出于史地知识的荒唐,或出于道家方士的秘录,或出于冥报冤魂的迷信,或出于间阎宣传的异闻,在作者并非一无根据,在读者也抱将信将疑的态度,不必全认为子虚乌有的。而唐人传奇以偶然的姿态出现,确是有意创设的虚幻的理想的故事。它的兴起是因为唐代的举子们好游狭斜,体会出男女爱悦的情绪,以写宫体诗的本领来写小说,而同时这些举子们以谒名公巨卿借虚造的故事来练习史传笔墨,作为"行卷"文学的一种。唐人所最重视的文学是诗,唐代的文人无不能诗者,以诗人的冶游的风度来摹写史传的文章,于是产生了唐人传奇。这是一派新兴的文学,从残丛小语中脱颖而出,超然独秀,但是篇幅那样的长,离汉人所谓小说最远。我们用现代的或西洋的意识要冠以短篇小说的名称,在当时人看来这样一种东西怕要算长篇小说吧!以至于使第十世纪里那部中国小说的总汇称为《太平广记》的编者感觉到体例的特殊,几乎没有地方安放而放在最后。

唐人传奇是高度的诗的创造,值得赞美是不成问题的。但是当时读者的反应,怕是毁誉各半吧。因为原先所谓小说是要记载名物风俗、治身理家之言,含有道德日用的意义,而唐人传奇如珠玉宝货、珍玩之品,却不是布帛菽粟,堪资温饱。而且那些虚幻的故事甚至到了荒淫和诬陷人的地步,轻薄到使人不能容忍。现代人说唐人开始有真正的小说,其实是小说到了唐人传奇,在体裁和宗旨两方面,古意全失。所以我们与其说它们是小说的正宗,毋宁说是别派,与其说是小说的本干,毋宁说是独秀的旁枝吧。

元明以后,笔记小说虽依旧盛行,出了不少著作,但体制和门类再不能超出宋以前所有。依据现代的观点,唐人传奇已到了文言小说的最高峰,九七八年《太平广记》的结集,可以作为小说史上的分水岭,此后是白话小说浸灌而成长江大河的局面。若照老的标准,认为小说不单指虚幻文学,那么宋人的笔记还是在向上进展的道路上,笔记小书到了宋代方始体制完备,盛极一时,例如胡应麟的第四五两类即是宋代学者的贡献。这两个说法都通。总之在十三世纪以后,由于白话小说的兴起,一般人对于小说的观念渐渐改变,以虚构的人物故事作为小说的正宗。小说的古义只有少数学者明白,如胡应麟即为其中之一人,而他以志怪和传奇两类卓然前列,即已受通俗文学的影响。

到了四库全书总目的编者重新改订小说的意义时,他们认为小说只是记琐事、琐语、异闻的小书,把胡应麟的后面三类多半送到杂家类里面去了。他们对于白话小说不愿著录,因为要用古雅的标准。其实他们如明白《汉书·艺文志》的小说家本是收集闾里浅俗的小书的,那么白话小说又何以不可采录呢？假如他们明白汉人所谓小说家本是无所不谈的，而杂家是综合学问的著作，那么那些小书都应该放在小说类，不必派到杂家类里去。而且他们所用的标准也不够清楚，照现代的观点，他们放在小说类里的书多数仍是内容不纯的小书。所以四库书目的编者实立于尴尬的地位，于古于今，两失其依据，代表了几位十八世纪的学者对于小说的观念。

小说的内容本不曾规定，可以无所不谈的，但后来那些无所不谈的书被人认为不是小说而派入杂家，是小说的意义由广而趋狭。小说本来是残丛小语，像《山海经》那样的有系统的著作，古人不认为是小说，唐人传奇的兴起，当时人目为小说中的变体，称之为"传奇"，为"杂传记"，到了后来却成为小说的正宗；是小说的篇幅由小而化大。只有一个意义是不变的，即小说者乃是无关于政教得失的一种不正经的文学。

现代的小说史家对于这些庞杂的笔记小说甚愿有所甄别，他们参酌中西的标准，只愿承认胡应麟的前边两类和第三类的一半。即如《世说新语》之类，其实离开西洋意义的小说也很远，不过因为历来认为是小说，且是残丛小语的正宗，所以不被摒弃。其去取之间，实际上已用了两种不同的标准。至于被摒弃的部分，也并不是一无文艺性的。即如宋人笔记，多数是可爱的小书，惟其作者漫不经意，随笔闲谈，即使不成立为小说，也往往有小品散文的意味，实在比他们文集里面的制诰、书奏、策论、碑志等类的大文章更富于文艺性。我们觉得假如小说史里不能容纳，总的文学史里应列有专章讨论，以弥补这缺憾。如有人把笔记文学撰为专史，而观其会通，那么倒是一部中国本位的小说史，也是很有意义的工作。

以上说明在文言文学里所谓小说书的性质。下面继续说在白话文学里所谓小说的几种意义虽然和西洋文学里所谓小说接近一点，但也是不能完全符合的。

白话小说或称章回小说，出于说书人所用的底本称为"话本"的一种东西。在中世纪的中国，开始发展，它的历史和上面所说的文言小说并不衔接,而是另外开了一个头。以前对于它的历史不很清楚,相传说是起于宋仁宗时,现在我们对于这方面的知识已增加了不少。宋人笔记记载着汴京和杭州说书界的情形。再早一点,第九世纪的诗人元稹和李商隐已经提到或暗示当时社会上有说书的人。更早的材料我们找不到。现代的学者都相信唐宋人的说书是受了佛教徒说佛经故事的影响的,此事已成为定论。敦煌石室所发现的通俗讲经文和变文是小说史上最可珍贵的材料。在宋代说书人中,仍有"说佛"一家是单立成派的,虽在当时已不占最重要的位置,但这是一把最老的交椅。

宋代的说书者称为"说话人","话"字包含有"故事"的意义,他们所说的题材称为"古话",即是古书或故事的意思。说话人分四个家数,其中"小说"和"讲史"两家最为重要。据宋人笔记的记载是:

(一)小说　谓之银字儿,如烟粉、灵怪、传奇。说公案,皆是朴刀杆棒及发迹变泰之事。说铁骑儿,谓士马金鼓之事。

(二)讲史　讲说前代书史文传兴废战争之事。

可惜那些小书的记载文章条理不清,因此学者之间发生了疑问。有人认为小说只包括烟粉、灵怪、传奇三类,而说公案与说铁骑儿可以合并,另单立为一家;有人主张小说家实包括上面五类。总之,当时的小说只是其中的一家,和讲史对立,各有门庭,有严格的分别。讲史依据史书而饰以虚词,讲说三国志、五代史等话本是长篇,要费一年半载方能讲完一部书。小说讲单篇故事,取材于前人的小说或民间异闻,讲离合悲欢佳话或神仙灵怪的小品,每天说一回书,一回书即是一个单立的故事。这两家所说的题材不同,而说书的派头也不一样。小说的得名还是因为是短篇,而且比之讲史一家说历代兴亡的大题目,小说家所说不过是些儿女私情和社会琐闻,寄寓些喻世、警世、醒世的小道理而已。

话本原是为说话人口说所用,后来印了出来,便成为民众所爱看的读物,通俗的文人摹拟话本的体裁创制阅读文学,于是产生了大量的白话小说。原来的话本是集体的创作,经过许多人的润色,不是一人所作,也不知作者的姓名,讲史的话本尤其改动得多,是没有定本的。这两家的话本，名称上也有区别。讲史的话本称为"平话"或"演义"，我们现在所看到的为《五代史平话》《三国志平话》等，最古的是元刊本，已是十三世纪末期或十四世纪初期的本子。小说家的话本称为"词话"或"小说"，保存在《京本通俗小说》《清平山堂话本》《喻世明言》《警世通言》《醒世恒言》之类的几部总集里，其中有宋元古本，也有明朝人所作的拟话本。宋人的话本不能早于南宋，但因为是短篇，原文倒不见得被人改动，还保存了十三世纪初期的面目。到了十六世纪和十七世纪里通俗作家起来编造白话小说，这时候起了两个变化。一是小说一体演而为中篇及长篇，题材虽是男女悲欢离合的故事或社会琐闻，但篇幅已不是短篇，如《玉娇梨》《好逑传》之类是中篇，《金瓶梅词话》是长篇。二是"平话""演义""小说"等类名词被人混用，那时候小说已成为一广泛的名词，可以概括一切。

所以在白话文学里，小说一名词乃是由狭义而变为广义，与文言文学里的情形恰恰相反。那狭义的特殊的称谓，大约在宋代说话人的家派融合改变的时候，即被废除，所以只有一个短期的历史。照宋人的严格的区分，如《三国志演义》《东周列国志》《五代史平话》等只能称为"平话"或"演义"而不能称为"小说"。《水浒传》能不能称为小说，是一个难解决的问题，《水浒传》的内容是朴刀杆棒发迹变泰的英雄故事，本来不是演史，而是属于说公案的一门。据我的意见，说公案恐是属于小说一家的，当时小说的得名是因为说烟粉、灵怪、传奇的单篇故事，以此为正宗，其说公案和铁骑儿的两门话本怕要长些，不是一两天内可以说完，稍有不同的地方，所以宋人的记载，又把它们单提出来，成为分划得不清楚的情形。但是这两门仍用的是小说家的派头，和讲史一家派头不同的。我们不能看到宋元旧本的《水浒传》，也不知道宋人曾否说《水浒传》，总之《水浒传》的故事是逐渐集合而成为一个大本的，据明朝的记载，旧本《水浒传》每回前面有妖异语引端，即是原本每回前面有一个"入话"或"开篇"，这是小说话本的体制。从此可见《水浒传》是小说的体制而连为长本的。

讲史一家既要敷衍史事，即不能发挥虚幻文学的最大功能。而中国文人的性格是核实的,见了那些平话本子太荒唐了的时候,不免依据史书而修改,把有些话本竟做成历史的通俗读本模样,严格说来已不合于西洋意义的小说,更不是现代意义的历史小说。小说家的题材自由,尽可凭空结构,我们看宋人话本虽是短篇,那描绘社会人情的艺术手腕却远在平话话本之上。所以十八世纪的中国最伟大小说《红楼梦》不是无因而起的,它承着宋人小说家的艺术而做到登峰造极的地步,已有六七百年进展的历史。宋人还缺乏把小说做成长篇的魄力,演史家所有的话本虽是长本,但既是依傍史事而发展故事,实无结构之可言,他们对于社会人情的题材,只能做到短篇的局面。后来的小说家从短篇演成长篇,在结构上采取了两种方式。一种是《水浒传》式的连串法,即是以一个人物故事引起另一人物故事而连为长本,以后的《儒林外史》《官场现形记》《海上花列传》都如此,在中国小说里是极普通的结构。另一种是《红楼梦》式的以许多个人物汇聚在一起,使各个故事同时进展,而以一个主要的故事为中心。后者的艺术更高,是毫无问题的。在这一点上《红楼梦》最近于长篇小说的理想,非《水浒传》可比。

何以十六、十七世纪里的人可以把"小说"一名词来概括一切话本文学呢?是不是因为小说的演为中篇或长篇在形式上与讲史家的话本没有分别,而遂混称呢?恐不尽然。因为"小说"另有一个意义,老早形成,即小说是一种不正经的文学的总称,对于正经的著作而言的,是民间父老、乡里小儿的浅陋的读物。凡是属于那一类的东西皆可称为小说,所概括者也不止讲史家的话本,几乎包括了俗文学的全体。

唐代和尚们的俗讲,影响到三种民间艺术的起来,一是"说话",二是弹词,三是戏曲,以后就形成了小说、弹词、戏曲这三大类俗文学。"说话"中间,"小说"的话本一名"词话",因为原先夹杂有诗词弹唱的部分,不过夹得很少,往往只用在开篇里。至于弹词是以韵文弹唱为主的故事本子,散文的部分少。弹词在宋代有称为"弹唱因缘"的,还有一个"陶真"的名称,不知起于何时,也不知如何解释。据我的猜想,"陶"字有娱乐的意思,"真"即是仙。宋人记载弹唱因缘的人有"张道""李道"等名,我疑心它的起源是在道观里,道士们说唱神仙故事和金童玉女因缘之类,与寺庙里的和尚说唱变文两面对垒。弹词以韵文为主,和变文的体例最近,所以还比小说来得古。明蒋一葵《尧山堂外记》说:"杭州盲女,唱古今小说平话,谓之陶真。"在这里,他把说唱的举动称为陶真,而所唱的材料则称之为小说平话。所以我们向来的习惯,也称《天雨花》《再生缘》之类为小说,盖就其付诸弹唱的一层说,这种本子是弹词,作为阅读文学时,又是小说的一种。

至于戏曲,南戏和北剧共同出于称为"诸宫调"的一种东西。当初也是在宋代说话人所会聚的那种书会或书场里酝酿出来的。北宋汴京有名孔三传者,他第一个把传奇灵怪小说编到曲调里弹唱,创造出诸宫调的体例来。诸宫调并不用来扮演,只是弹唱故事,和弹词的分别,只在一是诗体的韵文,一是词曲的韵文而已。就其曲调方面说,称为诸宫调,就其故事内容说也称为传奇,所以后来的南北戏曲都有传奇这个称呼。从前人也泛称《西厢》《琵琶》为小说,因为那些书籍,就其可以扮演一层说是剧本,作为阅读文学时又是小说的一种。

近人如蒋瑞藻的《小说考证》兼收了戏曲和弹词的材料,我们不能说他不通,因为他用的是小说的广义。也有人把中国小说分类,中间立出一个"诗歌体"的名目,他的观念里面仍旧认弹词和戏曲是小说中的一体。小说史家对此又感困难,那两个大类包括了不少书籍,难以兼顾,所以不得不借用西洋的定义,限于散文学,以去除韵文的部分。但是论它们的来源本来是连通的,所以又有人创出俗文学史的名目,作贯通的研究,这也是很好的提议。

综合上面所说,"小说"这一个名词,在过去的中国文学里,它的意义非常广泛,而且也有几种。在文言文学里,小说指零碎的杂记的或杂志的小书,其大部分的意旨是核实的,虽然不一定是正确性的文学,内中有特意造饰的娱乐的人物故事,但只占一小部分。用现代的名词来说明,小说即是笔记文学或随笔文学。在白话文学里,小说有广狭两义,都可以虚构的人物故事来作为定义。狭义的小说单指单篇故事或社会人情小说,不包括历史通俗演义,这种意义只在一个较短的时期里流行。广义的小说包括一切说话体的虚构的人物故事书,以及含有人物故事的说唱的本子,甚至于戏曲文学都包括在内,所以不限于散文文学。有一个观念,从纪元前后起一直到十九世纪,差不多两千年来不曾改变的是:小说者,乃是对于正经的大著作而称,是不正经的浅陋的通俗读物。虽以一生精力还不能写完一部书的曹雪芹,在开场即很客气地说:"只愿世人当那醉余睡醒之时,或避世消愁之际,把此一玩。"直到我们的时代,看到从平民文学间开始的全部好像是小说而且是正经文学的欧洲文学时,我们方始认明了小说的价值,而开始用认真的态度来写小说。

(《当代评论》4 卷 8、9 期,1944 年)

谈《京本通俗小说》

　　缪荃孙所刊《京本通俗小说》，在《烟画东堂小品》中，此书近时亦不常见，今岁于坊间偶获两册，颇为欣然，书中所收宋人短篇小说七篇，余向时极爱读也。短篇小说是一新名词，见于国人介绍西洋文学以后；细按之，于小字之上再加短篇两字，不免有"床上施床，屋上架屋"之嫌，吾人以小说为一总类之名称，故尔不觉其不妥；但我观宋人所谓小说即包含有短篇之义。于何见之？《梦粱录》《都城纪胜》一类书述及宋代说话人（即今日之说书者）分四个家数，其中小说一门，说烟粉、灵怪、传奇等等。虽未注明是短篇抑系长篇，但据今日流存之话本以考，皆为短篇。盖此派说话人以一日能说毕一故事为原则，其有故事稍长，分两三日讲说者，仅为例外。另有说《三国志》《五代史》等长篇话本者，但别名讲史，亦称平话，与小说一派体例不侔。至于何时而将此类通俗文学混称小说，余未细考，以意度之，当在明代，其时宋代说话人之门庭家数，已成掌故，非一般人所习知矣。或谓小说之称，早见《汉志》，凡里巷浅俗之谈，皆可包括在内，安有单指短篇之理？此言诚是。但自汉以来，所谓小说，其涵义至广，凡笔记、杂说、野史、小品，皆可谓之小说，亦非纯文学之小说书可得而专用。而宋时民间有此一种狭义的称谓，此治小说史者亦应注意及之。譬如所谓文者，韵文、散文、骈文，均可包括，而南北朝人，有严辨文笔者,或称有韵为文,无韵为笔,或谓骈者是文,散者为笔;因知文学上之名称往往因时代变迁而有广狭不同之定义焉。此书题名小说,内容皆为短篇,可谓得宋人名称之旧。他如《三国志》《五代史》等,凡称宋元旧本者,皆标平话之目,不称小说,此非偶然之事,其中消息,不难探索也。

我国白话短篇小说,发展于宋(唐人偶有之,今日所残存之材料甚少),而极盛于明;明以后则复归岑寂。比较观之,宋人的几篇是话本,明人所作乃是"拟话本",但供阅读。所谓"话本",即当时说话人所用底本之意,皆出于无名文人所撰,或即说话人中有才学者所编,最初目的是说给民众听的,师以授徒,转手流传,其后印了出来,遂成民众读物。及至明代,冯梦龙辈编印许多短篇小说的集子,一面搜罗宋元旧话本,一面加入许多明人的以及自己的作品在内,此时之目的,乃专供人阅读之用。于是由真正的民间文学转移到书斋文学。故吾人读宋人作品,尚可想象听书的意味,至于明人之作,在体例上虽仍拟话本,此种意味即已减少。以作风而论,亦有不同。明人擅长写实,描写市井社会,刻画详尽,有时则为伦理的,劝世的。宋人之作纯粹是写意的浪漫的作风,其意境颇为高超,说者但以奇妙的故事娱乐听众,此外别无目的;而鬼怪的趣味又极浓厚,此亦时代使然。大概宋人距离唐人传奇小说之时代尚近,故作风亦与之接近也。宋人之诗摆脱唐诗面目,与其时特别发达之散文协调,同为理智时代之产物,但词及小说则因接近民间故,属于浪漫文学,有唐诗之意味。观此,吾人可以悟出,用一个哲学的或批评的名词,如"浪漫的""理智的"之类,来概括说明一时代之文学或思想,必有不妥之处;要当分别言之耳。

宋人小说精美处诚非后人可及,可惜两宋说书业虽异常之盛,而话本流传至今者却寥寥可数。《京本通俗小说》一书,不知何人所编,亦不知原书有多少卷,缪氏所得是一残本,据以印出者仅此七卷,即原书之第十卷至第十六卷也。赖以存者,有宋人话本七篇,其目如下:

《碾玉观音》《菩萨蛮》《西山一窟鬼》《志诚张主管》
《拗相公》《错斩崔宁》《冯玉梅团圆》

尚有《金主亮荒淫》及《定州三怪》两卷，前者过于秽亵，后者破碎太甚，故未付梓。据缪氏云，所得原本是一影元人写本。吾人想象，以为"京本"者则或是宋人指杭州临安书铺所刊，事实上并非如此。郑西谛先生疑此书更非元人所编，缪氏所言全不可信，有长文论证其事，谓明人刊通俗文学书往往标"京本"以为号召，例证甚多。关于此点，余无新见，不能有所阐明。如单以此七篇而论，我曾反复细看，不能发现有宋以后人改纂的痕迹。我意即使全书为后人所编，此数篇尚是南宋人之真本，未经改动者。其原因有二，一则短篇故事非如长篇说部之容易被人增删；二则宋代说话人中之小说一派，其后不久绝迹，既无复用此类旧本以娱听众之人，即无改订话本之人，非如说《三国》《水浒》者，历代纷纷，传本不一也。

关于此书之内容考证，缪氏（署名"江东老蟫"）跋文提及一事，即《碾玉观音》篇中之三镇节度延安郡王指韩蕲王，秦州雄武军刘两府是刘锜，杨和王是杨沂中，官衔均不错。所言仅此，未免草草。实则此书尚有可与宋史印证者，此外宋人笔记中亦有不少材料，可供读此书者参证，今以知闻所及，广为引证，聊供谈助。

《冯玉梅团圆》

冯玉梅篇述及韩蕲王平建州范汝为乱事，此事详见《宋史·韩世忠传》，读者可以参阅：

> 建安范汝为反，辛企宗等讨捕未克，贼势愈炽，以世忠为福建江西荆湖宣抚副使。世忠曰，建居闽岭上流，贼沿流而下，七郡皆血肉矣。亟领步卒三万，水陆并进，次剑潭。贼焚桥，世忠策马先渡，师遂济。贼尽塞要路拒王师，世忠命诸军偃旗仆鼓，径抵凤凰山，俯瞰城邑，设云梯火楼，连日夜并攻，贼震怖叵测，五日，城破，汝为窜身

自焚。斩其弟岳吉以徇，擒其谋主谢向、施逵及裨将陆必疆等五百余人。

《宋史》下文接述韩世忠以建州人民附贼，城破后欲作屠城之举，因李纲劝阻而止，今不具录。惟《宋史·韩世忠传》记此事竟不详年月，是一漏笔。今小说云，韩公将建州城攻破，在绍兴二年春正月。考宋人熊克所撰《中兴小纪》卷十二有云：

> 绍兴二年春正月，宣抚副使韩世忠围建城，辛丑夜，贼稍怠，官军梯而上城，遂破贼众一万余人。贼将叶谅以一军径走邵武，范汝为窜入回源洞，自缢死。世忠遣兵追捕，并贼将张雄等皆擒戮之。初世忠意城中人皆附贼，欲尽杀之，至福州，见观文殿学士李纲，纲因曰，建城百姓多无辜，世忠受教，故民得全活。及师还，父老送之，请为建生祠，世忠曰，活尔曹者李相公也。

则小说所言，年月皆确。《宋史》谓汝为自焚，《小纪》则云自缢，传说不一，今小说云，"范汝为情急放火自焚而死"，与《宋史》同。两书皆言世忠听李纲之教，城破后，不多杀戮，则小说所言"韩公招安余党，只有范氏一门不赦"之事，亦是当时实情，确切不误者也。

大概韩公平建乱之功业，煊赫在人耳目，临安说书人说此一段鸳鸯宝镜之传奇故事，距离绍兴年间当还不远，故于当时情事能亲切如此。孙子书先生《小说旁证》（北京图书馆馆刊第九卷一号）考《冯玉梅》篇之故事，引洪迈《夷坚志补》卷十一"徐信"条及无名氏《摭青杂说》"范汝为"条（《说郛》卷三十七引），说明故事之亦有所本，文长不录，读者可以参证焉。

另有一事可资谈助者，此卷开篇引一首民歌云：

> 月子弯弯照几州，几家欢乐几家愁，几家夫妇同罗帐，几家飘散在他州。

按此歌至今为人传诵（字句略有改易，首句"照几州"，今改为"照九州"，末句州字重韵，今改为"几个飘零在外头"），惟始于何时，甚少人能作答。今说书人云："这是一首吴歌，出在建炎年间，述民间离乱之苦。"独言之凿凿如此。余初未甚置信，以为说书人姑妄言之，后读赵彦衡《云麓漫钞》，于卷九中发现一条记载，竟可为说书者作强有力之佐证。此条颇足珍贵，今抄录于下：

> 彭祭酒学校驰声，善破经义，每有难题，人多请破之，无不曲当。后有两省同僚，尝戏之，请破"月子弯弯照几州，几家欢乐几家愁"。彭停思久之云，"运于上者无远近之殊，形于下者有悲欢之异"，人益叹服。此两句乃吴中舟师之歌，每于更阑月夜，操舟荡桨，抑遏其词而歌之，声甚凄怨。唐人有诗云，"徙倚仙居凭翠楼，分明宫漏静兼秋，长安一夜家家月，几处笙歌几处愁"，盛行于时，具载《辇下岁时记》，云是章孝标制，与此意同。

今考赵彦衡于绍熙年间作乌程县宰，又通判徽州，其人当生于南宋初年。《漫钞》所说为月子弯弯作破题的彭祭酒疑即彭龟年，龟年在乾道年间为太学博士，乃彦衡同时人而年辈略先。以此推之，则小说谓此首民歌出于南宋初年，大致可信。此云吴歌，彼云吴中舟师之歌，两方完全一致。夫此歌传诵至今，已八百余年，自有其感人之处，今吾人考明来历，知出在南宋建炎年间大战后之离乱局面，乃吴中舟师常于更阑月夜歌之者，则不觉所感尤深也。

《菩萨蛮》

上文说宋代说话人谈时事历历可据，但如《菩萨蛮》篇中却有一小错误。此卷书说及一个吴七郡王，云是高宗皇帝母舅。今按高宗之母即是在靖康乱时被俘北去而后来和议成后金人护送回朝之韦太后。韦后之弟兄，见于《宋史》者有一韦渊，于小说所说之吴七郡王完全不合。考南宋初年确有姓吴之国舅两人，乃高宗吴皇后之弟，一名吴益，一名吴盖。高宗内禅之后，退居德寿宫，其时吴皇后尊为太上皇后，吴益兄弟皆封郡王,益封太宁郡王,盖封新兴郡王,见《宋史·外戚传》。吴氏兄弟均为书翰中人,高宗待之甚厚,常时出入德寿宫,而吴益又为秦桧孙婿,气势更大。据余所见,此卷书中之吴七郡王决为吴益无疑,实乃孝宗皇帝之母舅,说书者误记耳。

关于吴益之为人,最好一段材料在周密《齐东野语》卷十:

> 庄简吴秦王益以元舅之尊,德寿(指太上皇高宗)特亲爱之,入宫每用家人礼。宪圣(指太上吴皇后)常持盈满之戒,每告之曰,凡有宴召,非得吾旨,不可擅入。一日,王竹冠练衣,芒鞋筇杖,独携一童,纵行三竺灵隐山中,濯足冷泉磐石之上,游人望之,俨如神仙,遂为逻者闻奏,次日德寿以小诗召之,曰,"趁此一轩风月好,橘香酒熟待君来",令小珰持赐。王遂亟往,光尧(亦指太上皇)迎见笑谓曰,夜来冷泉之游乐乎?王恍然,顿首谢。光尧曰,朕宫中亦有此景,卿欲见之否?盖叠石疏泉,像飞来香林之胜,架堂其上曰冷泉。中揭一画,乃图庄简野服灌足于石上,且御制一赞云:"富贵不骄,戚婉称贤,扫除膏梁,放旷林泉,沧浪濯足,风度萧然,国之元舅,人中神仙。"于是尽醉而罢,因以赐之。

观周密所记与《菩萨蛮》篇之吴七郡王,身份气度完全相合。且《野语》恰记其常至灵隐一带闲游,则此回书中说其与可常和尚之一段交涉,非绝不可能之事,或即当时流传之逸闻欤?

原说书者所以缠误,亦自有故。宋代诸帝常用内禅之制。当吴益为郡王时,虽是孝宗临朝,而高宗尚在,且郡王与德寿宫接近,民间既以国舅称之,遂有误传为高宗母舅之可能,吾人于临安说书人殊不便苛责。又从此点,可知此小说之背景在隆兴、乾道间。而吴益之排行第七,《宋史》及宋人笔记中皆无考,吾人所知者益、盖兄弟两人皆较吴皇后小十岁左右,吴益之为吴皇后之七弟,惟当时人能知之,故知此篇作者亦必南宋时人也。

《梦粱录》《都城纪胜》两书记载宋代说话人分四个家数,各有门庭,但下文举出这四个家数时,文字分划得不清楚,常引起读者之疑问。且以《都城纪胜》来说,书中所开列出来的是:

> 一者小说,谓之银字儿,如烟粉、灵怪、传奇;说公案,皆是朴刀赶棒及发迹变泰之事;说铁骑儿,谓士马金鼓之事;说经,谓演说佛书;说参请,谓宾主参禅悟道等事;讲史书,讲说前代书史文传兴废争战之事;……合生与起令、随令相似,各占一事;商谜……猜诗谜、字谜、戾谜、社谜,本是隐语。

以较《梦粱录》,则《梦粱录》在"小说名银字儿,如烟粉灵怪传奇"下面直接"公案、朴刀"等名目,不加分划,可知《都城纪胜》之说公案及说铁骑儿应仍属于小说一家。说经,《梦粱录》作谈经,与说参请似亦可并成一类。讲史书应该单立,而合生及商谜亦可归为一类。如是方合四家之数。据吾人之推测,或是如此。

最近新发现之南宋人罗烨所著《醉翁谈录》,有"小说引子"一篇,下面特笔注明"演史、讲经,并可通用"八字,此亦足证当时演史、讲经与小说,确是鼎足而三,各有门庭。此引子虽特为小说一家所撰,亦可例外通用于讲经、演史也。此三者何以门庭甚严?此则以后但将话本作阅读文学者所不能了解。其在当时书场中,此三派派头场面必有显著之不同,而且各有各的历史渊源。即如讲经一派,自是唐人佛书俗讲及说变文之嫡系,其中当仍有韵律文之部分,用特殊声调唱念的。演史是说长篇平话。小说讲短篇故事,中间串插的诗词,要用管弦伴唱。凡此种种,吾人仅约略推知而已。

若以内容而论,岂有绝不可通之处?譬如说佛谈因果报应,小说亦可劝人为善。小说中有说铁骑儿者,谓士马金鼓之事,而演史之说历朝兴废,更多杀伐战争。而小说一门,内容尤杂,烟粉、灵怪、传奇固是大宗,有时亦可说佛,亦可讲史,惟限于短篇耳。即如上文所讨论之两篇,《冯玉梅》是传奇之正宗,《菩萨蛮》即有说佛及说参请之成分。下文将论之《拗相公》篇亦有说佛意味。但如据此而认为此类乃是说佛一门所流传之话本,则余未首肯。观其体例,仍当属于小说,否则,较唐人俗讲及变文之本,面目何相异之远耶?

《拗相公》

此篇写王安石罢相以后,到江宁上任,途路之间,亲听人诉说新法之不便,又被乡间父老当面痛骂,以至到了江宁,愤恨而卒,写来非常之惨!故事虽设在北宋,而作者仍是南宋人。何以故?荆公之厉行新政,遭士大夫及民间之强烈反对,此是史实,惟以之作为话本之资料,公开笑骂,此在南宋,方属可能。盖终北宋之朝,荆公之势力尚在。蔡京当权时,以绍述新政为名,排斥元祐党人,而蔡卞为荆公之婿,方议孔庙配享以荆公升于四哲之列。故汴京之说话人断不敢辱及圣贤。及至靖康之乱,宋室南渡,人民受尽转徙流离的苦楚,那一股怨气都归结在蔡京身上,蔡京既是绍述新政的,所以推原祸始,痛恨荆公。此为民间一般人之论调(读者可参看《宣和遗事》一书),所以此篇小说写得非常刻毒,是南宋人泄愤之作,不可以泛泛的讽刺小说读之。

篇中所说固出于小说家之点缀,但不无所本。说王荆公亲见儿子王雱在阴间受苦事,屡见于宋人笔记。邵伯温《闻见录》云:"荆公在钟山,尝恍惚见雱荷铁枷如重囚,荆公遂施所居半山园为寺,以荐其福。"方勺《泊宅编》亦有类似的记载,今不具引。最早之一条,据余所知,在北宋人刘延世所作《孙公谈圃》中:

> 张靖言,荆公在金陵,未病前一岁,白日见一人上堂再拜,乃故群牧吏,其死已久矣。荆公惊问何故来,吏曰,蒙相公恩,以待制(指王雱)故来。荆公怆然问雱安在,吏曰,见今来结绝了,如要见,可于某夕幕府下,切勿惊呼,唯可令一亲信者在侧。荆公如其言,顷之,见一紫袍博带,据案而坐,乃故吏也。狱卒数人,枷一囚自大门而入,身具桎梏,曳病足立廷下,血污地,呻吟之声殆不可闻,乃雱

也。……明年,荆公薨。

《孙公谈圃》者,刘延世所记孙升之谈话,其时在绍圣初年。孙升即为反对新政之一人,张靖乃其门人也。可知此类故事,在北宋时即已流行于士大夫间,尤为反对荆公者所乐道。考王雱少年早卒,据云所患是失心病,因疑其妇与人有私日与争闹(见《东轩笔录》),病时,荆公延道流作醮,大陈楮钱(见《曲洧旧闻》)。其死既甚可怜,死后有在阴间受苦之传说亦不为无因矣。

当荆公力行新政时,民间既强烈反对,其有人于邮亭驿壁题诗以寓怨刺,自属可能之事。岳珂《桯史》卷九记云:

> 熙宁七年四月,王荆公罢相,镇金陵。是秋,江左大蝗。有无名子题诗赏心亭曰,"青苗免役两妨农,天下嗷嗷怨相公,惟有蝗虫感恩德,又随钧斾过江东。"荆公一日饯客至亭上,览之不悦,命左右物色,竟莫知其为何人也。

又南宋百岁老人袁某所撰《枫窗小牍》载,东京相国寺壁题有"终岁荒芜湖浦焦"七绝一首,无人能知其意,后东坡解之,谓其中隐"青苗法安石误国贼民"九字云云,亦近于小说家言。惜作《拗相公》篇者不曾知道这些材料,未编入话本之中。今话本所出诸诗,不甚高明,殊不及赏心亭一绝之有味。

荆公投宿村店,遇一老叟,言谈之下,痛骂王安石,至欲手刃其头,荆公不觉悚然,不待宿而去。此段故事与宋太宗时宰相卢多逊南贬,遇一老妪之故事极相类似。卢事见王辟之《渑水燕谈录》卷十:

> 卢多逊南迁朱崖,逾岭憩一山店,店妪举止和淑,颇能谈京华事。卢访之,妪不知为卢也。曰,家故汴都,累代仕族,一子仕州县,卢相公违法治一事,子不能奉,诬窜南方。到方周岁,尽室沦丧,独残老妪流落在此,意有所待。卢相欺上罔下,倚势害物,天道昭昭,行当南窜,未亡间庶见于此,以快宿憾尔。因号呼泣下。卢不待食,促驾而去。

此类故事,诚可感动人心。唐宋法度,即以宰辅之尊,一朝有失,可以一贬再贬,直贬到穷乡僻壤作一个小小县尉,为极寻常之事。此时求死不得,求退不能,所以宦海升沉,古人每有持满之戒,以明机早退为贤。今之从政者,殆有恃而无恐欤!

荆公既遇老叟,复遇一老妪,向之诉说云:"自王安石做了相公,立新法以扰民,老妾二十年孀妇,止与一婢同处,妇女二口,也要出免役助役等钱,钱既出了,差役如故。"读至此段,或疑说书者言之过甚,其实倒是实情。《宋史·王安石传》中说得明白:

> 免役之法,据家赀高下,各令出钱,顾人免役。下至单丁女户,本来无役者,亦一概输钱,谓之助役钱。

原来单丁女户,本来无役者,亦须出助役钱,此事出吾人意料之外。这篇小说做了《宋史》之绝好注脚。可知荆公之经济政策真是无微不入,近来史家之崇拜荆公者读《宋史》此节恐亦难回护也。至于出了钱差役如故,此事更出荆公意外,但在吾人意料之中。

吕叔湘先生曾对我说,南宋人称北宋在习惯上应仍是"我宋"或"大宋",今《拗相公》篇称"北宋神宗皇帝年间"一若宋以后人之口气者,应如何解释? 余于南宋人之著述却未细查,不知有何称北宋之例。关于决定此篇之制作年代,可从另一点观察之。此篇称王安石初任"庆元府鄞县知县",考庆元府本为明州奉化郡,是绍熙五年宋宁宗即位后所改,在安石做宰时尚无庆元府之称,而元世祖既平两浙,又改庆元府为庆元路。此篇作者于鄞县上安"庆元府"三字,于无意中流露出绍熙以后元以前人之口气。除非原本作庆元路,经有识者知其非宋时之称,为改去一字,但此人既有学识,何不径改为明州乎? 余意在南宋初年,人心未死,不致称靖康以前为"北宋",及至南宋后期,半壁江山之局面形成已久,民间渐有称"北宋"之习惯,此则读史者堪为叹息者也。

其余几篇及附论

《碾玉观音》《志诚张主管》《西山一窟鬼》三篇，情节离奇，文字清丽，是小说中之杰作。故事内容是烟粉、灵怪合而为一者。《醉翁谈录》虽将小说种类分得极细，烟粉是烟粉，灵怪是灵怪，但观其所举目录，知亦是勉强分类，不可拘泥。即如《菩萨蛮》之说佛又出罗氏八类以外也。《错斩崔宁》属于说公案，亦小说中之一类。书中主人与《碾玉观音》篇同为崔宁，其事至巧，不知但是偶同，或由"老郎们"（宋人谓说话人之前辈之称）之误传，余难以臆断。

《西山一窟鬼》尤为奇特，以此篇较《太平广记》中所收唐以前之说鬼，其艺术之进步为何如耶？以后惟蒲松龄之《聊斋志异》差能胜之。篇内说西湖山道，杭州里坊，亲切熟悉，是临安说书人的口气。而"一窟鬼"亦是宋时俗语，《梦粱录》卷十六记杭州茶肆，中瓦内王妈妈茶坊名"一窟鬼茶坊"，此茶坊不知因何故而得此诨名，或为烟花妓女丛杂之地欤？录中又有朱骷髅茶坊，骷髅与鬼，意义亦近。

以上数篇，故事无考。孙子书先生《小说旁证》考《碾玉观音》引元无名氏《异闻总录·郭银匠》条，但其关系甚浅；考《西山一窟鬼》引《鬼董》卷四《樊生》条，其情节亦不全似也。

《碾玉观音》分上下两篇，是一故事可于两日连讲之例。故用两个开篇。宋人小说中之开篇，一名"入话"，例用诗词或另一小故事，以引入正本。盖说书人于未说本文之前，先说唱一段，以为定场之用，编话本者于此亦施其才学，使入话与本文若有关联者然。此类开篇，有极讲究者，如本书《碾玉观音》及《西山一窟鬼》卷首，各用十几首诗词，首首关联，层层倾泻，有群珠走盘之妙，可谓前无古人，后无来者。后来小说纯粹变为读物，开篇渐渐匿迹。据明时人云，古本《水浒》每回前各有有味的开篇，惜为时本所删尽，今不得而见矣。

缪荃孙评此类开篇用"雅韵欲流"四字，颇为恰当。吾人今日以此书当小说读,亦但能感到雅韵欲流而已,此外的好处,已不能领略。如设身在宋代书场中,即大不同。凡开篇中以及本文中所穿插之诗词,必是说书人实际歌唱之部分,而并不是编者夸耀其才藻,徒供读者欣赏的。盖宋人以词为乐府,上自王公大臣,下至贩夫走卒,莫不能唱几首词,而且每个词调,有宫调可系,歌法不一。今小说中既插入若干首《蝶恋花》《浣溪沙》之类,则小说人必有歌唱此类词调之本领,且亦必以管弦伴奏,不难推想。

　　或问今书中于词之外,尚有诗,岂唐人歌诗之法,至宋尚存欤? 又宋人歌词用何种乐器? 余意凡属韵文,皆可施于管弦,如今日书场中之开篇,多七言韵文,亦有悦耳之声调,则宋人自亦能唱诗,不必拘泥于唐人之音调。至词之歌法,用何种乐器,据余所知,并无一定,随场面之大小而异。其简单者但用一管笛子或箫已可,如姜白石之"小红低唱我吹箫"是矣。繁复者则凡琵琶、笙、笛、觱篥、方响、鼓板等等一齐可以加入。大概小令以清俊耐听,乐器宜从简少,如大曲中之摘遍等类,音节繁衍,宜用多种乐器合奏也。小说一名"银字儿",不知当作何解,近人意见,谓银字儿是管乐上之名称(引《乐府杂录》尉迟青吹银字管觱篥为证;银字管如是管色之名,则可泛用于管乐,不必限于觱篥)。此说虽未为定论,但小说人之歌唱诗词,以乐器伴奏,且必兼用管乐及弦乐,其事极易明白,非甚难想象者。吾观宋代书场中,场面相当热闹。《都城纪胜》述商谜家用鼓板吹"贺圣朝"以为开场,可作一证。

　　由是言之,小说人者,不单以舌辩动人,亦复以声音娱客,如今之说小书者然,必两事兼擅,方为全才。吾人想象如此,惟《梦粱录》等类书未曾详细加以说明而已。故小说一名词话,词指唱,话即说话,即有说有唱之意。往往先唱几首词,引起故事,如读此书,即可明白。细辨之,话字包含有故事之意,今日本文中犹用此义;恐尚是唐人之旧,故说话者非他,即讲故事之谓。今称说小书者谓弹词,乃偏举其唱的部分而言,而忽略其讲说之部分,尚不及宋人之用词话一名称为确当也。因后世论词之书皆称词话,于是目录学家乃感迷惑。《也是园书目》将此类小说编入词话类中,原有依据;而缪荃孙氏遽论为必系评话之误,其说大谬。盖缪氏心中认为词话乃论词之书,评话则是小说之别名耳。不知评话者乃演史一家之称,与小说之一名词话者,门庭各别,如上文所述。此《碾玉观音》等数篇,不可以称为评话,但称为话本则可,因"话本"两字乃概括的名称,演史家所用之本,可称为话本,小说家所用之本亦可称为话本。缪氏殆将小说、话本、评话三个不同的名称混用,而未细别其定义也。

对"评话"两字之解释,今学者尚无定论。或谓唐代通俗小说有变文,评与变殆一音之转。此说牵连过远,未为笃论。余意评话原作平话,平话者平说之意,盖不夹吹弹,讲者只用醒木一块,舌辩滔滔,说历代兴亡故事,如今日之说大书然。且评话之名称至今尚保存着。北方谓之"说平书"。江浙一带说书场中分两派,一派说唱《珍珠塔》《玉蜻蜓》之类,谓之"说小书",亦称"弹词家";一派说《岳传》《三国》等,谓之"说大书",亦称"评话家"。后者自是宋人演史之嫡系,迄今亘八百年而未变者。余见有扬州人说《水浒传》,粉牌上标"维扬评话"之目。以今证古,知宋人演史一派,中间亦不夹歌唱之部分。

凡事有幸有不幸,当宋时,小说与演史对垒,乃其中一派至今尚盛,而一派则不久绝迹。今之弹词家,虽略得宋代银字儿之仿佛,但究有相异之点。第一,韵文部分甚多,且为主体;第二,所讲亦是长木,不是短篇;第三,但用三弦及琵琶,不用管乐。我观宋代小说人每日讲一故事,首尾毕具,为极合情理之事,不知何故,其后反归淘汰,正如元人杂剧限用四五折,使一次能演完,甚合西洋戏剧通则,乃明人传奇代兴,皆是长本,其中精彩甚少,令人厌倦。所谓进化者无乃反常欤?以中国之大,或者尚有讲短篇故事者,存在于乡村茶肆中,亦未可知。如有之,则余甚愿获见其话本。

宋人小说虽不久绝迹,以言对于文学之影响,则既巨且深。明人之短篇拟话本,是其嫡传。此外,烟粉传奇故事,演变而成才子佳人派之中篇小说。说公案及朴刀杆棒之流则为后世侠义小说之祖。《水浒传》亦此派之集腋成裘者,非出演史。凡一切社会人情小说,虽各为长本,观其描绘人情之细腻及对话之纯粹用口语，皆不从演史派来，实从小说派蜕化而出。古本《金瓶梅》标词话之名，尚可明其渊源所自。故直接间接其影响直至于《儒林外史》及《红楼梦》。余观演史派之话本，文学价值较低，到底因为要依傍正史，又于一部书中述数十年乃至数百年之事，人物太多，描写不细；反之，小说派只写若干人物之事，于情节又极自由，可以随心制作，得尽其艺术之手腕也。

（《国文月刊》第 16 期，1942 年。原注 1941 年 5 月初稿，
1942 年 1 月改订。）

读《京本通俗小说》补记

　　此文写就后，偶检元人夏文彦所作《图绘宝鉴》，发见吴七郡王之究为何人，知余所考，尚有问题。《宝鉴》卷四云："吴琚，字居父，宪圣宣后侄，太宁郡王益之子。性寡嗜好，日临古帖以自娱，字类米南宫，以词翰被遇孝宗，作他戚属比。尝作墨竹坡石，品不俗，自号去壑。历尚书郎、部使者、直学士，庆元年间以镇安节度使留守建康，迁少保，谥忠惠，世称吴七郡王，汴人。"据此知吴七郡王乃吴益之子吴琚，非吴益也。按吴琚，《宋史》亦有传，且附在吴益传后，今不具引。惟《菩萨蛮》小说中之郡王则似为吴益而作吴琚。因此小说之故事设在绍兴年间，虽吴益之封为郡王及为国之元舅，在孝宗即位以后，但其时高宗尚在，距离绍兴年间尚不远。且小说以后之封爵称人，亦是惯例，正如《拗相公》篇称王安石为荆公，不知其罢相出判江宁府时，尚无荆公之称号也。余谓此篇小说中之人物，应指太宁郡王吴益，若果如此，则南宋之说话人缠误者两事。一者以孝宗宣帝之母舅误称为高宗宣帝之母舅；二者以太宁郡王误称为吴七郡王。在彼则以子为父，在此又以父为子，其颠倒皆在父子之间。亦可笑也。推原其故，小说人好称宋高宗，好说绍兴年间故事，而吴琚以书画名家，吴七郡王之名，更比太宁郡王为著耳。

　　小说家既作史家，不足深责。此种传闻误谬，正是民间文学之特色。

由此可知,此篇作者亦甚晚,在吴琚以后若干时,约略与《拗相公》篇同时耳。若以小说中之郡王竟为吴琚,固无不可,但一则琚难有宣帝母舅之称,其气势亦不能如篇中所写之烜赫,且距绍兴年间益远矣。此故事背景,究应在何时代,书中谈及灵隐寺长老印铁牛,此人要作虚构,惜无西湖灵隐志一类书为一查此人之着落耳。

我在此文中说,宋人作只能唱词,而不能唱诗者,但未加论证。今思得一证据,为补说之。曾慥《乐府雅词》卷首载郑仅晁元咎"调笑转踏"。转踏者一名缠达,其体例用一诗一词相间成曲,联数曲以演故事,由女弟子队歌之舞之。此在宋世,颇为通行。郑、晁之作,其诗皆七言八句,四句一转韵。由此可知,宋人于诗亦可谱入管弦也。

"月子弯弯"一首民歌今传诵之本作"月子弯弯照九州,几家欢乐几家愁,几家夫妇同罗帐,几个飘零在外头",似较《冯玉梅团圆》篇中所载者为胜。但如读原作,可发现一个妙处。原诗连用四个"几家",此连续不断的"几家""几家"之声,极像摇船之橹声,真吴中舟师之原唱,一点不假也。细思其事,方能得之。

(《读〈京本通俗小说〉》在《国文月刊》第十六期发表后,父亲对错字漏句作了认真校改,并另纸用蝇头小楷写了《补记》,贴在该文之后。现据手迹抄录面世。浦汉明谨记)

词的讲解

一

菩萨蛮　李　白

平林漠漠烟如织，寒山一带伤心碧。暝色入高楼，有人楼上愁。玉梯空伫立，宿鸟归飞急。何处是归程，长亭连短亭。

考　证

此词相传李白作。南宋黄升《唐宋诸贤绝妙词选》及时代不明之《尊前集》皆载之，其后各家词选多录以冠首，推为千古绝唱。至近人则颇有疑之者。据唐人苏鹗《杜阳杂编》等书，《菩萨蛮》词调实始于唐宣宗时，太白安能前作？惟此说亦有难点，缘崔令钦之《教坊记》已载有《菩萨蛮》曲名，令钦可信为唐玄、肃间人也。

考此词之来历，北宋释文莹之《湘山野录》云："'平林漠漠烟如织，寒山一带伤心碧。暝色入高楼，有人楼上愁。玉梯空伫立，宿鸟归飞急。何处是归程，长亭连短亭。'此词不知何人写在鼎州沧水驿楼，复不知何人所撰，魏道辅泰见而爱之，后至长沙得古集于子宣内翰家，乃知李白所作。"(以上据《学津讨源》本。《词林纪事》引《湘山野录》,"古集"作"古风集")。倘文莹所记可信,则北宋士大夫于此词初不熟悉,决非自来传诵人口者,魏泰见此于鼎州(今湖南常德)沧水驿楼,其事当在熙宁、元丰间(约一〇七〇),后至长沙曾布处得见藏书,遂谓李白所作。所谓《古风集》者,李白诗集在北宋时尚无定本,各家所藏不一,有白古风数十篇冠于首,或即以此泛指李白诗集而言(如葛立方《韵语阳秋》云"李太白古风雨卷,近七十篇"云云),或者此"古集"或"古风集"乃如《遏云》《花间》之类,是一种早期之词集,或者此"古集"泛指古人选集而言,不定说诗集或词集,今皆不可知矣。

　　李白抗志复古,所作多古乐府之体制,律绝近体已少,更非措意当世词曲者。即后世所传《清平调》三章,出于晚唐人之小说,靡弱不类,识者当能辨之。惟其身后诗篇散佚者多,北宋士大夫多方搜集,不遑考信。若通行小曲归之于李白者亦往往有之。初时疑信参半,尚在集外,其后阑入集中。沈括《梦溪笔谈》云:"小曲有'咸阳沽酒宝钗空'之句,云是李白所制,然李白集中有《清平乐词》四首,独欠是诗,而《花间集》所载'咸阳沽酒宝钗空'乃云张泌所为,莫知孰是。"沈括与文莹、魏泰皆同时,彼所见李白集尚仅有《清平乐词》四首。此必因小说载李白曾为《清平调》三章,好事者遂更以《清平乐词》四首归之。其后又有"咸阳沽酒""平林漠漠""秦娥梦断"等类,均托名李白矣。至开元、天宝时是否已有《菩萨蛮》调,此事难说。观崔令钦之《教坊记》所载小曲之名多至三百余,中晚唐人所作词调,几已应有尽有,吾人于此,亦不能无疑。《教坊记》者乃杂记此音乐机关之掌故之书,本非如何一私家专心之撰述,自可随时增编者。崔令钦之为唐玄宗、肃宗间人,固属不诬,惟此书难保无别人增补其材料也。故其所记曲名,甚难遽信为皆开元、天宝以前所有。

　　明胡应麟《少室山房笔丛》,疑相传之《菩萨蛮》《忆秦娥》两词皆晚唐人作嫁名太白者,颇有见地。此词之为晚唐抑北宋人作,所不可知,惟词之近于原始者,内容往往与调名相应。《菩萨蛮》本是舞曲,《宋史》《乐志》有菩萨蛮队舞,衣绯生色窄砌衣,冠卷云冠,或即沿唐之旧。《杜阳杂编》谓"危髻金冠，璎珞被体"，或亦指当时舞者之妆束而言。温飞卿词所写是闺情，而多言妆束，入之舞曲中，尚为近合。若此词之阔大高远，非"南朝之宫体""北里之倡风"（此两句为《花间集序》中语，实道破词之来历，晚唐、五代词几全部在此范围之内），不能代表早期的《菩萨蛮》也。至胡应麟谓词集有《草堂集》，而太白诗集亦名《草堂集》，因此致误，此说亦非。词集有称为《草堂诗余》者乃南宋人所编，而此词之传为李白，则北宋已然。北宋士大夫确曾有意以数首词曲嫁名于李白，非出于诗词集名称之偶同而混乱也。

《湘山野录》所记，吾人亦仅宜信其一半。载有此词之《古风集》仅曾子宣有之，沈存中所见李白诗集即无此首，安知非即子宣、道辅辈好奇谬说。且魏道辅不曾录之于《东轩笔录》中，文莹又得之于传闻。惟赖其记有此条，使吾人能明白当时鼎州驿楼上曾有此一首题壁，今此词既无所归，余意不若归之于北宋无名氏，而认为题壁之人即为原作者。《菩萨蛮》之在晚唐、五代，非温飞卿之"弄妆梳洗"，即韦端己之"醇酒妇人"，何尝用此檀板红牙之调，寄高远阔大之思，其为晚出无疑。若置之于欧晏以后，柳苏之前，则于词之发展史上更易解释也。

讲　解

"平林"是远望之景。用语体译之，乃是"远远的一排整齐的树林"，此是登楼人所见。我们先借这两字来说明诗词里面的辞藻的作用，作为最初了解诗词的基本观念之一。乐府、诗、词，其源皆出于民间的歌曲，但文人的制作不完全是白话，反之，乃是文言的辞藻多而白话的成分少，不过在文言里夹杂些白话的成分，以取得流利生动的口吻而已。词曲是接近于白话的文学，但只有最初期的作品如此，后来白话的成分愈来愈少，成为纯粹文言文学。而且民间的白话的歌曲虽然也在发展，因为不被文人注意采集，所以我们不大能见得到。晚唐、五代词流传下来的也都是文人的制作，真正的民歌看不到多少。"平林"是文言，不是白话，是诗词里面常用的"辞藻"。

在白话里面说"树林",文言里面只要一个"林"字。何以文言能简洁而白话不能,因文字接于目,而语言接于耳,接于目的文字可以一字一义,如识此字,即懂得这一个字所代表的意义。接于耳的语言因为同音的"单语"太多,要做成双音节的"词头",方始不致被人误解。如单说"林",与"林"同音的单语很多,你说"树林",人家就明白了。所以在白话里面实在以双音节的词头作为单位的(关于这一点,我们仅就中古以来的中国语而言,上古的情形暂不讨论)。现在的问题是:在文言里面固然可以单用一个"林"字表达"树林"的意思,但是乐府诗词是摹仿民歌的,在民间的白话里既然充满了双音节的单位,那么在诗词里面为满足声调上的需要,也应该充满双音节的单位的。文人既不愿用白话作诗词,他们在文言里面找寻或者创造双音节的词头,于是产生"春林、芳林、平林"等等的"辞藻"。我们暂时称这些为"辞藻"(古人用"辞藻"两字的意义很多,这里暂时用作特殊的意义),假如科学地说,应该称为"文言的词头"。这些"辞藻"和白话里的"词头"相比,音节是相同的,而意义要丰富一点,文人所以乐于用此者亦因此故。所以把"平林"两字翻译出来,或者要说"远远的一排整齐的树林"这样一句噜苏的话,而且也不一定便确切,因为当初中国的文人根本即在文言里面想,而不在白话里面想之故。

何以中国的文人习用文言而不用他们自己口说的语言创造文学,这一个道理很深,牵涉的范围太广,我们在这里不便深论。要而论之,中国人所创造的文字是意象文字而不用拼音符号(一个民族自己创造的文字,应该是意象文字,借用外族的文字方始不得不改为拼音的办法),所以老早有脱离语言的倾向。甲骨卜辞的那样简短当然不是商人口语的忠实的记录。这是最早的语文分离的现象,由意象文字的特性而来,毫不足怪。以后这一套意象文字愈造愈多,论理可以作忠实记载语言之用,但记事一派始终抱着简洁的主张,愿意略去语言的渣滓。只有记言的书籍如《尚书》《论语》,中间有纯粹白话的记录。而《诗经》是古代的诗歌的总汇,诗歌是精练的语言,虽然和口头的说话不同,但《诗经》的全部可以说是属于语言的文学。所以在先秦的典籍里实在已有三种成分,一是文字的简洁的记录;二是几种占优势的语言如周语、鲁语的忠实的记录;三是诗歌或韵语的记录。古代的方言非常复杂,到了秦汉的时代,政治上是统一了,语言不曾统一,当时并没有个国语运动作为辅导,只以先秦的古籍教育优秀子弟,于是即以先秦典籍的语言作为文人笔下所通用的语言,虽然再大量吸收同时代的语言的质点以造成更丰富的词汇(如汉代赋家多采楚地的方言),但文言文学的局面已经形成,口语文学以及方言文学不再兴起。以后骈散文的发展我们且不说,乐府诗词的发展是一方面在同时代的民歌里采取声调和白话的成分;一方面在过去的文言文学里采取辞藻的。文言的词汇因为是各时代各地方的语言的质点所归纳,所以较之任何一个时代一个地方的语言要丰富。历代的文人即用文言来表情达意,同时,真实的语言或方言,从秦汉到唐代一千多年,始终没有文人去陶冶琢磨,不曾正式采用作为文学的工具,所以停留在低劣和粗糙的状态里,不足作为高度的表情达意的工具的。宋元以后方始有小说家和戏曲家取来作一部分的应用。

文言的性质不大好懂。是意象文字的神妙的运用。中国人所单独发展的文言一体,对于真实的语言,始终抱着若即若离的态度。意象文字的排列最早就有脱离语言的倾向,但所谓文学也者要达到高度的表情达意的作用,自然不只是文字的死板的无情的排列如图案画或符号逻辑一样;其积字成句,积句成文,无论在古文,在诗词,都有它们的声调和气势,这种声调和气势是从语言里模仿得来的,提炼出来的。所以文言也不单接于目,同时也是接于耳的一种语言。不过不是真正的语言,而是人为的语言,不是任何一个时代或一个地方的语言,而是超越时空的语言,我们也可以称为理想的语言。从前的文人都在这种理想的语言里思想。至于一般不识字的民众不懂,那他们是不管的。

词人的语言即用诗人的语言。不过词的最初是从宫体诗发展出来的,到了两宋的词人虽然已把词的境界扩大,但到底不能比诗的领域,所以词人也只用了诗的词汇的一部分。此外词人又吸收了唐宋时代的俗语的质点,因为词的体制即是模仿唐宋时代的民间的歌曲的。

上文说到白话里面充满了双音节的词头,所以诗词里面也充满了双音节的单位。我们不说"山"而说"高山",不说"水"而说"流水",不说"月"而说"明月",那"高、流、明"等类字眼,在文法上称为形容词,或附属词,是加于名词之上以限制或形容名词的意义的。但如上面所举的例,它们限制或形容的意义是那样地薄弱,只能说帮助下一个名词以造成一个双音节的单位而已。"平"字也是帮助"林"字以造成双音节的,但意义上不无增加。假如我们要在"林"字上安放一个字而不增加任何意义,只有"树"字。如说"青林"就带来一点绿色,说"芳林"就带来一点花香。有些带来的意义我们认为需要的,有些我们认为不需要的。因此就有字面的选择。"平"字带来了"远远的、整齐的"的印象,此正是登楼人所见之景,亦即是词人所要说的话,所以我们说他用字恰当。

我们说他用字恰当,有两种意义。一是说作者看见远远的一排整齐的树林,很恰当地用"平林"两字表达出来。二是说他对于文字上有素养,直觉地找到这两个好的字面,或者他曾用过推敲的功夫,觉得"平林"远胜于别的什么"林"。这是两种不同的文艺创作的过程,前者是先有意境找适当的文字来表达,后者是以适当的文字来创造意境。读者或者认为前者是文艺创作的正当过程,后者属于文字的技巧,其弊必至于堆砌造作;写景必须即目所见,方为不隔的。但也未必尽然。以即目所见而论,诗人(我们说诗人也包括词人在内)看见一带树林,他可以有好几个看法,以之写入诗词可以有好几种说法。譬如着重它的名目,可以说"桃林、枫林";着重它的姿态和韵味,可以说"平林、远林、烟林、寒林"之类;着重当时的时令可以说"春林、秋林"。都是即目所见,但换一个字面即换一个意境,在读者心头换了一幅心画。诗人要把刹那的景物织入永久的作品中,他对于景物的各种不同的看法是必须有去取的。而字面的选择就是看法的去取。再者,诗人也不必完全写实的,我们应该允许他有理想的成分,他可以不注重"即目所见",而注重诗里面的境界,不然贾岛看见那个和尚推门就说推,敲门就说敲,何必更要推敲呢?

以推敲字面而论,"平"字的妥当是显然的。"林"字上可安的字固然很多,例如"桃林、杏林、枫林"等等是一组,但试问从楼上人望来何必辨别这些树的名目呢?"春林""秋林"点醒时令,作者或者认为不必需。"烟林、寒林"都可以传神,但与下文关碍。"晓林、暮林、远林"等等另是一组,上面一个字面是仄声,而《菩萨蛮》的首句宜用"仄平平仄"起或"平平仄仄"起(读者可参看温庭筠、韦庄诸作),若用仄平仄仄,声调上不够好(除非下面不用"漠漠")。

而且上面那些字都不能比"平林"的浑成。什么叫做浑成?浑成就是不刻画的意思。像"芳林、烟林"等类,上面一个字的形容词性太多,是带一点刻画性的。有些地方宜于刻画,有些地方宜于浑成。譬如这一句,下面连用"漠漠烟如织"五个字来刻画这树林,那么"林"字上不宜更著一个形容词意味过多的字面,否则形容词过多,名词的力量显得薄弱,全句就失于纤弱。"平林"所以浑成的原因,因为这一个词头见于《诗经》,原先是古代的成语,是一片浑成的,不是诗人用一个形容字加上一个名词所造成的双音节的单位。照《诗经》《小雅》毛氏的训诂:"平林,林木之在平地者",我们不知道这一个训诂正确不正确,也许原是古代的成语,汉人的解释是勉强的。即照毛氏的训诂,"平林"乃别于"山林"而言,也普遍地指一大类的树林,比"桃林、春林、暮林"等类要没有个别性和特殊性,意义含混得多。就是我们望文生训地觉得它带来有远远的齐整的意义,那些意义也是内涵的而不是外加的,因为它原是成语。因为"平林"是一个浑成的十足的结合名词,所以即使下面连用五个形容词,这一句句子不觉得纤弱,还有浑厚的意味。

此词意境高远阔大,开始用"平林"两字即使人从高远阔大处想"漠漠"不是广漠的意思,它和"密密、蒙蒙、冥冥、茫茫"等都是一音之转,所以意义也相近。翻成文言式的白话是"迷茫地、蒙蒙地"或"迷漫地",说烟气。如考察它的语源,正确的翻译应是"纷纷密布"。陆机诗:"廛里一何盛,街巷纷漠漠",谢朓诗:"远树暖阡阡,生烟纷漠漠",皆以"漠漠"与"纷"连用,"漠漠"即是"纷"字的状词。即是诗经里面的"维叶莫莫",也是茂密之意。烟的密布可以说"漠漠",细雨的密布就说"蒙蒙",雾的密布说"茫茫"（花的密布有人用"冥冥"的，例如杜诗："树搅离思花冥冥"，苏诗："芙蓉城中花冥冥"）。但彼此通用亦无不可，所以"花漠漠""叶漠漠""雾漠漠""雨漠漠"乃至于街巷的"漠漠"都可以说。甚至于秦少游的"漠漠轻寒上小楼"说寒意的迷漫。王维的名句是："漠漠水田飞白鹭"，我不知他的意思是说水田上的水汽迷漫呢，还是说分布着的水田，若引证陆机的诗，应从后解。《千忠戮》《惨睹》折（俗称《八阳》）建文帝唱："历尽了渺渺程途，漠漠平林，垒垒高山，滚滚长江。"说分布着的平林未免不妥吧？作者就取用这《菩萨蛮》的辞藻，但吃去了一个烟字，所以弄得意义含糊。

这一句七言就是谢朓两句五言古诗的紧缩。但"如织"两字是刻画语，谢朓诗里没有。古诗含混，词则必须施以新巧的言语。虽写同样的景物，而意味不同。

第一句说远处树林里的烟霭纷织已足够引起愁绪，到第二句便径直提出"伤心"两字。山无伤心的碧，亦无不伤心的碧，这是以主观的情感移入客观的景物，西洋文论家所谓移情作用，中国人的老说法是"融情于景"。这一句句子原是两句话并合在一起说，一句话是那一带的山是碧色的，另一句话是那一带的青山看了使人伤心。在语序方面作者愿意前面一种说法，因为这地方仍是在写景，登楼人看见一带的远山到眼而成碧色，作者要顺着上面的一句句子写下；但他的主要的意思倒在后面一种说法，要把主观的感情表达出来。两句话同时脱口而出，要两全其美时，就做成这样一句诗句，把"伤心"作为状词，安在"碧"上，这是诗人的言语精彩而经济的地方。那一带寒冷的山是看了使人伤心的青绿色的。

但"寒山"不一定是"寒冷的山"。"寒山"和"平林"一样是双音节的单位，可以作结合名词看。在诗人的辞藻里除了"泰山、华山、小山、高山"以外，还有"寒山"。什么叫做"寒山"？"寒"字的形容词性比"平林"里面的"平"字要显著。"寒"字所带来的意义有两种：一是荒寒，说那些山是郊外的野山，并无人居，亦无亭台楼阁之胜。二是寒冷，此词所写的景恐是秋景，又当薄暮之际，山意寒冷。到底诗人指哪一种，或者是否两种意思兼指，他没有交代清楚。何以没有交代清楚？他认为不需要的，而且也想不到要交代清楚。我们在上面说过，那时候的诗人词人即在文言里思想，在他们的语言里有"寒山"这一个词头代表一种山，而在我们的语言里没有。所以也不能有正确的翻译。所以"寒山"只是"寒山"，我们译成"寒冷的山"或者"荒寒的山"只是译出它的一种意义。诗词里面的辞藻往往如此，蕴蓄着的意义不止一层，要读者自己去体会。好比一个外国字我们也很难用一个中国字把它的意义完全无遗地翻译出来。没有两种语言是完全相同的。从前人说诗词不能讲，只能体会，这些个地方真是如此。但从前人说不能讲，因为不肯下分析的工夫，假如我们肯用一点分析的工夫，未始不可以弄明一点；不过说可以把一首诗、一句诗句、一个辞藻的含蕴的意义完全探究明白是不大可能的。

即如"伤心碧"的"碧"字又是一例。我们译为"青绿色"也不一定对。它不一定是青色、绿色、青绿色。若问词人，"碧是什么颜色？"他的回答是："碧是山的颜色。"此登楼人所见的一带远山，可以有几种颜色，例如青色、浅灰色、褐色等等，他其实不在讲究那些山的颜色，也并不因为山的青绿色而使他伤心。他只用一个碧字来了却这些山的颜色，因碧是山的正色，假如我们不要特写山的不同的几种颜色时，可以一个碧字来包括一切山的颜色，等于我们说"青山绿水"的"青"和"绿"一样。有一位学生，他认为这首词写的是春景，举青绿色的山为证，并且说这伤心包含有伤春之意。这完全是误解。这"碧"字不但不写草木葱茏的景象，而且倾向于黯淡方面，其实也不指明一种颜色。所以"寒山一带伤心碧"等于说"寒山一带伤心色"。不过"色"字是一个无色的字，而"碧"字有活跃的色感印到读者的心画上去，所以后者远胜于前者。

我们说"伤心"是移情作用，是"融情于景"，似乎说得太浅。"伤心"是否单属于人而不属于山呢？所谓以主观的情感移入客观的景物，其中必有可移之道。诗人善于体物，诗人往往以人性来体察物情，他给予外物以生命的感觉。辛稼轩词："我见青山多妩媚，料青山见我应如是"，明说青山的妩媚。陶诗："采菊东篱下，悠然见南山"，不但渊明悠然，他也看出南山的悠然。所以在此秋景萧瑟之际，这位登楼的词人看见这一片荒寒的山似乎愁眉不展地有伤心的成分。到底是他的郁郁的心境染于山呢？还是这些山的悲愁的气氛感于人呢？这其间的交涉不很清楚。所以我们与其说"融情于景"，不如说"情景交融"更为妥当。

"暝色入高楼"这一句更出色。暝色带来浅灰色的点染，最适合于这首词的意境。"入"字用得很灵活，是实字虚用法。倘是实质的东西进入楼中，不见入字的神妙，惟其暝色是不可捉摸的东西，无所谓入也无所谓出，但在楼中人的感觉，确实是外面先有暝色，渐渐侵入楼中，所以此"入"字颇能传神。并且这一个"入"也是"乘虚而入"，借以见楼中之空寂，此人独与暝色相对。凡诗人所写的真是人情上的真，是感觉上的真，非科学上的真也。

"有人楼上愁"，到此方点出词中的主人，知上面所说的一切，皆此人所见所感。诗词从人心中流出，往往是些没头没脑的话，但这首词的思路很清楚，从外面的景物说起，由远及近地说到楼中的人。这楼中的人便是作者自己。词有代言体和自己抒情体两种，如温飞卿的《菩萨蛮》写闺情，是代言体，此词是一旅客所作，说旅愁，是自己抒情体。词本是通行在宴席上的歌曲，既是自己抒情体也取人人易见之景，易感之情，使歌者听者皆能体会和欣赏作者原来的意境和情调。所以词人取刹那之感织入歌曲，使流传广远和永久，不啻化身千万，替人抒情。有这一层作用，所以用不到说出是姓张姓李的事，最好是客观的表达，这"有人"的说法是第一人称用第三人称来表达的一种方式。

"玉梯空伫立"，通行本作"玉阶"。《湘山野录》及黄升的《绝妙词选》均作"玉梯"，是原本。后人或因为"梯"字太俗，改为"玉阶"（《尊前集》已如此），颇有语病。第一，玉阶是白石的阶砌，楼上没有阶砌，除非此人从楼上下来，步至中庭，这是不必需的，我们看下半阕所写的时间和上半阕是一致的。第二，"玉阶"带来了宫词的意味，南朝乐府中有"玉阶怨"一个名目，内容是宫怨，而这首词的题旨却不是宫词或宫怨。诗词里面的辞藻都有它们的正确的用法，或贴切于实物，或贴切于联想。因实物而用"玉阶",普通指白石的阶砌,特殊的应用专指帝王宫廷里面的"玉殿瑶阶"。在联想方面则容易想到女性,这是因为"玉阶怨"那样的宫体诗把这个辞藻的联想规定了之故。虽然不一定要用于宫词,至少也要用于"闺情"那一类的题目上面去的。而这首词的题旨既非宫怨,亦非闺情,那楼中之人,虽然不一定不是女性,也未见得定是女性,来这样一个辞藻是不称的。若指实物,那么步至中庭,又是不必需的动作。《白香词谱》把这首词题作"闺情",即是上了一个错误的改本的当!

"梯"字并不俗,唐诗宋词中屡见之。刘禹锡诗:"江上楼高十二梯,梯梯登遍与云齐。人从别浦经年去,天向平芜尽处低。"周邦彦词:"楼上晴天碧四垂,楼前芳草接天涯,劝君莫上最高梯。"这两处是以梯代层,十二梯犹言十二层,最高梯犹言最高层也。用"玉梯"者,卢纶诗:"高楼倚玉梯,朱槛与云齐";李商隐诗:"楼上黄昏望欲休,玉梯横绝月如钩";丁谓《凤栖梧》:"十二层楼春色早,三殿笙歌,九陌风光好,堤柳岸花连复道,玉梯相对开蓬岛";姜白石《翠楼吟》:"玉梯凝望久,叹芳草萋萋千里。""梯"何以称"玉"? 不一定是白石的阶梯。这一个辞藻相当玄虚,疑是道家的称谓。古代帝王喜欢造楼台(如汉武帝造通天台之类),原本是听了道家方士的话,以望气,降神仙的。而道家好用"玉"字,如"玉殿、玉楼、玉台、玉霄、玉洞、玉阙"之类,梯之可称玉由于同一的理由,带一点玄虚的仙气。我们看曹唐诗"羽客争升碧玉梯",与丁谓词"玉梯相对开蓬岛"就可以明了。现在这首词的作者登在一座水驿楼上与神仙道家一点没有关系,不过他拿神仙道家所用的字面来作为诗词中的辞藻而已。同时也许他知道卢纶和李商隐的诗,撷拾这两个字眼。他说"玉梯空伫立",和后来姜白石的"玉梯凝望久"一样,是活用,不是真的伫立在什么梯子上弄成不上不下的情景。其实这"玉梯"是举部分以言全体,举"梯"以言楼,犹之举"帆、樯"以言舟,举"旌旗"以言军马。他说"玉梯空伫立"等于说"楼中空伫立"。当然他也可以说"阑干空伫立",举"阑干"以言楼亦是一样,或者他嫌阑干太普通,并且绮丽一点,他要求境界的高远缥缈所以用上"玉梯",后来人因不懂而改做"玉阶",反而弄成闺阁气,这是他所想不到的!

"玉梯空伫立"的"空"等于"闲",即是说"楼中闲伫立",与姜白石"玉梯凝望久"的"凝"字意味相似。当然"空"字有"无可奈何"之意,但这里的无可奈何是欲归不得,而不是盼望什么人不来。自从"玉阶空伫立"的改本出来,于是后人断章取义似的单看这一句,看成"思妇之词",加上"闺情"的题目了。其实这首词里所说的愁是"旅愁",也可称为"离愁",是行者的离愁,不是居者的离愁。下面三句写得非常明白。

"宿鸟"是欲宿的鸟。这一句是比兴,鸟的归飞象征着人生求归宿。从宿鸟的归飞引起乡思,诗人词人常常用此。秦少游词:"但倚楼极目,时见栖鸦,无奈归心,暗随流水到天涯",与此一般说法。

"宿鸟归飞急"这一句是比兴,从宿鸟归飞触起思乡的情绪,所以是"兴",以鸟比喻人,所以是"比",假如我们仿效朱子的说《诗经》,这一句是"兴而比也"。下面两句"何处是归程,长亭连短亭",是直抒胸臆,是"赋也"。诗词主抒情,但如只是空洞地说出那情感,作者固有所感,读者不能领略那一番情绪。作者要把这情绪传递给别人时,必须找寻一个表达的艺术。假如他能把触发这一类情绪的事物说出,把引起这一类的情绪的环境烘托出来,于是读者便进到一个想象的境界里,自然能体验着和作者所感到的那个同样的情绪,所以诗词里面有"赋"、有"比"、有"兴"。这虽是一首短短的词,里面具备着赋、比、兴三种手法。从"平林漠漠"起到"暝色入高楼"是写景语,是烘托环境,是"赋"。"有人楼上愁"和"玉梯空伫立"是叙事,也可以说是"赋"。"宿鸟归飞急"虽然也是登楼人所见,也是写景,也是"赋",但楼头所见的事物不一,何以要单提这些飞鸟来说,是它的"比兴"的意义更为重要。"何处是归程"两句也是"赋",不过这是抒情语,和上面的写景语不同,古人说诗粗疏一点,除了比兴语外都算是"赋",我们可以再辨别出"写景、叙事、抒情"等等各种不同的句法。

这结尾两句点醒上半阕"有人楼上愁"的"愁"的原因。这愁便是旅愁,是离愁,是游子思乡的愁。"长亭连短亭"把归程的绵邈具体地说出来,单说家乡很远是没有力量的。"亭"是官道或驿路上公家所筑的亭子,一名"官亭",便旅客歇息之用,因各亭之间距离不一,是以有"长亭、短亭"之称。这是俗语,但这俗语已经很古,庾信《哀江南赋》:"十里五里,长亭短亭",齐梁时已有此称谓了。"连"通行本作"更"(一本作"接")。"连"写一望不断之景,"更"有层出不穷之意,前者但从静观所得,后者兼写心理上的感觉,各有好处,无分高下。大概原本是"连",后人觉得在音调上此句可用"平平仄仄平",所以改为"接"或"更"。其实《菩萨蛮》的结句,音调可以有几种变化,最好是"仄平平仄平",第三字实宜于用平声。"平平仄仄平"是变格,因人习于五律内的句法,所以觉得谐和些。至于用"平平平仄平"者,亦不足为病,如温飞卿之"双双金鹧鸪",韦端己之"还乡须断肠""人生能几何"皆可为例。所以我们仍从原本,不去改。

此楼纵高,可望者不过十数里以内,今说"长亭连短亭",是一半是真实所见,一半是此人默念归路的悠远而于想象内见之,因此亦增添读者的想象,好像展开一幅看不尽的长卷图画。这样一句结句有悠然不尽的意味。

评

此词被推为千古绝唱,实因假托李白大名之故。但平心而论,它不失为第一流的作品。第一,这首词的意境高远阔大,洗脱《花间集》的温柔绮靡的作风,但也不像苏辛词的一味豪放,恰恰把《菩萨蛮》这个词调提高到可能的境界。第二,它的章法严密。上半阕由远及近,下半阕由近再及远,以"有人楼上愁"一句作为中心。上半阕以写景为主,下半阕以写情为主,结构完整,但并不呆板,在规矩中见出流动来。由远及近再从近推到远是一个看法,另一个看法,这首词由外物说到内心是一贯的由外及内的,而意随韵转,情绪逐渐在加强的。

以内容而论,登楼望远惹起乡思,这是陈旧的题材,从王粲《登楼赋》起到崔颢《黄鹤楼题诗》,中间不知有多少文人用过。但我们在上面已说过,词也者原取人人易见之景,人人易感之情以入歌曲,内容的陈旧是无法避免的,还是看言语是否新鲜脱俗。并且照现代的文艺批评家的说法,内容和形式是不能分离的,一个旧的题材当其采取了新的表现的方式时,同时也获得新的内容。所以这一首词到底不就是《登楼赋》,也不是崔颢诗,而是另有它的新的意境的。

这首词没有题目。早期的词都没有题目,原是盛行于倡楼歌馆、宴会酒席上的歌曲,无非是闺情旅思、四时节令、祝寿劝觞之类,当箫管嗷嘈之际,歌伎发吻之时,听懂也好,听不懂也好,用不到报告题目的。直到后来文人要借这一种体裁来写特殊的个人的经验时,方始不得不安放一个题目。假如我们要替这词补上一个题目,可以依据《湘山野录》,题为"驿楼题壁"。

作者不知何人,也不知是何等样人物。或是一位普通的文人,经过鼎州,留宿在驿楼上,偶有此题。也许是一位官宦,迁谪到南方,心中不免牢骚,他所说的归程,不指家乡而指国都所在。如此则有张舜民的"何人此路得生还,回首夕阳红尽处,应是长安"的天涯涕泪在其中,亦未可知。

二

忆秦娥 李 白

萧声咽,秦娥梦断秦楼月,秦楼月,年年柳色,霸陵伤别。乐游原上清秋节,咸阳古道音尘绝,音尘绝,西风残照,汉家陵阙。

考 证

此词相传李白作。南宋黄升之《唐宋诸贤绝妙词选》首载之,与《菩萨蛮》篇同视为百代词曲之祖。以后各家词集依之。《尊前集》录李白词,无此首。

明人胡应麟疑此为晚唐人作,托名太白者,颇有见地。北宋沈括之

《梦溪笔谈》述及当时李白集中有《清平乐词》，未言有《忆秦娥》。惟贺方回之《东山乐府》有《忆秦娥》一首，其用韵及句法，似步袭此词，则北宋时当已有此。稍后，邵博《闻见后录》卷十九全载此词，邵氏云："'箫声咽，秦娥梦断秦楼月，秦楼月，年年柳色，霸陵伤别。乐游原上清秋节，咸阳古道音尘绝，音尘绝，西风残照，汉家陵阙。'李太白词也。予尝秋日饯客咸阳宝钗楼上，汉诸陵在晚照中，有歌此词者，一坐凄然而罢。"邵博为北宋末南宋初年人，知此时已甚传唱，且确定为太白词矣。

崔令钦《教坊记》载唐代小曲三百余，无《忆秦娥》。沈雄《古今词话》引《乐府纪闻》谓唐文宗时宫伎沈翘翘配金吾秦诚，后诚出使日本，翘翘制《忆秦郎曲》，即《忆秦娥》云云。今沈翘翘词未见，莫得而明也。《花间集》亦无《忆秦娥》，惟冯延巳之《阳春集》中有一首，则五代时已有此调。此调因何而得名，又最先宜歌咏何种题材，今不可考。此词有"秦娥"而无"忆"，冯词有"忆"而无"秦娥"，又句法互异，疑均非祖曲。

近人亦有主张此为李白之真作者。谓李白所作原为乐府诗篇，后人被之管弦，遂流为通行之小曲，凡三言七言四言之句法错杂，固古乐府中所有，毫不足怪。此论似为圆到，但细究之，殊不尽然。一、此词有上下两片，除换头略易外，其余句法全同，此唐人小曲之体制，非古乐府之体制也。二、若以李白之乐府谱为小曲，则此词即为祖曲，别无可本，何以冯延巳不依调填词，复加改易乎？且冯词古简，此有添声，冯之五言，此为七言，冯之二言，此为三言，冯之七言，此破为四言两句。凡音调由简而繁则顺，冯词固非祖曲，当别有所本，但所本者必非此词，若谓李白创调，冯氏拟之，此说之难持者矣。

今定此词为晚唐、五代无名氏之作，其托名太白，当在北宋。

此调别名《秦楼月》，即因此词而得名。又有平韵及平仄换韵体，均见万树《词律》。

讲 解

这首词的作法与上面一首《菩萨蛮》不同。《菩萨蛮》以登楼的人作为中心,写此人所见所感,章法严密,脉络清楚。这《忆秦娥》,初读过去,不容易找到它的中心,似乎结构很散漫。其中虽然也有个称为"秦娥"的人物,但可不可以作为词的中心呢,很令人怀疑。年年柳色,暗示着春景,下半阕却又明点秋令。霸陵在长安东,乐游原在长安东南,咸阳古道在长安西北。论时间与空间都不一致。然则此词的中心何在,此词的统一性何在?

其实这首词不以一个人物作为中心,而是以一个地域的景物作为题材的。无论它说东说西,总之不离乎长安,故长安的景物即是这首词的统一题材。读者可以把它作一幅长安的风景画,一幅长安的素描看。绘画可以移动空间,但不能移动时间,惟诗词更为自由,既可以移动空间,也可以移动时间,所以上半阕说春,下半阕说秋,倒也没有什么妨碍。绘画的表现空间是有连续性的,诗词较为自由,尽可以从东边跳到西边。此词作者原不曾写长安全景,他只是挑选几处精彩的部分来说,所以我们比之于一幅长安素描还不很恰当,不如说是几幅长安素描的一个合订本。

若说是几幅素描的合订本,试问有何贯串的线索,否则岂不是散漫的零页吗?单靠这题材同是长安的一点,似乎还不够。这里,我们讨论到诗词的组织的问题。诗词的组织与散文的组织,根本上不同。诗词是有韵的语言,这韵的本身即有黏合的力量,有连接的能力。这些散漫的句子,论它们的内容和意义,诚然是各自成立为单位,中间没有思想的贯串,但是有一个一韵到底的韵脚在那里联络贯串,这韵脚便是那合订本的主要的针线(音律的连锁和情调的统一作为辅助)。诗词的有韵,可以使散漫的句子黏合,正如花之有蒂,正如一盘散珠可以用一条金线来穿住。

诗歌和散文是两种不同性质的语言,我们不能说哪一种比较古,总之,是语言的两个不同的方向的发展。当人类把最先仅能表示苦乐惊叹的简单的声音和指示事物的短语,连串起来巧妙运用,以编成一支歌谣,或者发展成一段长篇的谈话,是向着这个或那个不同的方向发展,用了不同的艺术。这便是诗歌和散文的开始。一支歌谣是原始的诗词，一篇谈话是原始的散文。诗词和散文的源头不同，虽然以后的发展，免不了交互的影响，但也有比较纯粹的东西。那诗词里面接近于原始民歌的格式的东西，其中不含有散文的质点，不含有思想的贯串和逻辑的部分，只是语言和声音的自然连搭，只是情调的连属，这样的东西，我们称之为"纯诗"。这首《忆秦娥》是纯诗的一个好例子。中国人的词多半可以落在纯诗的范围里，不过其中也有程度的等差，例如那首《菩萨蛮》有很清楚的思想的线索，这首《忆秦娥》中间就没有思想的贯串，凭借于语言和声音的连搭更多，所以这《忆秦娥》是更纯粹的纯诗。

假如我们对于歌谣下一点研究工夫，对于诗词的了解上大有帮助。譬如韵的黏合的力量在民歌里面更显得清楚。"大麦黄，小麦黄，花花轿子娶新娘""阳山山上一只篮，新做媳妇许多难"，这里面除了押韵以外没有任何思想的连属。苗傜民族，男女递唱歌谣以比赛智慧时，也有并无现成的词句，要你脱口而出连接下去，思想的连贯与否倒在其次，主要的是要传递这个韵脚。柏梁台联句各说各的，无结构章法之可言，不过是一个韵的传递而已。那样的各人说各人自己的事，给人一种幽默感，实在不是一首高明的诗，然而我们也不能不承认它是诗。原来韵的力量可以使不连者为连，因为韵有共鸣作用，押韵的句子自然亲近，好像有血统关系似的。所以有韵的语言和无韵的语言自然有些两样，无韵的语言不得不靠着那思想的密接，有韵的语言凭借了韵的共鸣作用，凭借了它的黏合力和亲近性，两句之间的思想因素可以有相当的距离而不觉其脱节。

这是当初诗歌的语言与散文的语言向着两个不同的方向发展的现象。一边是认为这一种关联是巧妙的言语，一边是认为另外一种关联是有意义的言语。假如我们处处用散文的理致去探索诗词，即不能领略诗词的好处。因为思想的连贯是一种连串语言的办法，却不是唯一的办法，诗的语言另外走了别条路子，诗词的句子，另外有几种连接法。

在散文，句和句的递承靠思想的连属，靠叙事或描写里面事物应有的次序和安排。在诗歌里面另外有几种连接法。散文有散文的逻辑,诗词有诗词的逻辑,也可以说没有逻辑,是拿许多别的东西来代替那逻辑的。如果以散文的理致去探索诗词,那么诗词的句法,句和句之间距离比较远,中间有思想的跳越。

这"跳越"是诗词的语言的一种姿态。但绝不是无缘无故而跳,乃是在诗词里面存在着几种因素可以帮助思想的跳越。从"关关雎鸠,在河之洲"跳到"窈窕淑女,君子好逑",其间不是逻辑而是比兴。比兴也是思想的一个跳跃,是根据类似或联想以为飞度的凭借,这是属于思想因素本身的,不关于语言的。比兴在诗词的语言里有代替逻辑的作用,比兴是诗的思想的一种逻辑。从"潜虬媚幽姿"跳到"飞鸿响远音",一句说天空,一句说池水,这是对偶。从"画省香炉违伏枕"跳到"山楼粉堞隐悲笳",一句说京华说过去,一句说夔府说现今,这也是对偶。对偶也可以说是一种联想,但这是思想因素与语言文字的因素双方交融而成。用对偶的句法,两个思想单位可以距离得很远,但我们不觉其脱节,因为有了字面和音律的对仗,给人以密接比并的感觉。这是一方有了比并,有了个着实,所以在另一方能够容忍这思想的跳跃的。假如你不跳,反显得呆滞了。在律诗和词曲里,音律的安排成为一条链子,成为一个图案,成为一个模型,思想的因素可以凭借这条链子而飞度,可以施贴到这图案上去,可以熔铸在这模型里,不嫌其脱节,不嫌其散漫,凡此都是凭借了一种形式上的格律,使散漫的思想能够熔铸而结晶的。所以律诗和词曲不容易翻译成另外一种语言,因为如果你拆去这条链子,拆去这个模子,于是乎只见散漫的思想零乱到不可收拾的地步,也许你能够另外找寻格律,想些另外连串起来的办法,但是在译文里所见的美必不是原文的美了。

《忆秦娥》的总题材是长安景物。作者挑选几处精彩的景物,凭借着语言的自然连串,蝉联过度,这是一个纯粹歌曲的做法。主要的线索是一个韵的传递,中间又有三字句的重复,以加强音律的连锁性。"箫声咽"唤起"秦娥梦断秦楼月",中间有联想。"秦楼月"再重复一句,在意义上并不需要，只是音调上的需要，对上句尽了和声的作用，同时却去唤逼出下面一个韵脚来，好像有甲乙两人递唱联吟的意味。这里面充满了神韵。上下两阕一共有四五幅景物画，我们可以细细讨论。但这一类的纯诗，不容易有确定的讲法，因为我们讲解诗词不免参入散文的思路，不同的读者即可以有不同的看法。所以下面的解释只能说是我个人的领会。

起句"箫声咽"是词中之境，亦是词外之境。词中之境下度"秦楼"，词外之境是即物起兴。所以两边有情，妙在双关。说是词中之境者，这呜咽的箫声乃"秦娥"梦醒时所闻，境在词内，这一层不消说得。说是词外之境者，词本是唐宋时代侑酒的小曲，往往以箫笛伴着歌唱，故此箫声即起于席上。歌者第一句唱"箫声咽"，是即物起兴。听歌者可以从此实在的箫声唤起想象，过渡到秦楼上的"秦娥"，进入词内的境界。于是词内词外融合成一片，妙处即在这一句的双关，故曰"两边有情"。凡词曲多以春花秋月即景开端，亦同此理，因春花秋月是千古不易之景，古人于春日歌春词，秋令唱秋曲，取其曲中之情与当前之景能融合无间也。今此词以箫声起兴，为宴席随时所有，尤为高妙。在词里面，同于这个起法的，冯延巳的"何处笛，深夜梦魂情脉脉"，庶几似之。

从"箫声咽"度到"秦娥梦断秦楼月"，可分两层说。第一层是暗用弄玉的典故。《列仙传》云：箫史善吹箫，秦穆公以女弄玉妻之，日教弄玉吹箫作凤鸣，夫妇居凤台上，一旦皆随凤凰飞去。古人所谓台即今之所谓楼。这是箫声与秦楼的一层关联。但这词里的秦娥，并不实指弄玉，不过暗用此典，以为此拟，增加关联性而已。《忆秦娥》这词牌原来与弄玉有没有关系，因现存早期的作品太少，无从臆断。

第二层是实有这箫声，不只是用典。这开始两句说长安城中繁华的一角。"秦娥"泛说一长安女子。"秦楼"只是长安一座楼，与《陌上桑》的"日出东南隅，照我秦氏楼"的"秦楼"无关，倒是如后世小说里所谓"秦楼楚馆"的"秦楼"。这位长安小姐多半是倡楼之女，再不然便是"昔为倡家女，今为荡子妇"的一个身份。凡词曲的题材被后世题为"闺情"之类的东西，实在与真正的闺阁不相干，读者幸勿误会。唐代文人所交际的是李娃、霍小玉之辈,所以在文学上所表现的也是这一流人物。至少早期的词是如此,欧阳炯所谓"自南朝之宫体,扇北里之倡风",一语破的。这位秦娥也非例外,秦楼所位正是长安的北里,乃冶游繁华之区。但是她蓦地半夜梦醒,见楼头之明月,听别院之箫声,从繁华中感到冷静。这是幅工笔的仕女画。作者泛说一秦娥,读者要当多数看亦无不可,中文里面多数与单数无别。诗词本在写意,并非写实,所以用中文写诗却有多少便利,意境的美妙正在这些文法不细为剖析的地方。此处写了月夜中的长安北里,作者的起笔已带来凄凉的意味,与全首词的情调相调和的。

作者说了秦娥,随即撇开,下面乃是另外一幅画。借"秦楼月"三字的重复呼唤出下面一韵,过渡到长安东郊外的霸陵景色,这里面路程跳过了数十里。"秦楼月"的重复固然只是构成音律的连锁作用,说在意义上有些过渡也未始不可。其意若曰:此照于少女楼头之明月亦照于长安东郊外的霸陵桥上,当晓月未沉之际,桥上已很有些人来往了,那是离京东去和送别的人。霸陵者,汉文帝的陵墓,在霸水经流的白鹿原上,离长安二十里。"霸"一作"灞"。程大昌《雍录》云:"汉世凡东出函潼,必自灞陵始,故赠行者于此折柳为别。"这折柳赠别的风俗,一直保存到唐代。唐时跨着霸水的桥有南北两座,均称为霸桥或霸陵桥,而且有"销魂桥"的诨名。

"年年柳色"是一年一番的柳色,虽不明说春天,含有柳色青青之意。所以在这幅画里点染的是春景。这一年一番的柳色青青,不知经多少离人的攀折,故曰:"年年柳色,霸陵伤别。"即使词人不比画家的必须着定颜色,他尽可以泛说年年的景色如此,而不确实点出一个时令,总之也不能说是秋。所以《白香词谱》把这首词题为"秋思",是只顾了后面半阕,把这里暗藏的春色竟没有看出来,犯了个断章取义的毛病。

或曰,这两幅画合是一幅,楼头的少女所以半夜梦醒者,莫非要送客远行吧?或者见着这"杨柳月中疏"之景,因而想到昔年离别的人吧?这"霸陵伤别"是回忆,是虚写,不是另外一幅实在的景物。这样讲法是以秦娥作为词的中心,单在上半阕里可以讲得通,到了下半阕即难于串讲下去,因为至少像"西风残照,汉家陵阙"那种悲壮怀古的情绪很难再牵涉到秦娥身上。若说上半阕有一主人,是主观的写情,下半阕撇开这主人而是客观的写景,那么前后片的作法违异,真正没有统一性了。所以我们参照下半阕的作法,知道上半阕里应该有两幅画境,不必强为并合。至于这两幅画,一幅是月夜怀人,一幅是清晨送别,笔调很调和而一致。假如我们说作者由月色而过渡到杨柳,从杨柳而联想到霸陵送别,这样的说法是可以的,但不必把秦娥搬到后面来,因为这首词的作法是由语言的连串创造成画境的推移,同电影里镜头的移动差不多的。

"乐游原上清秋节",单立成句,写景转入秋令。乐游原在唐代长安城中的东南角上,有汉宣帝乐游庙的故址。此处地势甚高,登之可望全城,其左近即曲江芙蓉园等游览名胜之区,每逢三月三日、九月九日,士女杂遝,倾城往游。"清秋节"即指九月九日而言。这是一幅人物众多的画,非常热闹,可是翻下一页,恰恰来了个冷静的对照。通咸阳的官道在长安西北,这一跳又是几十里路程。两句之间并没有三字句的重复,靠"节""绝"两字的共鸣作用,以及排句的句法,作为此并式的列举。

"音尘绝"三字意义深远,有多种影子给我们摸索。一是说道路的悠远,望不见尽头,有相望隔音尘之意。二是说路上的冷静,无车马的音尘。总之,这三个字给我们以悠远及冷静的印象。有人说还有一层意思含蕴在里面,是音信隔绝的意思,因为西通咸阳之道,即是远赴玉门关的道路,有征人远去绝少音信回来之意。有没有这种暗示,很难确定地说。要是听歌者之中刚巧有一位闺中之思妇,那么这一层暗示她一定能强烈地感觉着的吧。

借"音尘绝"的重复再唤逼下面一韵,作用在构成音律的连锁,并不是意义上的需要。但是这三个字音,再重复一遍,打入我们的心坎,另外唤起新的情绪,新的意念。其意若曰:咸阳古道的道路悠远是空间上的阻隔,人从咸阳古道西去,虽然暂隔音尘,也还有个回来的日子。夫古人已矣,但见陵墓丘墟,更其冷静得可怕,君不见汉家陵阙,独在西风残照之中乎？这是古今之隔,永绝音尘,意义更深刻而悲哀。

原来汉帝诸陵,如高祖的长陵,惠帝的安陵,景帝的阳陵,武帝的茂陵,都在长安与咸阳之间,所以作者一提到咸阳古道,便转到这些古代帝王的陵墓上来,以吊古的情怀作结。映带着西风残照,这幅斑驳苍老的山水画便作了这本长安画集的压卷。"吊古"者,也不是替古人堕泪,乃是对于宇宙人生整个的反省。王静安云:"太白纯以气象胜,'西风残照,汉家陵阙'寥寥八字,关尽千古登临之口",对此推崇备至。夫西风乃一年之将尽,残照是一日之将尽,以流光消逝之感,与帝业空虚,人生事功的渺小,种种反省,交织成悲壮的情绪。胡应麟认为衰飒,未免门外。无论在情绪或声调上,这不是衰飒,而是到了崇高的境地。

此词原无题目。《白香词谱》题为"秋思",断章取义,未窥全豹。如果要一题目,我们可借用初唐诗人卢照邻的诗题,题之曰:"长安古意"。细味此词,箫声与秦楼暗用弄玉的典故,是秦穆公时事,霸陵为汉文帝的陵墓,折柳赠别是汉代遗风,乐游原因汉宣帝的乐游庙而得名,咸阳是秦始皇的都城,古道是阿房宫的古道,不等到提出汉家陵阙,已无处不见怀古之意。作者挑选几处长安的景物,特别注重它们历史的意义。虽是一支小曲,能把长安的精神唱了出来。一般人的见解认为词总比诗低一级,但如这首《忆秦娥》却在卢照邻的长篇七古之上。如以鲍防、谢良辅等人的"忆长安"比之,更不啻有霄壤之别。以《菩萨蛮》作为比较,则《菩萨蛮》是能品,《忆秦娥》是神品,《菩萨蛮》有刻画语,《忆秦娥》的音韵天成,《菩萨蛮》是有我之境,《忆秦娥》是无我之境。作者置身极高,缥缈凌空,把长安周遭百里,作了个鸟瞰,而且从箫声柳色说起,说到西风残照,不受空间时间的羁勒,这样的词真可说是千中数一,虽非李白所作,也不愧为千古绝唱也。

三

菩萨蛮　温庭筠

一

小山重叠金明灭，鬓云欲度香腮雪。懒起画
蛾眉，弄妆梳洗迟。
照花前后镜，花面交
相映。新贴绣罗襦，双双金鹧鸪。

二

水精帘里颇黎枕，暖香惹梦鸳鸯锦。江上柳
如烟，雁飞残月天。
藕丝秋色浅，人胜参
差剪。双鬓隔香红，玉钗头上风。
[校]"颇黎枕"《金奁集》作"珊瑚枕"。

三

蕊黄无限当山额，宿妆隐笑纱窗隔。相见牡
丹时，暂来还别离。
翠钗金作股，钗上双
蝶舞。心事竟谁知，月明花满枝。
[校]"双蝶舞"《金奁集》作"蝶双舞"。

四

翠翘金缕双鸂鶒，水纹细起春池碧。池上海
棠梨，雨晴红满枝。
绣衫遮笑靥，烟草粘
飞蝶。青琐对芳菲，玉关音信稀。

五

杏花含露团香雪,绿杨陌上多离别。灯在月
胧明,觉来闻晓莺。

玉钩褰翠幕,妆浅旧
眉薄。春梦正关情,镜中蝉鬓轻。

六

玉楼明月长相忆,柳丝袅娜春无力。门外草
萋萋,送君闻马嘶。

画罗金翡翠,香烛销
成泪。花落子规啼,绿窗残梦迷。

七

凤凰相对盘金缕,牡丹一夜经微雨。明镜照
新妆,鬓轻双脸长。

画楼相望久,阑外垂
丝柳。意信不归来,社前双燕回。

[校]"意信"《金奁集》作"音信"。

八

牡丹花谢莺声歇,绿杨满院中庭月。相忆梦
难成,背窗灯半明。

翠钿金压脸,寂寞香
闺掩。人远泪阑干,燕飞春又残。

九

满宫明月梨花白,故人万里关山隔。金雁一
双飞,泪痕沾绣衣。

小园芳草绿,家住越

溪曲。杨柳色依依,燕归君不归。

十

宝函钿雀金鸂鶒,沉香阁上吴山碧。杨柳又
如丝,驿桥春雨时。

画楼音信断,芳草江

南岸。鸾镜与花枝,此情谁得知。

［校］"阁上"《金奁集》作"关上"。

十一

南园满地堆轻絮,愁闻一霎清明雨。雨后却
斜阳,杏花零落香。

无言匀睡脸,枕上屏

山掩。时节欲黄昏,无憀独倚门。

［校］"匀睡脸"《尊前集》作"弹睡脸"。

十二

夜来皓月才当午,重帘悄悄无人语。深处麝
烟长,卧时留薄妆。

当年还自惜,往事那

堪忆。花落月明残,锦衾知晓寒。

［校］"重帘"《尊前集》作"重门"。

十三

雨晴夜合玲珑日,万枝香袅红丝拂。闲梦忆
金堂,满庭萱草长。

绣帘垂箓簌,眉黛远

山绿。春水渡溪桥,凭栏魂欲销。

［校］"玲珑日"《尊前集》作"玲珑月"。

十四

竹风轻动庭除冷，珠帘月上玲珑影。山枕隐

浓妆，绿檀金凤凰。

两蛾愁黛浅，故国吴

宫远。春恨正关情，画楼残点声。

考　证

以上温庭筠《菩萨蛮》十四首，见《花间集》，用《四印斋所刻词》本。《强邨丛书》本《金荃集》载十首，《尊前集》载五首，合共十五首，惟其中"玉纤弹处真珠落"一首，通体咏泪，题材不协，且为《花间集》所无，兹从刊落。

温庭筠本名岐，字飞卿，太原人。长于诗赋，唐宣宗大中初应进士，累年不第。能逐弦吹之音，为侧艳之词。唐懿宗咸通中，失意归江东。后为方城尉，再迁隋县尉，卒（《旧唐言》卷百九十）。按孙光宪《北梦琐言》卷四："温庭云，字飞卿，或云作筠字，旧名岐，与李商隐齐名，时号曰温李，才思艳丽，工于小赋。宣宗爱唱《菩萨蛮》词，令狐相国假其新撰，密进之，戒令勿泄，而遽言于人，由是疏之。"所谓令狐相国者，令狐绹也。

唐人苏鹗《杜杨杂编》："大中初，女蛮国贡双龙犀，明霞锦。其国人危髻金冠，璎珞被体，故谓之菩萨蛮，当时倡优遂制《菩萨蛮》曲，文士亦往往声其词。"又云："上（懿宗）韧修安国寺，台殿廊宇，制度宏丽……降诞日于宫中结彩为寺，赐升朝官已下锦袍，李可及尝教数百人，作四方菩萨蛮队。"《菩萨蛮》疑从信奉佛教的边裔之国进奉，由佛曲脱化而出，后为宫中舞曲，始盛于唐宣、懿之世。崔令钦《教坊记》虽已著录，但崔氏之书可能为后人所缀补。苏鹗云："当时倡优遂制菩萨蛮曲，文士亦往往声其词。"温飞卿好游狭邪，又能逐弦吹之音，为侧艳之词，正当宣宗大中初年，当时倡优好此新曲，飞卿遂倚声为词，本作倡楼之乐府，原非宫词也（辨详后）。令狐绹假之以献，其可信与否，无关宏旨。

《宋史·乐志》:"女弟子队凡一百五十三人,一曰菩萨蛮队,衣绯生色窄砌衣,冠卷云冠。"又于小曲条下"因旧曲造新声者"中吕调中有《菩萨蛮》曲。是《菩萨蛮》在宋时有女弟子之队舞,又有小曲,此皆沿唐之旧,所不容疑。《香奁》《尊前》两集载《菩萨蛮》均入中吕宫,《宋志》乃入中吕调,此非唐时之宫调至宋而入羽调,殆《香奁》《尊前》两集之宫调乃元明人所题,此时中吕调与中吕宫已并合。此曲在唐时入何宫调所不可知,其在宋时为俗乐之中吕调,亦即雅乐之夹钟羽,可确定也。

或问飞卿词中之人物,有可考否? 答曰:初期之词曲皆为代言体,乃代人抒情达意,非自己个人生活之经验,故不必举人以实之。盖文士取当时流行之歌曲,而被以美艳之文辞,其所用之题材,即南北朝乐府之题材,亦即当时民间流行小曲之题材也。其达意抒情,誉之为空灵美妙亦可,毁之为空泛而不深刻亦可,此为一事之两面。惟飞卿如不作冶游,绝无倡楼之经验,则亦不能道出个中之情绪,无缘作此等艳词。今据其诗集以考之,如《偶游》云:"曲巷斜临一水间,小门终日不开关。红珠斗帐樱桃熟,金尾屏风孔雀闲。云髻几迷芳草蝶,额黄无限夕阳山。与君便是鸳鸯侣,休向人间觅往还。"《经旧游》(一作《怀真珠亭》)云:"珠箔金钩对彩桥,昔年于此见娇娆。香灯怅望飞琼鬓,凉月殷勤碧玉箫。屏倚故窗山六扇,柳垂寒砌露千条。坏墙经雨苍苔遍,拾得当时旧翠翘。"《偶题》(一作《夜宴》)云:"孔雀眠高阁,樱桃拂短檐。画明金冉冉,筝语玉纤纤。细雨无妨烛,轻寒不隔帘。欲将红锦缎,因梦寄江淹。"知其颇有相熟之倡家女子,则此等艳词即缘此类人而作矣。

惟此十四首《菩萨蛮》中所写,所设想之身份亦不同,如"新帖绣罗襦,双双金鹧鸪",则是歌舞之女子,"青琐对芳菲,玉关音信稀",则征夫远戍,设为思妇之词,不必倡女。凡此皆当时歌曲中最普通之情调也。又有人谓此十四首《菩萨蛮》首尾关联,首章是初起晓妆,末章为夜深入睡,若叙一日之情景者然,此论亦非。其中如"藕丝秋色浅,人胜参差剪",则是正月七日,"牡丹花谢莺声歇",已是春末夏初,"雨晴夜合玲珑日",则是五月长夏之景,安能谓之一日乎? 故每章各为起讫,并不连贯,惟作者或编者稍稍安排,若有一总起讫存乎其间耳。

讲　解

在《忆秦娥》的讲解中,我们曾讨论到诗词的语言与散文的语言,各有各的路子,本来是不相同的。在散文里面,句与句的递承靠着思想的连贯,靠着叙事与描写里面事物应有的次序和安排。在诗词里面,句与句之间,另外有几种连接法,往往有思想的跳跃。也有人不承认这跳跃,他们认为诗词是精粹的语言,是经济的语言,本来只说了些精要的话,把不重要的粗糙的部分省略了,所以显得不连贯,其实暗中有脉络通连的。这说法同我们的意见不很相远。既是有了省略,也即是有了跳跃。譬如一带冈峦起伏的山岭,若是脚踏实地翻山越岭地走,好比是散文的路子,诗词的进行思想,好像是在架空飞渡,省略了不少脚踏实地的道路。又好比在晴朗的天气里,那一带山的来龙去脉,自然可以看得很清楚,若遇天气阴晦,云遮雾掩,我们立身在一个山头上,远远望去,但见若干高峰,出没于云海之中,似断若续,所谓脉络者,也只能暗中感觉其存在而已。诗词的朦胧的境界有类于是。

讲解诗词,不免要找寻那潜伏着的脉络,体悟作者没有说出来的思绪,实际上等于把诗词翻译成散文,假想走那脚踏实地的道路,这是一件最笨的工作,永远不能做得十分圆满的。古人对于诗词认为只可以意会,而不可以求甚解者即因此故。并且对于脉络的找寻,各人所见,未必相同,有人看见得多,有人看见得少,有人看得深,有人看得浅,有人看是这样一层关联,有人看是那样一层关联。譬如说吧,"箫声咽"与"秦娥梦断秦楼月",知道弄玉的典故的人认为其中有一层关联;不知道的呢,就看不出这一个脉络。有人认为"霸陵伤别"是秦娥的回忆,有人认为与秦娥无关,只是韵的传递作用,早已跳开,这又是各有各的看法。作者的原意,作者既然不曾自下注脚,他人何从得知,读者也只能就诗论诗,就词论词,而读者之中又各有不同的见解,所以诗词的意义难得有客观的决定。有时作者的原意是甲,而多数的读者看成是乙,那么或者因为时代的隔阂，古人的诗词今人往往有解错的，只有文学史家及考据家能够帮我们的忙，把古人的作品看得清楚一点。也有同时代的作品，甚至于我们的熟朋友的作品，也不能使我们完全了解原意的，或者是作者的修养太高，寄托遥深，不可测度；或者是作者有词不达意之病，运用语言文字的手腕尚欠高明。所谓有些不通者是也。照这样说，作者的原意是不尽可知了。第二，作者既立于默然无言的地位，那么作品的意义随读者之所见，而读者之中又各有各的了悟，甲之所见，未必能同于乙。因此，文艺作品的解释与批评总是不免有主观性的。

话虽如此，于主观之中求其客观，第一，对于古人的作品应该应用历史的知识，知人论世。我们对于作品所产生的时代各方面的知识愈益丰富，即对于作品的认识愈近于客观。第二，文学作品以语言文字为表达的工具，我们对于这一种语言文字有较深的修养，方能吟味作品的意义。作者与读者之间有默契与了悟的可能全恃此语言文字之有传达性。古人认为诗词只可以意会而不能求甚解者，因为诗词的语言是特殊的，需要读者特殊的修养。现代的诗学理论家以及从事于形而下的文法、修辞、章句的分析者，用意即在帮助读者的修养。要之，诗词自有其客观的意义，这客观的意义即存在于多数同有诗词修养的读者共同之所见。

温飞卿的《菩萨蛮》对于有些读者也许只给了一个朦胧的美，假如我们要了解清楚，必得明了晚唐词的性质以及温飞卿的特殊的作风。古人对于这些作品只加以笼统的评语，不曾细细解释。张惠言是词学名家，他的《词选》也是一个有名的选本，可是他的议论亦很主观，反而引后学者入于迷途。他要提高词的地位，就特别推崇这位词的开山祖师，比之于屈原、司马相如，而且附会上一个"感士不遇"的宗旨，却不知道在晚唐时代，词是新兴的乐府，原是教坊及北里中的小曲，作者并不看作严正的文学的。直到宋以后的词家，方始特意在寄托方面用心。飞卿于别的诗文中尽有些士不遇的感慨，但这些《菩萨蛮》恰巧作于这个曲调最盛行于长安北里之日，也正是他"不修边幅"，随着"公卿家无赖子弟相与蒲饮酣醉"的时候，不曾想到要寄托些什么。《旧唐言》上说他能"逐弦吹之音，为恻艳之词",最说得明白。这位词的开山祖师,因为好游狭邪,接触倡楼女子,也就为她们制造了许多新鲜歌曲,除文词美艳,情致缠绵,可以看出是名人手笔外,论题材和内容同当时俗工所制并无二致。《诗经·国风》本多儿女风情之篇,而春秋时代士大夫的应对赋诗,往往借以美刺,到了汉人讲诗便一概本着美刺立说。所以古人说诗往往有论寄托的一个传统,张惠言的说词,用了汉人说诗的家法。他要开创一个家法,所以如此,实是把飞卿词看深了一层,不在应用历史的知识,知人论世,而在说出个义理,这种义理,反而是欣赏飞卿词的障碍。到底当时长安酒楼,一般新进士的命妓征歌,决不是春秋士大夫朝会应对的气象。"照花"四句明写妓女的梳妆,并无"离骚初服之意",与屈大夫之行吟泽畔,全异其趣,此意使飞卿闻之,亦将失笑吧。

张氏的第二个错失在于把十四首看成一个整篇,比之于司马相如的《长门赋》。在这些篇章里面,他找不到别的线索,只能拈出一个梦字,以为从第二首"暖香惹梦"以下,均叙梦境,直到末了"画楼残点",方是梦醒时的情景,是首章先说晨起晓妆,其后则补叙昨宵之"残梦迷情"。所以说"用节节逆叙"法。这样一个大结构的看法也是主观的,无中生有,自陷于迷离愉悦之境。第一,温飞卿的《菩萨蛮》不知有多少首,《花间集》存录此十四章,也许是编者的安排。第二,《菩萨蛮》在《教坊记》里列入小曲类中,自是零支小令,不是一套大曲。惟《杜阳杂编》以及《宋史·乐志》均有菩萨蛮队舞的记载,那么也许需要许多支的连唱,但唐代的大曲也是杂采诗词的零章以歌唱,往往每篇各为词章,并非一意相贯的,或取题材体制相同的作品零首类编以入乐,其情形同于南朝乐府里的《子夜歌》《襄阳乐》等,却不同于宋元以后的套数。飞卿的《菩萨蛮》,是晚唐的新乐府,论性质可以比之于晋宋之间的《子夜歌》,这许多首,可以连唱,也可以摘唱,原不拘泥,决不能看成一个整篇。论时令则春夏不一,非一日情事,论人物则或为倡家女,或为荡子妇,亦非一人。张惠言以《长门赋》拟之,作"宫怨"看,亦不甚合。凡此皆不可以不辨。

关于梦境一说,俞平伯《读词偶得》中已提疑问。俞先生为了解释第

二首"江上柳如烟,雁飞残月天"两句,发了一大段议论:

> 旧说"江上以下,略叙梦境",本拟依之立说,以友人言,觉直指梦境,似尚可商。仔细评量,始悟昔说之殆误。飞卿之词,每截取可以调和的诸印象而杂置一处,听其自然融合。在读者心眼中,仁者见仁,知者见知,不必问其脉络神理如何如何,而脉络神理按之则俨然自在。譬之双美,异地相逢,一朝绾合,柔情美景,并入毫端,固未易以迹象求也。即以此言,帘内之清浓如斯,江上之芊眠如彼,千载以下,无论识与不识,解与不解,都知是好言语矣。若昧于此理,取古人名作,以今人之理法习惯,尺寸以求之,其不枘凿也几希。

俞先生说明飞卿词的作风在"截取可以调和的诸印象而杂置一处听其自然融合",他的说法比张惠言更为精到。这种作风即有今人所谓印象派或唯美派的倾向,给人以朦胧的美。张惠言但感到这朦胧之美,而无法说明,遂一概以梦境解释之,这是错觉。

其实"江上"两句,只是开窗的句法,并不朦胧。以帘内的陈设与楼外的景物,两相对照,其意境亦甚醒豁。这首词所点的时令是初春,稍微拘泥一点,则说是正月七日,因为下面有"人胜参差剪"之句,惟唐代妇女的剪胜簪戴,也不一定限于哪一天,说是初春的服饰可以得其大概。如烟的柳色以及雁飞残月正见初春晓景。俞先生更找出薛道衡《人日诗》"人归落雁后,思发在花前"两句以实之,说明"雁"字有来历,寻出暗中的脉络,无论飞卿是否想到,这样对于辞藻中所含蕴的意味的探索是有助于读者的体会的。这也是"脉络神理按之则俨然自在"的一个例证。

"江上"两句既是醒豁的实境,而且又有它的脉络,并非横插无棍,那么俞先生的一大段议论也可以不发了。但这段议论的本身有关于诗词作法的一个原理,很有讨论的价值。

在《忆秦娥》的讨论中,我们说到诗词的句法不同于散文,就思想因素而言,往往是跳跃的,可以以不连为连。所以能够如此的原因,是诗词的语言的连属性不仅仅凭借于思想因素,也有凭借于语言本身的连属的,例如排句对偶等等,自然给人以密切比并的感觉,即押韵一事,亦有黏合语句的能力。所以思想尽管跳,而文章仍旧连,多方面的脉络存在于暗中,不必显示。这单说明了诗词的句法,还不曾详细讨论到章法。若讨论到章法问题,我们接触一个更基本的原则。

诗词的章法可以分两面说,一面是思想的章法,例如相传是李白所作的那首《菩萨蛮》说登楼望远引起旅愁,上半阕由远及近,下半阕由近及远,作为一个开合者是。一面是语言本身的章法,语言的章法即是诗词的格律。古诗有古诗的格律,律诗有律诗的格律,每个词牌有每个词牌的格律。诗词的语言必定采取某种格律,所以诗词是格律化的语言。格律是形式,思想是内容,这内容和形式互相拍合,有密切的关系。内容托形式以表现,形式由内容而完成,好比结晶的东西,物质托于结晶的格式以呈现,而这结晶的格式是由物质充实而完成的。诗词的创作是以思想熔铸于格律化的语言之中,正如物质的结晶。

英人麦凯尔氏(Mackail,曾任牛津大学诗学教授)在一篇有名的论文《诗的定义》里说,诗所以别于散文者,可以分内容和形式两面来说,这两面并非不可以贯通的,他提出"拍登"(Pattern)一个要义来贯通这两方面。他说,诗的形式是"拍登"化的语言,有重复的单位,有回旋的节奏,散文虽然也可以有节奏,但是一往不返的,没有图案式的回环。而诗的内容乃是"拍登"化的人生。"拍登"的意义有"模型、图案"等等,立体的"拍登"是模型,平面的"拍登"是图案,若是抽象的"拍登"呢,就是格律。所以麦氏所给诗的定义,即认为诗的形式是格律化的语言,诗的内容是格律化的人生。本来一切文字的内容即是人生,所谓人生者,包括一切人类的思想和情绪,乃至于自然的景物经文人赋予人类的情趣的,皆属于人生的范围以内。不过这人生原是无边无际粗糙而散漫的,当诗人剪裁人生的题材,放在模子式的语言里表达出来时,已经经过"熔裁"的作用,所以诗里面所表现的人生也是格律化的人生了。也许读者认为麦氏的说法相当守旧,好像他忽略了自由诗,不过我们借此以论中国的诗词,则甚为恰当。而且自由诗既然成为一体,即也有这一体的形式,就此形式而论,即是一种格律,易言之,即以打破旧有的格律为格律者也。

楼头的景物可以想象得很多,我们但取"杨柳、飞雁"等类以入词,即是对于题材先加以剪裁了。但必须说出"江上柳如烟,雁飞残月天"两句,方才是《菩萨蛮》中间的语言,此时是想象迁就了格律,经过了这熔铸作用,散漫的意绪方才得了定型。而且,这两句的意境确然是词的意境而不是古诗的意境,同时,这两句的格调是词的格调,而不是古诗的格调。明乎此,说诗词的内容是格律化的人生,这句话是无可怀疑的至理名言。

词的格律很严,每个词调成为一个模型。把可以调和的许多意象(image),放在这模型里听其自然融合是可能的一种处理。打一个粗浅的譬喻,譬如在镂花的板子上,把白糖、米粉、桂花、薄荷之类装进去,听其自然融合,然后敲出各色各样的细巧茶食,有的是扇子形的,有的是葫芦形的,那《浣溪沙》《菩萨蛮》《蝶恋花》等等,正是各种图案格式,春花、秋月、相思、别恨等等的题材,亦即是白糖、米粉之类。所选择的题材既然是可以调和的,那么自然的融合并不很难。当然艺术手腕有高明与拙劣之分,高明的有神理脉络可寻,拙劣的即成为堆砌。所以填词一道很容易倾向于印象派或唯美派的作风,所谓"七宝楼台,炫人眼目,拆卸下来,不成片段"者,这是因为在词里面,声律的安排非常完整,本身成为一个图案,填词家容易拿辞藻施贴上去,神理脉络随读者自己去看,作者自己也说不清楚的。

飞卿逐弦管之音而施贴以美艳的词句,与其说思想在进行,毋宁说腔调在进行,至少是诗意随着声调的曲折流转而联度下去的一种韵味。读古文,宜乎一口气读下,所谓文势急者是也,文势急即是思想连贯而下,波澜起伏的意思。至于词曲,则文势甚缓,原是歌者曼衍其音节,字字称量而出,若文意太连,反而斫断,所以词曲的文章,皆不是单线的进行,不但曲折多姿,而且积聚着许多的辞藻,那些辞藻带来一连串的图画的意象,由歌者缓缓歌唱时,这一连串的图画的意义,呈现到听者的心眼,耐人寻味。吟诵的东西与歌唱的东西不完全相同,因为思想和情感要在繁音促节里表达出来,所以词曲成为细腻的文学。

这十四首《菩萨蛮》可以比之于十四扇美女屏风,各有各的姿态,而且是七宝镶嵌的琉璃屏风,光彩射目,美艳绝伦。其中花纹斗榫,颇见匠心,读者倘以同地位的词句在这些篇章里任意移易,即发现其不适合,所以脉络是暗中存在的,而每章各自有它的章法。

这些《菩萨蛮》都属于"闺情"的一个题目之下。有人认为是宫怨或宫词者,其说非是。以为宫词者举"青琐对芳菲""故国吴宫远""满宫明月梨花白"为证。今按:青琐固为汉代宫中门窗之饰,但后来豪贵之家皆已替用。《后汉书·梁冀传》:"冀大起第舍,窗牖皆有绮疏青琐。"《晋书·贾谧传》:"充每谠宾僚,其女辄于青琐中窥之。"后代诗人用此辞藻,意义有二,或指宫中,或用作"闺阁、绮窗"的同义词,故不可拘泥。而况下文所按是"玉关音信稀",明点民间思妇之词,不说宫中美人也。"故国吴宫远"与"家住越溪曲"同,泛泛用西施的典故以比拟美人。只有"满宫明月梨花白"一句最难解释,但下文说"故人万里关山隔",亦不是宫人口吻。岂必如刘无双之复忆王仙客乎?飞卿诗集中有《舞衣曲》,结句云"满楼明月梨花白",与此适差一字,不知这里的"宫"字是否后人所改。且以训诂而言,"宫、室"通称,原不限于帝王后妃之所居,梵宇道观亦皆可称宫。教坊中人按月令承应,需承值到宫中,北里中人则到处宴游,此处泛泛言及,竟不知在什么地方,必欲因此一句坐实宫词,亦甚勉强。《北梦琐言》虽说到令狐绹曾把飞卿词进献于唐宣宗,却是因为宣宗爱唱《菩萨蛮》词调,并非宣宗要令狐绹作宫词而令狐绹假手于温飞卿。凡宫中所唱词曲,题材不一,不必皆是宫词,我们通常称为宫词者,单指宫怨一类题目的诗词,或者是描写宫闱琐事的连章,如王建、花蕊夫人等的宫词。至于一般的艳体诗词,可以称为宫体,这是南朝以后的习惯通称,却不能一齐称为宫词。《花间集序》说明词的体制有"自南朝之宫体,扇北里之倡风"那两句话,飞卿词正是如此,是渊源于南朝的宫体诗,而作北里的新歌曲的一种词章。这种歌曲的内容题之为"闺情"已伤忠厚,毋宁称之为"倡情",更为恰当。

本来乐府篇章出于伎乐,所以这"倡情"也是千百年来文学上的一个大传统。古诗:"青青河畔草,郁郁园中柳。盈盈楼上女,皎皎当窗牖。娥娥红粉妆,纤纤出素手。昔为倡家女,今为荡子妇。荡子行不归,空床难独守。"是可以代表倡情文学的名篇,恐怕是汉代伎乐的歌词。温飞卿的《菩萨蛮》与之一脉相承,十四篇反复所叙亦只此意。古诗朴实,唐词艳丽,可以看出乐府文学的变迁,同时也可以看出文学的题材都有一个遥远的传统。

飞卿的长处在于能体会乐府歌曲的作法。有些地方得力于南朝乐府,去古未远。南朝乐府中多谐音双关语,如莲借为怜,藕借为耦,棋借为期,碑借为悲之类,飞卿亦偶用此,而自然高雅,不落俚俗。"满宫明月梨花白",梨借为离别之离,所以下面紧接"故人万里关山隔",有这谐音的联想,更觉语妙。"心事竟谁知,月明花满枝""鸾镜与花枝,此情谁得知",枝、知亦是谐音双关语,《诗经》:"譬如坏木,疾用无枝。心之忧矣,宁莫之知。"《说苑·越人歌》:"山有木兮木有枝,心悦君兮君不知。"这种诗词的特殊的语言是直接从民歌里来的,飞卿熟悉这一类乐府歌曲中的用语,不期然而然地用了出来,意味非常深厚。陈廷焯《白雨斋词话》曾指出"鸾镜与花枝,此情谁得知",谓含有深意,却不曾说明深意究竟何在。或者是仁者见仁,智者见智,陈氏的了悟怕是主观的吧。我们参较乐府歌曲的用语,所能见到的比较清楚,也比较客观。换言之,即这一类的句法的脉络,不在思想因素上,也不在境界上,而在于语言本身的关联上。所谓"无论识与不识,解与不解,都知是好言语"者,这一类好言语非必不可识,必不可解也。我爱飞卿词中乐府气氛的浓厚,王静安以"画屏金鹧鸪"品之,似未为平论。

聊为总论如上,余详笺释中。

笺　释

第一首

"小山"可以有三个解释。一谓屏山,其另一首"枕上屏山掩"可证,

"金明灭"指屏上彩画。二谓枕,其另一首"山枕隐浓妆,绿檀金凤凰"可证,"金明灭"指枕上金漆。三谓眉额,飞卿《遐方怨》云:"宿妆眉浅粉山横",又本词另一首"蕊黄无限当山额","金明灭"指额上所傅之蕊黄,飞卿《偶游》诗:"额黄无限夕阳山"是也。三说皆可通,此是飞卿用语晦涩处。

俞平伯《读词偶得》主屏山之说,他说:"'小山'屏山也,此处律用仄平,故变文耳。'金明灭'状初日生辉,与画屏相映。日华与美人连文,古代早有此描写,见诗《东方之日》,楚辞《神女赋》,以后不胜枚举。此句从写景起笔,明丽之色,现于毫端。"俞先生从"金明灭"三字中想象出初日的光辉与画屏交映的美景,是善读词者,令人想及古乐府"日出东南隅,照我秦氏楼"的气象。律用仄平之说,大体不误,飞卿《菩萨蛮》确实如此,惟"南园满地"首为例外,至韦庄《菩萨蛮》则常用平平仄仄起,韦氏律宽而温氏严也。

度,过也,是一轻软的字面。非必鬒发鬖松,斜掩至颊,其借力处在云、雪两字。鬒既称云,又比腮于雪,于是两者之间若有关涉,而此云乃有出岫之动态,故曰欲度。朱孟实先生在《诗论》里说(页一七四至一九七):绘画是空间的艺术,故主描绘而难于叙述,其叙述也,化动为静,在变动不居的自然中抓住某一顷刻。诗是时间的艺术,故长于叙述而短于描绘,其描写物体亦必采取叙述动作的方式,即化静为动。如"巧笑倩兮,美目盼兮""池塘生春草""塔势如涌出,孤高耸天宫""鬒云欲度香腮雪""千树压西湖寒碧",皆其例。此说本德人莱森之《诗画异质说》而推阐之者。

古之帷屏与床榻相连,首两句写美人未起。三四始述动态,于不矜持处见自然的美。五六美艳,仿佛见《牡丹亭·惊梦》折杜丽娘唱"袅晴丝吹来闲庭院"一曲之身段。"照花"及"花面"又可有两种解释。一谓美女簪花,对镜理妆;另一解则以花拟人。古人往往以美女比花,虽未免轻薄,于伎家用之,亦不足深责,如韦庄"此度见花枝,白头誓不归"之类,不一而足。故此处言照花者犹言照人,言花面者犹言人面耳。言人则平实乏味,用花字以见其妍丽之姿,而词中主人之身份亦可断定矣。前后镜中人面交相映的美态,在飞卿以前尚无人说过。

襦,上衣,犹今之袄,男女通服。《晋书》:"韩伯年数岁,至大寒,母方为作襦,令伯捉熨斗,而谓之曰:'且着襦,寻当作复裈。'伯曰:'不复须。'母问其故,对曰:'火在斗中而柄尚热,今既着襦,下亦当暖。'母甚异之。"《语林》:"谢镇西着紫罗襦,乃据胡床,弹琵琶,作大道曲。"(并见《北堂书钞》卷一二九引)。

鹧鸪,似野鸡而小,近竹鸡之类。按许浑诗:"南国多情多艳词,《鹧鸪》清怨绕梁飞。"又郑谷诗:"离夜闻横笛,可堪吹《鹧鸪》。"是唐时有《鹧鸪曲》也。崔氏《教坊记》有《山鹧鸪曲》,其后词调中有《鹧鸪天》,《宋史·乐志》有《瑞鹧鸪》。又按:鹧鸪是舞曲,其伴曲而舞,谓之鹧鸪舞,伎人衣上画鹧鸪。韦庄《鹧鸪诗》:"秦人只解歌为曲,越女空能画作衣。"元人白仁甫作《驻马听》四首分咏吹、弹、歌、舞,其第四首咏舞云:"谩催趱鼓品《梁州》,鹧鸪飞起春罗袖。"亦谓伎人舞衫上往往绣贴鹧鸪图案也。故知飞卿所写正是伎楼女子。张惠言谓有《离骚》初服之意,不免令人失笑。近有词学老辈讲此两句,谓飞卿落第失意,此刺新进士之被服华鲜也,更堪绝倒。

此章写美人晨起梳妆,一意贯穿,脉络分明。论其笔法,则是客观的描写,非主观的抒情,其中只有描写体态语,无抒情语。易言之,此首通体非美人自道心事,而是旁边的人见美人如此如此。如照这样说,则翻译成外国诗,"懒起画蛾眉,弄妆梳洗迟"上应补足一主词"她"。但中国诗词向来没有主词,此处竟可两用。"懒起"上也不一定是"她",也许就是"我"。因为这些曲子是预备给歌伎传唱的,其中的内容即是倡楼生活,所以是"她"是"我",不容分辨。在听者可以想象出一个"她",在歌者也许感觉着是"我"。词人作词,只是"体贴"两字,不分主观与客观,如温飞卿十四首《菩萨蛮》以闺情为题,其中有描绘美人体态语,亦有代美人抒情语,只注意在体会人情,竟不知是谁人的说话,亦不知主词是"她"是"我"也。

第二首

俞平伯云:"以想象中最明净的境界起笔,李义山诗:'水精簟上琥珀枕',与此略同。"水精颇黎,亦词人夸饰之语,想象之词,初非写实。颇黎即玻璃,亦即琉璃,为大秦国之艺术品,汉时已入中国。一本作珊瑚枕,意亦相似。鸳鸯锦谓锦被上之绣鸳鸯者。"暖香惹梦"四字所以写此鸳鸯锦者,亦以点逗春日晓寒,美人尚贪恋暖衾而未起。此两句写闺楼铺设之富丽精雅,说了枕衾两事,以文法言,只有名词而无述语。述语可以省略,听者可以直接想象有此闺房,闺房内有此枕衾也。中文往往有此类句法,将"有"字省略,但搬出些名词,岂但诗词如此,辞赋骈文皆然,如庾信《小园赋》:"一寸二寸之鱼,三竿两竿之竹,离披落格之藤,烂漫无丛之菊,落叶半床,狂花满屋",鱼也,竹也,藤也,菊也,皆不必再加述语。因中文可省略述语,故描写静物静景较易,上引莱森之《诗画异质说》及朱孟实先生之《诗论》,谓诗人描写景物,必须采取动作的方式,化静为动者,按之中国诗词又不尽然了。

"江上"两句,忽然开宕,言楼外之景,点春晓。张惠言谓是梦境,大误。上半阕虽未说出人,但于惹梦两字内已隐含此主人,与前章相同,亦说美人晓起,惟不正写晓起之情事,写帘内及楼外之景物耳。此章之时令为正月七日,薛道衡《人日诗》:"人归落雁后,思发在花前""雁飞残月天"之雁,亦不无来历。

下半阕正写人,而以初春之服饰为言。《后汉书·舆服志》:"皇太后入庙,耳珰垂珠,簪以玳瑁为擿,长一尺,端为华胜,上为凤凰爵,以翡翠为毛羽,下有白珠垂,黄金镊。"贾充《典戒》云:"人日造华胜相遗,像瑞图金胜之形,又像西王母戴胜也。"《荆楚岁时记》:"正月七日为人日,剪彩为人,或镂金箔为人,以贴屏风,亦戴之头鬓,又造华胜以相遗。"陆龟蒙诗:"人日兼春日,长怀复短怀,遥知双彩胜,并作一金钗。"《文昌杂录》:"唐制,立春赐三省官彩胜各有差。"据此,知胜有华胜、人胜之别,又有金胜、彩胜之分,金胜者镂金为之,彩胜则剪彩为之,人胜像人形,华胜则为别种之图案。立春日或人日以为饰,妇女戴之头鬓,缀于钗上,亦名幡胜,一称春幡。此章之时令,在"人胜参差剪"一句中,盖初春情事也。

俞平伯云:"'藕丝'句其衣裳也,'人胜'句其首饰也。"可以如此说。但若设"藕丝"句为剪彩为胜之彩段之色则意亦连贯。这些地方是各人各看,无一定的讲法。"双鬓隔香红"亦然,俞说香红即花,"着一隔字而两鬓簪花如画"。谓簪花固妙,惟"香红"两字,词人只给人以色味之感觉,到底未说明白,不知谓两鬓簪花欤,抑或说脂粉,抑即指彩胜而言,是假花而非真花,凡此均耐人寻味。且吾人对于唐代妇女之服饰妆戴究属隔膜,故于飞卿原意亦不能尽知。"玉钗头上风",俞平伯云:"着一风字,神情全出,不但两鬓之花气往来不定,钗头幡胜亦颤摇于和风骀荡中。"飞卿另有咏春幡诗云:"玉钗风不定,香径独徘徊。"可谓此句之注脚。

此章亦但写美人之妆饰体态,兼以初春之时令景物为言。

第三首

此章换笔法,极生动灵活。其中有描绘语,有叙述语,有托物起兴语,有抒情语,随韵转折,绝不呆滞。"蕊黄"两句是描绘语,"相见"两句是叙述语,"翠钗"两句托物起兴,"心事"两句抒情语也。

凡词曲多代言体。戏曲之为代言体,最易明白,如莺莺上场唱一曲,乃作者替莺莺说话,张生上场唱一曲,乃作者替张生说话。词在戏曲未起以前,亦有代言之用,词中抒情非必作者自己之情,乃代为各色人等语,其中尤以张生、莺莺式之才子佳人语为多,亦即男女钟情的语言。宫闺体之词譬诸小旦的曲子。上两章但描写美人的体态,尚未抒情,笔法近于客观,犹之《诗经·硕人》之章。此章涉及抒情,且崔、张夹写,生、旦并见,于抒情中又略有叙事的成分。何以言之?"蕊黄无限当山额,宿妆隐笑纱窗隔",此张生之见莺莺也。"相见牡丹时,暂来还别离",此崔、张合写也。"翠钗"以下四句,则转入莺莺心事。譬之小说,观点屡易,使苦求神理脉络者有惝怳迷离之感。实则短短一曲内已含有戏曲之意味。故知乐府歌曲,不拘一格,写人写事写情写景均无不宜,如此章者虽只是小旦曲子,但既云隐笑,又云相见,则其中必有一小生在。其与戏曲不同者,戏曲必坐实张某、李某之事,词则但传情调,其中若有故事之存在,但不具首尾,亦譬如绘画,于变动不居的自然中抓住某一顷刻,亦譬如短篇小说,但说一断片的情绪,此情绪是普遍的而非特殊的,谓之崔张之事亦可,谓之霍、李、陈、潘均无不可。词之言情用此种方式表达者甚多。若谓飞卿此词,自记其艳遇,则凿矣。飞卿之艳游尽多,又何必在牡丹、纱窗之间乎?又何必不在牡丹、纱窗之间乎?此亦不过设想有此境界与情调而已。

蕊黄,黄色花粉,用以傅于眉额之间,《木兰诗》:"对镜贴花黄。"飞卿诗:"额黄无限夕阳山"(山以拟眉)。宿妆者与新妆对称,谓晨起未理新妆,犹是昨日之梳妆也,故谓之宿。翠钗两句是托物起兴。凡诗歌开端,往往随所见之物触起情感,谓之"托物起兴"。此在下片之始,故可用此句法。乃是另一开端。于兴之中,又有比义,钗上双蝶,心事可喻。用以结出离别之感,脉络甚细。知、枝为谐音双关语,《说苑·越人歌》:"山有木兮木有枝,心悦君兮君不知。"主要还在说"心事竟谁知"一句,而以"月明花满枝"为陪衬,在语音本身上的关联更为紧凑。在意境上,则对此明月庭花能不更增幽独之感?是语音与意境双方关联,调融得一切不隔。《越人歌》古朴有味,飞卿的词句更其新鲜出色,乐府中之好言语也。

第四首

此章赋美女游园,而以春日园池之美起笔。首句托物起兴。溪鶒,鸳鸯之属,水鸟也。翘,鸟尾长毛。吴融《咏鸳鸯》诗:"翠翘红颈复金衣,滩上双双去又归。"此言金缕,亦即金衣也。《山堂肆考》:"翡翠鸟尾上长毛曰翘,美人首饰如之,因名翠翘。"韦应物诗:"头上鸳钗双翠翘。"是翠翘本为鸟尾,其后以称钗饰。俞平伯释此词,以钗饰立说,谓"水纹"句不宜连上读,犹之"宝函钿雀金溪鶒,沉香阁上吴山碧",两句相连而绝不相蒙。至于首句言妆饰,以下突转入写景,由假的水鸟飞渡到春池春水,此种结构正与作者之《更漏子》"惊塞雁,起城乌,画屏金鹧鸪"同一奇绝。按俞说殆误。飞卿此处实写溪鶒,下句实写春池,非由钗饰而联想过渡也。俞先生因连读前数章均言妆饰,心理上遂受影响,又"翠翘"一辞藻,诗人用以指钗饰者多，鸟尾的意义反为所掩，今证之以吴融之诗，知飞卿原意所在，实指鸳鸯之类，不必由假借立说矣。棠梨为中土所原有，别种来自海外，似棠梨而实异，因以海棠梨名之，犹之今日舶来品都冠以"洋"字，今则简称曰海棠矣。

上半阕写景，乃是美人游园所见，譬如画仕女画者，先画园亭池沼，然后着笔写人。"绣衫"两句，正笔写人。写美女游园，情景如画，读此仿佛见《牡丹亭·惊梦》折前半主婢两人游园唱"原来姹紫嫣红开遍"一曲时之身段。飞卿词大开色相之门，后来《牡丹亭》曲、《红楼梦》小说皆承之而起，推为词曲之鼻祖宜也。

作宫闺体词，譬如画仕女画，须用轻细的笔致，描绘柔软的轮廓。"绣衫遮笑靥"之遮字，"烟草黏飞蝶"之黏字，"鬓云欲度"之"度"字，"暖香惹梦"之"惹"字，皆词人炼字处。

此十四章非宫词，乃是通常之闺情，作北里之歌曲，已详前论。"青琐"虽为汉代宫中门窗之饰，惟其后豪贵之家多替用之，词人用此，亦不拘于宫闱，与"绮窗、绣闼"同义。求之于古，则《晋书·贾谧传》记贾充女子青琐中窥韩寿，求之于近，则元人郑德辉有《迷青琐倩女离魂》杂剧。琐者连环为文，门窗刻镂回文，傅以青绿之色，曰青琐。此章言美女游园，而以一人独处思念玉关征戍作结，此为唐人诗歌中陈套的说法，犹之"忽见陌头杨柳色，悔教夫婿觅封侯"之类也。

凡诗词不用主词，而诗词中之主人或其他人物可以明白者，从其字面及辞藻中可以看明。例如此首开始铺设一个园池的背景，到底谁人出来游园，尚未分晓，及至"绣衫遮笑靥"句，方知是莺莺、霍小玉辈，不是张君瑞、李益。绣衫者举服色以知人，青琐者举居处以知其主人，用此类字面，不必说"她"或"她们"了。再例如张芸叟的《卖花声》："醉袖抚危阑，空水漫漫"说"醉袖"两字即代替"我"字，不必再加"我"字。上义云："十分斟酒敛芳颜"，用"芳颜"字面，知旁边有一个"她"。秦少游的《满庭芳》："山抹微云，天黏衰草，画角声断谯门"，先铺设背景，到"暂停征棹"方始出人，此人乃即要棹船出游的自己。下面用"香囊暗解，罗带轻分"

句,方始知道上面所说的"聊共饮离樽"不是同僚男友的饯别。凡此皆是举衣服、居处、体貌等等以代表说人物之办法也。读旧诗词可用此例以求,盖旧诗词之语言,乃一不用主词亦不常用代名词之语言也。

《诗经·硕人》之章赋一美人,说明齐侯之子,卫侯之妻。汉诗《青青河畔草》,说明"盈盈楼上女,皎皎当窗牖",皆是客观的写法,易言之,即讲说一个人,主词是"她"。飞卿十四首《菩萨蛮》皆赋美人,却不曾提出美人或女子字样,但举妆饰、居处、体态、心事为言,其写法在客观主观之间,主词可以是"她",亦可以是"我",此因为歌伎而作而又使歌伎歌唱之曲子,故描绘语与抒情语糅合在一起。以观点而论,实不清楚。盖自南朝女伎之乐舞发达以后,采取民间艳歌与文人所写描写女性的艳诗,制成歌曲,又伴以舞蹈,主观客观渐渐糅合,她即是我,我即是她,故抒情语与描绘语融合一起,脉络更难分析也。如此首,写美女游园,可以作旁人的口气,而同时又可作美女游园自己歌唱的抒情曲子,若加以舞蹈的身段,即是《牡丹亭·惊梦》折之《游园》一段。所以词与戏曲实先后相承,本是一物,今人不见当时《菩萨蛮》队舞等等之身段,乃以抒情诗看之,不免隔膜了。

至于小令之作法,各各不同。通常多一口气抒情者,例如温飞卿之《望江南》:"梳洗罢,独倚望江楼,过尽千帆皆不是,斜晖脉脉水悠悠,肠断白苹洲。"此是抒情小曲,主词是"我",且为女性的我。此小旦曲子也。如秦少游之《江城子》:"西城杨柳弄春愁,动离忧,泪难收,犹记多情曾为系归舟。碧瓦朱桥当日事,人不见,水空流。"(其一)"韶华不为少年留,恨悠悠,几时休,飞絮落花时候一登楼。便做春江都是泪,流不尽,许多愁。"(其二)此亦为抒情小曲,主词亦是"我",为男性的我。此小生曲子也。以前所讲假托李白之《菩萨蛮》:"平林漠漠烟如织,寒山一带伤心碧,暝色入高楼,有人楼上愁。玉梯空伫立,宿鸟归飞急,何处是归程,长亭连短亭。"此词既非小旦曲子,亦不像小生曲子,其中不涉风情,是诗人之情味借曲调中达出者,题意是旅客登楼,望远思归,可以作为正生之曲子。只因通行本改玉梯为玉阶,于是有题为"闺情"者,其实非是。虽登楼旅客可男可女,但题作"闺情"实无根据,纯系玉阶两字引起"玉阶怨"等宫闱之联想,由字面之推寻,遂而坐实女性。一字之差,遂使词中主人发生男女性别之疑问,甚矣,词之难读也。

第五首

此章亦写美人晓起。惟变换章法,先说楼外陌上之景物。"杏花、绿杨"两句虽同为写景,而"团香雪"给人以感觉,"多离别"给人以情绪。团字炼。月胧明,唐五代词中数见,如顾敻《浣溪沙》"小纱窗外月胧明",薛昭蕴《小重山》"玉阶华露滴,月胧明",乃唐时俗语,疑胧与笼通,即照着之意,犹"烟笼寒水月笼沙"之笼也,不必作朦胧讲。笼有笼罩笼盖之意,月光笼罩,则是明月,非朦胧的月色也。求之于古,则潘岳诗"岁寒无与同,朗月何胧胧",此处之胧胧,即明朗之意。旧眉,昨日所画之眉,晨起犹是宿妆,故曰薄。蝉鬓,拢鬓如蝉翅之状,此是轻妆。轻,亦薄也。

以层次而言,先是美人闻莺而醒,残灯犹在,晓月胧明,于是褰幕以观,见陌上一片春景。看了半晌,方想到理妆,取镜过来,自觉旧眉之薄,蝉鬓之轻,复帖念于昨宵的残梦,心绪亦不甚佳。散文的层次,应是如此,诗词原可参差错落地说。

以诗词作法而论,则先以写景起笔,而杏花、绿杨亦是托物起兴,乐府之正当开始也。先说春天景物,容易唤起听曲者之想象,至"灯在月胧明,觉来闻晓莺",则若有人焉,呼之欲出。至下半阕则少妇楼头,全露色相,明镜靓妆之际,略窥心事。章法是一致的由外及内。

以观点而论,亦在客观主观之间。如由"觉来闻晓莺"句看,则主词似是"我",通首可看成美人之自言自语。其实飞卿心中,无此成见,仍是描绘体贴的笔墨,作为客观地说一美人,亦可通的。此十四章均写美人,主词即是美人,无论作第三人称的她或第一人称的我,均可省却,而又可两面看,此乐府歌曲之特点也。词中凡说及人处,即直举服色动作等代替之,如前章"绣衫遮笑靥",举绣衫即说到人,此章直说"觉来""褰翠幕",更不必用主词。"玉钩"非主词,乃名词之在"用格"(instrumental case),谓其人用玉钩以褰翠幕也。

第六首

此章独以抒情语开始,在听者心弦上骤然触拨一下。此句总提,下文接叙惜别情事。举玉楼,可见楼中人之身份。玉楼本道家语,谓神仙所居,古人每以北里艳游,比之高唐洛水,不啻仙缘,故此所谓玉楼者即青楼、秦楼之比,诗人所用之辞藻也。云"长相忆"者,此章言美人晨起送客,晓月胧明,珍重惜别,居者忆行者,行者忆居者,双方的感情均在其内。曹子建诗:"明月照高楼,流光正徘徊。"在行者则此景宛然,永在心目,能不相念,在居者则从此楼居寂寞,三五之夕,益难为怀。故此句单立成一好言语,两面有情。

"柳丝"句见春色,又见别意。"春"字见字法,若云"风无力"则质直无味。柳丝的袅娜,东风的柔软,人的懒洋洋地失情失绪,诸般无力的情景,都是春的表现。《楚辞》:"王孙游兮不归,春草生兮萋萋。"君,男子美称。从"草萋萋"三字上可以联想到王孙,加以骄马之嘶,知此玉楼中人所送者为公子贵人也。

凡乐府古诗中用"君"字通常指女子之对方,即是男人。如古诗:"行行重行行,与君生别离。相去万余里,各在天一涯。道路阻且长,会面安可知。胡马依北风,越鸟巢南枝。相去日已远,衣带日已缓。浮云蔽白日,游子不顾返。思君令人老,岁月忽已晚。弃捐勿复道,努力加餐饭。"这首诗托为女子口气,是主观的抒情诗。"行行重行行"说的是男人远行,但这是一支歌曲的开头,提了那么一句,犹之此首飞卿词中之"玉楼明月长相忆",难以安上一个主词。下面"与君生别离"起,方才可以安上主词"我",这里"我"乃是女子,"君"指对方。抒情诗并不真是对话,那个君不在对面,这首诗是男人出门已久,"相去日已远""岁月忽已晚",女子一人在家感叹地自言自语。"游子不顾返"的"游子"与"思君令人老"的"君"是一人。君字的意味在第二人称与第三人称之间。"思君"译作"想念你"也可以,"想念他"也可以,不过把前后两个"君"字译作"你",似乎活泼一点。再如:"冉冉孤生竹,结根泰山阿。与君为新婚,兔丝附女萝。兔丝生有时,夫妇会有宜。千里远结婚,悠悠隔山陂。思君令人老,轩车来何迟。伤彼蕙兰花,含英扬光辉。过时而不采,将随秋草萎。君亮执高节,贱妾亦何为。"此诗是一女子已订婚,男人好久没有来娶她,自己感伤的话。"君"指未婚夫而言,亦不在面前。意味亦在"你""他"之间,以译作"你"字为活泼。"贱妾"等于第一人称。

古诗:"客从远方来,遗我一书札。上言长相思,下言久离别。置书怀袖中,三岁字不灭。一心抱区区,惧君不识察。"此处之"君"亦为女子所结想的对方,"你"亦可,"他"亦可,"他"字的意味多些,全诗是一个女子的自言自语。曹植《七哀诗》:"明月照高楼,流光正徘徊。上有愁思妇,悲叹有余哀。借问叹者谁,言是客子妻。君行踰十年,孤妾常独凄。君若清路尘,妾若浊水泥。浮沉各异势,会合何时谐。愿为西南风,长逝入君怀。君怀良不开,贱妾当何依。"此诗是客观的观点传述了一个女子的抒情的话。"明月照高楼"起至"言是客子妻"是叙述语,"君行踰十年"起到结尾是抒情语,这些抒情语,可以放在引号中作为直接传述语。若说这些话是女子对着借问的人说的,那么君字既然指男人,而又是对旁人诉说,岂不是第三人称的"他"吗?事实上并没有那个借问的人,那是个虚拟,因此下面一段话是高楼上的女子一人独叹,所以"君"字乃是此女子默语中的对方,所以也是"你"。

根据上述的研究,古诗乐府中之"君"指男人,指女子所结想的对方。此字原是一个实在的名词,由国君、君侯、主人等等的意义转变而为男子的尊称,再由男子的尊称转变而为人称代名词的性质。在这种自言自语的歌曲中,其意味在第二人称、第三人称之间。古诗观点清楚,即何者是旁人的话,何者是女子一人自说,结构分明。温飞卿的《菩萨蛮》观点不清楚,这些《菩萨蛮》中有描绘一个美人的话,也有女子自己抒情的话,而这些女子自己抒情的话又是夹在那些描绘语中间的,像是作者体贴女子的心境,代她说出。好比小说作家,写了一个女子,又加以心理描写,或者加入些自言自语的句子,不是真正的对话,论理说一个人的心境以及自言自语,别人何从知道,小说家等于上帝一样无所不知,诗词作家也是如此。飞卿只知道体贴女子,并没有懂得现代文法,也不懂西洋诗及白话诗，所以作法有点特别。要之，"送君闻马嘶"之"君"，即是古诗乐府里的"君"，指一男人。也就是当晓月胧明、柳丝袅娜的一个春天早晨里步出玉楼与美人相别的那个人。你要说是"你"呢，那么整首词成为一个女子的自言自语，所以是主观的观点，是主观的抒情诗，你要说送一个男人呢，那么也可以说是叙述语，描写语，是客观的观点。这些地方飞卿都弄不清楚，他也不要弄清楚，恐怕弄清楚了也写不出《菩萨蛮》了。

最公平的话，就是君是男人，其意味在第二人称、第三人称之间。"送君闻马嘶"者犹"送郎闻马嘶"也。近代歌曲中之"郎"字，亦不知是"你"是"他"，有时是"你"，有时是"他"，有时在"你"和"他"之间。

凡读词曲，觉脉络不清，谁说的话也看不清楚，实因古人未有现代文法之训练，文言本无主词，因此观点不定，一齐是作者体贴人情处，想象人情处，其描写、叙述、抒情三者混成模糊之一片也。

下片言送客归来。"画罗金翡翠"言幔帐之属。金翡翠，兴而比也，触起离绪。烛泪满盘，犹忆长夜惜别之景象，而窗外鸟啼花落，一霎痴迷，前情如梦。举绿窗以见窗中乏佳人，思忆亦曰梦。往日情事至人去而断，仅有断片的回忆，故曰残梦。"迷"字写痴迷的神情，人既远去，思随之远，梦远天涯，迷不知踪迹矣。

第七首

此章写别后忆人。"凤凰"句竟不易知其所指。或是香炉之作凤凰形者，李后主词"炉香闲袅凤凰儿"，"金缕"指凤凰毛羽，犹前章之"翠翘金缕双鸂鶒"也，或指香烟之丝缕。或云，"金缕"指绣衣，凤凰，衣上所绣，郑谷《长门怨》："闲把罗衣泣凤凰，先朝曾教舞霓裳。"不知孰是。

"牡丹"句接得疏远，参看《忆秦娥》讲解中趁韵之法。歌谣之发句及次句有此等但以韵脚为关联之句法。另说，"牡丹"非真实之牡丹花，亦衣上所绣，"微雨"是啼痕。

"意信"《强邨丛书》本作"音信"，是。《四印斋》本误，当据改。燕以春社日来，秋社日去。曰"双燕回"，见人之幽独，比也。

第八首

此章写春光将尽、寂寞香闺之情事。飞卿《酒泉子》："背兰釭"，《更漏子》："红烛背，绣帘垂，梦长君不知"，顾敻《甘州子》："山枕上，灯背脸波横"，尹鹗《临江仙》："红烛半条残焰短，依稀暗背银屏"，毛熙震《菩萨蛮》："小窗灯影背"，顾敻《木兰花》："背帐犹残红蜡烛"，皆言灯烛之背，是唐时俗语。临睡时灯烛未熄，移向屏帐之背，故曰背。或唐时之灯，有特殊装置，睡时不使太明，可以扭转，故曰背，今不可晓。

翠钿即花钿，唐代女子点于眉心。"金压脸"疑即金靥子，点于两颊者，孙光宪《浣溪沙》："腻粉半粘金靥子"是也。"泪阑干"谓泪痕满面横斜也。

第九首

或谓温庭筠之《菩萨蛮》为宫词者，此论非也，辨已见前。通常所谓宫词如王建宫词、花蕊夫人宫词之类，指记叙宫闱中琐事，描写宫中美人之生活者。至飞卿所写乃倡楼之女，荡子之妻，历来乐府中通用之题材，有关于女性而已，不涉宫闱中事，故不能称之为宫词。此处"满宫明月梨花白"句，稍起疑问，前已言之，古者宫室通称，不必指帝王所居，而梵宇道观亦均可称宫，飞卿另有《舞衣曲》，其结句云"满楼明月梨花白"，与此仅差一字，今云"满宫"，是文人变换辞藻，不可拘泥。此章如咏宫中美人，则不应有"故人万里关山隔"之句，岂必如刘无双王仙客之故事乎，此不可通者也。

顷细思其事，更进一解。盖飞卿所制实为教坊及北里之歌曲。教坊中之妓女常应节令入宫歌舞。崔令钦《教坊记》云："妓女入宜春院谓之内人，亦曰前头人，常在上前。"此处所说妓女，系指教坊中一般妓女，其入宜春院者谓之内人，指教坊妓女之甄选入居宫苑中者。惟此类妓女数额有限，其余多数妓女则留居左右两教坊，可通称为教坊中人，或两院人，遇宫中宴庆或月令承应亦征入宫中歌舞。《教坊记》云："进点戏日，内伎出舞，教坊人惟得舞《伊州》《五天重来》，不离此两曲，余尽让内人也。"又云："内妓歌则黄幡绰赞扬之，两院人歌则幡绰辄訾诟之。"知教坊人或两院人与内妓或内人有别,惟同为歌舞之伎,又幼时同在教坊学习歌舞则一也。今飞卿此章所写之妓,其已入宜春院中为内妓,或仅为教坊两院中人,所不可知,要之均可有入宫歌舞之事,如此则所谓"满宫"者或实指宫苑而言。

首句托物起兴。见梨花而忽忆故人者,"梨"字借作离别之"离",乐府中之谐音双关语也。夫明月之下,若梅若杏,若桃若李,芳菲满园,何必独言梨花,此词人之剪裁,从梨花而触起离绪,乃由语言之本身引起联想也。故人者即旧情人,教坊姊妹自有婚配,亦可有情人,如《教坊记》所载,"裴承恩妹大娘善歌,兄以配竿木侯氏,又与长入赵解愁私通"之类,不一而足,与其他宫中之美人不同。

"金雁"从"关山"带出,雁而曰金,岂非秋之季候于五行属金,谓金雁者犹言秋雁乎?曰,梨花非秋令之物,不应作如此解。或云,金雁即舞衣上所绣,犹之第一章之"新贴绣罗襦,双双金鹧鸪","金雁一双飞"言舞袖之翩翻,亦犹郑德辉咏舞之曲"鹧鸪飞起春罗袖"也。此可备一说。另解,金雁者言筝上所设之柱,筝柱成雁行之形,故曰雁柱,亦有称金雁者,温飞卿咏弹筝人诗云:"钿蝉金雁今零落,一曲《伊州》泪万行。"与此词意略同。以此解为最胜。崔氏《教坊记》有云:"平人女以容色选入内者,教习琵琶、三弦、箜篌、筝等者谓掐弹家。"又云:"开元十一年初制《圣寿乐》,令诸女衣五方色衣以歌舞之,宜春院女教一日便堪上场,惟掐弹家弥月不成,至戏日,上令宜春院人为首尾,掐弹家在行间,令学其举手也。"今飞卿此词所写,殆掐弹家之弹筝者也。

此章上下两片,随意捏合,无甚关联。"小园芳草绿"之"小园",与"满宫明月梨花白"之"满宫"是否为一地,抑两地,不可究诘。由小园芳草之绿,忆及南国越溪之家,意亦疏远,参看《忆秦娥》讲解中所论以韵脚为关联之句法。"家住越溪曲"暗用西施典故,用一历世相传美人之典故,见此妓容貌端丽,亦为一美女子。"杨柳色依依,燕归君不归",是敷衍陈套语。"君"字已见前解,为女子所想念之对方,亦即上片中之"故人"也。

第十首

宝函者，奁具，盛镜、钗、耳环、脂粉之盒，嵌宝为饰。钿雀，钗也，镂金以为各样花式曰钿，钿雀是金钗，上有鸟雀之形以为饰。溪鶒鶒，鸳鸯之属。上言钿雀，下言金溪鶒，实只一物，盖"钿雀"但说金钗之上有鸟饰者，至"金溪鶒"方特说此鸟饰之为一对鸳鸯也。

首句"宝函钿雀金溪鶒"，托物起兴。溪鶒，兴而比也。下接"沉香阁上吴山碧"，意甚疏远，亦韵的传递作用。以词意言之，则首句言女子所用之奁具及钗饰，次句写女子所居之楼及楼外之景。《天宝遗事》："杨国忠尝用沉香为阁，檀香为栏槛，以麝香乳香筛土和为泥饰阁壁，每于春时木芍药盛开之际，聚宾于此阁上赏花焉。禁中沉香之阁，殆不侔此壮丽也。"小说所载如此，知唐明皇时宫中及杨国忠宅皆有沉香之阁。今温飞卿词中所云，乃文人之夸饰，不过言楼居之精美，非其有沉香之阁矣。"吴山碧"是楼外所见之景，吴地诸山，概可称为吴山。此词上片言"吴山碧"，下片言"芳草江南岸"，假定此词之背景在吴地。只要一首词中所设之地点不互相冲突，是可以单立者，但并不能据此以谓其余十三首所写皆吴地之女子，亦不可因其余所写背景或在长安遂嫌此首之不相称也。飞卿在长安时好游北里，其后至扬州，又多作冶游，见《旧唐言》本传。至此十数章《菩萨蛮》则泛泛为教坊及北里中人制歌曲，非特为某妓而作。另说，吴山指屏风，飞卿《春日》诗："一双青琐燕，千万绿杨丝。屏上吴山远，楼中朔管悲。"

"杨柳又如丝，驿桥春雨时"，写景如画。句法开宕，与"江上柳如烟，雁飞残月天"绝类，皆晚唐诗之格调也。

上片言楼内楼外，下片接说人事。言画楼以见楼中之人，此女子凭楼盼远，但见江南芳草萋萋，兴起王孙不归之感叹，故曰"音信断"。单说"画楼音信断"可有两义，一意是说画楼中人久无音信到来，是男子想念女子的话，一意是说远人的音信久不到画楼，是女子想念男人的话，今此词中所说是后面一层意思。鸾镜亦宝函中之物，镜背有鸾凤之花纹，故曰鸾镜。此句远承第一句，脉络可寻，知此女子晨起理妆，对镜簪花插钗而忆念远人。诗词不照散文的层次说,因诗词的语言要顾到语言本身的衔接,不照意义的承接也。枝、知同音双关语,例见《诗经》及《说苑》《越人歌》,飞卿于此《菩萨蛮》中两用之,音甚高妙,已见前"心事竟谁知,月明花满枝"句之笺释。飞卿熟悉民歌中之用语,乐府之意味特见浓厚,《白雨斋词话》特称赏此两句,谓含有深意,初不知深意之究竟何在,盖陈氏但从直觉体味,尚未抉发语言中之秘奥耳。

第十一首

《菩萨蛮》律用仄平平仄起者为工,此章用平平仄仄起,稍疏。一霎,当时俗语,冯延巳《蝶恋花》云:"红杏开时,一霎清明雨。"词是唐五代之俗曲,此诗较能容纳当时之俗语,且以运用若干俗语为流动也。"清明雨"三字成为一个辞藻,在诗人的语言中,除了"小雨、大雨、暴雨"之外,尚有一种雨,名曰"清明雨"。到底如何是"清明雨",读者自能想象,盖当寒食清明之际,春光明媚之时,一阵小雨,密密蒙蒙,收去十丈软尘,换来一片新鲜的空气,然而柳絮沾泥,落红成阵,使人感着春光将老,引起伤春的情绪,这"清明雨"三字就可以带来这些个想象。

匀,匀拭。"匀睡脸",谓午后小睡,睡起脂粉模糊,又加匀拭。张泌《江城子》:"睡觉起来匀面了,无个事,没心情。"牛峤《菩萨蛮》:"愁匀红粉泪,眉剪春山翠。"牛希济《酒泉子》:"梦中说尽相思事,纤手匀双泪,去年书,今日意,断人肠。"

第十二首

此章脉络分明,写美人春夜独睡情事,自午夜至天明。韦庄诗:"午夜清歌月满楼","午夜"犹言子夜,夜中半也。皓月中天是半夜庭除之景。"重帘悄悄"言院落之幽深。重帘深处即是卧室。麝烟,焚麝香之烟缕。薄妆者与浓妆相对,谓浓妆既卸,犹稍留梳裹,脂粉匀面。古代妇人浓妆高髻,梳裹不易,睡时稍留薄妆,支枕以睡,使鬓发不致散乱。

流光如水,一年又是春残,静夜独卧,不禁追思往事,自惜当年青春美好,匆匆度过,有不堪回忆者。"花落月明残",赋而比也。花落月残是庭中之景,此人既独卧重帘之内,何由见此,此句亦只虚写,取其比兴之义,以喻往事难回,旧欢已坠,起美人迟暮之伤感。言锦衾见衾中之人,一夜转侧,难以入睡,骤觉晓寒之重。"知"字有力。以仄平平仄平结句,《菩萨蛮》之正格,此第三字宜用平声字,不同于五律中之句法也。

第十三首

夜合者,一名合欢,亦曰合昏。木似梧桐,枝甚柔弱,叶似皂荚槐等,极细而繁密,互相交结,每一风来,辄自相解,了不相牵缀。其叶至暮而合,故曰夜合。五月花发,红白色,瓣上茗丝茸然。俗呼绒树,一名马缨花。此言"雨晴夜合玲珑日,万枝香袅红丝拂",则是五月盛夏景象。萱草,即萱花,一名宜男,一名忘忧花,草本,五月抽茎开花,有红黄紫三色,六出四垂,朝开暮蔫,至秋深乃尽。《诗·卫风》:"焉得谖草,言树之背。"谖草谓即萱草,背,北堂,妇人所居。此词首言夜合,继言萱草者,嵇康《养生论》云:"合欢蠲忿,萱草忘忧。"昔人往往以此两种植物联举,举其一联想其二,又此两种花木皆于五月盛开也。夜合花与萱花,皆日中盛开者,一本作玲珑月,涉下章而误,非是。

词人言夜合,言萱草,皆托物起兴,闺怨之辞也。杜甫《佳人诗》:"合昏尚知时,鸳鸯不独宿。"《诗经·伯兮》:"焉得谖草,言树之背,愿言思伯,使我心痗。"两处皆叙妇人离索之感。"闲梦忆金堂"句,颇为费解,俞平伯《读词偶得》中有云:"吾友更曰:飞卿《菩萨蛮》中只'闲梦忆金堂,满庭萱草长',是记梦境。"平伯之友都不信张惠言之说,一一驳倒张氏之所谓梦境者,但留此些微余根未薙。余谓"闲梦忆金堂,满庭萱草长"亦非梦也。何以言之?萱草与夜合同为阶除间物,五月盛开,岂可分别作一是实境,一是梦境乎?"金堂"者即妇人所居,亦即《诗经》北堂之意,词人夸饰之言。美人之楼居则以"玉楼、香阁"等辞藻称之,今夜合萱草等皆堂庭阶砌间物,故用"金堂"一个词藻。要之"玉楼、金堂"等皆举居处以言人,中国诗词避免人物之称谓,往往但举居处服饰而言,前已详论之矣。故"闲梦忆金堂"者,即金堂中人有所闲忆,亦即美人有所想念之意。此女子见夜合萱草之盛开,不能忘忧蠲忿,反起离索之感,忆者忆念远人，梦者神思飞越，非真烈日炎炎，作南柯之一梦也。闲思闲想，无情无绪，亦可称梦，亦可称忆。金堂是闲梦之地，在文法上为位置格（locativecase），非闲梦之对象，此句因押韵之故，作倒装句法，意谓人在金堂中闲梦，非梦到一金堂也。而夜合之玲珑与满庭之萱草，皆此金堂中所有之实物。

麗䫻，下垂貌，李长吉《春坊正字剑子歌》："挼丝团金悬麗䫻。"眉黛句得疏远，亦递韵之法。"春水渡溪桥，凭阑魂欲销"情词俱美，惟究与上文作如何之关联乎？勉强说来，则"春水"从上句"远山绿"三字中逗出，但远山是比喻，从虚忽度到实，其犹"惊塞雁，起城乌，画屏金鹧鸪"之从实忽度到虚之一样奇绝乎？此皆可以联想作用解释之。但上片言盛夏之景，此处忽曰春水溪桥，究嫌抵触。飞卿《菩萨蛮》于七八两句结句有极工妙不可移易者，如"双鬓隔香红，玉钗头上风""花落子规啼，绿窗残梦迷"之类，有敷衍陈套语如"杨柳色依依，燕归君不归""时节欲黄昏，无憀独倚门"之类。亦有语句虽工，但类似游离的句子，入此首固可，入另首亦无不可者，如"人远泪阑干，燕飞春又残""春水渡溪桥，凭栏魂欲销"之类是也。

第十四首

俞平伯云："隐当读如隐几而卧之隐。""绿檀金凤凰"即承上山枕而言。檀木所制，绿漆，凤凰花纹。"故国吴宫远"用西施之典故，不必指实，犹上章之"家住越溪曲"也。"春恨正关情"较前章之"春梦正关情"仅换一字，此十数章本非接连叙一人一事，故亦不妨重复。前章言晨起，故曰春梦，此章尚未入睡，故云春恨。春恨者，春闺遥怨也。画楼残点，天将明矣，见其心事翻腾，一夜未睡，故乡既远，彼人又遥，身世萍漂，一无着落，不胜凄凉之感。飞卿特以此章作结，不但画楼残点，结语悠远，而且自首章言晨起理妆，中间多少时日风物之美，欢笑离别之情，直至末章写夜深入睡，是由动而返静也。

后　记

《菩萨蛮》为唐代教坊及北里之小曲,飞卿逐弦管之音,为此恻艳之词,是以文词施贴于音律者,今唐宋词曲之音奏久亡,惟有平仄律可以考见,则据飞卿之词,除少数之例外,《菩萨蛮》之律应为如下之方式。

仄平平仄平平仄。仄平仄仄平平仄。平仄仄平平。仄平平仄平。仄平平仄仄。平仄平平仄。平仄仄平平。仄平平仄平。

其五七言之句法,较之五七言律诗中之平仄律稍有不同。韦庄以下所作之《菩萨蛮》则较飞卿之律又有出入矣。

飞卿制曲,其题材取历世相传乐府中通用之题材,远继古诗"青青河畔草"之篇,近取南朝《子夜》《懊侬》之歌,词中之主人则为倡楼之女,荡子之妻,亦有可指为教坊之伎者,或教坊之伎入宫为内人者。要之题材空泛,不能特指为宫词。十数章亦非一妓一人之事。

以观点而论,则描绘女子之语句,与女子自己抒情之口吻,夹杂调融而出,在客观描写与主观抒情之间,此种写法,确然不合逻辑,但词曲往往如此,因制词者是文人,而歌唱者是女子,且不但歌唱,又往往带舞蹈,若现身说法者然。中国之艺术,有共同之特点,如山水画之不讲透视,词曲之不论观点,皆不合科学方法,而为写意派之作风。如飞卿词之迷离恍惚,读者觉其难解,张惠言辈遂以"梦境"两字了之。要之词曲比诗又不同,皆因与音乐歌舞相拍合之故,其一则描写、叙事、抒情三者融成一片,故而难明;其二则语言本身之承接,音律之连锁常重于意义之承接也。

张惠言以《长门赋》比拟之,其失有二,一则题材并非宫怨;二则十四章非通连成一大结构者,前论已辨明之。此十四章如十四扇美女屏风,各有各的姿态。但细按之,此十四章之排列,确有匠心,其中两两相对,譬如十四扇屏风,展成七叠。不特此也,章与章之间,亦有蝉蜕之痕迹。首章言晨起理妆,次章言春日簪花,皆以楼居及服饰为言,此两章自然成对,意境相同,互相补足。三章言相见牡丹时,四章言春日游园,三章有"钗上双蝶舞"之句,四章言"烟草粘飞蝶",亦相关之两扇屏风也。而二三两章之间有"双鬓隔香红,玉钗头上风",与"翠钗金作股,钗上双蝶舞"作为蝉联之过渡。第五章言"杏花含露团香雪,绿杨陌上多离别",第六章言"玉楼明月长相忆,柳丝袅娜春无力",意境相同,而其下即写离别情事,此两章成为一叠。第七章"牡丹一夜经微雨",第八章"牡丹花谢莺声歇",亦互相关联者。而六七之间,以"玉楼明月长相忆"与"画楼相望久","柳丝袅娜春无力"与"阑外垂丝柳"作为蝉联之过渡也。九章"小园芳草绿,家住越溪曲",十章"画楼音信断,芳草江南岸",九章"杨柳色依依",十章"杨柳又如丝",此两章互相绾合。十一章"时节欲黄昏,无憀独倚门",十二章"夜来皓月才当午,重帘悄悄无人语",亦自然衔接。而十章与十一章之间,一云"驿桥春雨",一云"一霎清明雨",亦不无蝉蜕之过渡。第十三章"雨晴夜合玲珑日",第十四章"珠帘月上玲珑影",第十三章"眉黛远山绿",第十四章"两蛾愁黛浅",此两章自然成对。而第十二与第十三之间则以"重帘悄悄"与"绣帘垂麗蔽"作为蝉蜕。由此言之,则连章之说亦未可厚非,但作者若不经意而出此。其中所叙既非一人一日之事,谓为相连成一整篇即不可,盖歌者歌毕一章,再歌一曲,正如剥茧抽丝,不觉思绪之蝉联不尽耳。如《菩萨蛮》可以作为队舞之曲,则此十四章自适宜于连章歌唱。南朝之《子夜歌》亦连章歌唱者,如今《乐府诗集》所存不免残缺杂乱,惟如首章之"冶容多姿鬓,芳香已盈路",次章之"芳是香所为,冶容不敢当",自然成对,两两相合,盖亦出于男女酬唱之民歌。飞卿《菩萨蛮》之两两成对,其渊源甚远,于此可见乐府之传统,读者不可不察焉。

(《国文月刊》28—29—30,33,34,35,36,38 期,1944—1945 年)

屈　原[①]
（约公元前三三九—前二八〇？）

引言

屈原是最早出现在中国文学史上的大诗人。他生活在战国时代的楚国，离开我们有二千三百年了。他好比遥远的天空里的一颗巨星，放射出神奇灿烂的、永恒的光辉，光亮了祖国的诗坛。

在屈原以前，我们还有诗的更早的传统。《诗经》是一部无可比价的古代诗歌的宝库，收集了从公元前一千年到前六百年左右的周文化全盛时期的诗。那里面有宗教祭歌，有情歌，有政治诗，有农民、战士的歌唱，内容异常丰富。祖国文化的悠久，值得我们赞叹，值得我们热爱。可是几乎全部都没有作者姓名。在那个时期，诗是社会的、公共的产物，还没有个别的大作家兴起。

从春秋到战国，周文化衰落了，结合着礼教和音乐而歌唱的诗也消沉了。在北方中原各国发达了散文。惟独在原先是文化落后的楚国，突

---

① 屈原的作品，除去显然是伪作和有可疑之点的，留剩《离骚》《天问》《九歌》和《九章》中的《惜诵》《抽思》《哀郢》《涉江》《橘颂》《怀沙》六篇，没有问题，本文据以考证他的事迹。《惜往日》篇虽也被引用，只是作为后人叙说屈原的话。

然有几位诗人起来,他们传递了诗歌的火焰。他们都是个别的作家,他们所写的是长篇巨制称为"赋"或"楚辞"的东西,其实就是楚声楚调的长诗。其中屈原是开创者,也是最杰出的诗人。

汉水、长江流域的优秀民歌启发了诗人的创作。楚国特有的宗教、古代神话、神仙传说、历史传说都做了诗人的题材。屈原曾经向中原的经典学习,获得了运用文字的熟练的技巧,组织进南国的方言,改革了《诗经》的体制,扩大了诗的语汇。他博学多能,有进步的政治观和历史观,有哲学思想,他从楚国原有的宗教诗歌的基础上向前推进,发展了政治诗和抒情诗。向来不曾为周民族所征服的荆楚民族,自己建立了一个强大的王国,有好几百年的历史了,到这时找到了它的代表诗人来宣泄它的文化蓄积。屈原是楚民族文化的优秀代表;他是楚民族的灵魂。

他不但是诗人而且是有远见的政治家。他生在楚国由极强大走向衰亡的历史的转折点上;为着民族的存亡,他的一生和贵族党人作了坚强不屈的斗争。他被迫害,被放逐而自杀。他的坚贞不屈的人格贯注在诗篇里,使人兴奋,使人嗟叹,使人景仰。我们在二千三百年以前,有像屈原那样的一位诗人是值得我们骄傲的。

为历史材料所限制,对于这位诗人的一生,我们也只能知道个大略。后面的叙述是依据司马迁《史记》里的《屈原传》,参照楚国的史料和屈原的可信的诗篇整理出来的。学者们意见分歧不曾解决的问题很多,这里所写大概按照笔者自己的研究和推测,不可避免地有些是主观的判断,留待学者们指正。

一

屈原姓屈,名平,字原。照古人的习惯,名和字是相应的,高的平地叫做原,所以他名平而字原。《史记》上说,他是楚王的同姓;楚王姓熊,他姓屈,怎样说是同姓呢?原来屈氏的始祖屈瑕是楚武王熊通的儿子（或者侄儿），称为莫敖王子的，他有一块封地在屈，屈本来是地名，后来便作为这一支王族分支的姓氏了。在古代，姓和氏是有分别的，严格说来，屈是氏而不是姓，熊也是氏而不是姓，论姓，他们都姓芈（音米）。

史书上说，楚是芈姓之国，意思是统治楚国人民的王族姓芈。历代相传的楚王都称熊氏，熊是王室的氏。在王室周围有许多王族的分支，对王室有或近或远的血缘关系，叫做"公族"，屈氏是楚国公族之一。

据古史传说，芈姓是祝融氏部落的八姓之一，他们的老根据地在河南郑地，所以原来也是中原的一个氏族。远在西周以前，这氏族被迫南徙，沿着汉水，到了湖北，他们开发了蛮夷之区，在生活上也同化于蛮夷。这一带的蛮夷，周人称之为荆蛮。楚的开国主熊绎就是荆蛮中间的芈姓君长，据说他曾经受过周成王的册封，在名义上承认了周的宗主权，其实是独立的。当初周人灭商，也只统一了北方中原之地，对于汉水、长江流域，力量有所不及。到周昭王起了侵略野心，大举南征，曾经引起了荆蛮、徐夷、淮夷这几个民族的联合反抗，昭王兵败，死在汉水。熊绎的后代熊渠，当周夷王时，吞并了江汉间的许多小国，占有今湖北全省之地。周宣王命召虎南征，楚国又被压迫；到周室东迁，楚又强大。在春秋初年，楚主熊通称王，就是楚武王，统治荆蛮民族的全部，建都于郢（今湖北江陵县）。从春秋到战国，楚愈来愈强大，消灭了周人在南方所建立的许多国家的统治政权，统一了汉水、长江流域，成为南方唯一的大国。到屈原时代，楚国已经有七百年的历史。

莫敖王子死后，历代的楚王就屈氏门中立一人做莫敖，继承爵位。打开楚国历史来看，屈姓的名人很多，如屈重、屈完、屈建、屈荡、屈巫等，或为莫敖，或为大夫，都在春秋时代。直到战国，屈氏的子孙兴盛，和昭氏、景氏并称公族中的三大姓。

屈原的父亲名叫伯庸（见《离骚》诗），他不像有政治地位，家庭也贫穷。因为屈原自己在《惜诵》诗里说过：

思君其莫我忠兮，忽忘身之贱贫。

我们对于《惜诵》那篇诗，看不出有伪作的成分，所以相信屈原是个贫贱出身的人。有人认为屈原是贵族，这是把公族和贵族混为一谈。固然多数贵族是公族，楚国的政权向来操在王子王孙和同姓宗亲手里，但是也还有别姓而有封爵的，所以贵族不等于公族。同时公族也不全是贵族，即以屈族而论，从屈瑕到屈原已经有五百年，子孙繁衍，不知道有多少人家，其中自然有贵显的，也有贫贱的。贫是经济上的贫穷，贱是政治地位的卑微。屈原的父、祖如果曾经服役于王室，可能只在卑微的职司。因此，照我们的判断，屈原除了他的姓是贵姓，他的家庭出身是同于平民的。至少他是出身于一个没落了很久的贵族家庭的。因此，我们也可以懂得他在《离骚》诗里把自己比做傅说、吕望、宁戚那班出身贫贱的贤臣，并非不合于他的身份了。

楚国的政治是贵族政治。在楚悼王时，政治改革家吴起到了楚国，他认为楚国的政治坏在贵族腐朽，官爵太滥，公族的给养费用太大，提出了改革的计划：要使封君的子孙，"三世而收爵禄"，就是说，爵位只给到第三代为止；要"明法审令，捐不急之官"；要"废公族疏远者，以抚养战斗之士"。悼王信任了他，一度实行新政，收到很好的效果。当时还使好些贵族远徙到地广人稀的地区去开发生产。结果贵族们痛恨吴起，到悼王一死，便围攻他，把他杀了。从这里可以知道，楚国的公族人家是由朝廷给予经济给养的，而疏远的曾经一度被汰削。屈原出身于贫穷的家庭，因此他富于平民思想，他接近人民。同时，他到底是公族子弟，是芈姓子孙，他是要对于王室尽忠忱的。他同楚怀王的关系不过是五百年前共一家，并不是亲近的宗室。他受楚怀王的特殊宠爱，是遭到专权的贵族们的嫉视和抑制的，他坚决和他们作斗争。这一切都可以从他的阶级成分得到解释。

　　屈原生于公元前三四〇年左右,至今学者之间还没有定论①。本文作者想贡献一个最近研究的结论,略去详密的考据和推算,只作简要的解释。《离骚》诗的开始说:

　　　　摄提贞于孟陬兮,惟庚寅吾以降。

这两句哑谜似的句子包含了诗人的生年、月、日。诗人的意思是说:"我生在摄提格之年,孟陬之月,庚寅之日。""孟陬"是夏历正月,"摄提格"是岁星纪年的名称。岁星就是木星,一名摄提。原来战国时代,还没有用干支来纪年的,那时的天文占星家有一种奇特的习惯,他们观察木星在天空中的位置拿来做纪年之用。木星在星空中绕行一周,约需十二整年,如果今年在正月和太阳交会,明年便在二月,十二年后又回到正月。他们把木星在正月里和太阳交会的那一年叫做"摄提格",我们可以把它翻译做"正年","格"的意义是"正"。所以屈原生在正年正月庚寅日。根据古代天文和历法的推算,他应该生在楚威王元年正月十四日庚寅,即公元前三三九年阳历二月二十三日。

　　木星是行星中间最明亮的一颗,古人把它称为岁星,并且看做尊贵的天神所凭依,岁星所照临的地域("分野"),五谷丰登,岁星所照临的月份也是吉月。楚国的宗教是原始巫教发展提高的,楚王族自认为颛顼帝和司天义官职的重黎氏之后,所以也最敬重天神。屈原生在正年正月,得天文之正,是吉利的,因而他的父亲给他取名叫"平",平的意义就是"正"。《离骚》:"名余曰正则兮",说明他父亲命名的意义。而屈原一生

_____

① 王逸注《离骚》,谓屈原生于寅年寅月寅日,邹汉勋、陈玚、刘师培三家推定他生于公元前三四三年(戊寅)正月二十一或二十二日。战国时代不用干支纪年,那个戊寅年是后汉人排定甲子年表时所逆推的,和岁星纪年不合,因为中间有岁星超辰。郭沫若据《吕氏春秋》的一个岁星纪年逆推,并计算超辰,推定他生在公元前三四〇年正月初七日庚寅,也略有差失。庚寅是初八,不是初七。我们据天文学实际推算,公元前三四〇年木星在虚危,不能称为摄提格之年。我曾经把战国秦汉间的岁星纪年作通盘考虑,得出一个结论:西汉年间的摄提格,木星在"星纪"(斗牛两宿);战国年间的摄提格,木星在"娵訾"(室壁两宿),夏历正月和太阳同宫。因此推定屈原生于公元前三三九年阳历二月二十三日,即颛顼历的正月十四日庚寅。照我的精密推算,那天的木星在室宿十六度,太阳在室宿十二度。

也把"平正有则""守正不阿"的精神作为立身处世的规律。

屈原的出生地点是楚国的都城,郢。西汉的楚辞家东方朔曾说:

> 平生于国兮,长于原野。(《七谏》)

"国"指国都,就是郢。屈原也把郢作为故乡,他在被放逐离郢时候说,"去故乡而就远兮""发郢都而去闾兮""去终古之所居兮",在那首《哀郢》诗里有三个地方指明了这事实。所以许多人认为他是湖北秭归县人,那是不可靠的,是后来的附会(始于北魏时人所作的《水经注》)。我们知道当时公族以屈、景、昭三姓为盛,称为"三闾",既称为闾,必有闾里,他们的居处应该在郢都,或在城里,或在郊外。以屈原的文学成就来说,他不生长在文化中心的郢都是难以想象的。屈氏始祖屈瑕的封地屈,不知在什么地方,不过自从武王、文王经营郢都以后,用情理来推测,那些王族的分支都搬到都城来居住了。

楚国自从春秋时代的成王、庄王开始,和中原交通,吸取中原的文化,已经不是蛮夷之邦了。屈原和孟子、惠施同时,那时候书籍流通,郢都是南方的文化中心。在闾里乡党里面,应该有宗庙,有教育公族子弟的学校(也许就在宗庙里面),我们可以想象幼年的屈原就在那里受教育,获得文化知识。从他后来的文学表现来看,他在早年必定在语言文字上用过很深的功夫。他的志气不凡,他也佩服古代特立独行的贤人:

> 嗟尔幼志,有以异兮。行此伯夷,置以为像兮。(《橘颂》)

他喜欢别致的服色,佩着一柄长剑,戴着一顶高冠:

> 余幼好此奇服兮,年既老而不衰;带长铗之陆离兮,冠切云之崔巍。(《涉江》)

这佩剑、高冠不像贫贱子弟的服饰,或者是古老的屈族的徽征,表示莫敖王子的后代,有显扬祖德的意义吧。

此外,他特别爱好花草。他住过郊外的原野。在郢都附近,靠着长江,有许多湖沼洲渚,"兰皋""椒丘",是少年诗人喜欢漫游的地方。后来他爬上政治舞台，到不得意时，还很想回来隐居：

> 步余马于兰皋兮，驰椒丘且焉止息；进不入以离尤兮，退将复修
> 吾初服。(《离骚》)

他对于植物的知识非常丰富；兰花、蕙花、申椒、菌桂、江蓠、辟芷、木兰、杜若之类的芳香植物是他特殊爱好的。那些东西在楚人的宗教里是用来歆献神明的，他喜欢这些是敬爱它们圣洁的品德。这些南国原泽的特产，在他的诗里出现得非常之多，结合诗人的爱国热情，他歌唱、赞美祖国的草木。

二

公族子弟得到王家的特殊教养，原来是要为王家服务的。尤其像屈原那样的优秀分子，由于才能的杰出，不久便被选拔了上去。他的才能，第一是"博闻强识"，知道的东西多，记忆力强；第二是"明于治乱"，懂得政治原理，有政治眼光；第三是"娴于辞令"，擅长文学修辞和外交语言。其时楚怀王熊槐在位，屈原在二十四五岁上，便任了"左徒"之职，位在大夫之列。这是一个高级文官，好像是王室的秘书长。由于怀王的特殊信任，他在内里起草法令，参议国家大事；出外宣布号令，接待外交宾客。他对于楚王有知遇之感，抱着无比的忠忱，幻想着远大的政治前途。

当时战国七雄，争城掠地，互相侵伐，无间断地在战争漩涡中。北方以齐、秦为强，南方以楚国为大。自从威王击破了越国以后，楚的疆域，西起长江三峡，东到东海；北边伸进到陕西、河南、山东的南部，南边有洞庭、鄱阳两湖之地。当初周人在南方所封建的许多国家，都已被楚人所覆灭。广大的人民就是当初强烈反抗大周民族主义的荆蛮、徐夷、淮夷等少数民族和商朝灭亡以后往南逃窜的商朝遗民，经过了六七百年，在芈姓王朝的统治下，融合成为一个大楚民族。他们早已从奴隶社会进到了封建社会，生产力得到解放和提高。长江流域的土地是肥沃的，物产是丰富的，吴起曾经说过一句话："楚国地多而民少"，如果统治者没有侵

略的野心,这样一个国家是可以康乐自足的。当时的国防力量,有"带甲百万,车千乘,骑万匹"。所以当屈原跑上政治舞台,正是楚国强大,大有可为之时;他高瞻远瞩,自有一番抱负。

第一,他反对穷兵黩武的侵略战争。他要引导楚王修明内政,任用贤能,效法古代圣王的"王道"政治。他说:

> 乘骐骥以驰骋兮,来吾道夫先路。

> 彼尧舜之耿介兮,既遵道而得路;何桀纣之猖披兮,夫惟捷径以窘步。

> 汤禹俨而祗敬兮,周论道而莫差;举贤才而授能兮,循绳墨而不颇。(《离骚》)

这是儒家一派的政治理论;虽然和孟子一样,他是唯心论者,处在凶恶残暴的混战混杀的时代里,劝导国君修德息争,是符合于爱好和平的人民的利益的。

第二,为了扫除弊政,他主张法治。

> 惜往日之曾信兮,受命诏以昭时;奉先功以照下兮,明法度之嫌疑。(《惜往日》)

第三,当时秦国最强,尤其有侵略的野心。楚威王曾经加入"合纵"联盟,以阻遏秦国。到了怀王即位,忽而伐魏、伐齐,忽而做六国盟长,没有固定的外交策略。秦惠王用张仪为相,决心要破坏六国联盟,并且派兵攻下了蜀国,在西边和北边两面威胁楚国。屈原是坚决主张和齐、魏联好以抵制秦国的;惟有这样,才可以保障楚国的安全。

这三点都很正大。怀王一朝是楚民族兴亡、成败的转折点,关系重大。可惜屈原空有远大的政治理想,敏锐的政治眼光,他得到怀王的信任,时期极短。他遭到同僚的嫉妒,贵族党人的仇视,敌国间谍的离间,终于被迫去职了。

《史记》上记载这样一件故事:有一位上官大夫妒忌屈原的才能,要夺取他的草稿,屈原不肯给他,他在怀王面前进了谗言,激起怀王的愤怒,把屈原疏远不用了。事实怕不是这样简单的,论屈原的才能和地位,未必就为了一件事情便站立不住;当时尖锐的斗争存在于他和"党人"之间。他说,"众女嫉余之娥眉兮",可知仇视他的不止一人。他要求国王修明法度,任用贤能,必定要和当权的贵族冲突。他所说的"党人",就是指当时贪婪专权的贵族和国王左右的佞臣那内外勾结的一党。当时公族三姓之中,要数楚昭王之后的昭氏,对王室亲近,权势也最盛;在宣王朝有煊赫一世的昭奚恤,在怀王初年总揽军政大权的是上柱国令尹昭阳,和屈原同朝的有昭睢①、昭过、昭鼠等。公族中间的宗派主义是存在着的,照我们推测,排击屈原最利害的就是昭氏贵党。到秦国派张仪来楚,施用离间计,昭睢和张仪密切勾结,对立的形势更其显然。张仪来楚,在公元前三一三年,这时屈原年二十七岁,怀王用张仪为相,决定联秦,屈原必定不安于位;所以他做左徒,前后不过两三年。

怀王听信张仪,说和齐绝交以后,秦国愿送给他商于之地六百里,决定断绝齐国邦交;及至绝齐以后,张仪回到秦国,便翻过脸来不认这笔账。怀王大怒,兴兵伐秦,打了大败仗,丢失汉中;他不肯罢休,再征大军伐秦,深入秦地,战于蓝田,又大败。韩、魏知道楚国空虚,也派兵南侵,趁火打劫,楚军狼狈退守。这两个败仗大大削弱了楚国的力量,从此以后,楚国东西受敌,一蹶不振了。

屈原卸任左徒以后,还做着"三闾大夫"的官职。三闾大夫是管理公族谱牒、主持宗庙祭祀、兼教育公族子弟的一个闲职。在这时期他开始了诗的创作。首先,他制作了一篇长诗叫做《天问》,在这里面他表现了对于古代神话和历史的广博的知识,也表现了他的怀疑和追求真理的精神。其次,他写作了一套祭神的歌曲,叫做《九歌》②,那是楚辞文学里突

---

① 单看《史记》,昭睢为联齐派人物,因此近人认为他和屈原是同派,刘师培甚至有荒谬的意见,认为他和屈原是一人。本文判断他是和张仪密切勾结的,从《战国策》的记载看出。排挤屈原最力的是昭氏贵党,也从昭睢和屈原同朝而一升一沉的现象上推论出来。

② 近人对《九歌》有各种分歧的说法,本文所提示的新意见是根据《汉书·郊祀志》谷永的话启发出来的。

出的、最优美的杰作。

楚国各地普遍地有祠庙,人们逢年过节,打鼓、吹箫、歌唱、跳舞,娱乐鬼神,祈祷风调雨顺,五谷丰登;这赛神的歌舞本来是人民的艺术。屈原吸取人民艺术的优秀成分,加工制造出许多篇达到抒情诗极高境界的宗教诗歌。他开始用"楚歌"的调子来写诗,开始接近了人民的语言。

> 悲莫悲兮生别离,乐莫乐兮新相知。(《少司命》)
>
> 心不同兮媒劳,恩不甚兮轻绝。(《湘君》)
>
> 沅有芷兮醴有兰,思公子兮未敢言。(《湘夫人》)

这样美好的抒情诗句,显然是从民间的情歌里吸收来的,充满着浓挚真切的感情。

> 帝子降兮北渚,目眇眇兮愁予。袅袅兮秋风,洞庭波兮木叶下。(《湘夫人》)

这是描写湘水女神降临在洞庭湖边的情景,这样灵活、美丽的形象在《诗经》里面是不容易找到的。缥缈的神仙姿态融合着南国山川的秀丽。我们要问,屈原写了这许多篇祭祀神仙的歌曲,是零篇应用到许多个祠庙呢? 还是集中应用在一个祠庙呢? 据说,郢都东郊外有一所东皇太乙祠,乃是祀奉天帝的庙。为祭祀天帝,有迎送各个神仙的歌舞,包括云神、太阳神、河神、湘水神之类。整套的节目由女巫或男巫的合唱队歌唱,配合着繁复的音乐,可能也有扮演在内,好像希腊酒神庙的歌舞,具有戏剧的雏形。东皇太乙庙有春秋两祭,可能名义上是由楚王主祭的,三闾大夫既然是管祭祀典礼的,他大概奉了楚王之命制作这些祀神的歌曲吧? 据汉朝人说,楚怀王大举伐秦,特别隆重祭祀天神的典礼,所以屈原的《九歌》里特别有《国殇》一篇,祭祀阵亡将士:

> 出不入兮往不反,平原忽兮路超远;带长剑兮挟秦弓,首虽离兮心不惩! 诚既勇兮又以武,终刚强兮不可凌。身既死兮神以灵,魂魄毅兮为鬼雄! (《国殇》)

诗人用悲壮的诗句唤起为国牺牲者的强毅的灵魂！怀王刚愎自用，大举伐秦，屈原本不赞成，所以我们也可以想见当他写《国殇》这一篇诗，他的心境是怎样得沉重了！

三

怀王伐秦失败以后，重新召用屈原，派他到齐国去重订邦交，这时他年二十九岁。秦国害怕楚齐联好，愿意送还汉中地的一半来讲和。怀王不愿得地，要求秦国把张仪交出来。张仪居然敢再到楚国，楚王把他囚了。但是他想法买通了楚王的嬖臣靳尚和宠姬郑袖，替他开释。等到屈原在齐国顺利地办好外交回来，楚王已把张仪放走了。屈原和怀王争论几句，很不愉快。他觉得怀王执迷不悟，反复无常，没有办法引导到善良的政治了，开始有离开郢都的意思。他说：

> 初既与余成言兮，后悔遁而有他；余既不难乎离别兮，伤灵修之数化。(《离骚》)

当时楚国的朝廷被一般贵族党人所把持，是非黑白不分。大家都在奔竞钻营。由于恶势力的蔓延，就是好人也都变成了坏人：

> 众皆竞进以贪婪兮，凭不厌乎求索。
>
> 兰芷变而不芳兮，荃蕙化而为茅；向昔日之芳草兮，今直为此萧艾也！(《离骚》)

惟独屈原，他不肯和他们同流合污，宁可出外流亡而死：

> 宁溘死而流亡兮，余不忍为此态也！鸷鸟之不群兮，自前世而固然，何方圆之能周兮，夫孰异道而相安？(《离骚》)

他看到国家的危难，曾经有好几次直谏君王，触犯怀王的愤怒，他并不懊悔：

> 阽余身而危死兮，览余初其犹未悔。虽体解吾犹未变兮，岂余

心之可惩！(《离骚》)

无奈怀王对他情意益疏，同从前重用他的时候，态度完全两样。君臣之间，距离愈来愈大，他不能不自求引退了：

何离心之可同兮，吾将远逝以自疏。(《离骚》)

想到天下之大，九州各国，难道像他那样的贤才，不能够在外得志吗？但是，他不忍离开祖国。那么，到边远的地方去，或者退而隐居？四面八方的念头都转到，在极度的烦闷里，他写下了长诗《离骚》，尽情倾吐他内心的苦闷。

《离骚》是哪一年写的呢？不容易确定。从诗里面的提示，是在诗人刚到壮年而又忧虑着老的来临，这样，在三十岁到三十五岁上都还适合。为了叙述史事的方便，我们假定屈原在三十岁的正月生辰开始写作这篇自叙的长诗。这是在公元前的三一〇年。

"离"是离别，"骚"是歌曲的名称①，"离骚"就是"离歌"。以形式而论，还是从巫歌的形式推进加长，成为长篇的独白抒情诗。他从自己的家世、生辰讲起，说到他的政治主张和政治斗争。有好些部分还保留着宗教诗的色彩，例如由于精神苦闷，在种种矛盾冲突里，诗人歌唱着上天下地的精神追求，确乎是神秘的。但是，从《九歌》到《离骚》，诗人屈原的发展过程已经是从纯粹的宗教诗到政治诗的道路。尤其可宝贵的是他歌唱出人民的苦痛：

长太息以掩涕兮，哀民生之多艰。(《离骚》)

我们在上面说过，除了他的姓是贵姓以外，实际上他是出身于贫穷的家庭，从下层爬上来的。因此他深切了解被压迫阶级的苦痛，而这里的"民"字也包括他自己在内的。他抱怨国王不顾人民的意志：

怨灵修之浩荡兮，终不察夫民心！(《离骚》)

---

① 游国恩解释《离骚》即"劳商"，通是曲名。我意离是离别，"骚"才是曲名，可能是巫曲的一种。《大招》里面的"劳商"，"劳"是曲名，参看上下文，"商"怕是动词，作"清扬其声"解，不宜连读。

他从历史观察天道，凡是不顾民心的统治政权是不能久长的：

> 皇天无私阿兮，览民德兮错辅；夫维圣哲之茂行兮，苟得用此下土。瞻前而顾后兮，相观民之计极；夫孰非义而可用兮，孰非善而可服？（《离骚》）

他说，天帝是没有偏袒的，挑选人民中间有德行的帮助他成功。只有聪明睿智的君王能够享有国土。前看往古，后顾将来，总要替人民打算，哪能不义而成功，哪能不善而服人呢？他用这样激切的言论来警告国王。他这种议论并不单为楚怀王而发，他要把他的历史哲学的真理写在他的不朽的诗篇里。《离骚》在祖国文学史上是空前的第一首长诗，也是屈原的代表作。

屈原是信仰宗教的，他信仰天道。他用怀疑和追求真理的精神研究古代的神话和历史，他重新肯定了天道，他认为天命是本乎民心的。上帝决不违反人民的意志，违反人民的意志的统治者是违反天帝的意志的。他认为他所觉悟的道理是极其正确的，极其忠诚的，他所说的，他所做的，是忠诚于天帝，忠诚于国君的。接着《离骚》的制作，他再写下一篇《惜诵》，重复申明他离开国君，离开郢都的决心，他指着上天来印证他的忠心：

> 所非忠而言之兮，指苍天以为正。（《惜诵》）

就在那一年，他离郢都出发，沿汉水而上，到了汉北：

> 有鸟自南兮，来集汉北。（《抽思》）

好像飞鸟似的离开了故乡。他日夜关念着朝廷，写作《抽思》：

> 惟郢路之辽远兮，魂一夕而九逝。（《抽思》）

他发挥了没有耕植没有收获的哲理：

> 善不由外来兮，名不可以虚作；孰无施而有报兮，孰不实而有获？（《抽思》）

这是很可宝贵的至理名言,直到今天还值得我们反复诵读,深刻体验的。

按照楚国的地理,所谓"汉北",在郧阳、浙川一带,北面正靠着秦国商于之地,是楚的北边境。那边正遭遇过两次兵灾,屈原不像是跑去隐居的。而且屈原在王朝是大夫的职位,他的进退也不能完全自由,必须得通过怀王。看来是经过几次谏诤,怀王不能用他,而且也憎厌了他,有意把他外放。所以屈原的离郢,一半是自愿,一半是被迫。大概他是带着三闾大夫的官衔,到那边去办理地方事务,充任县邑大夫吧。这是屈原在怀王朝的一次迁谪。

屈原离郢以后,楚国的朝政更加混乱了,尤其是由于国防的力量削弱,外交处于被动的地位,没有远见的固定的政策。首先,因为秦武王把张仪赶到魏国,昭睢也转移方向,主张联齐。秦武王死后,秦昭王立,要求和楚国结好,楚王贪着小利,又违背了对齐的盟好,这样招来了齐、韩、魏三国联军讨伐。怀王不得已,派太子到秦国去作质,讨救兵来把围解了。太子在秦国闯下一头祸事,私自逃回,于是秦国借端开衅,联合齐、韩、魏,联军分路进攻。这时昭睢和昭鼠带领重兵驻在汉北和汉中,他们互相观望,不肯主动作战,把在前线苦战的唐昧将军牺牲了。此后三年,秦兵继续不断地往南侵略,接连有残酷的战争。怀王没有办法,派太子到齐国去作质,乞求盟好。

屈原在汉北住了几年,在这样的兵荒马乱里,他是不能安居的;而且兵权掌握在他的敌党昭氏贵族手中,他也无能为力。在这战乱中间,他从边疆上被召回来。公元前二九九年,秦国又出兵攻打楚国,掠夺了北境的八城。秦昭王责备楚怀王背却前盟,一半欺骗一半威胁他,要求他到武关去再开和平谈判。其时屈原在郢,他进谏怀王,劝他不要入秦。他说:"秦,虎狼之国,不可信,不如无行!"可是怀王拿不定主意,惧怕强秦,终于听了庶子子兰的怂恿,进到武关。一到武关,秦将把他劫送咸阳。因为他坚决不肯答应割地的苛刻条件,竟被秦王扣留不放。

这时楚国朝廷无主,一部分臣子要拥戴子兰,昭睢跑到齐国去把太子弄回来立了,叫做顷襄王。新王即位,请子兰做令尹,昭睢做相,他们两人素来和屈原不合,在新王跟前毁谤了他,于是顷襄王决定把屈原放逐到大江以南。

这里面是有阴谋的。从老王入秦到新王即位这混乱的阶段里,政治斗争必定很激烈。子兰是怀王的宠儿,也许就是宠姬郑袖所生,他怂恿父亲入秦,闯下大祸,先就不利于众口。屈原也发过激烈正直的言论,中伤了他。昭睢专政多年,忽而联秦,忽而联齐,反复数次,把楚国弄到这般地步,也为大众所不满。当时朝廷的清议派必定攻击这两人。所以楚国虽然无君,子兰在郢而不得立。昭睢精通权谋策略,知道自己不立一个大功,便站立不稳,所以偷偷地跑到齐国,把太子弄回来了,于是挟君以自重。他办这个交涉,许了齐国许多好处,他决不肯让对齐外交的能手屈原跑去的。朝里有君,贵党蒙蔽一切,假借王命办事;朝里无主,纷纷攘攘,清议派抬头了,而屈原俨然是清议派的领袖。既然齐国放回太子,对楚有恩,以后对齐的外交成了国家要务,这样,屈原有被重用的可能;惟其如此,多年来的政敌昭睢不能不想法把他早早弄出去了。这回政治斗争的结果,进步力量依旧被贵党压了下去。据我们的推测,被放逐的怕也不止屈原一人。

所谓"放逐",到底是怎样性质呢?不像后来的"充军发配"似的;有两种可能性。一是放外官。例如汉朝的汲黯,汉武帝要他做淮阳太守,他对人说:"这是不用我参议朝政,把我弃逐到外郡了。"屈原放逐到江南以后,他写过一篇《哀郢》,他说:"信非吾罪而弃逐兮",用的就是"弃逐"两字。二是合族迁徙,好比移民似的,这是对贵族严厉的责罚。例如郑国破了,郑襄公出降,他对楚庄王说:"就是君王要把我们迁到江南去,我们敢不听命吗?"又如郑袖对楚怀王说:"你要得罪秦国,先罚我们母子迁到江南去,免得遭秦人鱼肉。"所以大江以南,向来是楚国安置移民和迁谪罪臣的地方。上面我们也说过,楚悼王时,吴起要使有些贵族搬出都城,往地广人虚的地方去开发生产,这也是移民政策,大概还分配土地给他们的。屈原的放逐属于哪一种性质,史书上没有说得明白,我们也难以确定。总之,这一次敌党给他的迫害远比怀王朝的迁谪要严重。屈原全家搬出郢都,和大批移民同行。如果他还衔着王朝的使命,那么就是办理移民事宜,带领这些移民到大江以南去安置。

由于秦兵三次入寇,楚的北境普遍地遭受蹂躏,丢失了许多城市,因而人民纷纷南迁。顷襄王元年(公元前二九八),秦又来攻,汉北有大战发生,楚军死亡五万,析十五城(河南邓、内乡县一带)同时沦陷,又有大批流亡者沿汉水南下。郢都附近,人口激增。加以打了败仗以后的横征暴敛,人民不胜其苦,因而居民迁动得很多。屈原离开郢都,是和大批移民同行的。他在诗里写道:

> 皇天之不纯命兮,何百姓之震愆! 民离散而相失兮,方仲春而东迁。去故乡而就远兮,遵江夏以流亡,去国门而轸怀兮,甲之朝吾以行。(《哀郢》)

意思是说,天不佑楚,是国君不修德所致,但是上天震怒的结果,灾祸却加在人民头上了! 天啊! 你为什么责罚人民呢? 多少人无家可归,我也在仲春二月的一个甲日的清晨忧伤地离别国都,往东搬家了。

他坐着船恋恋不舍地回望都城,想到入秦不返的怀王,再不能够见到了;望见那些高高的楸树,想到从此以后便离别了故乡,禁不住眼泪像雨点似的掉了下来:

> 楫齐扬以容与兮,哀见君而不再得。望长楸而太息兮,涕淫淫其若霰。过夏首而西浮兮,顾龙门而不见。(《哀郢》)

沿长江往东,到了夏口,暂时停留下来;他登洲眺望,离郢已经很远。这里是一片平原,人民安乐,风俗淳美。祖国是这样的可爱啊,如何能够让外族侵凌呢!

> 背夏浦而西思兮,哀故都之日远。登大坟以远望兮,聊以舒吾忧心。哀州土之平乐兮,悲江介之遗风。(《哀郢》)

最后,他到达了流放的地点陵阳(在今皖南的青阳、贵池、宁国、绩溪一带),住了下来。这是屈原在顷襄王朝的被放逐,我们假定在顷襄王的元年(公元前二九八),他年四十二岁。

四

屈原在陵阳住着,至少住满了九年,没有复官,没有回郢的希望。他写作《哀郢》①一篇,追叙他出都东迁的情况。此外他还写过些什么,我们不能知道。楚怀王悲惨地死在秦国,后来归葬郢都,有人认为《楚辞》里面《大招》一篇也是屈原的作品,招怀王的魂的。此外,还有《招魂》这一篇,有人也认为是屈原忧伤成病,写这篇文章来自己招魂的。这两篇虽然都是艺术价值极高的长篇杰作,多数学者认为是景差、宋玉的作品,所以我们不详细讨论了。

屈原的作品必定有散失的,他的生活也留下许多空白。我们知道他离开陵阳,年纪已经五十开外;还佩着那柄长剑,戴着“切云”高冠,在秋末冬初的西风里,徘徊眺望于鄂渚(武昌)江边。受着法令的限制,他不能跨越到江北,也不能回郢。他沿着长江而西,穿过洞庭湖边,坐船往沅水上游进发;经过辰阳(辰溪)到得溆浦,已经是严冬气候了。就在溆浦山中住了下来,他写作了一首《涉江》诗,追叙旅途情况。这儿有一段很好的描写:

> 入溆浦余儃佪兮,迷不知吾所如;深林杳以冥冥兮,乃猿狖之所居。山峻高以蔽日兮,下幽晦以多雨;霰雪纷其无垠兮,云霏霏其承宇。(《涉江》)

今天的湘西,在二千三百年前,属于楚国的黔中郡。那边是称为“五溪蛮夷”的少数民族所杂居,在楚悼王时起始开发,设立了几个县邑。他到这僻远的地方,是移居呢,还是有什么使命,诗里面没有说明。黔中郡的北

---

① 王夫之解释《哀郢》首段,认为是白起攻破郢都,楚国东迁情况。这是在公元前二七八年的史事,如果这时屈原还活着,并且又过九年,那么年在七十以上了。这是不可能的。推寻史实,汉北沦陷十数城后,必有人民迁移情况,本文提供此见。

面是巫郡,这两块地方,和秦兵所占领的蜀国相邻接,一直是秦昭王所垂涎欲得的。当初楚怀王宁死而不肯接受的苛刻条件,就是割让这两郡归秦国。想不到现在怀王的老臣屈原被驱逐到这边郡来了。

他就在这僻远的地区住了下来,想到自古以来的忠臣贤士,遇到昏君,没有不被冤屈迫害的,他相信自己的正直:

> 苟余心之端直兮,虽僻远其何伤?(《涉江》)

他观看"刀耕火耨"的劳动人民,想起"民生之多艰"的诗句,他愿意和田野父老们生活在一起,从前不是有一位接舆,自己剃光头发,有一位子桑伯子脱却衣冠,赤条条地来往吗?所以他也愿意在这里终老了:

> 余将董道而不豫兮,固将重昏而终身。(《涉江》)

但是屈原并不能在湘西终老,那个地方很不安定,是敌人所不肯放松的。屈原知道这危机,他又有什么力量呢?不知道为了什么事情,在某一年的孟夏四月,他从湘西出来,经过长沙,再往北走,竟投身到汨罗江里自杀了。奔流不息的滔滔江水成就了他早时就怀抱着的"伏清白以死直"的那个坚定的意志。在自杀以前,他写下一篇《怀沙》诗。有人说,屈原是个众醉独醒的人,因为愤世嫉俗而自杀的,《史记》上说他不愿意在浑浊的世界里偷生,宁可葬身于江鱼的腹中,这样把他自杀的动机完全解释做脱离群众的清高思想,是和《涉江》诗里"固将重昏而终身"的话矛盾的。他的自杀应该有政治原因。照我们的推测,不外乎下面两层。第一,他和贵族党人奋斗一生,有宁死不肯屈服的志节。他在《怀沙》诗里又提到他们,痛骂他们"变白以为黑",倒上以为下,比喻做一群咬人的疯狗。虽然他被放逐在外,他们对他始终不曾放松。这回他往北走,或者更有迫辱他的命令,是他所不能忍受的。他说:

> 定心广志,余何畏惧兮?知死不可让,愿勿爱兮。(《怀沙》)

"爱"就是爱惜生命的意思。第二,当时楚的死敌是秦,但是顷襄王认贼作父,甘心做强秦的尾巴,往齐侵略。楚国的统治阶层都只知道苟且偷安,争权夺利,惟有众醉独醒的屈原警惕着这严重的局势。他原先有政治抱负,可以担当大事,到了此刻,好比一辆载重的大车陷在泥坑里不能自拔了:

> 任重载盛兮,陷滞而不济。(《怀沙》)

他眼看秦兵快要来了,祖国快要沦亡,芈姓的统治政权旦不保夕,而广大的人民也要遭受更深的苦难,为了爱祖国、爱人民的灼热的心肠,悲观失望而自杀的。

我们考查历史,在公元前二八〇年,当楚顷襄王的十九年,秦国的司马错征调陇、蜀两地的大军从西边攻打楚国,黔中郡的大部分沦陷了。屈原的自杀应该在这一年稍前,或者就在这一年上。那么他死时的年龄也快近六十了。再后两年,秦将白起从北面攻进楚国,拔取郢都,焚烧楚先王的陵墓,楚国迁都到陈(今河南淮阳县),这样大的变故,屈原未必见到了。

屈原是有矛盾的。他是公族出身,对于楚国统治者的宗庙社稷,有保卫的责任感,他和王室休戚相关,他是要维持芈姓统治的。同时他看到这统治政权和人民之间的矛盾;他殉身在这矛盾里。楚国的政治是落后的贵族专政到了腐朽的地步,秦国自从商鞅变法以来,推进了政治和军事,也增强了侵略性,楚国命定地要灭亡。他看到这矛盾,他殉身于这政治落后的祖国。他的自杀是芈楚王国的悲剧。

屈原死了以后,芈楚朝廷放弃了它的老根据地,放弃了广大的荆楚人民,让他们被强寇蹂躏;迁移到当初是徐夷、淮夷的根据地,做成一个东方国家,但也只延长了五十多年寿命,终于为秦国所灭掉。秦灭楚以后,加深压迫楚地的人民。楚国的文化被摧残,大批的文物和史料化为灰烬了。但是,人民的力量是潜伏着的,秦帝国的专制统治不过十五年,强烈反抗它的是楚地的人民。农民革命的英勇领袖陈胜、吴广是楚地的人民,争夺江山的项羽和刘邦也都是楚人,那时候有"楚虽三户,亡秦必楚"的预言,足见楚人是怎样仇视秦人,而秦灭楚以后,怎样对楚人加深压迫了。到刘邦建立汉朝，楚的文化重新发扬起来，大诗人屈原的作品被湮没了多年，到这时它重放光明了。

公元前一七六年，汉文帝朝的少年博士贾谊迁谪到长沙，他经过汨罗江，投文吊祭屈原，表示他的景仰和同情心。在汉武帝朝，有淮南王刘安，他住在楚的故都寿春（今安徽省寿县），他热心收集屈原的诗篇，替《离骚》做了评赞解说，把它比美于《诗经》。大史家司马迁也到过长沙，到过汨罗，他特地在他的伟大的《史记》里加入这位诗人和政治家的传记。许多的文人摹仿屈原的制作。"辞赋"文学在汉朝占文坛的领导地位。所以，这位伟大的诗人是在他死后一百五十年，才得到他应得的荣誉的。

世俗相传，屈原死的那个日子是旧历五月五日端午节①。赛船竞渡的风俗是起源于汨罗江边的人民拯救屈原的，称为角黍或粽子那个食品是用来吊祭屈原的。五月五日原是一个古老的节日，和屈原不相干，这些风俗事物的起源借重了这位大诗人的名望得到意义深长的解释，虽说是无稽之谈，也可见三闾大夫的遗爱永久地留在人民心里了。

（清华大学中国文学系编《祖国十二诗人》，1952 年）

---

① 屈原死在夏天，未必是五月五日。五月五日是古代旧有的节日，也有些忌讳和风俗。《史记》说孟尝君生于这一天，父母以为不祥可证。

《三国演义》的虚与实[①]

　　折戟沉沙铁未销,自将磨洗认前朝。

　　东风不与周郎便,铜雀春深锁二乔。

　　这是晚唐时代诗人杜牧的《赤壁》绝句。赤壁之战是历史上有名的一仗,这首短短的绝句也是唐诗中间有名的。当时曹操统领了号称八十余万水陆大军,占据荆州,追击刘备,威胁东吴,他的雄图大略,自然在于削平天下,决不是为了铜雀台上缺少两位江南美人。诗人的设想是无中生有的,不合乎历史事实的。不过历史是历史,诗是诗。诗有诗的艺术,有诗的真实性。那一仗是周瑜侥幸成功了,要不然的话,东吴的生灵涂炭,连他自己的妻室被抓到铜雀台去也是完全可能的。通过"铜雀春深锁二乔"这样一个鲜明的形象,把当时东吴的危机和周郎侥幸成功的这个历史事实着重表现出来,是这首短诗的艺术创造。

　　这里我们想到《三国演义》这部书。"孔明用智激周瑜"那一回书,似乎是得到杜牧诗句的启发的。诸葛亮劝周瑜不必劳师动众,只要肯把大乔小乔献给曹操,曹兵百万之众便可卸甲卷旗而退,并且他假装不知道大乔小乔是谁,还把曹子建的《登台赋》增改了字句作为证据,特地用来

---

① 题目是浦汉明先生所加。本文据手稿抄录,原作于一九五三年,未刊布。

激恼周郎。好像不这么一激,周瑜还没有拒曹的决心似的。这些都是小说家凭空杜撰,完全无中生有,不合历史事实的。不过历史是历史,小说是小说。小说和诗密切地接近,都是艺术的创造。那一回书尽管是无中生有,却把诸葛亮和周瑜的两个典型性格表现得很真实。《三国演义》的源头很古,最早在晚唐时代已经有讲述三国故事的通俗说书,所以我们决不定是说《三国演义》由于杜牧诗句的启发添造出这段情节呢,还是杜牧听过通俗说书偶然用来作为诗的典故呢,两方面都有可能性,且不必管它。我们借用这个例子来说明小说和诗歌的密切接近和血肉通连。长篇小说,按照文学理论,属于大型史诗这一类型;小说是散文体的史诗。

必须分别,《三国演义》不是历史书而是历史小说。如果一一对证历史,不符合史实的部分很多。前人批评过这部书说“七实三虚”,七分是真人真事,三分是虚构的。照我们看,虚构的部分决不止三分,就是连真人真事的部分也是经过文艺性的改造的。与其说“七实三虚”,不如说“三实七虚”,更其恰当。越是虚构的部分,文艺价值越高。拿赤壁战争来说,这一仗的描写从头至尾用了整整八回书,写得紧张生动,有声有色,极其精彩的。如果对证历史,三分是实,七分是虚。黄盖献诈降计是实事,苦肉受刑是增设的;阚泽实有其人,密献诈降书是虚;东吴定下火攻计是实,主要出于黄盖的计谋,诸葛亮和周瑜斗智是虚。诸葛亮借箭、借东风更是虚。蒋干偷书和庞统献连环计都是虚。人物是真,事情是假。苏东坡《赤壁赋》说曹孟德“横槊赋诗,固一世之雄也”,这是形象化的语言,概括了曹操的精神面貌,可是赋什么诗,怎样横槊,没有交代。《三国演义》就更具体地描写这个形象。曹操正唱着他的得意的“对酒当歌,人生几何”的那篇《短歌行》,而且一横槊便把个刘馥刺死了。刘馥实有其人,而且确实死在建安十三年,正是赤壁之战的那一年,可是谁知道他死在曹孟德横槊赋诗的当儿呢? 小说家信手拈来,不可相信,但也无法批驳,妙在虚中有实,实中有虚,捏合得情景逼真。

《三国演义》是把三国时代的战争作为题材的历史小说。我们可以把《三国演义》称为历史小说;它是中国古典的民族形式的历史小说,和世界文学里的所谓历史小说有性质上的差别。欧洲的长篇小说产生在资本主义社会,是个别作家的文艺作品,内中有把某一个历史时期作为背景,用大部分虚构的人物故事来充实描写这个时期的社会生活的,叫做历史小说。我国的历史小说产生在封建时代。有通俗说书业者,约略根据史书,对人民大众讲说历史上的战争故事和英雄人物,讲说某一个朝代的兴亡始末;原来是口头的文艺创作,以他们的累代相传的讲说底本称为"话本"的东西,通过文艺作家的加工编写,产生了大批演义小说。《东周列国志》《三国演义》《隋唐演义》等等,都属于这一类,向来被称为演义小说的,按照它们的内容,可以叫做历史小说。它们是民族形式的历史小说。这类东西有点像欧洲中世纪流行的历史传说和英雄故事书,同样渊源于人民口头创作,同样是封建时代的文艺作品。《三国演义》的作者罗贯中,生活在元末明初(约一三三〇至一四〇〇),是一位伟大的通俗文艺作家。三国故事的流传到了他的时代已经有五百年的历史,他继承了丰富的民间文学遗产,再参考了史书里的材料,编写成这部历史和文艺融合得恰到好处的天才杰作,在演义小说中是一部典范的、最成功的作品。

晚唐诗人李商隐在《骄儿诗》里描摹他小孩的淘气情况,有"或谑张飞胡,或笑邓艾吃"两句诗,可见在晚唐时代三国故事已经普遍流行了。《东京梦华录》记载北宋首都汴京(今开封)的"京瓦伎艺"中间有"霍四究说三分,尹常卖五代史"。京瓦是京城的瓦市,热闹的人民市场,活跃着各色各样的大众化的娱乐杂伎。霍四究不知是何等样人。"常卖"是京都的俗语,指在街头叫卖小商品的,大概讲五代史的尹先生曾经是这样一个行当出身的。由此推想,霍四究也不会是怎样博雅的人物吧?从记载,北宋的汴都和南宋的都城临安(今杭州)里,演说史书的名家有孙宽、李孝祥、乔万卷、许贡士、张解元、张小娘子、宋小娘子等。这里贡士、解元等称呼不是真的科举上的身份,乃是社会上对于一般读书人的美称。演史家要按照史书编造故事,其中尽些有相当学问的读书人,不过这班读书人必定是穷得可以的,在科举上断了念头,不想往统治阶级手里爬了,他们转向〔为〕(编者注:原脱字)人民大众服务,坐在茶馆里说古书了。这样他们把掌握在封建统治阶级手里的历史知识搬运给人民,同时结合人民的道德标准批评了历史人物,结合人民大众的艺术创造能力把历史事件越发故事化了。在说书界中还有和演史家并立的"小说"家,讲说传奇、鬼怪和反映社会现实生活的短篇小说的,这派的说书艺人捏合故事的本领更高,不像演史家的一定要依据史书,带点书卷气的。这派的有名艺人中,有故衣毛三、枣儿徐荣等,从他们的称号可以推想他们的阶级出身,大概是卖过旧衣服,开过枣儿铺的。总之无论读书人也好,做小买卖出身的也好,他们现在同属于一个阶级,就是在市场里说书讲故事的伎艺人。讲说的是他们,编造话本的也是他们。他们属于小市民阶级,处在社会下层,是被压迫者,是老百姓。他们的口头文艺创作,主要反映市民阶层的思想意识。不过在都城里活跃的说书业者,原是从各个城市里集中得来的,说书业普遍于全国,普遍于城市,也深入到农村。说书的是走江湖卖伎艺的,他们接近广泛的人民大众,所以他们的文艺创作合乎人民大众的口味,反映人民大众的愿望的。封建时代有两种文化,一种是封建统治者的文化,一种是人民大众所创造的文化。说书艺人的口头创作集中表现了人民大众的文艺创作才能,从这里成长出民族形式的小说,替施耐庵、罗贯中、吴承恩、吴敬梓、曹雪芹的文艺天才开辟了广阔的道路。

宋代说三分的话本可惜没有能够流传下来。我们所看到的最古的三国故事的话本是元刊本《三国志平话》。书分三卷,上面是连环图画式的插图,下面是话本的本文。我们可以看到老百姓所创造的三国故事,是生动灵活的,可是仅具轮廓,缺乏细致的描写。三国故事经过多少人的讲说,若干代的创造,面貌未必相同,这不过是某一时期的某一种本子罢了。那些话本本来是简陋的,留出供说书者铺张增饰的地步,从师父传徒弟,徒弟再传徒弟,各有巧妙,各有创造,不可能完全记录下来。在元代戏曲文学里,涌现出好些三国故事的剧本,这些剧本帮助增加三国故事的情节和三国人物的性格刻画。罗贯中总结了这笔丰富的文艺遗产,重新创造,重新考订史实,在不违背历史事实的原则下进行文艺创造的工作。三国故事到了他的手里,才成为完整的杰出的文艺读物,比之元刊本《三国志平话》大不相同了。

宋人笔记说:"讲史书者,谓讲说《通鉴》、汉、唐历代书史文传兴废战争之事"。"讲史"一称"演史",各人标榜一部正史,有讲《汉书》的,有讲《三国志》的,尽管讲得很野。"演义"就是演说大意的意思。讲史家的话本,叫做"平话"或者"演义"(在当时,它们不叫做"小说","小说"指短篇故事)。《三国演义》的正名应该是《三国志演义》。嘉靖刊本《三国演义》题书名作《三国志通俗演义》,里面标题:"晋平阳侯陈寿史传,后学罗本贯中编次"。陈寿的《三国志》就是二十四史里的正史。其实《三国演义》和陈寿《三国志》根本是两部书,性质完全不同。所以这样标题的原因,一是说明这部小说的史料依据,一是还要抬出正史来希望见重于知识阶级。还有一个重要的原因是罗贯中确实在史书里用过一番工夫,做了史书材料和人民口头创作双方融合统一的重编工作。他把向来话本中间离开历史事实太远的部分删去了,并且根据史实的轮廓添加文艺性的描绘。因此《三国演义》获得了所谓"雅俗共赏"的优点。

罗氏原本二十四卷,共分二百四十节,每节用七言单句标日。我们通常阅读的《三国演义》,分一百二十回,以七言或八言两句标目,是清初人毛宗岗的评定本。毛本基本上是罗贯中的原著,只有细节的修改和语文上的修饰,那些修改是有更求完善的企图的。新近作家出版社印行的《三国演义》就是大家熟悉的毛宗岗的修改本。

(浦汉明据浦江清 1953 年手稿抄录)

在《琵琶记》讨论会上的发言①

在第二次讨论会上的发言

（一九五六年六月二十九日）

对于《琵琶记》，我没有比较深入的研究，同时到会匆忙，还没有来得及阅读本会所印发的参考文件，没有很好的作发言准备，只是想到什么就谈什么。

从会里印发的材料，知道对于《琵琶记》的估价与看法，意见分歧，归纳到十六种不同的意见，从全部肯定到全部否定都有。首先我表明我自己的态度，我对于《琵琶记》这个剧本是肯定的。我是研究古典文学和文学史的，对于这样一部古典文学的名著，称为"南曲之祖"的《琵琶记》，无形之中有所爱好。我们中国有悠久的历史文化，就是以剧艺的历史和戏曲文学的历史来说，都是很悠久的。元人杂剧像关汉卿、王实甫的剧本都是文学名著，可惜王实甫的《北西厢》原作，现在不能歌唱演出了。现在昆剧里面有《训子》《刀会》，还歌唱着关汉卿《单刀会》这个剧本中的二

---

① 《琵琶记》讨论会由中国戏剧家协会发起组织，1956 年 6 月 28 日到 7 月 23 日在北京举行，参加者有首都文艺、戏剧界人士及上海、广州、杭州、重庆、青岛、武汉等地的专家，其间举行讨论会七次，学术讲演一次。会议发言及讲演后收入《剧本》月刊编辑部编辑的《琵琶记讨论专刊》(1956 年 12 月人民文学出版社出版)。

折。此外尚有《西游记》杂剧的一二折在昆剧里保存。由于"百花齐放"的正确方针，我们在地方戏曲中发掘出不少古典的、优秀的剧本，像《琵琶》《拜月》等都是十四世纪的文学名著，今天还能在剧坛上演出，是很可宝贵的，使我们欢喜兴奋。从《琵琶记》故事流传在民间算起，到今天有七百年的历史，就是从高则诚改编成为这部文学名著算起，也是五百年了。高则诚这位作家，后于我们今年纪念的印度戏剧作家迦梨陀娑几百年，可是在莎士比亚以前二百年。

我看到湘剧《琵琶记》的演出，很能欣赏，演员的艺术是可以佩服的。湘剧《琵琶记》是高腔戏，用高则诚原本的曲词很多。当高则诚写作《琵琶记》时，昆腔还没有起来，南戏有余姚腔、海盐腔、弋阳腔等。高腔大概是承继弋阳系统来的，我想，很接近于高明时代南戏演出的精神面貌。

高明的《琵琶记》是就当时民间流行的一个南戏，名为《赵贞女、蔡二郎》的剧本改编的。原来那个剧本是写蔡伯喈中举以后，背亲弃妻，后来遭天雷轰死的。这剧本与《王魁负心》同是南戏中间最早的剧本。在宋代科举盛行，知识分子有平步上青云，爬上统治阶级以后，接近势利，忘弃本根，做着不孝不义的事的。同时也有权贵们拉拢新进士，招赘女婿以培养自己的势力的这种事实。这类民间故事的产生反映这个社会现实。蔡二郎不知是谁，有人认为指说牛僧孺之婿邓敞，有人认为指说王安石之婿蔡卞的。假如真是蔡卞，雷轰死也是应该的。南宋时期的人民最痛恨蔡京、蔡卞。不过这都是后人的考据与推测，这类有现实意义的典型故事，不必坐实指哪一个真人真事。我想蔡二郎原不是蔡邕，由二郎到中郎，从蔡中郎变成蔡伯喈，以讹传讹，作为《琵琶记》中人物。蔡邕是后汉时代的一个大文人、笃孝的贤士，原无背亲的故事。不过故事的讹为蔡伯喈实在很早，陆游听到过农村中的说唱盲词已有"死后是非谁管得，满村听说蔡中郎"的慨叹。这个民间故事虽然很好，但是不免诬蔑了一个历史人物。因此到高氏手里，便把情节改换过来了。

文人吸取民间文艺的精华，加以艺术加工，对于荒诞不经违背史事的事，往往是要删改的。例如《三国志平话》有司马断狱一段，刘关张到太行山落草的事,中间也很有人民性的因素,因为荒诞不经,所以罗贯中把它删去了。高明改编《琵琶记》,有两条路可走,一条路是按照原来情节,把蔡邕的名字改去,尽管让他雷轰;另一条路是不愿厚诬古人,把蔡邕改成正面人物,如现存的剧本。因为这个剧本流传已久,他也弄不清楚,原来蔡二郎不是蔡邕,所以走了后面一条道路,把"三不孝"改为"三不从"。我认为高的改编是成功的,吸取民间文艺的素材,大大提高了它的文艺价值。第一,他采撷民间文艺的优秀部分,加工创造了为人民所喜爱的赵五娘、张广才的形象。第二,改造的蔡伯喈也成为一个典型形象,着重描写他的在丞相府里被迫做赘婿的内心苦闷。第三,运用场面变换的技巧,以牛府的富贵生活与蔡家的苦难生活作强烈的对照,深刻暴露阶级矛盾。第四,高明地运用文学语言的功夫很深,全剧极富于抒情成分。它的价值应该在四大传奇之上。至于有些细节,不符实际,例如陈留距离洛阳很近,在剧中好像途远万里。有些针线不密和生活细节的不全合理,我们不能以此苛求于一个十四世纪的古典剧本。

有人认为高氏篡改民间剧本,把它的斗争性冲淡了,我们应该改回来。湘剧团也曾经这样试过,但是观众并不接受,马踹赵五娘不免太惨,雷轰蔡伯喈宣传了迷信和果报思想,都不很好。南戏旧本,现在已不存在,否定高氏改作的,光说原本好,没得比较。我们看《永乐大典》所保存的几个宋元无名氏南戏,都比较粗糙。例如《张协状元》的思想凌乱,人物模糊,远不及《琵琶记》明朗。不通过高明的手笔,赵蔡故事不能成为文学杰作。高则诚是大有功劳的。

剧本中写男人科举得意而负心的有《潇湘雨》《张协状元》《王魁》《蔡二郎》等。不负心的也有,如《荆钗记》。由于人物性格、遭遇、环境发展的不同,有不同的结局。所以《琵琶记》也不一定要有《秦香莲》那样的结果。陈士美、王十朋、蔡伯喈是三种不同的典型形象。

高则诚笔下的蔡伯喈是很真实的。牛氏不很真实。《琵琶记》的矛盾是靠这样一个理想的、说教式的人物来解决的。这个人物不很真实,是根据高则诚自己的理想塑造的。

古典剧本值得我们保存和学习，但是如何对现代人民起教育作用，这个矛盾比较大，我以为应该作为我们讨论的中心问题之一。

这剧本虽然有"全忠全孝"的标目，按其实际内容，宣扬孝道是实在的，并没有宣扬忠道。全忠全孝不过是一个招牌。戏里面赵五娘真的尽了孝道，蔡伯喈并未尽孝。至于尽忠，乃是皇帝诏书所要求，黄门官口里所说，对蔡伯喈是很勉强的。剧本表现了人民与封建统治者争取知识分子的矛盾，而人民方面胜利了，知识分子厌恶朝廷，最后散发归林。这是高则诚思想进步的地方。

有人认为朱元璋喜欢《琵琶记》，足以证明这个剧本是为统治阶级服务的。也许朱元璋喜欢全忠全孝这块招牌，如果分析剧本内容，实际上是和封建统治者的利益相反的。贯彻在《琵琶记》中的主题思想是反对功名富贵，提出"人爵不如天爵"的口号。以骨肉团聚能享天伦之乐为人生的至乐。蔡家的悲剧起因于蔡伯喈的上京赴考。虽然最后有团圆的结局，"风木余恨"，终究是个悲剧。高则诚经历仕途，最后隐居避世，不受明太祖之聘。《琵琶记》表现他晚年对功名淡薄的思想。

《琵琶记》揭出了忠孝中间的矛盾。忠和孝都是封建社会的道德观念，不过忠是统治者所要求的，而孝道是人民自己所要求的。说"毕竟事君事亲一般道，人生怎全得忠和孝"，那是黄门官勉强劝慰蔡伯喈的话，代表统治者说话的口气。整个剧本却是强调孝道而冲淡忠君的思想的。封建统治者利用孔孟之书来统治知识分子，但是毕竟统治不了；有离经背道的《西厢记》，这是反封建的；也有维护封建道德而反对封建统治者的，《琵琶记》属于后面的一种。孔孟之书，既教忠，又教孝，本身存在着矛盾。高则诚是封建时代的作家，有他的思想上的局限性。《琵琶记》为人民利益、反统治的斗争倾向性，是用显扬孝道来体现的。用孝来压忠。因为孝道也是孔孟之教，所以虽封建君王也无可奈何，虽朱元璋也不能批驳。

因此，《琵琶记》有人民性的一面，也有封建性的一面。《琵琶记》是不是因为过于强调孝道，宣扬封建道德，对今天不能起教育作用呢？我认为今天我们对老年人必须照顾的精神是和过去一样的,只是不能强调迂腐的孝。

保存一个古典戏,要采取慎重的态度,在改编时要考虑得周到些。《琵琶记》剧本很长,可以选择精彩的零折演出,也可以紧缩。结尾并不很好,可以考虑在演出上到"书馆相逢"为止。

在研究小组会议上的发言

(七月十八日)

第一次发言:

《琵琶记》讨论的进度似乎慢了一些。过去在会上的发言,往往是整体的意见,没有把一个一个问题分开来讨论。我提议分三组讨论,第一组谈主题思想,第二组谈人物形象和典型等,第三组谈艺术性和改编上演。并以今天在座的人作为核心。既然是核心,应该起它应有的作用,应该事先预计到有些什么意见存在,应该事先交换一些意见。个人粗浅的看法,有人是肯定《琵琶记》的,也有人是否定《琵琶记》的,有的肯定多否定少,有的否定多肯定少。最初提出的分歧意见有十六种之多,根据最近几次的会议来看,不到这样多了,我们应该把最分歧的意见提出来(事实上核心方面的意见也是不相同的,可以说是矛盾的核心)。在主题思想方面的不同意见:有的认为《琵琶记》是反对功名富贵的;有的认为作者是维护封建道德的;还有认为是劝忠劝孝的。我们核心组应该对这几方面发表些意见。其次,对于人物形象方面,好像对赵五娘、张广才没有太多的意见,分歧在于蔡伯喈和牛氏。对于改编和上演方面过去发表的意见不多,这些当然也是很重要的,但还比不上主题思想和人物形象的研究。这方面有这样的不同意见:有的认为应整本演出,有的认为抽出其中几折来演,还有提出要单折演出。

第二次发言:

关于对现实主义的了解,是使我感到很苦恼的。我觉得在高则诚的时代,还不能用批判的现实主义这样的名词来说。批判的现实主义产生得还要晚一点。对徐朔方同志的发言，我是这样体会的：批判的现实主义作品，可能前半部好，后半部不好，如果把后半部切断，可能还是一个现实主义的作品。而《琵琶记》的结局是作者有意安排的，即使把后半部切断，前半部还是存在矛盾的，所以把《琵琶记》作为一个批判的现实主义作品来看，也还是有缺憾的。不知道我这样理解是否对。我想用批判现实主义的尺度来衡量《琵琶记》，不一定是恰当的。我们说高则诚的世界观和创作方法有矛盾，那么高则诚的世界观从哪里看出来呢？如果说"不关风化体，纵好也枉然"就是他的世界观，但他后来为什么会不自觉地写得很好？要了解封建社会制度下的作者的世界观，一般是比较难的。在封建制度下的作家，没有今天的作家那样有写作的自由，他们都得写些为统治阶级所爱看的"八股"，有许多作品要在前面贴上标签。例如《琵琶记》中的"风云太平日"之类的东西，但是这些是否真的是作者的世界观，是值得怀疑的。尤其当作品拿出来的时候，一定要贴个标签，以求通过，一部色情书可以贴上"因果报应录"的标签拿出来贩卖。这方面我们应该体会到高则诚的苦心。

关于团圆，在封建社会里，剧团往往供应人家喜庆日子的演戏，因此演的也往往是团圆结局的，图个所谓"吉利"，这是戏剧在封建社会条件下所产生的特点。这些我们在分析主题思想时，是不是也应该适当地估计进去。我们不能简单的因为写了团圆，就代表了作者的世界观。

在第六次讨论会（分组会议）上的发言

（七月二十日）

第一次发言①：

我们这一组讨论主题思想。《琵琶记》的主题思想是相当复杂的，所以我们这一组也是争辩最热烈的一组，存在的分歧意见很多，大家可以各抒所见。在讨论主题思想的时候，也可以对人物作具体的分析。

———————————

① 浦江清先生时为第一分组（主题思想组）主席而主持会议。

第二次发言：

肖漪同志关于研究《琵琶记》的历史背景的观点是很值得参考的。对于肖漪同志谈到的作品中写考试的草率可能是讽刺元代的科举制度，这一点，似乎不必联系起来。有两个原因：第一，高的原本中没有"考试出对"的这一出，是后来的本子加进去的。第二，在戏曲中讽刺科举草率的剧本很多，有的还有过之而无不及，如《牡丹亭》，所以不必这样联系。

在第七次讨论会（大组辩论会）上的发言

（七月二十三日）

听了徐朔方先生的发言，感觉他讲得很清楚明朗，不过在他的论点中，也表现有一个漏洞。

徐朔方先生认为蔡伯喈和赵五娘这两个形象的线索是矛盾的，所以剧本是不完整的。关于这一点，我看不出来。高则诚根据民间传说改编，把蔡伯喈翻了一个身，这个翻身在写作上是一个艰苦的劳动过程。两个故事的好坏是没有关系的，弃亲背妇一定好吗，到了坏作家手里同样会被搞坏。这两个人物的线索是有些漏洞的，这个漏洞就是徐朔方先生指出的：《琵琶记》原来的民间传说有人民性，高则诚改了以后，没有把所有的人物作适当的处理。就是说有些人改了，有些人没有动，于是就出了漏洞。问题就在这里。有一个最好的例子来证明高则诚改编的成功，就是湘剧演出"雷击蔡伯喈，马踩赵五娘"，结果群众不批准。群众所以拒绝，我认为并不是结局太悲惨，而是人物形象不完整。但是到高则诚手里是改进了。如果说蔡伯喈和赵五娘这两条线索是矛盾的，前者是非现实主义的，后者是现实主义的，那么剧中有些情节就很难解释。比如"南浦嘱别"，这是两个人合演的戏，是一个很好的抒情诗的场面，如果说蔡伯喈不真实，而赵五娘是真实的，是无论如何也说不过去的。我一向对徐朔方先生的反面意见很重视，但从今天的发言来看，他的意见是被民间故事紧紧束缚住的，也就是说民间故事在他的脑子里作祟。

下面回答徐朔方先生的另外几个问题。

　　徐朔方同志提出《西厢记》来同《琵琶记》比,我们承认《西厢记》确实比《琵琶记》好,但必须指出它的好处是经过很多人的创造,才到了王实甫的手里。王实甫接受的遗产比较丰富。如果我们拿《琵琶记》和《董西厢》比较,那是要高些的。我之所以提出这一点,是因为民间故事如果经过较多人的修改的话,是更合理些。高则诚一方面根据民间传说,一方面是"闭门造车",所以有些人物不怎么合理。但是高则诚一下改得很好,以后别人就不能再改编了。

　　还有一点,是针对陈多同志的发言说的,小说和戏曲是有不同的,我们分析人物形象,如果把小说和戏曲的人物形象作同样的看待,是不十分妥当的。陈多同志认为构成蔡家悲剧的原因不是"三不从",而是蔡伯喈没有写信回去,没有迎养父母。这样的说法是很值得考虑的。照说两老可以不饿死,张大公就住在隔壁,所以饿死也可以说是张大公不救济,当然是不能这样说的。《琵琶记》悲剧的构成,就是因为两个地方的隔绝,全剧的种种气氛都是从抒情出发的。许之乔同志提出的抒情的特征,对我们了解古典戏曲很有帮助。如果我们用抒情诗的要求来衡量《琵琶记》,像蔡伯喈这样做了高官以后,家里的父母还要饿死,妻子还要吃糠,这如果是真实的话,我们还是要肯定它。

　　　　　　(《〈琵琶记〉讨论专刊》,一九五六年十二月)

词曲探源

　　词是晚唐、五代、两宋之乐府，曲是元、明以来之乐府。时代不同，流派各别，要其性质，初无二致。词亦可以称曲，如和凝喜作小词，人号曲子相公；姜尧章词集称《白石道人歌曲》。曲亦可以称词，北曲一称北词，南曲亦名南词，如《钦定九宫南北词谱》，即南北曲谱也。

　　探词曲之源，起于乐府。乐府之名，始于汉初，但词曲之于汉乐府，关涉已远，其有密切关系者，为南朝之新乐府。郭茂倩《乐府诗集》中清商曲辞部分，所谓吴声歌曲、西曲歌者，乃江南及荆、郢、樊、邓之间民间习唱之歌曲，或为欢情艳曲，或为懊恼愁歌，或为清唱小曲，或以合八人乃至十六人之舞。此即唐、宋大曲、小词之源，亦即宋、元、明南北曲之滥觞也。

　　谓之诗，谓之乐府，谓之词，谓之曲，皆断截时代，勉强定之之辞。文学史家所定，所以别时代也；文学论家所定，所以别体裁也；实则诗歌只是一种。其属于音乐之部分，名曰谱，所以定高低节奏也，即今之工尺是；其属于文辞之部分，古人名之曰诗，后人名之曰词曲也。三百篇皆合乐，本是乐歌，谓之诗可，谓之词曲乐府皆无不可。但到秦汉，周乐已亡，汉初别立乐府，采可歌之曲而歌之，皆赵、代、秦、楚之讴，非古乐也。郊祀歌、铙歌，实皆合乐之诗，而当时及后世不称诗而曰乐府者，因此时三百篇已不可歌,诗已成不能歌而但可讽诵之篇章之名。风雅之士,如韦孟作《讽谏诗》,是则追摹昔贤,但备讽诵,非关音乐。此时可歌之诗,皆别称歌、行、曲、辞,统名乐府矣。迄于东晋、宋、齐,迁国江左,汉魏之音又亡,南国之新声竞起,此时之歌曲,如《子夜歌》《懊侬曲》《襄阳乐》《估客乐》《乌栖曲》,曰曲、曰歌、曰乐,都不名诗,示皆可歌者也。虽其音节、句法、情调、内容,已与汉魏迥异,但后世亦名乐府,不置新名,文学史家因称之曰南朝新乐府。此时南朝风雅之士,有学汉魏之乐府体而但备吟咏,不施箫管者,实皆诗篇也,但亦蒙乐府之名。故至南朝,其称乐府者,亦有一半不可歌矣。至于唐代,则有乐府称大曲者,往往有谱无词,其有词者,皆真正可歌之乐府也。科举以诗取士。诗者,文士所必学,所必能。但无论为古风雅颂,为汉魏六朝,皆逞才拟古,但见词采,不关音乐,但备讽咏,不关琵琶鼓笛。无论名为歌行、词曲,皆可作如是观。即李白、王维诗,亦多半不曾唱过。李白之诗篇入乐,明白见于史策者,曰《清平调》数章,王维但《渭城》一曲。其余如绝句可歌,见诸旗亭故事,元白之诗传唱宫禁,如此,则唐人之诗有可歌者,有不可歌者,浑称诗词乐曲、乐府歌行也。

词起于中晚唐,李白《忆秦娥》《菩萨蛮》二阕,学者置疑。《菩萨蛮》者,《杜阳杂编》云,大中(宣宗年号)初女蛮国贡双龙犀明霞锦,其国人危髻金冠,缨络被体,故谓之《菩萨蛮》。当时倡优遂歌菩萨蛮曲,文士亦往往效其词。《南部新书》亦载此事;又《北梦琐言》云,宣宗爱唱菩萨蛮词,令狐丞相假飞卿所撰密进之,戒以勿泄,而遽言于人,由是疏之。菩萨蛮曲即起于宣宗时。《宋史·乐志》载,宋队舞有菩萨蛮队,舞者衣绯生色窄(一作穿)砌衣,卷云冠(陈旸乐书绯生色作绛缯)。中唐人作小曲者,有张志和《渔歌子》,戴叔伦《转应曲》,刘禹锡《忆江南》《潇湘神》,白居易《花非花》《长相思》《忆江南》,或从五七六言脱胎而出,或采民间小曲,此为长短句之开始,亦即词之祖也。

朱熹云:"古乐府只是诗中间却添许多泛声,后来怕失了那泛声,逐一声添个实字,遂成长短句。"(《语类》百四十)此说非也。南朝乐府,已有三五言句法，懊侬曲、读曲歌等皆是，此即长短句，并非中唐人填实了泛声。唐人以律绝为歌曲，唱时情形，今已不明；或和泛声。又如上去等字，必不止一音，如今工尺谱，遇上去字必用二三音谱之，是朱子误认作泛声耳。迄于宋代，歌曲之谱已完全适合长短句法，故五七言绝句，如要歌唱，必添泛声。《苕溪渔隐》云：唐初歌词多是五言诗或七言诗，初无长短句，自中叶以后至五代，渐变成长短句，及本朝，则尽为此体，今所存者，止《瑞鹧鸪》《小秦王》二阕，是七言八句诗并七言绝句而已。《瑞鹧鸪》犹依字可歌，若《小秦王》必须杂以虚声乃可歌耳。其词曰："碧山影里小红旗，侬是江南踏浪儿。拍手欲嘲山简醉，齐声争唱浪婆词。西兴渡口帆初落，渔浦山头日未欹。侬送潮回歌底曲，樽前还唱使君诗。"此《瑞鹧鸪》也。"济南春好雪初晴，行到龙山马足轻。使君莫忘雪溪女，时作阳关肠断声。"此《小秦王》也。皆东坡所作。（转录《词苑丛谭》卷一）朱子见南宋时歌七言诗必须杂以虚声，故发此论耳。

中晚唐、五代词，皆是乐府，皆可歌。《南唐书》记元宗尝作《浣溪沙》二阕，付王感化歌之。即"菡萏香消翠叶残""手卷真珠上玉钩"是也。直至五代，盛行者皆为小令。至北宋柳耆卿辈变旧声而为新声，音律以繁，中长调起，此时对花间诸曲，赐以小令之名矣。至徽宗时，立大晟府，凡词皆可定谱。《词苑丛谈》卷一云：政和中一中贵人使越州回，得词于古碑阴，无名无谱，不知何人作也，录以进御，命大晟府填腔。因词中语，赐名《鱼游春水》。词云："秦楼东风里，燕子还来寻旧垒。余寒犹峭，红日薄侵罗绮。嫩草方抽碧玉茵，媚柳轻拂黄金缕。莺啭上林，鱼游春水。几曲阑干遍倚，又是一番新桃李。佳人应怪归迟，梅妆泪洗，凤箫声绝沉孤雁，望断清波无双鲤。云山万重，寸心千里。"

晚唐诗有近词者，如韩偓《玉合》诗云："罗囊绣，两凤凰；玉合雕，双鸂鶒；中有兰膏渍红豆，每回拈着长相忆。长相忆，经几春；人怅望，香氤氲；开缄不见新书迹，带粉犹残旧泪痕。"又《金陵诗》云："风雨萧萧，石头城下木兰桡。烟月迢迢，金陵渡口去来潮。自古风流皆暗销，才鬼妖魂谁与招。彩笺丽句徒已矣，罗袜金莲何寂寥。"但不能即谓之词。一、不付歌唱,且本无歌调也;二、无后人拟作,未成为一种词体。

晚唐薛能《舞者》诗:"绿毛钗动小相思,一唱南轩日午时。慢靸轻裾行欲近,待调诸曲起来迟。筵停匕箸无非听,吻带宫商尽是词。为问倾城年几许,更胜琼树是琼枝。"此言当时舞女所唱之曲,亦名词也。

(《文学遗产》183 期,1957 年)

诗词的情与理

回乡

近乡情更怯，不敢问来人。

唐人诗

少小离家老大回，乡音无改鬓毛衰。
儿童相见不相识，笑问客从何处来。

贺知章《回乡偶书》

诗说人情，入情入理，身历其境者，愈觉其诗之妙，故人生之经验愈多，对于诗的欣赏也更其深切。而且不但诗词如此，一切文学作品，莫不如此。不过在一切文学体制中间，诗的历史最古，也是文学中间最基本的、最精粹的一体，西洋文学最古的是希腊史诗，中国文学最早的是《诗经》。人类最高的情绪由歌曲中表现出来，而诗词呢，乃是从歌曲进化脱胎出来的。

诗说人情，最好的诗乃是说人人欲说的情，不限于一个人的经验。贺知章诗，里面的情景，千万人都可以领略，没有这种经验的人，可以想象得到，有这种经验的人，更其能够体验。凡于文学家诗人，就是深刻地体验人生的滋味的人。诗人的作品是从人生的经验中间提出来的精华，好比化学家提炼化学原质,营养学家提炼维他命似的。

科学研究物理,文学研究人生。诗的入情入理,在感觉及感情方面,不是理智的、科学的。例如写距离之远,必说万里。古诗"相去万余里,各在天一涯"。写楼之高,"上与浮云齐"。"振衣千仞岗,濯足万里流"。夔州与江陵相去一千二百里。也许一天的舟程不能到,而李白诗"朝辞白帝彩云间,千里江陵一日还"。李白有一首词,词里说"暝色入高楼,有人楼上愁"。暝色就是暮色,根本就是不可捉摸的东西,无所谓入,也无所谓出,只是楼中人感觉四围暝色,渐渐侵入到楼中来,从白天到了黄昏。这是完全感官作用。用科学的头脑,就不容易了解诗词了。近代科学发达,人的思想都渐渐科学化,把宇宙看成唯物的,因此现代的诗不得不转移方向。想象力减少了。像苏东坡"明月几时有,把酒问青天,不知天上宫阙,今夕是何年"那样的词也就作不出了。天文家可以算出月球的年龄,也可以证明天上没有宫阙。植物学家把花草分类研究,辨别雌蕊雄蕊,诗人不管这些,说了"夜来风雨声,花落知多少",着重在因为鸟啼花落,使人感觉到春光老去,有"伤春"的情绪。似乎花的生命同人的生命打成一片,花并不单是一种不相干的外物。

在中国诗词中,尤其把草木鸟兽赋予一种人格化。我们谈到比兴。触物起兴,以物拟人。《诗经》"关关雎鸠,在河之洲,窈窕淑女,君子好逑",雎鸠不管是哪一种鸟,或者是黄鸟或者是鸳鸯鸂鶒之类。雌雄和鸣,比拟男女配偶。诗词里面最多比兴。比兴是一句老话,现在新文学里称为比喻、联想、象征。例如从雎鸠联想到男女,以雎鸠比喻男女,雎鸠是男女配偶的象征等等。

唐以前的诗比兴最多。因为唐以前的诗多乐府,接近歌曲,杜甫以后诗,用赋的笔墨,直叙其事及描写笔墨多了。例如杜诗《佳人》,开始即直叙"绝代有佳人,幽居在空谷",好像完全是叙事;接叙此佳人乃是良家之女,因为关中丧乱,兄弟遭杀戮,又被轻薄的夫婿所弃,如何伤心。到了后面"合昏尚知时,鸳鸯不独宿""在山泉水清,出山泉水浊"用比兴语。此诗是赋比兴三种笔墨互用的例。最后"摘花不插发,采柏动盈掬。天寒翠袖薄，日暮倚修竹"。从表面看，但说花柏修竹等，实则以竹柏比拟此妇人之贞洁的节操。所以不是泛泛的叙事写景。

在这里，我们知道中国文人喜欢以人格赋予生物。画家画梅兰竹菊，乃是欣赏其贞洁的品格，以幽兰修竹等等比拟君子美人的品格。这一个传统很远，老早从《诗经》《楚辞》里来。

单是看杜甫《佳人》一首，作为描写叙述一个女子的看法，还是很肤浅的。曾国藩看这首诗，认为"前后皆以美人喻贤者"，是贤人不得志，被弃在野，而幽贞自赏的意思，所谓怨而不怒是也。这也等于西洋诗里所谓象征的一种艺术。中国人称为"寄托"。唐人朱庆余《近试上张水部籍》："洞房昨夜停红烛，待晓堂前拜舅姑。妆罢低声问夫婿，画眉深浅入时无？"表面是写新媳妇闺房中的私谈，实际是新进士问问老辈，自己的诗文好不好，合格不合格。诗的真意在文章的背面，要读者去探索出来，希望有知音能够了解欣赏也。

不但中国诗有此种写法，西洋诗人的象征写法也很多。今不具述。

补遗

入情入理者　杜甫"故人入我梦，明我长相忆"

融情于景　李白词"寒山一带伤心碧"

想象　"水深波浪阔，无使蛟龙得"

比兴　张志和词"西塞山前白鹭飞"

寄托　李后主词"春花秋月何时了"——全首

（未定稿，浦汉明根据手稿整理，题目为其所加）

三、文学教育

论中学国文

中国本来是重文的国家，以前在科举时代，国家以文取士，因此所谓"读书人"者，十年窗下，下的无非是文字上的功夫，至于别的学问，就不大经心。在历史上虽也有不少的科学家，例如天文、历算、舆地、水利、工程等等的专家；同时每一朝也总有几位通才硕学，不屑屑于词章经义，肯注意当代的政治经济上的实际问题的；但比较起来是寥寥可数，只能说是例外的特出的人物。而且那些学者也是先下过十年窗下的文字功夫，然后研究学问的。到了现代，新的教育方始把科举的时代的习气完全改了过来。现在，科学教育已普遍于小学，以前只有专家能懂的知识，现今的小学生已在开始学习了。但正因为现在的青年需要学习的科学很多，所以也就没有时间，而且也没有古人那样的耐性，来做文字上的水磨功夫，因此一般学生的国文程度便渐渐低落。这也是时代所逼，无法避免的事，而从科学教育的观点来说，是可以原谅的。

但教育的方面很多，教育家的意见亦不一致。有一辈人提倡科学教育，也有一辈人提倡人文教育。譬如说，中国的读书人把本国的语言文字完全丢弃，乃至下笔不能写通顺的文章，这也是大家认为不良的现象。而且社会比较保守，中国古来重文的传统至今在社会上还保存着，所以一位中学生，假如毕业后不升大学，就到社会上去做事，他往往感到所学的科学未必完全有用,而中文不行,却首遭前辈的白眼。因为至今一班老辈还是以以前读书人的造诣来期望于现代读书人的。再者,国家需要科学人才,同时也需要文法人才。照现在的情形而论,中学生的语文根底很差,他们如进大学的文法科,往往不如他们的科学根底进理工科来得衔接(只有少数学生是例外)。这也是现在办大学校文法科者所感到的困难问题之一。

去年主持高等考试的一位沈士远先生,事后发表谈话,对于考生的国文程度最致不满。他说:"虽间有佳卷,然就一般而论,则甚属平庸,例如国文之技术恶劣,思路不清,本国历史地理,尤多意外之笑话。"又说:"况国文遗教为读书人之根本,"又说:"一般知识先进指导青年,尤须严正,不可徇俗忘本,盖本如先废,即所习专门,有一长可取,终不足当国士之选。"(见廿八年十一月廿五日昆明《中央日报》)大凡应赴高等考试的考生,多半是大学文法科的毕业生,论理他们的笔下不至于十分荒唐,然而竟"技术极劣,思路不清",这也无法原谅。倘使这一班文章不通、思路不清的人,一齐混入政界,占据了社会上领导的位置,则国运前途,真不堪设想!所以沈先生的话,并不过于严厉。至于"国士之选",本来甚难。以前孔子曾说过:"质胜文则野,文胜质则史,文质彬彬,然后君子。"又说:"君子博学于文,约之以礼。"先哲论人的标准是如此。大概沈先生心目中的国士,正是要质文兼美的人。据熟悉英国文官考试制度的人谈,他们的考试也极注重文学,应考的人多半是大学文科的高才生,而且读古典文学的最占上风(这里所说的文学是广义的文学,原就包括哲学、政治学、史学在内)。可见近代的文明国家,为找寻社会上的领导人物总要向质文兼美的、能深切了解本国文化的人才里去求索,其中必含有至理。我们中国本来有重文的传统,新近方始慢慢地不文起来,如及早挽救,或尚非难事。

作者对于大学生的国文程度相当明了,但此文拟不论及。我们谈到本国语文教育,不得不侧重中学;在大学校里虽设有普通国文一课,为各院一年级学生所必修,但匆匆一年,收效甚微,不如中学校里有六年国文,在教学上可以作通盘计划。而且照现在情形,中学毕业生的国文程度既不如理想,于是大学国文不得不仍注重基本训练,成为补习高中课程模样,并不能发挥高级教育的旨趣。所以可讨论的地方不多。重要的还是中学国文。关于中学国文,作者没有教学上的经验,只根据在大学教学上的经验,来推论中学国文,偏见和谬见,在所难免,盼望读者不吝指正。

教本问题

先谈教本问题。中学国文教师可分两派,一派用教科书,一派自选讲义。后者的办法好处,在能自己斟酌班上学生的程度,配合教材,而且可以选自己特别有心得的文章来讲,唤起学生的兴味。但弊病也多:第一,各班的教员,如不曾预先会商,各选各的讲义,往往免不了前后重复或浅深倒置之病。第二,讲义的印刷简陋,零篇散页,不易保存,而且往往只有白文,未必能把应附的注释以及参考材料都印进去,于是教员大写黑板,使学生抄写笔记,把讲解的时间占了去。所以,假使有适宜的教本可用,自以采用教科书为合理。

现在各书局所出中学国文教科书不少,在编制方面各有优点,但我的印象似乎是那些教本犯有共同的毛病,就是选文太深而且太杂,这个毛病在高中教本内尤其显著。我看历年大学招生考试的试卷,中学生所表现的作文技术十分恶劣,对古书的了解力也十分低。而现在的中学教本却又深得很,似乎是矛盾的。数年以前,我和几位同事合选某大学的大一教本,起初因为顾到大学教育的宗旨,所以多选先秦诸子和唐以前的文章,结果学生读得很苦,终于不得不把那一本教本废弃,改选唐以后的文章,取来应用。在那两种教本里面,后来发现有几篇文章,在高中课本里早已选了,但学生还是没有自修能力,要教者逐句讲解,方始明白。所以我在数年以前,即有这样一个观念:现有的高中国文教本太深,取来作为大学教本也可以,或者还太深。到了现在,我的意思还是如此。举具体的例来说,商务印书馆所出《复兴高中国文教科书》第一册第一篇是《典论·论文》,后面又有章学诚的《诗教》上及《诗教》下,《书经》的《牧誓》,李清照的《金石录后序》,那几篇文章,恰巧在前年的西南联大大一国文教本上也选的有。固然也可以说我们选得太浅,但据教学的经验来说,大一学生读那几篇文章不见得毫不费力,所以放在高中一年级课本中必定太深。在编者的意思大概是想以教本的力量来提高学生的程度,其实单是教本深不足以提高学生的程度,反而可以减低学习者的趣味。在二十年前,小学即用文言,现在的小学课本既全是语体,所以学生到了中学方始接触文言。论理中学课本,在古文学方面,就不应该再维持二十年以前的标准,但现在的教本非但不改低,而且更有提高的倾向。

我看复兴高中教本的第五册、第六册,就非常深,不知道中学校里到底用不用。这两巨册包括了先秦经子,南北朝佛教,宋明理学,清代文字音韵考据之学,范围很广。其中近人的文章如罗振玉《国学丛刊序》,古代的文章如荀子《非十二子篇》《正名篇》,庄子《齐物论》《天下篇》《易经·系辞》,周敦颐《太极图说》,即在二十年以前的中学生也未必读得上,而现在因为在提倡国学的潮流中,所以选作中学国文教材。我们在上文已说,青年人需要学习的科学太多,如果我们再要把经史子集的重担放在他们身上,各方面都要他们能,结果他们索性一概不理,早已打球看画报去了。而且以前的中学生诚然是"孤陋寡闻",但是他们的文字倒还通顺,对于古书的理解力也比现在的中学生强。现在的中学生眼界广了,老早就要知道"雍岐获鼎""洹阳出龟""和阗古简""鸣沙秘藏"(罗振玉文中语),转注假借之理,知行合一之教,墨子《小取》,庄子《齐物》等等(都在复兴高中课本内),结果是文章十分不通。也有连盗贼的"贼"字,夫妻的"妻"字,都不知如何写的,也有用之乎者也的"乎"字开句的,也有用"而"字收句的(前天看大学统一招生试卷所得的实例),照这样的程度,必欲责之以读三千年以来的学术高深文字,不是陈义太高,期望太过吗?

到底文章写通要紧,还是国学知识要紧?我们要求太多,反而不好。

鉴于现今中学生作文技术之恶劣，我们认为（中学国文应该是语文训练的功课，而不是灌输知识的功课），与理化史地等课程性质完全不同的。北新书局所出《高中国文选》（民国二十三年）编者在编辑大意上说："一年级以墨家为主，兼及儒家，二年级以道家法家为主，并完成儒家；三年级以文化为中心，一方面收束一二年级，一方面扩大学术范围。"这样一来，这一套课本，不像是学习中文的读本，而是中国文化史读本了。这样的读本非国学专家不能教，非大学文科的学生不能读。即使大学校哲学系的毕业生，完成了儒家道家没有呢？中学生如何完成得了？

另外一类教科书，不注重国学知识，而注重文学。或者照文学史的顺序，从古代作品选到现代；或者顾到文章浅深的层次，从现代作品逆选上去（前者例如中华书局的《新编高中国文》，后者例如《复兴高中国文》的第三、四册）。我比较赞成这一类教本，因为文学可以引起多数人的趣味，而且读了历代文人的制作，间接地可以明了古人所处的环境，和古人的思想，也间接地了解了古代文化。但可注意的是我们不要使中学国文读本，变成中国文学史读本，否则又难免深与杂之病。因为中国文学的历史甚长，而且文体繁多，倘要使每个名作家都有一篇代表作品，又要使每种文体如诗、词、歌、赋、骈文、散文、戏曲、小说等等都要详备，非使这一个选本里面，每一篇文章变换一个面目不可。这样使读者如走马看花，徒然得了一个浮浅的中国文学史轮廓，并不能细心学习，更不能下深厚的文字功夫。正如初学习字的人，汉唐碑帖，纷然杂陈，真草隶篆，同时并习，结果连字也不会写了。所以那种读本仍是"见闻之学"，不是训练文字的教本。

且举学习外国文来作证。我们先读短篇故事集，再读长篇记叙文，如小说、游记、传记之类，再读名家散文的选集或专集。门类不太广，时代不过长，大概多读十八世纪及十九世纪作品，取其于作文有帮助。假如我们不如此下基本功夫，冒昧取一本英国文学史读本，从中世纪诗歌读到萧伯纳戏剧，对于我们的学习英文，并无益处。同样，我们也决不用一本英国历代哲学家的论文选集来做英文读本。因此我们觉悟到现在中学课本，是理想太高，不切实用的。现在的中学毕业生问问他们是什么东西都读过，但究其实际，等于什么都没有读。

谈到这里，我们且莫怪教科书的编者；这样高的理想标准，正是教育部所定的。在《复兴高中国文》课本内，明明说出本书的编制是依照民国二十二年颁行的课程标准的。原来教育部规定：高中第一年，选用教材以体制为纲（即是要读各种体裁的文章），而且注意其特征及作法。第二年，以文学源流为纲，读各时代的代表作品，并且注意其派别及流变。第三年，以学术思想为纲，并得酌授文字学纲要等等。我们看从民国二十二年到现在，忽忽已是七年，中学生何曾能知道中国的学术源流以及文学源流呢？而写作的技术却每况愈下。所以这种课程标准是不是可以使人怀疑？

据作者个人的意见认为，中学读本以能帮助作文为前提。至少不分文理科的普通中学应该如此。关于中国文学史、哲学史、文化史、文字学、音韵学、国学概论等等，尽可以列出课外参考书，作为辅导读物，却不要把国文功课变为知识灌输的功课。至于许多具体的意见，且在后面提出；因为另有一个中学教学上的大问题，即文言文与语体文的分配问题，须先得解决。

文言文与语体文的问题

在现代中国社会上，流行着两种文体，一种是语体文，一种是文言文。语体文或称白话文，也有人称为现代文；文言文有人称为古文，但实际上通行于社会的文言文是不用古文调子的，只能称为文言。小学教育单训练语体，所以问题简单，到中学的国文方始迎着复杂的问题。在课本方面，现在初中课本文言语体夹杂着，显得很不调和。高中课本差不多全是古文，色彩是纯粹了，但多数学生是作语体文的，所以课本与作文就脱离了关系。大家的意见是语体文浅近，初中学生已全能了解，到了高中应该全读古文了。其实论文字是古文深奥，语体文浅近，论内容就不见得。学术和文艺,从古代到现代都是从单纯到复杂的。现代人的感情和思想,实在比古人复杂,所以中国现代的语体文中所表达的内容,有许多是超出于初中学生的智力和体会力的。学生如不读那些东西,语体文教育就不曾完成。而且他们的习作也只停留在幼稚的阶段里。

至于习作方面,情形更乱。各地的中学各有各的作风,或注意文言,或注意语体,要看地方的风气、校长教员的嗜好以为转移。教师中间有偏袒文言的,有赞成语体的,也有毫无成见的。假如一班学生能跟定一位教师,读上六年,倒还可以通习两种中间任何的一种,无奈事实上必须换过几位教员,彼此的教授法,互相抵触,学生的训练前后不能一贯,以致读了六年一无所成。据中学生的自述,多数的教师的办法是出了一个题目,听凭学生去做,白话也好,文言也好,教师说:“你们只要做得好,什么都可以。”至于如何方始做得好,教师又没有说。多数学生的办法是看见白话卷子的分数不高,就改做文言,文言的分数不好,就改做白话,探探教师的嗜好,以便迎合。他们既不是做好了一种再学一种,也不是同时学而分别开来练习的;一切的作法,都只是随一时高兴(有时候作作新诗,填填词),在暗中摸索,用“无师自通”的办法。

在教师方面说,兼通新旧文学的固然是好教师,就是专长一种的也是好教师。只要他们不勉强教他们所不甚了了的东西。至今中学里有一辈老教师,他们的旧学根底好,教书经验足,对学生的态度是认真而诚恳的,但是他们对于白话文不甚了了,对于“外来语”尤其不知底细,所以尤其厌恶语体文中的欧化体。这一类教师虽不反对学生写语体文,但决不鼓励,往往遇到语体文卷子,只给一个及格分数,决不细改。另一辈教师是从事新文艺创作的,他们对于古书兴味不浓,偏偏现在的教科书多选许多国学方面的文章。古典的文学作品,他们心里觉得无用,又不便反对,同时又讲不出所以然来。这两类教员假定能发挥他们的特长,对于学生是有益的。但为要发挥他们的特长,必须使第一类教师不改语体文卷子,第二类教师不教古文学方可。

根据以上所说,我有一个谬见,主张把中学国文从混合的课程变成分析的课程;把现代语教育,和古文学教育分开来,成为两种课程(名称待后讨论),由两类教师分头担任。这样可以使教师发挥特长,教本的内容纯粹,作文的训练一贯而有秩序,而且有分别练习语体文文言文两种作文的机会。两类功课不必并重,随学校的性质而异,可以在功课表上增减钟点,自由调整。

这办法不是我的杜撰。欧洲各国的中学里语文功课设有三门。一门是本国语,一门是近代语(即是外国语),一门是古典语(指希腊文及拉丁文)。我们正可以照办,把"国文"分析开来,以语体文一门(暂称为国文甲)抵当他们的本国语,以文言文或古文的一门(暂称为国文乙)抵当他们的古典语。固然我们的文言文或古文,不一定与他们的拉丁文恰恰相同,但也不无相似之处。譬如说我们的文言文,至今应用很广,他们的拉丁文在社会上久已废而不用,这一层是不相同的,但如我们的设想处在他们的文艺复兴时代里就非常像了。他们的近代语的许多字源在古典语里,我们的语体文也因袭了许多文言"词头";他们的近代文学里用许多古典文学里的典故,我们的语体文也用成语和古文学里的典故,这也是相同的。这样的对比决不是完全荒谬无稽的。

这样的看法可以解息许多无谓的争端,帮助了解"古文""文言""语体文"的性质及价值。"古文"之美正如"金拉丁"之美,"文言"有点像后期的拉丁,国语正像欧洲的近代语(所不同者,我们统一,而他们分裂;统一比分裂要好得多)。古之不可复,正如欧洲人终于放弃拉丁文而用近代语,现在有许多学者还用文言著书,而政治法律界都用文言以昭郑重,且使有一定的格式可以遵循。社会上一部分人袭用文言写书札,办公事,这些地方都和文艺复兴时代到十七世纪的欧洲相同。我们要一下子把应用文都改成白话文,是决不能做到的事。所以我们的语文教育也无妨看看欧洲人的榜样。

欧洲的中学多数是分科的。在理科(或称实科)中学里,只注重本国语和近代语(即外国语)二门,古典语不注重。在文科中学(预备他们毕业后进文法学院的)里,三门功课都很注重。我们的中学是不分科的(以前曾一度分过,后来必有理由,重复归并),假定分了科,我们应该主张理科中学不注重古文或文言功课,文科中学里就很可以注重。假定我们有文科中学,那么教育部在民国二十三年(编者注:本文前面作"二十二年")所定的国文课程标准或者能适用一部分。那时候进大学校文法的学生中文根底特别好,可以在大学四年教育内造就出"文质彬彬""国士之选"的人才来,沈士远先生也不会再嗟叹国文遗教完全被现代的读书人所唾弃了。现在没有,徒唤奈何!

所以我们只谈普通中学。普通中学,科学教育与语文教育应该并重,这是不成问题的(现在中学生中文固然不好,外国语更糟)。如今单说中文,应该注重国文甲呢,还是国文乙呢? 我的意见作文可以注重语体文,但文言文功课也须有习作。读本是两者并重,但在初中里国文乙的钟点可以比国文甲少些。这一个意见和现在谈中学国文教学的大多数人的意见正同,就是不废文言习作的一者有人反对,所以特为补说一点理由。第一,教育的目的要顾到社会上的应用。我们虽把古文或文言比拉丁,但我们所处的时代是早些欧洲人所处的时代,却不像现代的欧洲人读拉丁的目的只是为了读古书和明字源,绝不要顾到应用方面。第二,普通中学的毕业生有一部分要进大学的文法科。第三,培根说:"写作使人正确",我们说:"眼到必须手到"。无论读哪一种文字,都要做造句,翻译,作文的练习,否则所记得的,知道的,不会正确。文言的词汇比语体文广,现在有许多学生犯词汇贫乏之病,而且许多日常要用的字眼往往忘了写法,好比读英文的人,认识那个字而拼不出来,就是因为少作练习之故。文言有特殊的文法、句法、虚字用法、文气和声调,只读不写,不会熟悉,也不能体会。现在有许多学生读古书不知句读,不能标点,就是因为他们少作练习之故。至于我们要希望中学生能把文言运用自如作发表自己的思想和感情的工具,那是做不到的,不但中学生做不到,大学校义科学生也不全能做到,但不能因为他们达不到这样一个标准,而不教他们练习。试问中国人读英文的不知道有几十万人,其中能有多少人运用自如,能自由发表自己的思想和感情呢? 我们不曾听说中学校里要废除英文作文;无论他们写得像样或不像样,还得让他们写。假如一定要废文言习作,我赞成先废英文作文,因为多数人读外国文不过是以能看书为目的;而本国文中间的文言一体是在政法界、新闻界、商界,以及不论哪一个机关的办公室里,都要应用的。

假如读者同意上面的看法和主张,赞成把混合国文分成两个清楚的学程,我们把上文所抛开的课本问题再继续来谈,具体地讨论各种课本的内容。

回复到教本问题

初中的学生在爱读小说的时代,语体文教本之一,可选宋元以来白话小说的精华,从《京本通俗小说》《水浒传》《儒林外史》《红楼梦》《镜花缘》《儿女英雄传》《老残游记》等约略十部书里选出合于初中学生的口味的部分来编成一个教本(可分上下两册,适用于初中一、二年级),使读者能了解旧式白话文,获得丰富的词汇。古白话文的好处是干脆爽利,因为没有掺杂欧化句调,这种文章可以读来作写现代白话文的"底子"。教本之二,选现代白话文的短篇,包括短篇小说(创作及翻译)、抒情散文、游记、传记、书札、议论文、演说辞等等,使读者熟练现代新式语体文的语法。另外以一部浅近的国语文法作为课外参考书。

高中的语体文读本也有两种,内中一本的性质与前述初中课本的第二种相同,程度稍稍加深(这一本课本如钟点不足时,可以略去)。另一种专选学术文,包括人文科学与自然科学的通俗论文(以不太专门为原则),以及讨论各种社会问题的通俗论文(亦可分上下两册,假定为高中二、高中三的课本)。选择的标准要顾到文章方面,使读者得到知识,同时也获得写作现代文的范本。中学生的趣味,不限于纯文艺,上面两册已偏重文艺,所以这两册注重学术,对于将来不预备读文科的人最为有益。我们在上文已反对过高中的学术文读本,是因为那些教科书专选了古代学术文之故。其实古代的学术文,训诂既不易通,意义又难捉摸,而且对于作文无直接的帮助，我们总不能用荀子、庄子的笔墨来写现代论文的，所以不如现代的学术文对于中学生更来得重要。大概古人所讨论的问题，多半已成过去，荀子所非的十二子，已是二千几百年以前的古人，韩非子所谓"显学"，在现代早已不显，无极太极，宋人讨论得玄之又玄的，与现代科学家所说更是凿枘而不相容。那些国学上的问题，不是中学生所急需要知道的。我们不多选古代所谓显学的文章，虽荀、韩复起，亦必赞成。如是方可使语文教育与科学教育相辅而行。

初中的文言文要从头读起。小学生只习惯了白话，现在初中国文课本，忽然插入成篇的文言，显得非常突兀，除是悟性特高的学生，就不会明白。所以第一本文言文教本应该从单句讲起，以至于短篇文章。最好是文法和读本的混合教本，把每课的生字列出，注明音读及字义；课后附以文法的讨论，用白话文写的，编者可参考大学校里第二外国语的第一年教本。我们读第二外国语的时候，一方面要从头读起，一方面却又不必像读第一外国语时那样缓进，初中学生的读文言文情形正是相同。读这一本课本时随时作造句和翻译的练习。第二本教本选短篇文章，程度可以参考二十年前的高小教本而增加些文言尺牍。读这一本课本时，学生试作百字以内的作文，并练习文言书札。

高中的文言教本也用两本。一本是"古文学读本"，选历代文人的制作，可以时代先后为次（教者当然有变更次序的自由）。体制不求详备，我赞成以文为主，附以诗，词曲可以不选。诗也可以只选古诗与唐诗。所选诗文必须是精品，合计八十篇左右（分上下两册），教者还可以自由挑选教，但教过的各篇要学生读熟背诵的。我的意见，卑之无甚高论，把通行于家庭教育里的两部通俗的古文学读本，一部是《古文观止》，一部是《唐诗三百首》，搬进学校里来。高明的学者当然看不起这两部书，但对于中学生的程度，却是相合的。我们的课本，要求学生背诵，所以选文不宜避熟就生；要使学生能先事预备，所以选文不宜太深；我赞成多选几篇像《古文观止》里面的《出师表》《陈情表》《归去来辞》《醉翁亭记》《赤壁赋》《瘗旅文》等文情并茂之作；多选几篇《唐诗三百首》里面的唐诗。因为据许多人说，国文要靠家庭教育，在学校里学不好；如果此话是真，我想，编教科书的人应该研究家庭的教本。而且选熟文章有一好处，学生在课内弄不明白，可以回家去请教父兄，如此，学校教育得到了家庭教育的合作。若照现在的高中教科书选文既深且杂，虽有父兄，不能教其子弟。

另外一种读本，选晚清到民国的文言文。古文是文言的根底，至于现在通行的文言，是不用古文调子的。这一本课本，为帮助学生练习文言之用，所以不要求他们"精读"，只要他们"略读"。内中可以选晚清人谈新学，谈革命的文章，爱国志士所写的发扬民族精神的文章，近代政论家的政论，政府的重要宣言，外交文件，新闻记者的文章，对于预备读法科的学生最有用处。此外也可以选名人的传记、书札、山水游记等类。以文章明白晓畅为标准。

有人问：中学生要否读专书？我的意思经史子集的专书，都可以留给大学校的文科。读专书当然比读选本有益，但进行太慢，耽搁时间。要是在特设的文科中学内，也许可以放置一两本专书，如《论语》《孟子》《史记菁华录》之类，在普通中学里已不能安插。大概语体文教育应该在中学内完成，好比欧洲国家使它们的本国语教育在中学里完成一样。至于古文学教育是不能在中学里完成的，好比欧洲中学里的古典语教育也仅仅是初步，倘要专攻，可以进大学文科。所以我们的"古文学读本"，不选到古代的学术文，而在文学方面也只顾到很小的一角。

但即如照这个计划，中学校的国文钟点已非增不可。因为把语体文与文言文分析成两个学程，现有的每周六小时的国文钟点已不够分配。假定定为每周八小时，使两种功课各占四小时，就很合适。但文言功课在初中可以减少钟点，或从二年级开始亦可。高中学生的语体文阅读能力已高，教材虽多，用不到详细讲解，可以注重自修，同时作文也不必全在堂上作，所以语体文的钟点又可减少。这样也增加不到多少钟点。而且为了一门基本功课，增加几个钟点也是应该的。至于教师，现在中学国文教员，竟有一人担任三班之多的，改卷不能尽职。照我们新的计划，文言语体,各聘专师,各人的负担轻些,对于学生文字训练,必更认真。我们所以把国文教育侧重中学,因为学生过了年龄,就学不好。所以要把语体和文言双重担子放在学生身上,因为社会的要求如此。我们的处境正如欧洲人处在中世纪末叶到十七世纪初期的那个时代里,近代语已抬头而拉丁文未废,那时候他们的读书人所受的语文教育也是双重的。

最后,我们讨论那两类国文功课的名称。我们想用"国语""国文",但"国文"是一总名(我们习惯上说国文程度等等,当然包括语体文写作的程度在内),不很妥当。其次我想到用"现代文""古文"这样对待的称呼,但我们的语体文教本上又有宋元人的文章,作何解释?现在有两个办法,一个办法是用"国文甲""国文乙"来分别。另一办法是仿照数学一门,分析成代数、几何、三角等等的功课名目放在课程表上的办法,我们也可以把国文一门分析出若干课程名目来。初中一和初中二的语体文仍可沿用小学的称呼,称为"国语"(宋元人的口语当然还是国语,不过是老国语而已)。初中三以上到高中三的语体文,读的都是现代文,可径称为"现代文",以与古文相对。初中里的文言文功课从文言文法讲起,课本里面也选不到多少古文,可以名为"文言"。高中里的文言文功课,大部分读的是古文(只有一本课本里面有现代人写的文言,供作文参考用的,未便析出),可径名为"古文",以与现代文相对。而总名为"国文"。以上不过是一种建议,当然不足以成为定论的。

考试问题

有人说,中学生国文程度之低劣,不关教师,不关科学教育,更不关教本,应该怪学生自己,因为他们根本不注意这门功课。如何能唤起他们的注意呢?倘使教本改浅,所选的文章合于现代学生的趣味,使他们自己能读出兴味来,可以收一部分的效力。至于教师的督促还是要的,所以考试不能废。

中学的别门功课都有考试,只有国文不用考试。多数的国文教员只以平时作文成绩作为国文成绩。就有年考,也是考一篇作文,而国文老师好说话的多,总觉得中文不是一下子可以学好的,所以决不给不及格的分数。这样一来,一班学生的程度就不会整齐,高中学生也有不及初中的了(数学程度即无此现象)。国文课本,在自修里也没人理会。西南联大"大一国文"的办法,除作文考试外,还有读本考试,不但有年考,且有期考、月考,考讲过的文章的内容、大意、词句解释等等,指定背诵的文章并有默写,所以学生对于读本中难懂的地方,不时来问,自己不肯放过。我想这一个办法是可以推行到各中学的。

中学毕业会考这一个制度极好,可惜不够认真。我们大学统一招生试卷,就觉得有许多学生,中学不应让他们毕业的。他们的程度固然不能进大学,同时也不应该取得中学毕业的资格,应该再让他们回校去读一两年方好。统一招生考试,取录的标准不能过严,是因为顾虑到多数学生要失学的原故。但如中学毕业考试,执行稍严,可以不必顾虑到这层,因为不及格的学生可以回校再读。英国的中学就不定年限,以应付一种考试,考得一张离校文凭作为毕业。我们的中学毕业会考正是这个制度,所以不同者,不够认真。而中学又定了年限,所以学生读满六年,就等待着一张文凭到手,就是毕业会考失败,也很难回校补习一两门功课,这是班级制的流弊,一时想不出好办法。

但既有了这种考试制度,应该可以唤起学生的注意。所以要唤起学生对国文功课的注意,除非毕业会考特别注意,方始可以。现在的毕业会考要考的科目太多(高中所读的各门全要考),因此也不知主要所在。最好只考基本功课,其余的功课让各学校在校内举行考试。实在有几种功课,考与不考同,是学生在考前几天翻出教科书来强记的,考后又全忘掉。当然每种学问都是有用的,但如翻书可以明白的知识,到社会上去应用时,只要曾经读过,不太茫然,临时用功,也还来得及。只有基本功课,如国文、外国语、数学,确是非下十年窗下的功夫,不能达到某阶段的学力。而且别的科目,到大学里,还须从头读起,只有这三门,来不及补习(别的科目,升大学时,自另有一次考试)。

前几年听人说,某省教育厅举办中学毕业会考,考生有一千多人,国文阅卷员却只到了三位。他们见卷子太多,成绩又不好,不耐烦看了,索性在每本卷上批一个及格分数了事,吃了一桌筵席,一揖而散。近来会考制度行得认真,想来不致再有那样的笑话。我们建议多请阅卷员,本省的中学教师应该回避,聘请本省的大学教授、社会上各界人士、邻省的中学教员共同阅卷,国文的标准可以定得很低,但不能及格的决不能让他们毕业。

常和熟朋友谈天,讨论到这个问题;此文所写,有些部分采取了他们的见解,但大部分可说是作者的偏见。对于教本的意见特别写得详细,因为原有一篇讲稿(题为《中学国文教材问题》,在云南省中学教员晋修班上讲过),现在拿来修改,容纳在里面。其他问题如改卷问题,课外阅读问题,师资问题等,虽然同样重要,因文已冗长,一概从略。

(《国文月刊》第一卷第三期,一九四〇年十月十六日出版)

论大学文学院的文学系

　　文学院中设有中国文学、外国语文学、历史学、哲学各系,其中历史、哲学是依照学科分系的,中西合并研究,文学却分成两系,中西对立。《国文月刊》第六十三期(三十七年一月,开明)载着闻一多先生一篇遗稿,题目是《调整大学文学院中国文学外国语文学二系机构刍议》,据闻先生的看法,这样的两系对立是畸形的、落后的,中西文化应该沟通融会,依照学科分系较为合理。在这两系里,都包含有语言和文学两类科目,中文系原设有文学组和语言文字组,而外语文系也包括语言和文学两项,不如把这两系合并起来,另分为语言学系和文学系。语言学已经发展成一门科学,应该独立成系,中国语言和文字的研究,不过是这门科学的一支,和印欧语系的研究,也可参照比并。在语言学系里,为了学者分别专修的方便,可以设印欧语言组和东方语言组。至于文学的批评和研究,虽也采取科学方法,终究不是科学,乃是属于艺术的范畴。文学系的目标是建设本国文学的研究和批评,创作新文学,要批判地采用旧的,有计划地介绍新的,要中西兼通。在文学系里,可以分为中国文学和外国文学两组,两组的出发点不同,而归趣则一。闻先生这个建议是在西南联大刚要分家,清华准备复员,商量院系计划时,口头向清华当局提出的。清华当局曾经一度考虑,格于实际上的困难,未能实施。遗稿不是一篇完整的文章,由朱自清先生整理缀辑,付月刊发表。

在遗稿后面,朱先生另写一文,《关于大学中国文学系的两个意见》。第一,讨论到中文系应不应该讲授新文学并指导学生文艺习作,朱先生的意见是肯定的,并且报告了西南联大及清华大学实施的办法与成绩。至于比较中西,教部原指定有世界文学史一门功课,为中文系学生所必修,这门功课应由外文系开设,但在外文系却不是必修,所以未必逐年开班。或者虽有欧洲文学史课程,性质相仿,而分量过重,对于中文系学生修习,甚至感到困难。在这种情形下,也可在本系开设,用中国话讲授,除指定原本参考书外,并可尽量利用世界名著的中文译本,指定参考,收博览之效。第二个意见,也鉴于沟通中西之必要,赞成闻先生的建议,希望由一两个大学试办,渐渐克服困难。

闻、朱两位都是中文系的教授,他们的建议和意见多少着眼于中文系的改进。《周论》第六期,盛澄华先生的《试说大学外国语文系的途径》,由外语文系教授的立场,同样地看出文化融流的趋势,并且说明如何进一步沟通两系的重要。单就外文系说,他认为外文系逃不出两条路线,一是站在自己的文化观点去批判西方文化,一是借摄取西方文化的精华来弥补并滋养本国文化所患的虚弱。要达到这双重目的,对于本国文化应该认识,而翻译是不可忽视的工作之一。外文系的学生在大学期间,除应令其多多精读西洋名著外,尤须鼓励他们不疏忽本国古籍的浏览与当代文选的涉猎。

连读三篇大文,笔者不无感想。第一,要把历史久远已具规模的两系,合并而重分,事实上必多困难,中外文系都很庞大,原因是不但要开设本系学程,还须供应全校的语文训练基本功课。目下新生增多,中文系的大一国文在二十班以上(就清华说),外语文系的大一英文班次略同,此外还有大二英文,第二外国语各班,均为全校服务,不全为本系而设。这些课程,应该归并到语言学系呢,还是属于文学系,很成问题。作为一门科学研究的语言学系未必肯承办,它自身也许有若干特殊的语言要开设学程的,语言学系应该不同于语言系。假定一齐归并入一个文学系,那一系又太庞大。照现况是由中外文两系分担,还比较的平均而名正言顺。这也是文学院中不得不分设这两系的主要原因之一。原来中国文学系的前身往往是国文系,供应基本国文和训练中学师资为其主要任务,其后改称中国文学系,有了新的使命而老的任务也未完全脱卸。外国语文学系的前身往往是英语系和西洋文学系的并合,诚如盛先生所指出的"一箭双雕"式的经济教育政策,性质也不单纯。要想划清为语言学和文学两系,中间有些纠缠的问题不易解决。第二,借令所分设的是语言系和文学系而不是语言学系和文学系,按理论说,语言学和文学确乎绝不相同,而语言和文学却不容易分别或分离。读文学必先娴习语言,学习语言用的是文学读本。向来语文教育不得不依国别(其实是语别)来分系的主要理由在此。否则文学系的学生必须先读语言系的功课,而不少的教授也将同属于两系。尤其是第二外国语方面,教授人数不多,往往由一位教授兼教语言和文学两类课程。并且你也不能说法国文学史属于文学而第三年法文属于语言。因为后者倒是文学名著的精读,应该更属于文学本身的。

以上不过挑出一两点困难来说,足见中外文系的合并计划不易实施,还不曾说到这两系有其独立存在的意义与价值。已成的局面不容易改动,然而中西沟通和合并研究确乎是时代的需要,最好的办法是在文学院中开拓新系,在空地上造屋,新的理想容易实现。待到新系成长以后,老系也可有合理的调整。今单说文学系的重要性。

在我们这一辈,把中西分别得清楚,但是,在中西合流的新文化里所培养出来的青年,他们对于原来的所谓"中""西"已不复能区别,在意识里只感到古今新旧的区分,以及纯文学与非文学的区别。学生踏进大学之门,随其旨趣而选择院系,其旨趣在于研读文学的,原想进一个文学系,不要分别中西的。无奈大学校中缺乏这么一系,而并立着两个文学系,使他们难于抉择。论理,本国文学占更重要的地位,而文学创作是要运用本国的语言文字的,所以多数学生应该进中文系。但试一检讨中文系的课程,语言文字组另是一种专门学问,不属于纯文学,文学组的重心在于古文学,还有若干古籍的研读,偏于训诂考据,就可以知道中文系的课程是学术性高于文艺性。青年们的爱好新文艺并且想从事创作者,对于这些功课的重要性不易认识,而深感乏味。新文学的历史还短,可能添设的功课有限,而且研究以及创作新文学还须多读世界名著,文学理论书,许多学问在西书里面,要充实这一方面的学养,出了中国文学系的范围。如果读外国语文系,可以多习语言,多读世界名著,眼界广阔,可是三年的专门训练全在外国语言文字里,难免抛荒了中文,容易养成眼高手低之病,而对于本国文化又太隔膜。

文学是一门最老的学问,不但历代文人的著作多,而且研究这些文学的文献材料堆积下来的浩如烟海。谈到文学研究,不能完全摆脱传统。中国文学的研究者,应该读若干古籍,因而文字音韵之学也不能不知道。外语文系又在训练另一方面的专门人才,为专攻外国语言及文学者而设,功课繁重也不能安插若干中文功课。大学教育的宗旨在培养专门人才,同时也造就通才,文学院是自由教育。以前若干大学有主系辅系的制度,使学生能兼读两系,近来这种制度已取消。虽然在选课里可以得到若干自由,但两系的作风,不全相同,课程的编排是整套的,零拆听读,不易得益。我们希望在两系之外,另设一个普通性质的文学系,以适应时代的需要。该系以文学作为一门学科,不分中外,挑选精要的部分读,论到沟通中西文化那个目标固然太高,或者不容易谈到,只以供给一个大学文科生的文学修养,而辅导其创作能力,作为主要任务,以期造成社会上应用的人才。

文学修养包含四项:(一)文学名著的精读,不分中外;(二)文学原理的了解,文艺欣赏及批评能力;(三)文学史的知识;(四)写作的训练,主要的在本国语言文字里。根据这四项,采取重点教育制,以制定学程。例如在入门的时候,设置"中国文学""西洋文学"两门,包括文学史的知识及阅读材料。在三、四年级,设置"诗""散文""小说""戏剧""文学批评"五门。每门代表一种学问,包括名著精读、理论及习作。读物包括中西新三方面。中西名著需要精读,新文学部分重在讨论及习作。翻译也可以鼓励。内中诗和散文可以偏重中国部分,后面三门可以偏重西洋部分。诗和散文是基本修养,应定为必修,小说戏剧涉于专门技术,文学批评是高深课程,学者于三门中任选两门以为必修。如此,三年之中只读六门基本功课,学生可以读得好。教授人才,聘请中西兼通的,不得已也可请两三位教授合授一门,分若干小课以为一组,而使学生合读之。系中通用中西语言文字,关于理论及文学史部分尽以国语讲授为原则,而创作练习全用中文。这样兼收中外文两系之长,而去其繁重偏枯之病。基本重门功课之外,设若干轻门选课,例如新文艺概论或中国新文学史,新闻学,传记文学,儿童文学,民间文学,文艺教育学等。哲学、美学、心理学、语言学、社会学、文化史等皆与研究文学有关,随学生旨趣,分别使其择读,取于他系。

该系学生的可能出路是:(一)写作家,(二)编译人员,(三)新闻记者,(四)文学教员,(五)新式秘书,皆切合于社会应用,道路不太狭窄。有志于高深研究者入研究所。这一系可能很繁荣,合乎爱好文学的青年们的理想,对于新文化有推进的能力。教授的人才确乎难得,但是,如果道路对了,总于学生有益,也不在乎如何博学之士。草创固难,以后可以提高程度,发展下去,不但造就青年,也造就这方面的教授学者。姑定名为"近代文学系",使与原来的中外文系鼎足而三,保持联系性,沟通中西文化。待到新系成长以后,老系也会调整,原有的中国文学系可以改为"古文学系"(Department of Philology),专致力于古文学及古籍的研究,承前启后,另负起文化建设上的使命,相当于欧美大学文科中的希腊拉丁中世纪文学研究的专系。中国文学的历史很长,因而有设专系的必要,目下中文系功课,本来偏重古代,到了元明,已不很注重,总之,相当于他们的上古中古期,在文艺复兴时代以前,应该称为"古文学系"的。

盛先生提到西人治汉学的热忱和成绩,使我们兴奋,同时也感到惭愧。中国已面临着古学沦亡的危机,青年们对于古书已经隔膜,由隔膜而缺乏兴味。古文学系的设立,一方面承继旧学,一方面吸收新学,采用新方法,以训练能读古书和研究古文学的专门人才为宗旨,注重训诂考据以及文学史的研究，它又应与史学系联络，是沟通古今的一系，性质介乎文史之间。

在近代文学系里，中国文学部分以纯文学为限，不必如专攻古文学的必须探源于经子要籍，泛滥史部，文字音韵之学也可从略。不同的办法是兼读外国文学，使得文学的修养更为深广，并且含有比较研究的意味。担任中国文学部分的也可取西人所译中国文学作品加以讨论。担任西洋文学部分的，也可详于国人已有介绍对于新文坛已发生影响的作家，多讲授师生间准备从事翻译介绍的作品。大概西人治学，不务空谈，根据实物以作研究。他们先把我们的古董拿去，然后根据已得的材料，用他们自己的语言写作中国艺术的研究书籍，加进了他们的文化，经过一番消化作用，我们的东西早已成为他们自己的东西了，所以弄得津津有味。而对于中国古籍及文学也是先动手翻译原文，然后发议论。我们的外文程度太高，看原书毫无阻碍，反而懒惰了翻译工作，不经过一种翻译消化工作，外国东西仍旧在外国，不曾增加到自己的文化里。近代文学系既不为专研外国文学而设，用不到多多顾及外国人研究文学的传统办法，仅着眼于吸收介绍的工作。闻先生所谓"批判地采用旧的，有计划的介绍新的"，和盛先生所谓"藉摄西方文化的精华来弥补并滋养本国文化所患的虚弱"，在这样一个新系里可以稍稍做到。

要而论之，中国过去的文学，士大夫的文学多，平民文学少。有关于政教得失的多，体会普遍的人性者少。诗文发达而小说戏剧落伍。妇女不得解放，以前的女子都不读书，所以历代文人制作，不曾顾到女性读者，在旧文学里，适宜于女性的读物，竟不很多。文学修养就是人格修养，专读西书则太洋，专读古书则太迂，我们希望有中西新旧融合的文学系，使得在人格修养上平衡而不偏宕。诗和散文与语言文字的关系深，多读本国的有益，小说戏剧的创作还得在世界名著里多多学习。而近来文学系中女生特多，上文较为别致的"儿童文学"特为女生而设，每个家庭的主妇都是极关心于儿童读物的。

笔者学识浅陋，所感多方，限于篇幅，不尽欲言。脱稿之顷，又接《国文月刊》第六十五期,见到上海几位大学教授对于闻朱两位先生的建议,发表意见很多,足见这问题已引起普遍的注意。爰将在两系之外,另设近代文学系的意见提出,备主持教育行政者的参考,并望关心于文学教育者不吝指教。

(《周论》第一卷第十四期,一九四八年四月十六日出版)

四、学术书评

近顷逝世之德国戏剧家兼小说家苏德曼评传

(Hermann Sudermann，1857—1928)

一

上星期随人看电影，得睹 *Sunrise* 一片，情节背景均极佳。因思谓一切电影毫无艺术者亦好高骛远者之偏见，并念倘有暇晷当更多读苏德曼之著作，盖此大名鼎鼎之作者已于一九二八年十一月二十三日逝世矣。读者试检去年十一月二十四日之《北京导报》，当见如左之电讯，译其文云：

> 柏林十一月二十三日电。著名戏剧家兼小说家苏德曼氏卒于柏林，享年七十一。良使吾人追念其对于近代剧台上之贡献及其完美之人格。

苏氏之卒，凡爱好文艺之士莫不悼惜，且使余急欲取其著作尽读之。苏氏之作最流行普遍者为《忧愁夫人》一小说，德文原名 *Frau Sorge*，英文译名 *Dame Care*。我国有胡仲持君译本名《忧愁夫人》，文学研究会出版。在德国文学中，文笔简净，实无出此书右者。故英美学生习德文时，辄喜首用此为课本。余曩见 *Heath's Modern Language Series* 有节本，注释特详，谓可供温习德文之用，今又从友人借得 Bertha Overbeck 之英译全本,而细读之。译本凡三百页,预计二日可读毕。乃一开卷即不忍弃掷,且精神奋振,不能复睡,灯灭继之以烛,支枕读之,至终卷,已曙矣。蓄极深无限之悲哀于淡淡之辞句中,如嫠妇低泣,如秋猿哀啼,时断若续,欲语先咽,夜深人静,残月明窗,一种阴森悲愁之气中人,余安得一效保罗之长啸也。近年来读小说而哭者凡二次。其一读某君所译一俄国小说。时适与某君同居,彼以其姊遭惨祸,震惊成脑疾。一日忽谓其精神不能自持,欲进城视其母,薄暮命车,偕其弟行。行后大风雨,余独坐无聊,取其所译小说读之。书中叙一薄命之女子至惨。余既怀念某君兄弟,复睹书中悲剧,遂大哭。今读《忧愁夫人》小说,令余堕泪不禁者尤在前半部,盖其有力之描写,实使余联想至余幼年时一二极悲绝哀之事。由此以观,则谓一切文学是否能深感人当视在何种境地有何种经验之人读之而定者非耶。然而非苏德曼之文笔,亦不能使余如此也。

苏德曼于一八五七年九月三十日生于德国东普鲁士省之 Matzicken 镇。地近俄境,多山林水泽,风景幽森,野蛮杂民族出没其间。苏氏之戏剧小说,多有以其故乡作背景者。《忧愁夫人》尤显著者也。苏氏生贫乏之家,童时不殊常人,读书不见进步。十四岁即出为某药铺生徒,不成。辗转得入 Königsberg 大学,读历史语言学文学,嗜酒好斗。一八八七年转学柏林。为饥寒所迫,读书时间少,而工作时间多。初在私家为教习,同时又为日报撰稿,暇则读法国写实派自然派小说以自遣。是年刊其短篇小说集曰《黄昏中》(Im Zwielicht)。一八八八年刊其长篇小说《忧愁夫人》,即上年《柏林日报》(Berliner Tageblatt)所陆续发表者也。当时尚不为人注意。直至一八八九年苏氏所作剧本名《名誉》(Die Ehre)者公演以后,苏氏之文名始震全欧。前此所作小说,一时售罄。然此时论者,甚称扬其另一小说曰《狭路》(Der Katzensteg)者,对于《忧愁夫人》无热烈之欢迎辞。迄于今日,已隔四十年,《忧愁夫人》已售至二百版左右,且翻译成各种文字,读者遍世界。而《狭路》一书,则虽在本国亦几无人读。此可以见当时柏林批评家之无眼力矣。苏氏于剧坛既享盛名,嗣后自一八八九至一九〇九年之二十年中,除作成一部小说《往事》(德译名

Es War，英译名 *The Undying Past*）外，一致力于戏剧，其所编剧本有十九种之多。美国批评家 Phelps 曰，有训练之小说家改变其方向而致力于戏剧，为近时之风气，如苏格兰之 Barrie、意大利之邓南遮、德国之苏德曼，均于此两种文学兼享大名者也（见所著 *Essays on Modern Novelists*，一三九页）。自一九〇九年以后，苏氏兼顾戏剧小说两方面，于前者成最有名之独幕剧数篇，于后者则成《高歌》（德译名 *Das hohe Lied*，英译名 *The Song of Songs*）一部大小说。晚年离柏林，退隐山林，其夫人亦一女作家也。

现代德国剧坛，虽极复杂，然其中大作家、最闻名于世界者，不过二人，一即苏氏，一为霍特曼氏（Gerhardt Hauptmann）。霍氏生较苏氏后五年，然一八八九年霍氏作第一剧《日出之前》，亦即苏氏《名誉》一剧公演于雷兴剧场之年，故二人之戏剧事业可谓同时开始，亦艺林之佳话也。今日二人之声誉，在德国则霍隆于苏；在英美各国，则二人并称。平心论之，天才造诣，各有不同，未可以轩轾。德国近代戏剧，在霍氏之前，大抵摹仿法国，未有名凉，至霍氏出，始有独立发展之魄力，其戏剧之主题及结构，纯粹为近代的，一扫从前因袭之风。又以真实平民之言语，代替昔日袭用之剧词。有时且运用活泼之方言，使剧情愈觉逼真。又剧中人物，好用平民或乡人以宣扬民治精神。此种大胆的改革，霍氏之功居多，所谓自然主义运动是也。然其过火处，则凡自然主义之流弊均不能免。剧评家 E. E. Hale 谓霍氏激进，Wildenbruch 氏保守，惟苏氏介乎二者之间（见所著 *Dramatists of Today*，六八页）。此言是也。霍氏之作，吾人所习知者，如《沉钟》与《织工》，此二作适代表其作风之两方面。一即自然主义方面，一为新浪漫主义。此两主义绝对不相容，而霍氏乃以一身兼之，熔易卜生、托尔斯泰、左拉与罗斯当、梅脱灵于一炉，真剧坛上之怪杰。苏氏则异乎是。一方面缺乏霍氏之抒情的情调，一方面自然主义之气味亦不若霍氏之浓厚。故论德国现代戏剧，辄概括以自然主义运动，且以苏、霍两氏并称者，甚不妥当。盖与其谓苏氏为自然派，不若称之为写实派之尤确切也。戏剧大批评家 William Archer 谓德国剧作家霍氏与 Wedekind 氏善心理分析，苏氏善人物描写（见所著 *Play-making*，三七九页）。是亦霍、苏两氏作风不同之论。虽然，此论苏氏之戏剧则可，至于小说，则余读所谓心理派之小说多矣，大抵连篇累页分析人一举一动之心理现象，未有能如《忧愁夫人》之不著一字、尽得人精神上之变化曲折者，谁谓苏氏无心理描写之手腕耶？苏氏所著戏剧甚多，不能备举，其中最著名者曰《故乡》（德译名 *Heimat*，英译名 *Magda*）。此剧之所以闻名于世者，半固因苏氏之文笔，半亦由于欧洲最有名之女伶如法国之 Sarah Bernhardt、意大利之 Eleonora Duse 演过，获得剧台上之成功云。

二

此下介绍《忧愁夫人》于读者。

忧愁夫人者，童话中之人物，而苏氏全书则建筑于此童话上，故即以名其小说。此童话见于苏氏书末，然非苏氏所创作，罗马诗人霍莱斯诗中已见忧愁夫人一人物，而葛德之《浮士德》第二部中亦述及之。盖欧洲通行之传说也。苏氏之故事如下，有一女子，生一儿，家贫，寡知友，其母悲叹，谓安得一人，为其儿之寄母。一日薄暮，有一妇人，蒙灰黑纱叩其门，谓愿为其儿之寄母，能使儿长大勤苦持家，母无冻馁虞，惟有一条件，即须将此儿之灵魂，交托于彼。母不得已许之，问其姓，乃"忧愁夫人"也。（此处忧字当作忧虑之忧，愁乃愁柴愁米之愁，忧愁为一种心理现象，童话中使之人格化，遂成一蒙灰黑纱之妇人耳。）此儿既为忧愁夫人之寄儿，于是自孩提至长大，终日在忧患中，耳目不能见闻世界之美丽。青年之快乐，彼一切无有。直至彼牺牲一切所爱所欲以后，于是忧愁夫人之魔力始解，此儿可得恢复其身心之自由焉。

苏氏小说中之主人保罗，即此故事中忧愁夫人之寄儿之影子也。忧愁夫人非真有其人，书中未叙忧愁夫人之事，但其叙保罗时，则觉其命运中真有忧愁夫人之阴影在。保罗初亦不知忧愁夫人之故事，此故事乃其幼时母子相依时，其母（母名蔼尔斯伯）为之讲述者。保罗一闻此故事，即自悟其自身即故事中可怜的小孩之化身。且于其精神恍惚时，往往如真见忧愁夫人其人，全身为之战栗。此书开卷第一句，即断定保罗一生应有忧愁之命运。（手边无胡君译本，故凡所引述，均据英译本重译。）

> 恰恰在梅黑弗的田地房产付拍卖的时候，他的第三个儿子保罗呱呱堕地。

保罗诞生在其父破产之时，则其命运之恶可知。于此令人忆及迭更司《块肉余生述》首即言大卫考伯生于星期五夜十二时，为恶运之预兆，为小说家同一之手法。苏氏继写此孩提中之保罗已异于常儿。

> 杜古拉斯夫人弯身看那摇篮，随手整了整小孩的衣角，笑道："我说那副小脸庞倒像有点懂人事的。"
>
> 蔼尔斯伯叹道："他生下来就瞧见了忧患，也难怪他的脸这样地干老。"
>
> 杜夫人道："你快不要这样疑忌。我听见人家说，初生下来的小孩，总觉得干瘦一点，过了些时，便长嫩胖了。"

然而保罗却与别人家孩儿不同，无"长嫩胖"之希望，其七八岁时已老成如大人。其年青时亦无其他年青人之活泼精神，然此是后话也。当时蔼尔斯伯既生保罗，病屡已极，而其夫梅黑弗则逼之出走。以为房产既已售出，便当立刻搬走，不必仰人鼻息，虽买主（即杜古拉斯及其夫人）坚留亦不顾。于是在一风雨寒冷之日，全家移居一附近之破屋中。

> 这是一个冷而沉闷的十一月的天气，蔼尔斯伯洒泪别了她最爱的住宅。蒙蒙的细雨把所有的东西都打湿了。
>
> 大地裹在灰色的迷雾中，这样地荒凉而没有安慰。
>
> 她怀抱着最小的一个，两个大的紧挨着她旁边，啼啼哭哭的。她上了车，那个车将拖她到一个新的命运里去。那个命运，啊，好像是这样的黑暗啊！
>
> 车出了大门，冰刃似的寒风直刺他们的脸。于是那个小的，先

前伏在他母亲的怀抱里不声不响,现在开始大哭了。她用她的外套把他裹得紧一些,她低弯下身看那颤抖的小孩,这样使人家不留意她的眼泪,那,已是纷纷地淌下两颊了。

保罗即生长于破屋中。梅黑弗为一强暴固执之人。家产既荡,种种企业毫无成功,但知酗酒责骂妻子,待保罗尤酷。常呼曰:"保罗,来!来!我将以此安慰汝。"言罢以荆条扑打。且嘲保罗为蠢牛,曰:"岂有聪明如我,而生此笨牛,真乃气数。"说罢频呼厄运不已。实则保罗外貌朴讷,而至性充实,特受磨折过甚,而感觉不觉迟钝耳。保罗不敢常哭,但喜吹口作嗯哨。每受父兄欺,或心有所感,常寻僻静处嗯哨以自遣,嗯哨竟,则其胸中之愤懑平矣。故彼视嗯哨为唯一之艺术,为唯一之安慰。保罗最爱母,亦惟母能深知保罗。蔼尔斯伯常深夜长叹不睡,惟保罗默然坐对。母常呼曰保罗保罗,此下即哽不成声。保罗曰,母毋过悲,使儿长大,当为母挣衣食耳。保罗自谓禀赋愚下,故不愿读书,然亦甚羡其两兄能挟书跑冰。一日翻其兄书箧中见对数表一册,甚爱好,既而释书叹曰,阿兄聪明如是,能熟读如此复杂之数目,若我者惟有下田耕种勤苦学农夫耳。故保罗神视两兄,而两兄视之,则不若狗。蔼尔斯伯又孪生两女,保罗在家之常课,为将扶此孪生两妹学步而已。

破屋离旧居甚近,保罗母常临窗遥瞩其高楼,黯然神往。保罗问曰,此中住何人耶?母曰,此中住安琪儿,且为汝之亲戚。盖保罗褓褓中过寄于杜夫人也。母又曰,此屋即我家故居,汝即生在彼楼中。保罗曰,然则母曷不一游故居,且探视此亲戚?母泪落不语。盖保罗之父恨杜古拉斯入骨髓,以为破坏梅黑弗一家幸福者即杜古拉斯其人,故严禁其母子与杜家人来往。然保罗终有一日得遂其一游故居之愿。此则在其父困于债家,其母私往杜夫人告贷之时。此时保罗始得一见此慈爱之寄母,并得识蔼尔斯伯姑娘,与之同坐于杜古拉斯先生之膝上,与之同嬉游于园中者半日。此为其少年唯一最快乐之日子。蔼尔斯伯姑娘者,杜氏之独女,亦保罗母之寄女,与保罗同年,其名乃杜夫人依其寄母而题者。

梅、杜两家,贫富悬殊。然而贫富又何足以限儿童之相爱。蔼姑娘甚爱保罗,保罗亦甚爱蔼姑娘。惟保罗天性纯朴,不知爱为何物,但自讶似有一种势力存耳。其后于乡村礼拜堂之读经班上,两人同学数月,始得朝夕相见,年均十四五矣。蔼姑娘成绩优越,保罗有种种家庭琐事,缠绕于心,牧师讲解,置若罔闻,故成绩甚劣。保罗衣衫褴褛,蔼姑娘则轻裘肥马。故保罗每见蔼姑娘,避不欲有言。姑娘有问,亦讷讷然不能答。然蔼姑娘始终重视保罗,每见即深为之礼,且问保罗母好。一日,蔼姑娘谓保罗曰,今日吾家不能以车来迎我,我母云,可恳保罗伴送归家。保罗遂伴之行。天炎热,至树下小憩,两人闲谈,蔼姑娘问保罗有甚心事,何忧之深,保罗不能答,代之以嗯哨。此一段文字,为全书中最美最沉哀之笔。

……他想回答,但他想不出应该什么词令。他抬起头来沉思着。有一只燕子在蔚蓝天空中飞过,他不知不觉的想打一声嗯哨,但嗯哨没有吹成。他努力试验了两三次。

蔼姑娘大笑,但是他不顾,自己连续打嗯哨。起初他简直不知道为什么吹,也没有想到为什么要吹。但是慢慢地一个一个声调从他嘴唇上滑下来,好像很自然的。他觉得口齿忽然伶俐起来了,他好像能说尽他心头的烦闷,说尽他用言语所不敢对人说的那些。一切使他愁着的,一切使他虑着的,一忽儿自然流注。他闭着眼,他静听,他静听他自己的声调对他自己说的是什么事。他想那个天上的,和善的上帝在代他说,在讲述关于他的故事,在讲述连他自己都不大明了的事。

当他抬起头来,他不知道睡在地上有多么久,也不知道他嗯哨了多么久。但他瞧见蔼姑娘在哭。

"为什么哭?"他问。

她不回答他,但用手帕拭干了眼泪,站起来。

寂静地他们两人傍着走了一回。他们走近了一座浓密的丛林,

蔼姑娘站住了,她问:

"什么人教你的呢?"

"没人,"他说,"很自然的,我便会了。"

"你会不会吹笛?"她又问。

(中略)

"你可以学学。"她说。

他想恐怕太难学吧。

"你真可以学,"她鼓励他,"你定能成一个艺术家——一个大艺术家。"

谓外貌如此愚拙之人可以成大艺术家,不但保罗之父闻之将大笑绝倒,且保罗自己亦不深信。蔼姑娘能作此言,此蔼姑娘所以为保罗一生唯一之知己也。然而蔼姑娘知保罗,而保罗不知蔼姑娘之爱己,常叹曰,彼必嫁其表兄。此又何故?曰,非保罗不足以知蔼姑娘,此正如忧愁夫人童话中所说,此儿已失去其灵魂之一方面耳。故其后蔼姑娘赠保罗以笛,保罗终不思一学,且举而销毁之,叹曰,一切美丽的东西,与我无缘。当保罗销毁此笛,保罗不特销毁其艺术之前途,且丢弃蔼姑娘之爱。此正如童话中所云牺牲一切所爱,方得忧愁之解脱耳。以保罗得天之厚,成大艺术家,殊非难事,然其环境所逼,志向所趋,使之成一刻实之事业家。近世分人类之天才,谓有艺术的、事业的、科学的等等方式,无论其说在心理学上讲不通,即离吾人之常识亦远。如苏氏书中之保罗,谓其有艺术的天才耶?抑有事业的天才耶?抑二种兼备而缺乏科学的天才耶?余谓以极粗鲁的常识言之,则一切人,相对的可分为两大类:(一) 有头脑之人;(二) 无头脑之人。如保罗者,有头脑之人;如保罗之父,无头脑之人也。有头脑之人,无往而不可通;无头脑之人,无往而可通。如是而已。

保罗之父真无头脑之人。有如是之孝子,而终朝责骂,斥为笨牛。保罗丢弃一切杂念,终日奋力工作,躬事耕种,自辰至酉,无有休息,以为雇工表率,工人敬畏之,尽力工作,梅黑弗之家稍起。而其父嗤其用人工种谷麦采泥煤为但知小利而不睹大利,终日计划远大事业,欲成一大富翁,结果屡次失败,债台高筑。使无保罗者,一门尽为饿殍久矣。最可笑者,莫如以一年之谷麦,向一犹太人手中易一破锈之蒸汽机,谓可以大规模采取泥煤。此蒸汽机丝毫无用,弃置田角,为其事业失败永久之象征。

保罗奋力工作,虽蔼姑娘亦不能稍摇其心志。蔼姑娘漫游法兰西、意大利,归见保罗,尝谓之曰,余今见世界之大矣,然跳舞音乐及一切所谓文雅之男子使余生厌倦。又曰,余最喜观汝做工。保罗长夏耕种,蔼姑娘休憩林中,观其工作。有时招之与语,才三四语,保罗听若罔闻,辄曰少待少待,彼处农人又喊我矣。即飞跑他去。蔼姑娘有三四次谓保罗云,我将详细告汝以我心中欲说之事,保罗方欲听其语,辄想到一重要之工作要做,加帽以行。蔼姑娘一日以海涅诗一卷授保罗,谓汝读此,必有益。保罗工作太忙,一时不能读。迨后得机会读之,将海涅之诗调,尽翻译成自己之嘬哨,然其工作忙又全忘之矣。

保罗既如是勤作,其家能小康否耶?保罗所积之财悉耗于其父兄及稚妹。其父但知挥霍及计划"远大事业"。其两兄卒业大学,不但不寄钱至家,平时无信与保罗,有信索钱而已。其孪生妹则但知做跳舞衣,与浮滑少年讲自由恋爱。凡此已足使保罗伤心,其最大之打击则为谷仓之焚毁。此事亦其父招之。盖其父与杜古拉斯斗骂,迁怒于一最尽力之雇工,将此雇工击伤,其人遂设计焚仓以报复耳。谷仓被焚,保罗几年之工作尽付流水,其母亦憔悴而卒。此为全书最悲之一节。

其母死后,保罗努力修补废弃之蒸汽机,其后竟能为用,大采泥煤,遂富。此书之结,则以保罗父谋烧杜古拉斯之谷仓而死,保罗于深夜欲止其父之奸谋,自焚其谷仓,且以身殉火,终为杜古拉斯救出,与蔼姑娘成婚而止。或以此哀情小说何得有此圆满结果为疑。余谓全书极悲绝哀,不知可赚人多少眼泪,此结尾不过余波,圆满与否毫无关系。且此书苏氏作于少年,又为致献于其父母之书,自不能过作不祥之结尾耳。若人格完善无缺如保罗者,必欲使其彻头彻尾作悲剧中之人物,则苍苍者天,何足以劝世耶?

余介绍《忧愁夫人》小说竟,释笔而叹曰,此一伟大伦理小说也。论者谓苏氏写农人之生活工作,栩然如生,又以蒸汽机等入小说,足见其写实之擅场;或谓其故事近"浪漫",其人物近"型式",凡此皆不足以知苏氏者。苏氏此小说其浅处在劝人孝,劝人做切实之工作,其深处则致疑于一般所谓"文化"(Culture)。保罗之两兄,曾受高等教育,而其行事乃与其弟大相径庭若是。天下男子,如蔼尔斯伯姑娘所见者,衣服辞令,音乐跳舞,凡足以文饰其身者皆具,而其心则不可问。文学艺术毕竟是有闲阶级之游戏,即其他一般所谓文化学问者亦不过是身外之文饰,一人之真价值固在彼而不在此。苏氏教人撇开种种身外文饰,而披视其心性,此实此书伦理哲学之最高潮。如保罗者,丢弃一切艺术爱好,最后并幡然大悟,丢弃其所谓工作,是乃大解脱之人。考其一生行事,虽西国教主耶稣基督及中国古传说中之虞舜不过如是。若是者不当永垂为人类之表率耶?

三

然则苏德曼写实手腕之最高点,又于何见之? 曰于其《圣约翰之火》(德译名 *Johannisfeuer*,英译名 *The Fires of St. John*)一剧中见之。此剧之背景,亦用苏氏之故乡。剧中女子曰玛丽者,幼育于一富人家,出门往往为一游荡民族之丐妇所追袭,且呼之曰"吾儿吾儿"。玛丽颇疑之。后询此富家之老仆,方悉己身果是义女,而此丐妇乃其真母也。然富翁防之严,不能与此丐妇谈。一日设计使人招此丐妇来。第二幕中一场如下:

> 丐妇(进) 姑娘——我儿——是的——不要怕。啊,你是这样一个漂
> 亮的姑娘了——你有爱人——你快出阁了?
>
> 玛丽 不,我并不出嫁。不是我;是求屈罗,我的妹子。
>
> 丐妇 你不嫁,喂,不要紧——终有一天的。(用手指抚玛丽衣)

漂亮的衣服呀！全是羊毛织的——（又抚其裙）啊，绸的，全绸的！给
我罢，给我罢！

（玛丽脱裙与之）

丐妇　多谢——多谢！（下略）

"给我罢、给我罢"真写实之呼声。其后丐妇又需索钱物。玛丽一一
与之，心中怕极，亦痛极。此一段情节，不特使我国之剧曲家为之，必将
为一大段母女会之哭板无疑，即使嚣俄、托尔斯泰辈为之，恐亦不免于抱
头痛哭、呼天抢地。而苏德曼则使此丐妇但见钱物而不见其女，玛丽但
觉其母之可怕而不觉其可亲。此非苏氏之过分冷酷，实则实际人生，真
个如是。故余谓《圣约翰之火》全剧易为，此段则非大文学家不办。

（原载一九二九年一月十四日《大公报·文学副刊》第五十三期，
署名"毂永"）

英国女诗人罗色蒂诞生百年纪念

(Christina Rossetti，1830—1894)

　　今年十二月五日为英国女诗人（基利思底娜罗色蒂，Christina Rossetti)诞生百年之纪念日。女诗人为英国十九世纪后半期大诗家兼画家(但丁该波利罗色蒂，Dante Gabriel Rossetti)之妹。兄生于一八二八年五月，忆本刊创刊未及半年，适值其百年诞日，曾为文以介绍其生平，略论其诗，并译其代表作《幸福女郎诗》为中国古诗（均载本刊第十九期）。曾几何时，兹又值其妹之纪念日；而本刊悠悠忽忽亦已有三年之历史矣。

　　罗色蒂女士之一生，详于近顷伦敦出版 Mary F. Sandars 所撰之《罗色蒂女士传》，欲研究者可以购读，兹不详述。所当知者，女士之父名该波利罗色蒂(Gabriele Rossetti)，乃意大利人，为自由党徒，政治意见激烈，不容于国，遁逃至英，掌教意大利文学于伦敦 King's College，遂久居焉。其人颇有才，最爱好但丁之《神曲》，讲述注解，往往发奇言怪论，然未尝不确有见地也。母名玛利(Frances Mary)，乃英国大诗人拜伦家医约翰波利陶里(Dr. John Polidori)之妹，其父亦意大利人。故论女士之血液，四分之三属意大利。女士有长姊一，名玛利亚(Maria Francesca)，亦有著作，而笃信英国国教，后出家为尼。兄二；长即(但丁该波利)，次名维廉(William Michael)，亦能文，享年最久，故其后兄妹之诗集，编订

336

校印,皆出其手。女士最幼。其父教学所得盖微,家贫,而姊妹兄弟四人,友爱弥笃。四人中长姊忠厚恬淡,维廉较干练,但丁天才横溢,不可一世,凝精力于诗画,过其艺术家之生活,不问一切;而女士最淑婉,但身体纤弱,其一生常在病中。又性娴静,自幼即喜离群索居,亦不多读书,但喜阅阿剌伯夜谭及意大利 Metastasio 之戏剧,爱其故事优美而已。早岁能诗,咏絮才高,如有夙慧。十一岁时,其母生日,赠母以花,附诗一首云:

> To-day's your natal day;
>
> Sweet flowers I bring:
>
> mother, accept, I pray,
>
> my offering.
>
> And may you happy live,
>
> And long us bless;——
>
> Receiving as you give,
>
> Great happiness.

其母及外祖父为之惊叹不置。年十七,其外祖父为集其所作诗刊之,传观戚友,莫不以才女目之。盖罗色蒂一家,以意大利之国籍,而侨居于海外之英伦,其家庭生活别国异趣。而父兄之所交游,又多文学艺术之士,宜乎其足以造就一女诗人哉。一八四九年,但丁·罗色蒂感当代艺术界之沉闷,居常爱好中世纪之诗歌及文艺复兴时代以前之艺术,至是思欲在诗坛画界中,别树一帜,提倡朴野之作风,于是联合同志,组织一所谓"先拉飞耳派同盟"(Pre-Raphaelite Brotherhood),基利思底娜亦在会中,故夏洛德街之讨论会,女士常常出席,虽沉默寡言,而每起持论,必中肯綮。时但丁年仅二十一,而女士年十九。芳姿端秀,富宗教静穆的美。但丁所绘圣母图像,向以其妹为模。〔有名者如"少女时代之玛利"(*The Girlhood of Mary Virgin*)等。〕至是复有"先拉飞耳王后"(*The Queen of the Pre-Raphaelites*)之徽号矣。一八五〇年盟会中之刊物曰

《萌芽》(*The Germ*)者出版第一期,载女士之诗七。直至一八六二年女士始刊行其第一部诗集曰 *Goblin Market*,此诗集出而罗色蒂女士之名始闻于全国,其时之青年诗人如 William Morris 尤受此集之影响。后四年又出版其第二部诗集曰 *The Prince's Progress*。其中 *The Prince's Progress* 为一长诗,系其兄但丁罗色蒂怂恿之而成。女士原仅作诗末之挽歌"Too late for love..."一首而已(此首仍是女士最佳之作品)。要之兄妹间之相互应响,彼此获益。惟但丁该波利之才富艳难踪,而基利思底娜则娟洁自好。兄妹论诗,往往不合。女士全凭灵感,常觉冥冥之中,有人昭彼,于是伸纸疾书,不加修饰,唯存其真。盖其诗才,疑出天授,不假人力。往往最精之作,其兄见之,嫌其太涉玄想,空洞无物,不若纳之较长之叙事诗中,而其妹却雅好小诗,不喜铺排,每默然不应也。一八八一年出版其第三部诗集曰 *A Peageant*。女士生前所印行诗集仅此三部,余尚有儿歌宗教诗二集,及宗教论文数种。

罗色蒂女士与勃朗宁夫人(Elizabeth Barrett Browning)为英国文学史之双星。两人生同时,论才气工力,罗不如勃;论诗之真诚温厚则勃不如罗。美国大批评家穆尔(Paul Elmer More),其 *Shelburne Essays*(《雪伴集》)卷三,有专篇论罗色蒂女士,盛推之,谓确能代表女性之诗才者,吾人当舍勃而取罗。《学衡》杂志第四十九期吴宓君本穆尔之说而更发挥之,其言曰:

> 论其人之情性品格及其诗之真正价值,则罗色蒂女士实在勃朗宁夫人之上。所以然者,勃朗宁夫人志气豪迈,精力弥满,不甘以女士自居,而喜效男子之所为。其用情于勃朗宁也,则私奔同逃,不自以为非。其以诗写情也(观其所作 *Sonnets from the Portuguese* 自明),但自状其情之暴烈坚强,如长江大河冲荡横决,弗能抑止,实不类女子自述。至其诗中之材料,则政治社会之问题,科学宗教之思想,凡男子之所萦心而从事者,无不搜入,侃侃而谈,申申以指,其智力之广博,固可惊服,而其矫揉作态,强行追步,言不由衷之处,则未

能或免焉。夫行事首宜自然,作诗尤贵真诚,既生为女子,则当以女子天性中最高贵之处,及一己之所亲切感受者,形之歌咏,召示吾人。此等诗且非其他男子诗人所能为,其为希世之珍,传后之宝,可断言也。由此以论,罗色蒂女士敻乎远矣。

罗色蒂女士芳馨独抱,心怀皎洁,其信仰宗教(英国国教)出于至诚,故所作赞美诗独多。除深爱其母外,一心皈依上帝,沉思默想,心与神契,但求超脱尘世,以为真正快乐,当于另外之世界中求之。居常讽诵圣经,又爱好柏拉图、圣奥思定之著作,潜志于古圣先哲之教训,以自策励。十八岁时即不愿涉足剧场,于移人心志之书如法国小说等,从不阅览。向彼求婚者有二人,其一名柯林生(James Collison),女士以其人宗教信仰游移,心鄙其人。其一为兄之友凯莱(Charles Bagot Cayley),剑桥大学毕业生,精语言文学,著作甚多,从希腊文翻荷马,译全其 *Iliad* 史诗。其人盖一纯粹学者,不谙俗务,宜为女诗人理想之佳偶。女士爱之挚,但终不能嫁,约为终身之友。女士既决心留其贞洁之身,谢绝一切尘世欢乐,其拒凯莱,心实痛伤,作十四行诗数首贻之。《古决绝辞》(*Abnegation*)及《愿君常忆我》两篇,尤凄惋欲绝,为不朽之作。前者《学衡》杂志第六十四期有吴宓、张荫麟、贺麟诸君翻译,后者《学衡》四十九期有吴宓、陈铨、张荫麟、贺麟、杨昌龄诸君译。今具录原诗,并每首选二人之译,以备余览。

(一) Abnegation

If there be any one can take my place

And make you happy whom I grieve to grieve,

Think not that I can grudge it, but believe

I do commend you to that nobler grace

That veadier wit than mine, that sweeter face;

Yes, since your riches make me rich, conceive

I too am crowned, while bridal crowns I weave,

And thread the bridal dance with jocund pace.

For if I did not love you, it might be

That I should grudge you some one dear delight;

But since the heart is yours that was my own,

Your pleasure is my pleasure, right my right,

Your honorable freedom makes me free,

And you companioned I am not alone.

古决绝辞

吴 宓 译

若有一人兮,代我为君俦。使君常欢乐,君愁我先愁。忽谓吾憾兹,借箸愿为筹。彼美盛容仪,贱妾愧不侔。秀外复慧中,劝君速取求。我宝君所赠,痴爱誓无休。织君鸳鸯被,梦寐共衾裯。连君合欢舞,蹁跹等绸缪。昔爱苟非诚,吾或行嫉忌。致君失奇缘,所欲终难遂。奈此区区心,久已君怀置。君愉我自愉,君利即我利。君行宽且荣,我亦从适意。君既获良匹,吾身非孤寄。

弃 绝

张荫麟 译

君之愿兮即我愿,君之忧兮即我忧。撷兰莒兮代蓟菲,君欢愉兮吾何愁。婉娈兮伊人,窈窕慧巧兮我非俦。吾实授君兮彼姝,尚好合兮夫何疑。为君绣兮鸳鸯服,为君酌兮鸳鸯卮。燕尔新婚兮吾喜可知。吾若爱君兮不挚,吾当怨君兮宠移。心君心兮乐君乐,君意遂兮吾神怡。君有侣兮吾岂无依。

(二) Remember

Remember me when I am gone away,

Gone far away into the silent land；

When you can no more hold me by the hand，

Nor I half turn to go，yet turning stay.

Remember me when no more，day by day，

You tell me of our future that you planned：

Only remember me；you understand

It will be late to counsel then or pray.

Yet if you should forget me for a while

And afterwards remember，do not grieve：

For if the darkness and corruption leave

A vestige of the thoughts that once I had，

Better by far you should forget and smile

Than that you should remember and be sad.

愿君常忆我

吴　宓　译

愿君常忆我，逝矣从兹别。相见及黄泉，渺渺音尘绝。昔来常欢会，执手深情结。临去又回身，千言意犹切。絮絮话家常，白首长相契。此景伤难再，吾生忽易辙。祝告两无益，寸心已如铁。惟期常忆我，从兹成永诀。君如暂忘我，回思勿自嗔。我愿君愉乐，不愿君苦辛。我生无邪思，皎洁断纤尘。留君心上影，忍令失吾真。忘时君欢笑，忆时君愁颦。愿君竟忘我，即此语谆谆。

别后莫相忘

杨昌龄　译

别后莫相忘，妾已与世离。君手莫妾及，妾亦不君随。昔日所计筹，劝君莫梦思。但忆贱妾身，祷求盖已迟。忘妾复忆妾，君切莫自悲。昔日妾留遗，徒有秽痕垂。若为忆妾伤，何如忘妾怡。

两人之友爱,至老益坚。凯莱先女士十一年卒。女士老益信仰宗教,尝谓吾二人必能相见于天堂也。女士对凯莱爱情之热烈,见于其所作意大利诗 *Il Rossegiar*,为多首十四行诗。可与勃朗宁夫人之葡萄牙情诗比观,以见两人之异趣。此诗女士生平秘不示人,深藏箧笥。女士殁于一八九四年十二月二十九日,其兄搜出此诗。原文为意大利文,Signora Olivia Rossetti Agresti 氏英译甚佳,以过占篇幅,今不选录。兹录女士(《上山》)诗一首以窥其宗教诗之旨趣:

Does the road wind uphill all the way?

Yes, to the very end.

Will the day's journey take the whole long day?

From morn to night, my friend.

But is there for the night a resting-place?

A roof for when the slow, dark hours begin.

May not the darkness hide it from my face?

You cannot miss that inn.

Shall I meet other wayfarers at night?

Those who have gone before.

Then must I knock, or call when just in sight?

They will not keep you waltlng at that door.

Shall I find comfort, travel-sore and weak?

Of labour you shall find the sum.

Will there be beds for me and all who seek?

Yea, bed for all who come.

总观罗色蒂女士之诗,满含宗教的热情,亦带有宗教的悲观色彩。诗才全出天授,集中尚多音韵铿锵之作。女士诗才既□(编者注:原缺),而操守更洁,不特吾国之鱼玄机、朱淑真,莫得而比拟,即以李清照拟之,亦觉有仙凡之隔。其一生如美玉无瑕,殆以女士所爱读但丁《神曲》中之裴雅德里斯自命者欤。

（《大公报·文学副刊》1930 年 12 月 22 日，署名"毅永"）

附：通讯　王鹓雏先生鉴：辱询关于研究英国女诗人罗色蒂之著作，因去冬值罗氏诞生百年纪念，故零星小册，或述女士生平，或选诗数首，附以研究文字，屡见出版。但此类书，都无甚发明。可称为巨著者惟 Mary F. Sandars 女士 *The Life of Christina Rossetti* (*A Centenary Memoir*) 一书，叙罗氏一生详尽，所插图像十余幅亦可贵。书共三百页，伦敦 Hutchinson & Co. (Paternoster Row London, E. C.) 出版，定价十八先令。本刊百五十四期拙作曾首举此书，而漏写其出版书店及价格，今教以奉告。所询 *Il Rossegiar* 一诗，意大利文原诗见于罗氏之兄 William Michael Rossetti 为其妹编辑之全集第 447—453 页，英译全诗未详，上述 Sandars 女士书中，录有 *Signora Olivia Rossetti Agresti* 所译七首，甚佳，即拙作中所题及者也。

　　毅永拜复

（一九三一年三月二十三日《大公报·文学副刊》第百六十七期，署名"毅永"）

评《小说月报》第十八卷

　　余之喜读《小说月报》,当在五六年以前,其后于文学,稍稍读西洋原作,对于国内翻译及新著,不甚注意。自北来后,复因志趣转移、环境变易,益叹与文学书报无缘。故《小说月报》虽继续刊行,此间于绿衣人处按月收到一册,然往往仅看封面及一二插画,即搁弃案头。前日整理书籍,于北方道地之灰沙中,得海上有名之文报十二册。(月令虽已仓庚鸣、鹰化为鸠矣,国内有名之杂志照例尚未过年也)闷居无事,遂取一翻,欲有所言,拉杂书此,不足以为评云。

　　曩有友人语余,商务书馆出版之杂志,为一般人所厌看者,其病略有三,一曰杂,二曰浅薄,三曰无生气。《东方杂志》诚如其名,为我国最杂之杂志,《小说月报》则浅薄而无生气。余谓浅薄非《小说月报》之病也。试问今日国内出版物,何者可以当高深二字? 至于无生气,则《小说月报》岂有始以来即无生气哉? 当新文化运动如怒潮澎湃之时,胡适君等于《新青年》杂志上介绍易卜生之戏剧、莫泊桑之小说于中国,文学研究会诸君子,改(编者注:疑为“故”字)而改组《小说月报》,以介绍托尔斯泰等之小说,以提倡血与泪之文学、弱国之文学,以打倒礼拜六派之文丐、《聊斋志异》式之短篇小说。当此之时,《小说月报》岂无生气哉? 自是而后,首经创造社诸君之攻击,遂有一蹶不振之势。近年以来,国内新文学

344

刊物,如雨后春笋,日见其多,向年纯文学之领袖杂志益沉沦其间,毫无特色。余故曰《小说月报》岂有始以来即无生气,其无生气乃近一二年来之现象耳。

此一年之《小说月报》尤无可注意之文字。郑振铎君之文学大纲已登完,傅东华君之《奥德赛》未见其续译。初余见有人译《奥德赛》,且成韵文,颇讶中国何能有此人才,今此译作,不幸短命,良可悼惜。余私意以为《伊利亚》与《奥德赛》实泰西文学之源泉,欲介绍泰西文学,其急务莫有过于翻译此二大史诗者。然吾国文字与欧文构造太不相似,欲以诗译诗,行行相对,恐非百倍蒲伯之才者不能为。且国能通读希腊诗者亦少,故吾人之愿望不能过宏,使能有此二史诗之精当散文译本则已足。况此事不难办到,如依据 Butcher and Lang 之译本,再参考 A. T. Mutray 之希英对照本。Victor Berard 之希法对照本,则虽不能云十分精确,亦可得一最佳之《奥德赛》之通俗译本。傅君倘(编者注:疑为“尚”字)有意于此否? 虽然,余近睹商务书馆千种丛刊目录,该馆特约傅君译弥尔顿之《失乐园》矣,则傅君终未暇为此也夫。

《小说月报》久已不以小说自囿,闻其所以不改为文学月报等名者,为避免办事上之麻烦,故蹉跎至今。然名之改不改不关重要,而内容之偏重则所当避者。今统计此一年中,该报载小说七十六篇,小品二十篇,诗二十三首,而所谓论丛者只十八篇。此十八篇中,《鲁迅论》之题目最好,然文中称引太多,创见殊少,余读至半篇,不觉渐移其注意文章之眼光注意鲁迅之照片。丰子恺君有两篇关于音乐之文字,惜余于音乐无嗜好及研究,竟未寓目,对作者十分歉疚。郑振铎君至欧洲后,留意欧洲图书馆所藏中国小说及戏曲,可谓有心人。余甚愿郑君能于其《巴黎国家图书馆中之中国小说与戏曲》一文所述,择其尤重要者设法传抄,携至国内出版,则为贶于中国文学史之研究当甚厚,抑《小说月报》此一年中,关于中国文学方面,只有郑君一文,或系另出中国文学特号之故。余希望今年之《小说月报》不若是也。创作小说占篇幅最多者为老舍君之长篇小说《赵子曰》。十年以前,题小说之名惟恐其不雅,至于今日,则小说之题名惟恐其不俗。譬诸晚唐之诗，竞为风艳，至于宋世，遂尚枯涩，又喜用俗字俗语，以入篇咏，皆未得中庸之道也。"香钩情眼"等固肉麻可厌，而《老张的哲学》及《赵子曰》等亦粗鄙可憎。贾宝玉题袭人之名，人讥其刁钻古怪，抑《赵子曰》者，粗俗而入于刁钻一路矣。然《赵子曰》之文章，则不若其名之可憎。是篇结构完美，前半以诙谐之笔出之，旨在讽世，后半渐趋严肃，人格之卑鄙者，始一一暴露其真面目，最后以悲壮之暗杀案为结，颇足以激士心。老舍君于叙事之间，闲为议论。如谓我国当此国势衰弱之时，有为之青年，沉醉于恋爱中，一若能讲自由恋爱便为开通之民族，即可吓倒洋人。又谓今日之教育，但教人识字，不教人如何立身处世，如何解决问题。赵子曰不知如何对付一切，"找老人去问，老人撅着胡子告诉他，忠孝双全，才是好汉；找新人去求教，新人物说穿上洋服充洋鬼子"。语虽粗鲁，实含至理。老舍君于人格描写颇努力。其观察颇能深进一步，于赵子曰愈写其外行之猛爽，愈见其内心之怯懦与意志之薄弱。武端看似精细而实愚憒无知。莫大年最愚笨而实忠实有为。然余于老舍君之作尚有不满者。第一，其材料少剪裁，如写公寓生活，贪多而散漫。第二，其书中主要人物缺乏深刻之心理分析。第三，其写校长风潮女权发展会神易大学诸处太夸诞过火，其挖苦周少濂亦太过。虽视郁达夫君之"出恭"诗人犹有逊色，然视莫里哀之"捉贼"诗人已有过之无不及。昔林琴南以迭更司小说介绍于国人，国人惊为画鬼，今日吾国写实派著作，恐难免画鬼之诮。汪静之君之《鬻命》，材料贪多而少剪裁，及描写夸诞过火处，与老舍君同病。薄苏诗者谓其议论波澜横生，然太说尽，便无回味。小说虽与诗异科，要亦以含蓄蕴藉为贵，若《鬻命》者，读时未尝不觉其文笔痛快淋漓，读后便无可系恋也。

自周作人君提倡小品散文后，国内文士，渐趋好之。此一年之《小说月报》登载小品随笔凡三十篇，中颇有一二清新之作，将来于此栏中当有出色文字也。余不甚喜短篇小说，然于芥川龙子介所作，几全读一遍。日本文学已进步至此，益叹我国万事落人后。此外该报又翻译莫泊桑之作二篇、柴霍甫三篇。我国提倡西洋文学已近十年，然何以一般翻译者久久以莫、柴诸人自范，新文学前途殊可悲矣。于创造短篇余仅读许杰君四篇、鲁彦君二篇。许杰君之四篇除服其描写方面能变化外，余无可说。鲁彦君之《黄金》与《毒药》其意旨几全相同，不过写世态炎凉之作。比较观之，似前者较胜。《黄金》之故事亦夸诞失实，然鲁彦君本不在写实而在写意，不当以写〔实〕（编者注：原漏）之律例之，其全篇之atmosphere 及 suspense 有足取者。

《小说月报》多创作文字，亦不讨论学术，故无谬之可正。又此一年中之翻译少重要之作，懒寻原书为之雠校。适案头有 W. M. Rossetti 之《勃莱克诗选》，因取以对读赵景深君《英国大诗人勃莱克百年纪念》一文中所译者小诗，不意发见一二奇妙之事。《梦地》一诗第二段末二行原文云：

> Oh father! I saw my mother there,
> Among the lilies by waters fair.

此句本无甚奇妙，但赵君译文为：

> 呵，父亲，我看见了我的母亲？
> 跌坐在水上美丽的睡莲里。

此处多一问号想系手民误排。但"跌坐在"三字却译得出奇。闻赵君近日方精研神话学，其意或以为此小孩之母亲既已死去，则当化为神仙，"跌坐在"莲花上，如我国观音菩萨等。谨按观音出于佛经，梵文名Avalokitêsvara，传至中国而有观自在、观世音之称。勃莱克在十八世纪，恐未通印度文学，亦无缘读我国书，故倘用典，当于希腊罗马神话中求之。余愧于神话学毫无研究，惟忆弥尔顿 Comus 诗剧中，曾有一歌，促湖仙 Sabrina 自莲花水中升起，然亦不云跌坐在莲花上。未知赵君别有见否，愿使闻悉。此二行后紧接：

> Among the lamps clothed in white,
> She walked with her Thomas in sweet delight.

幸赵君未将此句之 Among 译"趺坐在",否则骑羊之女仙出于天方夜谭欤希腊神话欤,大费神话家之考索矣。赵君译诗至为奇特,每诗于前数行均逐字直译,至于诗末辄出新意,变易原文。如《梦地》结句云"我不愿看那早晨的星光","我不愿看"四字甚勉强。《爱的秘密》原文结句"With a sigh"三词为全诗神韵所注,而赵君以"默然相契"四字了之,极可怪。《我的美丽蔷薇》一首原文末二行云:

> But my rose turned away with jealousy,
> And her thorns were my only delight.

全诗为懊丧悲痛之作,故 delight 一词,乃是反说。赵君却将此字看成正面,译成:

> 但她偏偏咨啬地扭转头去,
> 唉,就是她刺我我也欢快!

"就是她刺我我也欢快",赵君坚韧不拔之精神,情见乎词,倘入情场,必得最后胜利无疑,然而去勃莱克亦太远矣。

至于建议,则以近来不常看《小说月报》之余,或已失去建议之资格。且余上文中亦已述及内容不当偏重及宜增关于中国文学之作二点,其余如无聊之卷首语似可革去,浅近之童话似可少登等等,以过于琐碎可不论及。且余之所言未必尽当,初不敢望《小说月报》社诸公以余言为重也。

(一九二八年三月十九日《大公报·文学副刊》第十一期,署名"微言")

卢冀野五种曲

卢冀野,江南之年少。往年曾作新诗,刊登《民铎》杂志等处。其风格完全脱胎于中国旧词曲,不摹仿西洋诗,颇得一部分人之赞赏。后又自刊其《梦蝶庵绝句百首》供戚友传览。诗极力摹仿苏曼殊,亦时有隽句。兹所为五种曲,一曰《琵琶赚》杂剧(琵琶赚蒋檀青落魄)。二曰《茱萸会》杂剧(茱萸会万苍头流涕)。三曰《无为州》杂剧(无为州蒋令甘棠)。四曰《仇宛娘》杂剧(仇宛娘碧海恨深)。五曰《燕子僧》杂剧(燕子僧生天成佛)。广东中山大学为之裒集排行,题曰《木棉集》,而以王君玉章之《玉抱肚》杂剧附焉。

中国青年,现肆志于旧诗词者,已不多见,而致力于度曲者,则尤绝无仅有。盖曲有别才,非关学理,而宾白之安插,丑角之打诨,曲调之铺排,阴阳四声之辨析,实较诗词为麻烦,颇不便于初学。卢、王两君,殆空谷之足音矣。两君曲学,传至(编者注:当系"自"字之误)长洲吴瞿安君,故曲律严谨可意。卢君且纯用北调,直仿元曲,尤为难能。其五种曲,虽云杂剧,却每种只有一折,直可目之为有宾白之散套,盖是练习遣兴之作,供同嗜者之吟咏,未必便欲假袍笏以登场也。虽然,其《琵琶赚》则寓家国兴亡之感,其《茱萸会》则敦兄弟手足之情,其《无为州》则褒奖循吏,其《仇宛娘》则责骂留学生之在海外别觅鸳鸯而捐弃旧侣者,其《燕子僧》

则谱卢君所崇拜之文人苏曼殊法师之事。题材之选择,皆不可谓其不经意也。五种之中,尤以《琵琶赚》为佳。其开场三调云:

〔端正好〕(锦江南、春如画,抱一面旧琵琶。走遍天涯。怕前头鹦鹉迎人骂,况又是前朝话。)

〔滚绣球〕没一个张子房博浪沙,只一曲俊杨妃媚眼花。独自的装聋作哑,一个个大蠹高牙。(先帝在天之灵,能无一叹?)有福的别了咱,无情的恨了他。(羞杀他麒麟揎一班措大。软哈哈愧煞乌纱。这穴中蝼蚁真无用,眼看他锦绣河山乱似麻。都做了鼎沸鱼虾。)

〔叨叨令〕(俺一双破袜闲游耍。便天南地北无冬夏。只这四条弦弹得俺寒毛乍。)莫笑俺困来一枕瓜棚下,兀的不是笑杀人也么哥,兀的不是苦杀人也么哥。须知那风波尘海多惊怕。

俊爽处直逼元人,其煞尾云:

[煞](愧不如屈大夫、贾长沙,论聪明还在龟年下。这飘摇身世年年老,只落拓江湖处处家。搔白发,俺莫谈家国,且弄琵琶。)

[尾声]调新弦,重说法,便芒鞋踏破都不怕。(且准备着几支儿醒世歌词作道情打。)

可谓善学洪孔者矣。

王君之《玉抱肚》杂剧凡二折,谱李秀成被擒事,为太平天国张目,甚含有民族主义色彩。其词以妥帖工稳胜。但第二折以陶二之设计,李秀成之被擒,及其自刎,数段事实,填塞一折,情节太杂,时间太长,不无小疵耳。

吾人于此重有感者二:其一,昔王静安氏有言,中国之诗词,已由盛而衰,惟戏曲一体,方兴未艾。王氏之文学史观,是否精确,可不必论,惟今日视王氏作文学批评之时,形势已大变。今日吾国文学界切实之需要为一新体韵文之产生。新诗之作者,或主张完全解放,用散文之道写诗,或主张保存叶韵而句法随便。或主张每行字数一律,如以铜刀铡齐者然。或主张完全用西洋对韵或交叉韵者。理论纷然,莫衷一是。要之,一般作家,倘信多读中国旧文学便不能成彻底之新作家之说,则吾欲无言。倘尚有丝毫信仰，谓吾国新旧文学不无衔接之可能者，则欲开创新体韵文，对于过去之诗词各体，宜有若干程度之训练。元人之曲，纯用白描，尤将与吾人以创造新体白话韵文之巨大帮助。世之大诗人，未有能白手起家、完全脱绝传统文学之源泉者。小说戏剧，舍己从人，或尚无十分弊害，若诗者，则根据于一民族自然之节奏者深，将此完全推翻，无论大违人之愿望，纵人人极欲之，亦一时做不到之事也。五七言之承雅与骚，词之承五七言，曲之承词，其间蜕化之迹，昭昭明甚。故以历史的眼光观之，将来中国新体韵文，是否将自曲中蜕化而出，亦自一有趣味之问题。虽西洋文学随西洋文明以俱来，将来中国诗歌中或可含多分西洋之格律，虽民间歌谣小调，近顷颇有人提倡，将来中国新诗，或有一部分自民间文学中产生，然而欲从过去之词曲中蜕化出一新体韵文，吾人亦未便加以"此路不通"之武断，要在有才力者分头试验耳。夫入而后能出，先摹拟而后能创制，今日有青年作家，能摹拟元曲，实一好现象，不可以"遗少"目之也。

第二，今日社会经济制度，及艺术基本思想，均受西洋影响至巨，则将来中国剧坛，西洋派之话剧，将有独霸之势，然而自宋元以来，一线相传之剧曲，确有其璀璨特异之处，一旦完全消灭，岂不可惜？嗜古之士，必谋所以保存之者。惟一种艺术，使仅言保存而无新发展，则亦决不能达保存之目的，久后必仍归消灭。盖凡心志才力之所寄者是活的东西，保存之道，固当有异于酒精中之动物标本耳。今日老伶工，所能谱演之南北曲本，渐渐减少，且多属片段。使无新剧本之增加，及音乐布景方面之新发展，则昆剧前途，大可悲观。是所望于今日新青年之有志于古曲学者。且吾人妄见，以为一种古学复兴，亦即新运动。诚能使六百年前，关、王、马、郑之剧本，一旦复出现于小剧坛上，其曲词能一字不易，假新谱而歌唱，情节背景，一存当时古朴之风，则虽大背世界艺术之潮流，要亦能博得真正嗜古文学古艺术者之无量愉快。然此乃少数人之梦想，不足为一般道也。因见卢君拟古之作，遂拉杂述及之。

（一九二九年三月四日《大公报·文学副刊》第六十期，署名"觳"）

《千夜一夜》
（即足本《天方夜谭》）

日本中央公论社（东京驿前丸ビル五阶）出版

全十二册　月出一册　每册约五百页

预约价每月付日金壹圆五拾钱

一时付拾七圆　邮费在外

此次日本中央公论社诸君，集多人之力，将世界文学巨著《千夜一夜》，依据英人鲍尔敦氏 Sir Richard Burton 之足译本，翻为日文，实今年翻译界最可赏叹之事。《千夜一夜》者，乃阿剌伯原名 Alif Lailah Oua Laialah 之直译，以当时波斯王妃史希罕拉才得为波斯王述此书中之故事，历一千零一夜始尽，故以此名其书。今欧人足译本亦类题 The Thousand and One Nights 等名，其作 Arabian Nights Entertainment 者，除一二部例外，皆节译本也。吾国人之知此书，由于元和奚若君之译本，名《天方夜谭》（商务印书馆说部丛书之一）。英译节本又常被选作中小学英文读本，而儿童读物亦每多取材于是书，以故书中有名之故事，妇孺类能道之。奚若君之译本，自称出于英人冷氏（当即 Edward William Lane）译本，然细按其书，既非冷氏全译，更未抵全书四分之一。全书卷帙浩繁，欲得一欧洲任何国译足本，须费百金左右，而英译鲍本，尤珍贵难得，非数百金不办。今日译本期于通俗，定价低廉，嗜读是书者闻之，有不沾然色喜者乎？

　　鲍尔登氏十九世纪一著名之游历家也，以一八五四年入阿拉伯，留居多年，曾为金矿之调查员，于阿拉伯史地考古学上贡献甚多。《天方夜谭》译本成于一八八五年，较他人译本独详且多。但并不密合原文。诗歌部分，尤遑意译，不拘阿拉伯诗格律，以故流利通畅，复出其他较忠实之译本上。今日译本散文口语，流利异常，所间诗歌，亦琅然可诵，知中央公论社诸君，取鲍译为底本，不为无见也。且《千夜一夜》，乃阿拉伯小说，其间满充东方文学情调，欧人纵有善译者亦不能尽显原文之美。（惟以东方语言译东方文学始觉亲切而不隔。）中日文字去阿剌伯文亦远，惟谈中国日本小说话本之起源，本与印度波斯文学甚有关系。《千夜一夜》之风格，与中日小说话本甚相近。例如中国小说，于一女子出场，必有诗词以形容其美艳。今《千夜一夜》书中亦然。披日译本以观，则"闭月羞花""面如满月""腰肢如弱柳"此类词藻，活跃纸上。此皆由一种东方文学译成一种西方语言，更由此西方语言，回译成另一种东方文字，恍如远客，忽然来归。而由吾侪东方人读之，弥觉亲切有味也。（故揆诸翻译原理，则日译本《千夜一夜》，虽据欧文重译，然以人情风俗笔墨词藻不隔之故，青出于蓝矣。）

　　日译本固尽善尽美，吾人尚欲进言于中央公论社诸君者三：（一）译本书前无引论，殊不足备研究此书者之参考，将来宜于书末附录中补救之。（二）《千夜一夜》一书且可借以考见阿拉伯及其邻近诸国之社会、风俗、历史、地理、交通、商业，其间民俗学之材料尤多。日译本将书中地名人名，（悉改假名，而不附罗马字拼音，去阿拉伯原音甚远）不易辨识。英人 Lane 译本对音精严，可以采用，否则鲍本原文亦可，如取以编作字汇或索引附书末，则甚有功于东方学也。（三）（此书有）Lane（氏之注），（极详博），非读其注，对于故事之年代，人地之训释，阿拉伯特殊之风俗，不易明了。（今纵不能全译，亦当择要译之，以为附录。）凡此三点，吾人认为均极重要，质诸中央公论社诸君以为何如。

　　今借日人继续不绝刊布其译本之顷（译本今已出至第七册），藉与本刊读者一谈此书之梗概。

《千夜一夜》乃阿拉伯、波斯、印度、埃及故事之大结集,东方文学之最高峰也。其书包故事数百,有神仙故事,有人情小说,有浪漫史化之历史,有掌故旧闻,有瀛海奇谈,有探案,有恋爱故事,有童话,有禽兽寓言,有笑谈,无有不有,各尽其妙,具吸引读者极大之魔力。西洋神仙小说类皆为儿童讲述,如安徒生、葛利姆之所集,阿拉伯则讲神仙变幻之故事以娱成人,故其中含深刻之讽刺、真实之人情,价值远出安、葛诸书之上。吾中国说部虽富,亦甚少可与《千夜一夜》故事相比者。有之,则惟《今古奇观》中之《洞庭红》《照世杯》中之《猩猩剧》二回差足与拟耳。

然则此书作于何时,何地何人所作耶? 欲讨论此等问题,当先知此书之结构。

世界古文学中,著名之短篇故事书,往往有一传统的结构。此种结构如何? 即另造设一故事,性质如我国小说中之楔子,以引出全书无数之故事,或将全书无数之故事尽包纳于其中也。如意大利薄卡济奥 Boccaccio 之《十日谈》(Decameron),英国乔叟 Chaucer 之《康忒卜利故事诗》(Canterbury Tales,虽是诗体,亦可取为例)皆如此,而印度月天 Somadeva 之《故事海》(Kathâ Sàrit Sàgara),其结构尤宏伟。中国短篇小说书如"三言""二拍"、《今古奇观》等,其前无楔子,是例外也。《千夜一夜》亦有一极奇妙之结构故事,虽已为一般人所熟悉,为讨论便利计,复略述之如下:

> 波斯王史加利安 Shahriyâa(译名依奚若中文本,音不尽合,下同此。)者,其后不贞,下淫于厮隶。王杀之,乃命大臣日进一妃,夕婚而朝缢之。如是虐政,行之三年,民女之死者千余人,其后尽避匿不可得。大臣有女二,长曰史希罕拉才得 Shahrazâd,次曰定那才得 Dunyâzad,皆有殊色。一日,史希罕拉才得请于父曰:"愿进儿为王妃,儿必有以易王之心,革此暴制,以援天下女子。"大臣错愕不知所

云。但史希罕拉才得志坚决,谓父若不进者,亦必自请于王,于是大臣不得已进之于王。

史希罕拉才得既入官,即招其妹入。夜侍王寝,定那才得起曰:"夜长不能寐,且将与姊永诀,姊能为妹述一有趣味之故事乎?"史希罕拉才得曰:"妹盍请诸王,许否?"史加利安固最喜闻故事者,许之。于是史希罕拉才得开始说其故事,至破晓而达最有兴味之点。王将起视朝,乃请于王曰:"使贷妾一日死,必能毕此天下之珍闻也。"王欣然许之。

然史希罕拉才得博闻强识,其故事无有穷尽,往往一故事中复引一故事,或一故事尽,紧接另一故事,如是历一千零一夜,王不忍杀之。其故事多暗寓谏劝之意,扬仁慈之德,道残杀之报。王既日与之亲,久而生爱,见其敏慧有德,遂捐弃其厌恶女性之成见,终赦其死,册立为后,而止日进一妃之举。

此《千夜一夜》楔子之大概也。

德人 Von Hammer 氏首考《千夜一夜》之书(Journal Asiatique, 1827,1938;编者注:此疑有误)引阿拉伯古书名 Masùdi 氏之 *Murùj adh-dhahab*(英译称 *Golden Meadows*,乃一称类书,西元九五六年)者,书中论及将古阿拉伯之故事与古波斯、印度、希腊古籍中之故事比较,列举古有名之小说集有 *Hezâr Afsàna*、*Book of Sindibad*、*Ferza* and *Simàs* 等。而关于 *Hazâr Afsàna* 则云"此波斯书,译名即'千故事'之意,亦即'千夜一夜'是也。"并略述 *Hezâr Afsàna* 之结构故事,与今阿拉伯千夜一夜之楔子几全同,惟定那才得非史希罕拉才得之妹,乃其女奴耳。Von Hammer 氏又引阿拉伯古书 Muhammad Ibn Ishāq 氏之 *Fihrist* 者(乃一种书目,公元九八七年)之一节云:

波斯小说最富,古者名 *Hezâr Afsàna* 即"千故事"之意。其结构故事如下:有波斯王某,每夕纳一妃,清晨即赐之死。最后纳一公主名史希罕拉才得,其夕为王述一故事,破晓而故事未终。王赦其死,使来夕赓续之。如是千夜,而史之故事不穷。是时已生一王子,于是王赦其死,立为后。当妃述故事之时,暗中得王之女奴定那才得之助不少。此小说云为 Bahmân 之爱女 Homai 公主而作也。其中有二百故事左右,每一故事,四五夜始述完。余屡见其书,实无味之作。

Von Hammer 氏据此二证,证明阿拉伯之《千夜一夜》乃一译作,其原本为波斯小说名 *Hezâr Afsàna*,当为九世纪以前之书。

反对此说者为 De Sacy 及 Lane 两氏。两氏谓书中人物风俗确是阿拉伯的,绝少翻译痕迹。且由种种内证可证明此书写定于埃及,约在十五世纪之末,十六世纪之初,并不甚早。一般考订家均信两氏之说为精确。而书中内证甚多,今略述数条如下:

(一)第七、八夜四色鱼之故事(分夜依日译本),黑岛国都沦陷为湖,其居民尽化为鱼,奉回教者化为白鱼,奉波斯教者色红,奉耶稣教者色青,犹太教徒则色黄。冷氏云,鱼之色非偶然也。十四世纪时埃及苏丹 Mohammad Ibn-Kalaoon 始命耶教徒及犹太教徒戴青黄色帽以示区别,惟回教徒戴白帽。故四色鱼之故事必出十四世纪后。

(二)第二十五夜断臂记(分夜依日译本,译名依奚若中译本)少年策蹇至 Habbaneeyeh 街(奚若译"提佛兴街",音不合,不知何据,冷氏译本固如上字,余检法人 Mardrus 译本卷二第三四页作 Habboniat 而今出于鲍本之日译本卷一第二八六页亦作ハヅバ一二七一区)。开罗之有此街,甚迟,此故事中尚有其他地名亦同。总之《千夜一夜》书中述开罗景物均如十五世纪时也。

(三)第二十九夜折足记故事中(参看奚若译本卷二,页三十六)剃匠言今距穆罕默德六百五十三年,距亚历山大七千三百二十年。后者自属谰言,而穆罕默德后六百五十三年乃西历千二百五十五年也。故剃匠故事出十三世纪,采入书中当更后。

故谓《千夜一夜》乃九世纪以前波斯小说，大不可通。

且 Von Hommer 氏之说实有数弱点焉：

（一）据 *Golden Meadows* 等古书所述固可知今《千夜一夜》之结构故事与波斯书 *Hezâr Afsâna* 相同，但今《千夜一夜》书中所有故事，此波斯《千故事》书中有否，全不可知。

（二）*Golden Meadows* 论古小说，与 *Hezâr Afsâna* 并列举者另有独立之两书曰 *Book of Sindibad* 与 *Ferza and Simâs*，今此两小说且为《千夜一夜》书中两节。故知阿拉伯《千夜一夜》集古小说之大成，非复波斯《千故事》之旧。

（三）作 *Fihrist* 之 *Ibn Ishāq* 斥《千故事》为无味之作，今《千夜一夜》，以言趣味，世界任何文学书，不能与比。可知两书内容必大不同。

由上种种论证，吾人可调停各家之说，作一结论，或者可得《千夜一夜》历史之真相欤。

结论曰：阿拉伯《千夜一夜》最初乃一话本，结构脱□（编者注：疑为"胎"字）波斯之《千故事》，而故事则不尽波斯书之旧，大部分采自阿拉伯民间所流传。即印度波斯之故事，一经采入，亦已阿拉伯化。既为闾巷之所讲述，无有定本，于是故事愈聚愈多，而每个故事形式渐趋完美。其后始有人笔之成书，而今欧人所译足本乃无名氏在埃及所编纂者，年代在十五世纪末十六世纪初。

研究阿拉伯文学史者当知阿拉伯哲学历史皆发达，而诗文著述尤富。《千夜一夜》虽腾价于外国，国人顾不重视之。街谈巷议，士大夫所不屑道也。其情形大类中国之《通俗三国演义》《水浒传》等书，自宋迄明，话本流传，故事渐增益，组织愈精美也。

法人 Antoine Falland(1646—1715)，当时知名之东方学家，始译此书成法文，共出十二卷(1704—1717)，于是《千夜一夜》始为欧人所知，引起热烈之欢迎。其后原本发现渐多（今行于世者有 McNaghten edition 4 vols，Bresl edition 12 vols 等），而译者亦不一。闻近德人 Enne Littmann 氏译本后来居上云。

（一九三〇年八月十一日《大公报·文学副刊》第百三十五期，
署名"君练"）

评陆侃如、冯沅君的《中国诗史》

　　陆侃如、冯沅君两先生所合著的《中国诗史》,共分三卷:上卷从中国诗的起源论到汉代及汉以后的乐府;中卷从曹植论到杜甫,包括了魏晋南北朝隋唐诗歌的全部;下卷从李后主论到元明清的散曲,撇开了中国狭义的所谓"诗",而讨论近代的"词"和"曲"。上卷的出版在一年以前,而下卷是新近方始出版的。

　　名为"诗史",何以叙述到词和曲呢? 原来陆、冯两先生所用的这个"诗"字,显然不是个中国字,而是西洋 Poetry 这一个字的对译。我们中国有"诗""赋""词""曲"那些不同的玩意儿,而在西洋却囫囵地只有 Poetry 一个词;这个字实在很难译,说它是"韵文"罢,说"拜伦的韵文""雪莱的韵文",似乎不甚顺口,而且西洋诗倒有一半是无韵的,"韵",曾经被弥尔顿骂做野蛮时期的东西。没有法子,只能用"诗"或"诗歌"去译它。无意识地,我们便扩大了"诗"的概念。所以渗透了印度欧罗巴系思想的现代学者,就是讨论中国的文学,觉得非把"诗""赋""词""曲"一起都打通了,不很舒服。陆冯两先生把词和曲也认作诗是很自然的事。不过照这么办,第一,也得把"赋"合并在内。赋,从体裁上说,是有韵的;就是给读者的情绪,也近于诗,而远于奏议、论说、游记那一类的东西。而况"诗"(编者注:似为"赋")是六义之一,楚骚的正流呢。枚乘的《七发》,

脱胎于宋玉的《招魂》，开汉赋的法门，无疑的是一篇创造的、伟大的作品；而《诗史》用千余言讨论《招魂》，竟无一字提及《七发》！作《子虚》《上林》的司马相如，无论如何是古代一大作家，但是倘使他没有帮汉武帝作《郊祀歌》，恐怕也连名字都不见于《诗史》了。

汉赋写山川人物，有点像方志，字书；用问答嘲讽，有点像纵横辩士；这些是不纯粹的地方。直到王粲的《登楼赋》方始踏进了抒情诗的领域。以后两晋南北朝的小赋，实在只是较长的诗，而且内容和形式比诗更丰富，更美。这些小赋夹杂用五言、七言、四言、六言，比整齐的五言诗有变化得多。陶渊明的《归去来辞》《闲情赋》，岂在《饮酒》《归田园居》之下；鲍照的《芜城》，梁元帝的《采莲》《荡妇秋思》，岂不比他们所作的乐府更好？《哀江南赋》是《离骚》以后第一篇大文字，如果略掉它而讲庾信，岂不等于不讲？作者在叙论南北朝作家时，特地避免赋，而专讨论乐府小诗，不能不说是去大就小。西洋诗通常较中国诗长，有许多竟是赋体，而中国如陶渊明的《闲情赋》，翻成洋文，实在是顶好的恋诗，可以放到其茨、海涅的集子里去的。

"赋"是中国古代的长诗，"弹词"是中国近代的长诗。所以，第二，《诗史》不应该把弹词摒弃。《天雨花》《再生缘》这一类的作品，诚然不能说是最高的文学，但卷帙之多，结构之大，对于民间小儿女影响之深，不容我们忽视。《诗史》下卷甚至于把"挂枝儿""马头调"，绍兴歌谣，"打铁打家刀"等都介绍到了，何以反把比较整齐伟大的民间诗歌"弹词""鼓词"一类的东西遗漏不讲呢？考弹词直接出于唐代的佛曲，以血统而论，她是近代二大文学戏曲和小说的祖姑。弹词、戏曲、小说三者同源，都出于"佛曲"或"变文"，是印度文学给我们的顶大的赐与，是东方文学史上的奇迹。弹词是东方的 Romance Literature，是近代文学的源泉。它的散文的部分，变成口白，而拿曲牌或套数代替了整齐的七言诗，便具了戏曲的雏形。"诸宫调""弹挡""弦索"，还不是弹词和戏曲之间的东西？"身后是非谁管得，满村听唱蔡中郎"，在高则诚没有作《琵琶记》之前，先有南宋的盲翁在弹唱蔡伯喈的故事了。把它的散文部分扩大，把它的诗的部分缩小,移到篇首作为"开篇诗",或者插在中间,作"有诗为证",便变成章回小说。我们看《唐三藏取经诗话》等类较古的小说里面插着这样多的诗,便可以悟出平话小说的来历。有许多人叹惜于中国没有伟大的史诗,觉得中国文学黯然无光。有人假定以为中国古代应该也有如希腊的《依里亚》《奥特赛》,印度的《摩诃婆罗多》《罗摩衍那》一类的东西,不过但凭口说,没有文字记载下来罢了。这是食西不化之论。中国古代没有史诗,正如中国古代没有悲剧一样,并不足怪。读如《九歌》那样华美的楚国祀神之曲,令人联想到希腊 Dionysus 庙里伴舞的合唱,何以中国不早产生戏曲,直到金元?原来文化上的东西,自创者少,靠各民族间相互传授贷借者多。印度的戏曲似乎是从希腊借来的,不然何以古代没有?亚历山大东征以后才有?欧洲古代没有小说,中世纪以后才有,是不是受印度、波斯、亚拉伯文学的影响是一个问题。所以我们中国古代决没有弹唱说书的人,非等到听见了西域人说佛经故事不可。可惜在这个时候,我们的民族早已到了开明时代,不能再产生初民文学"哀比克"式的东西了。不过有一部著作,在它的口讲流传有几百年之久以上,在它所叙的战争和英雄的故事确曾沁透了中国民族的灵魂上,很够得上中国史诗的资格的;这部书便是《三国志演义》。不幸这部书的最后写定,用了章回小说体,不用弹词体!不过我确曾见过一部《三国志鼓词》,系用蔡伯喈开场的,散文大概遵罗本,而加入了同样多的韵文,比《演义》卷帙增多一倍。词句干脆,灵活,当时读了,非常高兴,以为发现了一部中国的史诗。虽然这部书似乎是一人的私编,而北方民间所唱的《长坂坡》《华容道》等,并不与此书合,但总是《中国诗史》上的好材料。

第三,陆冯两先生认定"曲"是元明清三朝的诗,所以《诗史》下卷论到关汉卿、马致远、白朴、梁辰鱼、沈璟这一辈人;但是却只采录了他们那些比较不重要的小令、散曲,而对于他们的成篇巨著,表现他们文学最高造诣的《窦娥冤》《汉宫秋》《梧桐雨》《浣纱记》《义侠记》《埋剑记》等,反绝笔不提。如果要扩充"诗"的范围到"散曲",为什么不再扩充到"剧曲"?因为关马诸人当然因其杂剧传奇传世而伟大。明代最大曲家,恐怕要推汤显祖,但是因其不作散曲,名竟不见于《诗史》了。洪昇、孔尚任、李笠(编者注:疑脱"翁"字)亦然。戏剧当然与诗有别,可奈中国只有诗剧,别无话剧。萧伯纳自然不能写入英国诗史,可是哪里有一本英国诗史漏掉莎士比亚呢?例如脍炙人口的 Courthope 的英国诗史,论伊丽莎白朝的剧曲整整占其六卷中之一卷。我们不是说王国维《宋元戏曲史》的材料,全可搬入诗史,不过在诗史里论杂剧传奇,应该另有一个论法。元明清的散曲,地位与唐诗、宋词不侔;在唐代,诗是唯一的乐府,宋则以词为唯一的乐府,金元以下的乐府,当然是组织更好的杂剧和传奇。散曲只是文人的消遣作,是杂剧传奇发达时期的副产品;是零吃,不是整桌的酒席,并不很堂皇,足以题作时代的名称的。

把"赋""弹词""剧曲"除外,所以陆、冯两先生没有写整部的中国诗史,只写了一部中国抒情诗史。

从另一点看,陆、冯两先生为什么把宋以后诗,置而不论,反大谈词曲呢?他们在《导论》里说明,他们接受王国维《人间词话》里的议论,以为"古诗敝而有律绝,律绝敝而有词,盖文体通行既久,染指遂多,自成习套",所以宋以后只有词曲是新鲜的文学,古诗或律绝都是"劣作","用不到占宝贵的篇幅"。王氏的议论实本于焦循。在焦氏的《易余籥录》卷十五论文学"一代有一代之所胜"的一节里,发挥得透彻无比。焦、王发现了中国文学演化的规律,替中国文学史立一个革命的见地。在提倡白话文学民间文学的今日,很容易被现代学者所接受,而认为唯一正确的中国文学史观了。所以最近所出的中国文学史一类书,都很取巧地把唐以后诗文,一概略而不讲,只论词曲小说。但是细细考察起来,焦、王两人都是在他人看不起词曲的时代而喜欢研究词曲的人,所以不能不发这种议论;他们不过想提高词曲的地位,并没有想一笔抹倒唐以后诗,只是议论稍为激烈一点罢了。而且他们在说这一类话的时候,是个批评家,不是历史家。历史家必得要忠实叙述过去的事情,不能成好恶于心,对于史料,任意选择。唐以后的诗,就令都是"劣作",在一个作诗史的人,也不容一笔不提;而况有许多许多并不是"劣作"呢?

《诗史》卷下虽然把苏轼标榜成一个时代的代表文人，但只说他的词，没有说他的诗。在无论哪个读者，就是作者自己，也总会想到足以代表苏轼者是诗而不是词吧。黄庭坚、陈师道、范成大、陆游的诗，一齐在"劣作"之列，元好问以下的诗家名不见于《诗史》了！吴伟业不幸处在"散曲时代"，所以如《圆圆曲》《鸳湖曲》那样琅琅可诵的诗，竟湮没无声。金和的《兰陵女儿行》不能不说是近代一首奇诗、长诗，亦竟不得在《诗史》里讨论。最可惜的是韦庄，因为他迟死几年，身世入于五代，所以他的《秦妇吟》也变成劣作，不得与"如今却忆江南乐"等并论了。

我细细想来，每个诗体的发展必然经过三个阶段：一、民歌；二、乐府；三、诗。五言诗可以溯源到西汉末年民间的歌谣，到曹氏父子建安七子采民歌的体裁，做乐府；陶渊明、谢灵运所做的只是诗而不是乐府了。七言绝句大概起源于受胡乐影响的民歌，王昌龄、高适等仿民歌而作的是为乐府；盛唐以后的制作，不复可歌，只是诗了。长短句也是从民间来的，白居易、刘禹锡仿民歌作小令，是乐府，整部《花间集》是乐府，柳永、周邦彦所制的也是乐府；辛弃疾以后只是作诗。南宋出了一个懂音律的姜夔，把已经变成诗的词重复谱进乐府，但为时甚暂。在民歌和乐府两个阶段的时候，诗和音乐有密切的关系，到第三个阶段，即诗的阶段，诗方始脱离音乐而独立。脱离音乐后的诗，依旧有生命的。清代去七言诗、长短句可歌的时代已远，然而吴伟业的诗，纳兰性德的词仍旧是好文学。即以西洋文学证之，中世纪的 Romance 以及 Troubadour 诗人所歌是一丝不假的乐府，英国弥尔顿以前的诗歌，乐府的气氛还很充沛，弥尔顿以后便踏入了诗的阶段。弥尔顿、浮士浮斯、拜伦、雪莱所处的地位，显然是杜甫、苏轼、陶渊明、谢灵运、吴伟业、纳兰性德的地位，决不是曹植、王昌龄、柳永的地位；因为他们的诗，既不可歌，亦不入乐。只认定可歌入乐的诗，是有生命的，是活文学，反之，都是无生命的，是死文学；这是现代中国少数学者莫大的偏见，是根本谬误的观念。

所以，在这个意义上，陆、冯两先生并没有写诗史，只写了一部中国乐府史。

《诗史》的分期,也是可以置疑的。除汉以前分成"《诗经》""《楚辞》""乐府"三时代,元明清总称为"散曲时代"外,其余从魏到宋,作者都提取一个代表的作家,题作时代的名称。共计有七个这样的时代:(一)曹植时代,(二)陶潜时代,(三)李白时代,(四)杜甫时代,(五)李煜时代,(六)苏轼时代,(七)姜夔时代。以上除"曹植时代"名称较为妥帖外,其余都很勉强。陶潜在南朝文学里是一颗孤星,他的作品非但不能影响他那个时代,而且不能影响他身后,直到王、储、孟、柳。李后主诚然是五代小令的最佳作者,但是他的政治势力尚且偏安于江南,他的文学决没有笼盖一世的气魄。当时西蜀与南唐二个词国,是显然地不通声气的。李白与杜甫虽然作风不同,处在一个时代里,作者强分为二,使他们二位诗王各统治了一百五十年。李白的时代是六一八至七五五,杜甫的是七五五至九〇七。但是李白的生年是七〇一至七六二,杜甫的生年是七一二至七七〇。岂不是李白五十五岁以后的诗,杜甫四十四岁以前的诗,都不在他们自己的时代里吗?苏轼的词,在词的发展上,其重要远不及柳永、周邦彦,似乎不足推为北宋词人的代表。白石固是南宋的大家,但当时稼轩、龙洲一派,非他所能范围。英国文学史上,所以称伊丽莎白时代而不称莎士比亚时代者因为有 Ben Jonson 等力足与莎氏抗;所以称维多利亚时代,而不称勃朗宁时代者,因为有安诺德、丁尼孙力足以与勃氏抗。升白石于南宋词人之首,我想他也许要不安于位吧。

《中国诗史》煌煌三册,所论三千余年,计五十余万字。在这个题材上,这还是第一部创始的书。当然有许多地方,不能使人满意,我们去 Courthope Saintsbury 的时代到底还远。不过作者的努力是可以佩服的。书里面考证的部分,颇多新收获,细心的读者自会看到,不待我们作无谓的揄扬。上面所论,只是对于此书体制的商榷,不敢说是批评,只能说是一种挑剔吧。

(《新月》第 4 卷第 4 期,1932 年 11 月 1 日出版)

评王著《元词斠律》[①]

关于戏曲一门学问，最近新出版的书籍，可注意的有两部。一部是影印本《南曲九宫正始》，题"徐子室辑，钮少雅订"，徐、钮两氏皆明末清初人。此书久湮没无闻，今由戏曲文献流通会影印清初抄本行世，不但厘订南曲的曲律，非参考它不可，而且辑拾南戏残文，亦将就为要典。今哈佛燕京学社新刊陆侃如、冯沅君两先生合著的《南戏拾遗》即取材于是。这是一部关于南曲曲律的古书。另外一部是整理北曲曲律的新著《元词斠律》，商务印书馆出版，题"王玉章纂辑，吴瞿安校阅"。吴先生是当今曲学大师，今日从事戏曲的作者，如任讷（二北）、俞平伯、卢前（冀野）、王玉章、蔡莹诸先生，皆尝从吴先生请业。吴氏著有《南北词简谱》一书，整理南北曲之律，多有发前人之所未发者，惜迄今未见出版；但在十余年前教学东南大学时曾将《北词简谱》印作讲义，而南词部分则今偶或在刊物上发表。揣吴先生之意，或嫌取例未周，不敢即视为定本。所以在元曲方面复请王玉章先生从藏选《元人百种曲》广取例证。此《元词斠律》一书之来历也。本书《例言》云原名《藏选类例》，为求通俗，故易今名。编辑的方法是将藏晋叔《元曲选》中所有曲文，按宫调排比，然后用

---

①　王玉章：《元词斠律》。上海商务印书馆，1936年。

比较方法,研究曲律。例如仙吕《点绛唇》,《元曲选》中从《汉宫秋》"车辗残花"一支起至《冯玉兰》"马足车尘"一支止,共有九十余曲,现在把它们一一罗列,且分明正衬。这是第一步工作,是繁琐的编纂工作。第二,根据《臧选》材料,再参考旧有曲谱曲律书,说明每一曲之律应是如何,其正格如何,变格如何,增句如何,皆于按语中详细说明。这是一番精密的批评工作。故此书卷帙浩繁,玉章先生为此,费时八载而成。今所出版,尚只有上编,计黄钟宫、正宫、大石调、仙吕宫四部。余入下编,当续出也。

或问曲律到底是什么东西? 又曲律的研究,有何用处,假如我们不再作曲的话? 换言之,曲律研究这一门学问有没有近代的意义? 今日治国文学者,对于戏曲文学莫不感浓厚的兴味,但或者偏在文学欣赏上,历史考证上,版本目录上,对于曲律研究或感到兴味的人不多,一则畏其难,二则疑其无用。一般的新文学家,既否定今日词曲创作的价值,同时也不能同情于推敲词律曲律的人了。曲律书为作曲者而设,犹之词律书为填词者而设。惟词曲创作,将陷绝境,此是一事,而词曲律的研究实另有别种意义。试观西洋诗学研究中,有 prosody 一门学问,即以希腊、拉丁以来各种诗体之声律为对象而研究之者。我国诗歌方面,分诗、词、曲三部,其源皆来自乐府,而因发展的时代不同,格律不同,分而为三,不可合并。阴阳平仄之事,相当于西洋诗中之 accent 及 quantity,而繁复过之。曲有数百曲牌,每一牌子皆有一固定的形式,于变之中有不变者在,是谓之律。而此数百曲牌,又各各不同,此事在西洋无有相当,可以说是中国诗体中一种特别、繁复的声音组织。推其原因,因曲者本皆乐歌,必须合于工谱,故尔不得不有律,又不得不有如许多的牌子。即使但以戏曲当文学作品读,对于律的常识仍须具有,犹之读西洋诗,不能不知道西洋诗律。今观坊间新式标点书,如《牡丹亭》《桃花扇》之类,错误之多,出人意表,或一句分为两截,或明明有韵而不知点断,皆是一群律盲所为,最堪痛恨。故曲律研究,正不可忽;古之曲律书诚为作曲而设,今之曲律书则可云为读曲者而设也。

曲律知识为治纯文学者所应有的常识,既如前述;但是南北曲律,古人整理好了没有？研究透彻了没有？并没有。所以至今还需要专家去整理它，研究它。今且不说南曲，单说北曲。北曲谱之古者推《太和正音谱》，明宁献王撰。（曲谱有二类，带工尺之谱，如《遏云阁曲谱》《集成曲谱》等，为度曲者而设，此是一类。《正音谱》等只注四声，不带工尺谱，盖为填曲者而设，严格说来，乃是曲律书，而旧皆称谱，今从俗。）但此书已不适用，只有历史价值。《正音谱》于每一曲牌，只举一首作品为例。姑不论入选者是否皆为标准曲，即使所选皆为格之正者，其调之变格，均不可见。所以拿《正音谱》去考察北曲，将见合者少而违者多。《正音谱》以后之曲如不合律，或者还可说是作者律于疏，其如元人剧曲散曲，已有无数例外乎？此则《正音谱》之谬，不言可知。《钦定曲谱》从之，亦毫无是处。北曲谱之善者当推《北词广正谱》，清初李玄玉订。《广正谱》备列变格，取例已广。但其缺失在于知变而不知通，仅取不同之体罗列，称之为第一格，第二格，乃至五六格，使人目眩头昏，不知律之何在，变中之不变者何在。直到吴瞿安先生的《北词简谱》方始用科学方法研究曲律。他的书不如《广正谱》之繁，每曲只列一首作例，但从《广正谱》所列别格，以及金元以来名家之作，旁采博引，用归纳方法，定出规律，撰作按语，取证既博，而结论简明。此书为今日最佳之北曲谱，读曲者所必须参考者也。

吴氏已定北曲曲律之大体，尚有缺憾者，即不曾将所有元曲完全细勘。王玉章先生继之而起，索性把《元曲选》全部曲文排比起来，取作北曲曲律研究的参考，正是切合科学的要求的。于此，略有几个问题。第一，臧晋叔书是否能尽元人戏曲？我们知道不曾，今传世如士礼居本元剧，江宁图书馆本《元明杂剧》，其中有出《臧选》外者，即使同于《臧选》，文字亦有歧义处，可供校勘。第二，治曲律者，对于散曲材料，尤不可忽，今传世元人散曲，数量亦复可观。此皆出《臧选》之外。所以钩稽北曲曲律，用了《元曲选》全部材料，也只可以说用了所有存世元曲的一半光景。话虽如此说，凡事决不能责诸一人一手，无论何种学问，断无一个人能毂作完之理。以《臧选》之善，于元曲亦可谓十得八九。玉章先生此书，对于曲学的贡献已甚大。此书与蔡莹先生的《元剧联套述例》同为整理《元曲选》的佳作,合于科学的要求,正是我们理想上所必须动手而又无人肯牺牲许多时间精力去做的工作。

假如此书有可商之处,第一在正衬的分别是否完全适当。有些人不主张分元曲的正衬,理由是不可分,并且正衬的观念也是后人所有,非元人所有。臧书不分正衬,如果叫他分,他也分不清楚。近人将元曲分正衬者,如商务印书馆出版之童裴氏选注《元曲》一薄本,童氏亦为一曲学专家,但其书之分正衬亦有以意为之之处,如以《广正谱》或吴氏《简谱》按之,出入颇多。因为对于元曲曲律,人各有见,不能强同,甲以为是衬者乙认为正,而甲认为正者乙又以为衬。所以普通选元人剧曲,力分正衬,将见徒劳无功。今玉章先生则异于是,因是论订曲律之书,故不得不分正衬。元曲到底有正衬否,是一问题。假定有,在我们心目中,衬字大都是虚字或者用来活动文章的短语,例如"我这里""他那里""这的是""大古里""料必他"之类。但我们如一看《元词斠律》,就知道元人用衬字一句中有多至十数字者,例如页一二二,《铁拐李》第一折《金盏儿》云:"(或是他粉壁迟水瓮小)拖出来(我则就这)当街拷,(便是他避城中合乡下我则着)司房(中)勾一遭";括弧内字,王氏皆视作衬字。如此的例不胜枚举,总之是很怪的现象。元人正衬的观念如何,元人以文词被诸弦索之情形如何,我们现在已弄不清楚。曲律家者只有用比勘方法,取固定几个字为正,其余多出来的皆算衬字,所以明明有许多实字也只能算衬字。即以《金盏儿》为例,《太和正音谱》引马致远《黄粱梦》曲云:"(我那里)草长春,地无尘,四时花发花常嫩。崎岖山径对柴门,雨滋得松叶润,露养得药苗新。听野猿啼古树,看流水绕孤村。"《正音谱》除"我那里"三字外,余未分正衬,此曲句法,如参考其他作品,即可定为三三七七五五五五,故如上文第五六两句中两个"得"字,以及第七八两句中之"听"字"看"字,实皆衬字也。《广正谱》用《天宝遗事》一曲为例而分出正衬云:"信难通,恨无穷,(晃)天衢咫尺东方动,(却索归)五云楼观日华宫,(恁时节)铜壶催晓角,朝马闹晨钟,(对)半窗千里月,一枕五更风。"吴氏《北词简谱》亦用《天宝遗事》一曲。《天宝遗事》曲及《黄粱梦》曲皆极单纯者,故曲律家以此为式。大概北曲曲律的定法,不外用此方法,取最简单之格以为律,披枝叶而寻本干,好比西洋人讲语言学找求语根(root)似的。《汉宫秋》《金盏儿》一支云:"我看你眉扫黛,鬓堆鸦,腰弄柳,脸舒霞,那昭阳到处难安插,谁问你一犁两坝做生涯;也是你君恩留枕簟,天教雨露润桑麻;既不沙俺江山千万里,直寻到茅舍两三家。"又一支云:"你便晨挑菜,夜看瓜,春种谷,夏浇麻,情取棘针门粉壁上除了差法,你向正阳门改嫁的倒荣华;俺官职颇高如村社长,这宅院刚大似县官衙,谢天地可怜穷女婿,再谁敢欺负俺丈人家。"这二曲的正衬如何分法?童裴氏《元曲选注》如下:

> (我看你)眉扫黛,鬓堆鸦。腰弄柳,脸舒霞。(那)昭阳到处难安插。(谁问你)一犁两坝做生涯。(也是你)君恩留枕簟,(天教)雨露润桑麻。(既不沙俺)江山千万里,(直寻到)茅舍两三家。

> (你便)晨挑菜,夜看瓜。春种谷,夏浇麻。(情取)棘针门粉壁除(了)差法。(你向)正阳门改嫁(的)倒荣华。(俺)官职(颇)高如村社长,(这)宅院(刚)大似县官衙。(谢天地)可怜穷女婿,(再谁敢)欺负(俺)丈人家。(逗点表句,圈表韵。)

童氏以"眉扫黛""腰弄柳""晨挑菜""春种谷"四语为正,是于此调首两个三字句外,又添两个三字句;而第二曲之棘针门、正阳门一联,成为八字句,官职、宅院一联成为七言,皆不合律。我们如依《正音谱》、《广正谱》、吴氏《简谱》,惟有以"眉扫黛"等四句,认为衬字;又"棘针门""正阳门"的"门"字亦是衬字,"官职""宅院"亦皆衬字也。本来此种办法,近于削足适履,元人未必首肯。当弦索调流行之日,岂有如今日之所谓律。譬如现在皮黄调盛行,一句三三四的词句,如果加上一两个字而唱的人有法唱,那么也无所谓正衬,北曲律的起,正表示北曲由活的曲子而变成死的板式了。王玉章先生于《汉宫秋》二曲,分出正衬如下:

> (我看你眉扫黛)鬓堆鸦。(腰弄柳)脸舒霞。(那)昭阳到处难安插。(谁问你)一犁两坝做生涯。(也是你)君恩留枕簟,(天教)雨

露润桑麻。(既不沙俺)江山千万里,(直寻到)茅舍两三家。

(你便晨挑菜)夜看瓜。(春种谷)夏浇麻。(情取)棘针(门)粉壁(上)除(了)差法。(你向正阳门)改嫁的倒荣华。(俺)官职(颇高如)村社长,(这)宅院(刚大似)县官衙。(谢天地)可怜穷女婿,(再谁敢)欺负(俺)丈人家。

第一曲无可议,第二曲亦未能尽满人意。适当的分法,第四句应作"(你向)正阳(门)改嫁(的)倒荣华",方与第三句相应。第五六两句应作"(俺官职颇)高如村社长,(这宅院刚)大似县官衙",如此则平平平仄仄,仄仄仄平平;《吴谱》按语云:"此调末四句实是五言律"是也。若如王先生分法,则"官职"之"职"字乃一入声作上声字,不合。

《铁拐李》第一折共有三支《金盏儿》,其中两支极难分正衬:

他或是使斗秤,拿个大小,等个低高。或是他卖段匹,拣个宽窄,觑个纰薄。或是他粉壁迟,水瓮小,拖出来我就这当街拷。便是他避城中,居乡下,我则着司房中勾一遭。我着他便有祸,我着他便违条。我着那挑河夫当一当,直穷断那厮筋;我着那打家贼指一指,直拷折那厮腰。

有了状,但去呵,决私逃。停了棒,但住呵,怎轻饶。离了官房,没了依靠。绝了左右,没了牙爪。我直着他典了衣卖了马,方见俺心似铁,笔如刀。饶他便会钻天,能入地;怎当俺拿住脚,放头稍。

此二曲不但衬字太多,而且根本上与前《天宝遗事》《黄粱梦》二支格律不同。今王先生仍依正格去分,太勉强。此调吴瞿安先生按语,亦未详尽,《广正谱》列第二格第三格皆有三字叠句,疑元人有此类句法。如《风光好》"退后来,台意怒,向前去,恶心烦";《蝴蝶梦》"碜可可停老子,眼睁睁送孩儿",皆可为例,未必尽可改为五七言句法也。《广正谱》下按"最不可晓"四字,诚然。

《混江龙》之增句,亦为历代曲学家所聚讼者。吴先生云:"此调增句须在第六句后,其增句句法最妙仍以'秋光宇宙'四语重叠之,即多至一二千言,亦无妨也。惟明清作者,往往以四字句作六七联,然后再间七字句一联,此虽违原调次序,故亦可从,以终未逸出句法范围也。或又有重叠三字句者,元人虽有此格,究不可从。"我们在上面已经说过,曲律的用处有二,一为作曲者而设,一为读曲者而设。吴先生言不可从者,为作曲者言之也,至于元人既有此格,亦不可抹杀。《鸳鸯被》第一折《混江龙》云:

> (每日里)重念想,再寻思。情脉脉,意孜孜。(几时得)效琴瑟,
> 配雄雌。成比翼,接连枝。

乃重叠三字增句之例。《双报恩》第一折《混江龙》云:

> 妆体态,弄妖娆,共伴当,做知交,将家长,厮瞒着。

《东堂老》第一折《混江龙》云:

> 做买卖,恣虚嚣。开田地,广锄刨。断河泊,截渔樵。凿山洞,
> 取煤烧。

如此之例,多不胜举。今《斟律》一律去其两字作衬,改成四字句法,殊欠斟酌。

再者,《混江龙》收处必作"平平去,平平仄仄,仄仄平平"。此各谱所同,《广正谱》《吴谱》皆列朱廷玉之"人多共,管弦声里,诗酒乡中"为例是也。但此"平平去"三字,有为单立一句者,亦有不然者。《汉宫秋》"(我只怕)乍蒙恩,(把不住)心儿怕;(惊起)宫槐宿鸟,庭树栖鸦。""乍蒙恩"亦可不作衬字看,正如《广正谱》第二格引李寿卿之"不忧贫,惟忧道;(甘心受)袁安瓮牖,颜子箪瓢"。剧曲中如此例者,尚有《蝴蝶梦》"(我这里急忙忙)过六街,穿三市;(行行里)挠腮撅耳,抹泪揉眵";《秋胡戏妻》"(也则为俺妇人一世儿都是)裙带头(这个)衣食分;(虽然道)人人不免,(终觉的)分外羞人";《倩女离魂》"(情默默难解)自无聊,(病恹恹则怕)娘知道;(窥之远)天宽地窄,(染之重)梦断魂劳";《黄粱梦》"(长则是)习疏狂,(耽懒散)佯妆钝;(把些个)人间富贵,(都做了)眼底浮云";《小尉迟》"(单看的你这)一条鞭,(到处)无拦纵;(待要你)扶持社稷,保护疆封";《鸳鸯被》"(但得个)俊男儿,(恁时节才遂了我)平生志;(免的俺)夫

妻(每)感恨,(觑的他)天地无私"。此皆两句三言,作仄平平,平平去之例。又《倩女离魂》"情默默……病恹恹……"两句亦可视作七言一联,正如《西厢记》之"才高难入俗人机,时乖不遂男儿愿;(空)雕虫篆刻,(缀)断简残编"也。亦有但作七言一句者,如《广正谱》收《天宝遗事》:"(喜)今宵人月皆酬愿;月轮满足,人物十全。"元曲中亦有其例,《冻苏秦》"(端的是)云霄有路难侥幸;(把我在)红尘(中)埋没,青史(上)标名"是也。此书亦以"云霄有路"为衬,恐不尽然。

以上皆论正衬。此书于每曲下详细之按语,示人以该曲之性质,以及格之正变,颇多精到独得之处,且较历来各谱为详。但其中可分两部分,一部分是作者钩稽前列所有戏曲,用比较方法得来之结论,另部分系转录前人之谱者,惜不能分别条列,以醒眉目。蔡序推此书为"以治经治子治史之方治曲",此言良是。假定每曲按语,采取经史子学中之集解办法,将李玄玉、吴瞿安诸氏之议论,条举罗列之,而王伯良等《西厢记》评语之关于曲律部分亦可博采,如此成为今日北曲曲律最详备之书,使学者手此一编,而诸说毕备,前贤整理之功,亦不埋没,而来历分明,是非得失,可付公论矣。倘不分别,则宛如一切之说,皆发自我,亦不足取信于人也。试举一例以明之。卷一页十二《神仗儿》下之按语云:"此章首句末二字,第二句末二字,第四句末二字及第六句末二字均须去上声。"及观首录《倩女离魂》二曲,即不如此。故知从元人剧曲比较归纳,得不到如此结论。检吴氏《简谱》按语云:"余取王伯成作,盖有意也。……洞府,桂窟,洛浦,燕乳,在懒,皆去上声,宜从。"方知吴先生取伯成为例,而此说实发自吴。我们在前边已讨论过,昔日曲律书为作曲者而设,今日曲律研究,则为纯粹一门学问。大概吴先生《简谱》,亦为曲家立规范,故多何者宜从何者不宜从之言。今《斠律》一书,性质有异于是,其旨在明元人曲律之真相,故不如声明吴说,而再作按语,借以明元人之有合有不合者,此更合科学的要求也。

评江著《中国古代旅行之研究》①

    江先生致力于中国礼俗以及迷信的研究有年,此书为最近计划的一部专著的一部分。题目极端新颖,需要解释。作者注意到《国语》和《周礼》各自说起的两种玉器,此二玉器照从前公认的解释,一为王者之使的职权象征物,一则祭祀之玉;但据他的研究,实在都是出行人所携带的护身辟邪物。沿讹将近两千年了,改正实不容缓。为要说明这些,于是作者便钻入了汉以前的魑魅魍魉的境域,而领导我们看到许多古代旅行者所可以遇见的或者想象着要遇见的"神奸"。并且指示那些"精物"是名同而实异,或者名异而实同的一切知识。

    此书的作者对于禹鼎及《山海经》的性质,都有新的提议。关于禹鼎存在问题,他不能下任何结论。但他有一点意见。古代把无论远近的出行都认为一种不寻常的事,离开自己较熟悉的地方而到一个完全陌生的去处,可以设想着遭逢许多山林川泽的毒恶生物,以及种种鬼神妖魔,所以最好莫过于知道这些知识而预为之备,图之象之。禹鼎的传说漏出了古人有此种大规模铸鼎象物的企图。《左传》王孙满对楚子说:"铸鼎象物,百物而为之备,使民知神奸,故民入川泽山林,不逢不若,魑魅魍魉,

—————————

① 江绍原:《中国古代旅行之研究》(侧重其法术和宗教的方面),山海商务印书馆,1935 年。

莫能逢之。"若,旧注:顺也;逢,旧注:遇也;江先生云:逢通冯或凭,甚为精确。不逢不若就是不会遇到不顺不吉之事,或者说不为鬼怪所凭。但是图百物之形以后,何以可以出行不逢不若呢?是不是旅行者知所避?此点非如《山海经》一样详记百物之所隐匿以及其性质不可。是不是要时时祭,或者出行时祭了以买通道路?是不是知道精灵之形象即可辟邪,譬如说识破了能使精鬼不灵,初民有此种信仰,正如《白泽图》里记着故车之精,看之伤人目,以其名呼之,就不灵了?凡此,还留下许多可玩味的问题疑不能决。

关于《山海经》,作者也认为不但是古代地理书,并且含有旅行指南的性质。这一个假定也是从王孙满说述禹鼎功用这一层上推论出来,而《山海经》详记异物的所在以及形态更可指示这书带一点实用或者信仰可以为实用的有益的书。论《山海经》者,不一其说;流行的学说是先有画图,此为图记。但不知此图存在何处?当然非普通人所能见。故作者让步说乃是上层阶级的旅行指南。实则如同禹鼎,那么竟是非帝王莫能有的。作者的说法是还有遗憾的。

此书之贡献,在于辨晰名物。最引人入胜的是把"罔两""罔象""罔养""方相""方良""狼鬼""坟羊""商羊"等等都说通了。清代的学者俞樾,已把"罔两""罔象"打通;此书旁征博引,更多发明。我们知道《周礼》里面方相氏入圹所殴的方良,就是《白泽图》里丘墓之精名无,或者名狼鬼,而方相、方良皆"罔两""罔象"之音转;如此,《周礼》所说竟是古人扮精鬼打精鬼的一回事。而且孔子所识的"商羊"与《鲁语》里土之怪"坟羊"似乎并不是一无关系,甚至连秦穆公时所出的"弗述",也可以加入此"恍惚窈冥"之集团,而暗通消息。

《山海经》记载祠礼的"婴"字,作者费一番苦心去探讨。此字郭璞注:一说"陈之以环祭也",二说即古罌字,谓盂类。毕沅、郝懿行两家,于此无新见。日本森鹿山氏泥于郭第一说,以为婴者乃是把牲玉挂在树木的周围而致祭,此说不可从,因为《山海经》多"婴用一璧"等等,只有一璧,不足以挂在树木的周围了。泥于第二说的,有人以为以祭玉放在盂中而瘞之，说亦甚曲。本书更立新解，认为《山海经》里的"婴"字"说是玉制的颈饰或他种饰物可，说是以玉饰献给神的术语，亦可"。用此正解，全经讲祠祭处所遇此字，得其会通了。

但于此还留有许多问题。婴的本义是颈饰，不错的。献神用玉，何以名"婴"？岂以颈饰加于神像耶？作者于此注云："神被想象为有饰物，见下面第四章"，因此我们只能静待第四章发表后，方能释此疑团。

作者对于"婴"字所下结论三条：（一）"婴"是以玉饰献神（或云献给神的玉饰）之专称；（二）"婴"下动词，"用""以"均可用；（三）所献之婴，或为珪，或为璧，或为珪璧，或吉玉，或藻玉，或藻珪。根据第（三）疑《中山首经》"婴用桑封"桑封为藻玉之讹，观下《中山次七》《次八》用藻玉藻珪，此说确定无疑。根据第（二），改《中次八经》之"婴毛一璧"，《中次九经》之"婴毛一吉玉"，"婴毛一璧"，《中次十经》之"婴毛一璧"，《中次十一经》之"婴毛吉玉"，《中次十二经》之"婴毛一吉玉"皆为"婴用"，"毛"为"用"之讹。此点，我们尚可保留讨论。

关于第（一），是否玉饰皆可名婴？玉饰献神何以名婴？《说文》："膞，颈饰也"；"婴，绕也"。是颈饰或绕于颈之饰，方得为婴。而婴不必玉；《穆天子传》有"黄金之婴"，本书作者又引郭沫若氏知膞为编贝，用为颈饰，是也。然则必用作颈饰之玉，方得名婴，今《山海经》献神以玉，专称名婴，则必假定以此玉结于神颈方始说得通。现在要问，《山海经》被祭之神，以何表示？尸乎？此种龙身人面，龙身鸟首以及彘身马身之神用尸绝不可能；亦不见提及，惟《中次五经》"尸水合天也"句不可解，疑坏文。主乎？不见提及，《中山首经》有桑主，必系注文窜入，强解桑封之故。其余如土木之偶，或石雕，皆不可想象。《楚辞·天问》屈原见楚先王之庙及公卿祠堂"图画天地山川神灵，琦玮橘诡"。我们想象古代山川之杷，神皆壁画，祠堂石壁上刻画许多神。如此则以玉饰神，殊不可能。

于此我们可有一新提议。此类祭玉，非用以饰神，乃先结络于牲颈，礼毕，瘞之，或投之。其结络于牲颈者，得婴之名。《中山首经》云："历儿冢也，其祠礼：毛，太牢之具，县以吉玉"，又云："毛用一羊，县婴用桑封"

（桑封应作藻玉或藻圭）；《中次三经》："皆一牡羊副，婴用吉玉"；《中次五经》："升山冢也，其祠礼：太牢，婴用吉玉"，又云："刉一牝羊献血，婴用吉玉，采之，飨之"；《中次七经》"其祠：毛牷用一羊羞，婴用一藻玉，瘗"，又云："其祠之：太牢之具，婴以吉玉"。《中次八经》至《十二经》皆有婴毛一璧或一吉玉等文，似可证此说，不烦改字。此点可提出与作者商榷者也。

作者引《中山经》"蛟"，郭注"似蛇而四脚""颈有白婴"；又引《韩非子·说难》"龙可加环"，又《国语韦注》"缨，马缨也"；是毛物加婴饰，可以想象。《山海经·郭注》："婴，陈之以环祭也"，非环祭，乃结牲以婴环而后祭耳。婴与采有相关处。《西次二经》"其祠之：毛，一雄鸡钤，而不糈，毛，采"，郭注：毛采，言用杂色鸡，非。《中次四经》"其祠之：用一白鸡祈，而不糈，以采衣之"，郭注以采饰鸡，郝疏："以采饰鸡，犹如以文绣被牛"，此方得采字正解矣。《中次五经》"刉一牝羊献血，婴用一吉玉，采之，飨之"。是则婴与采或都在牝羊身上欤？此一疑案，可与世之治《山海经》者共同讨论者也。

（《清华学报》11 卷 2 期，1936 年）

浦江清年表

1904 年

12 月 26 日（农历十一月二十日）　先生生于江苏省松江县（现属上海市）。祖籍浙江省嘉善县。

1918 年　13 岁

7 月　高等小学毕业，以第一名考入江苏省立第三中学。

1922 年　17 岁

7 月　中学毕业。

9 月　在报考三所大学都录取的情况下，先生选择了东南大学。时南京高等师范改办东南大学已有一年，声望甚高，俨然与北京大学抗衡。先生为该校西洋文学系课程的新鲜所吸引，决定入其文理科西洋文学系。

1922 年 9 月—1926 年 7 月

大学时代。先生主修西洋文学，辅修国文和哲学。在《史地学报》1925 年第 3 卷第 8 期发表《印度摩揭陀国孔雀王朝略纪》。

1926 年　21 岁

8 月　经吴宓先生推荐到了北平,进清华学校研究院国学门。先生被分配做陈寅恪先生的助教,帮助陈寅恪先生编《梵文文法》,为清华购买满文书籍,同时补习法文、德文、拉丁文、日文,旁听功课。

9 月　译作《薛尔曼现代文学论序》发表。载《学衡》第 57 期。《国闻周报》第 3 卷第 42、43 期转载时署名"疆青"。

1927 年　22 岁

6 月 2 日　导师王国维先生在颐和园昆明湖自沉。先生作《王静安先生挽诗》。

《梵文文法》(油印本)印出。

1928 年·23 岁

3 月 19 日　《评〈小说月报〉第十八卷》发表,载《大公报·文学副刊》,署名"微言"。

5 月　图书评介《牛津英文大字典》发表,载《国闻周报》第五卷第十八期,署名"疆青"。

6 月　为纪念王国维先生逝世一周年,先生在《大公报·文学副刊》(下面简称《文副》)发表《论王静安先生之自沉》与《王静安先生之文学批评》(署名"毂永"),《学衡》第 64 期转载。

1929 年　24 岁

1 月 14 日　《苏德曼评传》发表,载《文副》,署名"毂永"。

2 月 25 日　《殷虚甲骨之新发现》发表,载《文副》,署名"毂"。

3 月 4 日　《卢冀野五种曲》发表,载《文副》,署名"毂"。

3 月 11 日　《民俗学之曙光》发表,载《文副》,未署名。

6 月 24 日　《法国名剧新译》发表,载《文副》,署名"毂永"。

9 月　清华改属教育部,改为国立大学,研究院国学门撤销,先生转入中国文学系,为教员,教授大一国文。

11 月 18 日　文评《先秦入声的收声问题》发表,载《文副》,署名"毅永"。

1930 年　25 岁

朱逖先(希祖)教授离职,其所任"中国文学史"课,由先生接授。

3 月 10 日　书评《小小十年》发表,载《文副》,署名"毅"。

8 月　升任讲师。

8 月 19 日　书评《千夜一夜》发表,载《文副》,署名"君练"。

同月　吴宓先生休假一年,作欧洲之游,在此期间,先生代任《文副》主编。

12 月 22 日　《英国女诗人罗色蒂诞生百年纪念》发表,载《文副》,署名"毅永"。

1931 年　26 岁

4 月 15 日　《清华中国文学会月刊》创刊(该刊自第 2 卷第 1 期起改名为《文学月刊》,1933 年停刊),先生任编辑。

5 月　《左芬墓志铭》发表,载《清华中国文学会月刊》第 1 卷第 2 期。

8 月　与刘盼遂先生有关于《左芬墓志铭》的讨论,载《清华中国文学会月刊》第 1 卷第 4 期。

12 月　《卡尔菲》发表,载清华中国文学会《文学月刊》第 2 卷第 1 期。

本学年任课:"大一国文""中国文学史(上古至刘宋)"。

1932 年　27 岁

11 月　《评陆侃如、冯沅君的〈中国诗史〉》发表,载《新月》第 4 卷第 4 期。

1933 年　28 岁

夏　在清华服务满七年,依例可休假一年,申请半官费赴欧留学,得到批准。暑假时返南方。

秋　由沪搭意大利康梯凡尔第船赴欧,与冯芝生(友兰)、浦逖生(薛凤)、蔡旭岗(可选)诸先生同行。

11—12月　与冯芝生先生游学意大利,历罗马、那不勒斯、佛罗伦萨、威尼斯、米兰等地,至巴黎,转伦敦。

到英国后因费用不足,未入学,每日至伦敦博物院抄录并研究敦煌手卷。

1934年　29岁
夏　回国。
秋　回清华任教。

1935年　30岁
暑假返回松江,与张企罗女士订婚。

1936年　31岁
1月　《八仙考》发表,载《清华学报》第11卷第1期。

4月　《评江著〈中国古代旅行之研究〉》发表,载《清华学报》第11卷第2期。

本学年度　任必修课"大一国文""中国文学史(汉魏六朝)",选修课"西人汉学论文选读"。

1937年　32岁
6月　《逍遥游之话》发表,载清华中国文学会编《语言与文学》。

7月　《评王著〈元词斠律〉》发表,载《清华学报》第12卷第3期。
同月7日　卢沟桥事变发生。
月底　北平沦陷前夕,先生与即将生产的妻子离平返松江。

8月13日　上海战事起,松江遭轰炸,携妻与母、弟江澜等避居石家浜。

11月—年底　时清华与北大、南开合并,成立长沙临时大学。先生得朱自清先生等函电,知盼他早去。遂与妻子告别,只身由杭徽公路辗转到芜湖,搭轮船至汉口,转至长沙。在临时大学文学院任教。

1938年　33岁

春　临时大学迁往昆明。由南岳起程,经衡阳、桂林、柳州、龙州、镇南关、安南入滇,至昆明(弟江涛同行入滇)。

临时大学迁昆明后,改称西南联合大学,文学院设在蒙自。先生与吴雨僧、汤锡予(用彤)、贺自昭(麟)及俄人葛邦福等先生合租一屋,在蒙自城东北隅。

秋　西南联大文学院亦迁昆明。母亲、弟江澜均由浙转湘来滇,同住昆明大西门内。

先生升任教授,并兼联大师范学院教职。

1939年　34岁

春　赴昆明黑龙潭王瞻岩宅曲集。同会者有杨荫浏、王瞻岩、陈盛可、陶光、张充和诸先生。赋《沁园春》词。

本年度指导汪莹枬论文。题目:唐代的歌诗(与罗庸合为导师)。

1940年　35岁

6月16日　《国文月刊》创刊号出版。先生为第一任主编,同时负责诗文选读栏。

夏　服务满六年,依例可休假一年。呈梅校长申请休假函并附研究计划。返沪。

9月　古文选读《李清照〈金石录后序〉》发表,载《国文月刊》第1卷第2期。

同月　《评〈中国墨竹书画册〉》发表,载《图书季刊》第2卷第3期。

10 月 《论中学国文》发表,载《国文月刊》第 1 卷第 3 期。

12 月 《古文丛话》发表,载《国文月刊》第 1 卷第 4 期。

1941 年 36 岁

1 月 古文选读《谢绛〈游嵩山寄梅殿丞书〉》发表,载《国文月刊》第 1 卷第 5 期。

5 月 24 日 以天一阁所藏明蓝格钞本贾仲明本《录鬼簿》校录于曹寅《楝亭十二种》本上。当夜完成并作题记。

同月 《谈〈京本通俗小说〉》初稿完成。

7 月 《花蕊夫人宫词考证》初稿完成。

同月 休假期满,但安南被日军占领,入滇海道已断,遂请假一年。为郑振铎先生所邀,到上海暨南大学任教。

12 月 8 日 珍珠港事件发生。上海租界区遂亦沦陷,暨大停课。

1942 年 37 岁

1 月 改订《谈〈京本通俗小说〉》。

3 月 17 日 《悼吴瞿安先生》发表,载《戏曲》月辑第 1 卷第 3 辑,上海曲学丛刊社出版。

5 月 先生决心不顾路途险阻,越日军封锁线,经浙赣路回昆明。

同月 29 日—6 月 14 日 由沪出发,坐火车到常州,再坐班头船到和桥,雇小船偷渡日军警戒线,又坐班头船到张渚。转陆路,雇骡运行李,人则坐轿。到广德后,骡被国民党军征用,交涉无用,只得以轿抬行李,人步行,经柏垫、前程铺、汤甸、长虹关至河沥溪。同行者先有苏光耀夫妇及祝汉卿,后陈伯龙夫妇加入,一行六人。先生一路皆患胃病,只能食面及粥。由牌弯店坐敞篷汽车而抵屯溪。

6 月 15 日—8 月 31 日 时国民党军队节节败退,上饶、鹰潭已失,浙赣路仅余中段,兼之路费已尽,遂在屯溪搁浅半个月。先住镇上旅馆。6 月 19 日,暴雨引发山洪,街上水深数尺,冲入旅馆,一楼尽淹,形势危急,登上三楼库房避难。幸未至半夜,雨止,水势渐退。

因屯溪镇上时有警报,便与詹聿修、江之永、于绍勋等借住隆阜徽州女中。

徽州女中图书馆正在晾晒图书,借得《万有文库》本朱载堉《乐律全书》等,自7月17日起阅读并作笔记。8月18日记毕一册,题名《朱载堉〈乐律全书〉》。后又记第二册,名《乐律与宫调》。

9月1日—10日　由屯溪步行经江湾、汪口、婺源、高砂、太白至德兴。

9月11日—16日　由德兴出发,步行经张村、梅溪、高桥,过黄沙岭,至烈桥,又经铺前、横峰、河口至铅山。

《谈〈京本通俗小说〉》发表,载《国文月刊》第16期。

9月19日　坐汽车过分水岭抵建阳。

时暨南大学及东南联大在建阳设筹备处,同行者多已达目的地。暨大何柏丞校长多方留先生任教,但先生决意西行。

9月27日　独自坐汽车经建瓯至南平。循路标找到浙江大学办事处,喜逢王季思、徐声越先生。时先生经过长途跋涉,除胃病外,又染上了疟疾,面目憔悴,全身寒战,但得遇故人,惊喜交加。

9月29日—10月11日　坐上水船经青溪、琅口村至沙县。疟疾又起,发寒热。汽车极挤,先生有向隅之叹,滞留三日后方坐汽车到永安,再坐木炭席篷车经大陶、小陶、连城至朋口,又转坐植物油车到长汀。

时厦门大学在长汀。喜遇施蛰存、林庚先生。厦大萨本栋校长邀先生参观学校,并留其任教。虽厦大设备及校舍均佳,图书亦多,为西南联大所弗如,但先生仍恳辞。

10月12日—22日　坐汽车与酒精车经瑞金、雩都至赣州,再过南康、大庾、梅关、南雄至韶关。疟疾又发。

10月24日—11月2日　坐湘桂路火车到桂林,途中行李被窃。疟疾仍发。

11月3日—21日　先坐火车抵金城江。再坐木炭车、酒精车经南丹、独山、都匀、马场坪、贵定至贵阳,雇马车至野鸭塘。再坐汽车经安顺、普安、平彝抵曲靖,最后坐火车到昆明。

自沪抵昆,在途凡 177 日,共经九省,行程八千里,所历艰难有非始料所及者。

11 月 22 日—12 月 31 日　先生抵昆后,先问本学期之功课,并即赴文科研究所参加工作,为中国文学部导师。

时清华文科研究所已成立一年,在昆明郊外龙泉镇(即龙头村),而西南联大则在城里。先生乃于两地各设一铺,在城乡间往返奔波。城中住北门街 71 号,系陈岱孙、李继侗等先生私人组织之宿舍。先生居楼下。研究所所址仅一乡间屋。土墙,有楼。楼上居中一间宽敞,为研究室。卧室在两厢房,闻一多先生及其眷属占其一,朱自清、许骏斋、何善周三先生占其一,先生来后,在室中加一铺。

先生不顾旅途劳顿及疟疾未愈,立即上词选课,准备下学期要开的曲选课,并着手修改《花蕊夫人宫词考证》。

1943 年　38 岁

2 月　《花蕊夫人宫词考证》改订稿完成。

同月　《俗言偶抄》发表,载《国文月刊》第 20 期。

暑期　作讲座"中国小说之演化"。

1944 年　39 岁

2 月　《论小说》发表,载《当代评论》4 卷 8、9 期。

4 月　由于物价飞涨,生活日益困难,闻一多先生准备挂牌治印,以补贴家用。先生为之作骈文短启介绍,工楷誊录,装上玻璃框,悬挂在公开收件的地方,是为《闻一多教授金石润例》,上有梅贻琦、蒋梦麟、杨振声、唐兰、陈雪屏、朱自清、沈从文、罗常培、罗庸等九位先生具名(现存先生另一手迹,具名者为梅贻琦、蒋梦麟、熊庆来、冯友兰、杨振声、姜寅清、朱自清、罗常培、唐兰、潘光旦、陈雪屏、沈从文等十二位先生)。

春　作《词的讲解》,陆续发表于《国文月刊》28—30、33—36、38 期 (1944—1945),原计划从五代到南宋选若干代表作品,一面逐句讲解,一面阐明词的体例、声律的源流演变,不久即因抗战胜利、各校准备复员而搁笔,只写到温庭筠为止。

7 月　清华文科研究所中国文学部分别举行研究生傅懋勉、季镇淮毕业初试,为考试委员。

11 月　清华文科研究所中国文学部举行研究生范宁毕业初试,为考试委员。

本年度指导王忠论文。题目:唐代的言情小说(与沈从文合为导师)。

1945 年　40 岁

本年度指导论文:陈业德,片玉词研究;郑翙标,花间词与南唐词;(以上与罗庸合为导师)符开甲,五代词与晚唐诗(与朱自清合为导师)。

1946 年　41 岁

2—4 月　清华文科研究所中国文学部先后举行研究生王瑶、施正愉毕业初试及毕业论文考试,为考试委员。

5 月　西南联大结束。学生先于教师分批复员。

7 月初　先生乘飞机回到上海。

7 月 15 日　闻一多先生被刺于昆明。朱自清先生随即来信,催返校。

10 月　返清华园。接替闻一多先生开《楚辞》课,并参加整理闻先生遗著。

1947 年　42 岁

春　《花蕊夫人宫词考证》发表,载《开明书店二十周年纪念文集》。此稿 1943 年 1 月改定后,拟付《清华学报》印行,因内地印刷困难,迟延未刊。抗战胜利,将离滇中时,值开明书店二十周年纪念征集论文,以付而得发表。

5月30日　北大、清华两校教授钱端升等102人发表《为反内战运动告学生与政府书》，先生亦签名。

1948年　43岁

4月　《论大学文学院的文学系》发表，载《周论》第1卷第14期。提出新设中西沟通的文学系的建议。

7月　朱自清先生依例休假一年，委托先生代理清华中文系主任事务一年。本年度任图书委员会、《清华学报》、文化比较委员会等三个清华常设委员会委员。

8月12日　朱自清先生病逝，先生承担主持编辑《朱自清全集》的工作。

9月　《朱自清先生传略》发表，载《周论》第2卷第8期。

10月，《国文月刊》第72期转载。

12月上旬　平津战役开始。

12月14日　国民党军撤出清华，清华先于北平而解放。

1949年　44岁

1月　清华师生召开各级各类会议反复讨论各系计划及课程改订方案。

1月10日　北平区军事管制委员会文化接管委员会主任钱俊瑞偕教育委员张宗麟来清华正式接收，声明清华从该日起正式成为人民政府的大学，并且是人民解放军解放的第一所大学。

1月24日　北平和平解放。

2月2日　先生作函复向觉明（达），托人带进城。信中说："此次清华解放为人民政府的大学，较北大、南开叨为先进了。"

5月　辞去中文系代主任职务。李广田继任系主任。

暑假　书贾携来《白石道人歌曲》一本，中有戈顺卿朱笔注释旁谱并题记,索价甚昂。即为录出,并作题记。

1950 年　45 岁

本学年任"中国文学史""文学史讨论""中国诗史研究""戏曲选"等课。

为朱自清先生《宋五家诗钞》整理完成,先生为作《附记》。

6 月　为朱自清先生《中国歌谣》一书作《跋记》。该书由作家出版社于 1957 年出版。

1951 年　46 岁

本年　参加教育部组织的课程改革讨论。

任"古文学今译""历代韵文选"等课。担任研究生周祖譔、周妙中的导师。

担任文化部中国古典文艺丛书编辑委员,负责编选注释《唐诗新选》,同时任文教委员会所主持的《中国历代诗选》编辑委员。

6 月　清华中文系教师决定集体编写《祖国十二诗人》,将所得稿酬全部捐献给志愿军。先生负责撰写《屈原》一文。

自开设"楚辞"课以来,先生一直在对屈原生平进行研究,为考证其生年月日,自学微积分,并涉足天文学,甚至不顾病弱,深夜定时起床观看星象。此时研究已取得初步成果。

9 月　中文系为研究生周祖譔、周妙中、应锦襄分别举行毕业前学科考试,为考试委员。

9—10 月　为苏联大百科全书撰写《中国文学概要》,由游国恩、余冠英、浦江清、王瑶、蔡仪、艾青分段执笔。先生担任五代至清中叶一段。

1952 年　46 岁

6—7 月　参加教育部的课改讨论。本学期任"历代韵文选"等课。

10 月　院系调整。清华、北大、燕京三校中文系教师约四十位,一半外调,其余留任,组成新的北大中文系。先生属留任之列,迁居到北大燕东园 31 号。担任小说戏曲选及宋至"五四"阶段的文学史等课。

1953 年　48 岁

2 月　《祖国十二诗人》出版。

5 月 5 日　《屈原生年月日的推算问题》完稿。

1954 年　49 岁

2 月　《屈原生年月日的推算问题》发表,载《历史研究》1954 年第 1 期。

秋　接受人民文学出版社委托为冯至先生所选杜甫诗作注。

10 月 24 日　参加作协古典文学部召开的《红楼梦》研究座谈会,并作发言。时对《红楼梦》研究中的问题与胡适文学思想的批判运动已开始。

1955 年　50 岁

1—7 月　在繁忙的教学及社会活动之余,赶作杜诗注。

9 月　诗注稿送出后,胃病大发,病卧旬日,仍照常上课。

1956 年　51 岁

3 月　自开学后特忙,又应教师进修学院之邀,兼课三周(后因发病,一讲而止),遂感不适。初因旧疾,不以为意,及至疼痛难忍,方就医。经诊断为十二指肠溃疡穿孔,已并发腹膜炎,转入协和医院。因身体虚弱不宜手术,用保守疗法,住院兼旬,月底出院。

4 月　出院后按医嘱应休息两月,先生怕耽误功课,只休息了二十天。上课后又立即赶课,以求完成进度。先生身体,更加虚弱,常只能靠流质半流质维持,体重不足 45 公斤。

5月　北大与北师大召开科学论文讨论会,除课务外,还要忙于阅读论文和参加讨论。

6月28日—7月23日　中国戏剧家协会组织召开《琵琶记》讨论会,先生在会上作了六次发言。

9月　北大为庆祝先生执教三十年赠送锦旗。

9月底—10月　十二指肠溃疡又发,病卧两周,此后仍赶学校课程不辍。

12月　《杜甫诗选》出版。

1957年　52岁

4月中旬　北大安排先生到北戴河疗养。

8月31日　疗养结束,正在准备启程返京之际,十二指肠溃疡再次穿孔,当即施行手术抢救。但疗养院手术条件较差,因氧气不能及时运到,先生在手术台上去世。噩耗传出,亲友师生,无不为之痛悼。

9月8日　北大在嘉兴寺为先生举行追悼会,由吕叔湘先生致悼词。先生遗骨安葬在万安公墓,与朱自清先生墓比邻。

编者注:征得浦汉明教授的同意以其《浦江清先生年谱》
　　　为基础编制,特此致谢!

启　事

　　20 世纪初短暂存在过的清华国学院,已成为令后学仰视与神往的佳话。而三年前,本院于文化浩劫之后浴火重生,继续秉承"独立之精神,自由之思想",而更强调"中国主体"与"世界眼光"的平衡,亦广受海内外关注与首肯。

　　本院几乎从复建之日起,即致力于《清华国学书系》之"院史工程",亟欲缀集早期院友之研究成果,以逼真展示昔年历程之艰辛与辉煌。现据手头之不完备资料,暂定在本套《书系》中,分册出版文存五十一种,以整理下述前贤之著述:

　　梁启超、王国维、陈寅恪、赵元任、李　济、吴　宓、梁漱溟、钢和泰、马　衡、林志钧、梁廷灿、赵万里、浦江清、杨时逢、蒋善国、王　力、姜亮夫、高　亨、徐中舒、陆侃如、刘盼遂、谢国桢、吴其昌、刘　节、罗根泽、蓝文徵、姚名达、朱芳圃、王静如、戴家祥、周传儒、蒋天枢、王　庸、冯永轩、徐景贤、卫聚贤、吴金鼎、杨筠如、冯国瑞、杨鸿烈、黄淬伯、裴学海、储皖峰、方壮猷、杜钢百、程　憬、王耘庄、何士骥、朱右白。

　　本《书系》打算另辟汇编本两册,收录章昭煌、余永梁、张昌圻、汪吟龙、黄绶、门启明、刘纪泽、颜虚心、闻惕生、王竞、赵邦彦、王镜第、陈守实等前贤之著述。

　　本《书系》已被列为国家十二五重点图书。为使其中收入的每部文存，皆成为有关该作者的"最佳一卷本"，除本院同仁将殚精竭虑外，亦深盼各界同好与贤达，不吝惠赐《书系》所涉之资料、线索，尤其是迄未付梓或散落民间的文字资料、照片、遗物等。此外，亦望有缘并有志之士，能够以各种灵活之形式，加入此项院史编集工程，主动承担某部文存的荟集与研究。如此，则不光是清华国学院之幸，更会是中国学术文化之幸。

　　惟望本《书系》能继前贤之绝学，传大师之火种，挽文明之颓势，为创造中国文化的现代形态，收到守先待后之功。

清华大学国学研究院

2012 年 8 月 11 日